𝒜 MANSÃO *do* RIO

PAT CONROY

A MANSÃO *do* RIO

TRADUÇÃO DE
José Roberto O'Shea

EDITORA RECORD
RIO DE JANEIRO • SÃO PAULO
2012

CIP-BRASIL. CATALOGAÇÃO-NA-FONTE
SINDICATO NACIONAL DOS EDITORES DE LIVROS, RJ

Conroy, Pat
C764m   A mansão do rio / Pat Conroy; tradução de José Roberto O'Shea. – Rio de Janeiro: Record, 2012.

Tradução de: South of Broad
ISBN 978-85-01-08951-9

1. Charleston (Carolina do Sul, Estados Unidos) – Ficção. 2. Romance americano. I. O'Shea, José Roberto, 1953- II. Título.

11-2077   CDD: 813
                                          CDU: 821.111(73)-3

TÍTULO ORIGINAL EM INGLÊS:
South of Broad

Copyright © 2009 by Pat Conroy

Publicado mediante acordo com Nan A. Talese, um selo de The Knopf Doubleday Publishing Group, uma divisão da Random House, Imc.

Texto revisado segundo o novo Acordo Ortográfico da Língua Portuguesa.

Todos os direitos reservados. Proibida a reprodução, no todo ou em parte, através de quaisquer meios. Os direitos morais do autor foram assegurados.

Editoração eletrônica: Abreu's System

Direitos exclusivos de publicação em língua portuguesa somente para o Brasil adquiridos pela EDITORA RECORD LTDA.
Rua Argentina 171 – 20921-380 – Rio de Janeiro, RJ – Tel.: 2585-2000,
que se reserva a propriedade literária desta tradução.

Impresso no Brasil

ISBN 978-85-01-08951-9

Seja um leitor preferencial Record.
Cadastre-se e receba informações sobre nossos lançamentos e nossas promoções.

Atendimento e venda direta ao leitor:
mdireto@record.com.br ou (21) 2585-2002.

Dedico este livro à minha mulher e colega de profissão, a romancista Cassandra King, que me ajudou mais do que qualquer um a fazer com que A Mansão do Rio *fosse publicado. Para mim, ele é o bem mais precioso já produzido em uma fazenda no Alabama.*

PRÓLOGO

A Mansão do Rio

Meu pai era quem chamava a cidade de Mansão do Rio. Orgulhoso como um pavão, ele se referia assim a Charleston, na Carolina do Sul, sua terra natal, uma cidade tão linda que faz os olhos de qualquer transeunte arder de prazer apenas ao caminhar por aquelas ruazinhas estreitas e charmosas. Charleston era o ofício de meu pai, seu hobby, sua obsessão inconfessa, o grande amor de sua vida. Seu sangue contagiou o meu com uma paixão pela cidade que jamais esmoreceu e jamais esmorecerá. Sou nascido e criado em Charleston. Os dois rios que banham a cidade, o Ashley e o Cooper, inundaram e moldaram todos os dias da minha vida nessa península histórica.

Levo comigo a porcelana bela e delicada que é Charleston como se fosse a concha fechada de um molusco frágil. Minha alma é formada pela península, curtida pelo sol e banhada pelos rios. Todos os dias as marés altas da cidade, sujeitas aos caprichos e à consonância das luas cheias que emergem do Atlântico, alagam a minha consciência. Sinto-me sereno quando contemplo as palmeiras enfileiradas, sentinelas nas margens do lago Colonial, e ouço os sinos da Igreja de São Miguel, cadenciados, reverberando nas árvores plantadas ao longo da Meeting

Street, repletas de cigarras. No fundo do meu ser, sempre soube que era uma daquelas criaturas obstinadas conhecidas como "charlestonianos". Surpreende-me a constatação de que o tempo que passo na cidade tem mais a ver com missão do que com graça; é meu destino, não minha escolha. Considero um grande privilégio ter nascido numa das cidades mais belas dos Estados Unidos, não em uma cidade frenética, cintilante ou maquiada, tampouco em uma cidade que usa anéis enormes nos dedos ou esmalte vermelho nas unhas dos pés. Charleston é uma cidade aguerrida, que voa baixo, contida, intolerante em relação ao que é malfeito ou ostentador. Embora se apresente vestindo anarruga e traje a rigor, Charleston valoriza o comedimento, bem mais do que a soberba.

Nos tempos de menino, no meu próprio quintal, eu pegava uma cesta de caranguejos, uma fieira de linguados, uma dúzia de pargos, ou uma rede de camarão branco. Tudo isso eu podia fazer numa cidade cujo charme era capaz de encantar serpentes, uma cidade tão embelezada com cornijas e filigranas que os visitantes ficam estarrecidos, e os nativos, orgulhosos. Nas sombras, é possível encontrar serralherias tão delicadas quanto renda e escadas espirais cujo acabamento faz lembrar o de um iate. No interior dos jardins, é possível descobrir jasmins e camélias, e centenas de plantas que parecem ter sido bordadas ou furtadas do Paraíso pelo simples prazer da beleza e pela satisfação de roubar algo dos deuses. Nas cozinhas, os fogões reluzem felicidade, enquanto o cordeiro é marinado em vinho tinto, o vinagrete é preparado para a salada, a carne de siri é besuntada com xerez, pudins são assados nos fornos e broas de leitelho esfriam sobre o balcão.

Graças aos encantos da comida, dos jardins e da arquitetura, Charleston traduz os princípios que tornam a boa vida, a um só tempo, uma virtude cívica e um padrão. É um lugar arrebatador, marcante, ideal para alguém crescer. Tudo o que eu vier a revelar aqui ao leitor é moldado e comandado por Charleston, e, às vezes, destruído por ela. Mas o fato de a cidade quase ter me destruído é culpa minha, e não dela. Nem todo mundo reage do mesmo modo à beleza. Embora possa fazer muito, Charleston nem sempre é capaz de aprimorar a estranheza do comportamento humano. Mas a cidade é bastante tolerante com a excentricidade e o escândalo. A polidez de Charleston tem uma elegância que decorre da noção de que a cidade é como uma elevação permanente no horizonte, enquanto nós somos apenas forasteiros.

Meu pai era um professor de ciências extremamente talentoso, capaz de transformar a praia da Sullivan's Island num laboratório criado para o seu próprio deleite e trabalho. Ele capturava uma estrela-do-mar ou descrevia os últimos instantes de vida de uma ostra sentado numa boia, a 100 metros do local onde nós ficávamos. Fazia decorações natalinas com conchas de lesmas que pareciam pulseiras. No jardim cultivado por minha mãe, ele me mostrava o local onde a joaninha escondia seus ovos, no verso das folhas de manjericão e mostarda. No pântano de Congaree, meu pai descobriu uma nova espécie de salamandra que passou a ser identificada pelo nome dele. Não havia borboleta que esvoaçasse diante de nós que ele não soubesse classificar imediatamente. À noite, ele costumava levar meu irmão, Steve, e eu, de barco, até o meio da enseada de Charleston, e ali nos ajudava a memorizar as constelações. Para ele, as estrelas eram como canções românticas compostas por Deus. Com reverência, ele apontava o Cão Maior, de Órion, o Caçador; ou o Cisne; ou Andrômeda, a princesa acorrentada; ou Cassiopeia sentada no trono. Meu pai transformava o firmamento num quebra-cabeça de estrelas:

— Ah! Vejam como está Júpiter hoje! E Marte, vermelha! E Vênus não está linda, em seu trono?

Astrônomo de primeira linha, meu pai vibrava de satisfação quando as estrelas piscavam para ele, compondo um desenho misterioso, comovente, à meia-luz. Em noites de céu claro, ele batia palmas de incontida alegria, como se cada estrela no céu fosse uma moeda de prata guardada em seu bolso.

Era mais Estrela Polar do que pai. A curiosidade acerca da Terra enobrecia-lhe todas as horas. Para ele, a Terra era uma criatura com um bilhão de pés, contendo mundos invisíveis em cada gota de água, cada muda de planta, cada folha de relva. A Terra era por demais generosa. Para essa Terra ele dirigia suas preces, e ela era sinônimo de Deus.

Minha mãe também é charlestoniana, mas a personalidade dela faz soar harmonias bem mais taciturnas do que a de meu pai. É uma mulher religiosa, obcecada por Deus, numa cidade onde o número de torres de igrejas é tão elevado que justificou a alcunha de Cidade Santa. É uma acadêmica de grande talento, e chegou a resenhar, para a *New York Review of Books*, a biografia de James Joyce escrita por Richard Ellman. Durante a maior parte da minha vida, ela foi diretora de escola de ensino médio, e nossa casa parecia a recepção de um estabelecimento de ensino bem-administrado. Ao lidar com os alunos, ela sabia traçar uma linha tênue entre o respeito e o medo. Não havia muita brincadeira, nem vadiagem, numa escola dirigida pela Profa. Dra. Lindsay King. Alguns estudantes tinham até medo de mim, somente porque ela era minha mãe. Raramente usa qualquer maquiagem, exceto batom. Além da aliança de casamento, a única joia que possui é o colar de pérolas que ganhou de meu pai na lua de mel.

De modo singular, sem artifício ou artimanha, o mundo de minha mãe já parecia triste e trágico antes mesmo que ela soubesse quão trágica a vida poderia ser. Depois que aprendeu que nenhum tipo de vida é capaz de evitar as consequências da tragédia, ela se tornou mais maleável, demonstrando um reconhecimento austero quanto à natureza ilusória da experiência de viver. Passou a crer no despertar através da dor.

Meu irmão mais velho, Steve, era, visivelmente, o favorito, mas isso parecia natural para todos, inclusive para mim. Steve era louro, atlético e carismático, e tinha uma naturalidade que cativava os instintos mais elevados dos adultos. Fazia minha mãe gargalhar, contando-lhe alguma história sobre determinado professor ou falando sobre algo que havia lido num livro; eu não conseguiria fazer minha mãe sequer sorrir nem se tivesse brincado de guerra de peido com o papa na Capela Sistina. Por eu idolatrar Steve como herói, nunca cheguei a sentir inveja dele. Comigo ele era, ao mesmo tempo, prestativo e zeloso; minha timidez inata provocava nele um instinto de proteção. O mundo das crianças me aterrorizava, e eu me via em perigo sempre que era exposto a ele. Até morrer, Steve abriu caminhos para mim.

Olhando para trás, acho que a família sofreu um colapso nervoso coletivo depois do sepultamento de Steve. Sua morte repentina, inexplicável, precipitou-me numa espiral descendente da qual eu só conseguiria me recuperar depois de muitos anos. Minha timidez assumiu matizes de morbidez. Os sistemas de defesa congelaram dentro de mim. Passei de uma infância amedrontada diretamente a uma infância desprovida de esperança, sem perder o ritmo. Não foi apenas o pavor indizível de perder um irmão que me deixou desgovernado, mas a constatação de que eu jamais me dispusera a fazer outros amigos, satisfazendo-me com o fato de ser absorvido pelo círculo de meninos e meninas, sempre piadistas, para os quais Steve era tão cativante que o caçula que ele trazia a tiracolo se tornava, no mínimo, aceitável. Após a morte de meu irmão, o tal círculo me abandonou antes mesmo que as flores sobre o túmulo dele murchassem. A exemplo de Steve, eram crianças inteligentes e vivazes, e eu sempre me sentia à margem dos mistérios e dos interesses do grupo.

Por conseguinte, quando Steve deixou a família para sempre, teve início a minha "Grande Perambulação". Senti-me totalmente incapaz de cumprir meus deveres, então aumentados, de filho único. Era impossível dar um passo sem despertar a ira frustrada de minha mãe diante da minha natureza tão diversa da de Steve, sem despertar seu desprezo por eu não ser louro, atlético, o menino prodígio de Charleston. Nunca imaginei que minha mãe pudesse me culpar por eu não ser capaz de me transformar na criança que ela amava e perdera. Anos a fio, mergulhei nas minhas próprias profundezas obscuras, e constatei, com certa surpresa, que explorá-las provocaria em mim, pelo resto da vida, emoção e medo. O menor toque de insanidade bastava para despachar minha frágil infância rio abaixo, e foi necessário muito trabalho para superar esse tipo de questão. Eu sempre sentia um espírito cruel, invencível, espreitando os manguezais e as florestas que existiam dentro de mim, um espírito que aguardava, pacientemente, o dia em que eu conseguisse me resgatar, como resultado da minha obstinada necessidade de sobrevivência. Nos piores momentos, algo dentro de mim que vivia em isolamento e prontidão acatava o meu comando e se colocava ao meu lado, ombro a ombro, quando eu decidia enfrentar o mundo.

Acontece que sou um temporão, demorei a me desenvolver, fato que muito lamento. Meus pais sofreram em vão, pois foi preciso bastante tempo ate que eu descobrisse o caminho de volta para eles. No entanto, percebi os primeiros sinais da minha recuperação bem antes deles. Minha mãe havia desistido de mim quando eu ainda era tão jovem que o meu restabelecimento já não era objeto nem de suas preces, nem de seus sonhos mais quiméricos. Contudo, ao longo do meu ensino médio, tão anônimo quanto pífio, construí as fundações de um desfecho contundente, sem que minha mãe notasse que, no fim das contas, eu seria capaz de fazer algo positivo. Eu havia construído um inexpugnável castelo de solidão, mas decidi demolir o tal castelo, não obstante os efeitos colaterais ou as mágoas.

Eu estava com 18 anos e não tinha nenhum amigo da minha idade. Não havia um único adolescente em Charleston que sequer pensasse em me convidar para uma festa, ou para passar um fim de semana em sua casa de praia.

Minha intenção era mudar isso. Decidi me tornar o sujeito mais cativante da cidade de Charleston, e revelei esse segredo aos meus pais.

Ao lado da minha casa, em meio à lânguida atmosfera do verão do ano em que completei 18 anos, subi num pé de magnólia situado à margem do rio Ashley, com a agilidade que a prática frequente me propiciava. Dos galhos mais altos, contemplei minha cidade, fervente na seiva e no sangue cálido de junho, enquanto a oeste, na linha do horizonte, o sol poente enrubescia uma fileira de nuvens agrupadas. Na outra direção, eu avistava minha cidade natal, repleta de telhados, colunas e cumeeiras. Aquilo que acabara de prometer a meus pais era algo que eu queria muito, para eles e para mim. Mas desejava aquilo para Charleston também. Desejava me tornar um cidadão respeitável daquela cidade histórica.

Charleston tem o seu próprio batimento cardíaco, suas próprias impressões digitais, suas fotos de ficha policial e de badalação. É a cidade do artifício, dos esboços, a cidade cuja devoção ao estilo é como uma genuflexão diante da natureza do belo. Senti meu destino tomando forma em meio às folhas da magnólia, acima da cidade. Como Charleston, eu tinha os meus becos sem saída, mas mansões começavam a surgir, como joias, na minha corrente sanguínea. Do alto, examinei o contorno da cidade que me ensinou a apreciar o que era sedutor, mas também a desconfiar do espalhafatoso e do improvisado. Voltei-me para as estrelas e quase me atrevi a lançar os dados e prever o futuro, mas me contive.

    Um menino parado no tempo, numa cidade em que a vida tinha a cor do âmbar e o encanto proibido aos anjos menos esplendorosos.

PRIMEIRA PARTE

CAPÍTULO 1

16 de junho de 1969

Nada acontece por acaso. Aprendi isso com o sofrimento, muito antes de saber que ele era a única trilha que levava à sabedoria verdadeira, acertada. Adquiri muito cedo um certo temor pela força das estranhas coincidências. Embora achasse que sempre escolhesse o caminho mais seguro, sentia-me incapaz de evitar as pequenas traições perpetradas pelo destino. Sendo um menino retraído, cresci com medo e com a sensação íntima de que o mundo estava contra mim. Antes do verão do meu último ano do ensino médio, a vida que estava reservada para mim me espreitava, pronta para dar o bote, nos dias quentes que se seguiriam em Charleston.

Em 16 de junho de 1969, ocorreu uma série de eventos sem qualquer relação entre si: descobri que minha mãe tinha sido freira da Ordem do Sagrado Coração; um caminhão da companhia de mudanças Atlas estacionou diante de uma casa construída no século XIX e situada do outro lado da rua, em frente à nossa; dois órfãos chegaram ao portão do orfanato São Judas, atrás da catedral, na Broad Street; e o jornal *News and Courier* noticiou uma apreensão de drogas na East Bay Street, na residência dos Rutledge-Bennet. Eu tinha 18 anos e a reputação de ser um tanto lento, de maneira que não percebi o abalo tectônico em meu destino no momento em que minha história começou a se mover por conta própria. Seriam necessários vários anos até que eu aprendesse que o destino é capaz de correr atrás de nós e tocar-nos com suas garras ensanguentadas e que, quando nos viramos para encarar o pior, encontramos o destino disfarçado, inocentemente camuflado como um caminhão de mudanças, um orfanato ou uma apreensão de drogas levada a cabo ao sul da Broad Street. Se soubesse o que sei hoje, jamais teria assado um tabuleiro de cookies para a família que então se mudava para a casa em frente à nossa, jamais teria dirigido a palavra aos órfãos, e jamais teria me apresentado aos dois estudantes expulsos da escola Porter-Gaud e matriculados, às pressas, na mesma escola que eu, o Peninsula High, para cursarem o último ano do ensino médio.

Mas o destino, inescapável, sedento, vem atrás de nós com as passadas de um gato. Nossa morte já está prevista em nossas células recém-cunhadas, no momento em que nascemos, no instante em que nossa mãe nos segura e nos entrega a nosso pai, que, carinhosamente, faz cócegas na mesma barriguinha na qual um dia um câncer vai se desenvolver, contempla os olhos nos quais a assinatura lúgubre do melanoma já está inscrita no nervo ótico, toca o ponto em que o fígado haverá de hospedar a cirrose, sente o fluxo sanguíneo a ser adocicado pelo diabetes, admira o formato do cérebro que sucumbirá ao golpe do derrame, ou escuta as batidas do coração que, exausto dos pavores, das humilhações e infâmias da vida, explodirá em nosso peito como uma lâmpada que queima no mundo. A morte habita em cada um de nós, inicia a contagem regressiva no dia em que nascemos e surge em cena, abruptamente, na hora derradeira, no momento exato.

N aquela madrugada de junho, acordei às 4h30, vesti-me às pressas, e segui de bicicleta até o ponto extremo do lago Colonial, a nordeste, onde um caminhão do *News and Courier* estava parado na penumbra aguardando a minha chegada. Comecei a dobrar uma imensa pilha de jornais, prendendo-os, um a um, com um elástico de borracha e enfiando-os dentro de duas grandes sacolas que seriam transportadas nos meus ombros. Demorei 15 minutos aprontando a bicicleta para a entrega matinal, mas desempenhei a tarefa com rapidez e eficiência. Eu trabalhava como entregador de jornal havia três anos. À luz do farol da bicicleta, observei Eugene Haverford anotar os endereços dos novos assinantes e as queixas dos clientes que eu atendia. Àquela hora, ele já fumava o segundo charuto Swisher Sweets e eu sentia o cheiro do uísque Four Roses em seu hálito. Ele achava que a fumaça do cigarro disfarçava o odor dos tragos matinais.

— Olá, Leo, meu amigo e distinto cavalheiro de Charleston — disse o Sr. Haverford, com a voz tão arrastada quanto seus movimentos.

— Olá, Sr. Haverford.

— Tenho duas assinaturas novas para você. Uma na Gibbes Street e uma em South Battery.

Entregou-me dois apontamentos escritos em maiúsculas.

— Uma queixa... aquela maluca da Legare Street diz que não recebeu o jornal a semana inteira.

— Entreguei os jornais na mão dela, Sr. Haverford. Ela anda meio esquecida.

— Faça um favor para nós dois e empurre-a escada abaixo. É a única assinante que se queixa de você.

— Ela vive assustada, morando naquele casarão — eu disse. — Em breve, vai precisar de ajuda profissional.

— Como é que você sabe disso, cavalheiro de Charleston?

— Presto atenção nos meus clientes. Faz parte do trabalho.

— Nós levamos as notícias do mundo de porta em porta, não é mesmo, cavalheiro de Charleston?

— Todos os dias do ano, senhor.

— A funcionária da Justiça encarregada da sua liberdade condicional telefonou novamente — disse ele. — Eu disse a ela o que sempre digo: você é o melhor entregador de jornais que já vi nesses trinta anos que trabalho para o *News and Courier*. Disse a ela que o jornal tem sorte de contar com alguém como você.

— Obrigado. Logo vai acabar a minha condicional. Ela não vai incomodá-lo por mais muito tempo.

— Sua mãe também deu o telefonema semanal, o pé no saco — disse ele.

— Minha mãe provavelmente vai incomodá-lo pelo resto da vida.

— Não depois do que eu disse a ela ontem. Você está com 18 anos, Leo; para mim, você já é um homem. Sua mãe é uma cadela metida a besta. Não é o meu tipo de mulher. Ela me perguntou se você estava se desincumbindo devidamente de suas obrigações. Essas foram as palavras exatas, na verdade. Escute bem, Leo. Eis o que eu disse a ela: se um dia eu tiver um filho, e esse dia não vai chegar, gostaria que ele fosse exatamente como Leo King. Eu não ia querer tirar nem pôr nada. Nada. Foram minhas palavras exatas.

— É bondade sua, Sr. Haverford.

— Não seja tão ingênuo, Leo. Eu sempre te digo isso. Não seja tão aberto para um mundo que caga em você.

— Sim, senhor. Meus dias de ingenuidade chegaram ao fim.

— Seu cavalheiro de Charleston filho da puta!

Cantando os pneus, o Sr. Haverford adentrou a escuridão, o charuto brilhando como um vaga-lume dentro da cabine, e saí pedalando a minha bicicleta.

Descendo a Rutledge Avenue, arremessei um exemplar do jornal na varanda da frente de cada casa, exceto na casa de Burbage Eliot, pão-duro famoso até mesmo numa cidade sovina como Charleston. Eliot pegava o jornal emprestado da Sra. Wilson, que lia o matutino durante o café da manhã, constituído de ovos quentes, cereais e chá de camomila, e depois disponibilizava a publicação para o vizinho sovina, lançando o jornal enrolado na varanda dos fundos da casa dele.

Eu sabia arremessar jornais com ambas as mãos. Ao dobrar à esquerda na Tradd Street, eu parecia um acrobata pretensioso, lançando jornais à esquerda e à direita enquanto me dirigia ao rio Cooper e ao sol nascente, que começava a dedilhar a maré matutina no porto e a dançar nas folhagens das palmeiras e dos carvalhos até que a própria rua se iluminasse com a primeira chama da manhã. O advogado Compson Brailsford me esperava no jardim, e se abaixou numa postura de defensor de futebol americano no momento em que me aproximei da serena mansão da família. Enquanto eu passava, ele disparou, em seu terno de anarruga, elegante como sempre, correndo pelo gramado. Nos dias em que eu estava mais alerta, o jornal já alçava voo quando ele se virava e corria em direção ao lançador imaginário da equipe da Academia Militar Citadel; Brailsford tinha sido apontado entre os melhores atacantes da Liga do Sul dos Estados Unidos. Naquela manhã, os movimentos do advogado foram perfeitos, eficientes, e meu passe foi cronometrado. O joguinho havia começado por acaso, mas acontecia todas as manhãs, a não ser quando ele viajava ou quando o tempo se mostrava demasiado inclemente para um advogado charlestoniano sempre bem-vestido.

Os jardins de Charleston eram mistérios contidos em caixinhas de joias cobertas de hera e exalando fragrâncias singulares. O verão tinha sido benéfico às magnólias, que floresceram tardiamente. Passei por uma velha árvore, com cerca de 12 metros de altura, que parecia coberta por mais de uma centena de pombos, ali reunidos em busca de acasalamento. Meu olfato se aguçava à medida que a temperatura subia e o orvalho evaporava nas pétalas de oliveiras-da-china e de jasmins. Minhas axilas ficaram úmidas, e meu próprio cheiro podia ser sentido nas ruas onde o café começava a ser preparado em cozinhas invisíveis e onde o ruído dos jornais, ao bater na madeira das varandas, fazia lembrar tainhas saltando de alegria nas lagoas gigantescas. Quando dobrei à direita na Legare, já estava totalmente aquecido; descendo pelo meio da rua, realizei o lançamento mais longo daquela manhã, alvejando a mansão situada atrás da Sword Gate House, e fazendo com que o jornal aterrissasse no terceiro degrau da varanda. Na casa dos Ravenel, próxima ao final da rua, errei o meu primeiro alvo naquela manhã de precisão mecânica, e o jornal foi parar no meio de um arbusto de camélias avantajadas. Parei a bicicleta, pulei o portão, resgatei o jornal dentre os galhos e o arremessei na direção da porta da frente. O focinho pequeno e escuro de uma cadela spaniel chamada Virgínia apareceu por baixo da cerca, na casa oposta à dos Ravenel; então, olhei de relance o outro lado do jardim e vi o exótico animalzinho tricolor resgatar prontamente o jornal, levando-o em triunfo até o capacho diante da porta do dono. Na sequência do lançamento, atirei um biscoito canino no mesmo jardim, sabendo que Virgínia viria apanhá-lo com muita elegância.

Quando, três anos antes, aceitei o trabalho, minha vida estava desalinhada e fora de curso. Portanto, prometi a mim mesmo que levaria o trabalho a sério. Se ouvisse um assinante vasculhando o jardim em busca do jornal matutino, sempre me desculpava. Um bom entregador de jornal era um modelo de pontualidade, regularidade e pontaria, e era isso que eu pretendia oferecer aos meus clientes. E foi isso que Eugene Haverford, rosnando, incutiu em mim durante a semana de treinamento.

E assim, lá ia eu, um entregador de jornal numa cidade onde a beleza ficava de tocaia em cada curva, recompensava cada olhar atento e adentrava os poros e a corrente sanguínea; aquelas imagens eram capazes de alterar os sentimentos do mundo. Era uma cidade que moldava a arquitetura das minhas lembranças e dos meus sonhos, combinando cornijas, alpendres e sombrios arcos de janelas *palladianas* sempre que eu percorria aquelas ruas, imbuído de propósito e responsabilidade. Eu disparava míssil após míssil de páginas repletas de notícias, anúncios de aberturas de mostras de arte na King Street, relatos sobre estudos de projetos de leis tributárias realizados por comissões do senado, em Columbia, informações sobre um eclipse total do sol previsto para o outono e lembretes de que a grande liquidação na loja de modas Berlim entrava em sua última semana.

Quando comecei no trabalho, minha vida estava estagnada, minhas opções reduzidas a apenas uma e minhas oportunidades eram estéreis. A partir do dia em que aceitei o emprego, fui vigiado pelo Juizado de Menores da Carolina do Sul, por um psiquiatra especializado em acompanhamento infantojuvenil e filiado ao hospital Roper, por minha mãe, sempre preocupada e dominadora, e por um caipira ríspido que residia num trailer na Zona Norte de Charleston, Eugene Haverford. Encarei aquela rota de distribuição de jornal como uma espécie de redenção, minha última chance de salvar uma infância comprometida por minha própria personalidade confusa e por uma tragédia inenarrável. Quando recebi meu quinhão da crueldade do mundo, eu tinha 9 anos. Foi preciso muito tempo de vida adulta até que eu percebesse que a tragédia costumava ser atirada livremente na vida de todas as pessoas como se fosse um jornal barato, contendo anúncios de lojas de produtos pornográficos e casas noturnas que exibiam shows de striptease. Quando completei 10 anos, já era um velho, e confrontei o sofrimento muitos anos antes do que seria natural.

Mas, aos 17 anos, eu havia sobrevivido ileso àqueles tempos difíceis, deixando para trás os amigos que conquistara nas frias alas psiquiátricas do estado onde eu residia, amigos cujo olhar era sempre opaco, exprimindo uma rebeldia turva, inominável. Eu tinha visto de perto o rosto dos desesperados, e os abraçara, trêmulos, enquanto as alucinações não lhes permitiam um minuto de paz. Vivendo no meio deles, descobri que não era um deles; e eles me odiaram quando constataram que eu recuperava alguma serenidade anos depois que encontrei meu querido irmão mais velho com as artérias cortadas, morto, dentro da banheira que ambos usávamos, a navalha do meu pai sobre a lajota do piso do banheiro. Meu grito atraiu um vizinho à nossa casa, que, entrando por uma janela do segundo andar, encontrou-me num ataque histérico, tentando retirar da banheira o corpo sem vida do meu irmão. Uma infância tranquila, corriqueira, acabou para mim naquela noite. Quando meus pais voltaram do teatro que ficava à Dock Street, o corpo de Steve jazia numa paz artificial no necrotério do centro da cidade. A polícia tentava me acalmar e me interrogar. Um médico me injetou um sedativo, e teve início a minha existência em meio às drogas, às agulhas, aos testes psicológicos, aos psicanalistas, aos terapeutas e aos padres. Acredito até hoje que aquele momento arruinou a vida dos meus pais.

Quando dobrei à esquerda na Meeting Street, o sol, na linha do horizonte, já estava alto o suficiente para eu desligar o farol da bicicleta. A Meeting era larga e esnobe, ladeada por mansões, uma rua que sabia se destacar numa cidade que esbanjava ruas elegantes. Ali, eu seguia em zigue-zague, de um lado ao outro, mirando os jornais em portas tão sólidas e suntuosas que pareciam ser a entrada principal da residência de monarcas. O tráfego ainda era tranquilo e, se eu mantivesse o ritmo, poderia completar todo o percurso até a Broad Street em cinco ou sete minutos. Virando à direita na Broad Street, cheguei às portas de uma dúzia de escritórios de advocacia. Às vezes havia três firmas em cada porta, ou quatro, ou até seis, conforme era o caso do escritório Darcy, Rutledge e Sinker, o maior da cidade. No cruzamento da Church com a Broad Street, na esquina que ficava a sudeste, havia outras pilhas de jornais à minha espera. Parei para reabastecer, sem perder o ritmo, enquanto me dava conta do vaivém cada vez mais intenso de advogados que caminhavam até seus restaurantes e cafés prediletos. A rua começou a recender a café e a bacon grelhado, e uma brisa vinda do porto exalava o cheiro das boias e cascos de navio saturados de sal pelas marés ao longo dos anos; despertas, as gaivotas seguiam o primeiro cargueiro que partia para o Atlântico, e os sinos da Igreja de São Miguel respondiam aos guinchos débeis e semi-humanos das aves marinhas. Sem demora, recarreguei as sacolas com os últimos cem jornais do meu roteiro e saí, em disparada, descendo a Church Street, meus braços voltando a girar na excêntrica dança matutina dos entregadores de jornal.

Desde o início, senti a força redentora do trabalho pesado, e deliciei-me com os elogios do Sr. Haverford e dos clientes que residiam naquela ilha da cidade peninsular. Meu antecessor era bem-nascido e morava numa das casas que eu agora atendia, mas o horário do expediente se mostrou muito cedo para ele, e o trabalho, demasiado incômodo à sua vida social noturna. Ele pediu demissão, não foi demitido, visto que sua família tinha ligações que remontavam à fundação da colônia. Quando a direção do *News and Courier* achou por bem arriscar a minha contratação, foi um gesto de reconhecimento e gratidão pela ilustre carreira de meus pais como educadores na cidade, além de possibilitar um meio de resgatar a família inteira da beira do precipício depois da morte do meu irmão. A morte de Steve tinha ferido a cidade de um modo profundo, indefinível. Consegui o emprego não por ser quem eu era, mas pelo que Steve tinha sido.

E que criança Steve fora!, eu pensava no momento em que dobrei à direita em South Battery, transportando os jornais com aquele cheiro adocicado, para serem lançados nos degraus da fileira de mansões que, a meu ver, eram as mais belas da cidade. Steve teria um dia residido numa daquelas casas, depois que desposasse a debutante mais bela e glamourosa de Charleston, se formasse em direito em Harvard e retornasse à Carolina do Sul. Na minha mente, Steve seria sempre 18 meses mais velho do que eu, um líder nato conhecido pela grande inteligência e pelo charme. Muita gente acreditava que ele se tornaria um dos melhores atletas nascidos na cidade. No verão, ele se transformava num matiz áureo, seus cabelos adquirindo um tom que fazia lembrar o castanho-dourado do pelo dos gatos siameses. Seus olhos eram de um azul vibrante, e não expressavam qualquer emoção ou textura quando ele examinava uma pessoa desconhecida ou uma situação inusitada. Charleston inteira concordava que ele seria o último menino na face da Terra a cortar os pulsos com uma navalha e encher uma banheira com o próprio sangue. Steve era tão fascinante em termos de aparência e personalidade que Charleston não soube como lidar com a violenta autodepreciação sugerida pelas circunstâncias daquela morte. Em contrapartida, eu era exatamente o tipo de criança melancólica e medrosa, uma espécie de planta carnívora, uma criança ofuscada pelo irmão vitorioso e saudável, uma criança perfeitamente capaz de cometer aquele crime terrível contra si e contra a imagem que a cidade tinha de si mesma.

Mais adiante, avistei a Srta. Ophelia Simms, que molhava os canteiros de flores à frente da casa. Parando a bicicleta, entreguei-lhe um jornal.

— O que está achando do serviço, Srta. Simms?

— Acho que beira à perfeição, Leo — disse ela. — E como vamos hoje?

— Vamos bem.

Sempre me emocionava o fato de a Srta. Simms se referir a mim no plural majestático.

— E como estão as nossas flores hoje?

— Um tanto magoadas — ela costumava dizer nos nossos raros encontros, em meio às floxes e aos beijos-de-frade. Para mim, a Srta. Simms era uma beldade, e eu sabia que ela havia comemorado o quinquagésimo aniversário naquele ano. Minha esperança era casar com uma garota de 20 e poucos anos que tivesse a metade do charme da Srta. Simms. Mas isso era algo extremamente remoto, conforme eu constatava todas as vezes que me olhava no espelho. Embora não me considerasse feio, não me surpreenderia se ouvisse alguém me definir assim. Eu culpava o par de óculos de aros pretos que minha mãe tinha comprado para mim, mas eu era tão míope que as lentes mais pareciam escotilhas de navio. Meus olhos pareciam os de um peixe, aspecto intensificado pelas tais lentes, e foram alvo de muita gozação por parte de meus colegas, exceto na presença do meu irmão. Steve sempre protegia o irmão caçula e patrulhava constantemente o cruel espaço aéreo do play da escola, como um gavião-de-cauda-vermelha. Destemido e com língua afiada, ele não permitia que abusassem do caçula. A flagrante superioridade de Steve causava-me desconforto e até ressentimento na infância, mas o modo como me defendia e o seu amor inabalável faziam com que eu me sentisse especial. Meu irmão era tão bonito que eu percebia um semblante de decepção todas as vezes que minha mãe olhava para mim.

Ziguezagueando pelas ruelas e becos ao sul da Broad Street, finalmente cheguei ao posto da guarda costeira, e ali descansei um ou dois minutos. Eu era capaz de percorrer aquela rota de olhos vendados e me orgulhava de chegar a determinadas esquinas sempre na hora certa. Ofegante em consequência do exercício e da dorzinha agradável que sentia nos músculos das coxas e dos braços, eu sempre consultava o relógio, para ver como estava me saindo. Retomando a jornada, segui adiante, tendo à direita o reluzente rio Ashley, cujas águas, em noites de tormenta, eu ouvia bater contra a murada perto da minha casa. O Ashley tinha sido o playground da infância de meu pai, e o odor do rio era o mesmo que entrara pelas janelas abertas por minha mãe ao fim de longas horas de parto, após dar à luz primeiramente meu irmão, depois a mim. Um rio de água doce propicia bebida e banho à humanidade, mas um rio de água salobra faz a humanidade retornar a questões primevas, às marés comandadas pela lua, à desova dos peixes, ao amor por uma linguagem apreendida no ritmo das magras marolas e às mãos manchadas de tinta de um entregador de jornal, um jovem que achava o Ashley o rio mais lindo que um deus poderia criar. Iniciei a etapa final do roteiro, já no caminho de volta, arremessando jornais com confiança e garbo, atendendo às casas novas construídas nos aterros dos manguezais. Passando pelos jardins de White Point, dobrei no sentido norte, quando vislumbrei o forte Sumter, ao longe, flutuando como uma tartaruga no meio da enseada de Charleston. Eu entregaria jornais nas grandes mansões de East Bay, na sequência, passaria por Rainbow Row, entraria à direita na Broad Street, e cobriria os dois lados da rua, costurando o tráfego de veículos e de mais advogados, a pé, jovens promissores e veteranos experientes; a imobiliária Riley; a agência de viagens; dez jornais para a prefeitura; e o último jornal da manhã seria arremessado na direção da porta principal da Berlim, uma loja de roupas masculinas.

Com o derradeiro jornal devidamente acomodado num degrau da Berlim, Charleston deixou de ser minha, e cedi meu título de propriedade aos outros cidadãos que se levantavam cedo e que faziam mais jus à cidade do que eu, um rapazola que se sentia melhor na penumbra.

Nos últimos três anos do ensino médio, eu havia me tornado uma presença conhecida, até famosa, nas manhãs das ruas localizadas ao sul da Broad Street. Tempos depois, algumas pessoas me disseram que podiam até acertar o relógio no momento em que eu passava diante de suas residências, antes e depois da primeira luz do dia. Todas sabiam da morte do meu irmão, do meu subsequente colapso nervoso e desaparecimento, e todas me diriam mais tarde o quanto torceram por mim durante a minha longa temporada de penitência e redenção. Quando eu fazia a cobrança mensal das assinaturas, os adultos apreciavam o fato de eu bater-lhes à porta vestindo paletó, gravata, camisa branca e mocassim engraxado. Admiravam a correção, senão a rigidez, de minhas maneiras, apreciavam as minhas tentativas inarticuladas de iniciar conversa e o meu gesto de trazer alguma guloseima para os cães e os gatos; eu sempre me lembrava dos nomes dos animais. E também costumava perguntar pelas crianças. Os clientes aceitavam a minha dorida timidez como uma espécie de cartão de visita, mas a maioria observava que eu adquiria mais confiança à medida que me sentia mais à vontade para bater-lhes a porta. Quando chovia, mostravam-se extremamente gratos pelo fato de eu acordar uma hora mais cedo para colocar o jornal em suas varandas, especialmente naquelas que eu não conseguia acertar com o arremesso habitual. Mais tarde, essas pessoas me confirmariam sua convicção de que eu estava no caminho certo para me tornar um rapaz exemplar, cativante.

Contudo, no dia 16 de junho de 1969, enquanto eu pedalava minha bicicleta pelos dois quarteirões que separam a loja Berlim da Catedral de São João Batista, meu autorretrato estampava um perdedor nato que, aos 18 anos, jamais havia saído ou dançado com uma garota, não tinha um amigo íntimo, jamais havia tirado um "A" no boletim e não conseguia apagar da mente aquele momento em que encontrou o irmão bem-sucedido, uma criatura singular, imerso no próprio sangue dentro de uma banheira. A partir daquele dia que se recusava a acabar, nem meu pai nem minha mãe, nem terapeuta nem assistente social, nem padre nem freira, nem parente nem amigo da família, foi capaz de me apontar o caminho de uma vida normal e produtiva que convivesse com aquele horrendo visto de entrada carimbado no meu passaporte. Enquanto rezavam o terço no enterro do meu irmão, tranquei-me dentro de um dos cubículos do banheiro masculino, e ali chorei baixinho, desesperado, porque a natureza inconsolável do meu pesar parecia egoísta diante da dor que destroçava meus pais.

Pouco depois daquele momento, a terra se abriu para me engolir inteiro. Deixei o pesar simplório para trás e confrontei a insanidade, que com seus regimentos implacáveis forçava as muralhas da minha infância, atacando, com ondas avassaladoras, as partes mais delicadas da minha mente. Ao longo de três anos, vivi em um covil de víboras. Em todos os meus sonhos serpentes venenosas me espreitavam: uma mocassim-d'água enrolada na raiz de um cipreste, uma coral embaixo de um tronco de árvore, uma cabeça-de-cobre invisível num tapete de folhas de outono, uma cascavel diamantina, com o chocalho mortal, atuando como a única instrumentista capaz de compor o degradante libreto do meu sofrimento, da minha indignação e da minha tristeza inconsolável. Os médicos diagnosticaram um colapso nervoso, terminologia, a meu ver, adequada. Desmoronei. Mais tarde, com o incentivo de algumas pessoas de bem, consegui me recompor. As víboras reconheceram a recuperação da minha saúde e, em silêncio, retiraram-se dos meus sonhos; nunca mais senti medo delas, e cheguei a admitir que até as cobras tinham desempenhado um papel importante no meu restabelecimento. Visto que desde longa data eu tinha pavor de serpentes, de suas formas assustadoras, suas presas curvas e seu veneno, elas mantiveram o rosto do meu irmão longe do meu mundo noturno, e eu só despertava para a lembrança permanente dele com o raiar do dia. Olhando para trás vejo que minha tragédia era não conseguir evocar Steve com sua face rosada, seu belo porte atlético e seu charme. Depois que o encontrei morto, nunca mais pude arrancá-lo daquela banheira medonha.

Estacionei a bicicleta no local apropriado, na lateral da escola de ensino fundamental, e entrei pelos fundos da catedral, conforme fazia todas as manhãs, utilizando a entrada conhecida pelos frequentadores mais assíduos, desde bispos e padres a freiras e coroinhas, como eu. Quando abri a porta, fui tomado pelo aroma do mundo católico. Caminhei até a sala onde o monsenhor Maxwell Sadler acabava de vestir os suntuosos paramentos da missa dominical. Monsenhor Max figurava em meu drama familiar muito antes do meu nascimento. Foi professor de meus pais em 1938, quando ambos cursaram o último ano no Bishop Ireland High School. Celebrara o matrimônio de meus pais, o batizado de Steve e o meu, e colocara a hóstia sobre minha língua na minha Primeira Comunhão. Steve e eu éramos coroinhas quando ajudei na missa pela primeira vez. Quando Steve morreu, o monsenhor pairou por nossa casa, tão presente quanto a poltrona de leitura de minha mãe. Quando o bispo de Charleston se recusou a sepultar Steve em solo santificado, o monsenhor Max (àquela época, padre Max) imiscuiu-se na burocracia impenetrável da Igreja pré-Concílio Vaticano II e conseguiu exumar o corpo de Steve, sepultado num cemitério público que ficava na margem oeste do Ashley. Ele o transladou para o cemitério da Igreja de Santa Maria, onde jaziam os restos mortais dos parentes de minha mãe.

Naquela época, causei problemas infindos, e, num acesso de fúria titânica típica de um colegial, neguei o credo católico, recusando-me a adorar a Deus ou a pertencer a qualquer igreja que fosse. A Igreja Católica havia recusado o corpo do meu irmão. Em seguida, adentrei o reino da psiquiatria infantil, dos hospitais para doentes mentais, carentes de pessoal, e dos tutores sonolentos, enquanto meus pobres pais tentavam recuperar o menino desmoronado que tinham em mãos depois que o filho predileto os deixara. Monsenhor Max foi um amigo fiel nos nossos piores dias, e disse-me que a Igreja era paciente e que sempre estaria aguardando o meu regresso. Estava mesmo, assim como ele.

Observei monsenhor Max pentcar os cabelos com elegância, certificando-se de que a risca, à esquerda, estava reta como um cabo tensionado. Ele me viu através do espelho e disse:

— Leo, o coroinha telefonou para dizer que está doente. Vista a batina e a sobrepeliz. Seus pais já estão lá dentro. E hoje é um dia especial para sua mãe: Bloomsday.

Entre todos os elementos da minha infância que pareciam absurdos, destacava-se o fato de eu ser o único garoto no sul dos Estados

Unidos cuja mãe se fizera doutora defendendo uma tese absolutamente incompreensível sobre o simbolismo religioso de um romance igualmente incompreensível, *Ulisses*, de James Joyce, a meu ver, o pior livro de todos os tempos. Dezesseis de junho foi o dia interminável em que Leopold Bloom perambulou por Dublin, parando em bares e interagindo com prostitutas, antes de voltar para casa e para a esposa sexualmente excitada, Molly, cujo solilóquio final pareceu-me ocupar 6 mil páginas, na ocasião em que minha mãe me enfiou o livro goela abaixo. Os alucinados por Joyce, como é o caso de minha mãe, consideram 16 de junho uma data sagrada, mítica, no calendário gregoriano. Ela ficou agitada, de tanto ódio, quando arremessei o livro pela janela ao concluí-lo, ao término de seis meses agonizantes de uma leitura desagradável.

Em poucos segundos, eu já trajava batina e sobrepeliz, e me punha de pé diante do sorridente e apessoado monsenhor, que admirava a própria imagem no espelho. Desde que o conheci, ouvi mulheres da paróquia sussurrarem "Que desperdício!" quando o padre charmoso, que mais parecia um astro do cinema, flutuava em direção ao altar, vestindo refinados paramentos.

— Feliz Bloomsday, monsenhor Max — eu disse.

— Não seja irônico, meu jovem. *Ulisses* é a paixão de sua mãe, e James Joyce, o grande amor literário da vida dela.

— Continuo achando isso estranho — eu disse.

— É preciso sempre perdoar a paixão do próximo.

— Eu poderia perdoá-la, se ela não tivesse me dado o nome de Leopold Bloom King. E a meu irmão, Stephen Dedalus King. Isso já é levar a coisa longe demais. O senhor já leu *Ulisses*?

— Claro que não. Joyce é abertamente anticatólico. Sou fã de Chesterton.

Voltei a sentir um antigo rubor de orgulho no momento em que caminhei diante do monsenhor até o altar central e avistei meus pais no banco da frente, ambos rezando o terço. Quando me viu, meu pai ergueu o olhar, sorriu e piscou o olho direito com certo exagero para que minha mãe não percebesse o gesto. Ela não tolerava qualquer tipo de brincadeira dentro de uma igreja. Em todas as missas sua fisionomia era de quem assistia à crucificação, como se testemunhasse a paixão de Jesus cada vez que se ajoelhasse.

Diante da pequena congregação, composta sobretudo de octogenários, monsenhor Max iniciou a missa em nome do Pai, do Filho e do Espírito Santo. As palavras por ele pronunciadas com sua voz operística purificavam-me como um córrego de águas cristalinas vindo diretamente da minha infância, uma delicada teia formada pela memória e pela linguagem.

— Vinde ao altar do Senhor.

E fui com ele, e deixei que os ritos antigos e sagrados da Igreja me arrebatassem. Quando o sacerdote pediu água, eu lhe forneci água. Quando precisou lavar as mãos para oficiar o mistério iminente, esvaziei galhetas sobre seus dedos. Quando pediu vinho, forneci-lhe a bebida em reluzentes cálices dourados. No momento da consagração, quando ele transformou o vinho no sangue de Cristo e o pão no corpo do mesmo Deus, toquei a sineta que soava ao pé dos altares havia 2 mil anos. Quando abri a boca e recebi o pão sem levedura, preso entre o indicador e o polegar consagrados do padre, senti o toque de Deus em minha língua, pude degustá-lo, pude sentir o sangue Dele misturando-se ao meu. Eu tinha voltado para Ele depois de uma ausência obstinada e amarga, depois que Ele roubou meu irmão do meu quarto e o matou na minha banheira.

Mas eu havia voltado para Ele, e isso faz parte da minha história.

Após a missa, caminhamos até o restaurante Cleo's para o desjejum, ritual de verão tão embrenhado na nossa vida familiar quanto a missa diária. Cleo era uma jovem de origem grega, de fala ligeira, que operava a caixa registradora como se estivesse recarregando um rifle M16 para uso de atiradores de elite. Ela tagarelava sem parar e usava linguagem chula, mas quando meus pais entravam no recinto para tomar o café da manhã, ela assumia a atitude de uma beata. Tinha sido aluna deles na Bishop Ireland e demonstrava o respeito que alunos do ensino médio que não chegam a cursar a universidade sentem pelos últimos professores que tiveram na vida. Até as jovens garçonetes exibiam renovado vigor no momento em que meus pais despontavam à porta, e Cleo fazia sinais para a equipe da cozinha, sinais que traduziam café fresquinho, suco de laranja e água gelada na mesa. Como eu estava em treinamento para a temporada de futebol americano, pedi dois ovos fritos, mingau com molho especial e três fatias de bacon. Meu pai atacaria presunto defumado, broas e batatas fritas. Embora aquele fosse o dia do ano mais celebrado por minha mãe, ela manteve a disciplina voluntariosa que formava todos os hábitos de sua vida: pediu apenas a metade de uma toranja e um prato de aveia. Minha mãe admitia a necessidade de nutrição, mas não de apetite.

— Feliz Bloomsday, querida — disse meu pai a ela, inclinando-se para beijar-lhe o rosto. — Hoje é o seu dia e cada desejo seu é, para nós, uma ordem. Não é, Leo?

— Isso mesmo — eu disse. — Estamos às suas ordens.

— Muito bem, Leo — disse minha mãe. — Embora você teime comigo, devo dizer que seu vocabulário melhora a cada dia. Eis a lista de hoje, com as cinco palavras para sua memorização — e me entregou uma folha de caderno dobrada.

Emiti um grunhido e, conforme o fazia todas as manhãs, abri a folha de caderno e li cinco palavras que ninguém empregaria em conversas cotidianas: *expedito, arguto, ribaldo, vivissecção* e *túmido*.

— Você saberia o significado de alguma dessas palavras? — perguntou minha mãe.

— Claro que não. — Dei um gole no café.

— Decorou as cinco que lhe dei ontem?

— Claro que sim.

— Empregue duas daquelas palavras numa sentença — ordenou.

— "Senti certa vontade de regurgitar quando cogitei sobre as obras de James Joyce."

Meu pai riu, mas o riso foi sufocado no instante que minha mãe dirigiu-lhe um olhar gélido.

— Você ouviu o que seu pai disse. Hoje é um dia especial para mim. Bloomsday, um dia celebrado no mundo inteiro por aficionados de James Joyce.

— Vocês três deveriam se reunir algum dia — comentei.

— Joyce tem legiões de admiradores — disse ela. — Apesar de eu ser a única em minha própria casa.

— Leo e eu vamos preparar um jantar especial para você hoje — disse meu pai. — O cardápio será inspirado diretamente no texto de *Ulisses*. Foi ideia do Leo.

— Obrigada, Leo. É gentileza sua.

— Eu não vou comer; vou só cozinhar — falei.

Embora eu estivesse brincando, minha mãe se ofendeu imediatamente. Ela possuía a capacidade de me dirigir um olhar tão gélido que faria o dia mais frio do ano parecer ideal para o plantio. Desde que me entendo por gente, lembro de ouvir homens e mulheres em Charleston elogiar os atrativos físicos de minha mãe, a maneira impecável como se apresentava em sociedade, seu porte refinado. Eu conseguia enxergar o que as pessoas apontavam, mas jamais pude compartilhar da admiração por aquela beleza fabricada. Para mim, aquele encanto era fácil de ser admirado, mas difícil de ser amado. Depois da morte de Steve, ela raramente me deu um beijo. Abraçou-me, é verdade, várias vezes. Mas não me beijava como o fazia quando eu era criança. Minha infância tinha sido motivo de pouco prazer para ela, e eu lia tal desaprovação como se fosse uma página de jornal, todas as vezes que ela me olhava. Esforçávamo-nos para desempenhar o papel da família feliz, e, até onde eu podia perceber, fingíamos admiravelmente bem. Apenas três pessoas no mundo sabiam do profundo desespero que sentíamos quando estávamos juntos.

A garçonete voltou a encher nossas xícaras de café, as três na mesma rodada.

A fisionomia de meu pai era um misto de perplexidade, satisfação e nervosismo enquanto ele assistia à troca de farpas entre mim e minha mãe. Meu pai ficava tonto, um pouco bobo, sempre que se via diante de nós dois, mas a solicitude e a bondade dele para comigo eram uma espécie de bandeira vermelha, um campo de batalha entre ele e minha mãe. A morte de meu irmão quase acabou com a vida do casal, mas não alterou a natureza positiva e o charmoso otimismo de meu pai. Ele voltou para mim toda a sua atenção, e tentou amar-me com mais intensidade, justamente por eu não ser Steve, ao contrário de minha mãe, que lidou com a perda da única maneira que conhecia. Receei que ela jamais voltasse a amar qualquer outra pessoa que não fosse Steve.

— Então — disse minha mãe, guardando o batom no estojo compacto com espelho. O gesto era um sinal para a garçonete de que nosso desjejum havia terminado e que ela podia recolher os pratos. — Seu pai já sabe a ordem do dia. Leo, quero que você asse duas dúzias de cookies de chocolate para os novos vizinhos que estão se mudando para a casa em frente à nossa; são irmãos gêmeos. Têm exatamente a sua idade e serão seus colegas na escola.

— Está bem. E o que mais? — perguntei.

— Recebi um telefonema da irmã Mary Polycarp, do orfanato. Acabaram de acolher dois órfãos, chegados de Atlanta. Ambos têm o hábito de fugir. Também são irmãos. Você vai recepcioná-los em Charleston. Vai ser o cão de guarda deles durante todo o ano. Vai cuidar deles. Tiveram uma vida terrível.

— Tiveram uma vida maravilhosa! Espere até que tenham passado o ano com a irmã Polycarp. Que monstro! Eu achava que ela havia sido expulsa do convento.

— Não foi ela a freira que bateu no rosto da filha do Wallace com uma régua? — perguntou meu pai.

— Incidente lamentável — disse minha mãe.

— Eu estava lá — confirmei. — Ela cortou o globo ocular da menina. Cortou o nervo ótico. A pobrezinha ficou cega.

— Ela não pode mais trabalhar como docente. A ordem quase a expulsou — explicou minha mãe.

— No terceiro ano do ensino fundamental, ela batia tanto na cara dos meninos, e arrancou sangue de tantos de nós, que eu a apelidei de Cruz Vermelha.

Meu pai deu uma risadinha, mas foi interrompido por um brilho súbito no olhar de minha mãe.

— Genial, filho — retrucou ela. — Quem dera se essa genialidade se refletisse em bom aproveitamento em seus exames escolares.

— Exames escolares não são o forte de Leo, querida — disse meu pai.

— Mas ele é sempre o palhaço da turma, não é? — perguntou ela. — Hoje à tarde, quero que você compareça à sala da diretora da escola para ser apresentado ao novo técnico do time de futebol americano.

— A senhora é a diretora, mãe — eu disse. — E meu técnico de futebol americano é o Sr. Ogburn.

— Ele pediu demissão ontem.

— Mas, por quê? — perguntou meu pai. — Faltava tão pouco tempo para ele se aposentar!

— Ele se recusou a treinar a equipe quando soube que o assistente seria um negro. Portanto, contratei o professor Jefferson, do Brooks High, para o cargo de técnico, e o nomeei para o cargo de coordenador de educação física também. Neste ano, a questão da integração racial não será brincadeira.

— Por que a senhora quer que eu conheça o professor Jefferson? — perguntei.

— Porque você é o titular do meio de campo.

— Eu sempre fui reserva no time de Choppy Sargent.

— Choppy e outros três vão com o Sr. Ogburn para uma nova escola segregacionista, que fica na margem oeste do Ashley. O professor Jefferson quer que você tente impedir a evasão de outros rapazes brancos.

Àquela altura eu anotava mentalmente: cookies de chocolate, órfãos da irmã Polycarp, professor Jefferson.

— Mais alguma coisa, mãe?

— Você está escalado para servir chá gelado depois da marcha dos funcionários do hospital. Vamos jantar mais tarde hoje.

Minha mãe conferiu o batom, com um último olhar de relance no espelho, e me encarou.

— A audiência que vai tratar da sua liberdade condicional foi marcada para o dia 26 de junho. Você finalmente vai ficar livre da condicional.

Meu pai acrescentou, aliviado:

— Sua ficha está limpa, filho. Você terá um novo começo.

— Comigo, não, rapaz — acrescentou minha mãe, prontamente. — Não sei como você consegue dormir depois que nos fez passar o que passamos.

A voz de meu pai baixou de tom no momento em que ele disse:

— Querida...

— Leo sabe do que estou falando. — Ela não ergueu o olhar.

— Você sabe do que ela está falando, Leo? — perguntou meu pai.

— Ele sabe — disparou minha mãe.

— A senhora está falando do meu ódio por James Joyce? — perguntei.

— Você finge odiar James Joyce porque é um jeito mais fácil de dizer que me odeia — retrucou ela.

— Diga à sua mãe que você não a odeia, Leo. — Meu pai era um sujeito que se sentia à vontade com fórmulas científicas, mas se perdia totalmente quando se tratava de lidar com emoções. — Não, diga que você a ama. Isto é uma ordem.

— Eu amo a senhora, mãe — declarei, mas até eu era capaz de perceber a nota de insinceridade na minha própria voz.

— Esteja em minha sala às 16 horas, Leo — disse ela. — Você tem outras tarefas a realizar hoje.

Meus pais deixaram a mesa ao mesmo tempo, e observei meu pai pagando a conta para Cleo. Depois, ela veio até onde eu estava e sentou-se diante de mim.

— Eis a filosofia que tenho para dividir com você, Leo: ser adolescente é um porre. Ser adulto é dez vezes pior. E quem diz isso é Cleo, a grega, compatriota de Platão, de Sócrates e de todos aqueles outros panacas.

CAPÍTULO 2

Novos amigos

Depois que saí do Cleo's, acionei o botão branco da campainha da porta do orfanato São Judas, localizado num largo atrás da catedral. O zumbido era irritante, sub-humano, como o de um inseto. Eu associava o orfanato a tudo o que se relacionava ao mundo católico, de paróquia a convento.

Um negro grandalhão chamado Clayton Lafayette atendeu à porta e sorriu ao me ver. O Sr. Lafayette desempenhava uma série de funções no orfanato, e uma delas era acompanhar os estudantes do ensino médio, todos os dias, em sua caminhada até o Peninsula High, tarefa por ele realizada com precisão militar e grande prazer. Embora sua personalidade fosse alegre e afável, seu porte era assustador.

— Leo, o Leão — ele disse a mim.

— Conde Lafayette. — Trocamos um aperto de mão. — Tenho hora marcada com a irmã Mary Polycarp.

— Os órfãos já a apelidaram de Mary Politrapo — sussurrou. — Ela me disse que a sua mãe tinha mandado você vir aqui.

— Abre o olho com a Politrapo, Conde — cochichei. — Ela é pura encrenca.

Caminhei por um longo corredor, num prédio projetado por alguém que decerto não gostava de órfãos. Era tudo tão sombrio que até parecia uma paródia, e a mulher sentada à escrivaninha de aço quando entrei na sala encaixava-se muito bem na lugubridade espectral daquela arquitetura.

Os católicos da minha geração costumam participar de um joguinho de salão maldoso e parcial, mas que sempre provoca risadas e atiça a nossa memória coletiva: contamos histórias sobre freiras. Não sentimos vergonha dessas historinhas, pois qualquer religião que exibe, em seus santuários, imagens de gesso de santos martirizados e crucifixos que parecem competir pela representação mais horrenda da morte de Jesus, o Deus vivo, é perfeitamente capaz de produzir fiéis que inventam coisas horrendas acerca de mulheres que usam hábito e dão uma surra em nossas almas para prepará-las para a vida eterna. Na nossa infância, nos anos 1950 e 1960, algumas freiras figuravam entre os melhores seres humanos que encontraríamos na vida. Mas a freira de coração negro e imaginação doentia deixava marcas indeléveis. Fui aluno de uma religiosa que fazia a turma ficar de pé sempre que ouvíamos a sirene do corpo de bombeiros passar pela escola, e tínhamos que rezar o Pai-Nosso para que o incêndio não fosse numa residência católica. Outra freira pendurava pregadores de roupa em nossas orelhas se nos comportássemos mal na escola, e marcas arroxeadas em nosso corpo denunciavam para nossos pais o fato de termos desagradado à boa irmã. À semelhança de cobras cascavéis, elas sempre anunciavam a sua chegada com o chocalhar das sinistras contas dos terços.

Certa vez, no segundo ano do ensino fundamental, passei um bilhete para dois meninos que eram grandes amigos, e nós três tivemos que nos perfilar e receber uma punição diante da turma inteira. A irmã Veronica nunca batia nos alunos, mas seus castigos eram tão diabólicos quanto criativos. Ela nos fez ficar de pé, em frente ao quadro-negro, com os braços abertos, tal e qual o Cristo crucificado. Nos primeiros dez minutos, o castigo parecia brando. Mas, ao cabo de uma hora, Joe McBride irrompeu em lágrimas, seus tríceps trêmulos de agonia. Com desprezo, ela disse a Joe:

— Jesus teve que ficar de braços abertos na cruz durante três horas.

Joe respondeu, entre lágrimas:

— Mas, irmã, Jesus teve uma ajudinha. Ele teve os cravos.

E a turma explodiu numa gargalhada frouxa, proibida.

Naquela manhã, no orfanato, meu antigo medo de freiras me fez sentir gosto da bile na garganta no momento em que eu disse:

— Bom dia, irmã Mary Polycarp.

— Olá, Leo. Fui sua professora, não fui? No primeiro, ou no segundo ano?

— Foi no terceiro.

— Você era um tanto lento, se bem me lembro.

— Era mesmo, irmã.

— Mas era bem-educado. A gente sempre reconhece os que vêm de boas famílias — disse ela. — Li nos jornais a notícia da sua expulsão da Bishop Ireland.

— É, irmã, fiz uma grande bobagem.

— Você não chegou a ser preso?

— Não. Fiquei em suspensão condicional da pena — respondi, constrangido com o assunto, a situação e aquela freira.

— Eu não o achava muito inteligente — disse ela. — Mas nunca pensei que chegasse a ser condenado.

— Suspensão condicional da pena. Não foi prisão, irmã.

— Dá tudo no mesmo, para mim.

Examinou duas pastas que estavam sobre a mesa.

— Sua mãe lhe falou sobre o nosso problemão?

— Não, irmã. Ela disse que eu conheceria dois jovens que vão cursar o último ano do ensino médio, e que os ajudasse a se adaptar à nova escola.

— Ela lhe disse que os dois são ladrões, mentirosos, criminosos e fujões? E pode acrescentar à minha lista de queixas: a diocese vai me enviar mais cinco órfãos negros hoje à tarde.

— Não, irmã. Ela não falou nada disso.

— Como você já esteve preso e se recuperou, pensei que talvez pudesse lhes fazer algum bem. Levá-los para o bom caminho, digamos. Mas quero preveni-lo: os dois são ladinos e mentirosos natos. São da Carolina do Norte, dos confins das montanhas, e não existe ralé branca pior que a gentalha que vem da serra. Isso é um fato sociológico. Sabia que eu tenho mestrado em sociologia, Leo?

— Não, irmã, não sabia.

— Os dois estão na biblioteca à sua espera. O Sr. Lafayette ficará por perto, vigiando, para que não haja nenhuma encrenca — disse ela.

— Que tipo de encrenca poderia haver? Só vou dizer a eles o que devem esperar da nossa escola.

— Nos orfanatos, esses dois são conhecidos como "pé na estrada", por terem fugido tantas vezes — me informou. — Já estiveram em instituições de Nova Orleans a Richmond, de Birmingham a Orlando. "Pé na estrada" é o interno que busca algo que nunca vai encontrar, porque o que busca não existe. Os nomes desses dois são Starla e Niles Whitehead. Ambos são bastante inteligentes. Ele já repetiu ano de propósito, mas fez isso porque queria ficar perto da irmã.

Fui até a biblioteca, situada do outro lado do orfanato, onde todos os Natais meu pai, encarnando um Papai Noel abaixo do peso, distribuía presentes aos órfãos. Era uma daquelas bibliotecas melancólicas, repleta de livros que nunca saíam dali. Havia uma relação sinistra entre as crianças abandonadas e os livros esquecidos, mas, no dia em que entrei no salão para encontrar Starla e Niles Whitehead, eu era demasiado jovem para tecer tal analogia. Os dois estavam sentados ao fundo; pareciam tão acolhedores quanto escorpiões dentro de um vidro fechado, e exibiam um olhar hostil que me desanimou. Fiquei surpreso com a beleza dos dois, ambos com maçãs do rosto salientes e traços cinzelados que indicavam sangue cherokee. Enquanto sentava-me numa cadeira, a dupla me examinava, a garota com olhos de um castanho-escuro que fazia lembrar chocolate derretido.

Desajeitado, olhei em volta do salão e desviei o semblante para as janelas, na direção do jardim malcuidado. Pigarreei e me dei conta de que minha mãe não havia esclarecido o porquê desse meu encontro com aqueles dois estranhos de comportamento hostil.

— Oi — cumprimentei finalmente. — Deve ser ótimo ser órfão e acabar num lugar tão legal como este.

Os dois olharam para mim como se eu não tivesse falado nada.

— Isso foi uma piadinha — falei. — Foi só para quebrar o gelo.

Novamente, os olhares arregalados e vazios. Puxei conversa.

— Oi, Starla e Niles Whitehead. Meu nome é Leo King. Minha mãe é a diretora da nova escola de vocês. Ela pediu que eu viesse até aqui para ver se posso dar uma força para vocês. Sei que é difícil mudar de escola.

— A coisa que eu mais detesto é um babaquinha puxa-saco — disse a menina. — E você, meu irmão?

— São todos iguais.

Falavam num tom de voz entediado e letárgico, como se eu não estivesse ali para ouvir.

— Mas ainda estou histérica com a tal piadinha sobre órfãos — disse ela.

— Eu estava tentando ser educado — expliquei. Os irmãos se entreolharam e trocaram um sorriso debochado. — Por que vocês fugiram do último orfanato?

— Para ter a chance de encontrar caras legais como você — disse Niles.

— Escuta aqui, Leo. Não é esse o seu nome? Não queremos a sua ajuda. A gente se vira sozinho — disse Starla.

No momento em que ela afastou dos olhos uma mecha de cabelo, notei um estrabismo no olho esquerdo. Quando viu que eu havia percebido o defeito, ela sacudiu a cabeça, e uma cortina de cabelo liso voltou a encobrir parcialmente o olho errante.

— Eu posso ajudar vocês. Posso mesmo — afirmei.

Niles encarou-me com um olhar duro, másculo, e, pela primeira vez, pude observá-lo. Embora estivesse sentado, sua presença física era marcante. Tinha mais de 1,80m de altura; seus braços longos eram musculosos, com veias protuberantes, mesmo quando relaxados, e os olhos azul-escuros pareciam roubados de um rosto escandinavo. A menina era estrábica, mas atraente, o rosto rígido de Niles Whitehead era simplesmente belo.

— Posso dizer quem são os bons professores, se vocês quiserem saber — falei. — E, se vocês quiserem, posso também dizer quem são os menos exigentes.

— Nós queremos saber quando você vai nos deixar em paz — disse Niles.

— Já vi porque seus pais te deixaram nos degraus do orfanato, Niles, meu velho — eu disse.

Ele se atirou por cima da mesa, com a mão esquerda diretamente na minha garganta. Foi então que constatei que alguém tinha algemado as mãos direitas dos órfãos às suas respectivas cadeiras.

— Conde! Conde Lafayette! — gritei, e o homenzarrão entrou correndo na biblioteca. — Solte-os dessas algemas! — eu disse.

Ele se deteve e disse:

— Acredite, esses dois mereceram as algemas. E coisa pior, também.

— Peça à irmã Polycarp para soltá-los — eu disse —, ou eu telefono para minha mãe. Lembre à irmã que minha mãe me encarregou desses internos porque preciso completar trezentas horas de serviços comunitários. Ela não vai gostar de saber que eles estão algemados às cadeiras. — A menção do nome de minha mãe costumava levar pavor aos corações da maioria dos charlestonianos. — Algemas são para criminosos. Esses dois serão meus colegas de escola — prossegui. — Além disso, eles me prometeram que não fugiriam se o senhor removesse as algemas.

— Prometeram? — O Sr. Lafayette olhou para os dois com um ar de suspeita; era evidente que não gostava deles.

— Acabamos de fazer um acordo, e eles me deram sua palavra de honra. Falem para ele — eu disse, dirigindo-me aos dois.

— Então, menino? — O Sr. Lafayette perguntou a Niles. — Vocês prometeram?

— Prometemos, sim.

— Esperem aqui. Vou perguntar à irmã Polycarp — disse ele, enquanto caminhava em direção à porta.

Virei-me e inclinei o corpo sobre a mesa, falando depressa.

— Eu posso ajudar vocês, seus malucos, se me deixarem fazer isso. Se não querem minha ajuda, digam agora, e eu caio fora daqui.

O irmão voltou-se para a irmã, e observei que trocavam informações com uma intensidade desprovida de palavras. Starla disse:

— Precisamos aguentar só mais este ano, Niles, e então estaremos livres de orfanatos para sempre.

Os cabelos castanhos se afastaram do rosto, e o olhar de Starla apaziguou a fúria do irmão.

— Diga o que devemos fazer, Leo — disse Niles.
— Prometam que não vão fugir. Agora. Rápido. Estou falando sério.
— Prometemos — disseram.
— Polycarp é cruel — eu disse, num sussurro. — Sádica, psicopata. Aprendam a dizer "sim, irmã; não, irmã"; e "sim, senhor; não, senhor", quando falarem com o Conde. Ele é gente boa. Conquistem-no para o lado de vocês. Livrem-se desse olhar agressivo. Tentem sorrir ao menos uma vez por ano. As coisas aqui podem melhorar para vocês.
— Como você sabe tudo isso? — perguntou Starla.
— Quando meu irmão morreu, eu não reagi muito bem e tive que passar alguns anos num hospício. Precisei criar um plano para cair fora.
— Então você não é melhor do que nós, os babacas — disse Niles.
— Não estou algemado a nenhuma cadeira, seu estúpido — falei. — Por que vocês estão usando esses macacões horríveis?
— Eles têm a palavra ÓRFÃO estampada nas costas — respondeu Niles. — A irmã mandou fazer esses macacões especialmente para nós, porque somos "pé na estrada".
— Por que vocês sempre fogem?
— Temos mãe. E avó. Elas estão procurando por nós — disse Starla.
— Como vocês sabem disso?
— Porque acabaríamos com as nossas vidas se achássemos o contrário — declarou Niles.

Atrás de mim, ouvi a porta de carvalho se abrindo; virei-me e vi o Sr. Lafayette caminhando em nossa direção, trazendo na mão um punhado de chaves. Ele deu a volta na mesa e retirou primeiramente as algemas de Starla; em seguida, retirou as de Niles. Ambos esfregaram os punhos doloridos.

O Sr. Lafayette tinha personalidade alegre, mas parecia preocupado e tenso quando se dirigiu a mim.

— Serei despedido, Leo, se esses dois fugirem. Não posso perder este emprego.

— O Sr. Lafayette tem quatro filhos — informei a Niles e Starla. — Sua esposa ainda faz diálise? — perguntei a ele.

— Faz, sim. Ela não está nada bem.

— Nós não vamos fugir, Sr. Lafayette — nos garantiu Starla.

— Fale por você — disse o irmão.

— Cale a boca, Niles. Estou falando pelo meu irmão também. O senhor não vai perder o emprego por causa de nós, Sr. Lafayette.

— Vou cuidar de vocês — disse o Sr. Lafayette, olhando de relance para a entrada da biblioteca. — Posso ajudá-los de muitas maneiras — disse ele, e caminhou de volta ao saguão principal.

Quando me levantei para sair, Starla Whitehead me surpreendeu, dizendo:

— Ei! Quatro-olhos! Nunca te disseram que esses óculos são horríveis? Fazem seus olhos parecerem dois barris arrombados.

Enrubesci profundamente e, depois que o sangue me subiu às faces, manchas tornaram a minha aparência ainda mais cômica. Eu havia herdado a timidez de meu pai, além da palidez calcária e a tendência de enrubescer da garganta até a raiz dos cabelos quando era pego de surpresa. Na minha infância, aprendi muito cedo a dura lição de ser feio, mas nunca me acostumei a ver minha feiura ressaltada ou como objeto da zombaria dos meus colegas. Porém, naquele momento, surpreendi-me, caindo em prantos, a reação mais infantil e descabida que se podia imaginar, longe de ser a reação que eu gostaria de ter diante daqueles recém-chegados à minha vida. Tive vontade de sair correndo e me esconder de mim mesmo.

Mas Starla me surpreendeu, caindo em prantos também, ao perceber o dano que me havia causado. Acho que aquele foi o primeiro momento em que ela, de fato, me enxergou.

— Me desculpe, Leo. Me desculpe. Sempre faço isso. Não consigo me conter. Sempre faço isso quando alguém é bom comigo. Digo algo para magoar a pessoa, algo imperdoável. Algo cruel, maldoso. Desconfio quando alguém é bom comigo. Daí faço alguma coisa para a pessoa me detestar. Conte para ele, Niles. Sempre faço isso, não é?

— Ela sempre faz isso, Leo. — Niles assentiu. — Ela não estava falando sério.

— Veja só — disse ela, removendo os cabelos compridos que caíam sobre seus olhos. — Veja o meu olho esquerdo. Uma cadela vesga. Veja! Veja a cadela vesga, feia e chata que eu sou. Foi só porque você foi bom... mas, se não tivesse sido, eu teria falado do mesmo jeito. Eu sou assim

— acrescentou ela, apaticamente, sacudindo os ombros, como se não soubesse explicar o porquê.

Tirei os óculos e os limpei com um lenço; em seguida, enxuguei os olhos e tentei me recompor. Recolocando os óculos, disse a Starla:

— Conheço um cirurgião-oftálmico. O melhor da cidade. Vou falar com ele para examinar o seu olho. Talvez ele possa fazer alguma coisa.

— Por que ele haveria de examinar o olho dela? — disse Niles, protegendo a irmã. — Ela "num" tem um centavo.

— "Não" — corrigiu a irmã. — Pare de falar como caipira.

— Ela não tem um centavo.

— Esse médico é um homem maravilhoso — eu disse a eles.

— Como é que você conhece esse médico, seu bonzão? — perguntou Niles.

— Porque sou entregador de jornal, e conheço todo mundo na minha rota.

Consultei meu relógio e, lembrando-me da lista que havia recebido de minha mãe, levantei-me para me despedir.

— Preciso ir, mas vou falar com meu pai para convidar vocês para jantar, está bem? Eu telefono para combinar o horário.

Os dois ficaram atônitos diante de algo tão corriqueiro quanto um convite para jantar. Niles olhou um tanto ansioso para a irmã, que disse, no momento em que me virei para ir embora:

— Leo, me desculpe por aquilo que eu disse. Estou falando sério.

— Hoje eu disse uma coisa que magoou minha mãe — admiti. — Portanto, mereci. Foi Deus que me deu o troco.

— Leo? — disse Niles.

— O que foi?

— Obrigado — disse ele, erguendo o punho. — Quando você chegou, estávamos algemados. Agora que você está indo embora, já não estamos. Minha irmã e eu não vamos esquecer isso.

— Vamos nos lembrar disso pelo resto da vida — disse ela.

— Por quê? — perguntei.

— Porque... — disse Niles — ... ninguém é bom conosco.

* * *

Pedalando, com gosto, a bicicleta na volta para casa, parabenizei a mim mesmo por ter lidado com a irmã Polycarp e com os órfãos rebeldes com um mínimo de aptidão diplomática. Eu estava uma hora e meia adiantado em relação à minha agenda, e comecei a pensar nos cookies que assaria para os novos vizinhos da frente. Minha mãe tinha definido "chocolate", mas eu estava considerando a ideia de preparar cookies mais de acordo com a tradição e o paladar de Charleston. Fiquei surpreso ao ver o velho Buick, que pertencia à minha mãe, estacionado em frente de casa no momento em que entrei com minha Schwinn na garagem. Meu pai construiu a nossa casa com as próprias mãos, na década de 1950. A construção não apresentava qualquer mérito arquitetônico; não passava de uma casa banal, com dois andares e cinco quartos, que muitos habitantes consideravam a residência mais feia da área histórica da cidade.

— Oi, mãe — falei, de dentro da cozinha. — O que a senhora está fazendo em casa?

Encontrei-a em seu escritório, sempre bem-organizado, escrevendo uma carta com sua linda caligrafia, as sentenças fazendo lembrar braceletes bem-acabados. Como sempre acontecia, ela concluiu o parágrafo que estava redigindo antes de erguer o olhar e se dirigir a mim.

— Normalmente, o Bloomsday é um dia calmo e não há nada o que fazer, mas o deste ano está agitado. Acabo de receber um telefonema da irmã Polycarp, dizendo que você lidou bem com a situação dos órfãos. Portanto, você cumpriu a primeira ordem. A diretora da escola tem várias outras ordens para você.

— A senhora já me deu as outras duas ordens: assar cookies para os novos vizinhos e encontrar o novo técnico do time de futebol americano, no ginásio, às 16 horas.

— Será preciso acrescentar alguns compromissos. Vamos almoçar no Iate Clube. Por volta do meio-dia. Vista-se condignamente.

— Por volta do meio-dia — repeti.

— Sim. Vamos nos encontrar com os dois formandos que foram expulsos da Porter-Gaud. E com as respectivas famílias, é claro. Quero que você preste assistência a eles durante as primeiras semanas do ano letivo. Os dois estão bastante decepcionados por terem que mudar de escola no ano da colação de grau. Mas em hipótese alguma admitirei que você se torne íntimo desses novos alunos... nem dos órfãos, nem dos novos vizinhos do outro lado da rua, nem dos ex-alunos da Porter-Gaud. Nem do filho do técnico, que você vai conhecer hoje à tarde. São todos uns encrenqueiros, e você já teve encrenca suficiente. Você deve ajudá-los, mas não deve se tornar amigo deles, Leopold Bloom King.

Cobri os ouvidos com as mãos e emiti um gemido.

— Por favor, não me chame assim. Leo já não é grande coisa. Mas vou morrer de vergonha se ficarem sabendo que a senhora escolheu meu nome por causa de um personagem de *Ulisses*.

— Reconheço que o obriguei a ler *Ulisses* cedo demais — admitiu. — Mas não admito que o senhor denigra o maior romancista de todos os tempos, ou o maior romance de todos os tempos, sobretudo no dia de hoje. O senhor está me entendendo?

— Nenhum outro adolescente nos Estados Unidos sequer saberia do que nós estamos falando — falei. — Por que a senhora teve que escolher meu nome inspirada num judeu irlandês que morava em Dublin e que nem foi gente de carne e osso?

— Leopold Bloom está mais vivo do que qualquer outro homem que conheci. Exceto seu pai, é claro.

— A senhora poderia ter me dado o nome do meu pai! Eu bem que teria gostado!

— Não o fiz porque seu pai sabia que tinha se casado com uma romântica inveterada, e nós, românticas inveteradas, merecemos grande lenidade por parte dos homens que amamos. Eles compreendem a grandeza dos nossos corações. Por exemplo, seu pai hesitou quando escolhemos o nome do seu irmão, Steve, inspirados...

Ela se deteve e seus olhos marejaram à simples menção do nome do filho, que raramente era pronunciado em voz alta naquela casa desde o dia em que morreu. Se a memória não a emudecesse, ela quase confessaria que meu pai tinha hesitado diante da ideia de chamar o primogênito de Stephen Dedalus King, mas minha mãe utilizou seu dom de argumentação; ela seria capaz de convencer meu pai, dócil e inarticulado, a chamar Steve de "Hitler" e a mim de "Stalin" se quisesse. Meu pai era argila e alabastro nas mãos de minha mãe, e ela o esculpira segundo a sua própria imagem do marido perfeito, muito antes que eu entrasse em cena.

Eu buscava a palavra certa que me desculpasse da recente explosão, mas as palavras esvoaçavam em minha mente como uma colônia de mariposas numa nuvem desordenada, indecifrável. Eu ansiava pelo dia em que conseguisse dizer o que pensava no momento exato em que os pensamentos me ocorressem, mas aquele não era o tal dia.

Nosso lar girava inteiramente em torno do imenso orgulho de minha mãe pelo fato de ser uma estudiosa de James Joyce que havia se doutorado na Catholic University defendendo uma tese incompreensível (tentei ler uma vez) — "Mitologia católica e totemismo em *Ulisses*, de James Joyce" —, publicada pela editora da Purdue University em 1954. Todos os semestres ela ministrava uma disciplina de pós-graduação sobre Joyce na College of Charleston, e o curso era bastante elogiado, todas as vagas sendo ocupadas por alunos pálidos feito fantasmas. Em três oportunidades, ela apresentou trabalhos diante de especialistas em Joyce, que, extasiados, reconheceram o elevado grau de afinidade e a meticulosidade da análise que elucidava até os detalhes mais recônditos acerca da difícil infância católica de Joyce. Foi minha mãe que comparou a menstruação de Molly Bloom ao sangue vertido nas estações da Via Sacra e à divindade de Cristo, e a comparação garantiu-lhe o aplauso perene dos colegas perplexos. Em diversas ocasiões, meu pai e eu preparávamos elaborados jantares para joycianos de primeira linha que vinham a Charleston para sentar ao pé de minha mãe e dizer bobagens entediantes uns para os outros. Acredito até que meu pai me ensinou a cozinhar para que nós dois pudéssemos escapar daquelas noites mortíferas em que a academia vinha à nossa casa para falar sobre Joyce, nulidades e, novamente, Joyce.

Minha mãe guardou os papéis numa pasta, e então verificou a minha lista de afazeres.

— Seu dia está cheio. Não vai sobrar tempo para você arrumar encrenca, meu jovem.

— Os bancos não precisam se preocupar comigo — brinquei. — Pelo menos não hoje.

— Você roubou essa piadinha do seu pai. Todas as suas piadas vêm do seu pai. Você precisa tentar ser original. O que você e seu pai prepararam para o nosso jantar de Bloomsday?

— Segredo de Estado.

— Dê-me uma dica.

— Pés de galinha à Florentina — eu disse.

— Outra piada velha de seu pai. Todos os seus arroubos de espiritualidade vêm dele. Eu nunca disse uma gracinha sequer em toda a minha vida. Acho isso uma perda de tempo. Tchauzinho; preciso ir, querido.

— Tchauzinho.

Fui até a cozinha a fim de preparar os tabuleiros de cookies. Diferentemente de todas as famílias que eu conhecia, na nossa, a cozinha era o espaço do meu pai e de mais ninguém. Jasper King preparou todas as refeições que minha família comeu em casa, e contou com os filhos, na condição de copeiros e chefs auxiliares, desde que me entendo por gente. Eu só via minha mãe na cozinha quando ela atravessava o recinto em direção à garagem. Diante de um tribunal, eu jamais poderia jurar que ela um dia acendeu o fogão, degelou o congelador, reabasteceu o moedor de pimenta, jogou fora o leite azedo, ou que soubesse qual era a prateleira dos temperos, ou onde o óleo e o azeite eram guardados. Meu pai lavava e passava a roupa, mantinha pias e vasos sanitários em estado impecável e administrava o lar com uma eficiência que me deixava abismado. Ao longo dos anos, ele me ensinou tudo o que sabia sobre culinária, inclusive grelhados e assados, e juntos seríamos capazes de fazer com que os príncipes herdeiros da Europa se deleitassem à nossa mesa.

Abri o exemplar do livro *Charleston Receipts*, adquirido por meu pai no dia em que nasci, no hospital São Francisco, e localizei a receita de biscoito de semente de gergelim, contribuição da Sra. Gustave P. Maxwell, cujo nome de solteira era Lizetta Simmons. Meu pai e eu tínhamos testado quase todas as receitas reunidas no *Charleston Receipts*, um livro fenomenal organizado pela Liga Feminina e publicado em 1950, ocasião em que recebeu elogios universais. Meu pai e eu acrescentávamos estrelas cada vez que preparávamos uma receita, e os biscoitos de gergelim tinham merecido uma constelação. Comecei tostando as sementes de gergelim numa frigideira de fundo espesso. À parte, fiz um creme usando duas xícaras de açúcar mascavo e um tablete de manteiga sem sal. Adicionei uma xícara de farinha de trigo peneirada com fermento em pó e uma pitada de sal e um ovo batido, comprado por meu pai numa granja perto de Summerville. No momento em que eu verificava se as sementes estavam bem tostadas, o telefone tocou. Praguejei, mas o fiz entre os dentes, porque xingar era prática proibida pelos meus pais, que queriam criar um filho que não se atrevesse a pronunciar a palavra *merda*. Um filho sem merda, pensei, quando atendi ao telefone.

— Alô, residência da família King. Aqui quem fala é o Leo.

Minha raça sulista é polida e dotada de graça natural.

Uma voz feminina desconhecida disse:

— Posso falar com a irmã Mary Norberta?

— Mary Norberta? Desculpe, mas aqui não mora ninguém com esse nome.

— Desculpe, mas acho que você está enganado, meu jovem. A irmã Norberta e eu fomos noviças do convento do Sagrado Coração há muitos anos.

— Minha mãe é diretora de uma escola. Da minha escola. Posso garantir que a senhora discou o número errado.

— Você é o Leo — disse a voz. — O caçula dela.

— Sim, senhora, sou Leo, filho dela.

— Apesar dos óculos, você é um jovem bastante atraente — disse ela. — Sugiro que retire os óculos sempre que seu pai bater uma foto sua.

— Ele tem me fotografado desde que nasci — falei. — Não sei bem como é o rosto dele, mas conheço bem a máquina fotográfica que meu pai usa.

— Sua mãe se gaba da sua sagacidade — disse a voz. — Você herdou isso da família do seu pai.

— Como a senhora sabe?

— Ah! Ainda não me identifiquei. Sou a irmã Mary Scholastica. Estou telefonando para desejar feliz Bloomsday a sua mãe. Aposto que você sabe do que estou falando, não é?

— Nunca ouvi falar de você — eu disse. — Irmã Scholastica.

— Ela nunca conversou com você sobre o tempo que passou no convento?

— Nunca, jamais.

— Ah! Meu caro, espero não estar desvendando um segredo — disse a freira.

— Não que eu saiba — comentei. — A senhora está querendo dizer que meu irmão e eu somos ilegítimos?

— Ah! Pelos céus! Não! Acho que dei com a língua nos dentes. Então, ela criou você com ideias feministas? Vangloriava-se de que faria isso.

De fato, minha mãe havia alardeado isso a quem quisesse ouvir, desde que nasci.

— Deus do céu! — suspirei. — A senhora a conhece mesmo, irmã Norberta, hein?

— Foi a freira mais linda que conheci na vida. Todas achamos isso. Parecia um anjo de hábito — disse a irmã Scholastica. — Ela vai estar em casa mais tarde?

— Vou passar para a senhora o número do telefone dela na escola.

E assim o fiz, mas minha indignação provocou o refluxo incontrolável da bile. Ainda assim, concluí minha tarefa: acrescentei baunilha e sementes de gergelim, e, com uma colher de café, deitei bolotas da massa num tabuleiro forrado de papel-alumínio e levei o tabuleiro ao forno brando. Então, liguei para minha mãe.

Quando ela atendeu, eu disse:

— Admito: eu costumava chamar a senhora de mãe. Mas de agora em diante, para mim, a senhora será irmã Mary Norberta.

— Isso é mais uma das suas piadinhas?

— A senhora é quem me diz, mãe, se isso é uma piadinha ou não. Estou de joelhos, rezando para São Judas Tadeu, o patrono das causas perdidas, para que seja uma piada.

— Quem lhe disse isso? — indagou minha mãe.

— Alguém com um nome ainda mais tolo do que Norberta. O nome dela é Scholastica.

— Ela sabe que não deve telefonar para minha casa.

— Mas hoje é Bloomsday, mãe — disse, com boa dose de sarcasmo. — Ela queria compartilhar da sua alegria.

— Ela parecia estar alcoolizada? — perguntou minha mãe.

— Falamos pelo telefone. Não faço a menor ideia.
— É bom o senhor mudar de tom imediatamente rapaz — ela ordenou.
— Sim, irmã. Desculpe, irmã. Por favor, me desculpe, irmã.
— Eu não fiz disso segredo nenhum. Olhe a foto que está em cima da minha cômoda, aquela em que apareço com seu pai e meus sogros. Você vai ver.
— Por que a senhora não me contou? — perguntei. — E pare de espalhar que está me criando como feminista.
— Você sempre foi muito estranho, Leo. Steve sabia tudo sobre a minha vida como freira. Mas você era tão diferente e tão difícil que eu não sabia qual seria a sua reação.
— Vai demorar um pouco até eu me acostumar com isso — desabafei. — Não é todo dia que um cara descobre que a mãe é uma virgem profissional.
— Minha vocação foi extremamente gratificante para mim — disse ela, falando com firmeza, e então mudou de assunto, recorrendo a uma rara esquiva. — Já levou os cookies para os vizinhos?
— Estão no forno agora. Depois, ainda precisarão esfriar.
— Não se atrase. Almoço no Iate Clube, e depois a reunião, às 16 horas, com seu novo técnico de futebol americano. E, Leo, tenho orgulho de estar criando você como feminista.
— Não é por menos que todo mundo me acha um sujeito esquisito — respondi, com espanto. — Fui criado por uma freira.

P̲ouco depois das 15 horas, eu começava a colocar os biscoitos em uma lata quando meu pai entrou na cozinha, carregando duas sacolas de mantimentos.
— Cookies de gergelim? — disse ele. — Não são mencionados em *Ulisses*.
— Não são para o jantar de Bloomsday — falei. — Uma nova família se mudou para o outro lado da rua, lembra?
Jasper King pôs as sacolas sobre o balcão e disse:
— O menino mais doce do mundo precisar ser beijado pelo pai.

Dei um gemido, mas sabia que resistir seria tolice. Beijou-me em ambas as faces, conforme aprendera a fazer na Itália, na época da Segunda Guerra Mundial. Durante toda a minha infância, meu pai inventava desculpas para beijar meu irmão e a mim nas duas faces. Quando éramos pequenos, Steve e eu ensaiávamos os gemidos que emitiríamos quando ele se aproximasse de nós.

Com grande cuidado, arrumei os biscoitos dentro de uma lata redonda que um dia acondicionara nozes-pecãs salgadas. Provei um, para verificar se eram dignos de entrar no lar de estranhos. Eram.

— Vou levar esses biscoitos para os novos vizinhos — o avisei. — Ah! Já ia esquecendo, a irmã Scholastica telefonou.

— Não tenho notícias dela há séculos.

— O senhor a conhece? — perguntei, ignorando momentaneamente o fato de minha mãe ter sido freira.

— É claro que conheço Scholastica — ele disse. — Foi madrinha do nosso casamento. A propósito, esbarrei com o juiz Alexander, na Broad Street. Ele exaltou a admiração que a funcionária encarregada da sua condicional tem por você. Eu disse a ele que você está se saindo muito bem.

O caminhão de mudanças já tinha ido embora quando atravessei a rua em direção à casa da família Poe. Os biscoitos ainda estavam mornos dentro da lata quando galguei os degraus da entrada da velha casa. Construída no século XIX, ela precisava de uma cirurgia plástica facial e um pouco de ruge. Bati duas vezes, e ouvi alguém se aproximando da porta, de pés descalços. A porta abriu e lancei meu primeiro olhar embevecido sobre Sheba Poe, que se tornou a mulher mais bela de Charleston no instante em que cruzou a divisa e entrou na cidade. Todas as pessoas que eu conhecia, homens ou mulheres, eram capazes de lembrar o local exato em que avistaram pela primeira vez aquela beleza loura, estonteante, rara. Não que carecêssemos de experiência; em se tratando de beleza feminina, Charleston era conhecida pela formosura de suas mulheres elegantes e mimadas. Mas, diante daquela porta, a presença de Sheba insinuava uma sensualidade que me levou aos limites do pecado mortal somente pelos pensamentos que me ocorreram enquanto a admirava. Meu sentimento não era de simples admiração diante de algo belo, era de cobiça, ou gula. Aqueles olhos verdes me engoliram, e neles percebi pontinhos dourados.

— Oi — disse ela. — Meu nome é Sheba Poe. Sou nova na vizinhança. Meu irmão, Trevor, está se escondendo atrás de mim. Está usando minhas sapatilhas de balé.

— Estou usando as *minhas* sapatilhas, obrigado.

Trevor Poe surgiu ao lado da irmã. Fiquei perplexo diante da serenidade e do tamaninho dele, que mais parecia um elfo. Era ainda mais belo que a irmã, mas tal pensamento parecia desafiar as leis da natureza. Trevor percebeu o meu silêncio:

— Não se preocupe; Sheba produz esse efeito em todo mundo. Eu produzo um efeito idêntico nas pessoas, mas por uma razão totalmente diferente. Encarnei a Fada Sininho em tantos teatrinhos de escola que já perdi a conta.

— Fiz uns biscoitos — eu disse, aturdido. — Para dar boas-vindas a vocês à nossa vizinhança. São biscoitos de gergelim, especialidade de Charleston.

— Isso aí tem nome? — perguntou Trevor à irmã.

Parecia um estranho eco da minha conversa com os órfãos naquele mesmo dia pela manhã, como se eu não estivesse no mesmo recinto que os meus interlocutores.

Desta vez, respondi:

— Isso se chama Leo King.

— Da família *King*, de Charleston? Que dá nome à King Street? — perguntou Sheba.

— Não, não somos parentes dos célebres King de Charleston — respondi. — Descendo dos King João-Ninguém.

— É um prazer conhecer um dos King João-Ninguém — disse Sheba.

Pegou a lata de biscoitos e entregou ao irmão, e então apertou a minha mão. Ela era tão brincalhona e provocante quanto linda.

Em seguida, uma presença sombria surgiu do interior da casa, um tanto trôpega, fazendo lembrar um cão com apenas três pernas.

— Quem é?

Havia algo errado com a voz da mulher. Uma versão graciosa, mas em menor escala, dos gêmeos surgiu à porta, separando os filhos.

— O que quer de nós? — perguntou ela. — Você já recebeu o cheque da mudança.

— Os sujeitos da transportadora já foram embora faz tempo — disse Trevor.

— Ele nos trouxe cookies, mamãe — disse Sheba, num tom de voz nervoso, meio afetado. — É uma velha receita de família.

— É do *Charleston Receipts* — eu disse —, um livro de receitas daqui da região.

— Minha tia-avó tem uma receita nesse livro — disse a mulher, e um quê de orgulho surgiu na fala engrolada que, segundo eu agora percebia, pertencia a alguém alcoolizado.

— Qual delas? — eu disse. — Posso preparar essa receita para a senhora.

— É a do camarão matinal. Minha tia se chamava Louisa Whaley.

— Já preparei esse prato várias vezes — comentei. — Nós chamamos esse prato de camarão ao vinho, e servimos com grãos.

— Você sabe cozinhar? Que coisa afeminada. Você e meu filho serão amigos do peito.

— Por que a senhora não volta lá para dentro, mamãe? — Sheba sugeriu, falando com diplomacia.

— Se você ficar meu amigo, Leo — explicou Trevor —, vai ser uma espécie de beijo da morte para minha mãe.

— Ora, Trevor! Mamãe está só brincando — disse Sheba, conduzindo a mãe de volta às sombras da casa.

— Quem me dera! — disse Trevor.

— Vocês gostariam de assinar o *News and Courier*? — perguntei à Sra. Poe no momento em que se retirava. — Temos uma oferta de adesão: a primeira semana é gratuita, exceto a edição de domingo.

— Pode nos incluir na lista — disse ela. — Se você for o leiteiro, precisamos de leite e ovos também.

— Eu telefono para o leiteiro — falei. — O nome dele é Reggie Schuler.

Sheba voltou à porta e disse, com um forte sotaque sulino:

— Não sei o que minha mãe, dona Evangeline, faria se não fosse a bondade de alguns bastardos idiotas.

Dei uma gargalhada, surpreso com o palavreado vindo de um rosto tão lindo e reconhecendo a perspicaz alusão a Tennessee Williams. O irmão gêmeo parecia bem menos contente do que eu e repreendeu a irmã:

— Vamos esperar até fazer um ou dois amigos, e então podemos exibir a nossa verdadeira falta de classe, Sheba. Minha irmã pede desculpas, Leo.

— Eu não! De jeito nenhum! — disse Sheba, hipnotizando-me com o olhar. Seu sotaque era extremamente marcado, mas não era de Charleston, sendo este incrementado por seus próprios brilhos e toques huguenotes. A voz do irmão era aguda, mas difícil de ser situada geograficamente, embora me parecesse originária do Oeste.

— Meu charme natural já cativou o Leo, não é? O que você acha, meu biscoitinho de gergelim? — Sheba tinha aberto a lata e, enquanto comia um cookie, ofereceu outro a Trevor.

O súbito reaparecimento da mãe os surpreendeu.

— Você ainda está aí? — disse a mãe. — Esqueci seu nome, meu jovem.

— Acho que não cheguei a me apresentar, Sra. Poe. Sou Leo King. Moro naquela casa de tijolos, do outro lado da rua.

— Na minha opinião, é uma casa bastante sem graça.

— Meu pai a construiu antes que a Comissão de Preservação Arquitetônica ganhasse força — expliquei. — É considerada horrenda pela maioria dos charlestonianos.

— Mas você é da família King. Um dos King, da King Street, suponho.

— Não, senhora. Somos os King João-Ninguém. Já expliquei isso aos seus filhos.

— Ah! Você já conhece os meus queridos filhos. Um veado e uma vagabunda. Nada mal, você não acha? E dizer que sou da aristocracia de Charleston. Os Barnwell, os Smythe, os Sinkler, tudo isso e mais ainda. Muito mais, Sr. King João-Ninguém. O sangue dos fundadores da colônia circula nestas veias. Mas meus filhos são, para mim, uma tremenda decepção. Contaminam tudo o que tocam.

A Sra. Poe interrompeu o discurso, que era metade genealógico, metade maledicente, e esvaziou o conteúdo de um copo. Em seguida, pressionou o nariz na tela anti-insetos sobreposta à porta da frente e disse:

— Acho que vou vomitar.

Não vomitou, mas caiu, rompendo a porta de tela, diretamente em meus braços. Aparei-a, cambaleei, mas consegui impedir que ela espatifasse o rosto no calçamento. Sheba e Trevor gritaram de susto, e juntos carregamos a mãe deles até o quarto, localizado no segundo andar da casa. O mobiliário pelo qual passamos cheirava a novo, cópias baratas de antiguidades, inclusive a cama de quatro colunas em estilo colonial na qual a deitamos. Os gêmeos pareciam constrangidos por eu haver testemunhado aquele evento tão humilhante, mas eu me sentia um herói por ter segurado a mãe dos dois no momento em que ela atravessou a porta de tela e por tê-la retirado da cena antes que algum transeunte obtivesse dados para, mais tarde, relatar o incidente à vizinhança.

De volta aos degraus diante da porta de entrada, Sheba segurou a minha mão e pediu, quase suplicando:

— Por favor, Leo, não conte a ninguém o que você acabou de ver. Este é o nosso último ano do ensino médio, e não aguentamos mais.

— Não vou contar a ninguém — declarei, falando sério.

— Esta será a nossa quarta escola de ensino médio. Nossos vizinhos não aguentam esse tipo de situação durante muito tempo. Nossa mãe é capaz de fazer coisa muito pior — afirmou Trevor.

— Não vou contar nem ao meu pai, nem à minha mãe — garanti-lhes. — Ainda mais porque minha mãe é a diretora da nova escola que vocês vão frequentar, e meu pai vai ser o professor de física da turma de vocês.

— Não deixe que isso afete a nossa amizade tão recente — disse Sheba, quase às lágrimas.

— Não deixarei que nada afete a nossa amizade — falei. — Absolutamente nada.

— Então, vamos começar com um pouco de verdade, só um pouquinho — disse Trevor. — Minha mãe é de Jackson, no Wyoming. Antes de nos mudarmos para cá, morávamos no Oregon. Nem queira saber sobre meu pai. Mamãe não tem nenhuma gota de sangue de Charleston. E minha irmã é uma das maiores atrizes de todos os tempos — prosseguiu.

Nesse ponto, Sheba deixou-me atônito, calando-se, enxugando as lágrimas com os dedos e exibindo o mais deslumbrante dos sorrisos.

— Mas isso também faz parte do segredo. Ninguém pode saber disso — disse ela.

— Não vou contar a ninguém — repeti.

— Você é um anjo — disse Sheba Poe, já sob controle, oferecendo-me um beijo delicado, a primeira garota a beijar meus lábios. Em seguida, Trevor também me beijou os lábios levemente, com ternura, deixando-me ainda mais perplexo.

Após descer os degraus, virei-me para os gêmeos, sem querer sair da presença deles:

— Nada disso aconteceu. É simples.

— Alguma coisa aconteceu sim, garoto do jornal — disse Trevor entrando em casa, mas a irmã ficou do lado de fora.

— Ei! Leo King João-Ninguém. É bom saber que você mora na vizinhança. E tem mais: não vai ser apenas a minha beleza que vai fazer você se apaixonar por mim. Você nem vai acreditar no quanto eu sou uma pessoa legal, garotão.

— Você poderia ser ruim como o inferno, e feia como o pecado, Sheba Poe — eu disse. — Mesmo assim, eu me apaixonaria. — Fiz uma pausa e acrescentei: — Garota.

Ao voltar para casa, caminhando nas nuvens, dei-me conta de que jamais dissera algo semelhante a uma garota; eu acabava de flertar pela primeira vez. Foi outro jovem que atravessou a rua, saltitante, de volta para casa, tendo sido beijado por uma garota e um garoto pela primeira vez.

CAPÍTULO 3

Iate Clube

Era meio-dia, sob um sol escaldante de Charleston, o ar tão úmido que eu quisera ter um par de guelras embaixo das orelhas. Entrei no salão principal do Iate Clube Municipal, para participar do tal almoço, cumprindo ordens da minha mãe. O Iate Clube era sofisticado, mas estava meio decadente e carecia de reformas. Para mim, o local continha a ameaça silenciosa de um território inimigo, sensação que me visitava enquanto eu caminhava, sob os olhares desdenhosos dos fundadores do clube. As fisionomias me repreendiam, desfiguradas pela inépcia dos pintores. Os artistas de Charleston tinham retratado os poderosos da cidade moldada pelos rios como se eles precisassem de um bom dentista e um laxativo eficaz. Meus sapatos recém-engraxados trilhavam os tapetes orientais, e eu antecipava a presença de algum segurança à paisana que interrompesse meu avanço em direção ao salão principal do clube, mas os poucos sujeitos por quem eu passava não me notavam, e tampouco me dirigiam a palavra, enquanto eu seguia até o burburinho produzido pelos sócios que almoçavam. Lá fora, o rio Cooper parecia forrado de velas brancas, murchas no ar parado, como borboletas presas num âmbar estranho feito de leite desnatado e marfim. Mesmo por trás das janelas fechadas, eu conseguia escutar as imprecações dos velejadores, maldizendo a falta de vento. Antes de entrar no salão, respirei fundo e me perguntei, mais uma vez, o que estava fazendo naquele almoço. Charleston produzia homens e mulheres tão aristocráticos que eram capazes de sentir o cheiro dos cromossomos de um dos membros da alta-roda jogando tênis. Eram uma cidade e um clube que sabiam, exatamente, o tipo de gente que desejavam, e eu não preenchia nenhuma das exigências da lista. E tinha plena consciência de tal fato.

Do outro lado do salão, meu pai levantou-se de uma cadeira e fez sinal para mim; enquanto eu atravessava o recinto, sentia-me como uma meleca num lenço de papel. Mas percebi que a serenidade do rio emprestava ao salão um brilho esverdeado, quase turquesa, e que a lenta oscilação das marés lançava sobre o teto sombras animadas, que vagavam de candelabro em candelabro como marolas relutantes.

A mesa à qual me sentei não era das mais alegres, e a minha intrusão pareceu até bem-vinda.

— Este é nosso filho, Leo King — disse meu pai, dirigindo-se à mesa de modo geral. — Filho, estes são o Sr. Chadworth Rutledge e a esposa, Hess. Ao lado deles estão o Sr. Simmons Huger e a Sra. Posey Huger.

Troquei apertos de mão, cumprimentando todos os adultos, e então vi três adolescentes mais ou menos da minha idade. Conhecer gente da minha idade era, muitas vezes, mais intimidador do que conhecer adultos. Como eu ocupava uma cadeira exatamente de frente para eles, não pude deixar de sentir certo desconforto ao ser por eles examinado. Mas esse incômodo era resultado de meus demônios internos, e nada tinha a ver com os três jovens sentados diante de mim.

— Filho, o rapaz sentado diante de você é Chadworth Rutledge, o Décimo — disse meu pai.

Estiquei o braço acima da mesa para cumprimentá-lo. Não me contive e perguntei:

— O *décimo*?

— Família antiga, Leo. Muito antiga — disse o jovem Chadworth.

— E a bela jovem sentada ao lado dele é a namorada dele, Molly Huger, cujos pais você acaba de conhecer — acrescentou meu pai.

— Olá, Molly — trocamos um aperto de mão. — É um prazer conhecê-la.

E era mesmo: Molly Huger parecia plenamente habituada a ser a mais bela do baile.

— Olá, Leo — disse ela. — Parece que vamos ser colegas de turma este ano.

— Vocês vão gostar do Peninsula High — eu disse a ela. — É uma boa escola.

— A outra jovem é Fraser Rutledge — prosseguiu meu pai. — Está no segundo ano na Ashley Hall; é irmã de Chad. E a melhor amiga de Molly.

— Fraser Rutledge? — perguntei. — A jogadora de basquete?

A jovem enrubesceu, com um tom róseo sobre a pele de porcelana. Seus cabelos brilhavam como o pelo de um potro; era forte, alta, saudável e tinha ombros largos, uma atleta olímpica em potencial. Lembrei-me da presença valente de Fraser numa partida à qual eu assistira no ano anterior. A jovem assentiu com a cabeça, mas baixou o olhar.

— Eu assisti àquele jogo contra a Porter-Gaud — eu disse. — Você marcou trinta pontos e pegou vinte rebotes. Jogou muito! Foi demais!

— Campeãs estaduais — disse o pai, Worth Rutledge, sentado mais adiante. — A Ashley Hall não teria vencido um único jogo sem ela.

Hess Rutledge acrescentou:

— Fraser sempre teve mania por esportes. Já fazia aquelas estrelas da ginástica olímpica na praia, em Sullivan's Island, antes dos 2 anos.

— Muitas estrelas — disse o irmão —, mas poucos namoros.

— Deixe Fraser em paz — disse Molly, dirigindo-se ao namorado com um tom de voz cordato.

— Vocês gostam de esportes? — Dirigi a pergunta a Chad e Molly.

— Gosto de velejar — respondeu Molly.

— Gosto de caçar pato e veado, e cavalgo na companhia dos meus cães — disse o namorado. — Também sou velejador, porque cresci neste clube. Joguei um pouco de futebol americano na Porter-Gaud.

Minha mãe então dirigiu-se a mim, resumindo o dia até aquele momento.

— Hoje de manhã matriculamos Chad e Molly nas disciplinas do semestre. Achei, Leo, que você poderia responder a quaisquer perguntas que eles tenham sobre o Peninsula High.

Tirei os óculos e comecei a limpá-los com um lenço, algo que eu sempre fazia quando ficava nervoso. O salão tornou-se embaçado, e as pessoas do outro lado da mesa ficaram quase sem rosto até que eu recolocasse os óculos. Sentia-me como um peixe dentro de um vidro de geleia enquanto era examinado por aqueles indivíduos.

A Sra. Rutledge disse:

— É muita gentileza sua vir ao nosso encontro, tendo o convite sido feito tão em cima da hora. Eu ouvi bem? Seu nome é Lee?

— Não, senhora — eu disse. — É Leo.

— Achei que talvez seu nome fosse inspirado no do general Lee. Acho que não conheço nenhum Leo. De onde veio a inspiração para o seu nome?

— Do meu avô — eu disse, prontamente. Ouvi meu pai dar uma risadinha e, em seguida, lancei um olhar mortal à minha mãe como advertência, caso ela resolvesse revelar a origem vexatória do meu nome.

— Como é a comida do refeitório, Leo? — perguntou Molly.

Voltei meu olhar para aquela garota linda, inacessível, um tipo que parecia brotar espontaneamente dos lares da classe alta de Charleston: aqueles cabelos, aquela pele, aquele corpo, tudo reluzia com um notável brilho interior. Ela parecia feita de pérolas e crinas de cavalos puros-sangues. Era tão linda que era difícil olhar para ela e não se sentir como uma baleia jubarte.

— É comida de refeitório... igual em todo lugar... intragável. Todo mundo reclama durante o ano inteiro — respondi.

À ponta da mesa, Worth Rutledge, obsequioso e objetivo, bateu palmas e disse:

— Certo. Voltemos ao que interessa. Tomei a liberdade de escolher os pratos, para todos nós... achei que assim pouparia nosso tempo valioso.

Ele se considerava um homem de ação, e não costumava esperar por sugestões de terceiros. A esposa assentiu, com o rosto desbotado. No semblante do pai de Molly surgiu um ar de resignação, ou mesmo de derrota. E a Sra. Huger também assentiu, imitando de forma estranha a esposa do Sr. Rutledge.

— Foi uma manhã atribulada — disse Worth Rutledge. — Vocês acham que tratamos de todas as questões? Não queremos que as crianças tenham nenhuma surpresa, não é mesmo?

— Acho que está tudo providenciado — disse minha mãe, verificando uma lista que estava ao lado do prato no momento em que um garçom de paletó branco trazia cestas transbordando de pães, bolachas e broas de milho.

Copos com água e com outras bebidas foram reabastecidos na mesa. Meus pais tomavam chá gelado, mas o Sr. Rutledge bebia um Martini, com três cebolinhas em conserva presas num palito. Pareciam três crânios reduzidos de albinos. Os demais adultos bebiam Bloody Mary, espetados com talos de aipo decorativos.

Voltando a verificar a lista, minha mãe enumerou os detalhes, com o tom metódico e a competência de sempre:

— Já falamos sobre o seguro-saúde e sobre as regras da licença médica. Preço do anel de formatura. Normas de vestuário. Penalidades por uso de drogas ou álcool nas dependências da escola. Viagem de formatura. Pré-requisitos para participar de atividades extracurriculares.

Minha mãe foi interrompida abruptamente por Worth Rutledge.

— Por que a senhora voltou a falar em drogas, Dra. King?

Simmons Huger, um sujeito pálido que mal abrira a boca desde que eu havia chegado, disse:

— Pelo amor de Deus, Worth. Estamos todos aqui por causa das drogas. Nossos filhos foram presos e expulsos da Porter-Gaud. O casal King foi muito gentil em nos ajudar.

— Deve haver algum engano, Simmons — disse Worth, num tom de voz que beirava a ironia. — Não creio que tenha dirigido a pergunta a você. Portanto, eu ficaria grato pelo seu silêncio, uma vez que não posso contar com o seu apoio.

— A Dra. King está verificando a lista — replicou Simmons. — Você acaba de perguntar a ela se já discutimos todos os pontos da reunião. Ela estava atendendo ao seu pedido. Só isso.

A Sra. Rutledge entrou no debate.

— Na minha época, só nos encrencávamos por causa de bebida alcoólica. Não entendo nada dessa cultura de drogas. Se Molly e Chad querem aprontar, basta ir até a casa de praia e tomar um pileque. Depois, é só dormir e voltar para casa no dia seguinte, e ninguém vai se incomodar.

— Se você me permite, Hess — disse Simmons —, preferimos que Molly não beba, e preferimos também que ela durma em nossa casa, e não na sua casa de praia.

Do lado de cá da mesa, durante aquela divergência contida, observei Worth Rutledge esvaziar a taça de Martini e engolir as três cebolinhas que estavam presas no palito. Outro Martini apareceu ao lado do prato dele, sem que fosse preciso qualquer sinal ou gesto. Um garçom começava a servir sopa de caranguejo quando ouvi o assunto se voltar para mim.

— Então, Leo — me chamou o Sr. Rutledge. — Você teve muitos problemas com drogas quando era mais jovem, não foi?

Com aquelas palavras, Worth Rutledge mudou a atmosfera do nosso almoço.

— Contenha-se, Worth — disse-lhe a esposa, em tom de repreensão. — Pelo amor de Deus.

— Meu filho nada tem a ver com este encontro — disse meu pai. Mais do que nunca, apreciei a capacidade que meu pai tinha de manter a calma em situações de estresse.

— Eu lhe fiz uma pergunta muito simples, Leo — afirmou o Sr. Rutledge. — Considero a pergunta procedente nas atuais circunstâncias. Talvez você possa dar algumas dicas sobre reabilitação aos nossos filhos. Dei uma olhada na sua ficha. Você foi pego com 250 gramas de cocaína e expulso do Bishop Ireland High School. Portanto, suponho que esteja em condições de dar bons conselhos à Molly e ao meu filho.

— Agredindo um menino — criticou Simmons Huger. — Você deveria se envergonhar, Worth.

— Eu gostaria de pedir a Leo que nos falasse sobre a experiência dele. Acho que será muito relevante para o que discutimos hoje — replicou Worth.

— Sim, senhor — admiti. — Fui flagrado e processado por porte de cocaína. Ainda estou em regime de suspensão condicional da pena, e tenho que fazer trabalho comunitário.

— Então, você é a prova de que isso não é o fim do mundo para Molly e o meu filho. Certo, Leo? — A voz do Sr. Rutledge me intimidava e me deixava confuso, embora não calado.

— Ainda tenho algumas semanas de terapia, por ordem do juizado, então vou...

— Terapia? Você se trata com um médico de loucos, Leo? — o Sr. Rutledge me encarava, sem perceber o silêncio gélido e perigoso de minha mãe.

— Sim, senhor — respondi. — Uma vez por semana. Mas já estou no final do tratamento.

— Filho — disse meu pai —, você não é obrigado contar ao Sr. Rutledge detalhes da sua vida. Ele nada tem a ver com isso.

O Sr. Rutledge virou-se para meu pai.

— Discordo de você, Jasper.

Pronunciou o nome de meu pai num tom irônico. Eu sabia que a questão do nome era delicada para meu pai, e que ele gostaria muito que seu avô materno tivesse outro nome.

— Papai, o tom da sua voz... — Fraser disse, com o constrangimento lhe enrubescendo as faces.

— Não ouvi ninguém pedir a sua opinião, minha jovem — retorquiu o pai.

Hess Rutledge entrou na rixa, mas com receio:

— Ela percebeu o tom de raiva na sua voz, querido. Você sabe o quanto a sua raiva a incomoda.

O marido ergueu os braços.

— Passei o dia todo ouvindo humilhações a respeito do meu filho, o risco que ele corre de não entrar numa boa universidade, e até se ele vai conseguir se formar na próxima primavera.

— Quem o humilhou, Sr. Rutledge? — ouvi minha mãe perguntar.

— A senhora, madame — respondeu ele. — E seu marido, professorzinho de ensino médio, esse aí, o Jasper. Nada disso teria acontecido se aquele babaca, filho da mãe, o diretor da Porter-Gaud, soubesse acatar argumentos sensatos. Desculpem a minha linguagem.

O sangue do Sr. Rutledge tinha esquentado, uma raiva que incitava o filho, envergonhava a esposa e humilhava a filha, esta quase às lágrimas do outro lado da mesa, em frente a mim.

Simmons Huger tentou anuviar a tensão, mas, novamente, pareceu fraco e hesitante.

— Nossos filhos estão encrencados, Worth. A família King está nos ajudando a sair de uma situação bastante difícil.

— A Porter-Gaud deveria ter lidado com isso internamente. Nós não deveríamos precisar nos ajoelhar, implorando pela admissão de nossos filhos numa porcaria de escola pública — disse o Sr. Rutledge.

— O senhor já terminou, Sr. Rutledge? — perguntou minha mãe.

Ninguém na mesa havia tomado uma colherada sequer de sopa quando os garçons vieram recolher os pratos.

— Por enquanto — respondeu ele. — Ao menos, por enquanto.

Garçons negros circulavam pelas mesas feito espectros, trazendo carne de vitela com molho de Marsala como segundo prato, acompanhada de um purê de batatas malfeito e cenouras malcozidas. Felizmente, concentramo-nos na comida, enquanto a atmosfera à nossa volta se tornava menos tensa, antes do final da refeição.

Depois que os pratos de vitela foram retirados, Simmon Huger, pigarreando, disse:

— Posey e eu somos muito gratos à senhora, Dra. King, por lidar com essa questão com tanto profissionalismo. Os últimos dias foram bastante traumáticos para todos nós. Molly nunca nos trouxe problemas; portanto, isso pegou a nossa família de surpresa.

— Não vou decepcioná-la, Dra. King — acrescentou Molly, num tom de voz brando.

— Sou hoje um outro homem — disse o jovem Rutledge. — Aprendi uma grande lição, professora.

— Os homens da linhagem dos Rutledge têm um longo histórico como encrenqueiros — explicou o pai de Chad. — Hoje em dia isso se tornou uma espécie de estilo de vida, parte de um legado.

Hess o interrompeu:

— Mas a senhora não verá o menor sinal disso, Dra. King. Meu filho me prometeu que vai se comportar bem.

— Se não se comportar — disse o Sr. Huger —, ele não vai sair com a Molly quando ela for liberada do castigo, no final do verão.

— Você está de castigo? — Chad perguntou a Molly. — Por quê?

— Fomos presos naquela noite, querido — disse Molly. — Isso não agradou muito aos meus pais, certo?

— Só se é jovem uma vez — disse o pai de Chad. — O principal objetivo dos jovens é sair e se divertir o máximo possível. O único erro que eles cometeram naquela noite foi quando se deixaram flagrar. Não estou certo? Sim ou não?

— Enfaticamente não, Sr. Rutledge — disse minha mãe. — Acho que, sobretudo na condição de pai, o senhor está redondamente enganado.

— Ah! Dra. King, mais uma vez aquele tom de superioridade. Na melhor das hipóteses, irritante; na pior, exasperador — disse Worth Rutledge, lançando na direção de minha mãe um olhar capaz de remover o ácido da bateria de um carro. — Examinemos os fatos: nossos filhos são pegos com alguns gramas de cocaína. Convenhamos, agiram mal. Mas temos aqui uma diretora de escola cujo filho foi pego numa festa com 250 gramas de cocaína. E desde aquele momento o rapaz entrou para os anais do sistema judiciário juvenil de Charleston.

— Fui informado de que viríamos aqui conversar sobre um meio de ajudar seu filho e Molly a sair de uma situação difícil — disse meu pai, com sua gentileza já revestida com uma armadura defensiva. — Eu não sabia que o senhor comandaria um debate sobre o passado do meu filho.

Na atmosfera subitamente sufocante do salão, mantive a cabeça baixa e o olhar fixo no prato à minha frente. O nível de desconforto atingiu um ponto de ebulição. Então, o pai de Molly tossiu, mas as palavras lhe faltaram naquele momento crucial.

— Acho que meu pai está querendo dizer que Molly e eu somos amadores, comparados ao Leo — disse o jovem Chadworth.

Meu rosto ardia com tamanho desconforto, mas eu sabia que a polêmica voluntariosa provocada por Chad Rutledge mereceria uma resposta contundente por parte de meu pai, ou de minha mãe, senão de ambos.

No entanto, foi Fraser Rutledge, a estrela do basquete da Ashley Hall, que rompeu seu casulo de timidez e disse:

— Cale a boca, pai. Cale a boca, Chad. Vocês estão tornando tudo mais difícil para mim, e muito mais difícil para Molly.

— Não se atreva a falar com seu pai nesse tom, mocinha — rosnou Hess Rutledge entre dentes.

Posey Huger acrescentou:

— A situação não pode ficar mais difícil para Molly. Ela já está de castigo o resto do verão.

— É mesmo? — perguntou o Sr. Rutledge. — Engraçado. Tenho certeza de que meu filho me disse que ele e Molly vão a um baile no píer, em Folly Beach, no próximo fim de semana. Não foi isso que você disse, filho?

— Meu pai nunca soube guardar segredo — disse Chad, piscando o olho para a mesa inteira, transmitindo de certo modo a imagem de um pilantra charmoso em vez da criatura taciturna que me encarava todas as vezes que voltava o olhar na minha direção. Com ele, a elegância era o outro lado da agressividade. A atitude talvez não fosse louvável, mas era máscula e, ponderei, tipicamente charlestoniana.

— Você não vai a lugar algum sexta-feira — disse Hess ao filho, evidentemente, percebendo que minha mãe, calada, avaliava a cena e constatava o quanto o rapaz era mimado.

— Ah! Mamãe! — respondeu Chad. — Eu estava até pensando em arrumar alguém para sair com a minha irmã... a nossa Senhorita Músculos...

Fraser levantou-se, com uma dignidade contida, pediu licença, e retirou-se para o banheiro feminino. O sofrimento de jovens desprovidas de atrativos físicos, mas que nascem com o dever de serem beldades de famílias abastadas e fúteis, era, para mim, quase insuportável. Por pouco não me levantei para ir atrás dela, mas achei que minha presença no banheiro feminino seria um tanto estranha. Mas Molly Huger levantou-se abruptamente. Pediu licença, dirigiu um olhar mortífero ao namorado e seguiu a amiga pelo salão. Com sua beleza e seu porte ereto, Molly preenchia os requisitos mais rígidos impostos a uma jovem charlestoniana da geração dela. Pelo resto da vida, ela poderia simplesmente ser bela, casar com Chadworth, o Décimo, dar-lhe herdeiros, chegar à presidência da Liga Feminina e enfeitar o altar da Igreja de São Miguel com flores naturais. Sem grande esforço, ela seria capaz de organizar festas para o escritório de advocacia do marido, participar da diretoria do teatro da Dock Street e restaurar alguma das mansões situadas ao sul da Broad Street. Era possível prever a história da vida de Molly enquanto ela seguia no encalço da amiga magoada. Sendo Molly tão bela, nada havia a seu respeito que não fosse, para mim, previsível. Mas eu não fazia ideia do modo como a história haveria de maltratar Fraser, uma jovem com ombros de homem, com estatística de vinte rebotes no currículo, futuro incerto e, com certeza, sofrido. Subitamente incomodou-me o fato de eu me sentir bem mais atraído por Molly do que por Fraser.

— Você não deveria dizer coisas desse tipo para sua irmã, Chad — disse Simmons Huger, num gesto tão acertado quanto oportuno. — Vai se arrepender disso quando ela for mais velha.

A mãe de Fraser seguiu as duas jovens.

— Eu estava só brincando, Sr. Huger — disse um arrependido Chadworth, o Décimo. — Ela nunca teve muito senso de humor.

— É uma jovem sensível — assentiu o Sr. Huger e, em seguida, voltou-se para meus pais. — Dra. King? Sr. King? Obrigado pelo tempo e pela ajuda que os senhores deram à Molly. Vou me atrasar para um compromisso se não me retirar agora.

— Com certeza — disse meu pai. — Nós o informaremos sobre o que for decidido.

— Obrigado por ter organizado esse encontro, Worth — disse o Sr. Huger. — E obrigado por aparecer para o almoço.

Ninguém havia notado o silêncio gélido de minha mãe enquanto aquele medíocre auto da paixão, encenado por famílias que passavam por um momento difícil, se desenrolava em torno dela. A fim de defender os atos do filho, Worth Rutledge cometeu um tremendo erro tático ao trazer à tona o meu envolvimento com drogas, mas o velho Rutledge era conhecido em Charleston como brigão, e tal característica o instigava ao confronto sempre que uma oportunidade se apresentava.

A Sra. Rutledge e as duas jovens voltaram ao salão. Imitei meu pai, levantando-me da cadeira até que as damas estivessem novamente sentadas e fossem atendidas por garçons de paletó branco surgidos dos quatro cantos do recinto.

— Ah! — exclamou o velho Rutledge. — O retorno das nativas.

Olhando na direção de minha mãe em busca de aprovação, ele acrescentou:

— A alusão literária é em sua homenagem, Dra. King. Hardy, creio eu. Qual era mesmo o primeiro nome dele?

— Thomas — disse minha mãe.

— Minha pesquisa revelou que a senhora defendeu uma tese de doutorado sobre James Joyce. *A Odisseia*, ou algo assim. Certo?

— Algo assim — disse ela.

— Fraser tem algo a dizer a todos desta mesa — anunciou a Sra. Rutledge.

Fraser, de olhos vermelhos, começou a falar:

— Sinto muito por ter feito uma cena, e peço desculpas a meu pai e a meu irmão por tê-los constrangido publicamente. Vocês dois sabem o quanto eu os amo.

— Claro, doçura. A família toda tem estado sob muita pressão — disse o pai.

Minha mãe interrompeu o longo período de silêncio e disse:

— Srta. Rutledge, venho observando a senhorita com muito interesse desde o início do almoço. Cheguei à conclusão de que a senhorita é uma jovem dotada de caráter sólido.

Fraser lançou um olhar em torno da mesa, com os olhos brilhando.

— Mas não foi minha intenção estragar o almoço. Eu não tinha o direito de falar.

— A senhorita tinha todo o direito de falar — disse minha mãe. — A senhorita é uma moça dotada de inteligência.

Um silêncio profundo abateu-se sobre a mesa, até o jovem Chad cometer o grave erro de complementar o elogio dirigido por minha mãe à irmã dele com uma piada totalmente inoportuna:

— É... bem-dotada. Muito bem-dotada: ombros largos, coxas grossas e pés grandes.

— Cale-se, rapaz — disse minha mãe, levantando-se de sua cadeira. — Cale essa boca.

— Nunca mais se dirija a meu filho nesses termos, Dra. King — rosnou Worth Rutledge, enfurecido. — Ou a senhora vai se surpreender procurando emprego nos classificados.

— Ele está matriculado na minha escola. — Minha mãe revidou. — Se o superintendente não estiver satisfeito com o meu desempenho, ele pode me notificar.

— Se a senhora me acompanhar ao meu escritório depois do almoço, Dra. King, poderemos telefonar para o seu superintendente — disse Rutledge.

— As questões educacionais do Peninsula High são conduzidas no *meu* escritório, Sr. Rutledge — disse minha mãe. — Sua visita será bem-vinda. Por favor, marque uma hora com minha secretária.

Se o cenário fosse qualquer outro, senão o Iate Clube de Charleston, com o sol reluzindo na porcelana e nos talheres de prata, acho que Worth Rutledge teria explodido. Determinadas forças sociais que me eram apenas vagamente conhecidas haviam levado à anarquia um almoço cordato, iniciado em função da burocracia, da cortesia e da boa vontade.

Do outro lado da mesa, Molly Huger, em estado de choque, me encarava.

— Já se divertiu tanto na vida como hoje, Molly? — perguntei.

Para minha total surpresa, a mesa inteira riu, exceto Chad, cujo semblante permaneceu pétreo diante da atenuação daquela atmosfera pavorosa. No mundo privilegiado do jovem Chadworth Rutledge, quando ele se colocava na posição do comediante, sujeitos como eu tinham nascido para servir de plateia. Mas, se Chad optasse por parecer sério, meu papel seria o do bobo embevecido. Se Chad fizesse um pronunciamento, minha função seria a do mensageiro, anunciando o que ele havia dito pelos campos. Porém muitos anos transcorreriam até que eu aprendesse isso.

Minha mãe voltou a sentar-se e o grupo se tornou novamente cordial e pragmático. O almoço chegou a um final súbito, com torta de noz-pecã e café. Chegado o momento da despedida, a cordialidade que constitui, a um só tempo, a pedra angular e a areia movediça de todos os eventos sociais em Charleston emprestou graça e serenidade ao último ato daquela refeição. Houve apertos de mão por toda parte, mas nenhum dos protagonistas desperdiçou qualquer afeto.

Meus pais e eu nos despedimos de todos. Deixamos o Iate Clube de Charleston, e o calor escaldante nos saudou à porta. Surpreendentemente, minha mãe beijou-me o rosto, e nós três caminhamos juntos na direção da East Bay Street e da nossa cidade de tantas mansões, afastando-nos do Iate Clube ao qual jamais seríamos convidados a nos associarmos.

O encontro com Anthony Jefferson, técnico do time de futebol americano, me aguardava. Entrei no ginásio, que cheirava a mofo, a suor de jovens atletas, a bola de couro e a borracha. Pelas janelas da sala, avistei o técnico examinando um envelope de papel pardo cheio, que, eu bem sabia, continha a minha vida. O técnico estava visivelmente concentrado, e três rugas desiguais lhe marcavam a fronte enquanto ele tomava conhecimento dos episódios mais negativos da minha vida. Quando cheguei ao segundo ano do ensino médio, eu achava que havia me tornado uma espécie de aluno modelo, mas eu tinha plena consciência de que os padrões que impusera a mim mesmo eram baixos.

O rosto do técnico era cor de café; suas costeletas estavam grisalhas, mas os olhos tinham um impenetrável tom de mogno. Ele me fez parar no meio de um passo, no momento em que eu entrava na sala. Anthony Jefferson tinha sido um astro da equipe de futebol americano da Souh Carolina State University no início dos anos 1950, e foi um dos primeiros atletas indicados para o rol da fama da universidade, frequentada sobretudo por estudantes negros.

— Você deve ser Leo King.

A voz era mais suave do que eu esperava.

— Sim, senhor. Minha mãe me mandou vir até aqui.

O olhar do técnico se voltou para a minha ficha.

— Você foi detido por porte de 250 gramas de cocaína.

— É verdade, senhor.

— Então, você não nega?

— Fui flagrado — admiti. — Foi a minha primeira festa numa casa ao sul da Broad Street.

— Alguém enfiou a cocaína no seu bolso, para escapar do flagrante E você se recusou a revelar o nome da pessoa. É essa a história?

— Sim, senhor.

— Você não acha que a sociedade depende de gente como você... gente inocente, como você... que coopere com a polícia, Leo? — perguntou ele. — O rapaz era seu amigo?

— Não, senhor. Eu nunca tinha falado com ele — respondi.

— Então, por que não o delatou? — perguntou o técnico. — Isso não faz sentido.

— Eu o admirava muito, senhor.

— Você disse isso à polícia?

— Não, senhor, eu não disse nada a respeito dele. Eu nem disse que era um rapaz.

— Você não revelou a ninguém o nome dele? Nem à sua mãe, nem ao seu pai, nem a algum amigo, a um terapeuta, a um padre, a um assistente social? Por que se deixou punir para proteger um vagabundo que te ludibriou?

— Tomei uma decisão. Foi uma coisa meio impulsiva. E aguentei firme — expliquei. — Sinto muito.

— Você não tem físico de jogador, King.

— São meus óculos, senhor. Eles me fazem parecer fraco.

— Você usa óculos durante o jogo?

— Sim, senhor, ou não enxergaria o outro time. Sou tão cego quanto um morcego.

— E joga de receptor no time de beisebol? É difícil recrutar receptores.

— Meu pai jogou como receptor para a equipe da Academia Militar Citadel. Desde que eu era menino, ele me ensina a conduzir o jogo.

— Mas você não tem jogado muito beisebol, tem? — perguntou ele.

— Tive alguns problemas psicológicos quando era mais jovem, professor Jefferson. Manicômios não têm times de beisebol. Mas, nos momentos de recreação, joguei bastante com os serventes e os zeladores, e alguns guardas sempre jogavam conosco. Eles me deram algumas boas dicas.

O técnico me olhava como se quisesse decifrar o sentido do nosso diálogo, avaliando-me. Seu semblante permanecia impassível; seu ar concentrado me intimidava, pois ele parecia estar em oração.

— Leo — disse ele, afinal —, quero lhe propor um negócio. Acho que vou precisar de você este ano bem mais do que você precisa de mim. Seis rapazes brancos já saíram desta escola porque se recusaram a ser comandados por um técnico negro. Você já ouviu algo sobre isso?

— Sim, senhor — admiti. — Alguns telefonaram para mim. Queriam que eu fosse com eles.

— Este ano vai ser bastante conturbado. Podemos ter de tudo, desde tumultos por questões racistas até bombas incendiárias. E preciso de um jogador branco em quem eu possa confiar.

— O time já conta com alguns caras legais, professor Jefferson. Talvez seja difícil no começo, mas eles vão acabar gostando do senhor.

— Quero que você me prove que é confiável. Preciso saber que posso contar com você, haja o que houver.

— Como poderei provar?

Levantando-se da cadeira, o técnico saiu da sala e correu os olhos pelo ginásio. Certificando-se de que o recinto estava vazio, voltou à sua pequena sala, cruzou as mãos fortes e se inclinou sobre a mesa.

— Quero que você me diga o nome do cara que pôs a cocaína no bolso da sua jaqueta, Leo.

Hesitei, mas, com um gesto, ele me acalmou e prosseguiu.

— Se você fizer isso, eu te dou algo em troca.

— O que o senhor poderia me dar em troca disso? — perguntei. — Prometi a mim mesmo que nunca revelaria o nome do cara a ninguém.

— Eu te admiro por cumprir essa promessa. É por isso que confio em você — disse o técnico. — Mas quero saber o nome e os motivos que te fizeram ficar calado. Eis a troca: jamais revelarei a quem quer que seja o nome do rapaz. A ninguém: nem à minha esposa, nem ao meu pai, nem ao meu pastor, nem mesmo a Jesus, se Ele aparecer para mim envolto em uma nuvem branca. E nunca mais tocarei nesse assunto com você. Será como se essa conversa nunca tivesse acontecido.

— Como posso saber se devo confiar no senhor?

— Você não tem como saber, Leo. Você só pode olhar para mim, me analisar e chegar a alguma conclusão a meu respeito. Será que posso confiar nesse sujeito ou será que ele é um Judas que venderá a alma por trinta moedas de prata? Será ele um Simão, que ajudará Jesus a carregar a cruz Calvário acima? Você tem que tomar uma decisão a meu respeito, Leo. E tem que ser rápido.

Examinei o rosto de Anthony Jefferson e disse:

— O nome dele é Howard Drawdy.

O técnico assobiou; eu tinha certeza de que ele reconheceria o nome imediatamente.

— O melhor armador na história da Bishop Ireland High School — disse ele. — Mas ele te ferrou muito bem. Ele te meteu numa encrenca das grandes.

— Meu irmão, Steve, idolatrava Howard Drawdy. Howard sempre foi legal com meu irmão.

— O irmão que se matou? — perguntou o técnico.

— Sim, senhor. E Steve me contou que Howard era pobre, que não tinha pai, que morava num trailer e que só podia frequentar a Bishop Ireland porque tinha uma bolsa de estudos.

— Esse sujeito te deve um banco inteiro, Leo — disse o técnico. — Este ano ele é o armador titular da Clemson University. Ele te agradeceu?

— Não, senhor; e nem precisava. Ele é muito legal comigo sempre que nos vemos.

— Então, você é preso. Processado. Fichado pela polícia. Fica em suspensão condicional de pena. É vigiado por um funcionário da Justiça. Faz trabalho comunitário. É expulso da escola. E o cara nem agradece?

— Eu acho que ele não sabe o que dizer, professor Jefferson.

— Eu acho que ele é um grande merda, Leo. — Ele fez uma pausa. — Muito bem. — O técnico se levantou e esticou a mão. — Aperte aqui. Jamais revelarei a quem quer que seja o que você acaba de me dizer. Prefiro morrer a quebrar esta promessa.

Levantei-me e trocamos um aperto de mãos. A dele era forte e grande.

— Agora, tenho um problema e preciso de ajuda, Leo.

— Pode dizer, professor Jefferson. Pode dizer.

— Você será um dos líderes do meu time. Mas precisa me ajudar com uma coisa. Meu filho, Ike, está chateado por ter que mudar de escola no último ano. Eu me formei pelo Brooks High, e o avô dele também; além da mãe dele, e da avó dele.

— Como posso ajudar?

— Encontre o meu filho no estádio Johnson Hagood, amanhã, às 9 horas. Treine ao lado dele. Torne-se amigo dele. Preparei um programa de condicionamento físico para o Ike. Vai ser bom para você também. Uma única regra para esse verão: se chamar meu filho de crioulo, eu te mato.

— Só se meu pai e minha mãe não me pegarem primeiro — comentei.

— Eles não permitem que você pronuncie essa palavra?

— Nem no meio de uma piada.

— E meu filho está proibido de chamá-lo de "branco azedo", ou de "branco filho da puta".

— Ele pode me chamar de quê? — perguntei. — Quando jogamos, a gente sempre fica furioso com o cara que nos derruba. Sempre. E a gente tem que chamar o cara de alguma coisa.

— Já pensei nisso. Se meu filho irritá-lo a ponto de você querer arrancar a cabeça dele e chamá-lo do pior nome imaginável, chame-o de Dr. George Washington Carver, o grande cientista negro da Tuskegee University.

— O cara do amendoim?

— É... esse mesmo.

— E ele pode me chamar de quê?

— Ele pode te chamar de Strom Thurmond. É o pior insulto que um negro pode dirigir a um branco.

— Se eu ficar zangado com o senhor durante um treino, posso chamá-lo de George Washington Carver?

— Você vai me chamar de professor Jefferson. Se me chamar de qualquer outro nome, vai se arrepender. E aí, King, você acha que os outros alunos brancos vão querer jogar sob o meu comando?

— Sim, senhor. Tenho certeza de que vão querer.

— Como você pode ter tanta certeza?

— Porque eles amam jogar — eu disse. — E gostam mais desses joguinhos das sextas-feiras do que de segregação racial.

Às 9 horas em ponto, na manhã seguinte, eu estava a postos no estádio Johnson Hagood, na linha de fundo que ficava voltada para o sul. Eu observava Ike Jefferson, que cruzava a linha de fundo ao norte. Aproximamo-nos até nos encontrarmos no meio do campo, e uma estranha cautela se instalou entre nós. Ike não sorriu, não apertou a minha mão e não esboçou qualquer cumprimento. Mascava chiclete e lançava para cima uma bola de futebol americano, como se me ignorasse. Lançava a bola, agarrava-a com uma das mãos, e voltava a lançá-la.

— Trouxe o programa de condicionamento físico que seu pai preparou? — perguntei.

— Acho que esqueci, branquinho — Ike me olhou pela primeira vez.

— Ei, Ike, meu velho, não gostei do tom da sua voz quando você me chamou de "branquinho".

— Não tive a intenção de ser bonzinho.

— Já que você esqueceu de trazer o programa do técnico, vamos dar umas voltas no campo para aquecer? Ou então vamos fazer alguns exercícios?

— Você pode fazer o que os branquinhos gostam de fazer — disse Ike.

— Eu sabia que a integração racial seria um osso duro de roer, Ike — falei. — Eu tinha certeza. Mas achei que teria que me preocupar mais com meus colegas brancos do que com os negros.

— Sinto te decepcionar, branquinho.

— Dr. George Washington Carver, se continuar a me chamar de "branquinho", vou começar a te chamar de um nome que goza de longa tradição aqui no Sul, e que rima com o nome do cavalo de Roy Rogers.*

— Você tem pavio curto, Strom Thurmond — disse ele.

— Você está muito folgado comigo, Dr. George Washington Carver Junior.

— Só um pouquinho, Strom. Você é um branquelo sensível, não é? Já ia querer briga, não?

— Ia mesmo.

— Não te assusta a possibilidade de eu te meter porrada?

---

*Isto é, "*Trigger*", que rima com "*nigger*", termo ofensivo a qualquer pessoa de cor negra (N. do T.).

— Um pouco. Mas eu ia dar o primeiro soco quando você jogasse essa bola para cima de novo; e antes que a bola descesse, eu ia quebrar a tua cara.

— Você consegue bater em alguns daqueles branquelos da tua escola?

— Não em muitos — eu disse. — Nem sei se tenho condições de bater em muitas das branquelas.

Ike surpreendeu-me, exibindo um amplo sorriso. Lançou-me a bola.

— Quer saber, Strom? Acho que vou até gostar de você, antes desse treino acabar.

— Espero que não — comentei, e devolvi-lhe o passe.

Do bolso traseiro, Ike retirou uma folha de papel que continha o programa de condicionamento físico preparado pelo pai. Li as instruções e assobiei.

— Ele quer nos matar.

— Os jogadores dele estão sempre em melhor forma física do que os adversários —disse Ike. — Vamos começar com dez voltas no campo, Strom.

— Vai ser um prazer, Dr. George Washington Carver Junior.

— Espero que você saiba apreciar o meu bundão correndo à sua frente.

Ele começou a correr.

— Eis uma coisa que você e seu pai não sabem a meu respeito — eu disse. — Tenho cara de nerd, mas sou rápido numa corrida.

Parti atrás de Ike e, durante uma hora, demos alguns piques, fizemos exercícios de agilidade e abdominais, com intervalos de vinte minutos. No final do treino, fomos até a arquibancada. Carregando Ike às costas, tentei subir ao alto do estádio. Depois de percorrer vinte degraus, desmoronei, exausto. Voltamos ao primeiro degrau, e Ike me fez montar-lhe os ombros. Ele subiu 35 degraus antes de sucumbir. Exauridos naquele primeiro dia, restava-nos apenas rir, enquanto cambaleávamos nas escadas encharcados de suor, ofegantes e com nossas roupas sujas de grama.

Foi Ike quem primeiro chamou aquele exercício de "carregar a cruz". Era assim que parecia o processo de integração racial para todos os que viveram após o processo jurídico que ficou conhecido como *Brown con-*

tra *Board of Education*, para jovens como Ike e eu, e para homens e mulheres como meus pais e o técnico de futebol americano Anthony Jefferson, que se dispunham a realizar a nobre tarefa de fazer a dessegregação dar certo.

Ainda ofegante, na sombra das arquibancadas inferiores, eu disse:

— Você tem mesmo um bundão, George Washington Carver Junior. Por que não perde um pouco de peso?

— Tire os óculos, na próxima vez que eu te carregar até lá em cima — respondeu Ike. — Quanto pesa essa coisa... uns 10 quilos?

— Você é mesmo um fracote.

— Eu? Fracote? Se os outros branquelos forem como você, nós vamos levar grandes surras este ano.

— Quantos caras do seu time estão vindo para o Peninsula High? — perguntei.

— Uns dez. Meu pai bem que gostaria de ter mais uma dúzia, mas muitos caras preferiram ficar na escola do bairro. Como eu. Mas a sua mãe estragou meus planos, contratando meu pai como técnico.

— Em vez de ficar ouvindo você se gabar o dia todo, Ike, por que a gente não vai até o meio do campo e sai na porrada? Vamos acabar logo com isso; aí a gente vai poder continuar nosso treinamento.

— A gente só pode sair na porrada depois do almoço — disse Ike. — O almoço vai ser na minha casa, e não quero que você suje de sangue o tapete novo da minha mãe.

— Quem disse que eu vou almoçar na tua casa?

— Meu pai — disse Ike, exasperado. — Nosso técnico! Nunca comi com nenhum branquelo, e aposto que você faz qualquer comida ter gosto de merda.

— Se depender de mim, seu almoço vai ser um pesadelo.

— Você já é um pesadelo — disse Ike. — Por favor, cale a boca. Meu pai está vindo ali.

O técnico entrou pelo portão exclusivo aos alunos e caminhou lentamente na direção de onde estávamos sentados, nos primeiros degraus da arquibancada.

— Pelo jeito, o treino de vocês foi puxado. Suas roupas estão encharcadas. Vocês estão se entendendo bem?

— No começo, seu filho nem apertou a minha mão, professor Jefferson — falei. — Mas, depois, correu tudo muito bem.

— A gente se entendeu mais ou menos — disse Ike, com um leve tom de insolência instantaneamente captado pelo técnico.

— Cuidado com o que você fala, filho. — Ele olhou bem para Ike e disse: — Diga para o Leo por que você não apertou a mão dele; e diga a verdade. Isso não é um pedido... ele precisa saber.

— Frequentei a Brooks desde o jardim de infância — explicou Ike. — Eu achava que ia me formar lá este ano. Sempre tive medo de gente branca. Morro de medo de gente branca.

— Diga para ele por que, Ike — disse o técnico.

— Meu tio Rushton foi fuzilado por um policial em Walterboro. O oficial o atingiu nas costas; acabou com ele. Alegou que tinha sido desacatado e ameaçado pelo meu tio. O policial recebeu apenas uma advertência.

— Vá em frente. Conte o resto — determinou o técnico.

—Meu tio era surdo-mudo. Nunca pronunciou uma palavra — disse ele.

Então, Ike nos surpreendeu, irrompendo em pranto, lágrimas de indignação que ele tentava em vão esconder.

Fiquei perplexo diante das lágrimas e murmurei, com total sinceridade:

— Essa é a pior história que já ouvi na vida.

— É isso mesmo — concordou o professor Jefferson. Ele pousou os braços sobre nossos ombros e conduziu-nos à extremidade norte do campo. Durante um minuto apenas caminhamos, esperando que Ike se recompusesse. — Nomeio vocês dois capitães do Peninsula High Renegades, a equipe de futebol da escola para a próxima temporada — declarou.

— Professor Jefferson, vários rapazes do time do ano passado vão retornar — eu o avisei — e são jogadores muito melhores que eu. Verme Ledbetter é um dos melhores defensores do estado.

— King, eu não disse que você foi a minha primeira opção como capitão "branco". Na verdade, telefonei para a casa do Verme, a fim de conceder a ele tal honra. Ele é melhor jogador que você. Assisti a todos os vídeos.

— O que ele disse? — perguntei.

— Nenhuma palavra, pelo menos não para mim. O pai dele descobriu quem eu era e disse que nenhum crioulo filho da mãe deveria telefonar para a casa dele. Eu então disse ao pai dele que não telefonaria mais para lá. Liguei para outros dois jogadores brancos e aconteceu a mesma coisa. Vai ser uma sorte se conseguirmos contar com uma equipe completa este ano. Mas, você é meu capitão "branco", e Ike, o meu capitão "negro". E meus caros, juntos, vamos fazer história. Agora, quero que vocês dois se encontrem às 9 horas, todas as manhãs, durante todo o verão, exceto aos domingos. Red Parker, o técnico de futebol americano da Citadel, disse que podemos usar a sala de musculação da academia. O Chal Port vai preparar um treino de musculação só para vocês dois, e vou montar um baita esquema de exercícios. Vou praticamente matar vocês. Não posso vir aqui... o regulamento não permite. Mas vou confiar a vocês o meu emprego e o meu coração. Quando os treinos da temporada de futebol começarem oficialmente, vocês dois serão os garanhões que vão cruzar a linha de chegada para nós.

Olhei para Ike e disse:

— Vou pegar mais pesado que você.

— Isso é o que a gente vai ver, seu branquelo filho da mãe — disse ele.

— Pode começar a correr, filho — ordenou o técnico. — Cinco voltas.

— Tinha esquecido, pai.

— Parece que o Dr. George Washington Carver Junior não tem boa memória, professor Jefferson.

— Não enche o saco — disse Ike, e acrescentou: — Strom Thurmond.

Ambos rimos, e comecei a correr ao lado dele.

— King, você não precisa correr. Você não fez besteira — gritou o técnico.

— Quando meu colega capitão corre, eu corro também — eu disse. — Tudo bem, professor Jefferson?

— É isso aí! — Ele atirou o boné no chão. — Isso já está parecendo um time para mim!

No final do verão, eu já conseguia carregar Ike Jefferson duas vezes arquibancada acima no estádio Johnson Hagood, e duas vezes arquibancada abaixo. Mais forte que eu, Ike conseguia completar o mesmo percurso três vezes, embora desmoronasse ao chegar ao último degrau. Eu jamais havia me submetido a uma experiência física como aquela e, em agosto, quando os treinos oficiais iniciaram, Ike e eu estávamos mais do que preparados. A surpresa daquele verão foi eu ter me transformado num sujeito forte e temível. Mas o choque, para todo mundo, foi que Ike Jefferson e eu nos tornamos amigos para o resto da vida.

CAPÍTULO 4

No centro da cidade

Alguns dias após o Bloomsday, descendo a Broad Street, vi Henry Berlin tirando as medidas dos ombros de um cliente com uma fita métrica. Bati no vidro da vitrine da loja. Ele fez uma anotação com um pedaço de giz, acenou para mim e gritou: "Ei! Presidiário!". Aquela saudação, ao mesmo tempo cruel e bem-humorada, sempre me fazia rir. Eu não me esquecia que Henry Berlin tinha sido um dos primeiros adultos de Charleston a me acolher de volta à vida, depois da minha semana conturbada na condição de traficante de drogas mais famoso do município. Embora o *News and Courier* não pudesse divulgar meu nome, visto que eu era menor de idade, naquele mês "Leo King" foi mencionado, até nas conversas mais informais, em todos os restaurantes e ruas. Ao me chamar de "Presidiário", o Sr. Berlin me ofereceu a primeira saída do meu apuro, pois permitia que eu risse da minha própria situação.

Normalmente, eu teria parado para conversarmos, mas ele estava ocupado com um cliente, e eu seguia, quase atrasado, para uma sessão com minha terapeuta, Jacqueline Criddle. Ela levava os horários tão a sério quanto um relojoeiro; portanto, corri até o consultório, localizado em cima de uma loja de antiguidades. Atravessei um beco e subi um lance de escadas precariamente construídas até o segundo piso, onde entrei numa sala com ar condicionado que era um oásis de bom gosto e serenidade em pleno centro de Charleston, com música de cítara tocando no aparelho de som. Na primeira vez que entrei naquela sala, meu traumático julgamento no Juizado de Menores ainda era recente. Foi preciso mais de um ano até que eu começasse a apreciar a tranquilidade daquele ambiente que fazia lembrar uma floresta tropical, rescendendo a jacinto e a samambaia. Depois de um início difícil, passei a admirar a competência da Dra. Criddle, que se dedicava, com um zelo infinito, a reordenar a minha vida.

Sem produzir qualquer som, uma luz verde surgiu acima da porta da sala. Entrei e fui diretamente para a poltrona de couro na qual eu costumava me sentar, de frente para a terapeuta.

— Boa tarde, Dra. Criddle — eu disse.

— Boa tarde, Leo — respondeu ela.

Na condição de jovem vitimado pela angústia e imaturidade que caracterizavam a total falta de traquejo social típica da adolescência, eu achava que todas as mulheres acima dos 30 anos estavam perto da menopausa e do leito de morte. Mas não me passavam despercebidos os fatos de que a Dra. Jacqueline Criddle era muito atraente, tinha uma silhueta admirável e belas pernas.

— Então, como vão as coisas, Sr. Leo King? — disse ela, examinando alguns apontamentos na minha ficha.

Pensei antes de responder.

— Vai tudo muito bem, Dra. Criddle.

Ela ergueu os olhos, com um ar inquisitivo.

— É a primeira vez que você me diz isso desde que começamos a trabalhar juntos. O que aconteceu, Leo?

— Acho que estou tendo uma boa semana. Talvez uma grande semana.

— Opa, vamos com calma. Parece até que você está sob o efeito de alguma droga.

— Estou me sentindo muito bem... — Fiz uma pausa. — Estou até começando a gostar um pouquinho da minha mãe.

Minha terapeuta riu.

— Agora, sim! Uma alucinação!

— Estou sentindo um pouco de pena dela. Fiz meus pais passarem maus pedaços. A senhora sabia que minha mãe tinha sido freira?

— Sim — respondeu ela. — Eu estava ciente disso.

— Por que não me contou?

— O assunto nunca surgiu, Leo. Você nunca disse nada a respeito.

— Acabei de descobrir. Por que ela não me contou uma coisa dessas?

— Ela deve ter pensado que isso só pioraria as coisas para você.

— Pode ser. Mas as coisas não poderiam ter sido muito piores, não é mesmo?

— Não foi fácil — disse a Dra. Criddle. — Mas você reagiu muito bem. Você é o orgulho do Juizado de Menores.

Dei uma risada.

— Isso vai ser música aos ouvidos da minha mãe.

— Ela tem orgulho de você. Você fez tudo o que o juizado pediu. E mais, muito mais.

— Vocês me mantiveram ocupado.

— O juiz Alexander telefonou hoje. Ele quer que, juntos, limpemos a sua ficha neste verão.

— Ainda tenho que completar cem horas de trabalho comunitário.

— Ele diminuiu para cinquenta.

— Mas, e o Sr. Canon? Ele precisa de mim.

— Telefonei para ele, Leo. É verdade que ele esperava que você o atendesse, como um criado, pelo resto da vida, mas ele vai ter que se virar.

— Ele me disse exatamente isso.

— Que homem difícil! — disse ela. — Quando você foi designado para atendê-lo, eu disse que era um castigo cruel e excessivo.

— Ele não tem ninguém no mundo — expliquei. — Acho que só tem a mim. E tem medo de deixar que as pessoas descubram que ele tem um lado bom. Está sempre na defensiva, antecipando problemas que nunca acontecem. Sou grato a ele. A todos vocês. Especialmente à senhora, doutora.

— Você fez o que precisava ser feito, Leo.

Percebi que ela começava a se encolher no casco, como um jabuti em que tropeçamos na mata.

— Facilitei a sua terapia. Lembre-se, sou apenas alguém que foi indicada pelo juizado.

— A senhora se lembra de como eu estava quando cheguei neste consultório com meus pais?

— Você estava muito enrolado.

— Sério? Até que ponto?

Ela pegou a minha pasta, que estava depositada sobre a mesa que nos separava. A pasta era espessa o bastante para me causar um calafrio cada vez que era exibida. Na minha mente, ela representava o registro frio de horas compiladas com crueldade pelo inimigo mais ardiloso da minha infância... eu mesmo.

— Eis a minha descrição de você àquela época: "Leo King parece estar apavorado, deprimido, angustiado, totalmente confuso e talvez suicida."

— A senhora não tem saudade daquele sujeito? — perguntei.

— Não, eu não. Mas foi preciso muito trabalho para chegarmos ao ponto em que estamos hoje. Nunca tive um adolescente que trabalhasse tanto pela própria saúde mental. Naquele dia, parecia que sua mãe queria matá-lo. Seu pai parecia querer fugir com você para longe, sem informar o novo endereço. Havia tanta angústia nesta sala! Isso foi há quase três anos.

— A senhora compreendeu a minha mãe já naquele primeiro dia — relembrei.

— É uma mulher formidável — disse ela. — Uma boa mulher, mas dominou você e seu pai naquele dia.

— Nada mudou a esse respeito. Ainda não somos páreo para ela.

— Mas você aprendeu a criar estratégias para lidar com ela. Você se recorda do que seu pai fez naquele dia?

— Chorou durante uma hora. Não conseguia parar. Dizia que eu o culpava pela morte do Steve.

— Você o culpava... ao menos um pouco.

— Eu não tinha outra opção, Dra. Criddle. Uma semana antes de morrer, Steve acordou gritando, "Não, pai. Não, por favor". Eu o acordei e ele me disse que estava tendo um pesadelo. Ele riu. Mas, depois, morreu.

— Nunca vi um pai amar o filho como o seu o ama, Leo — disse ela.
— Mas a senhora não gosta da minha mãe.
— Não coloque palavras na minha boca.
— Tudo bem, doutora. É que aprendi a falar a verdade para a senhora. Ou então, a terapia não valeria nada. Foram exatamente essas as suas palavras. Eis uma verdade: a senhora não gosta da minha mãe.
— O que eu acho ou deixo de achar da sua mãe não vem ao caso. O que importa é o que *você* acha dela.
— Aprendi a lidar com ela.
— Isso é um grande feito. Às vezes, é o melhor que podemos fazer. Você se tornou compreensivo e complacente com a sua mãe. Não sei se eu conseguiria fazer o mesmo se estivesse no seu lugar.
— Ela não é mãe da senhora.
— Graças a Deus — disse a Dra. Criddle, e ambos rimos.

Seguindo em direção ao norte, atravessei a King Street fora da faixa de pedestres e me dirigi à loja de antiguidades de Harrington Canon, em frente ao teatro Sottile. Visto que eu padecia da doença típica dos jovens sulistas, isto é, da necessidade de ser benquisto por todos que cruzassem meu caminho, o Sr. Canon representava para mim um desafio, pois era impossível agradá-lo. Eu nunca precisava me preocupar com o estado de espírito do Sr. Canon: a vida dele era um hino aos prazeres do mau humor. Nossas primeiras semanas juntos tinham sido um pesadelo, e foi necessário algum tempo até que eu me habituasse com a rispidez dele. O que me incomodava não era o fato de ele viver como se tivesse uma coroa de espinhos sobre a cabeça, mas o fato de ele cultuar os tais espinhos com total obstinação.

Quando me aproximei da entrada da loja, o interior estava tão escuro que meus olhos precisaram se acostumar à penumbra antes que o Sr. Canon se materializasse, com a cabeça semelhante à de uma grande coruja, sentado à escrivaninha de estilo inglês encostada na parede dos fundos.

— Você está suando como um porco-do-mato — disse ele. — Vai se lavar, antes que os fluidos do seu corpo manchem a minha preciosa mercadoria.

— Olá, Sr. Canon. Ora! Eu vou muito bem, senhor! E minha família também. Agradeço o seu interesse.

— Vocês são ralé branca, pura e simplesmente, Leo. Fato lamentável do qual você se ressente amargamente. Eu nunca perguntaria sobre a sua família, meu caro, porque, assim como você, eles nada significam para mim.

— Será que um porco-do-mato sua mais do que os porcos daqui de Charleston? — perguntei.

— Os porcos daqui são bem-educados e não suam.

— Já vi o senhor suar. Muito mais do que um porco-do-mato.

— Essa insinuação já o define como um canalha.

Olhou para mim através de lentes mais espessas que as minhas.

— Charlestonianos nunca suam. Às vezes, acumulamos orvalho, como arbustos de hortênsia ou gramados bem-cuidados.

— É... o senhor acumula mesmo muito orvalho, Sr. Canon. Mas sempre achei que isso decorresse do seu pão-durismo, já que o senhor se recusa a ligar o ar-condicionado.

— Ah! Você está se referindo à minha previdência, à minha admirável frugalidade.

— Não, senhor. Eu estava me referindo à sua sovinice. O senhor me disse certa vez que era capaz de segurar uma moeda de um centavo com tanta força que faria o nariz de Abraham Lincoln sangrar.

— Lincoln, o grande anticristo. O sujeito que humilhou o Sul. Eu gostaria de provocar nele mais do que um sangramento de nariz. Sempre achei John Wilkes Booth um dos heróis americanos mais subestimados.

— Como estão seus pés, senhor?

— Desde quando você virou médico, meu caro? — perguntou ele. — Meus pés pertencem a mim e a mais ninguém. Não me lembro de tê-los vendido a você.

— Sr. Canon — falei, farto daquele assunto —, o senhor sabe que o médico me pediu que fizesse com que o senhor banhasse os pés em água quente e sais de Epsom. Ele se preocupa com a possibilidade de o senhor não se cuidar.

— Foi uma deplorável quebra de confiança — disse o Sr. Canon. — Estou pensando seriamente em registrar uma queixa junto às autoridades médicas e pedir a cassação do diploma dele. Ele não tinha o direito de revelar detalhes íntimos da minha vida a um criminoso comum.

Caminhei por uma trilha estreita, entre mesas e armários, até chegar a uma cortina rota que dava acesso a uma cozinha avariada. Abri a torneira quente, esperei até que a água queimasse minha mão e enchi até a metade uma bacia esmaltada. Despejei uma xícara de sais de Epsom e voltei à escrivaninha do Sr. Canon, com passadas bem mais lentas. Certa vez derramei água quente no tampo de uma mesa de jantar caríssima, e ele reagiu como se eu tivesse cortado o polegar do Menino Jesus. O humor do Sr. Canon era previsível, variando do nublado ao tempestuoso. Naquele dia ele parecia estar tranquilo, e eu previa tempo relativamente bom para o resto da tarde.

— Não vou enfiar os pés nessa lava — disse ele, apertando os lábios.

— Vai esfriar num piscar de olhos — garanti-lhe, consultando meu relógio.

— Num piscar de olhos. Isso é unidade de tempo? Vivo aqui no Sul há mais de sessenta anos, e nunca ouvi falar que "um piscar de olhos" fosse unidade de tempo. Isso deve ser influência de alguma língua estrangeira que você está estudando naquela sua escola pública de segunda categoria.

Verifiquei a temperatura da água com a ponta do indicador, e ouvi o Sr. Canon gritar:

— Por favor, não contamine o meu escalda-pés com os seus germes de pátio de escola. Talvez eu seja exigente, ou até melindroso, mas levo questões de higiene muito a sério.

— Enfie seus pezinhos fedidos aqui, Sr. Canon.

Observei-o descalçar um par de elegantes mocassins de couro. E ele gemeu de prazer no momento em que os pés ficaram imersos na água quente.

Voltei a consultar o relógio.

— Dez minutos, e depois vou secar seus pés com meus cabelos. Nosso momento "Maria Madalena".

— Você pode varrer a loja para mim hoje, Leo? E, se der tempo, eu gostaria que você polisse os dois aparadores ingleses que estão lá na frente. Faça jus às peças e trate-as com reverência. São provas contundentes da superioridade da Inglaterra.

— Com prazer, senhor. Volto num instantinho para trocar a sua água.

— Num instantinho? Se você vai continuar se dirigindo a mim, Leo, exijo que meus empregados se expressem com vocabulário adequado.

Peguei a vassoura e a pá de lixo.

— Não sou seu empregado. Os tribunais de Charleston me puniram, fazendo de mim seu escravo. Estou pagando minha dívida com a sociedade limpando a sua loja nojenta e banhando os seus pés fedorentos. O senhor parece gostar da escravidão.

— Adoro. Sempre adorei. Minha família foi proprietária de centenas de escravos durante séculos. Lamento a Abolição da Escravatura. Lamento Appomatox. Lamento a Reconstrução. Nasci na era da lamentação. E quando pensava que a vida não poderia ficar pior... eis que surge Leo King.

Deu uma risada, coisa rara.

— Eu preferia o tempo em que você tremia feito vara verde quando entrava aqui na loja. Adoro o cheiro do medo, glandular e primitivo, que exala das classes servis. Mas, aí você percebeu a minha situação, Leo. Sempre lamentarei aquele dia.

— O senhor se refere ao dia em que percebi que era uma "manteiga derretida"?

— Sim, aquele dia, aquele dia lamentável. Baixei a guarda num raro momento de fraqueza — disse o Sr. Canon. — Abomino todos os sentimentos primitivos, toda e qualquer bobagem sentimental. Você me pegou desprevenido, indefeso. Você não sabe, mas, naquele dia, eu estava sob forte medicação. Estava meio fora de mim, e você se aproveitou da minha fragilidade.

— Eu trouxe para o senhor um cartão de Dia dos Pais — lembrei-o.

— O senhor chorou como uma criança.

— Não chorei, não!

— Chorou, sim! E o Dia dos Pais está próximo novamente. Vou lhe trazer outro cartão.

— Eu o proíbo — disse ele.

— Desconte do meu salário.

Fui até o andar de cima, onde 2 quilos de poeira de Charleston me aguardavam. Mas o Sr. Canon me garantia que eu trabalhava em meio a redemoinhos de poeira sagrada e aristocrática, produto da ação histórica de famílias que tornaram a minha cidade natal tão bela e refinada.

Troquei a água duas vezes e repus a dose de sais de Epsom para o banho de imersão dos pés chatos e tortos do Sr. Canon. Fui até o banheiro e peguei os óleos e bálsamos com os quais massageava seus pés inchados. Homem tremendamente pudico, ele fazia com que eu me sentisse um estuprador sempre que eu puxava uma cadeira e secava-lhe os pés com toalhas finas e bordadas com monogramas, pertencentes a uma família extinta há longa data. Mas aquilo era parte do tratamento prescrito pelo médico, e eu não receberia crédito por serviço comunitário se não massageasse os velhos pés do Sr. Canon. Ele sempre tornava sumamente dramática aquela parte do nosso rito semanal.

— Deixe meus pés em paz, seu pilantra — disse ele.

— Isso faz parte do meu trabalho, Sr. Canon. O senhor sempre dificulta as coisas. Mas nós dois sabemos que o senhor gosta disso. A massagem provoca uma sensação agradável nos seus pés.

— Deixe de invenções; eu nunca disse isso, garoto!

Peguei o pé direito e o apoiei sobre meu joelho, e ali o sequei zelosamente. Aquela intimidade o perturbava, e ele cobriu o rosto com uma toalha enquanto eu voltava minha atenção para o pé esquerdo.

— Na semana que vem talvez seja preciso cortar as suas unhas. — Examinei-lhe os dedos dos pés. — Os dedos mínimos estão com bom aspecto hoje.

— Vivi para ouvir isso, Senhor? — gemeu. — Para um criminoso comum elogiar meus pés?

Em seguida, utilizando um creme feito à base de babosa e eucalipto, massageei-lhe os pés, dos calcanhares aos dedos. Às vezes, ele suspirava de prazer; outras, quando eu aplicava muita pressão, ele gemia de dor. Meu objetivo era massagear-lhe os pés até que estes reluzissem um tom róseo, indicando uma circulação saudável; ao menos esse era o objetivo que o médico havia estabelecido para mim. O Sr. Canon sofria de ciática e de lombalgia, e não conseguia se curvar para tocar os próprios pés. Ele sabia que o tratamento era benéfico à sua saúde, embora ofendesse o seu exacerbado recato.

— O Dr. Shermeta telefonou para mim semana passada — informei ao Sr. Canon.

— Pelo amor de Deus! Como fui me entregar aos cuidados de um ucraniano...

— O ucraniano quer que eu comece a dar banho no senhor. Sou responsável pelo asseio do seu corpo inteiro de agora em diante.

Ao dizer isso, sorri para o Sr. Canon, que estava com a toalha enrolada na cabeça.

— Eu lhe meto uma bala no meio dos olhos se você tentar semelhante coisa! Que horror! Como a minha vida pôde ter chegado a esse ponto? E depois que assistir ao estertor da sua morte, eu chamo um táxi, vou até o hospital Roper, e acabo com aquele ucraniano amador. Em seguida, acabo com a minha própria vida, dando um único tiro na cabeça.

— Então, o senhor não gostou da ideia do banho? — perguntei. — O senhor seria capaz de doar o seu corpo à ciência?

— Foi para isso que Deus criou os indigentes — disse ele. — Meu corpo há de ser enterrado no jazigo da minha família, dos meus ilustres antepassados, no Cemitério Magnolia.

— Até que ponto são ilustres os seus antepassados, Sr. Canon? — o provoquei.

Ele percebeu o tom de provocação e disparou:

— Canon? *Canon?* Basta abrir qualquer livro sobre a história da Carolina do Sul; até um analfabeto há de tropeçar no nome da minha família. Meus antepassados fazem a coitada da sua família parecer um bando de haitianos, porto-riquenhos, ou até ucranianos.

— Seu pedicuro precisa ir embora — falei. — Lembre-se de fazer as suas orações. E sempre usar fio dental. — Em seguida, acrescentei uma advertência: — Em breve terei pago minha dívida com a sociedade.

— Como assim? — perguntou ele.

— O juiz Alexander diminuiu para cinquenta, em vez de cem, a minha carga horária de serviços comunitários.

— Isso é ridículo. Vou telefonar para o juiz imediatamente. Você foi flagrado com uma quantidade de cocaína suficiente para abastecer todo o gueto de Charleston durante uma semana inteira.

— Até quinta-feira que vem. O senhor não quer que eu lhe traga algo? — Caminhei até a porta da rua.

— Sim — disse ele. — Pode trazer, Leo. Veja se consegue me trazer um pingo de finesse, uma estirpe digna, algum domínio de boas maneiras e mais respeito pelos idosos.

— Assim o farei.

— Você foi para mim uma grande decepção. Achei que conseguiria fazer algo por você, mas fracassei amargamente.

— Então, por que o senhor guarda aquele cartão do Dia dos Pais na primeira gaveta da direita, Sr. Canon?

— Você é um pilantra, um velhaco — exclamou. — Nunca mais se aproxime da porta desta loja, ou vou providenciar um mandado para a sua prisão.

— Até quinta-feira, Harrington.

— Como se atreve! Que insolência, usar o meu primeiro nome!

Em seguida, acalmando-se, ele disse:

— Até quinta, Leo.

CAPÍTULO 5

Criado por uma freira

Segui pela Ashley Street no sentido norte, em direção à faculdade de medicina e ao hospital São Francisco, onde meu irmão e eu tínhamos nascido. Dobrei à direita diante da velha capela da Porter-Gaud e, novamente, à direita ao alcançar a Rutledge Avenue. Cheguei ao estacionamento, onde acorrentei minha bicicleta à maçaneta de uma das portas do Buick que pertencia à minha mãe. A placa que dizia "DIRETORA" enchia-me de um orgulho duvidoso, enquanto eu caminhava até a escola que se tornara para mim um porto seguro. Eu tinha chegado ao Peninsula High em total desgraça. Eu sabia que minha mãe queria conversar precisamente sobre isso, agora que o meu último ano se aproximava.

Sentada, sempre de porte ereto, à sua escrivaninha, minha mãe parecia capaz de comandar um destróier em combate.

— Achei que você soubesse que eu tinha sido freira — disse ela.

— Não, mãe. A senhora nunca me contou.

— Você foi um menino bastante estranho. Acho que eu não quis revelar algo que lhe propiciasse uma desculpa para ficar ainda mais estranho. Você concorda que foi um menino estranho?

— A senhora nunca pareceu muito satisfeita comigo, mãe — falei desviando o olhar para a janela e contemplando o tráfego que percorria a Rutledge Avenue.

— Essa teoria equivocada é sua, e não minha. E olhe nos meus olhos.

Ela abriu uma pasta que estava sobre a escrivaninha e se deteve, durante um bom tempo, examinando registros que pareciam cheirar mal.

— O senhor não se destacou no ensino médio, Sr. King.

— Sou seu filho, mãe. A senhora sabe como eu odeio que a senhora finja que não somos mãe e filho.

— Eu lido com você do mesmo jeito como lido com qualquer outro aluno da minha escola. Se você obtiver notas baixas no ensino médio, nenhuma universidade que se preze vai aceitá-lo.

— Alguma universidade vai me aceitar — eu disse.

— Mas seria uma boa universidade, na minha avaliação?

— Se eu fosse aceito por Harvard, a senhora pensaria que os padrões das universidades de primeira linha teriam decaído.

— Nenhuma universidade que se preze vai querer você.

Ela examinou as minhas notas, estalando a língua entre os dentes. Aquele gesto era típico de freiras e professores medíocres de escolas públicas.

— O seu índice de aproveitamento é 2,4, numa escala de zero a quatro. Abaixo da média. Sua pontuação nos exames finais do ensino médio é inferior a mil. Você possui um grande potencial, mas até agora tem desperdiçado os melhores anos da sua vida. Suas notas no último ano destruíram o seu índice de aproveitamento.

— Foi um ano difícil, mãe.

— Desastroso... assim eu o definiria.

Ela retirou da pasta uma folha de papel e a empurrou, sobre a escrivaninha, na minha direção. Reconheci o documento e o ignorei.

— É a fotocópia do seu mandado de prisão, expedido na noite de 30 de agosto de 1966. A noite em que você foi flagrado com 250 gramas de cocaína no bolso da jaqueta. Este documento de quarenta páginas é o seu processo no Juizado de Menores. Aqui estão os relatórios anuais feitos pela funcionária encarregada da sua condicional. Estes são da sua terapeuta... o amor da sua vida.

— A Dra. Criddle tem me ajudado muito.

— Aqui estão as cartas do juiz Alexander, relatando o seu progresso — continuou. — E temos aqui outras cartas, que descrevem os serviços comunitários que você prestou para não ser recolhido a um reformatório de menores.

— Sinto muito por ter feito minha família passar por tudo isso — eu disse. — Mas a senhora já sabe disso.

Ela pigarreou, mais um truque típico de freira:

— Aquela noite vai persegui-lo para sempre.

— Eu dei um passo em falso, mãe. Entrei e saí de hospitais psiquiátricos depois do que aconteceu com Steve. Já haviam se passado seis anos desde que ele...

— Deixe seu irmão fora disso! Ele não tem nada a ver com a sua encrenca.

— Entrei na Bishop Ireland em pleno primeiro ano. A escola inteira me considerava maluco. Meus colegas ficavam tensos quando se aproximavam de mim. Fui convidado para uma festa, minha primeira festa no ensino médio. A senhora e meu pai estavam felizes porque eu voltaria a ser um menino normal. Havia bebida alcoólica; depois chegou a polícia. Um cara do time de futebol enfiou uma trouxinha no meu bolso e pediu que eu a guardasse; e eu concordei. Fiquei envaidecido porque um cara do time de futebol sabia o meu nome. E aí fui pego.

— Sim, e no dia seguinte a diretora o expulsou da Bishop Ireland, inviabilizando a formação católica que seus pais sonhavam para você.

— A senhora era a diretora, mãe. A senhora me expulsou da escola.

— Eu estava seguindo as normas. Pedi demissão naquele mesmo dia. E seu pai fez o mesmo. Nós nos sacrificamos por solidariedade a você. E então, você nos traiu, recusando-se a revelar à polícia o nome do colega que enfiou a cocaína no seu bolso.

— Eu errei.

— Se tivesse revelado o nome do rapaz, nada de mal teria acontecido com você.

— Não era correto delatar o cara — eu disse, pela centésima vez.

— Mas foi correto um formando enfiar uma trouxa com cocaína no bolso de um calouro inocente?

— Não, não foi correto.
— Ah! Finalmente você admite... depois de três anos.
— Ele não deveria ter feito aquilo comigo — concordei. — Hoje eu enxergo isso com clareza. Estou mais velho, e vejo a situação de modo diferente.
— Nada daquilo teria acontecido — disse ela, elevando a voz. — Você nem sabia o que era droga. Era ingênuo. Foi usado por um colega mais velho. Por causa da sua teimosia, da sua teimosia obstinada. A teimosia que você herdou de mim. Que diabo! Você herdou isso de mim.
— Que grosseria, irmã Norberta...
Mas senti pena de minha mãe, apesar da piadinha cujo objetivo era aliviar-lhe a aflição.
— Passemos a outro assunto desagradável: a irmã Scholastica me disse que você foi impertinente com ela ao telefone.
— Não fui, não. Ela me pegou de surpresa. Pediu para falar com a irmã Mary Norberta. Eu não sabia que esse era o nome secreto da senhora.
— Ela não gostou do seu tom de voz. Ela percebeu uma nota de sarcasmo.
— Fui educado com ela — protestei. — Pensei que o telefonema fosse um engano.
— Sempre digo às freiras do convento que estou criando você como feminista. — A voz dela reluziu, em autoelogio.
— Sou o único sujeito do mundo que sabe operar uma máquina de costura Singer — falei. — É óbvio que a senhora queria uma filha.
— Você me ofende só por pensar uma coisa dessas — disparou ela.
— Ensinei a você coisas úteis que eu fui obrigada a aprender durante o meu noviciado, e que eu detestava fazer. Mas que são úteis.
— É... o time de futebol caiu na gargalhada quando soube que eu tinha costurado um vestido para a senhora. — Aquela lembrança ainda me causava vergonha.
— Você fez um vestido para eu usar no Dia das Mães, no segundo ano do ensino médio. Aquilo me tocou mais do que você pode imaginar. Até hoje aquele é o vestido que eu mais gosto.
— Continue assim, mãe, que eu faço outro vestido. Mas, dessa vez, *eu* vou usá-lo no baile de formatura.

Ela me ignorou e se inclinou ao lado da escrivaninha para pegar um porta-retratos de dentro de uma pasta de pelica. Colocando a foto diante de mim, ordenou que eu a examinasse.

— Você reconhece esta foto, é claro.

— Ficava em cima da cômoda do meu pai. Mas ficava sempre no alto. Eu mal conseguia vê-la quando era menino.

— Você já nasceu sem o dom da curiosidade. Podia perfeitamente ter pedido para ver a foto. Está vendo agora?

— É meu pai, ao lado dos pais dele, que não cheguei a conhecer, e de uma freira que não sei quem é.

— Olhe a freira mais de perto.

Eu tinha visto aquela foto milhares de vezes, e sempre enxergava a imagem de meu pai, ainda jovem e tremendamente ingênuo, perfilado entre duas figuras estranhas, certamente falecidas antes do meu nascimento. Uma sombra atravessava o rosto encoberto com o véu. Parecia uma boneca de pauzinhos, anônima em seus paramentos medievais. No momento em que examinei a foto atentamente, o rosto de minha mãe se materializou. Eu podia quase sentir um campo de força atraindo meus pais. Era o mesmo que contemplar um capítulo pornográfico da minha própria história, escrito com tinta invisível. Senti-me encurralado numa biografia apenas parcialmente narrada, num mundo de meias-mentiras e confusos fragmentos de meias-verdades. Eu tinha diante de mim uma foto pela qual passara os olhos todos os dias; quase caí de joelhos, ao me dar conta de que, pela primeira vez, tomava conhecimento da opacidade e do segredo ali traduzidos. Em preto e branco, ali surgia a prova de que minha mãe estivera num convento. Tentei resolver a complexa trigonometria inerente à noção radical de que o silêncio era capaz de criar a maior mentira de todos os tempos. Mas, naquele dia, eu era demasiado jovem e inexperiente para me deter em semelhante reflexão, tão profunda. Ela evaporou-se à minha volta, e vi-me novamente na mira do desconcertante olhar de minha mãe.

— Mãe — falei, finalmente —, eu nunca tinha notado que a senhora era uma bonequinha viva.

— Obrigada, meu filho.

— Estou falando sério. — Examinei a foto mais detidamente. — A senhora e meu pai eram sempre tão mais velhos do que os pais das outras crianças.

— Eu envelheci quando tive meu primeiro filho — disse ela. — E me senti muito mais velha quando tive o segundo.

— O segundo? É... acho que esse sou eu.

— Acho que é sim — respondeu minha mãe, com uma voz inexpressiva, sem agressões.

— Então, a senhora simplesmente desistiu de ser freira? Eu não sabia que isso era permitido.

— Não é. Seu pai vai explicar tudo a você. Deleguei a tarefa a ele. — Olhou o relógio. — Ele está à sua espera.

Meu pai entregou-me duas caixas de acessórios de pesca, nossas melhores varas e molinetes, e um balde contendo iscas vivas que eu havia capturado com uma rede de pescar camarão no estuário que ficava perto do Lockwood Boulevard e que inundava nosso quintal nas marés cheias da primavera. Caminhamos até o porto. Na marina municipal, meu pai desamarrou os cabos que prendiam nosso bote de pesca. Ele deu partida no modesto motor de 15 cavalos e seguimos até o meio do rio Ashley, que formava o braço oeste da península de Charleston. Depois de prender as iscas, arremessamos nossos anzóis, um de cada lado do barco, enquanto a lua surgia a leste, reluzente como uma colher.

O Ashley era esconderijo, oficina e refúgio para meu pai e para mim, um local onde ficávamos a sós, desfrutando a companhia um do outro, curando-nos dos males que o mundo nos infligia. De início, pescamos em silêncio, deixando que a mudez primeva do rio nos transformasse em nada além de formas deslizantes. A maré era um poema que só o tempo podia criar, e a contemplei, fluindo e enchendo, correndo para casa... o oceano. O sol afundava rapidamente, e um amontoado de cirros se esticava pelo céu poente, como xales de linho branco, até se render ao dourado trêmulo que formava um halo sobre a cabeça de meu pai. O rio manteve aquele brilho dourado por um minuto e então escureceu, enquanto a lua se elevava atrás de nós. Em silêncio, pescávamos como pai e filho, cada qual prestando atenção à sua linha.

Àquela claridade, meu pai era uma silhueta luminosa, um imperador gravado numa moeda exótica. Com o movimento das marés, a serenidade dos pais gentis e a melancolia que se instalava ao fim dos dias quentes em Charleston, o Atlântico nos chamava. Para mim, pescar ensejava a oportunidade de pensar, rezar e sentar ao lado do homem que raramente elevou a voz comigo, em toda a minha infância. Sendo um cientista, ele exercia a função de pai por meio de uma abordagem explanatória, e ser filho dele era como ser seu aluno. Mesmo na ocasião terrível da morte de Steve, meu pai nunca se dirigiu a mim num tom de voz que não expressasse respeito por cada pedacinho da minha infância. Quando perdi a cabeça nos dias que seguiram o sepultamento de Steve, ele considerou meu comportamento a coisa mais natural do mundo. Embora eu estivesse entrando numa fase em que eu não conseguia me lembrar do rosto ou da voz do meu irmão, eu podia olhar para o rosto do meu pai e ver meu irmão sentado no bote ao nosso lado. O semblante do meu pai parecia sereno, pacato, mas muitas vezes estampava um olhar assustado, e naqueles momentos eu sabia que ele também pensava em Steve. Seus lábios ficavam apertados, mais finos, como se fossem traçados com régua. As maçãs do rosto eram bem-marcadas e, embora espessas, as sobrancelhas eram simétricas e se harmonizavam com a curva acentuada do nariz. Os óculos, de lentes tão grossas quanto as minhas, ressaltavam-lhe os olhos cor de mogno. Era um homem sensível, com um toque de traquinice e um amor obsessivo por minha mãe. A pescaria tinha sido programada para que ele pudesse falar desse amor, e eu esperava a noite cair para ele começar a falar. Somente depois que escurecia meu pai me dizia coisas realmente importantes, e num crepúsculo parecido com aquele, quando eu era menino e Steve estava conosco no bote, ele parou e refletiu sobre as glórias do pôr do sol de Charleston, banhado de carmim, e suspirou: "Ah! Meninos, olhem bem: a Mansão do Rio."

Na noite em questão, tínhamos saído um pouco mais tarde, e o carmim já escoara pelo horizonte. O céu se mostrava azul-metal enquanto flutuávamos nas proximidades da sede da Guarda Costeira. Entreguei minha vara de pescar a meu pai, peguei os remos e conduzi o bote de volta ao meio do rio. Aprumei-o, e começamos a deslizar diante das casas enfileiradas ao longo da Battery. As residências estavam iluminadas como teatros, e podíamos escutar as vozes das famílias que conversavam nas varandas e nos pórticos. Rio abaixo, uma orquestra de câmara se aquecia diante de uma pequena plateia reunida nos jardins de White Point; à distância, o som dos instrumentos parecia uma conversa entre ratos. Baixamos âncora duas vezes, e então, seguimos na direção do forte Sumter.

— Agora me conte a respeito do telefonema da irmã Scholastica, filho — pediu meu pai quando ancoramos pela terceira vez.

— Ela não falou muito, só me surpreendeu com a notícia de que ela e minha mãe foram noviças no convento. Fiquei surpreso, apenas isso.

— Depois que Steve nasceu... — disse meu pai, e precisou se deter para recuperar a voz. — Depois de Steve, sua mãe insistiu para que mantivéssemos sigilo sobre a juventude dela. Steve sabia de alguma coisa, mas não muito. Nós queríamos enfatizar a nossa condição de família, e não a vida de sua mãe antes do casamento.

— O senhor não acha isso meio estranho?

— Não. Da mesma forma que a lua lá em cima, Leo, a vida de cada pessoa passa por fases. Isso faz parte da lei natural. E antes de nos casarmos, sua mãe viveu uma fase em que, durante alguns anos, foi freira. É verdade que foi um período bastante longo. Mas, não deixou de ser uma fase.

— Isso explica tudo. Deus do céu! Fui criado por uma freira! Ela parece uma freira, age como freira, fala como freira e respira como freira. Fui criado numa farsa. Meus amigos sempre me acharam meio estranho, e eles tinham razão. Havia mesmo algo errado comigo.

— Para mim, você sempre foi perfeito, em todos os sentidos.

— O senhor é parcial.

— É a minha função.

— O fato de eu ter sido criado por uma freira sem saber a verdade explica por que fui coroinha da primeira missa do dia durante quase a vida inteira. Por que rezamos o terço todas as noites antes de dormir. Ora! Pai, será que existe algo na oração da Ave-Maria que nos escape, mesmo após rezá-la mil vezes? Eu gostaria de exumar quem inventou o terço e profanar os ossos do tal inventor.

Ele deu uma risadinha, mas logo ficou novamente sério.

— O terço é uma disciplina espiritual, Leo. O terço nos aproxima de Deus.

— É chato — eu disse, e acrescentei: — Um pé no saco.

— Olha como fala, filho.

— Desculpe. Como o senhor conheceu minha mãe? Ela disse que o senhor me contaria a história.

— É uma bela história — disse ele, com uma timidez infinita. — A melhor que um sujeito como eu poderia desejar.

— Como assim, "um sujeito como eu"?

— Você sabe o que quero dizer, um sujeito sem atrativos. Um sujeito feio.

— Por que o senhor se acha feio?

Ele riu.

— Na próxima vez que você passar pelo meu banheiro, entre e dê uma olhada. Eu tenho um espelho.

— O senhor não é feio, pai!

— Então, preciso comprar um espelho novo. O meu sempre mente para mim.

Ele riu da própria piada e, em seguida, recolheu a linha e deu a partida no motor enquanto eu içava a âncora. Observamos as famílias que residiam nas belas casas de frente para o rio. Vimos uma bailarina ensaiando numa sala do segundo andar, e dois patinadores descendo tranquilamente pelo dique da Battery, como se deslizassem sobre gelo, com as mãos para trás. Com faroletes fracos como lanternas de bolso, bicicletas avançavam pelas ruas. Desligando o motor no momento em que nos aproximávamos do hotel Fort Sumter, vimos homens lendo cardápios à luz de vela e fazendo pedidos aos garçons. Namorados caminhavam por toda a extensão da Battery, alguns casais detinham-se para se beijar exatamente no ponto em que o Ashley e o Cooper se encontravam para formar a fragrante enseada de Charleston.

Colocamos isca nos anzóis e lançamos nossas linhas.

— Conheço sua mãe desde que me entendo por gente, Leo — disse meu pai —, mas só me aproximei dela no segundo ano do ensino médio, já na Bishop Ireland, quando a vi tomando sol no ancoradouro de uma fazenda perto da James Island. Era o verão de 1937, e o mundo estava prestes a sofrer grandes mudanças. Assim como você, não tive namoradas no ensino médio. Talvez eu fosse até tão retraído quanto você. Eu ficava mudo quando uma garota esperava que eu dissesse algo. Ver a sua mãe naquele píer fez toda a diferença. Alguma coisa se abriu dentro de mim, fazendo jorrar um milhão de palavras aos borbotões; corri pelo gramado da fazenda na direção do ancoradouro. Durante a corrida, decidi que queria me casar com a sua mãe.

— Ora! O que é isso! Nada acontece assim tão rapidamente.

— Quem está contando a história?

Ele descreveu o maiô azul-claro que minha mãe usava, suas belas pernas e silhueta, e a grande surpresa dele quando ela se levantou e mergulhou no rio salobro, pouco antes de ele chegar ao píer. Nadando de costas no sentido contrário ao da correnteza, minha mãe viu a silhueta dele, na contraluz, e perguntou:

— Jasper, onde está o seu calção de banho? Você não quer nadar?

Ele agarrou uma boia que estava no píer, tirou os sapatos e mergulhou, de roupa e tudo, gesto por ele considerado o mais espontâneo e romântico de toda a sua vida.

— Você ficou maluco, Jasper? — gritou minha mãe, rindo.

Ele respondeu:

— Mais ou menos. Maluco por você, eu acho.

— Você estragou as suas roupas!

— Não me importo com as minhas roupas. Mas aceito se você quiser fazer uma contribuição para a compra de um novo relógio e uma nova carteira de couro.

— Isso é o que dá perder a noção da realidade, Jasper King.

— Se você pudesse ver o que eu vi lá do gramado, saberia por que fiquei meio afoito, Lindsay Weaver.

— Ver? Como assim? Ver o quê?

— Ver você. Parecia a rainha do mundo.

Boiando na direção de Charleston, ela disse:

— Acho que gostei dessa resposta, Jasper King. Acho que gostei muito.

Olhando-se através do orifício central da boia, o casal começou a trocar histórias de vida, as histórias que realmente interessavam, aquelas que são mantidas em segredo até o cara certo surgir na esquina, ou a garota perfeita aparecer na rua. Um de cada vez, falaram das vidas inocentes que definiam suas identidades.

Quando o pai de Jasper chegou de barco a fim de resgatar a dupla de nadadores, Jasper e Lindsay já estavam apaixonados, e pouco se importavam que todos soubessem disso. Familiares e colegas brincaram com a escapada aquática do casal no momento em que os dois, queimados de sol e incapazes de tirar os olhos um do outro, voltaram ao grupo. Quando, naquela mesma noite, desabou um temporal, eles ficaram no ancoradouro, de mãos dadas, enquanto amigos e parentes os observavam na segurança da casa da fazenda e o vento açoitava as palmeiras e castigava os carvalhos ribeirinhos. A chuva caía como uma cortina, e Lindsay e Jasper, de mãos dadas, ignoravam o mundo e as pessoas que os olhavam do casarão. Conversavam como se tivessem acabado de aprender a falar. Nem Lindsay nem Jasper tinham namorado até então, e ambos disseram que haviam esperado a vida inteira a chegada daquele dia. Quem os visse saberia que os dois nunca se casariam com mais ninguém.

Quem tivesse um profundo sentimento religioso — conforme era o caso de meus pais àquela época e também naquele momento em que eu estava com meu pai dentro do bote — saberia que eles acreditavam que aquele encontro inesperado tinha sido preparado por Deus. Os dois apenas seguiam o inexorável plano de Deus para a vida do casal. Naquele verão, minha mãe e meu pai achavam que estavam vivendo a maior história de amor de todos os tempos.

Homem tranquilo, meu pai falava-me do namoro com minha mãe como se estivesse rezando. Mantinha os olhos pregados na linha que desaparecia nas águas escuras e escolhia as palavras com cuidado. Antes daquela Noite das Revelações, eu mal sabia que meus pais se conheciam desde a adolescência. Eram mais velhos do que os pais dos meus amigos e já haviam sido confundidos com meus avós. Enquanto pescava, ouvia e assimilava as palavras de meu pai, e percebi que ele me apresentava a um jovem casal apaixonado, um casal cuja existência eu sequer sonhava.

Naquele mês de junho, Jasper conseguiu emprego na loja Berlim. Todos os domingos, depois da missa, ele almoçava com a família Weaver. Naquele verão mágico, Lindsay e Jasper caminharam pelos parques bem-cuidados e pelas avenidas de Charleston conversando sobre seu futuro brilhante como marido e mulher. Caminhavam de mãos dadas do começo ao fim da Battery, acenando para os cargueiros que zarpavam em direção ao mar. Certa vez, Jasper subiu num pé de magnólia, em busca do botão perfeito para enfeitar os cabelos negros de minha mãe. Depois que ele prendeu-lhe a magnólia nos cabelos, e ela contemplou a própria imagem no espelho lateral de um Buick estacionado, ambos elegeram a flor como a sua predileta e prometeram só se casar quando pudessem cobrir o altar com magnólias. Outra noite, decidiram beijar-se diante de cada uma das residências de Charleston que eles consideravam as mais bonitas da cidade, e quase perderam a hora marcada para Lindsay chegar em casa.

— Não estou entendendo — falei. — Como foi que toda essa beijação acabou no convento?

Ele riu.

— Já chego lá.

Como Jasper e Lindsay comungavam diariamente, costumavam se encontrar nos degraus da catedral, todas as manhãs, antes da missa. Jasper não conhecia ninguém, homem ou mulher, que se rendesse à força transformadora da oração conforme ocorria com sua amada todas as manhãs. Ela recebia a Eucaristia em total enlevo, um banquete compartilhado com a divindade. Rendia-se aos mistérios da Consagração com uma entrega absolutamente incomparável. Enquanto Jasper confrontava impasses e obstáculos para se harmonizar com o mundo espiritual, Lindsay tinha acesso direto a tal mundo. A postura de Jasper diante do catolicismo era simples: aceitar o ensinamento da Igreja e tentar levar uma vida de bondade e decência. Lindsay acreditava, piamente, que a santidade era a única busca lógica de um bom cristão. Não apenas ela queria se unir a Cristo em seu sofrimento no Getsêmani, como também deixar ali as suas próprias pegadas, um refúgio para onde ela, em agonia, pudesse correr descalça e de braços abertos para o Senhor. Não era apenas fé que Lindsay Weaver trazia para o altar todos os dias, ela trazia também total imersão e perfeita afinidade com os mistérios do sacrário. O amor de Jasper não tinha a menor chance diante de uma fé assim tão inabalável.

No decorrer daquele ano letivo, Jasper King perdeu Lindsay Weaver. Em setembro, um jovem padre chamado Maxwell Sadler, recém-ordenado em Roma, chegou à Catedral de São João Batista a fim de dar início ao seu trabalho de pároco e de professor de religião na Bishop Ireland. Naquela época, no mundo católico, o sermão do padre na missa dominical era a única parte da liturgia falada em inglês. Mas era como se o sermão fosse falado em sânscrito, considerando-se o grau de sustento espiritual que ele continha. Quanto às homilias, não havia um ser vivente que não cochilasse diante do discurso de um padre católico.

Maxwell Sadler mudou para sempre tal percepção na diocese de Charleston. Jasper e Lindsay estavam sentados lado a lado quando o belo e jovem padre dirigiu-se ao púlpito, a fim de pronunciar seu primeiro sermão. Durante um bom tempo, ficou olhando para a congregação, detendo-se até que o silêncio começasse a provocar desconforto e inquietação. Daí, naquele mesmo instante, ele bradou: "Johnny Jones ia todo domingo à Igreja". Outra longa pausa, e o padre Max concluiu: "Na segunda-feira, dava a alma ao diabo numa bandeja."

O novo padre falava com a grande eloquência típica do Sul, e passou a lotar a catedral. Nos primeiros meses do sacerdócio, provocou a inveja do bispo Rice, que considerava presunçosa e um tanto sinistra a pregação do jovem religioso. Quando, em setembro daquele ano, começou a lecionar para os formandos da Bishop Ireland, ele mudou o título da disciplina, antes denominada Religião, para Teologia para Iniciantes, e também mudou a maneira como cada um dos alunos pensava a sua relação com o Deus amado. Era como se um ídolo da música pop tivesse deixado suas impressões digitais nas almas dos jovens. Foi Maxwell Sadler quem primeiro disse a Lindsay que acreditava que ela recebera um chamado para a vida religiosa. Disse-lhe que conhecia um convento perfeito, de uma ordem voltada para a educação, na Carolina do Norte, onde ela poderia se fixar. Afirmava ter tido uma visão na qual testemunhou a cerimônia em que ela foi ordenada.

Em segredo, sem contar a Jasper, Lindsay se candidatou e foi aceita como noviça no convento de Belmont, na Carolina do Norte.

O padre Sadler também tentou convencer o meu pai a considerar seriamente o sacerdócio. Ingenuamente, ele disse ao padre que já havia se comprometido a se casar com minha mãe e formar uma boa família católica.

Durante o recesso de Natal, no último ano do ensino médio, Lindsay terminou o namoro com Jasper e anunciou a intenção de entrar para o convento em junho do ano seguinte, depois da colação de grau. Ele não recebeu bem a notícia. Disse coisas das quais se envergonharia pelo resto da vida, e tudo aquilo voltou, com um ímpeto de emoção, enquanto pescávamos no rio Ashley. Ele a acusou de tê-lo enganado e arruinado sua vida por um motivo dos mais egoístas. Durante horas, implorou e insistiu para que ela voltasse atrás, mas foi tudo em vão. Depois disso, durante um mês, não se falaram mais, e sequer trocavam olhares quando se cruzavam nos corredores da Bishop Ireland.

A força do hábito os levava à catedral e, finalmente, a amizade sobreviveu à prova do romance acabado. Por vezes, a amargura de Jasper se insurgia entre os dois, mas ela o acalmava, lembrando-lhe da devoção que ele nutria pelo mesmo Deus ao qual ela entregaria a vida dela e o futuro deles. Quando deixou a família a fim de se transferir para Belmont, Lindsay pediu a Jasper a gentileza de acompanhá-la até os degraus do convento. Ele aceitou o convite com benevolência e resignação. Partindo na manhã de 16 de junho de 1938 e seguindo por estradas vicinais, eles entraram no terreno do convento ao cair da noite. A bagagem de Lindsay era mínima: a totalidade dos pertences mundanos que ela carregava cabia numa maleta.

Os dois desceram do carro e Jasper ficou para trás, enquanto ela se adiantou e tocou um sino audível por todo o convento. Uma irmã atendeu à porta e fez um sinal para que Lindsay entrasse; duas outras freiras conduziram-na por um longo corredor. Começava a nova vida da jovem.

— Você é Jasper? — perguntou a primeira freira.

— Sim, irmã. Sou Jasper.

— Ela me escreveu a seu respeito — disse a freira. — Sou a irmã Mary Michele. Sou a madre superiora daqui.

— Posso visitar Lindsay? Não seriam visitas frequentes, apenas esporádicas.

— Não me parece uma boa ideia — disse a irmã Mary Michele.

— Posso escrever para ela?

— Pode, se assim desejar — respondeu a freira. — Não posso prometer que as cartas sejam entregues. Ela agora pertence à ordem.

— Então, posso ajudar aqui no convento? A senhora não está precisando de alguma coisa? Posso providenciar a compra.

A freira pensou a respeito e disse:

— Sabonete. Estamos precisando de sabonete para o banho das irmãs.

No dia seguinte, Jasper foi a Charlotte e fez um acerto com um gerente da loja de departamentos Belk para que dez caixas de um sabonete feminino, algo simples, mas sofisticado, fossem entregues no convento do Sagrado Coração. Num bilhete, a irmã Michele revelou a Jasper que o presente havia gerado controvérsia, pois algumas das freiras mais antigas acharam o sabonete demasiado luxuoso para ser usado no convento. Mas a irmã Michele as convencera, esclarecendo a natureza da doação, referindo-se ao pecado do desperdício e à importância do asseio na rotina diária do convento.

Teve início uma peregrinação anual para Jasper King. No dia 16 de junho, ele sempre aparecia na porta do convento, para perguntar à irmã Mary Michele se podia visitar Lindsay, que àquela altura já se transformara em irmã Mary Norberta. Embora a chegada de meu pai sempre pegasse a irmã Michele desprevenida, ela era uma mulher dotada de senso prático.

— Do que o convento precisa este ano? — perguntou Jasper à madre superiora certa vez.

— Sabão para lavar roupa — disse a irmã Michele, e no outro dia um suprimento suficiente para um ano chegou à porta dos fundos do convento. No ano seguinte foi cera para o assoalho; no seguinte, toalhas de mão; no outro ainda, graxa para sapatos.

Uma amizade discreta, mas importante, nasceu entre Jasper e a irmã Michele, e ambos esperavam com certa ansiedade os encontros do dia

16 de junho. Ela relatava para Jasper o progresso da irmã Norberta, e certa vez ela disse:

— Ela tem mais dotes naturais do que qualquer outra jovem que já vi passar por este convento.

Em Jasper, esses relatos causavam, ao mesmo tempo, satisfação e receio. Sempre que se aproximava do belo convento, ele esperava encontrar Lindsay nos degraus, à sua espera, com a maleta e trajando o mesmo vestido que usara quando os dois vieram de Charleston. Jasper queria ver Lindsay correndo para seus braços, afirmando que tudo não passara de um lamentável mal-entendido.

Naquele ano, em setembro, Jasper ingressou na Citadel, seguindo os passos do pai e do avô, para imenso orgulho da família. Mas ele sabia muito bem que optara por frequentar a Citadel tão somente porque jamais se preocupara em fazer planos futuros que não incluíssem Lindsay. Escolheu o curso de física, e logo percebeu que, à semelhança de todos os objetos da Terra, estava sujeito às leis da inércia, e que o abandono por parte de Lindsay o impulsionara na direção de um destino imprevisto e inescapável. Com facilidade, rendeu-se aos códigos disciplinares da Citadel, apaixonou-se pela ordem natural do regimento e sentia um prazer juvenil em cuidar dos uniformes, marchar ao som de tambores e comandos. Assim como o convento era o refúgio de mulheres dedicadas à oração, a Citadel se tornou para Jasper um sacerdócio. Esse sacerdócio se transformou em espírito guerreiro em 7 de dezembro de 1941, quando os japoneses atacaram Pearl Harbor.

Na triagem médica para o alistamento militar, Jasper memorizou o painel de letras e números e foi aprovado com nota máxima no exame de vista. Foi à guerra como segundo-tenente e lutou com bravura na Europa; invadiu a Normandia no Dia D, participou da libertação de Paris e acabava de passar a primeira noite na Alemanha quando foi declarado o Dia da Vitória na Europa. Depois de ficar um ano com o exército de ocupação na Alemanha, Jasper foi mandado de volta a Charleston para começar a vida sem Lindsay. Durante a guerra, ele tinha escrito para ela uma carta por semana, mas nenhuma delas foi lida. A irmã Mary Michele orgulhava-se de possuir um conhecimento da natureza humana acima da média, e sabia que o amor de Jasper por Lindsay pulsava em cada linha. Por conseguinte, não deixou que as cartas chegassem às mãos da jovem.

Durante a guerra, Jasper insistia para que o pai fosse ao convento do Sagrado Coração todo dia 16 de junho e indagasse à irmã Michele acerca das necessidades do convento para os próximos 12 meses. Meu avô não gostava da tarefa, mas a cumpria porque, supersticioso, receava que o filho fosse morto em batalha se ele se recusasse a praticar um ato de caridade para um convento de religiosas. Atendendo ao pedido, meu avô honrava a data em que Lindsay abraçara a vocação, e sempre comparecia ao convento na tarde daquele dia. Nos campos de batalha da Europa, Jasper recebeu quatro bilhetes de agradecimento de irmã Michele, e garantias de que a jovem irmã Norberta era uma estrela em ascensão.

As irmãs superioras logo perceberam o intelecto de Lindsay e, depois de ordenada, ela foi matriculada na Catholic University. Num programa rigoroso e acelerado, Lindsay concluiu os créditos de um doutorado em literatura inglesa, e logo começou a trabalhar numa tese sobre *Ulisses*. Na primeira leitura, ela descobriu que a ação do romance se passava num único dia, 16 de junho de 1904. Visto que nesse dia Jasper a levara ao convento para que ela iniciasse a vida de religiosa, a data adquiriu um significado mágico. Ela pensava muito em Jasper. Lindsay tinha sido informada pelos pais que ele estava na guerra, na Europa, e todas as manhãs, ao receber a comunhão, rezava para que ele sobrevivesse. Quando a irmã Michele a informou que ele havia sobrevivido, Lindsay renovou a sua fé na força da oração, uma força natural, inexpugnável, em prol do bem universal. No fundo do coração, acreditava que suas preces e súplicas trouxeram Jasper de volta da Europa são e salvo.

Ao regressar a Charleston, Jasper empregou-se como professor de ciências do Bishop Ireland High School e voltou a morar em seu quarto, na casa dos pais, na Rutledge Avenue. Sua vida social limitava-se a encontros esporádicos com alguma nova professora da Bishop Ireland ou com as irmãs dos colegas de classe na Citadel. Era um parceiro razoavelmente cativante, e diversas jovens lhe davam a entender que estavam prontas a assumir um compromisso se ele conseguisse se curar da célebre paixão de adolescente. Sempre que o assunto vinha à tona, ele ria de si mesmo por continuar encantado por uma mulher que se isolara dos homens. Jurou nunca se casar, a menos que voltasse a experimentar o sentimento daquele dia em que boiou, de roupa e tudo, pela correnteza da enseada de Charleston, quando tinha 17 anos. Sabia exatamente o que era o amor, e conhecia a intensidade do sentimento.

No verão de 1949, comprou um terreno de dois acres, à beira de um lago salobro paralelo ao rio Ashley e separado do rio pelo Lockwood Boulevard. Com a ajuda de amigos, construiu uma casa de tijolos, de dois pavimentos, que pouco contribuía para a importância arquitetônica da cidade. A casa era tão funcional e simplória quanto uma igreja católica que foi construída num subúrbio de Charleston àquela época. Montou um laboratório de experimentos científicos num dormitório do segundo andar, voltado para os fundos, e até a mãe caçoava dele por ter construído uma moradia com cinco dormitórios, que, provavelmente, abrigaria um solteirão. Mas Jasper tinha planos que atenuariam a solidão da vida de solteiro e o ajudariam na quitação do financiamento que fez para construir a casa: convidou outros jovens solteiros que lecionavam na mesma escola que ele a alugar quartos da casa, e tinha sempre ao menos três professores residindo lá. Fora uma época boa, com festas quase todos os finais de semana, e o riso de rapazes e moças dançando era uma música que fazia muito bem àquela morada.

Muitos daqueles jovens seriam grandes amigos de Jasper pelo resto da vida, uma vida rica em termos de amizades. Até o padre Maxwell Sadler residiu durante seis meses num dos quartos do segundo andar, depois que um incêndio provocado por um curto circuito causou danos à casa paroquial. Jasper não cobrou aluguel ao padre e lamentou quando ele mudou-se de volta para a casa paroquial, após a conclusão das obras. Poucos companheiros sabiam do profundo amor de Jasper por Lindsay, mas, com o padre Max, ele se sentia à vontade para falar de sua paixão insaciável. Com infinita paciência, o padre nunca tentava dissuadi-lo de seus sentimentos em relação a Lindsay; em vez disso, ele o apresentava a outras belas jovens católicas que encontrava em seu dia a dia na paróquia.

Por se manter solteiro, Jasper tornou-se objeto de boatos acerca de um suposto homossexualismo, boatos que correram pelos corredores da Bishop Ireland e que Jasper mal se importava em refutar, pois se resignava à vida de solteirão. Passados alguns anos, Jasper era visto cada vez menos em bailes ou jantares, acompanhado de jovens solteiras ou nas fileiras do fundo do teatro da Dock Street. Num fim de semana, um colega, professor de inglês, convidou-o para ir a um bar gay, e Jasper nunca mais lhe dirigiu a palavra. Na verdade, a cada ano, ele se tornava mais introvertido, mais crítico, mais beato, mais severo, e os jovens professores já não queriam alugar quartos na casa.

Morar sozinho não fez bem a Jasper e, claramente, seus hábitos começaram a se transformar em excentricidades. Ele cultuava o isolamento, mas não percebia que isso corroía a personalidade outrora jovial. O silêncio da casa o levava a refletir e a se desesperar diante de uma existência que era para ter sido perfeita. Contudo, escrevia semanalmente à querida freira, postando as cartas aos cuidados da irmã Michele. Às vezes, dizia para si mesmo para procurar outra mulher por quem se apaixonar, mas a falsidade das palavras o torturava. Nas cartas para a ex-namorada, inventava histórias sobre festas na praia, cruzeiros de barco pelas Bermudas, vernissages, planos para uma viagem à Europa no verão, a compra de um cão labrador cor de mel, uma pescaria no Golfo do México, um retiro espiritual na abadia Mepkin e uma centena de outros eventos que jamais aconteceram. As cartas eram pura ficção. Meu pai talvez tenha sido o primeiro homem do mundo a ter medo de parecer entediante a uma freira.

Todos os anos, no dia 16 de junho, ele comparecia ao encontro com a irmã Michele em Belmont. Num dos anos, levou consigo 25 quilos de camarão fresco comprados de um barco pesqueiro em Shem Creek. Em outro ano, descarregou uma centena de mudas de azaleia, cultivadas por ele próprio numa estufa improvisada nos fundos da casa. E sempre levava cestos com tomates frescos, pepinos e milho, adquiridos numa fazenda em Wadmalaw Island. Trazia também amendoim cozido e vidros de geleia, chutney e frutas em calda que ele mesmo preparava. A madre superiora apreciava o senso de humor do jovem e o romantismo da causa inútil por ele perseguida, mas não o incentivava nem permitia que tocasse no assunto da ex-namorada. A irmã Michele sequer lhe contou que a irmã Norberta não residia no convento desde 1940 e que, naquele verão, lecionava literatura na University of Notre Dame. Tampouco lhe disse que as regras do convento proibiam que ela entregasse as cartas à ex-namorada de Jasper. Mas desobedeceu às regras, guardando as cartas numa caixa, em seu escritório, amarradas com uma fita branca. O fato de haver guardado as cartas não a preocupava, em absoluto. Mas o fato de ter lido todas as cartas, com avidez e até certo prazer, representava para ela um pequeno pecado.

No dia 16 de junho de 1948, ela convidou Jasper para almoçar num restaurante no centro de Charlotte, famoso pela carne ali servida. Durante o almoço, ele perguntou:

— Do que o convento precisa este ano, irmã?

A freira riu.

— Você não vai acreditar, Jasper, mas precisamos de sabonete.

— Essa foi a minha primeira doação, logo que a conheci — disse ele.

— As senhoras precisam se banhar com mais frequência.

Quando Jasper foi embora naquele dia, a irmã Michele o surpreendeu, beijando-lhe a face e agradecendo por tudo o que ele fizera em benefício do convento ao longo dos anos. O beijo era tão estranho quanto gentil, e ele teve o ano inteiro para interpretar-lhe o significado. Na escola, um incêndio causado por um aluno estabanado resultou no fechamento do laboratório de química. A mãe de Jasper começava a dar sinais de senilidade, e o pai foi diagnosticado com câncer na laringe. Jasper mudou-se de volta para casa, a fim de cuidar dos pais, e alugou a casa dele para quatro solteiros que lecionavam em diversas escolas da cidade. A casa ficou famosa porque ali eram realizadas as farras mais enlouquecidas de Charleston. Mas Jasper estava por demais ocupado com seus pais, e pouco se importava; naquela ocasião, pela primeira vez, quase esqueceu o compromisso de 16 de junho no convento do Sagrado Coração.

Onze anos depois que Jasper deixou Lindsay Weaver na porta do convento, uma jovem freira que ele não conhecia fez um sinal para que ele a seguisse até a sala de visitas, assim que a informou que tinha um encontro com a madre superiora. A jovem freira fez um cumprimento com a cabeça e deixou a sala, absolutamente calada.

Outra freira surgiu no topo da escada de acesso à sala. A luz do sol entrava por uma janela *palladiana*, emoldurando a silhueta da religiosa, cujos movimentos eram demasiado graciosos para pertencerem à irmã Michele.

A luz do sol agora refletia nas lentes dos óculos de Jasper, ofuscando-lhe a visão. Apertando os olhos, ele disse à figura que descia a escada:

— Eu esperava uma velha amiga, a irmã Michele.

— A irmã Michele faleceu, em consequência de um infarto, há um mês — disse a freira. — Fui apontada madre superiora interina. É por isso que vim ao encontro do senhor hoje.

— Por que ninguém me contatou? — perguntou Jasper.

— A morte foi súbita, inesperada.

— Lamento muito. Eu tinha me aproximado da irmã Michele.

Ainda ofuscado pelo brilho do sol, Jasper desviou o olhar, retirou os óculos e começou a limpá-los com um lenço branco.

— Embora não possa me enxergar nitidamente, você não reconhece a minha voz, Jasper? — indagou a madre superiora interina. Ela saiu da contraluz e posicionou-se à sombra naquela sala funesta, onde visitantes e familiares recebiam as freiras saídas dos misteriosos corredores situados nos andares superiores. Ao olhar para aquele rosto, Jasper caiu de joelhos, como um animal ferido. Seu grito fez com que freiras acorressem dos quatro cantos do convento. E a irmã Norberta se viu na situação embaraçosa de precisar explicar por que aquele homem descontrolado se ajoelhara diante dela. A irmã Michele era a única que sabia da história daquele indivíduo apaixonado e agora em prantos.

— A irmã quer que eu chame a polícia? — perguntou a jovem freira que conduzira Jasper até a sala de visitas.

— Não, claro que não. Este senhor é Jasper King. Ele faz vultosas doações anuais ao convento. Acabo de informá-lo sobre o falecimento da nossa boa irmã Michele. Eles eram amigos.

— Então, devo chamar um padre? — perguntou outra freira.

— Não, não, Jasper está bem. Será que alguém pode nos trazer um copo de chá gelado? Ainda gosta de chá doce, Jasper?

Várias freiras ajudaram Jasper a se levantar e a sentar-se numa poltrona; o corpo dele parecia desprovido de ossos e peso. O chá pareceu revigorá-lo, e ele agradeceu à freira que o trouxera. Sentia-se confuso e extremamente envergonhado pelo espetáculo que protagonizara. Em silêncio, as outras freiras deixaram o local.

— Desculpe-me, Lindsay. Quero dizer, irmã Norberta — balbuciou ele. — Eu já não tinha a menor esperança de voltar a vê-la. Você me pegou desprevenido.

— Desprevenido, Jasper? — Ela riu. — Acho que peguei mesmo. Eu não conhecia esse seu lado teatral.

— Nem eu — disse ele, e ambos riram.

Em nosso bote, em meio àquele ar rascante e salobro, fisguei um robalo de bom tamanho enquanto meu pai descrevia o enlevo que sentiu ao rever Lindsay Weaver.

— Então, o senhor não a reconheceu? — perguntei, ao percebê-lo comovido demais para prosseguir.

— Ela estava na contraluz — respondeu ele, finalmente. — A luz refletia por cima dos ombros dela, diretamente nos meus olhos.

— Mas, e a voz?

— Eu achava que nunca mais ouviria a voz dela. Eu não estava preparado para o encontro, Leo. Já havia me resignado, achando que nunca mais voltaria a vê-la. Nem sabia dessa resignação... mas o fato é que havia me resignado.

— O que minha mãe disse? — perguntei. — Depois que o senhor se acalmou?

Recolhendo a linha, meu pai repôs outro camarão vivo no anzol, e fez mais um lançamento na direção da James Island, com um gesto harmônico e atlético. Em seguida, prosseguiu com o relato.

Sentados em poltronas, um diante do outro, Jasper examinou o rosto de Norberta e sentiu-se consternado ao constatar que 11 anos de separação em nada esfriaram o ardor infantil que sentia por ela. A beleza de Lindsay se tornara mais intensa com a idade e a vida contemplativa pela qual ela optara.

— Nunca te esqueci, Lindsay — disse ele.

— Por favor, me chame de irmã Norberta.

— Nunca a esqueci, irmã Norberta.

— Eu sei, Jasper — disse ela. — A irmã Michele me falava das suas visitas. De início, ela se mostrou flagrantemente contrária. Mas, com o passar dos anos, tornou-se mais leniente. Você a conquistou, Jasper, com a sua persistência, a sua generosidade para com o convento e a sua gentileza. Ela aprendeu a valorizar as suas visitas anuais. E adorava as suas cartas.

— Você leu alguma daquelas cartas?

— Não na época em que foram escritas. Mas no verão passado, a irmã Michele e eu participamos de um retiro juntas. Um bosque perto da casa de retiro tinha belas trilhas e nós costumávamos fazer longas caminhadas. Ela começou a falar a seu respeito. Disse-me que sentia que eu não pertencia ao convento. Naquela noite, ela me entregou a caixa que continha as suas cartas.

— Você as leu?

— Sim, Jasper. Li cada uma delas.

— O que você achou?

— Um dia eu lhe darei uma resposta. Não hoje, mas em breve; prometo.

Lindsay já havia iniciado o processo complicado e bizantino atinente à suspensão dos votos religiosos. A decisão desagradava a todos, e ela teve que convencer a superiora da ordem quanto à seriedade do pleito, e a superiora, por sua vez, enviara a solicitação à sede da ordem, na Europa, de onde o pedido era encaminhado ao mundo masculino, até chegar aos gabinetes do próprio papa. Para Lindsay, o avanço do processo pareceu extremamente lento, agonizante. Porém, considerando o tempo e o lugar, numa Igreja presa no emaranhado de leis imutáveis, a liberação não tardou muito. A Sé de Roma, exausta em decorrência do sofrimento causado pela Segunda Guerra Mundial, lidava com a combalida alma católica de uma Europa arruinada, e dispunha de pouca energia para ser desperdiçada com uma freira do Sul dos Estados Unidos que tardiamente descobrira novos interesses. A carta de manumissão foi assinada pelo próprio papa Pio XII.

Lindsay Weaver trajava as mesmas roupas com que tinha chegado quando Jasper King a buscou no convento, no outono de 1949. Numa cerimônia simples, casaram-se no altar-mor da Igreja de São João Batista, e o padre Maxwell Sadler realizou o matrimônio com a elegância que o tornara famoso na diocese de Charleston. Stephen Dedalus King nasceu dez meses mais tarde, em 1950, e eu nasci em 1951. A paciência de Jasper garantiu-lhe, afinal, o amor de sua vida.

— O vento está aumentando, Leo — disse meu pai. — Vamos voltar para a marina.

Recolhemos as nossas linhas. Cuidei dos acessórios de pesca enquanto meu pai dava a partida, e subimos o rio, o motorzinho roncando no sentido contrário à maré.

Ao imergir a mão e arrastá-la pela água morna e salobra, eu pensava no tempo estranho em que eu não existia; o mundo privado da presença confusa e inquieta de Leo King era inimaginável. Mas meu pai havia permitido a minha entrada num cenário onde mães viviam a clausura e o voto de castidade, e pais eram entregues a uma vida de solidão, e até amargura. Se tivesse escrito a minha autobiografia uma semana antes, não teria chegado nem perto da verdade. Se começamos a adquirir sabedoria a partir do momento em que descobrimos mais gárgulas do que realidades em nosso passado, a noite que meu pai e eu passamos no rio Ashley foi bastante profícua.

Na marina, atracamos nosso bote, juntamos nossos acessórios de pesca, acondicionamos com o devido cuidado as varas de pescar e os molinetes e, com rapidez e maestria, limpamos os peixes que tínhamos pescado; para meu pai, realizar tarefas da maneira correta era um fetiche. Seus movimentos exibiam tamanha eficiência e parcimônia que, para mim, era um prazer observá-lo; e grande era o meu esforço para imitá-lo. Depois que atravessamos o Lockwood Boulevard e voltamos à nossa casa, fui direto ao quarto de minha mãe e bati à porta, enquanto meu pai guardava os peixes no congelador. Como seria de se esperar, ela estava lendo *Ulisses*.

— Vocês pegaram algum peixe? — perguntou ela, depositando o livro, com o canto da página dobrada, sobre a mesinha de cabeceira.

— Foi uma noite das boas — eu disse, entrando no quarto e me deitando ao lado dela. Não sou, por natureza, um sujeito afetuoso, e o gesto era raro da minha parte.

Ela passou o braço por cima de mim e eu aconcheguei o rosto junto ao ombro dela, gesto raro da parte de uma mulher que tampouco era conhecida pela sua afetuosidade.

— Obrigado por ter deixado o convento, mãe — agradeci. — A senhora tomou uma decisão difícil.

Por um instante, ela permaneceu calada. Depois perguntou:

— Por que você está dizendo isso?

— Por que conheço a senhora. Aposto que estava feliz no convento. Que se sentia segura lá.

— Eu queria ser uma esposa. Queria muito ser mãe. Queria tudo. Ou achava que queria.

— A senhora não sabia de coisas como... Steve — eu disse.

— Eu nunca quis saber de coisas como... Steve. Nós quase perdemos você por causa do Steve. Seu pai e eu quase perdemos um ao outro.

Meu pai entrou no quarto, e não conseguiu disfarçar a felicidade ao me encontrar nos braços de minha mãe.

— Vou deixar vocês a sós.

— Já vou dormir — falei, dando um salto.

— Boa noite, Leo — disse minha mãe.

Meu pai me abraçou e beijou, e disse:

— Boa noite, meu querido.

— Boa noite, pai.

Sorrindo, não me contive:

— Boa noite, irmã Mary Norberta.

Escapuli antes que o exemplar de *Ulisses*, atirado na direção da minha cabeça, batesse contra a porta, e corri para o meu quarto, rindo.

CAPÍTULO 6

Querido pai

Deitado em meu quarto, no escuro, revi os acontecimentos daquela semana, perplexo diante da complexidade e variedade dos fatos. As forças com as quais eu havia me deparado ao longo da semana começaram a se materializar no momento em que acertei o relógio para despertar às 4h30. Iniciei minha viagem de todas as noites pelo país dos sonhos. Lá estava Steve, como sempre. Falei-lhe dos órfãos, dos gêmeos que tinham se mudado para o outro lado da rua, do negro que era o novo técnico de futebol e do filho taciturno, do almoço no Iate Clube, da pescaria e do tempo em que nossa mãe viveu no convento. Acordei com o barulho de gritos e choro, e com meu pai à minha porta, acendendo a luz:

— Leo, levante-se. Está havendo algum problema do outro lado da rua.

Vesti minhas calças, uma camiseta e calcei meus sapatos mocassim. Peguei os óculos, saí correndo do quarto e me vi diante de Sheba Poe, aos prantos, do irmão atônito e da mãe dos dois, meio alcoolizada. Na sala de estar, minha mãe abriu o armário onde guardávamos armas, entregou a meu pai a espingarda dele e entregou-me a minha, herdada do pai dela. Ainda zonzo de sono, meu pai carregou a espingarda. Com uma das mãos, peguei a caixa de cartuchos que minha mãe arremessou na minha direção, e já carregava minha espingarda quando meu pai disse:

— Tem alguém forçando a porta da casa da família Poe.

— Nós viemos para cá porque não conhecemos ninguém aqui — disse Trevor Poe, num tom de voz desesperado.

— Ele nos achou novamente, mamãe! — gritou Sheba.

— Ele sempre nos acha — murmurou ela, sem grande coerência.

Minha mãe, de camisola, correu para o telefone a fim de chamar a polícia, enquanto meu pai e eu saímos às pressas pela porta da frente, na escuridão. Algumas vezes, eu odiava ter nascido no Sul; outras, eu adorava, e aquela vez era uma das que eu adorava. Visto que meus pais faziam questão de que eu soubesse me virar em matas e riachos, eu sabia manusear uma espingarda como uma baliza manuseava um bastão num desfile escolar. Minha espingarda me fazia sentir mais seguro, enquanto eu seguia meu pai, circundando a casa dos Poe, atento a qualquer movimento ou ruído. Não encontramos qualquer sinal de arrombamento. Passamos por velhos arbustos de azaleias e camélias e chegamos à porta da frente no momento em que sirenes espocavam pela cidade inteira. Minha mãe chamara não apenas a polícia, mas também o chefe de polícia, cujas filhas eram alunas suas.

Meu pai foi quem viu o desenho estranho, grotesco, pintado na porta da rua: uma cara sorridente, pintada com traços rabiscados, como se fosse com sangue. Uma lágrima escorria do olho esquerdo. Meu pai tirou um lenço do bolso, colheu uma gota da tinta e levou o lenço ao nariz.

— Esmalte de unha — disse ele.

As viaturas policiais entraram no terreno como se fossem aeronaves, e oficiais se espalharam por toda a casa e pelo jardim. Meu pai tomou a minha espingarda e sussurrou:

— Você ainda está em condicional, filho.

— Tinha me esquecido — sussurrei, em resposta.

Vizinhos começaram a aparecer em varandas no térreo e no segundo andar, sonolentos e curiosos. Uma viatura tinha estacionado diante da nossa casa, e vi um policial interrogando Trevor, Sheba e a mãe deles.

Belle Faircloth desceu a rua e informou ter visto um estranho num carro branco, estacionado nas proximidades do lago Colonial duas noites seguidas. O sujeito fumava sem parar e tinha cabelo alourado, mas ela não se recordava de qualquer outra característica física. Uma janela do porão fora quebrada, e um arbusto que não fora podado invadia agora a casa dos Poe. Durante mais de três horas, a polícia vasculhou a casa, em busca de pistas ou explicações; nada foi encontrado fora do lugar, e nada tinha sido roubado. Apenas a cara sorridente e grotesca pintada na porta da rua merecia a atenção dos investigadores.

Quando a polícia foi embora, meu pai e eu voltamos para casa, exauridos pela noite tensa que havíamos passado. Minha mãe serviu doses de uísque para ela e meu pai, e uma xícara de chocolate quente para mim. Sentamo-nos na cozinha, conversando em voz baixa acerca dos eventos da noite. Minha mãe fez um sinal, apontando para o segundo andar, e disse que tinha instalado a família Poe nos quartos que meu pai costumava alugar no passado.

— Algo terrível aconteceu com essa família — comentou ela, falando baixo. — Algo traumático. Eles acham que alguém veio à casa deles para matá-los.

— Isso é improvável — disse meu pai. — Deve ter sido um arrombamento comum.

— Leo — falou minha mãe —, seja gentil com esses jovens. Seja o mais gentil possível, mas não se torne íntimo deles. Você não sabe o quanto o mundo pode ser perverso. Você é muito ingênuo e desconhece os perigos.

— Ficou com medo, Leo? — perguntou meu pai, enquanto eu terminava de beber meu chocolate quente.

— Apavorado.

Levantei-me, no intuito de voltar para a cama.

— Não parecia — disse minha mãe.

— Foi porque meu pai estava comigo.

Já passava um pouco das 3 horas quando voltei para a cama e a vizinhança se aquietou novamente. Não tive dificuldade para pegar no sono. Eu sonhava quando senti lábios femininos tocarem os meus, e vi Sheba Poe, nua, deitar-se na cama, ao meu lado. Eu nunca tinha saído com uma garota e sequer tinha ficado a sós com uma menina dentro de um carro, mas ali estava eu, nu, ao lado da garota mais linda que já tinha visto na vida, as mãos dela subindo e descendo pelo meu corpo. Lentamente, ela direcionou meus lábios para os seus seios; em seguida, pegou a minha mão e colocou meus dedos dentro dela, e aprendi que uma mulher pode ter cheiro de terra, que aquela umidade podia gerar um fogo capaz de se transformar em algo vivo e sublime. A língua dela desceu pela minha garganta e pelo meu peito, e em questão de minutos ela me mostrou todos os lugares que a língua poderia visitar, todos os lugares que eu sonhava que a língua pudesse visitar. Quando a penetrei, o fiz seguindo as instruções que ela me deu; eu jamais imaginara o prazer que um corpo podia obter de outro. Em cima de mim, ela subia e descia como um bote num rio turbulento, e seus cabelos caíam-lhe pelos ombros em marolas ardentes. Ela me agradecia, com uma voz rouca. Quando entrou no meu quarto, eu estava sonhando, mas ela me arrastou para uma vida muito mais intensa e sublime do que qualquer sonho. Depois que gozei, ela pressionando a mão sobre a minha boca para impedir que eu gritasse, Sheba escorregou para fora da minha cama e desapareceu noite adentro. Mudo, permaneci desperto, embriagado pela vida que eu começava a viver. Enquanto o sol surgia a leste, eu pensava apenas em Sheba. Mais tarde, naquela manhã, lembrei-me do rosto dela a cada exemplar do *News and Courier* que lancei nos pórticos de Charleston. Somente anos depois eu saberia que minha mãe tinha visto Sheba Poe sair do meu quarto naquela noite. E minha mãe não foi a única.

Nas noites de domingo, meus pais instituíram uma tradição: sentavam-se na varanda do quarto deles, protegida por telas, e assistiam ao pôr do sol acima do lago Long e do rio Ashley. Embora fossem severos e reflexivos quando se tratava de questões racionais, eram embevecidos e até um pouco ousados diante do seu próprio romantismo meloso e do amor que sentiam um pelo outro. Quando tocavam os discos de Johnny Mathis ou Andy Williams após o jantar de domingo, era chegada a hora de eu escapar para a solidão do meu quarto. Angustiava-me bastante saber que meus pais desfrutavam prazeres carnais, isso muito antes de eu tomar conhecimento da carreira de minha mãe como religiosa. Depois da minha noite com Sheba, a ideia começou a parecer uma abominação. Por causa da Igreja Católica, eu sempre tinha ataques de culpa quando pensava em sexo, pênis, vagina, penetração e tudo mais. Os ensinamentos da Igreja Católica Romana encobririam minha alma feito um preservativo pelo resto da vida. Já não sentia nada além de culpa por ter me deleitado com os prazeres do corpo de Sheba, a mim enviado pelos céus, e lutava contra o grande desejo de vê-la outra vez e dizer-lhe, honesta e sinceramente, do fundo do coração, o quanto a amava. Tratava-se de uma verdade essencial que não pude expressar naquela noite, pois fiquei absolutamente perplexo; mas, a verdade agora clamava por se expressar. Amá-la resolveria a questão da culpa, aliviaria minha consciência e constituiria um grande avanço naquele inútil princípio católico de "fazer sempre a coisa certa".

Meu sentimento de culpa parece ter sido contagioso, visto que, na manhã seguinte, meus pais me chamaram para uma conversa na varanda; tinham fisionomias sérias, que exprimiam contrariedade. De frente para mim, minha mãe disse:

— Estamos preocupados com você, Leo. Achamos que os gêmeos Poe estão em alguma enrascada. Seu pai e eu estamos preocupados com essa situação.

Virei-me para meu pai, geralmente a voz da razão, mas ele também parecia pensativo.

— O que aconteceu na casa deles não faz sentido. A não ser pela janela quebrada, a polícia não encontrou qualquer sinal de arrombamento — explicou ele. — Não havia pegadas em volta da casa, exceto as nossas, e a Sra. Poe está tão alcoolizada que não consegue assinar a queixa. Os próprios gêmeos são vagos quando falam do caso. E aquela cara sorridente na porta? Era esmalte de unha. Encontraram a mesma tonalidade no quarto da mãe e de Sheba.

Ele fez uma pausa, até que minha mãe o incitou.

— Você ainda não disse tudo, Jasper.

— Encontraram um frasco do mesmo esmalte no quarto de Trevor — acrescentou meu pai. — Ao que parece, ele pinta as unhas do pé.

Ouvi tudo com um receio crescente e uma vontade totalmente egoísta de defender Sheba.

— Eles são gente boa — argumentei. — Tiveram uma vida difícil.

— Você não sabe o que é gente boa, Leo. — A sisudez da voz de minha mãe me irritou. — Você nunca teve um amigo.

Levantei-me e comecei a andar pela varanda como um advogado no tribunal, defendendo um cliente.

— Isso não é verdade. Eu tive Steve, e nunca terei um amigo melhor do que ele. Fiz muitos amigos nos últimos anos. Por causa daquela coisa da droga, nenhum deles tem a minha idade. A culpa é minha, e não culpo ninguém além de mim mesmo. Mas as pessoas que encontro todos os dias... as que estão na minha rota de entregador de jornal, Harrington Canon, minha terapeuta... elas gostam de mim. Os órfãos e os gêmeos nada sabem sobre a cocaína, mas já percebi que querem ser meus amigos. O mesmo ocorre com o Ike, o filho do técnico, agora que começamos a nos conhecer melhor. A senhora se engana ao dizer que não tenho amigos. Passei a vida inteira sozinho, mas agora tenho alguns amigos. E pretendo mantê-los pelo resto da vida e gostar deles enquanto gostarem de mim. Vou gostar deles mesmo que deixem de gostar de mim.

— No nosso entendimento, esse é precisamente o ponto — disse minha mãe. — Temos receio de que os órfãos e os gêmeos acabem usando você.

— Não vão me usar, não — declarei. — Eles precisam de mim. Precisam da minha ajuda, assim como aqueles jovens ricos que foram pegos com drogas. E também o professor Jefferson e o Ike. É bom alguém precisar de mim. Não me incomodo se for usado — eu disse, sentindo um pouco da força de Sheba, uma intrepidez fora do comum. — Estou farto de me sentir sozinho. Não quero me sentir sozinho nunca mais.

Depois que disse isso, dei meia-volta e saí da varanda, entrando na casa e apertando o passo em direção ao meu quarto. Embora estivesse quase às lágrimas, controlei-me e tomei uma decisão. Estiquei o braço sobre a mesinha de cabeceira e peguei o terço benzido pelo papa que o monsenhor Max tinha me dado no dia da minha Primeira Comunhão. Tentei rezar, mas as palavras viraram pó. Fui até o armário e peguei minha coleção de figurinhas de beisebol. Eu guardava a preciosa figurinha de Ted Williams no topo de uma das pilhas, enquanto Willie Mays, Hank Aaron e Mickey Mantle encimavam as outras três. A caixa continha ainda a única foto que eu possuía de meu irmão, Steve, ao meu lado. Depois do suicídio, todas as fotos do meu irmão desapareceram, como se a luz extraordinária daquele ser jamais houvesse iluminado o espírito do nosso lar. Ao retirar a foto da caixa, percebi que ela parecia se tornar cada vez mais frágil com o passar do tempo. Mas lá estava eu, com o terno branco da minha Primeira Comunhão, o braço de meu irmão por cima dos meus ombros, num gesto audaz e protetor. Minhas orações eram mais autênticas sempre que eu rezava por Steve. Desde a sua morte, passei a pensar nele como um anjo destemido, irreprimível, que me protegia, um pouco Rottweiller, um pouco guarda do Túmulo do Soldado Desconhecido e um pouco profeta que um dia desvendaria o mistério das nossas vidas. Nos momentos mais difíceis, eu rezava e pedia proteção a Steve, e não ao Deus que me roubara o irmão e me deixara encarando um mundo cruel sem meu maior aliado.

Minha agenda estava sempre cheia, hora após hora, minha rotina completamente tomada. Na manhã seguinte, acordei no momento em que o despertador tocou, fiz o ritual de minha toalete matutina no escuro, pedalei a bicicleta até o lago Colonial, esperei até que a caminhonete do *News and Courier* conduzida por Eugene Haverford encostasse na esquina predeterminada e que quatro pilhas de jornais fossem atiradas sobre a calçada. Todas as manhãs, a primeira prova de que eu estava vivo era a fumaça do charuto do Sr. Haverford... isso e o sangue que pulsava em minhas pernas, o ar cálido e espesso como geleia e o tráfego que começava a fluir pela Rutledge Avenue. Rota de distribuição de jornal, missa diária, café da manhã no Cleo's, cinco novas palavras para meu vocabulário: minha vida era uma rotina mais do que metódica.

No momento em que cortei os fios e libertei as pilhas de jornal, inalei o odor de tinta fresca e senti o cheiro da maré vazante vindo do lago Colonial. Rapidamente, enrolei os jornais bem apertados. Lá dentro da caminhonete, ouvi o Sr. Haverford falar mal do presidente, do prefeito

Gaillard, do chefe de polícia John Conroy e do time de beisebol Atlanta Braves. Todas as manhãs o Sr. Haverford achincalhava, com ardor e muito gosto, os atores principais e coadjuvantes que surgiam nas páginas do matutino.

Lá ia eu, mergulhado na escuridão de Charleston, lançando as notícias do mundo às pessoas incluídas na minha rota. Ainda assim, meus pensamentos se concentravam em Sheba Poe e na noite em que ela tinha vindo até o meu quarto. Atravessando a Broad Street em alta velocidade, dobrei à esquerda na Tradd Street e só comecei a transpirar quando alcancei a Legare. Ainda voltaria em algumas daquelas casas naquela manhã para receber o pagamento pela entrega dos jornais no próximo mês. Ficaria sabendo das fofocas, dos segredos, das excentricidades relacionadas à história da minha cidade. Sentia-me profundamente comprometido e ligado a cada repórter, editor, compositor, secretária, paginador, impressor, colunista e entregador que trabalhava na produção do *News and Courier* todos os dias. Ao unir o meu destino àquele jornal, me permiti seguir uma carreira que eu esperava ser profundamente gratificante.

Em pleno devaneio, pensando em Sheba, percorri as ruas, enquanto as mansões e as casas geminadas murmuravam suas histórias para mim. No final do itinerário, entrei pelo Stoll's Alley, a fim de cobrir o extremo Sul da Church Street. Eu era apaixonado por atalhos, becos, passagens secretas e travessas como o Stoll's Alley e a Longitude Lane. Muitas vezes, fui atraído ao Stoll's Alley em decorrência dos mistérios e da sensação de intimidade ali abrigados; a estreiteza do beco era uma espécie de deformação, algo maltraçado, constituindo a minha passagem predileta na cidade. O sol ainda não despontara totalmente e, estando o beco escuro como um confessionário, prossegui com cautela. De repente, um homenzarrão saiu do batente de uma porta, surpreendendo-me e bloqueando o beco. Em seguida, quase me nocauteou com um soco, deixando-me em estado de choque.

A surpresa, a brutalidade e a constatação da emboscada assustaram-me tanto que fiquei paralisado. A força do homem me causou espanto. Demorei um pouco para perceber a agilidade e a maestria do ataque. Quando me recuperei o bastante para gritar, a mão dele cobriu a minha boca, e a mão era tão grande que parecia uma luva de beisebol. Em seguida, senti a lâmina de uma faca na garganta, e não era o tipo de faca de brinquedo que meninos atiram contra o tronco das árvores.

Em um primeiro momento, ele ficou satisfeito com o sucesso tático do assalto. À medida que meus olhos se acostumavam com a escuridão, pude perceber que o sujeito usava uma máscara de Halloween, coisa barata. Os orifícios dos olhos tinham sido recortados para ficarem maiores. A máscara era preta, e senti cheiro de tinta aerossol. E então ele sussurrou:

— Majestoso, o gorducho Buck Mulligan apareceu no topo da escada, trazendo na mão uma tigela com espuma sobre a qual repousavam, cruzados, um espelho e uma navalha de barba.

Nenhum estranho poderia pronunciar palavras que provocassem em mim tamanho susto e pavor. Por causa dessas palavras, tive certeza de que o sujeito ia acabar comigo naquele beco. Só quem dispusesse do conhecimento mais íntimo, mais diabólico acerca do meu passado saberia do impacto que tais palavras produziriam em mim naquele momento. Provavelmente, em todo o sul dos Estados Unidos, eu era o único formando do ensino médio capaz de saber que o estranho acabara de enunciar, num tom de voz cheio de troça e grotesca intimidade, a primeira frase de *Ulisses*.

— Então, Leo, meu menino, você e seus pais adoram ir à igreja todas as manhãs. Que beleza! Tão bonzinhos. Tão beatos. Tão fiéis à doutrina Católica Romana.

Minha mente acelerou, e pensei ter sido pego por algum membro da Ku Klux Klan com formação universitária. A faca brincava com a minha jugular. O hálito era suave, e a voz polida, e senti resquícios de Listerine e de loção pós-barba da marca English Leather.

— "Riverrun", Leo — o sujeito sussurrou, provocando-me com a primeira palavra de *Finnegans Wake*, outro romance idiota de Joyce. — Posso degolar a sua mãe, Leo — acrescentou ele. — Ela costuma ficar sozinha no escritório. Ou degolo seu pai. É uma beleza o laboratório que ele montou em casa. Ou o seu novo amigo, aquele crioulo, o Ike, com quem você faz ginástica todas as manhãs. A escolha é sua, Leo. Qual deles?

Paralisado e incapaz de falar, eu mal conseguia manter a respiração. Ele prosseguiu:

— Ou, que tal você, Leo, aqui mesmo neste beco? Posso acabar com a sua vida agora, e ninguém, nem mesmo você, saberá por que foi morto. Ou, sejamos criativos: que tal eu exumar os ossos do seu irmão, e você acordar um dia ao lado dos ossos dele? Gostei dessa, Leo. Você gostou? Não, não achei que fosse gostar. Vamos fazer um acordo: vi você trepando com a vizinha naquela noite. Isso não pode voltar a acontecer. De acordo, Leo?

Assenti com um gesto de cabeça.

— Se você contar a alguém o que aconteceu aqui, eu mato a sua mãe e o seu pai. Vou matar devagarzinho. Depois vou atrás de você. Agora, quieto, Leo.

Subitamente, uma lanterna foi acesa, ofuscando a minha visão, e a faca sumiu. Ouvi o ranger da lâmina entrando na bainha. Então, fui tomado por um clímax de pavor, pois percebi o cheiro inconfundível de esmalte de unha e senti o sujeito pintando algo na minha testa. Ele não teve pressa. Quando acabou, disse:

— Não se mexa durante cinco minutos. Prometa, Leo. Diga, como o fez Molly Bloom: "*Sim eu digo sim eu poderei sim.*"

— "Sim eu digo sim eu poderei sim" — eu disse, sufocado em meu próprio e tenebroso pavor, enquanto o sujeito se levantava e saía caminhando tranquilamente pelo Stoll's Alley, deixando-me em companhia apenas da última frase de *Ulisses*.

Esperei mais do que cinco minutos. Somente depois que o dia clareou, saí empurrando minha bicicleta pela Church Street. Aproximando-me de uma Mercedes estacionada na rua, examinei meu rosto no espelho retrovisor. Meu olho esquerdo estava avermelhado, mas, provavelmente, não ficaria roxo. A lente esquerda dos meus óculos estava quebrada. Mas o sinal mais perturbador era o que eu já esperava: na minha testa havia a tal cara sorridente, com aquela única lágrima escorrendo do olho esquerdo. Com um dos jornais sobressalentes e a ponta das unhas, removi da testa a pintura horrenda; em seguida, entrei no jardim de um cliente, abri a torneira e lavei o rosto. Por causa das ameaças feitas pelo agressor, eu não podia contar a ninguém o ocorrido. Para explicar os óculos quebrados, inventaria um acidente de bicicleta. Perguntei a mim mesmo em que mundo infame, horrendo, eu tinha entrado por acaso.

Minha ideia para distrair os gêmeos depois daquela noite assustadora que eles tinham passado era primária e continha muitos furos, mas meu pai concordou em me ajudar a desenvolver um plano coerente. Telefonei para ele, da casa dos Poe, no dia seguinte ao ataque que sofri no beco, e percebi um tremor em sua voz quando lhe pedi ajuda. Aquele tremor quase me partiu o coração. Nele pude detectar a disposição de meu pai para me ajudar, a esperança paternal de que a felicidade poderia estar apenas do outro lado da rua, seguindo casualmente na direção de seu filho único. Ele compreendeu meu plano prontamente e prometeu cuidar de todos os detalhes.

— O senhor pode me emprestar o conversível, pai? O Chevrolet 57.
— Eu sabia que o pedido era um favor e tanto. — Vou tomar bastante cuidado. Prometo.
— Eu não lhe disse? Não tenho mais o carro, filho. Livrei-me dele.
— Quando? — Fiquei indignado. Eu achava que meu pai venderia minha mãe e eu como escravos, mas não abriria mão daquele carro tão querido. — Para quem o senhor vendeu o carro?
— Não vendi para ninguém. Aquele carro é valioso demais para ser vendido. Vou dar o carro a você, filho. Sempre quis dar aquele carro a você, mas tenho que esperar até que termine a sua condicional. Você pode emprestá-lo; vai estar lavado e pronto quando você chegar em casa.

Desliguei o telefone sem me despedir. Não tive condições de pronunciar uma palavra sequer, de dirigir qualquer palavra naquele momento a quem quer que fosse. A postura de meu pai diante do mundo era objetiva e repleta de modéstia e timidez; ele carecia de exuberância, ousadia, estilo. Para ele, cada dia era como uma fórmula a ser estudada com afinco e resolvida com confiança. A queda por carros vistosos e potentes era nele algo raro, a única frase excêntrica num livro que contém apenas uma prosa científica, absolutamente engessada. Ele nunca havia comprado um carro zero quilômetro; esperava com sua paciência pétrea, até que o carro ficasse velho o bastante para se tornar financeiramente acessível a um professor de ciências de uma escola de ensino médio. Naquela ocasião o carro dele era um Thunderbird preto, 1956, conversível, definido por ele como "clássico" desde o instante em que pusera os olhos no veículo, assim que este surgiu nas ruas de Charleston, há mais de uma década.

Quando Sheba e Trevor apareceram em nosso jardim, fiquei meio tímido... por causa de Sheba. A presença alegre de Trevor, no entanto, tornou a situação menos constrangedora. Meu pai, segundo parecia, já não desconfiava deles, e gostou de entreter as duas únicas pessoas na cidade que ainda não tinham ouvido as 25 piadas que constituíam o seu miserável repertório. Ele conversou com os gêmeos amigavelmente, enquanto corri para vestir um calção de banho, uma camiseta da Citadel e um boné dos Atlanta Braves que meu pai comprara para mim no verão anterior, quando tínhamos ido assistir a duas partidas de beisebol no mesmo dia.

Quando cheguei à porta da garagem, meu pai atirou-me as chaves. Fiz um gesto imaginário, como um receptor que remove a máscara protetora, ajustei os óculos e interceptei o lançamento perto dos arbustos de camélia que eram o xodó de minha mãe. Os gêmeos aplaudiram. Meu pai ensaiou uma mesura, em seguida, colocou no banco traseiro uma grande boia e disse a Trevor que segurasse firme, pois o conversível estava partindo na direção da James Island.

— O Sr. Ferguson sabe que vamos até a fazenda dele? — perguntei.

— Sabe sim, e sabe por que vocês estão indo lá. Eu disse a ele que pegaríamos o Chevrolet amanhã.

— Por favor, esteja à nossa espera quando chegarmos ao Ashley — pedi a ele.

— Telefonei para Jimmy Wiggins, na marina. Ele vai me emprestar o *Baleeiro de Boston*. Estarei pescando quando vocês surgirem pelo córrego.

— O senhor vai pescar baleias? — perguntou Sheba.

— Não, doçura, esse é o nome do barco.

Ao dar partida no carro, eu tinha uma grande preocupação, mas tinha também um plano. Eu ainda não havia contado a ninguém o episódio no beco, e inventara um acidente de bicicleta para explicar meu rosto machucado. Meu agressor havia assumido uma aura de onipotência e mistério, e preocupava-me a possibilidade de ele estar nos seguindo, como um tubarão que segue pelos corais o cheiro de uma garoupa ferida. Mas se nos seguisse naquele dia, o sujeito teria que conhecer as ruas de Charleston tão bem quanto eu. Além de ter nascido na cidade, eu entregava jornais, de maneira que tinha um mapa impresso na mente.

Disparei pelo Lockwood Boulevard, dobrei à direita e segui pelas ruas que ficam atrás do hospital municipal; então, virei à esquerda no Ashley Boulevard, verificando o espelho retrovisor toda vez que entrava em alguma rua. Quando alcançamos as avenidas de Savannah, certo de que não estávamos sendo seguidos, relaxei e entrei na conversa animada dos gêmeos. Segui para o sul, livre do psicopata e feliz por poder ser um adolescente afinal.

Fazia-me bem ouvir a conversa fiada dos gêmeos. Sentado no banco de trás, Trevor viajava inclinado entre Sheba e eu. Assim que percebeu que eu estava tranquilo, ele me convidou para entrar num terreno delicioso de brincadeiras ridículas. Na vida que eu levava, o bate-papo despretensioso dos adolescentes era algo desconhecido. Para mim, aquela era uma conversa alegre que remetia à liberdade, e assim cruzamos a ponte sobre o rio Ashley e seguimos rumo à Folly Beach Road.

— Acho que a Sheba deve se casar com Elvis Presley no ano que vem.

— Elvis Presley não é casado? — perguntei.

— Pequeno obstáculo. Se olhar de relance para Sheba, Elvis sai correndo em busca do primeiro tribunal e pede o divórcio. Nunca vi um homem capaz de resistir ao charme pagão da minha irmã. A não ser que seja um sujeito como eu, é claro. Entendeu, Leo? Você já percebeu que jogo no outro time.

— Outro time? — perguntei. Embora eu quisesse me enturmar, não fazia a menor ideia do que ele falava.

— Leo é pura inocência — disse Sheba. — Você fala muito, mas sempre fala besteira. E discordo sobre essa coisa do Elvis. Não me vejo na condição de esposa. Sou mais serva, ou deusa.

— Ah! — disse Trevor. — Ela expõe a própria vida com toda sinceridade.

— Eu penso em me casar com Paul McCartney. Vejo nos olhos dele que somos almas gêmeas. Através dele, posso deslanchar a minha carreira de atriz, atuar como Julieta nos palcos londrinos e ser apresentada à rainha da Inglaterra. Eu adoraria ser apresentada à rainha. Sei que ela é uma pessoa solitária; é óbvio que o casamento com o príncipe Philip foi uma questão de política, não de amor. Eu poderia ser confidente dela, ao mesmo tempo em que daria as melhores dicas para a carreira do Paul.

— Vivo em função da beleza — disse Trevor, sem nenhum motivo. — Sempre irei aonde a beleza me levar.

— Admiro a beleza — disse Sheba em resposta —, mas é a arte que me move. Quero ser a melhor atriz da minha geração. Quero me casar com três ou quatro dos homens mais fascinantes da minha época. Quero fazer o mundo inteiro rir e chorar, se alegrar e se sentir vivo ao ver minhas atuações.

— Falou bonito! — elogiou Trevor. Então, virou-se para mim e perguntou. — Quais são as suas maiores ambições, Leo? Pode se abrir. Você e seu pai pegaram em armas para nos proteger naquela noite, e se tornaram heróis aos nossos olhos.

Tímido e constrangido, eu não conseguia expressar uma palavra sequer àqueles gêmeos que pareciam criaturas de outro mundo. Meu sonho de passar outra noite com Sheba começava a parecer a coisa mais absurda da face da Terra. Eu deveria responder que tinha planos de casar com Sophia Loren ou me tornar secretário-geral das Nações Unidas, ou ingressar na vida religiosa e me tornar o primeiro papa norte-americano? Minha mente voava enquanto percorríamos a James Island, e pensei no meu ardente desejo de ser astronauta, estudar os hábitos de acasalamento das baleias-azuis, converter toda a China ao catolicismo. Todas essas falácias malconstruídas engrolavam em minha língua, e eu, finalmente, disse:

— Estou pensando em fazer a faculdade de jornalismo.

— Ele pode escrever sobre nós, Sheba — disse Trevor, com uma voz animada. — Ele pode espalhar a nossa fama pelos quatro cantos.

— Nós vamos arrumar alguns furos para ele — completou Sheba. — É disso que um jornalista precisa, mais do que tudo: furos.

Naquele momento, entrei no mundo excêntrico e fantasioso de dois jovens cujas vidas seriam absolutamente insuportáveis se eles não liberassem a própria imaginação. No mundo daqueles dois, todas as regras de uma existência civilizada tinham sido estilhaçadas e reconstituídas.

Embora eu não conhecesse a Fazenda Secessionville, meu pai me fornecera indicações precisas, e logo encontrei a estrada de terra que nos revelou a mítica propriedade. Ficava num terreno alto, acima de uma região pantanosa. Tinha quilômetros de extensão, acompanhando todo comprimento do córrego da James Island e do rio Folly. O Sr. Ferguson acenou do pórtico, fazendo um sinal de positivo com o polegar, e sua bela esposa nos chamou, perguntando se precisávamos de algo para a nossa aventura.

O calção de banho de Trevor era tão mínimo que parecia feito de dois solidéus costurados um no outro.

— É o estilo europeu — explicou ele.

Sheba usava um biquíni da cor da pele, revelando o suficiente para me fazer crer que ela poderia até escolher entre Elvis Presley e Paul McCartney, se os dois tivessem a sorte de estar conosco naquele dia.

— Gostou do meu biquíni, Leo? — perguntou ela.

— Que biquíni? — respondi, e os gêmeos riram.

Pela primeira vez na vida, pisei no cais flutuante onde meus pais tinham se apaixonado mais de trinta anos antes. Desde que meu pai me contou a história do namoro dele com minha mãe, comecei a pensar em fazer, sozinho, aquele passeio aquático. Mas preferi compartilhá-lo com meus dois novos amigos, um dos quais tinha guardado consigo a minha virgindade para sempre. Lancei a boia na maré vazante; naquele instante, a lua chamava de volta todas as águas do manguezal. No momento em que pisamos no píer, a maré tinha virado, exatamente conforme eu planejara. Mergulhamos na água morna e doce e nadamos, rindo, até a boia; então, iniciamos a nossa longa e lenta jornada, boiando em direção ao Atlântico, que, imenso e calado, reservava todo tipo de surpresa.

No verão, a água salobra que enche córregos, baías e enseadas da Carolina do Sul é cálida, aquecida pelo sol, e sedosa ao toque. Entrar naquela água não nos causou o menor choque; antes, amenizou e purgou nossos nervos esgotados pelos acontecimentos da semana. O córrego estava turvo, repleto de sedimentos retirados do grande pântano salobro; ao abrirmos os olhos embaixo d'água, não conseguíamos enxergar nossas mãos. Nadávamos num trecho de mar que o estado da Carolina do Sul tomava emprestado do Atlântico durante algumas horas. A maré agora escoava, levando consigo a essência dos manguezais, os caranguejos azuis à espreita, prontos a fazer dos retardatários suas presas. Enquanto a maré vazava, as ostras se fechavam completamente, retendo uma dose de água salgada que as preservaria até a próxima maré alta; linguados se escondiam nas coroas de lama; tainhas reluziam nas algas prateadas; pequenos tubarões farejavam carniça; garças-azuis, com suas pernas eretas e poses heráldicas, perfilavam-se, imóveis, pescando; garças-brancas-pequenas fitavam a margem rasa, em busca dos céleres cardumes de peixinhos. Deixei os gêmeos apreciarem tudo aquilo, e permanecemos em silêncio ao longo dos primeiros 100 metros, nos quais ficaram ressaltadas a nossa serenidade e a importância do momento.

Finalmente, ouvi Trevor perguntar à irmã:

— Será agora?

— Estamos perto. Bem perto. Ainda não tenho certeza.

— Você tem razão. Precisamos ver como vai acabar.

— Vai que você corta o pé num caco de garrafa — disse ela. — Desenvolve um caso de tétano e morre. Pior, ninguém te conhece aqui. Ninguém iria ao seu enterro.

— Quero milhares de pessoas no meu enterro. Faço *questão*.

— Então não morra de tétano.

Sheba olhou na direção da Sullivan's Island e, em seguida, voltou a olhar para o tabuleiro xadrez que era a cidade. O manguezal estava no auge do verde do verão, o verde dos camaleões, ou das florestas tropicais. A relva vibrava com um verde reluzente, exuberante, um verde que mudava quando uma nuvem passava entre o sol e o córrego e evocava tons de jade ou azeite de oliva, sob uma luz sempre mutante. Aquele verde era algo infinito naquele momento, naquela hora em que constatamos que o pântano de nossa amizade recente tinha vida.

— Talvez seja agora, Trevor — disse Sheba, enquanto nos integrávamos à maré, com a boia girando lentamente.

— Do que vocês estão falando? — perguntei. — Não é justo guardar segredo.

Os gêmeos riram, e Sheba explicou:

— Você não nos conhece bem, Leo. E nós não te conhecemos. Sua mãe não gosta de nós, e vai acabar com a nossa amizade. Muita gente acha que somos meio descontrolados. Sabemos disso. E você já conheceu a nossa mãe, uma mulher maluca que fica tão bêbada que chega a andar de joelhos.

O irmão a interrompeu.

— Mas não é culpa dela. Mamãe teve uma vida dura. Sheba e eu não nascemos num mar de rosas, entende?

— Quando éramos crianças, Trevor e eu tentamos viver num mundo totalmente fantasioso. Acabamos no meio de um roteiro perverso. Muito Drácula e pouco Disney.

— Você está falando em código — disse Trevor à irmã. — Como você mesma disse, Leo é ingênuo, e acho que devemos deixar que ele continue assim.

— Talvez seja tarde demais para isso — disse Sheba, piscando o olho para mim e confirmando a minha intuição: para Sheba, sexo não estava subjugado a noções de amor e responsabilidade, tampouco de culpa diante da Via Sacra. Para Sheba, sexo era algo *divertido*, uma ideia tão bizarra que eu mal podia compreender. Fiquei tão perplexo diante de tal noção que afundei a cabeça na água, achando que até os peixes notariam o meu rubor.

Quando voltei ao ar e à luz, a mágica singular do fluxo da maré, a furtiva luz do sol, o azul-turquesa do céu e o silêncio magistral do pântano tinham levado os gêmeos novamente a um transe quase religioso. Não precisávamos nos mexer, exceto se nos aproximássemos demais das margens ou dos bancos de areia. Éramos conduzidos e possuídos pela maré.

Então, Sheba repetiu:

— É agora. Você tem razão, Trevor. Estamos bem no auge, e como é bom poder reconhecer.

— Auge do *quê*? — gritei. — Vocês ficam falando aí, e não faço a menor ideia do que se trata.

— Do momento perfeito — disse Sheba. — Trevor e eu passamos a vida toda procurando o momento perfeito. Achávamos que tinha acontecido antes, mas sempre acontecia alguma coisa que estragava tudo.

— Silêncio! — observou Trevor. — Não vai azarar tudo. O momento pode acabar diante de nós.

— No ano passado, no Oregon, fomos ver as baleias nadando. Nossa mãe nos levou — disse Sheba. — Estávamos apenas dando uma volta, mas aí as baleias apareceram. O mar ficou cheio de baleias que migravam para o Norte com seus filhotes. Trevor e eu trocamos um olhar. Nossa vida era tão infeliz. Estávamos na proa do barco. Ficamos de mãos dadas, olhando um para o outro, olhando para as baleias, e dissemos, ao mesmo tempo: "É agora."

— Mas aí a mamãe vomitou. Ela disse que estava enjoada por causa do barco, mas nós sabíamos que era uísque — admitiu Trevor. — Nem preciso dizer que aquele dia não foi perfeito. Não ficou nem entre os dez mais.

— O Leo não precisa ficar ouvindo isso, Trevor — censurou Sheba. — A vida dele foi perfeita. Ele é tão ingênuo!

— Ah! Vocês são novos na cidade — eu disse. — Não ouviram falar do meu irmão, Steve?

— Achávamos que você fosse filho único — disse Trevor.

— Agora, sou. Mas vou contar uma historinha para vocês. Tive o irmão mais legal e mais bonito do mundo, e eu achava que ele fosse também o irmão mais feliz do mundo. Aos 9 anos, encontrei meu irmão dentro da nossa banheira, com os pulsos e a garganta cortados. Passei anos conversando com terapeutas. Achei que a tristeza fosse acabar comigo. E quase acabou. Mas estou superando. Vida perfeita? Não, acho que não, Sheba. E... só para vocês saberem: não tenho nenhum amigo da minha idade. Nenhum.

A dupla se aproximou e me tocou. Trevor segurou meu braço, e Sheba, a minha mão.

— Tem dois — disse Sheba, com emoção.

— Agora você tem dois — disse Trevor. — Nós podemos gostar de você em dobro, pois somos gêmeos.

— Você já conversou sobre Steve com alguém da sua idade? — perguntou Sheba.

— Nunca — respondi. — Mas todo mundo em Charleston sabe da história.

— Mas você escolheu a gente para contar. É uma honra, Leo — disse Trevor.

— Uma grande honra — assentiu Sheba. — Vamos dar um lugarzinho para o Steve. Vamos convidar o Steve para boiar córrego abaixo conosco.

Ela chegou mais para perto de mim, e Trevor fez o mesmo. Restou um lugar vago, reservado para meu irmão.

— Steve. — Ouvi Sheba dizer. — É você, querido?

— Claro que é ele — disse Trevor. — Você acha que ele recusaria um convite para a nossa festa?

— Não estou vendo ele — falei.

— Você precisa sentir a presença dele — disse Sheba, como uma instrutora paciente. — Vamos ensinar a você os prazeres do faz de conta.

— Mas você precisa acreditar também, para que a coisa se torne real — completou Trevor. — Será que você consegue, Leo?

— O Steve acredita — disse Sheba, prontamente. — Ele é quem está mais nervoso por causa desse encontro. Fale com ele.

— Oi, Steve — eu disse, com a voz embargada. — Deus do céu! Que falta eu sinto de você! Ninguém nunca precisou de um irmão tanto quando eu precisei.

Então chorei como se fosse um bebê, e os gêmeos choraram comigo. Choraram por me verem chorar. Choraram tanto quanto eu. Minhas lágrimas se misturaram à água salgada da maré até se esgotarem, e até que todas as marés de tristeza houvessem drenado os pântanos que existiam dentro de mim. Boiamos em absoluto silêncio durante os cinco minutos seguintes.

Então, eu disse:

— Estraguei o momento perfeito de vocês.

— Não estragou, não — negou Sheba. — Você tornou o momento mais intenso. Você nos contou uma verdade ao seu respeito. Isso nunca acontece.

— Você confiou a nós uma parte do seu ser — disse Trevor. — Perfeito não quer dizer apenas feliz. Perfeito pode ter muitos sentidos diferentes.

— Sabem por que eu trouxe vocês até esse cais hoje? Sabem por que estamos boiando em direção à enseada de Charleston agora? — perguntei.

— Não — respondeu Sheba. — Steve sabe? Você precisa incluir o Steve. Nós te trouxemos para o nosso mundo imaginário, Leo. Você precisa levar a coisa a sério.

Olhei para o ponto imaginário onde meu irmão voltava a existir na vazante da maré.

— Steve, mais do que ninguém, você vai adorar essa história.

E contei a história do verão em que meu pai e minha mãe se apaixonaram. Os gêmeos ouviram a história do começo ao fim, sem me interromperem.

— Puxa! Isso é que é uma história de amor — disse Trevor, afinal.

Deixamos o córrego e entramos nas águas um pouco mais agitadas da enseada de Charleston, ainda prisioneiros de uma maré que se tornou mais forte no momento em que alcançamos as águas do rio Ashley. O sol começava a se pôr, e o rio adquiriu um tom cítrico antes de mergulhar num dourado profundo. Experimentei uma súbita sensação de pânico, quando não avistei meu pai, nem barco algum, mas logo o enxerguei, acenando para nós. Ele havia amarrado o *Baleeiro de Boston* a uma boia e parecia estar pescando com grande satisfação, sem pressa para nos aguardar no local previamente combinado. Acho que meu pai ficou tão feliz ao me ver desfrutando a companhia de jovens da minha idade que teria nos deixado boiando até a meia-noite se fosse seguro.

Enquanto a maré nos transportava rapidamente até o local onde encontraríamos meu pai, contei aos gêmeos algo que achava que deveria contar, apesar da minha decisão prévia no sentido contrário. O dia tinha sido tão especial que eu receava estragar tudo, mas não tive muita escolha.

— Sheba, Trevor — eu disse, hesitante. — Nem sei como dizer isso a vocês. Nunca tive um dia tão maravilhoso como hoje. Mas, ontem, um homem me atacou. Foi num beco. Daí esse meu olho roxo. Ele encostou uma faca na minha garganta. Disse que mataria meus pais e eu. Ele nos viu juntos, Sheba, e sabia que você tinha passado a noite na minha casa. Usava máscara. Pintou uma daquelas coisas na minha cara, igual àquela que estava na porta de vocês. Nunca senti tanto medo na vida.

— Você estragou tudo, Leo — disse Sheba, friamente. — Estragou o dia perfeito.

— Isso mesmo. Puff! Acabou! — concordou Trevor, desviando o olhar de mim.

— Eu não quis estragar nada — eu disse. — Estou preocupado com vocês dois.

— Nós sabemos nos cuidar — disse Sheba. — Sempre soubemos, sempre saberemos.

Meu pai deu partida no motor do bote e rumou para o meio do rio, vindo ao nosso encontro. Lançou âncora, diminuiu a rotação do motor e nos ajudou a embarcar, um de cada vez. Tínhamos boiado na água salgada durante horas, e era agradável poder secar nossos corpos com as toalhas de praia e matar a sede com Coca-Cola gelada, trazida por meu pai num isopor.

— Sua mãe me levou de carro até a fazenda. Já peguei as roupas que vocês deixaram lá — disse meu pai, entregando-nos sacolas de papel que continham nossas roupas e sandálias de borracha. Calados, Trevor e eu despimos nossos calções de banho e vestimos bermudas e camisetas. Lamentei muito ter mencionado o sujeito que me atacara no beco. Por causa da minha indiscrição, achei que tivesse perdido para sempre a amizade dos gêmeos, embora não conseguisse supor qual teria sido o meu crime, nem por que os dois tinham ficado tão indignados diante da minha revelação.

Deixando a marina, cruzamos o Lockwood Boulevard e subimos a Sinkler Street, onde residíamos. Meu pai estava muito feliz e conversou bastante com os gêmeos. Acompanhamos os dois até a casa deles, e vimos a mãe assistindo à televisão na sala. Quando me despedi de Sheba, ela me surpreendeu, abraçando-me e beijando-me a face

— Foi um dia perfeito. Pode deixar que eu me entendo com Trevor. Não podia ter sido melhor.

Ao apertar a minha mão, Sheba me passou um bilhete. Eu tinha esperança de que fosse uma carta de amor. Eu tinha lido sobre cartas de amor em romances, mas nunca havia recebido uma. Meu pai passou o braço por cima dos meus ombros, e o gesto pareceu oportuno e acertado. Despedimo-nos e entramos em casa, conversando acerca do que prepararíamos para o jantar naquela noite.

Assim que me vi sozinho, li o bilhete que Sheba havia me passado secretamente. Não era a carta de amor que eu esperava, mas o impacto foi grande:

"Querido Leo, desculpe a maneira como Trevor e eu nos comportamos. Nós conhecemos o homem que atacou você. Por causa dele criamos juntos uma vida imaginária. O homem que machucou você é o nosso pai. Sim, Leo. Você conheceu o nosso querido pai."

CAPÍTULO 7

Tempo de festa

No dia 4 de julho, dei uma festa para comemorar o final do período de suspensão condicional da minha pena. Durante toda a manhã, meu pai e eu arrumamos mesas e cadeiras dobráveis que pegamos emprestado da escola. Minha mãe decorou todas as mesas com um arranjo de flores do jardim que ela mesma cultivava. Meu pai ficara acordado a noite inteira assando um leitão, e passara a madrugada xingando os guaxinins e os cães soltos da vizinhança, alucinados pelo aroma do porco temperado. Sheba e Trevor chegaram de manhã e nos ajudaram o dia inteiro: poliram os talheres e colocaram as toalhas, arrumando mesas impecáveis por todo o quintal, atentando à lei férrea instituída por minha mãe de que jamais haveria faca e garfo de plástico, nem pratos de papel, em qualquer recepção oferecida em sua casa.

Quando, um pouco depois das 13 horas o meu técnico, o professor Jefferson, chegou acompanhado pela família, ele e meu pai improvisaram um bar. Fiquei surpreso ao constatar que o bar serviria todo tipo de bebida, da mais plebeia à mais nobre, desde cerveja gelada a Singapura Slings. A Sra. Jefferson, acompanhada pela mãe, trouxe grandes recipientes com limonada e chá gelado. Ike e eu fomos enviados à fabrica de gelo e, atendendo às ordens de meu pai, compramos gelo suficiente para afundar um porta-aviões. Peguei o meu Chevrolet 1957 e rumamos para o norte de Charleston, seguindo pela rodovia interestadual 26.

Tivemos sorte com o tempo. Em Charleston, o 4 de julho costumava ser tão quente que chegava a produzir bolhas na pintura de veículos, mas o dia estava nublado, com uma brisa amena. Embora nervoso, eu experimentava uma sensação de leveza que há anos não me visitava, uma euforia quase transbordante. Eu tentava descobrir características do homem no qual eu estava me transformando.

Ike quebrou o encantamento.

— Por que você baixou a capota do carro, seu branco idiota?

— Porque estamos no verão, seu preto estúpido. E o verão é a melhor época para se andar num conversível.

— O que você acha que um tira policial branco e mal-encarado vai pensar, vendo um cara branco e um preto livres na estrada, como se fossem os donos do mundo?

— Vai ser bom para o tal policial. Ike, cale a boca e curta o passeio.

Ele ajustou o espelho retrovisor direito.

— Vão pendurar o meu couro preto num carvalho com um pedaço de corda.

— Se eu tiver escolha, espero que enforquem você, e não a mim.

— Talvez enforquem nós dois. Você não conhece a mentalidade dos brancos como eu conheço.

— Ah! É mesmo? Não sabia que você era um especialista. Todas as vezes que estamos juntos, Ike, você transforma o nosso encontro numa aula de sociologia. Nós estamos indo comprar gelo. Parece até que estou dando carona a H. Rap Brown ou Stokely Carmichael.

— Estar atento é estar vivo — disse Ike.

— Vou te colocar no porta-malas.

— Estou bem aqui. Mas você precisa pensar um pouco mais em certas coisas.

— Por isso fiz amizade com um sujeito inteligente como você.

— Pensou bem na lista de convidados da festa, branquinho? — perguntou Ike. — Você convidou brancos e negros para a mesma festa, seu burro, filho da puta.

— Tem uma garota negra que quero apresentar a você — eu disse. — Ela é do orfanato.

— A última coisa que me interessa é conhecer uma órfã.

— Você vai gostar de conhecer essa. Ela é linda.

— Como é que você sabe de tudo no mundo?

— O menino branquinho sabe tudo. — Olhei pelo espelho retrovisor. — Caramba! Ike! Aí do lado direito. Uma picape cheia de brancos mal-encarados. Ah! Meu Deus! Eles têm espingardas e estão apontando para nós. Abaixe-se! Rápido! Abaixe-se!

Ike se atirou no chão do carro. Trinta segundos depois, ele perguntou:

— Eles já foram embora?

— Me enganei. Eram criancinhas de jardim de infância segurando sorvetes. Alarme falso.

— Seu branco, Strom Thurmond, filho da puta! — disse ele, no momento em que saí da rodovia para descer o viaduto de acesso à Remount Road, seguindo na direção de uma fábrica de gelo que pertencia a um ex-aluno de meu pai. Eu tinha irritado Ike com a minha brincadeira, e agora estava um pouco arrependido, mas, finalmente, ele rompeu o silêncio.

— Você avisou aos brancos que tinha convidado negros para a sua festa de despedida do manicômio?

— Essa festa não tem nada a ver com o hospício. É para comemorar o fim da minha condicional.

— Sua vida tem sido mesmo uma beleza. Primeiro, maluco, depois traficante. Como é que você conseguiu fazer tudo isso?

— Aproveitei todas as oportunidades, Ike. Como, por exemplo, conhecer você. Se os convidados brancos se incomodarem com a presença dos negros na festa, eles podem ir embora.

— Falta um parafuso na sua cabeça, branquinho.

— Mas eu acredito na força da oração. Ah! Senhor! Fazei com que eu acorde amanhã pensando como aquele herói negro, perfeito, maravilhoso... o Dr. George Washington Carver Ike Jefferson Merdão Junior.

— Se você não acabar sendo responsável pela minha morte este ano, posso me considerar um cara sortudo — resmungou ele, fazendo uma careta no momento em que eu encostava o carro na rampa de carregamento da fábrica de gelo.

Quando Ike e eu chegamos de volta em casa, com o banco de trás e o porta-malas do Chevrolet abarrotados de gelo, o ônibus do orfanato, com pneus reluzentes como alcaçuz, e conduzido pelo Sr. Lafayette, dobrava a esquina. Vi que a irmã Polycarp tinha pedido para os órfãos vestirem macacões alaranjados, com as palavras "Orfanato São Judas" impressas na frente e atrás.

— Ei! Sr. Lafayette, por que a Politrapo obrigou os órfãos a se vestirem assim? O senhor não explicou que era uma festa? — perguntei.

— A irmã Politrapo não acata conselhos muito bem, Leo — respondeu ele, pigarreando.

Enquanto apresentava os órfãos, pude ler a humilhação que sentiam, como se as palavras do macacão estivessem escritas na testa deles.

— Betty Roberts — eu disse, dirigindo-me à jovem que havia conhecido dias antes —, este é o rapaz sobre o qual eu lhe falei, Ike Jefferson. Conheci o Ike quando eu estava no hospital psiquiátrico estadual.

— Não foi, não — disse Ike, cumprimentando Betty. — Mas acho que cometeram um grande erro ao deixar esse menino sair de lá tão cedo.

Após uma risada geral, nervosa, típica de adolescentes, virei-me para Sheba Poe e perguntei:

— Sheba, você tem alguma roupa que Starla e Betty possam usar na festa?

— Venham comigo, meninas; vou arrumar vocês num minuto — disse Sheba, e eu pude perceber que ela sabia exatamente o que eu queria. Pegou Starla e Betty pelo braço e as conduziu em direção à casa dos Poe. — Conheço alguns segredos de maquiagem que vocês vão adorar.

— Venha comigo, Niles — eu disse. — Você agora vai escolher algo do guarda-roupa de um cara tremendamente estiloso. Eu... é claro.

Emprestei a Niles uma bermuda nova, um velho par de mocassins e uma camiseta da Citadel, das quais eu possuía cerca de vinte devido à paixão de meu pai por sua *alma mater* e à fremente necessidade que ele tinha de me ver seguindo seus passos.

— Ficou legal, Niles.

Dobrei o uniforme dele e coloquei-o sobre a minha cômoda.

— Por que você tem duas camas? — perguntou Ike, ao passar os olhos pelo meu quarto.

— Eu tinha um irmão, mas ele morreu.

— Como foi que ele morreu?

— Ele se matou.

— Por quê?

— Nunca consegui perguntar isso a ele — eu disse. — Vamos voltar para a festa.

— Ele era parecido com você? — perguntou Niles.

— Não, Steve era um sujeito e tanto — respondi. — Não era nada parecido comigo.

Ouvimos o som do piano, vindo da sala de visitas, e fiquei surpreso ao ver minha mãe e Trevor Poe tocando em dueto. Imediatamente, constatei que o talento de minha mãe enquanto pianista era superado pelo de Trevor. As unhas dele eram longas, lixadas e pintadas à perfeição, e suas mãos era muito belas. Minha mãe logo ergueu os braços, num gesto de rendição.

— Desisto, Trevor. Você não me disse que era um prodígio.

— É um talento que Deus me deu — disse Trevor. — Espere até a senhora ouvir a Sheba cantando comigo.

— Ela canta? — perguntou minha mãe.

— Dra. King, a senhora ainda não sabe, mas Sheba Poe é uma estrela.

— Você toca música clássica? — indagou minha mãe.

Depois que minha mãe abandonou o dueto, Trevor começou a tocar "Hey Jude", dos Beatles. Mas, assim que ela mencionou "musica clássica", ele pulou para um arranjo da Nona Sinfonia de Beethoven, para piano, e suas mãos percorriam o teclado com uma graça impressionante.

— Basta eu ouvir uma canção uma vez... uma só vez... para ser capaz de tocá-la pelo resto da vida — explicou ele.

— Você joga futebol? — perguntou Ike.

— Que grotesco! O que você acha?

As meninas voltaram da casa dos Poe, do outro lado da rua, onde Sheba havia transformado Starla e Betty, maquiando-as de forma tão discreta quanto exímia. Ambas usavam vestidos de verão e sandálias, e

Sheba tinha até conseguido disfarçar o estrabismo de Starla, emprestando-lhe um par de óculos escuros que pareciam ser bastante caros. Starla era agora uma jovem bela e feliz, e veio me agradecer por tê-la entregado aos cuidados de Sheba.

— Você e Betty estão prontas para a festa. Belo trabalho, Sheba. Música de festa, Trevor! — gritei, e Trevor começou a tocar "Rock Around the Clock". Começou então, oficialmente, a festa em minha homenagem.

No mundo pequeno, insular, que eu havia criado para mim em Charleston, convidei todas as pessoas que tinham desempenhado algum papel importante na minha longa recuperação. Eu havia vivenciado tamanha desorientação que parecia que uma floresta tropical, impenetrável e hostil tinha crescido em torno de mim num único dia; naquela floresta opressiva, eu não conseguia encontrar alento algum. Mas agora eu pretendia deixar para trás aquela geografia inóspita e sentia uma satisfação infantil cada vez que a campainha da porta tocava. Recebi o monsenhor Max, Cleo e o marido, Eugene Haverford, que me trouxe o jornal da tarde. O juiz William Alexander e a esposa, Zan, compareceram; fiquei radiante por eles terem trazido a minha terapeuta, Jacqueline Criddle. Harrington Canon surgiu na calçada; em seguida, vieram Henry Berlin, com a esposa e os dois filhos mais velhos; apresentei-os a Chad, Fraser Rutledge e Molly Huger, que chegaram logo depois.

— Se não fosse a família Rutledge, eu teria que fechar as portas da loja. E a família Huger é como a cobertura do bolo — disse Henry Berlin. — Então, é aqui que mora o meu presidiário favorito!

— Pare com isso, Henry! — disse a Sra. Berlin, enquanto Henry me piscava o olho.

— Tentei arrumar algum cara para vir com a Fraser — disse Chad —, mas não tive muita sorte.

— É um prazer revê-lo, Leo — disse Molly, apertando a minha mão.

— Oi, Fraser! — eu disse. — Quero apresentá-la a um amigo. Venha comigo.

Peguei-a pela mão e, caminhando pelo meio dos convidados que estavam no quintal, levei-a até a mesa onde Ike e Betty conversavam com Niles e Starla.

— Oi, Niles — eu disse. — Quero lhe apresentar uma amiga, Fraser Rutledge; acho que vocês vão se dar muito bem. Niles Whitehead.

— Você está se saindo um grande casamenteiro, Leo — disse Starla.

— Não sei! Nunca fiz isso antes.

— Quem você reservou para mim? — perguntou ela.

Corri os olhos pelo quintal, mas não vi nenhum candidato óbvio; contudo, pousei o olhar em Trevor Poe.

— Ei! Trevor! Você não quer tocar algumas canções românticas para minha amiga Starla? — perguntei.

— Acho a ideia divina — respondeu ele.

Trevor levou Starla para dentro de casa, e então a música mais linda do mundo saiu pela janela da sala de visitas e invadiu o quintal enquanto a maré subia, convocada pela lua e envolvida pelo verão.

Fui até a mesa onde Harrington Canon sentava-se sozinho:

— Posso oferecer-lhe alguma outra bebida, Sr. Canon, ou repor a que o senhor está bebendo?

— Sente-se aqui comigo um instante, Leo — disse ele. — Quero lhe dizer algumas coisas. Algumas são gerais, outras são pontuais.

— Esse é o Harrington Canon que conheço e gosto! — exclamei, puxando uma cadeira para perto dele.

— Seus pais não possuem nenhuma mobília interessante — disse ele. — Jamais vi semelhante exibição de mau gosto.

— O gosto deles é simples. Além disso, são professores — expliquei. — Não têm condições de pagar o preço de muitos itens da loja do senhor. O senhor mesmo diz que nem mesmo *o senhor* pode comprar mercadorias da sua loja.

— Há pessoas de cor aqui — disse ele, desviando o olhar para o rio Ashley.

— Sim, eu as convidei. São meus amigos.

— Acho degradante reunir pessoas de cor e brancas numa mesma festa. Não faço a menor ideia sobre o que dizer a elas.

— O senhor não está falando com ninguém, branco ou negro. Está sentado sozinho, olhando para o vazio.

— Estou admirando o rio — disse ele. — Obra de Deus, uma das mais elevadas.

— O senhor está sendo um pouquinho antissocial — comentei.

— Um contraventor condenado chamando-me de antissocial. Jamais ouvi tamanha presunção.

Cruzei o quintal e cumprimentei alguns dos meus assinantes favoritos, que formavam fila diante da churrasqueira. Enquanto me encaminhava para a mesa do juiz Alexander, minha mãe me chamou, do outro lado do quintal, onde eu podia vê-la abraçando Septima Clark e a filha. Septima havia liderado o movimento em defesa dos direitos civis em Charleston durante décadas. Convidar Septima Clark para qualquer evento em Charleston era um ato de bravura, mas uma família branca convidá-la para uma ocasião estritamente social era algo absolutamente inédito. Senti um arrepio de orgulho quando vi Septima e minha mãe abraçando-se. Era plausível ter dúvidas acerca da imagem que meus pais apresentavam de si mesmos à sociedade, mas ninguém podia duvidar da coragem dos dois. Monsenhor Max levantou-se e conduziu Septima através do quintal, convidando-a a jantar em sua mesa.

Mas o espírito de solidariedade não tomou conta de todos. Notei que Niles e Fraser, Ike e Betty, e Starla Whitehead estavam perto do grupo comandado pelo juiz Alexander, rindo-se das histórias que ele contava naquele fim de tarde. Chad Rutledge afastou-se de Molly quando me viu voltando para a mesa do juiz. Agarrou-me pelo braço e levou-me até a margem do lago, onde, atrás de um carvalho, não podíamos ser vistos.

— O que você pretende, King? — disse Chad.

— Do que você está falando?

— Essa crioulada. Você convidou um bando de crioulos para sua festa! Você e seus pais são malucos?

— Por que você não faz essa pergunta a eles, Chad, meu velho? — eu disse. — Eu adoraria ver a reação deles.

— Estamos em Charleston, cara — me informou.

— Obrigado pelo plantão informativo.

— Não fazemos esse tipo de coisa por aqui. Você é esperto e sabe muito bem disso.

— Fale por você. Chad, essa é a apenas a segunda vez que eu te vejo, mas *esperto* não e a primeira palavra que me vem à mente quando penso em você.

Chad encrespou-se.

— Qual é a primeira palavra que te vem à mente, perdedor? Esta festa cheia de crioulos não é porque você está se livrando da condicional? A coitada da Molly e eu fomos flagrados cheirando um pouco de cocaína, mas no bolso da tua jaqueta barata encontraram o suficiente para deixar metade da cidade doidona.

— Eu errei, Chad. Até agora, essa tem sido a história da minha vida.

— Então, qual é a primeira palavra que te vem à mente quando você pensa em mim?

— Minha mãe me ensinou a não falar clichês. Os clichês ofendem a professora de inglês que existe dentro dela.

— Pode falar. Eu não me importo com clichês — disse ele.

— A primeira palavra que me vem à mente é: *babaca*. Isso... isso mesmo. A segunda é *grande*. A terceira é *filho da puta... babaca, grande filho da puta*. Isso resume tudo, Chad. Deseja mais alguma coisa?

— Só uma. Por que você apresentou a minha irmã a um órfão idiota?

— Ora! Naquele dia, no Iate Clube, você mexeu com ela, dizendo que ela nunca tinha companhia masculina. Fez gozação com a aparência física da sua própria irmã. Eu a acho bonita e muito legal. Acabo de conhecer o Niles, e ele precisa de amigos. Eles parecem estar gostando da companhia um do outro.

— Posso garantir que esta será a última vez que você vai vê-los juntos — disse Chad. — Meus pais vão ficar malucos quando ouvirem falar do orfãozinho.

— Acho que vão mesmo — eu disse. — Mas aposto que Fraser e Niles saberão responder à altura.

— Você não sabe nada sobre a mentalidade ou o funcionamento da aristocracia de Charleston.

— Mas tenho observado as pessoas atentamente. É fácil prever as reações delas.

— Vou embora dessa festa — disse Chad. — E vou levar Fraser e Molly comigo.

— Meu Deus! Foi um grande prazer conhecê-lo, Chad — eu disse, sem disfarçar o tom de zombaria. — Não entre para o time de futebol, amigão. Está avisado.

— Acha que tenho medo de você?

— Deveria ter, porque vou esfregar no chão a tua carinha afrescalhada e aristocrática, típica de charlestoniano que mora ao sul da Broad Street.

— Você e a sua crioulada?

— É. Eu e o resto.

— É melhor o seu crioulo caipira ficar longe da minha irmã — advertiu Chad.

— *Quem?*

— O órfão. Ele veio das montanhas da Carolina do Norte; portanto, é um crioulo caipira. Ralé branca... pior que crioulo!

— Até mais, Chad — me despedi. — Que cara legal! Você me faz odiar os brancos.

Chad saiu, furioso, e perambulei pelo quintal, oferecendo mais churrasco e peixe frito e tentando me acalmar. Chad era, ao mesmo tempo, venenoso e inseguro, uma combinação explosiva. Puxei uma cadeira para perto do juiz Alexander, a fim de ouvi-lo concluir uma de suas histórias impagáveis, que gerou gargalhadas e aplausos; fiz isso por uma questão de boas maneiras, dever de anfitrião. Mas minha visão periférica captou um acalorado bate-boca, uma discussão entre os dentes, na lateral da casa, onde as camélias de estimação de minha mãe cresciam a alturas incríveis. Chad e Fraser Rutledge pareciam inimigos e travavam uma daquelas batalhas que costumam eclodir violentamente entre pessoas que supostamente se amam. Logo percebi que Fraser não cedia terreno, tampouco aceitava qualquer um dos argumentos imbecis apresentados pelo irmão. A cerca de 6 metros, Niles e Starla assistiam à contenda, e não tive dúvida que sabiam o motivo da discussão. Perguntei-me há quanto tempo aqueles órfãos vinham sendo humilhados por residentes de cidades onde eles sempre eram visitantes desonrados. Fraser livrou-se das mãos do irmão e, quando ele tentou impedi-la de voltar para o lado de Niles, vi o momento exato em que ela, que liderava as estatísticas de rebotes da liga colegial feminina de basquete da Carolina do Sul, deu-lhe uma cotovelada bem nas costelas, que o fez voar em cima de um arbusto de camélia com 3 metros de altura.

Chad e Molly foram embora da festa sem se despedir. Quando voltou para o lado de Niles, Fraser pegou-lhe na mão, e ele sorriu para ela... um dos sorrisos mais radiantes que já vi na vida. Fiquei estupefato ao pensar que tinha aproximado aqueles dois adolescentes, que pareciam se completar tanto. E tudo indicava que Betty Roberts e Ike também estavam se entendendo igualmente bem. Do que Starla tinha me chamado? Pela primeira vez na vida, pude assumir a alcunha de *casamenteiro*. Senti que possuía uma força interior até então desconhecida. Correndo os olhos pelo quintal, constatei que a festa estava animada.

Levando em conta a maneira como Molly tinha ido embora, fiquei surpreso ao vê-la voltar para a festa, entrando pelo jardim nervosa e ruborizada. Aproximei-me, no intuito de oferecer apoio a Niles e Fraser, mas logo percebi que não precisavam de reforço. Molly ainda carregava as marcas e as insígnias de uma garota da sociedade de Charleston, uma espécie de vacinação contra a anarquia que havia rompido as suas intransponíveis linhas de defesa. Era uma jovem sulista que tinha vindo ao mundo para agradar e não para pensar, para encantar e não para se rebelar. Amo, e sempre amei, jovens como Molly Huger. Mas ela havia voltado para prosseguir na batalha que o namorado acabara de perder. Era evidente que Molly detestava conflitos, em todas as suas formas litigiosas. Percebi um movimento à minha direita, e notei que minha mãe, sempre alerta na detecção da desordem, dirigia-se para o local da desavença. Apressei-me em cruzar-lhe o caminho. Embora pudesse explicar a Molly com detalhes a aparente estranheza do meu lar sulino, eu não tinha nem tempo nem energia para explicar que ela havia entrado no jardim espectral de James Joyce.

Interceptei minha mãe antes que ela conseguisse entrar no embate.

— Deixe que eu cuido disso, mãe.

— O que o filho do Rutledge disse a você lá perto do carvalho? perguntou ela.

— Nós estávamos apenas conversando.

— Você está mentindo. Ele estava agredindo você.

— Eu me defendi, mãe. Aguentei firme.

— Agora você não está mentindo; então vá acabar com a briga que está prestes a acontecer entre as senhoritas Fraser e Molly.

Ela pronunciou a palavra *senhoritas* com um plural sibilante que expressava desdém e ironia.

Quando me aproximei do grupo, que se achava na periferia da festa, ouvi Molly dizer a Fraser:

— Se você não quer falar comigo em particular, vou falar na frente de todo mundo. O Chad só vai embora depois que você entrar no carro conosco, Fraser. Não quero envergonhá-la na frente de estranhos, você me conhece e sabe disso.

— Estou me divertindo, Molly — disse Fraser. — Acho que nunca me diverti tanto na vida. Por que isso faz você e o Chad tão infelizes?

— Por que não está certo. Isso aqui não tem a ver conosco, nem com a nossa formação. Não deveríamos ter vindo. Leo errou em nos convidar. Ele deveria saber o que estava fazendo.

O tom de voz usado por ela me irritou.

— *O que* eu estava fazendo, Molly?

— Esta festa — disse ela — é uma grande mistura. Está tudo errado. Tudo. Você sabe o que o pai do Chad vai dizer quando souber que Fraser fez companhia a um rapaz do orfanato.

Alguém surgiu ao meu lado; virei-me e vi que era Sheba.

— Se você não está gostando, vai embora. E não se atreva a dizer qualquer coisa do meu amigo, Leo King. Acho que ele é o cara mais legal que conheci na vida.

Mas Niles interveio.

— Vai com a Molly, Fraser. Ela está certa; eu só causaria problemas para você. Starla e eu não temos muito a oferecer a ninguém. Ora! Para vir à festa, tivemos que pedir estas roupas emprestadas. Acho melhor voltarmos para o orfanato.

— Vocês podem ficar até a meia-noite — avisei. — Minha mãe telefonou para a irmã Politrapo.

— Vai à merda, Molly — disse Starla, com todo o ardor e mistério das montanhas Blue Ridge em sua voz abafada.

Trevor Poe surgiu em cena.

— Molly, você é tão linda e tão cheia de vida. Vamos lá para dentro, que eu vou tocar canções de amor para você até meus dedos definharem. Sheba, Starla... meninas... muita calma com a Srta. Molly.

— Trevor, você não percebe? — perguntou Molly, em tom de súplica. — Nós não fomos criados assim. Aqui não há nada para pessoas como nós, nada que tenha valor. Os nossos valores, quero dizer.

— Que tal um acordo? — sugeri. — Levo a Fraser para casa antes da meia-noite. Os órfãos têm que voltar para o orfanato no ônibus, com o Sr. Lafayette.

— A minha família e eu podemos nos retirar agora também — disse Ike.

— Vocês são meus convidados, Ike — falei. — Espero que eu e minha família tenhamos deixado vocês à vontade aqui esta noite.

— Estou me referindo a Molly e Chad — disse ele. — Eles não parecem estar muito satisfeitos com o fato de nós estarmos aqui fingindo sermos algo além de negros.

— Eu não disse isso — replicou Molly, e agora a sua linguagem corporal sugeria um embate com um exército invasor que, por natureza, ela não conseguia compreender. — E não acho isso. Juro que nem pensei nisso. É difícil explicar para estranhos. Fomos criados com grandes regalias, mas também com grandes expectativas. Família é tudo, uma palavra sagrada. O cimento que mantém firme a nossa sociedade.

— Então, quer dizer que o orfanato e os negros te perturbaram hoje? — perguntou Starla, com os olhos escuros ameaçadores e faiscando de raiva. Ela voltou-se para Betty e Ike. — Quero agradecer a vocês dois. Niles e eu nunca nos sentimos tão importantes como nesta noite. Acho que Molly nos considera superiores a vocês. Pooorra! Essa garota está me fazendo sentir como se eu fosse da alta sociedade.

— Cale a boca, Starla! — retrucou Niles. — O Chad é o grande idiota, não a Molly. Ele colocou a menina numa situação difícil. — Dirigindo-se a Fraser, Niles disse: — É melhor você ir, Fraser. Muita coisa já aconteceu nessa noite. Muita coisa ainda pode acontecer.

— Eu consideraria isso um favor pessoal, Fraser — disse Molly. — Vou te amar para o resto da vida, se você atender o meu pedido. Só essa vez. Nunca mais te peço uma coisa dessas.

Fraser considerou a questão, e nos surpreendeu.

— Você compreende, Starla? — perguntou ela. — Eu preferiria ficar com você e seu irmão a ir embora com Chad. Ike e Betty, desde que nasci, esta sociedade hipócrita de Charleston tem feito com que eu me sinta um monstrinho; mas, nesta noite, eu me senti bem, e estou feliz. Vocês fizeram com que eu me sentisse bem.

Betty abraçou Fraser e disse:

— Foi muito bom conhecer você.

— Acho que vamos nos ver novamente — acrescentou Ike.

Em seguida, Fraser virou-se e beijou-me delicadamente no rosto.

— Ninguém em Charleston dá festas melhor do que você, Leo King. E eu vou a todas as festas da cidade.

Depois que Fraser e Molly se despediram de meus pais e dos demais adultos que conheciam na festa, eu as acompanhei até a frente da casa, onde Chad estava sentado, dentro do carro. Ao contrário do que eu esperava, ele não estava furioso, nem descontrolado; mostrava-se tão frio e confiante que chegava a parecer entediado. Depois que eles se foram, a festa foi transferida para dentro de casa. A maioria dos adultos se retirou, mas muitos ficaram, o que me surpreendeu, e foi então que Sheba e Trevor Poe assumiram o comando. Aquela noite pertenceu a eles, àquela estreia espetacular numa estranha espelunca da ralé de Charleston. Trevor abriu a noite, pondo todos os adultos presentes para dançar de rosto colado enquanto ele executava as canções prediletas da geração dos meus pais, canções que expressavam receios inescrutáveis de mulheres e homens separados pelo oceano durante a Segunda Guerra Mundial. Naquela noite descobrimos que Sheba cantava como um anjo caído que se recordava do paraíso, com uma voz rica, dourada e ligeiramente rouca. Sendo a música, inexplicavelmente, capaz de despertar os crípticos mecanismos das nossas almas imortais, lembro-me de todas as canções que nos embalaram naquela noite mágica. Quando percebeu que a maioria dos presentes não sabia dançar muito bem, Sheba transformou a sala de visita, a sala de televisão e uma parte da cozinha num requintado estúdio de dança. Então, organizou-nos em longas filas e ensaiamos diversos passos do *shag* e do twist. No centro do palco, Sheba e Trevor estavam em seu ambiente natural. Se Salomé dançasse com a metade da sensualidade de Sheba, eu compreenderia a decapitação de João Batista.

A todo momento, Sheba nos instruía a trocar de par. Eu rodopiava e me via dançando com Starla, de óculos escuros; depois, com a minha terapeuta, Jacqueline Criddle, depois com a minha mãe, depois, comicamente, dancei com Ike, e todos dançamos o *shag*, ao som de "Heartbreak Hotel", de Elvis Presley. Foi uma noite alegre, milagrosa, inesquecível.

Depois que o ônibus dos órfãos desapareceu detrás dos imponentes portões de ferro do orfanato São Judas, meu pai convidou-me para dar uma volta de carro com ele. Fomos até a Battery. A pé, subimos os degraus de cimento e prosseguimos até o ponto onde o Ashley e o Cooper se encontram para formar a bela imensidão que é a enseada de Charleston. Como sempre, era possível sentir a força da colisão dos dois rios. A fusão significava o aumento do leito de ambos, mas nenhum dos dois parecia satisfeito com isso.

— Meu pai trouxe-me aqui neste local quando eu tinha 18 anos, Leo. O pai dele o trouxe aqui para a mesma cerimônia. O avô do meu pai fez a mesma coisa. Não sabemos até onde remonta a tradição, e eu tinha planos de trazer o Steve aqui, quando ele completasse 18 anos, mas não foi possível. Quando o Steve morreu, resolvi deixar esse rito morrer com ele. Mas, hoje à noite, mudei de ideia.

Meu pai retirou dois pequenos copos de prata e uma garrafa de Jack Daniels de uma sacola que trazia consigo. Serviu um dedo de uísque para si e uma dose para mim.

— Meu pai queria estar comigo quando eu tomasse o meu primeiro trago. Ele me disse o quanto eu, seu filho, era importante para ele, e que esperava ter sido um bom pai. Na junção destes dois rios, ele me acolheu à idade adulta. Pediu-me para ser um homem honrado, o melhor homem que eu pudesse ser. Prometi a ele que seria. Peço o mesmo a você, Leo.

— Jamais poderei ser um homem tão bom quanto o senhor — eu disse, erguendo o meu copo. — Mas vou me esforçar ao máximo. Prometo.

— Venho te observando nesses últimos anos — declarou ele. A lua nos banhava com um filete da sua luz mágica. — Você não vai ser apenas um homem bom, filho. Você tem potencial. Talvez você se torne um grande homem.

— Se isso acontecer, será porque eu te amo muito. Quero crescer e ser exatamente como o senhor.

Bebemos juntos, e o momento foi transformador. Só me restava esperar que meu pai estivesse certo.

E assim teve início o período que haveria de alterar para sempre a minha visão das coisas. Muitos anos mais tarde, o passado me confrontaria, com uma voz inquisitiva, sagaz, mas o ponto de partida foi um Bloomsday, no verão que precedeu o meu último ano no ensino médio. Na ocasião da minha festa, no dia 4 de julho, todos os protagonistas já haviam entrado em cena. As forças que nos aproximaram haveriam de nos despedaçar e nos ensinar as sutilezas, as indiscrições e os limites que propiciam tanto prazer às amizades. Achei que tinha encontrado amigos que se amavam acima de tudo, e estava quase certo. No ano seguinte, em maio, nos formamos convictos de que nossas vidas seriam extraordinárias, gratificantes, maravilhosas. Juramos que faríamos a diferença no mundo em que estávamos prestes a ingressar. Enquanto grupo, fomos bem-sucedidos; enquanto amigos, nosso afeto nos susteve durante algum tempo. Gradualmente, a afeição perdeu um pouco de seu brilho. Mas, no meio de nossa vida, voltamos a nos reunir novamente, em virtude de algo tão simples quanto uma batida à porta.

SEGUNDA PARTE

CAPÍTULO 8

A batida à porta

Batem à minha porta. Verifico o calendário: 7 de abril de 1989. Não tenho nenhum compromisso agendado para hoje. Todos na redação sabem que só fecho a porta da minha sala quando estou escrevendo uma coluna, e que considero sagradas essas horas de criação. Na porta tenho um cartaz com os seguintes dizeres: LEO KING ESTÁ OCUPADO COM A COLUNA QUE O TORNOU FAMOSO EM CHARLESTON ENQUANTO SEUS COLEGAS LABUTAM EM MERECIDA OBSCURIDADE. OU SEJA, ESTOU OCUPADO ESCREVENDO LITERATURA QUE JAMAIS PERECERÁ ENQUANTO HOUVER HOMENS E MULHERES QUE AMEM O ESPÍRITO HUMANO. MANTENHA DISTÂNCIA ATÉ EU TERMINAR. O cartaz estava assinado, com uma caligrafia rebuscada: "O homem divino, Leo King". Ao longo dos anos, meus colegas profanaram o aviso, rabiscando-o com dizeres perversos, dificultando a leitura da mensagem. A batida se torna mais forte, mais insistente, e ouço um grupo de pessoas do outro lado da porta. Paro de datilografar, faço alguns apontamentos acerca do fluxo de ideias que agora está totalmente desordenado e vou até a porta. Abro-a com um gesto abrupto, disposto a espantar o intruso.

Vejo uma mulher parada diante da minha porta, e a presença dela na redação me causa uma surpresa imensurável. O rosto da mulher é conhecido no mundo inteiro; seu corpo magnificamente bem dotado já apareceu em dezenas de cartazes de filmes vestido em roupas íntimas e peles de animais, e apareceu também numa foto infamante, com uma jiboia, exibindo sua beleza da forma como veio ao mundo. Ela não marcou hora, nem costuma marcar. Usa um vestido branco que mal consegue cobrir as curvas voluptuosas de um corpo que hoje parece estar fora de moda, pois a maioria das atrizes faz questão de parecer subnutrida. Sem dúvida, ela havia invadido a redação, atraindo cerca de vinte almas curiosas, sobretudo de homens no cio, mas também de diversas mulheres, extasiadas com tudo o que diz respeito a Hollywood. Em 1989, quem não souber que Sheba Poe é uma estrela de cinema é porque leva uma vida monástica. Provavelmente, essa pessoa não é assinante do *News and Courier*, que noticia todos os eventos relacionados a Sheba, por mais bizarros ou escandalosos que sejam. Sheba é a única grande estrela de cinema saída de Charleston, na Carolina do Sul. No jornal, cobrimos a nossa garota dos sonhos com a reverência que achamos que ela merece. Charleston nunca foi forte em comida mexicana, mas quando exportamos Sheba para a Costa Oeste, enviamos uma iguaria das mais picantes.

— Desculpe, minha senhora — digo. — Mas estou escrevendo uma coluna e preciso cumprir um prazo.

Atrás dela, os repórteres me vaiam com veemência. O número de pessoas em torno dela segue crescendo, à medida que a notícia da presença de Sheba Poe circula pelo prédio. Não existe nada mais inflamável do que Sheba e uma multidão.

— O que você está achando da minha aparência, Leo? — pergunta ela, ciente da plateia. — Seja sincero.

— Tão apetitosa que dá vontade de comer — respondo, e me arrependo, assim que fecho a boca.

— Promessas, nada mais do que promessas — diz ela, e a plateia, cativa, entoa uma gargalhada. — Apresente-me aos seus amigos, Leo.

No intuito de logo neutralizar a situação, escolho alguns rostos entre os espectadores.

— Aquele assanhado ali é Ken Burger, que veio do nosso escritório em Washington. Aquele ao lado dele é Tommy Ford. Aquele lá é Steve

Mullins. Aquela é Marsha Gerard, que está prestes a te pedir para autografar o sutiã dela. Aquele é Charlie Williams, que vai te pedir para autografar uma parte do corpo dele, mas essa parte é tão pequena que você só vai poder rubricá-la.

— Vou escrever uma carta de amor nessa tal parte, Charlie — diz Sheba.

A crítica de cinema, Shannon Ringel, grita:

— Vou querer uma entrevista, Leo! Não a alugue por muito tempo!

— Você é a cadela que queimou o meu último filme? — diz Sheba, calando a sala. A voz dela tanto é capaz de miar como de ordenar a um bando de leões que saia para caçar búfalos. Não havia nenhum tom de doçura em sua pergunta.

— Acho que a senhorita já fez trabalhos bastante superiores — diz Shannon, intrepidamente.

— Um crítico — rebate Sheba, com desdém. — Chamo o exterminador de insetos todas as vezes que encontro um.

— Sheba, querida — eu digo. — Por favor, desculpem-me, senhoras e senhores. A Srta. Poe ainda tem muitos inimigos a fazer por onde passar no dia de hoje. E ainda tenho que escrever a minha coluna.

— Leo e eu fomos namorados no ensino médio — diz Sheba.

— Não fomos, não — eu retruco.

— Ele é tão bem-dotado quanto um rinoceronte.

— Não sou, não.

Apresso-me em puxar Sheba para dentro da sala, e fecho a porta.

Sheba desenvolveu um ego planetário, que mantém o brilho de sua estrela na Via Láctea de ambições que arrasta moças e rapazes bonitos a Hollywood todos os anos, um fluxo contínuo de hormônios e desejo sempre vendáveis. Porém, assim que fecho a porta, ela abandona o papel de diva e volta a ser a adolescente que conferiu tanta alegria e mistério ao meu último ano do ensino médio. Belisca o meu traseiro enquanto caminho de volta à minha mesa, mas o faz de um jeito brincalhão, e não sedutor.

— Você continua todo envergonhado quando se fala de sexo, Leo — diz ela.

— Algumas coisas nunca mudam — falo. — Faz seis meses que não tenho notícias suas. Nenhum de nós tem.

— Eu estava filmando em Hong Kong com meu novo marido, o diretor temperamental.

— Não conheci nenhum dos seus dois últimos maridos.

— Acredite, você não perdeu grande coisa. Acabo de chegar da República Dominicana, onde formalizei o mais rápido dos divórcios rápidos.

— Então, Troy Springer já é passado?

— O nome verdadeiro dele é Moses Berkowitz, o que é um nome legal, mas a mãe dele é capaz de fazer a Sra. Portnoy parecer June Cleaver, ou aquela garota sueca que atua no filme *A vida de um sonho*. A cadela mudou de nome para Clementine Springer. Peguei o filhinho dela na cama com a atriz de 16 anos que faz o papel da minha filha no filme.

— Sinto muito, Sheba.

— Homens! Diz alguma coisa em defesa do seu sexo! — ela me desafia.

— Seríamos gente boa, se não tivéssemos caralhos.

A multidão ainda não havia se dissipado, totalmente, do outro lado da porta, e ainda ouço murmúrios decepcionados entre os repórteres, que começam a retornar às suas mesas. Enquanto dou ouvidos a Sheba, que agora está mais à vontade, examino-a com satisfação. Já me esquecera de que Sheba possui um grande sex appeal. A voz dela, rouca e íntima, soa como uma das formas mais sedutoras que o afeto pode assumir. O simples ato de entrar no edifício fez com que ela o possuísse por inteiro.

Somente uma pessoa constatara que a entrada dela não tinha sido autorizada. Ouço batidas veementes à porta, sem qualquer comedimento. Blossom Limestone, a porteira-gladiadora que controla a entrada e a saída de visitantes ao jornal com eficiência militar — ela fora instrutora das Forças Armadas no passado — avança pela multidão e adentra a minha sala. Ela apoia a mão negra e forte sobre o ombro direito de Sheba, mas olha para mim enquanto expressa a repreensão:

— Sua amiga chique não passou pelos canais de praxe... de novo.

— Faz três anos que ela não vem aqui, Blossom — explico à porteira.

— Ela pode assinar o livro na recepção, como todo mundo faz.

— Adoro o toque da sua mão no meu ombro, Blossom, minha querida — diz Sheba, pegando a manzorra e encostando-a num dos seus seios fartos. — Sempre gostei do toque delicado de uma lésbica. Só mesmo elas sabem dar prazer a uma mulher. Vão direto ao ponto... sem exibicionismo, sem artifícios.

Blossom retira a mão bruscamente, como se tive tocado uma brasa viva.

— Lésbica? — pergunta ela. — Tenho três filhos, enquanto a senhorita, que eu saiba, é estéril como um deserto. Agora, assine este papel e anote o horário que a senhorita entrou aqui.

Sheba assina com um floreio, ocupando quatro quadrados na página de registros de entradas e saídas, e a própria inteligibilidade da assinatura contém certa ousadia. Em seguida ela diz:

— Entrei pelos fundos, onde os caminhões de entrega descarregam. Meu irmão e eu costumávamos ajudar Leo quando ele entregava jornais. Eu frequentava essa redação muito antes de você aparecer, Blossom, meu anjo.

— Foi o que me contaram — diz Blossom. — Da próxima vez, assine o meu registro, Srta. Poe, como todo mundo faz.

— Foi uma graça da última vez, não foi? — diz Sheba. — Você vendeu o meu autógrafo por 50 dólares. Ou foi por 60?

Blossom estremece diante da revelação, mas logo se recupera.

— Se eu não vender, alguém rouba.

Mais uma vez, uma pequena multidão se reuniu na frente da porta para assistir ao fogo cruzado entre as duas mulheres de personalidade forte. Sheba ainda não tinha percebido a plateia, até que se virou e viu os rostos curiosos e ansiosos. Eu me preparo para o pior, que logo acontece.

— Deixe-me autografar a sua teta esquerda, Blossom. Quem sabe quanto você pode conseguir em dinheiro vivo? — diz Sheba.

Diante da porta, os repórteres suspiram audivelmente. Teriam gargalhado, não fosse o respeito que têm por Blossom, responsável por lidar com a reação de pessoas indignadas que surgem na recepção do jornal quando algum artigo lhes ofende a sensibilidade paranoica. Percebo que o comentário atingiu Blossom profundamente.

— Ela não falou sério, Blossom. Sheba sempre diz essas coisas só para causar sensação junto ao público. Ela é gente boa.

— Ela pode ser um monte de coisas, Leo. Mas, gente boa ela não é — diz Blossom, rosnando. — Veio te procurar porque está querendo alguma coisa. Cuidado.

Bato palmas e ordeno:

— Todos vocês, fora daqui! Tenho que escrever uma coluna para ser publicada no domingo, e tenho prazo para entregá-la.

Quando estamos novamente a sós, Sheba ergue os olhos, com a única expressão de seu repertório capaz de se passar por "timidez". Em seguida, rimos e nos abraçamos como irmãos.

— Desculpe a minha atitude, Leo.

— Eu sobrevivo.

— Faço isso com todo mundo, juro. Não é só com você — murmura ela ao meu ouvido.

— Eu sei, Sheba. Quando estiver comigo, pode agir como quiser. Conheço você muito bem; não se esqueça disso. Por que você está na cidade?

— Além do fato de me sentir deprimida? Usada como um trapo velho? Faz mais de um ano que meu agente não recebe um convite para eu protagonizar um filme. Estou com 38 anos. Para uma mulher, em Hollywood, é como estar com mil.

— Tudo isso pode ser verdade — falo. — Mas não é por isso que você veio até aqui.

— Voltei para rever meus velhos amigos — diz ela. — Preciso voltar a ser aquilo que eu era, Leo; tenho certeza de que você sabe do que estou falando.

— Mas nenhum de nós te viu mais do que dez vezes desde que concluímos o ensino médio.

— Mas eu sempre telefono. Você há de convir que sempre dou notícias.

Cubro os olhos com as mãos.

— Você telefona bêbada, Sheba. Telefona drogada. Sabe que você me pediu em casamento na última vez que me telefonou?

— Qual foi a sua resposta?

— Que me divorciaria de Starla e me casaria com você, com prazer.

— Você e Starla não são casados, nunca foram.

— Tenho a certidão para comprovar.

— Foi um romance fingido. Um casamento mais do que fingido. E fez vocês viverem uma vida fingida — comenta Sheba de um jeito cruel, cortante

— Você não me engana. Você voltou apenas para inflar o meu ego — eu digo. — Antes de você chegar, Sheba, eu fazia certo sucesso aqui em Charleston.

— Nenhum dos meus amigos em Hollywood ouviu falar de você.

— São esses os amigos que pararam de telefonar para o seu agente?

— Eles mesmos.

— Você foi indicada a dois prêmios da Academia na categoria de melhor atriz. E ganhou um Oscar como atriz coadjuvante. É uma carreira e tanto.

— Mas não ganhei como atriz principal. Uma indicação não significada nada para a carreira. É como dormir com o assistente de iluminação quando se está filmando uma externa, em vez de ir para a cama com o diretor.

— Você tem se saído bem com os diretores — brinco.

Ela sorri.

— Casei com quatro deles. Dormi com todos.

— Posso publicar isso? — pergunto, dirigindo-me à máquina de escrever.

— Claro que não.

— Tudo bem, Sheba. Não peço muito. Basta você me contar alguma fofoca indecente, algum boato inusitado, para eu escrever uma coluna que saia nesse domingo. Então, podemos cair fora desta espelunca e tomar um porre com nossos amigos.

— Ah! — exclama ela. — Você está me usando. Explorando a minha fama internacional.

— Fico magoado por você sugerir tal coisa. — Meus dedos já estão postos sobre a máquina de escrever.

— Ninguém sabe que estou me divorciando de Troy Springer. Isso é um furo — diz ela.

— Ele foi o seu quarto ou quinto marido? — pergunto, enquanto sigo datilografando.

165

— Por que você se preocupa tanto com números?

— Exatidão. Repórteres são sempre assim. Por que você está se divorciando do Troy? A revista *People* o apontou como um dos homens mais bonitos de Hollywood.

— Comprei um vibrador que tem mais personalidade e melhor desempenho.

— Diga algo que eu possa usar num jornal decente.

— Nossas carreiras estavam se distanciando, principalmente depois que o encontrei trepando com a menina na banheira de hidromassagem.

— Você interpretou aquilo como um mau sinal?

— É. Eu estava fazendo tudo para engravidar.

— Você consegue se lembrar dos nomes dos seus ex-maridos?

— Sequer me lembro da cara de metade deles.

— A pior pessoa que você conheceu em Hollywood?

— Carl Sedgwick, meu primeiro marido — diz, sem hesitar.

— A melhor pessoa?

— Carl Sedgwick, novamente. Para você ver como aquela cidade é falsa, contraditória.

— Por que você continua lá?

— Porque acredito que um dia vão me oferecer o melhor papel já criado até hoje para uma atriz americana.

— O que você faz para não enlouquecer, enquanto espera?

— Pênis grande. Bebida forte. Acesso direto a medicamentos.

— Você pode conseguir bebida alcoólica aqui mesmo, em Charleston.

— Um martíni é bem mais gostoso quando a gente escuta o Pacífico batendo nos rochedos.

— Posso escrever que você está tendo um romance com um farmacêutico? — pergunto.

— Claro que não, senhor!

— Do que você sente mais saudade aqui em Charleston?

— Sinto saudade dos meus amigos de infância, Leo. Sinto saudade da garota que eu era quando cheguei nesta cidade.

— Por quê?

— Porque ainda não tinha desperdiçado a minha vida. Acho que eu era uma garota legal naquela época. Você não me achava, Leo?

Olho para ela e ainda vejo aquela garota.

— Nunca vi uma garota como você, Sheba. Nem antes, nem depois.

Enquanto a observo, o jornalista dentro de mim trava uma batalha com o jovem que foi o primeiro amigo de Sheba na cidade. O jornalista é um homem frio, implacável no desempenho da profissão; sou pago para ser observador e não participante nos autos da Paixão aos quais assisto com meu caderno de anotações aberto. Distanciamento é meu lema. Observando enquanto ela expõe suas mágoas, não lamento o desaparecimento da garota perdida, mas sim o daquele menino marginalizado que levou uma fornada de biscoitos à casa que ficava do outro lado da rua, a fim de acolher como vizinhos um casal de gêmeos extremamente sofrido. Quando virei repórter, apaguei a chama que aquele menino carregava como prova do seu valor e de seu senso humanitário. Embora possa ser objetivo em relação à vida de Sheba, faz tempo que perdi a habilidade de avaliar a minha própria vida. Sheba segue falando, com um desprendimento de espírito absolutamente sem igual.

— E o que eu fiz com aquela garota? A garota de quem você gostava tanto? A amiga que você amava? — pergunta ela.

— Você atendeu à campainha — respondo, enquanto sigo datilografando. — Você recebeu um chamado e tinha uma vocação, e nunca questionou tal chamado, nem olhou para trás. Ninguém poderia detê-la, nem impedir que você seguisse aquele caminho. Nós seguimos os nossos destinos, como faz o resto da humanidade. Você se agarrou aos sonhos que tinha para você mesma. Foi fundo; levou a coisa ao limite. Pouca gente faz isso.

Sheba ergue a mão, fecha os olhos e faz um gesto como se apagasse um quadro-negro invisível.

— Você está amenizando a situação. Mas você conhece bem aquela garota, Leo. Ela considerava a carreira de atriz algo bastante nobre e, até certo ponto, tinha razão. Ela se tornou o xodó de Hollywood. Então, pés de galinha apareceram nos cantos dos olhos, a pele se tornou áspera, e ela já não podia sorrir em close-ups por causa de três rugas na testa. Todos os meus maridos me disseram para fazer plástica no rosto. Daí, na metade do caminho, a garota se assusta e fica tão ansiosa para agradar que passa a aceitar todo e qualquer papel que lhe cai nas mãos: de vagabunda ou ninfomaníaca a ladra e dona de casa anoréxica que vira assassina em série.

— Achei que esse foi um dos seus melhores papéis.

— O roteiro já chegou morto — diz ela. — Mas, obrigado, Leo. Lembra-se de Londres?

— Nunca esqueci.

— Fiz o papel de Ofélia nos palcos londrinos. Eu estava com 24 anos, e a Inglaterra pirou quando uma americana desconhecida foi selecionada para o papel da jovem dinamarquesa suicida. Todos vocês, meus amigos de Charleston, estiveram presentes à minha estreia. Trevor pegou um voo de São Francisco com o novo namorado. Qual era mesmo o nome do rapaz?

— Acho que era Joey — eu digo.

— Não, o Joey nunca me viu em *Hamlet* — nega Sheba. — Acho que era Michael, o primeiro.

— Era o segundo Michael; não cheguei a conhecer o primeiro.

— Não importa, Trevor trocava de namorado como quem trocava de sandália de borracha — ela relembra. — Lembra-se da festa que vocês me ofereceram depois da noite de estreia? Qual foi mesmo o restaurante?

— Foi no L'Etoile. Sempre vou lá quando estou em Londres. Lembra-se de quando saíram as críticas? Os críticos disseram que nunca tinha havido uma Ofélia como você. Richard Burton e Lawrence Olivier foram ao camarim te cumprimentar. Para todos nós, aquela foi uma das melhores noites da nossa vida.

Sheba sorri, mas logo volta a ficar taciturna.

— No ano passado, o mesmo teatro me telefonou, de Londres. Queriam que eu atuasse como Gertrudes, a cadela que é mãe de Hamlet. Ainda não sou uma bruxa, Leo. Talvez, daqui a um ou dois anos. Embora eu tenha abusado deles, este rosto e este corpo ainda podem arrasar no papel de uma bela jovem. Sete mulheres são mais bonitas do que eu em Hollywood hoje... mas só sete. Mas posso enterrar aquelas sem-graça apenas com a força da minha personalidade e da minha atuação. Posso ver uma bruxa se formando neste rosto? Posso. Vejo tudo. Cada falha, cada ruga, cada imperfeição que me ataca enquanto durmo, curando uma ressaca, ou finjo ter um orgasmo com o novo queridinho do mês em Hollywood. Tenho vontade de me aproximar do espelho com uma arma em punho.

— Calma, garota! — advirto. — Estamos saindo da atuação brilhante e caindo no melodrama.

— Não preciso atuar quando estou com você, Leo. Esta é uma das razões que me traz de volta aqui.

— Você será linda mesmo na velhice — eu lhe garanto, voltando a encará-la.

Ela sacode a cabeça, rindo.

— Nunca serei velha. Juro. Pode publicar isso.

— Qual é a verdadeira razão da sua volta? — pergunto. — É para ver como vai a sua mãe?

— Essa é uma das razões. Mas tem outra... — Ela desvia olhar, e aí o telefone toca.

— Alô — atendo. — Ah, oi, Molly. Sim, é isso mesmo. Ela está aqui comigo, na minha sala. Todo mundo vai se encontrar na sua casa, para drinques e jantar? — Tapo o fone com a mão e digo: — A coisa vazou. Você tem compromisso hoje à noite? Molly já convidou o pessoal, e todos vão se reunir na casa dela.

— Diga a ela que não perco a festa por dinheiro nenhum do mundo — respondeu Sheba.

— Ela pode, sim, Molly. Nos vemos às 18 horas. Eu aviso a Sheba que a casa de hóspedes está à disposição.

Uma batida à porta nos interrompe novamente. Sinto que o peso da fama de Sheba está quase nos esmagando. O momento de intimidade passou, e agora está longe do nosso alcance.

— Entre! — grito.

Os jornalistas mais jovens da redação criaram coragem para bater à porta e pedir que eu os apresentasse a Sheba. Amelia Evans avança porta adentro e diz, pedindo desculpas a Sheba:

— Leo, se eu não conseguir entrevistar a Srta. Poe antes que ela deixe o prédio, serei despedida.

— Sheba, esta é Amelia Evans, recém-chegada de Chapel Hill. Editora-chefe do *Daily Tar Heel*. A melhor jovem repórter que temos. É uma sorte poder contar com ela. Esta é Sheba Poe, Amelia.

— É verdade que a senhorita namorou Leo no ensino médio? — pergunta Amelia, antes mesmo de obter consentimento para fazer a entrevista.

Sinto as pontas das minhas orelhas queimarem no momento em que o rubor pega todo o meu rosto de surpresa.

— Não, nunca fomos namorados. Fomos apenas amigos — respondo.

Um sorriso maroto cruza o rosto de Sheba, enquanto ela contempla o meu nervosismo.

— Leo e sua modéstia! Acaba de transar comigo na escrivaninha de mogno e diz que não namoramos.

— Este jornal é tão sovina que não compraria sequer um tampo de privada de mogno para o editor-chefe. Amelia, leve a Sheba para conhecer seus amigos na redação e depois faça a entrevista na biblioteca. Assim que acabar a minha coluna, passo lá para apanhá-la. Comporte-se, Sheba.

— Desde jovenzinho, Leo tem o apetite sexual de um gorila — diz Sheba.

Passando pela porta, Ellen Wackenhut, que veio trabalhar na redação no mesmo ano que eu, e atualmente é a editora responsável por assuntos científicos, ouve o comentário. Surgindo no batente, ela diz:

— O apetite sexual de um gorila? O que mais você não me contou ao seu respeito, Leo?

— Que meus amigos da época do colégio não prestam — respondo.

— Que palavra melhor descreveria o Leo no ensino médio? — pergunta Ellen.

Sheba faz uma pausa, e diz:

— Comível.

— Chamem a Nathalie — grita Ellen para a redação. — Onde está a editora de culinária? Temos uma história sobre a prata da casa.

— Humor de redação — eu digo a Sheba. — Muito cansativo. Pode levar Sheba, Amelia.

— O pessoal é gente boa. Eu bem que gostaria de trabalhar aqui — afirma Sheba.

— São jornalistas, Sheba. São almas pobres, desesperadas. Trabalham por um salário de fome, que não daria para pagar nem a sua maquiagem.

Ciente da presença de Amelia, ao levantar-se da cadeira, Sheba diz:

— Nunca uso maquiagem, querido. O que você pensa que é maquiagem é apenas grande capacidade de atuação.

Depois de entregar a versão final da coluna, encontro Sheba no estacionamento dos funcionários, abro a porta do carona, entro no carro e faço uma limpeza, jogando no banco traseiro copos de papel, embalagens de fast-food, caixas de papelão com restos de pipoca e uma luva de beisebol. Com um gesto teatral, convido-a a entrar no carro. Ela dá uma olhada e entra, com o olhar resignado de um turista a quem é oferecido um passeio no lombo de uma mula.

Quando dobro na King Street, ela pergunta, mais por educação que por curiosidade:

— Qual é mesmo a marca desse carro?

— É um Buick LeSabre.

— Já ouvi falar — diz ela. — Não conheço vivalma que tenha um carro desses, ou que pense em comprar um. Não é esse o tipo de carro que se compra para um empregado? Ou quando se aposenta?

— Sou fã de Buicks. Meu avô ganhou a vida vendendo Buicks.

— Nunca soube disso. Acho que esse é o fato mais entediante que já ouvi.

— Tenho um baú de fatos entediantes — comento. — Qual é o seu carro, naquela merda de Hollywood, Califórnia?

— Tenho seis carros — diz Sheba. — Um Porsche. Uma Maserati. Os outros quatro são não sei quais são.

— Pelo jeito, você não é muito ligada em carros.

— O meu novo ex-marido é louco por carros. Chegava a conversar com os carros enquanto passava cera neles.

— Ele era um cara legal antes de começar a trepar com estrelas em ascensão?

Ela se inclina e segura a minha mão, com um gesto meigo, fraternal.

— Não me caso com caras legais, Leo. À essa altura, você já sabe disso. E você também não foi brilhante na escolha das suas mulheres.

— Essa doeu! — eu digo.

— Você tem visto sua esposa? — Sheba me observa com atenção.

— Ela voltou no ano passado. Ficou alguns meses. Depois, pirou novamente. Foi bom enquanto durou.

— Você precisa dar uma dose de Aretha Franklin àquela mulher — diz Sheba, e começa a cantar "D-I-V-O-R-C-E".

— Fiz um juramento. Levo o juramento a sério.

— Fiz juramentos também, muitas vezes. Na riqueza e na pobreza, na saúde e na doença. Aquela baboseira. Esses juramentos não dizem nada a respeito de ficar maluca numa cela acolchoada, dizem?

— Eu sabia que haveria problemas quando me casei com Starla; portanto, não entrei no casamento de olhos vendados. Naquela época, eu acreditava na força do amor.

— Você era ingênuo, Leo. Nós também éramos. Mas não como você.

— Mas me tornei um sujeito sofisticado, cosmopolita. Sou considerado uma espécie de homem renascentista aqui em Charleston.

— Como vai a sua mãe, a irmã Mary Gonzo Conde Drácula Godzilla Norberta? — pergunta ela.

— Deixo que ela se recolha ao necrotério todas as noites. Quer passar para visitar a *sua* mãe? — pergunto.

— Almocei com ela hoje — responde Sheba. — A coisa está ficando feia, Leo, conforme você me disse seis meses atrás.

— Vamos parar com o assunto "mães" — eu ordeno. — Nossos amigos estão se reunindo ao sul da Broad Street, para comemorar a sua volta à Cidade Santa.

Seguimos pela lateral da praça Marion, com a velha Citadel ancorada numa das esquinas e a estátua de John C. Calhoun, austero, fiscalizando o porto do pedestal mais elevado da cidade. Sheba faz questão de abrir as janelas do carro para inalar os complexos aromas de Charleston, e eu me sujeito a isso, embora considere o inventor do ar-condicionado tão importante quanto o homem das cavernas que inventou a roda. Ao meu lado, Sheba aspira os odores da cidade portuária.

— Esse aroma é de jasmim. A maré está baixa nos estuários. Esse cheiro é de lodo salobro — diz ela.

— Esse cheiro que você está sentindo é de monóxido de carbono. É a fumaça do tráfego no horário de pico.

Sheba olha para mim.

— O que aconteceu com o romântico que existia em você?

— Ele cresceu.

Passamos pelo restaurante de frutos do mar Hyman's e pelo velho mercado de escravos, lotado de turistas vestindo bermudas, camisetas e sandálias de borracha, e paramos no sinal luminoso no cruzamento conhecido como Quatro Esquinas da Lei. Na diagonal, fica a Igreja Episcopal de São Miguel, com sua brancura estelar e toda a serenidade que o bom gosto pode conferir a uma casa de oração. Certa vez arrumei uma encrenca com o bispo católico de Charleston por instá-lo, pelo jornal, a contratar somente arquitetos anglicanos sempre que desejasse construir algo grotesco nos subúrbios da cidade. Durante semanas, meus correligionários que frequentam aquelas construções horrendas enviaram-me cartas enfurecidas, mas o sarcasmo deles nada contribuiu para o embelezamento dos templos.

No momento em que, depois que o sinal abre, entro no trecho sul da Broad Street, a sirene e as luzes azuis de uma viatura policial me pegam de surpresa. Instintivamente, olho para o velocímetro, e constato que seguia a menos de 30 quilômetros por hora. Penso na lista de itens que me permitem dirigir como um cidadão livre na Carolina do Sul, desde que não tenha ficha policial: seguro social, registro de propriedade do carro, comprovante de pagamento de imposto, carteira de motorista dentro da validade; tenho certeza de que cuidei desses deveres de modo responsável e eficiente... algo raro na minha vida.

— Sheba, você não mostrou o traseiro para esse policial aí atrás, mostrou? — pergunto.

— Se eu mostrasse o meu belo traseiro a alguém na Carolina do Sul, haveria processos judiciais e fatalidades. Em Los Angeles, só os tarados e lésbicas o notam.

— Senhor — diz um policial, aproximando-se do meu carro. — Ponha as duas mãos sobre o volante. Em seguida, desça do carro, devagar. Quero ver as suas mãos o tempo inteiro.

— Seu guarda — pergunto —, qual foi o problema?

— Eu faço as perguntas — diz o policial. Ouço a inflexão da fala dos negros atenuando o final de cada palavra que ele pronuncia. — Ponha as mãos sobre o capô do carro e abra as pernas. Uma atriz famosa foi raptada por um maníaco sexual daqui de Charleston.

— Filho da puta, Sheba! — eu digo. — É aquele pé no saco, o Ike Jefferson.

— Ike! — grita Sheba. Ela pula fora do carro e os dois se abraçam, Ike girando-a no ar, formando círculos cada vez maiores, para o deleite das senhoras que vendem cestas de palha trançada a turistas e moradores da cidade.

Desde menino, Ike é um herói da comunidade negra de Charleston, e as senhoras que vendem cestas não se surpreendem ao vê-lo girando no ar a garota branca mais famosa da história recente da cidade.

Apesar da minha inocência e da brincadeira do encontro, minhas mãos só deixaram de tremer após alguns instantes, pois fico absolutamente aterrorizado toda vez que a polícia me para. Assim que retiro as mãos do capô do carro, sinto o cassetete de outro policial cutucando-me um dos rins. Percebo tratar-se de uma policial ao ouvir o rosnado:

— Quieto, branquinho. Acho que você recebeu ordens para pôr as mãos sobre o capô desse carro feio, típico da ralé branca.

— Não me cutuque com esse cassetete novamente, Betty — eu a aviso — ou vamos sair no braço no meio da Meeting Street.

— Resistindo à prisão. Ameaçando um policial — diz Betty Roberts Jefferson, esposa de Ike e sargento da força policial do município. — O senhor ouviu isso, não ouviu, capitão?

— Ouvi — confirma Ike. — Examine a mala do carro, sargento.

— Espero que vocês tenham ordem de busca e apreensão — eu digo.

Naturalmente, Betty exibe uma ordem, assinada e selada por Desiree Robinson, a primeira juíza negra na história dos tribunais municipais.

— O pior ano da história dos Estados Unidos foi 1619 — eu digo. Sheba ri de mim, ainda envolta pelos braços fortes de Ike. — Ano em que os primeiros escravos negros chegaram à Colônia de Virgínia. A partir dali, a coisa só piorou.

Quando as gargalhadas, finalmente, cessam, Ike diz:

— Sheba, venha comigo, na viatura. Betty vai com esse branquinho fracote.

— Só depois que eu abraçar essa garota — diz Betty, virando-se para Sheba. — Oi, Sheba! Como vai minha cadela branca favorita?

As duas se abraçam calorosamente.

— Betty, deixa eu te levar para a Costa Oeste. Tenho diretores de elenco que dariam tudo para colocar você na telona.

— Preciso ficar por aqui, de olho no novo chefe de polícia — diz Betty, fazendo um gesto com a cabeça na direção do marido.

— Chefe? — grita Sheba. — Você é o safado do chefe de polícia de Charleston, Ike Jefferson? O que aconteceu ao bom e velho racismo? Mesas separadas em lanchonetes? Bebedouros só para brancos? Onde está o racismo, agora que tanto precisamos dele? Chefe de polícia! Nunca senti tanto orgulho por alguém na minha vida.

— É impressionante o que um pouco de suborno, corrupção, contrabando de armas e tráfico de drogas podem fazer pela promoção de um policial corrupto — digo.

— Só vai acontecer daqui a alguns meses — diz Ike, falando com Sheba, e me ignorando. — Vai haver uma cerimônia solene, e a Citadel vai oferecer uma recepção em minha homenagem. Será uma honra se você estiver presente.

— Nem mesmo um papel no próximo filme do Spielberg me impediriam de vir — declara ela. — Não, é mentira. Mas só Spielberg me impediria de vir. Prometo. Quem você vai convidar?

— Ilustres. Figurões — diz Ike, rindo. — Só a nata da sociedade branca. Ora! Nem o Leo vai ser convidado.

— Vou estar ocupado nessa semana, comprando fio dental. Não terei tempo para comer miúdos de porco com um bando de patrulheiros negros carreiristas.

— Algeme esse branquinho, mulher — diz Ike. Ele abre a porta da viatura, fazendo uma mesura, e Sheba desliza para o banco da frente:

— Estou farto desse papo.

Betty e eu seguimos atrás do carro de Ike.

— Você acha que meu marido está a salvo com Sheba? — pergunta ela.

— Nenhum homem está a salvo com Sheba — respondo. — E ainda está para nascer a mulher que não sabe disso.

— Ela sempre pareceu uma estrela de cinema, sempre se portou como tal. É quase uma aberração, não é? Ah! Já estava me esquecendo; o futuro chefe de polícia me mandou algemar você, Leo.

Com um gesto natural, combinando experiência e perícia, ela algema minha mão direita ao volante.

— Tire essa algema. Não quero denunciá-la por abuso de autoridade.

Adoro a risada aguda de Betty.

— Fico excitada quando te vejo com algemas, Leo. Sinto-me a própria dominatrix. Sabe, a velha relação branco-negro, só que invertida.

— Raça — falo. — Pelo menos, aqui no Sul essa questão não é tão complicada.

— É isso mesmo — concorda Betty. — Aqui é sempre assim. Total segurança e confiança entre a minha gente e a tua.

Entramos no terreno da mansão localizada na East Bay Street, residência de Molly e Chad Rutledge, local do encontro daquela noite. Sheba sai correndo, sobe os degraus da entrada e abraça Molly, ambas gritando de alegria. Ike, Betty e eu assistimos à cena de dentro dos carros.

Inclinando-se para remover as algemas, Betty me dá um beijinho no rosto.

— Sabe por que adoro quando a Sheba vem a Charleston? — pergunta ela. — Porque sempre me sinto mais viva. Sinto que algo grande está prestes a acontecer.

— Não é por acaso que ela está aqui, Betty — eu digo. — Sheba vai nos colocar na berlinda hoje à noite.

— Ela nunca vai ser feliz, não é, Leo? O que ela quer de nós?

— Tenho certeza de que ela vai nos dizer. Nada é de graça com Sheba.

— Nossa menina está em alguma encrenca — diz Ike.

— Ela disse alguma coisa para você no carro? — pergunto.

— Só aquela típica conversa fiada de Hollywood — responde Ike. — Mas acho que ela está encrencada.

— Essa menina passou a vida toda encrencada — comenta Betty, sacudindo a cabeça. — Nós vamos mesmo à casa de Chad e Molly? Toda vez que entro aí, sinto-me como Cinderela chegando ao baile.

Ike ri.

— Com essa farda de policial e esses coturnos?

— Use a sua imaginação. Estou de vestido de baile, e meus sapatos são de cristal. Leo, me dê o braço. Quero um cavalheiro sulista, dotado de charme, para entrar comigo na mansão Pinckney-Barnwell.

Com um sorriso, acompanho Betty Jefferson pela escadaria externa, construída em forma de curva, naquela que era uma das 25 residências mais ilustres localizadas ao sul da Broad Street. Molly aparece à varanda para nos receber.

— Ei! Molly Mouse — eu a cumprimento.

— Oi, Molly — diz Ike, e, um de cada vez, todos a abraçamos.

De longe, vejo Sheba dirigindo-se à casa de hóspedes.

— Sheba fez questão de tomar uma ducha e trocar de roupa antes da chegada dos outros convidados — diz Molly. — Vamos até a biblioteca, onde o Leo vai se encarregar das bebidas. Passei no Piggy Wiggly e comprei bifes T-bone. Você e o Ike se importam de grelhá-los, se meu marido ausente não chegar do escritório?

— Chad está trabalhando até tarde novamente? — pergunta Betty. — Estou enganada, ou ele passa mais tempo no escritório de luxo do que em casa?

— Você não está muito enganada. Ei! Leo — diz Molly, abraçando-me. — De você, preciso mais do que um cumprimento formal. Não quer deixar uma marquinha no meu pescoço?

Todos nós rimos.

— Pensei num local mais criativo. Que tal a sua coxa direita?

Entramos no palacete e caminhamos por duzentos anos de história de Charleston, na forma de antiguidades tão raras que não se podia fazer qualquer uso delas. No centro do salão, pende do teto um candelabro de cristal que é uma ode ao vidro lapidado. Um piano de cauda negro monta guarda num canto, contemplando o rio Cooper, e uma grande harpa perfila-se elegantemente, em posição de sentido, do outro lado da sala. Durantes todos esses anos que conheço a família Rutledge, nunca ouvi ninguém tocar nenhum daqueles instrumentos. Nunca sentei num daqueles divãs ou poltronas confeccionados pelos mais antigos moveleiros da colônia. Na sua inércia embaçada, o salão me causa o mesmo sentimento de pena que sinto ao ver uma criança abandonada; o piano e a harpa parecem agonizar com a falta de melodia. Charleston está repleta desses salões taciturnos que padecem com a falta de uso. A grande sala de jantar, com uma mesa de mogno com capacidade para 24 cadeiras bem talhadas, mas frágeis, só é utilizada em ocasiões especiais, e também causa uma sensação de esterilidade e abandono. Aposto o salário de um mês que há anos ninguém toma café da manhã nas sombras opressivas daquele recinto.

Contudo, na biblioteca, a casa salta para a vida moderna, com estantes cheias de livros, do chão ao teto, ao longo de uma das paredes, um televisor imenso, onde nos reunimos para assistir aos jogos Carolina versus Clemson (que, em nosso estado, constituem um ritual comunitário), poltronas e sofás confortáveis, alguns de couro, outros de tecidos decadentes, um bar com pia e prateleiras cheias de garrafas, uma lareira, com apetrechos de ferro trabalhados pelo grande artesão de Charleston, Thomas Elfe. Aquela sala propicia a todos nós lembranças felizes, sendo o local onde nos reunimos para festejar, extravasar e, às vezes, desmoronar. Aquela biblioteca está cheia de lembranças, que se unem umas às outras e crescem como se fossem se tornar amigas. Esse é o papel importante desempenhado por Molly em nossas vidas; ela que é a primeira adulta produzida pelo nosso grupo, uma figura materna muito antes de se tornar mãe. Somente o marido, Chad, parece ser incapaz de apreciar a bondade e os sábios conselhos da esposa. Mas todos nós temos idade suficiente para saber que o casamento é uma instituição que pode gerar hostilidade e indiferença onde nenhuma dessas duas atitudes se justifica.

Molly me encarrega de servir as bebidas. Trabalho como bartender para esse grupo desde o ensino médio, quando eu era o único que não bebia. Preparo gim-tônica para Molly e para Betty, e pego uma Heineken no frigobar para Ike.

Ele, então, diz:

— Ei! Colunista fofoqueiro!

Viro-me para ele:

— Desculpe-me, senhor, mas considero-me a consciência desta cidade. O cronista diário. O coração e a alma. Agora você quer que eu te sirva uma cerveja, ou não?

— Eu tomava cerveja quando era guarda de trânsito. O que você acha que o novo chefe de polícia deverá beber, quando estiver com a alta sociedade?

— Vou ter que lidar com essa conversa fiada pelo resto da vida — reclama Betty, elevando o copo na direção de Molly, que brinda em sinal de solidariedade.

— Vossa Senhoria aceita um Wild Turkey com gelo? Uma margarita, servida numa taça com borda de sal? Um Manhattan tradicional, ou me acompanha num martíni seco, preparado com Beefeater, mexido como um filho da puta, mas não batido?

— Adoro esse papo de 007 — diz Ike. — É... prepara para mim a bebida do James Bond. Ele até que se parece comigo.

Todos olhamos para cima quando uma figura se materializa à porta, sem se anunciar.

— Qual é a senha, caipira? — diz Molly.

Niles Whitehead sorri e olha para todos.

— Molly Rutledge é a mulher mais incrível da história de Charleston.

— Isso não é verdade — diz Molly. — É a sua mulher.

— Exceto a minha mulher — Niles concorda.

— E a minha mulher? — diz Ike.

— Chega, marido! — manda Betty. — Niles, pare de flertar com a Molly.

— Eu posso flertar com a minha cunhada, Betty — diz Niles. — Em Charleston, isso é quase uma exigência. Mas não costumo flertar com mulheres que carregam um cassetete no bolso. Ainda mais quando o marido está perto e pronto a dar cobertura.

— Não atire, Ike. Não dispare contra o caipira linguarudo. Gosto quando um branco flerta comigo — diz Betty.

— Betty Jefferson é a mulher mais incrível da cidade de Charleston — afirma Niles.

179

— Gostei — Betty diz. — Dá para perceber que o caipira está sendo sincero. Ele não fala baboseira, como vocês, meninos de Charleston. Obrigada, Niles. Você falou com muita graça.

— É o componente órfão — comento. — Niles sempre se dá bem com as mulheres por causa do passado de Oliver Twist.

— Oliver Twist. Já ouvi falar nele. Foi nosso colega de escola? — pergunta Ike.

— Casei com um imbecil — diz Betty, cobrindo o rosto com as mãos. — Não se esqueça que também cresci num orfanato, Ike.

— Homens, vocês podem descer e acender o carvão — diz Molly. — Não sei onde vamos comer, pois a Sheba não me apresentou o cronograma desta noite. A propósito, Leo; sua mãe também foi convidada.

Fico paralisado, enquanto Niles e Ike riem e se dirigem ao pátio. Emito um gemido, e todos na sala percebem a autenticidade do som.

— Por que você fez isso, Molly?

— A covardia é algo natural em mim. O mesmo ocorre com a fraqueza humana. Uma autêntica menina do Sul deve ser gentil, sejam quais forem as consequências. O monsenhor Max telefonou, dizendo que soubera da presença de Sheba na cidade e que gostaria de vê-la. Ofereceu-se para trazer sua mãe. Pegou-me de surpresa, Leo. Sinto muito.

— Não me parece uma boa ideia, Molly — eu digo. — Minha mãe não faz parte do fã-clube de Sheba, e nem Sheba é membro do fã-clube de minha mãe.

Molly se aproxima e me dá um beijinho no rosto.

— Eu tinha certeza que você me desculparia, não importa o que eu fizesse. Você sempre me perdoa, Leo.

— Você sempre foi o meu ponto fraco, menina.

— Pronto fraco... coisa nenhuma! — diz Betty, sorrindo para nós. — Veja só o olhar do Leo. Ele é apaixonado por você desde os tempos do segundo grau, Molly. O cara não consegue disfarçar. Antigamente isso era bonitinho; hoje em dia é nojento.

Ignoro as palavras de Betty, e pergunto a Molly:

— Você disse a Sheba que minha mãe vem?

— Sim, disse — responde Molly. — E isso me deixa preocupada.

A campainha toca, e sei que minha mãe e o monsenhor Max acabam de chegar. Tremo ao pensar nas possibilidades que a noite, com sua precária estabilidade, nos reserva. Desde o falecimento de meu pai, ocorrido há anos, minha mãe e eu temos nos desentendido acerca dos assuntos mais triviais, e chegamos mesmo a entrar em conflito, em diversas ocasiões, diante de questões que não eram de grande importância para nenhum de nós. Surgiu entre nós uma combustibilidade capaz de transformar num inferno a chama de um bico de gás. Recentemente, minha mãe atirou uma bebida no meu rosto, enquanto discutíamos o uso de "dois pontos" na língua inglesa: minha mãe os considerava pausas elegantes, um meio criativo de deixar a oração respirar; eu os considerava presunçosos. Quando meu pai morreu, minha mãe e eu perdemos nosso árbitro, nosso intermediário, o nosso maior fã, capaz de traduzir as obstinadas idiossincrasias que nos enfureciam subitamente; perdemos para sempre aquela zona desmilitarizada que mantinha entre nós uma trégua. No entanto, ela sempre busca meios de recuperar a nossa relação, e sei que essa festa é a última bandeira branca que ela pode estender em suas muralhas abaladas. Aprecio o gesto de boa vontade.

Abro a porta da frente para minha mãe e o monsenhor. Embora já devesse estar prevenido, não percebo as gárgulas que surgem nas calhas, nem os *trolls*, lambendo os beiços, sob os arbustos.

— Sei que sou a pessoa que você menos esperava ver esta noite — diz minha mãe, enquanto beijo-lhe a face. Minha mãe e eu poderíamos oferecer cursos de extensão universitária sobre falsa demonstração de afeto.

— Fiquei feliz quando a Molly me disse — respondo. — Olá, monsenhor Max. É muito bom revê-lo.

— Se aquela atrevida da Sheba acha que pode vir a Charleston sem me visitar, ela vai ter uma surpresa — afirma ele.

— O senhor e minha mãe formam um belo casal — eu digo. — Entrem. Vou lhes trazer algo para beber. A convidada de honra está se preparando para uma entrada triunfal.

— A única coisa que ela sabe fazer — murmura minha mãe, enquanto segue à nossa frente até a biblioteca.

Enquanto preparo drinques para os dois, vinho tinto para minha mãe e martíni seco, com duas azeitonas, para o monsenhor, eu digo:

— Este martíni está no estilo Saara, ou Gobi.

— A função do martíni é me aproximar de Deus — diz o monsenhor, e dá um gole bem degustado. — Isso me leva até a metade do caminho; então, dependo da tremenda força da oração para chegar ao ápice.

— Nesse caso, o senhor precisa me ensinar a rezar do jeito certo, monsenhor. — Ouve-se a voz de um homem vindo da entrada, e vejo Chad Rutledge colocando a pasta sobre um banco. — Os anglicanos ensinam que a bebida é o caminho mais curto para se chegar a Deus. Os charlestonianos acham que é o único caminho. O que há de errado com a nossa teologia?

— Venha brindar conosco, e conversaremos a respeito dessa questão, Chad — convida o monsenhor.

— Permita-me a honra — falo. — Eu levo o drinque para você na poltrona.

— Gosto quando você faz o papel do bajulador, Leo — diz Chad. — Isso é tão raro hoje em dia.

— Eu tento não fazer disso um hábito, Chad. Você fica muito mimado.

— Acho que se trata da ordem natural das coisas — diz ele, piscando um olho para minha mãe.

Pego um copo de prata legítima, parte de um conjunto que Chad ganhou na noite em que deixou de atuar como o presidente mais jovem na história do Tribunal da Carolina do Sul. Encho o copo com gelo moído, e depois acrescento Wild Turkey até a metade.

— Onde estão seus filhos, Chad? — pergunta minha mãe.

— Exilados na casa dos avós — responde ele. — Estou perplexo com o fato de que meu pai... o cara que Fraser e eu vimos tão pouco na nossa infância... está louco de amor pelos netos.

— Já vi isso acontecer dezenas de vezes — informa monsenhor Max. — Provavelmente, ele percebeu que foi um mau pai, e esse é um modo de recompensar você e sua irmã.

Espero o ataque de minha mãe, e ele não tarda.

— Todas as noites rezo para ganhar um neto.

— Não se pode ter tudo — declaro, enquanto passo pela sala com uma bandeja com aperitivos.

— Olhe ao seu redor, Leo — diz minha mãe. Ouvimos o restante do grupo subindo as escadas do fundo. — Não parece ser tão difícil conseguir uma esposa de verdade. Uma esposa que more com você, que compartilhe da sua cama, que dedique a vida à sua felicidade. Enquanto vínhamos para cá, o monsenhor me disse que pode conseguir uma anulação papal, sem o menor problema.

— Bastariam três telefonemas — diz monsenhor Max.

— Este não é o momento certo para falar nisso — determino.

— Diga qual é o momento certo, filho, e estarei lá — afirma minha mãe. — Uma tribo de canibais não me impediria.

— Chega, mãe. Meu cunhado se aproxima.

Molly entra primeiro e parece desconcertada ao ver o marido relaxado na poltrona de couro. Aproximando-se dele, diz:

— Querido! Que bom que você veio. Como foi que você achou o caminho até a nossa casa?

— Alguém no escritório me emprestou uma bússola e um mapa — responde ele, de bom humor. — Agora, comporte-se, querida. Acho que esta pode ser uma noite célebre em Charleston, se nos permitirmos aproveitá-la.

— Uma noite memorável — diz Fraser Whitehead, posicionando-se atrás de Molly. — Isso não é o título de um filme?

— É sim, irmãzinha. — A voz de Chad soa meiga e leve como um lenço de seda que cai. — O filme é sobre o *Titanic*.

Minha mãe sussurra ao meu ouvido, mas num volume suficiente para ser ouvido pela maioria das pessoas na sala:

— Engraçado falar no seu casamento e, em seguida, no *Titanic*. Sequência perfeita, você não acha?

— Mãe, esse encontro nada tem a ver com a senhora. — Minha voz soa estridente.

— Discordo — diz Chad. — Esta noite tem a ver com o que quisermos. Não se deixe inibir por seu filho, Dra. King. Serei sempre grato pela ajuda que a senhora dispensou a Molly e a mim no nosso último ano do ensino médio.

— Você e Molly foram uma grande aposta — responde minha mãe.

— À época, eu disse a ela — interpõe monsenhor Max — que, se não pudermos confiar num Rutledge ou numa Huger em Charleston, é melhor nos mudarmos para Myrtle Beach.

— Minha mãe sempre gostou de ajudar milionários em apuros, Chad — eu digo. — É um hobby.

— Quando a senhora percebeu que o Leo era assim, Dra. King? — pergunta Chad.

— Na mais tenra idade, lamento dizê-lo — retruca ela.

Novamente, uma porta abre e fecha nos fundos da casa. Niles e Ike entram na sala, Niles trazendo uma garrafa de cerveja gelada e Ike ainda bebericando o martíni; com eles, vem um odor de carvão queimando no jardim. Eles cumprimentam minha mãe e o monsenhor. Niles se dirige ao televisor, liga o aparelho, insere uma fita de vídeo e pede a atenção de todos para a tela.

Ike diz:

— Como vocês podem imaginar, Sheba não veio até aqui apenas para jantar. Desde o dia em que a conhecemos, Sheba atua numa performance que não teve um começo, e que, evidentemente, não vai acabar nesta noite.

Quando vemos o filme surgir na tela, todos reconhecemos os créditos da abertura do primeiro sucesso de Sheba em Hollywood, *O grito da vizinha*, estrelado por Dustin Hoffman e Jane Fonda. À medida que os créditos descem pela tela, a câmera define o local como Manhattan, com uma música de Thelonious Monk que soa como sexo em compasso ternário, e se detém diante da entrada de uma elegante butique de roupas femininas. A porta se abre. Aos 19 anos, Sheba Poe, atraente, sedutora, mas também ingênua e jovial, surge do interior da loja qual uma orquídea que se abre à luz do sol. A mesma câmera registra o prazer quase cruel que ela tem ao perceber o efeito que sua beleza causa nos homens por quem passa na rua. Ela usa um vestido de verão decotado, que se ajusta ao seu corpo como uma camada de pele. A câmera passa a filmá-la de frente, captando a sua deslumbrante caminhada pela Madison Avenue; a plenitude da figura da jovem avança sobre as lentes como uma força da natureza, tão poderosa quanto a maré-cheia. O foco destaca as pernas longas, ágeis, e os pés, calçando sandálias e com unhas pintadas com esmalte vermelho-escuro, fizeram-me pensar em ser adepto do fetichismo por essa parte do corpo na primeira vez que assisti ao filme. A câmera, então, focaliza transeuntes na Madison Avenue que observam a caminhada sensual, motoristas de táxi assobiando, operários de obra gritando nos andaimes, jovens adolescentes enrubescendo, matronas elegantes divididas entre sentimentos de inveja e admiração. Sheba se detém um instante e examina a própria maquiagem no reflexo de uma vitrine decorada com prateleiras onde reluzem anéis de brilhante, broches de rubi, colares de ametista e relógios que mais parecem gargantilhas para chihuahuas.

Uma tomada do magnífico traseiro de Sheba é registrada a partir da perspectiva de um taxista oriundo do Oriente Médio. Carros buzinam enquanto ela se afasta da vitrine e se dirige ao tráfego, congestionado em consequência da passagem da jovem. Sheba sorri e pisca o olho para o taxista. Ele ajusta o espelho retrovisor e ela retoca o batom, enquanto ele manuseia o *komboloi* cada vez mais rapidamente, acompanhando a aceleração das batidas do coração e da música provocante. Ela prossegue na caminhada, na passarela que é a ilha de Manhattan. Raras caminhadas na história de Hollywood atraíram tamanha atenção ou clamor.

Quando o nome do cenógrafo aparece nos créditos, ouvimos alguém entrando pela porta que fica ao fundo da biblioteca, uma entrada que não se pode deixar de notar. Voltamo-nos e a contemplamos, em carne e osso, a estrela Sheba Poe, usando o mesmo vestido, as mesmas sandálias, as mesmas pérolas, o mesmo tom de batom e esmalte e o mesmo penteado que usou no filme ao qual assistíamos naquele momento. Sincronizando os movimentos de acordo com a ação na tela, Sheba passa pelo meio do grupo, e aplaudimos a criatividade daquela "volta ao lar". Canastrona por natureza, Sheba sabe agradar os fãs da sua cidade de origem, caminhando sensualmente, acompanhada pela pulsante trilha sonora, que parece ter sido composta para algum ritual proscrito de fertilidade. Desviando o olhar, da tela para a mulher ao vivo, percebemos que estamos admirando mais do que uma bela silhueta feminina; trata-se do corpo que contribuiu para definir os padrões da forma feminina para uma geração inteira.

Enquanto a jovem Sheba atravessa a Madison em meio ao tráfego retido em honra da sua beleza, a mulher em carne e osso manobra entre os sofás e poltronas naquela biblioteca com paredes forradas de lambri. No filme, cavalos empinam, e policiais tentam controlar as montarias; um homem de aparência distinta, saindo de uma floricultura e observando a jovem que se aproxima, faz uma reverência e lhe oferece uma dúzia de rosas brancas. Com um gesto de cabeça, Sheba agradece ao cavalheiro, prende uma das rosas entre os dentes e começa a distribuir as demais a um sem-teto, a uma jovem mãe que empurra um carrinho com gêmeos, e a dois operários que emergem de um bueiro aberto para vê-la passar.

Naquele dia, Molly havia colhido rosas brancas no jardim, e Ike aproveita o momento para retirá-las do jarro oriental e oferecê-las a Sheba, com os talos pingando água no tapete. Sheba prende uma rosa entre os lábios e distribui as demais aos presentes, entregando a última ao monsenhor, que faz uma mesura.

Enquanto os nomes dos três assistentes de produção rolam pela tela, um operador de guindaste, nas alturas, examina o caminhar de Sheba através de binóculos. Voltamo-nos da tela para a mulher, que após ter ido até o fundo da sala, agora retorna, caminhando em nossa direção. Observo-a se aproximando, o lirismo daquele andar, ela vindo ao encontro dos amigos que a estimam desde antes que aquela célebre caminhada surgisse nas telas dos cinemas pelo mundo afora. Nenhum crítico que tenha resenhado o filme deixou de mencionar aquele andar voluptuoso, no qual Sheba parece definir o sexo como algo novo, um fogo interior por ela furtado e reencarnado em sua própria imagem. Com aquela sequência de abertura, Sheba Poe ingressou na frieza da sua complicada história pessoal, demonstrando uma sedução perigosa, quer em termos de carnalidade, quer em termos de inocência.

A trilha sonora desacelera, e a célebre caminhada chega ao final. Sheba se aproxima da tela, enquanto o seu eu mais jovem entra num restaurante da moda e avista Dustin Hoffman, impaciente e inquieto, sentado a uma mesa. Olhando a encarnação mais jovem de si mesma, Sheba aguarda, enquanto ele examina o Rolex de pulso, acima de uma taça de vinho vazia, e diz: "Você está atrasada... de novo."

A Sheba mais jovem junta-se à mais madura, na biblioteca na East Bay Street, cercada dos amigos da época da escola, e enunciam, em uníssono, a primeira fala da atriz no cinema: "Ninguém parece ter se importado, querido... só mesmo você."

A sala explode em aplausos, e Sheba agradece, ensaiando uma discreta reverência. Depois da ovação, ela se coloca em frente ao monsenhor, como se a face jubilosa do religioso fosse um espelho. Desde que conheço Max, tenho constatado que ele se sente tão à vontade no centro do palco quanto Sheba, e é visível a satisfação do monsenhor que o final do ato tenha sido em sua homenagem. O *finale* teria sido perfeito, se a ousadia de Sheba não tivesse provocado a repulsa de minha mãe.

— Ora! Pare com isso, Sheba! — critica minha mãe. — Você já se exibiu o suficiente para o resto da noite.

Com um cruel senso de oportunidade, Sheba diz:

— Ninguém parece ter se importado, querida... só mesmo você.

A censura expressa por minha mãe parece, ao mesmo tempo, divertir e perturbar Sheba, e as fisionomias de ambas ficam tensas.

— Deus lhe deu talento — diz minha mãe. — Mas você se vangloria em fazer papel de mulher desclassificada.

— Foi esse o papel para o qual me contrataram — responde Sheba. — A senhora teria gostado mais da cena se meu figurino fosse um saco de lixo e coturnos?

— Li relatos sobre você em Hollywood — prossegue minha mãe. — Sei das escolhas que você fez, e sei também que você nasceu com livre-arbítrio, como todos nós.

Tento achar um jeito de mudar de assunto e amenizar o clima pesado que se instalou na sala.

— Mãe — começo a falar, mas minha voz soa fraca. — Estou tentando achar um jeito educado de dizer "cale a boca".

— Sua mãe é minha convidada, Leo — diz Chad. — Todos os meus convidados têm direito a se expressarem livremente.

— Mas, que gracinha! — falo. — Vai se foder, Chad.

— Calma, Leo — adverte Niles.

— Por que não colocamos as carnes no fogo? — acrescenta Ike.

Mas Sheba e minha mãe ainda não tinham acabado. Sheba recomeça.

— Madre superiora, a senhora pode me emprestar um absorvente? Deixei os meus na clínica de reabilitação.

— Eu gostaria de lavar a sua boca com sabão — cospe minha mãe. — Como você se atreve a dizer uma coisa dessas na frente do monsenhor?

O monsenhor dá um tapinha na mão de minha mãe.

— Lembre-se, minha cara, passei boa parte da vida no confessionário. É difícil conseguir me chocar.

Os olhos de Sheba não se despregam dos de minha mãe.

— Aquilo é atuação, madre superiora, atuação do mais alto nível. Recoste-se e aprecie a dissimulação.

— Não é dissimulação, minha jovem — responde minha mãe. — Acho que é condenar a própria alma aos pouquinhos. Eu jamais contorceria meu corpo com o propósito de provocar luxúria em todos os homens que passassem por mim.

— Que diabo, Dra. King! — diz Fraser, tentando aliviar a tensão. — *Eu* acho que faria isso, mas sem o mesmo resultado.

— Teve resultado comigo, querida — diz Niles.

— Sheba é uma estrela de cinema, Dra. King — continua Fraser. — Ser sensual faz parte do trabalho dela.

— Faz parte do trabalho de qualquer mulher — diz Betty, rindo.

— Ser sensual é uma coisa — minha mãe reage. — Ser dissoluta é outra.

Sem perder tempo, Sheba retira da gaveta do aparador um pano de linho branco e o coloca sobre a cabeça e os ombros, como um véu. Fecha os olhos e, em seguida, volta a abri-los; recorrendo à estranha alquimia da atuação cênica, transforma-se imediatamente num ser virginal e carola. Vira-se para nós, abatida e pálida como uma religiosa no claustro. A metamorfose é extraordinária, uma ave-do-paraíso transformada em gralha.

Mas a artista entre nós não está para brincadeiras; ela aponta os dedos da recém-criada irmã da Santa Cruz na direção de minha mãe e dispara, sem piedade ou comedimento:

— Madre superiora, também dediquei minha vida à oração e às boas obras. Posso fazer papel de freira bem melhor do que a senhora o fez no convento. Deus me deu talento, e sou fiel a esse talento. Posso fazer papel de contadora, astronauta, dona de casa frustrada, ou de lésbica. Mas a senhora tem razão: posso atuar como dançarina de striptease, prostituta, destruidora de lares, ou louca.

— Em alguns desses papéis, você é você mesma, Sheba — diz minha mãe. — Não precisa atuar.

— Mãe, a senhora pode fazer o obséquio de calar a boca? — exclamo. — Molly, por que você fez isso?

— Um erro de julgamento.

— A Molly é craque nesse tipo de erro — diz Chad sarcasticamente, brindando à esposa.

— Mas só um desses erros foi realmente sério — revida Molly, antes de Sheba voltar a roubar a cena.

— O pai de Leo ficava excitado ao vê-la de hábito, Dra. King? — indaga Sheba. — A senhora ficava excitada por deixar o pobre do pai do Leo cheio de tesão e desiludido todos aqueles anos que passou no convento? Quando foi que a senhora percebeu que ele gostava do barulho de contas de rosário pendurado no corpo de uma freira, escondido por 5 quilos de panos pretos? Tem homem que gosta de fio-dental. O que deixava o Jasper aceso? Teria sido a clausura? A garota intocada no convento? A senhora nunca pensou que fez com ele exatamente o que fiz com todos os homens que passaram por mim naquela caminhada pela Madison Avenue?

— Você já foi longe demais, Sheba — diz Betty.

— Eu sou o advogado da Sheba — rebate Chad, o gelo tilintando dentro do copo de prata. — A meu ver, até agora ela não infringiu lei alguma.

— As leis da sociedade civilizada? — sugere Fraser.

— A Sheba nunca respeitou essas leis — diz Niles.

— Sheba, todos nós que estamos nesta sala, de vez em quando, visitamos a sua mãe, principalmente o Leo; por isso, você não deveria agredir a mãe dele. Não está certo — critica Betty.

— Vamos parar com isso? — pergunta Niles. — Ou devo amarrar uma à outra? Deixe a mãe do Leo fora disso, Sheba. Ela não tem nada a ver. Nunca teve.

— Tem a ver comigo, Niles — diz Sheba —, porque a Dra. King me odeia desde a primeira vez que pôs os olhos em mim. Não é verdade, Dra. King?

— Não, não é verdade — diz minha mãe. Percebo algo mortal e familiar naquele tom de voz gutural, algo que, com certeza, ninguém mais percebia. Preparo-me para o pior, e o pior não tarda: — Foram necessários dois ou três meses para o ódio se instalar — minha mãe prossegue. — Tentei resistir. Mas ele se instalou, Sheba. E, você tem razão, ele nunca me deixou. Você era o centro de tudo, o centro do universo. Tenho certeza de que você seria capaz de estar sob os holofotes no canto mais escuro do inferno.

Agarrada ao seu hábito de freira, Sheba aperta com as mãos o tecido do véu. Com uma voz de freira que faz o ar parecer homicida, ela diz:

— Sei qual é a sua, madre superiora. Percebi desde o começo. Sempre fiquei de olho na senhora.

Subitamente, o monsenhor, que parece atônito, fascinado, adquire vida:

— Sei quando uma noite chega ao limite. Acho que devemos deixar os jovens desfrutarem o restante da noite sozinhos, Lindsay.

— Quem é Lindsay? — pergunta Niles.

— Esse é o primeiro nome da Dra. King — alguém responde.

— Sempre pensei que fosse "doutora" — diz Niles.

— Só um minuto, Max. — Minha mãe levanta o dedo para conter o monsenhor. — Sheba, você se lembra do que eu lhe disse na véspera da sua formatura no ensino médio?

— Como poderia esquecer? — responde Sheba. — Eu era uma menina de 18 anos, que tinha passado por maus pedaços. Meu único crime foi ter ficado amiga do seu filho solitário, cujo apelido era "Sapo". Verdade, Leo?

— É verdade.

— Então, meu irmão e eu deixamos o Sapo entrar em nossas vidas e em nossos corações, e ele fez o mesmo. Naquele mesmo ano o caipira desceu da montanha, fazendo questão de proteger a irmãzinha perturbada do mundo. A senhora se lembra dela, madre superiora? Sempre que atuo numa tragédia penso naquela caipirinha. Sempre que preciso simular coragem, me transformo no caipira. O ator é um ladrão inato, e eu roubo de todo mundo. Quando quero representar meiguice, recorro à Betty. Em se tratando de força, tenho Ike. A senhora está vendo a Fraser? Dela, roubo a integridade dos meus personagens. Em termos de beleza, tenho a Molly. Se precisar de sucesso e autoconfiança, invoco o Chad. Se precisar de bondade, tenho o Sapo. Tenho o seu filho maravilhoso, aquele lá, todo vermelho agora, o filho que a senhora jamais conseguiu amar.

— Diga a eles o que eu lhe disse naquela noite — ordena minha mãe.
— Seu discurso foi hábil, mas você fugiu do assunto.
— A senhora disse que eu era a jovem mais talentosa que já havia passado pelos bancos do Peninsula High. — A voz de Sheba fica embargada, com uma emoção que nada tem a ver com talento artístico.
— Prossiga — diz minha mãe. — Isso foi a primeira coisa que eu disse. Mas eu não parei aí... parei, minha jovem?
— Será que alguém pode acabar com isso? — pede Fraser, cobrindo os ouvidos.
— Betty, você abate a Sheba; Ike, você se encarrega da Dra. King. É o único jeito — diz Niles.
— A senhora me disse que eu poderia descobrir a cura para o câncer, ou me tornar a maior prostituta de todos os tempos — diz Sheba, deixando o véu de linho cair no chão atrás de si.
— Só estava parcialmente certa — continua minha mãe. — O câncer ainda ameaça a sociedade.
— Deus do céu! Mãe! — exclamo. — Monsenhor, não se incomode em levá-la até o carro. Atire-a pela janela, no meio da rua.
— Eu era uma criança — diz Sheba em meio a lágrimas.
— Você nunca foi criança — dispara minha mãe.
— Então, seja adulta agora e esqueça isso, Sheba — diz Molly. — E a senhora, Dra. King, acalme-se. Sheba passou por muita coisa, e ninguém sabe disso melhor do que o Leo. Você e Ike, sirvam mais bebida a todos. Sheba, venha comigo até a cozinha; preciso de ajuda para pôr o jantar na mesa.

Chad faz troça:
— Quem você pensa que engana, Molly? Você e Sheba não sabem nem onde ficam as porras das colheres.

— Que palavreado, caro irmão! — critica Fraser. — Na presença do monsenhor!

— Acho que essa é a deixa perfeita — observa monsenhor Max, levantando-se. — Vou fingir que estou profundamente ofendido com o palavrão de Chad e, indignado, deixo o recinto, arrastando Lindsay comigo.

— Acho essa ideia excelente, mãe — eu digo. — O que a senhora disse à Sheba... que vergonha!

— Foi ela que começou — defende-se minha mãe. Mas, percebo-a mais calma no momento em que, examinando as fisionomias perplexas que a cercam, ela avalia os estragos que causou.

— É mesmo uma vergonha — diz Sheba.

Minha mãe volta a se inflamar:

— Não pense que eu não sei que você roubou a virgindade do meu filho, sua vagabunda, piranha!

— Jesus Cristo! — exclamo, enrubescendo até os ossos, horrorizado diante da monstruosidade na qual a noite se transformou. Viro-me para o monsenhor: — Por favor, leve minha mãe embora daqui.

Ike olha para Sheba, incrédulo.

— Você comeu o Sapo?

— Ela roubou o que Leo possuía de mais precioso — diz minha mãe. — A inocência.

— Não, não, Lindsay. Não, madre superiora. Não, Dra. King — revida Sheba. — A única preciosidade que ele possuía era o que a senhora mais amava: o filho que a senhora perdeu. Lembra-se dele, Lindsay? Eu não. Não cheguei a conhecer o menino. Aposto que era tão querido quanto Leo. Stephen... Steve? Não era esse o nome dele? Ele se matou anos antes de eu chegar aqui. A senhora não pode me culpar pelo suicídio de Steve, mas aposto que gostaria de me acusar disso. Acho que a senhora sempre quis que Leo tivesse cortado os pulsos, que Leo tivesse morrido. No seu mundo estranho e ferrado, a senhora sempre perde os meninos bonitos. Os feios ficam do seu lado. A senhora sempre tratou Leo como um prêmio de consolação por ter perdido seu menino de ouro.

— Que maldade, Sheba! — grita Fraser, horrorizada. — Que maldade!

Ike agarra Sheba por trás, erguendo-a do chão com seus braços fortes e pardos, leva-a pela cozinha e desce pela escada dos fundos. Molly vai abrir a porta da frente, e Betty e o monsenhor ajudam minha mãe a descer a escada e entrar no Lincoln Continental de propriedade do religioso. A noite tinha sido um fracasso, mas ainda não chegara ao fim.

Desabo num sofá de couro, fecho os olhos e fico à deriva no luxo da biblioteca, cercado de prateleiras de bons livros. O odor do couro me alenta; parece que minha cabeça repousa numa luva de beisebol bem encerada. Até onde posso me lembrar, ninguém mencionava o nome do meu irmão diante de minha mãe há anos. E hoje, na sequência terrível dessa noite, quando tento evocar a imagem do rosto de meu irmão, só consigo vislumbrar um retrato fantasmagórico, sem traços distintos, esboçado em sépia. Lembro-me apenas que Stephen era dourado e belo, e que a perda dele despedaçou a minha família. De algum modo, conseguimos sobreviver àquele dia, mas nenhum de nós foi capaz de se recuperar totalmente. Percebo que é possível fugir de qualquer coisa, menos de uma alma ferida.

CAPÍTULO 9

Uma noite divertida

Ouço um palito de fósforo sendo riscando e sinto o cheiro da fumaça de um charuto caro. Abro os olhos e me vejo sob o olhar atento de Chad Rutledge. Ele sopra um fio de fumaça doce em minha direção.

— Ora! Isso é o que eu chamo de diversão, com *D* maiúsculo.

— Que bom que você gostou, Chad.

— Imagine o que Molly e eu teríamos perdido se não tivéssemos sido expulsos da Porter no verão que antecedeu o nosso último ano no ensino médio. — Ele sorri. — Não conhecíamos ninguém como você, Niles, Starla, Ike ou Betty. Para nós aquilo era um admirável mundo novo.

— Nós fomos a primeira experiência de vocês com os pobretões de Charleston.

— Você sempre foi tão preocupado com classe social — diz Chad.

— Só desde que conheci vocês. Quando nos encontramos, no Iate Clube, foi a primeira vez que alguém olhou para mim como se eu fosse algo extremamente nojento.

— Nada disso. Para mim, você era só um pouco nojento.

Surge uma grande sombra na porta da cozinha e, quando olho, vejo Niles Whitehead.

— Qual é o meu grau de nojeira, Chad? — pergunta Niles.

— Você é da família, Niles. Meu querido cunhado. Marido da minha única irmã. Pai dos meus belos sobrinhos.

— Mas você tem que admitir que Leo é de uma família que pertence a uma classe social bem superior à minha. Para refrescar a sua memória, quando Leo nos conheceu, minha irmã e eu estávamos algemados a uma cadeira.

— Minha admiração por vocês dois é infinita — diz Chad. — Você e Leo eram jovens ambiciosos. Vocês fizeram história na nossa escola, Niles. Você se casou com uma jovem que pertence a uma das famílias mais antigas de Charleston, tarefa nada fácil para um rapaz da sua origem. Leo se tornou um jornalista famoso. A coluna dele é uma das primeiras coisas que as pessoas leem quando abrem o jornal de manhã. Um feito e tanto.

— Deus do céu! Sinto-me como um barco pesqueiro, logo depois que o bispo abençoa a frota — eu digo.

— Ora! — exclama Niles. — Imagine... ter algum valor aos olhos aristocráticos de Chad.

Chad ri, e então contempla o charuto com satisfação.

— Ah! Sheba! Que noite ela nos proporcionou! Se não conhecesse vocês, teria perdido o melodrama dessas vidas que vocês consideram normais. Teria perdido as desavenças, os bate-bocas proporcionados por vocês em todo tipo de evento. Minha família tem classe e é civilizada, mas isso é muito chato. Fomos privados de grunhidos e choramingos. Esta noite tivemos aqui uma grande ópera.

— Chad, sempre me arrependi por não ter te dado porrada quando você era mais novo — diz Niles.

— Preciso voltar para o escritório dentro de alguns minutos — afirma Chad tranquilamente. — Tenho um grande julgamento na semana que vem.

— Molly sabe disso? — pergunta Niles.

— Molly gosta de ficar em casa. Ela gosta da vida que a minha prática jurídica pode propiciar. Ela gosta de ter entrado para uma família rica... assim como você, Niles — acrescenta Chad.

— Já te avisei, Chad, há muito tempo — eu digo. — Não abuse do caipira. É um perigo.

— Deixo com vocês um boa-noite para Molly — despede-se Chad. — Talvez eu fique trabalhando a noite toda.

— A Molly não vai gostar disso — comento.

— E daí? — Chad pisca o olho e nos dirige um aceno enquanto sai pela porta de entrada.

Niles e eu ficamos sentados alguns minutos em silêncio, sentindo o aroma das carnes assando sobre as brasas. Levantando-se para ir até o bar, Niles pergunta:

— Quer mais uma bebida?

— Eu estava pensando no quanto vou precisar beber para esquecer tudo o que aconteceu nesta noite... e ainda aproveitar o resto da noitada.

— Não existe no mundo bebida suficiente para tal fim — constata Niles. — Mas Sheba e Chad foram embora e não voltam mais hoje... isso quer dizer que os malucos saíram do manicômio.

— Nunca vi Sheba tão mal — eu digo.

— Aposto que a sua mamãe também acha isso. Aquilo foi brutal.

— Sheba se perdeu.

— Ela não era um doce? — pergunta Niles.

— A garota mais doce do mundo — diz Molly, materializando-se à porta da cozinha. — Onde está Chad? Ah! Deixe-me adivinhar! Voltou ao escritório, para trabalhar num grande processo. Um grande processo de merda. Já sei. Conheço o jogo. Ele faz isso por amor a mim e às crianças. Não consigo viver sem esta mansão e um carro blindado cheio de dinheiro. Niles, você pode descer e ajudar a sua esposa com as carnes? Preciso pedir perdão ao Leo por ter reunido Sheba e a mãe dele.

— Fogo e gelo — diz Niles. — Onde estão Ike e Betty?

— Fazendo a Srta. Sheba dormir. A cena da "volta ao lar" foi dura para ela. Não aconteceu como ela queria.

— Vou buscar as carnes — diz Niles, e ouço seus passos descendo de dois em dois os degraus da escada dos fundos.

Molly vai até o bar.

— Às vezes, uma mulher precisa de flores, Leo. Às vezes, precisa de uma massagem, ou que lhe segurem a mão, ou de um abraço. Às vezes, precisa telefonar para um velho amigo, que não vê há anos, ou ler um livro barato cheio de sexo. Às vezes, uma mulher precisa de uma transa. Ou de correr 2 quilômetros, ou jogar três sets de tênis. Mas há noites como esta, em que uma mulher precisa se embebedar.

Molly prossegue, servindo-se de uma dose de vodca, com uma pedra de gelo.

— Quer que eu te prepare alguma coisa? — pergunto.

— Uma taça de arsênico, com uma pitada de angostura e, se não for muito incômodo, uma caixa de soníferos. Acho que nenhum de nós já presenciou cena pior que aquela.

— Não diga isso, Molly — eu a previno. — Deus está ouvindo. Ele gosta de desafios.

— Deus nada tem a ver com o que Sheba disse.

— Deus tem tudo a ver.

— É verdade que você e Sheba transaram naquela época? — Molly não consegue suprimir um sorriso ao pensar na hipótese.

— Você me conhecia naquela época. Quis transar comigo?

— Você foi ficando mais atraente com o tempo — ela admite.

— Nunca fui bonito.

— Ao longo desses anos, uma ou duas vezes, pensei em dar em cima de você, Leo.

— Não é a sua libido que está falando. É o álcool.

— Às vezes é preciso álcool para deixar a libido fazer o que a gente realmente quer.

— Essa foi a coisa mais suja que você disse na vida, Molly Rutledge.

— Acho que é mesmo — concorda ela, refletindo. — E gostei de dizer.

— Que vergonha! Nós dois somos casados.

— Somos casados, Leo — diz ela —, mas não sou tão ortodoxa com relação a isso.

— E eu sou?

— Você e Starla não têm um casamento dos mais tradicionais — Molly me faz lembrar. — Ela fica ao seu lado durante algum tempo, começa a ficar desequilibrada, acaba pirando e... desaparece novamente.

— Eu sabia no que estava me metendo.

— Sabia mesmo?

— Não. Eu não fazia a menor ideia — admito.

— Nem eu.

— Molly, você está casada com um dos advogados mais bem-sucedidos da cidade. Um sujeito que pertence a uma das famílias mais ilustres de Charleston. Desde o dia em que você nasceu, seu destino era se casar com Chad Rutledge.

— É uma bela história. — A voz dela expressa uma nota dissidente que eu jamais percebera antes. — Mas não é verdadeira. — Senta-se numa poltrona à minha frente. — Chad se cansou de mim muito antes de nos casarmos. Você sabe disso; eu sei disso; todos os meus amigos sabem disso. E, o que é mais trágico, Chad sabe disso.

— Todo mundo que te conhece te ama, Molly. Todo mundo sabe disso. Até o Chad.

— Querido Leo — ela sorri —, como você mente mal! Mas, deixa estar. Vamos falar de coisas agradáveis... como esta noite. Acha que seremos capazes de superar o que ocorreu aqui?

— Fui pego de surpresa — confesso. — Eu não sabia que o ressentimento entre elas era algo tão profundo. Durante tanto tempo.

— Aquilo não foi ressentimento — Molly passa os dedos pela borda da taça. — Aquilo foi ódio... ao modo shakespeariano. Sheba era muitas coisas quando a conhecemos, Leo, mas nunca foi cruel. É da bondade dela que nos lembramos mais.

— Ainda acredito nessa bondade.

Betty surge correndo pela escada dos fundos, trazendo a primeira travessa de carnes. Ela deposita o prato na mesa da cozinha, onde a família Rutledge costuma fazer as refeições, e se dirige diretamente ao bar.

— Como esses dois pombinhos podem ficar flertando depois de uma cena daquelas? Isso não está certo. Sirvam-me uma taça de vinho branco. Isso é o que dá me meter com gente branca. Prefiro ficar naquele maldito gueto. Quando temos um acesso de fúria como aquele, trocamos tiros. Leo, querido, nunca soube que você teve um irmão. Você parecia ser filho único.

— Eu deveria ter te contado. É difícil para mim falar de Steve. E acho que não o reconheceria se ele entrasse nesta sala hoje.

— Estou ficando preocupada com Ike — diz Betty. — Faz tempo que ele está lá em cima, fazendo Sheba dormir.

— Ele já vem — falo. — Obrigado por ter ajudado a levar minha mãe até o carro. Fiquei paralisado.

— O monsenhor fez o mais difícil. Nunca vi sua mãe tão abalada. Mas o bom reverendo estava fazendo o melhor uso possível da sua lábia de ouro. Tenho que admitir: o homem sabe enrolar muito bem. Ele fala como Deus falaria se fosse católico... o que, sem dúvida, Ele não é.

— Os sermões dele lotam a catedral — eu digo.

— E ele não perde tempo. — Betty senta-se ao meu lado e aperta meu joelho com uma das mãos enquanto toma um gole de vinho. — Antes que eu voltasse para dentro de casa, o monsenhor me pediu que perguntasse a Sheba se ela poderia conseguir quatro ingressos na primeira fila para o musical *A Chorus Line*, na Broadway, no mês que vem. O que Sheba tem a ver com a Broadway?

— Ela foi amante de um dos produtores do show durante algum tempo — nos informa Molly. — Ao menos, foi isso o que eu li na revista *People*.

— Você é assinante da *People*? — pergunto.

— Consultório médico — responde ela. — Prazer que traz sentimento de culpa... mas não deixa de ser prazer. É assim que sigo os passos da nossa amiga Sheba.

— Sempre quis saber o que as garotas que moram ao sul da Broad Street leem — diz Betty. — Estou falando de leitura para valer... quando vocês estão na privada. Eu achava que garotas brancas se masturbavam quando recebiam um exemplar da *Southern Living*, e então corriam para o jardim para plantar dálias, ervilhas e outras merdas.

— O jantar está servido — chama Niles enquanto ele e Fraser trazem os demais pratos com filés T-bone, batatas e cebolas assadas e embrulhadas em papel alumínio.

As emoções que haviam transbordado ao longo da noite nos deixaram esfomeados. Já comemos quase a metade dos filés quando Ike entra pela porta dos fundos, com rugas de preocupação marcadas em sua bela fronte.

— Pôs Sheba na cama, querido? — pergunta Betty.

— Eu deveria ter ido te ajudar — diz Molly.

— É, deveria mesmo — rebate Ike. — Todos deveriam. Mas ninguém foi.

— Para que você está dizendo isso, além de para nos fazer sentir culpados? — pergunta Fraser.

— Sheba achou que vocês estavam contra ela — explica Ike. — Que estavam do lado da Dra. King.

— As duas agiram como idiotas — diz Niles. — Eu não quis tomar partido.

— Deixe-me servir uma bebida para você, Ike — diz Molly, levantando-se da cadeira.

Ike lava as mãos na pia, enquanto pensa no oferecimento feito por Molly.

— Vou aceitar uma Cuba Libre.

— Rum e Coca-Cola — fala Fraser. — Não ouço isso desde os tempos do ensino médio.

— Eis o meu marido, Che Guevara — diz Betty.

— Eis o teu marido, Pôncio Pilatos — brinca Niles. — Quer parar de lavar as mãos?

— A nossa menina está numa encrenca. Das grandes — afirma Ike. — Sheba desmaiou no banheiro. Entrei e vi cocaína espalhada pelo chão. Joguei dois papelotes na privada. Ela teve um sangramento pelo nariz, que me deu trabalho para estancar.

— Você deveria ter nos chamado para ajudar — eu digo.

— Você deveria tê-la levado presa — diz Betty. A correção das palavras e a maneira cautelosa com que foram enunciadas provocam um silêncio nervoso na sala. — Se você tivesse pegado um negro, ou uma negra, residente de algum conjunto habitacional popular com essa quantidade de cocaína, eles agora estariam na cadeia.

— Bem que eu pensei nisso — diz Ike. — Pensei em tudo. Teria sido a atitude certa. Mas... o nosso passado juntos. Resolvi honrar o nosso passado, em vez do distintivo.

Fraser diz o que todos estamos pensando:

— Você está correndo o risco de ser exonerado, Ike. Pouco antes de assumir a chefia da polícia. Seria o maior escândalo em muitos anos.

— Mas daria uma bela coluna — comento. Todos me dirigem olhares francamente hostis. — Eis uma das desvantagens de se ter um senso de humor do mais alto nível: meus amigos de mente literal me levam a sério quando falo algo absolutamente hilário.

— Por que Sheba veio para cá? — pergunta Molly. — Ela te disse por que voltou, Leo?

— Acho que é Trevor — eu digo. — Acho que aconteceu alguma coisa com ele.

— Ela disse isso? — pergunta Fraser. — Ou você está apenas supondo?

— Ela ainda não mencionou o nome dele — eu digo. — Acho isso estranho.

— Quando foi a última vez que você teve notícias de Trevor? — pergunta Niles. — Quando foi que você recebeu aquele cartão-postal, querida?

— Faz mais de um ano — responde Fraser. — Ele estava visitando o Aquário de Monterey com o namorado daquele mês. Mandou para mim um cartão-postal com a foto de uma lontra marinha. Mas desenhou um pênis enorme na lontra.

— Atitude típica — diz Molly.

— Trevor telefonou para mim no ano passado, mais ou menos, nessa mesma época — me lembro. — Estava precisando de um empréstimo de mil dólares. Algo urgente. Mas não me disse o que era.

— Pegou emprestado mil dólares conosco também — diz Molly. — Não me lembro quando foi, mas já faz algum tempo.

— Vocês, seus idiotas, mandaram mil dólares para ele? — pergunta Betty.

— Claro — Molly e eu respondemos ao mesmo tempo.

— Por que será que o nosso menino está precisando de dinheiro emprestado? — pergunta Ike. — Ele sempre ganhou bastante dinheiro tocando piano.

— As coisas não vão nada bem em São Francisco — eu digo. — Especialmente para a comunidade gay.

— Trevor é gay? — pergunta Fraser, com um exagerado sotaque sulista, enquanto se abana com um guardanapo.

— Lembra-se de quando você levou Trevor até a casa da minha avó, na Sullivan's Island, Leo? — pergunta Molly. — Eu estava pegando sol, de biquíni. Leo e Trevor surgiram, descendo a trilha até a praia. Trevor olhou para mim e disse, com aquela voz incrível: "Molly é tão linda, Leo. Quase me dá vontade de ser lésbica." Eu nunca tinha ouvido alguém falar daquele jeito. Ele e Sheba eram únicos. Acho que Charleston nunca viu nada igual, nem antes nem depois deles.

— Vocês se lembram dos telefonemas dele? — pergunta Niles. — Eu ficava até com medo depois que ouvia a voz de Trevor. Ele falava durante horas.

— Era impossível arrancar o filho da mãe do telefone — concorda Betty. — Ele era capaz de fazer o assunto mais bobo parecer a coisa mais interessante do mundo.

— Você acha que Trevor pode estar com Aids, Leo? — pergunta Fraser.

— Trevor não é nem celibatário nem cuidadoso — afirma Molly.

— Se não estiver, será um milagre — eu digo.

— E não é só em São Francisco — diz Ike. — Já chegou a Charleston. Tenho dois policiais contaminados.

— Temos policiais gays na cidade? — pergunta Fraser.

— Temos de tudo nesta cidade — responde Ike.

Fraser reflete um pouco sobre a questão e diz:

— Na infância e na adolescência, eu achava que o mundo era composto de gente branca e gente negra... essa era, para mim, a única certeza.

— Nós éramos as "garotas de Charleston" — completa Molly. — Fomos criadas para sermos charmosas e bobinhas. Somos os confeitos, as balinhas de açúcar que constituem o orgulho e a alegria de uma sociedade agonizante. Acho que meus pais não sabem que foram conspiradores no esquema montado para zerar o meu cérebro.

— Não sei, não — diz Betty. — A meu ver, vocês, garotas brancas, levam uma vida e tanto.

— Mas a que preço? — pergunta Fraser. — A única coisa que distingue Molly e eu das garotas com as quais crescemos são os amigos reunidos aqui nesta noite.

— Você não é um clichê, Fraser — diz Niles. — Você se arriscou bastante quando se casou comigo. Eu não estava na lista de muitas debutantes no ano em que nos amarramos.

— É... mas ganhei a medalha de ouro. — Fraser sorri. — Embora meus pais ainda não admitam. — Ela se levanta e vai sentar-se no colo do marido. Eles se encaixam como duas colheres de prata, e trocam um beijinho nos lábios.

— Porra! Ainda bem que o casamento de vocês deu certo — diz Ike. — Quase morri quando Niles me convidou para ser padrinho.

— *Você* quase morreu? — pergunta Betty. — Fui a primeira dama de honra negra na história da Igreja de São Miguel.

— Vocês estavam tão lindos naquele dia — diz Fraser. — Acho que vocês foram os convidados mais bonitos no nosso casamento.

— E Trevor e Sheba? — pergunto.

— Eles não contam. Sheba já era famosa. E Trevor era sempre a *belle* mais formosa do baile — diz Molly. — Palavras do próprio Trevor, não minhas.

— Não será surpresa para vocês — diz Fraser — se eu disser que meus pais não ficaram muito satisfeitos com as nossas opções de damas e padrinhos.

— Mas, seja sincera, doçura — fala Niles. — O problema maior foi a sua opção de marido.

— Você não era a primeira opção deles — admite Fraser.

— Ora, caipira! — brinca Ike. — Acho que o Sr. e a Sra. Rutledge prefeririam ver a Fraser casada comigo do que com você.

— Eu não iria tão longe assim, Ike — diz Molly.

Com essa tirada, nosso grupo de amigos, levado ao limite nessa noite cruel, explode em gargalhadas, como sempre fazemos quando nos reunimos.

— Ike — diz Betty —, vamos contar aos nossos amigos brancos como nos sentimos na recepção oferecida na fazenda Middleton Place.

— Eles não estão interessados nessa baboseira, Betty.

— Claro que estamos! — afirma Niles. — Aposto que vocês não se sentiram mais estranhos do que eu. E eu era o maldito noivo.

— É preciso levar em consideração a época — diz Ike. — Antes de conhecer vocês no ensino médio, eu achava que todas as garotas brancas eram assinantes da *Ku Klux Klan Weekly*. Eu achava que a revista ensinava vocês a fazer roupas mais bonitinhas para os caras da Klan. Que dava dicas sobre como arrumar cestas de piquenique quando vocês e suas famílias saíam para assistir a um linchamento.

— Tenho saudades daqueles linchamentos — eu digo. — Foram o ponto alto da minha juventude.

— Ike e eu fomos para aquela recepção pensando que seríamos pendurados num carvalho — lembra-se Betty.

— Que horror... vocês terem pensado isso — diz Fraser. — Os outros convidados trataram vocês bem?

— Trataram-nos bem... como se fôssemos invisíveis — acrescenta Ike. — Na noite inteira, só perceberam a minha presença uma vez. Fui pegar bebidas para os convidados que estavam na nossa mesa e, quando eu trouxe as bebidas numa bandeja, outros convidados pegaram todos drinques. Pensaram que eu era um empregado.

— Aí, o Sapo ficou bêbado e me tirou para dançar — diz Betty. — Eu disse: "Sai de perto de mim, seu branquelo maluco". Mas o Sapo me arrancou da cadeira e me levou para a pista.

— Starla me disse que nunca mais falaria comigo se eu não dançasse com você — falo. — Ficou me chutando por baixo da mesa para que eu dançasse com a coitadinha.

— Foi então que a Starla me convidou para dançar — diz Ike. — Que pesadelo.

— Eu sabia que o meu casamento tinha abalado os alicerces sociais de Charleston, mas nunca pensei ter sido responsável por introduzir a dança inter-racial na sociedade charlestoniana — brincou Fraser.

— Teste de memória... — diz Niles. — Que música estava tocando quando branquelos e crioulos dançaram juntos, pela primeira vez, sob o céu de Charleston?

— Era uma canção lenta — relembra Molly. — Pedi ao Chad para dançar comigo, mas ele não quis nem pensar em tal hipótese.

— O Sapo bêbado tentou dançar de rosto colado — diz Betty.

— O tesão faz um homem se comportar de modo estranho, Betty — eu digo.

— Era uma canção linda — diz Molly. — Eu sei... era "Wonderland by Night". — Ela se levanta da poltrona e vai até o outro lado da sala. — Bert Kaempfert, certo? — Molly abre um armário, põe um álbum no toca-discos, e viajamos de volta no tempo, aos nossos dias no ensino médio. Ike e Betty começam a dançar, desmanchando-se num abraço; Niles e Fraser se levantam. E logo Molly e eu estamos dançando de rosto colado, como se tivéssemos nascido para dançarmos juntos. Ela me conduz, bailando até o salão principal do palacete e ficamos ali, entre o piano e a harpa. A sensação do corpo dela contra o meu é agradável, o hálito é doce, e ela sussurra ao meu ouvido:

— Você sentia atração por mim na época da escola, Leo? Todo mundo dizia que sim, até Chad.

— Não. E estou sendo sincero.

— Mentiroso — diz ela. — Você sabe a resposta de que estou precisando nesta noite. E sabe por que preciso dessa resposta.

Permaneci calado.

— Então, diga a verdade. Preciso ouvir a verdade. Prezo a sua amizade acima de qualquer outra... seja de homem ou mulher, Leo King. E só você e eu sabemos disso. Como sua melhor amiga, preciso saber a verdade: você sentia atração por mim na época da escola?

— Não, não sentia. Isso é a verdade parcial. Mas a verdade inteira é a seguinte: passei a vida toda apaixonado por você. Começou naquele dia, no Iate Clube, e acabou com "Wonderland by Night".

— Não, Sapo — diz ela. — Começa com "Wonderland by Night".

E então ela me beija, um beijo demorado, profundo, que eu gostaria que nunca mais acabasse, mas a canção e o beijo chegam ao fim.

Ergo o olhar e vejo um rosto nos fitando do outro lado de um dos janelões voltados para o pátio. Com uma fisionomia perturbada, drogada, fora de si, Sheba Poe contempla Molly e eu, concentrada como uma atriz que estuda um papel novo.

CAPÍTULO 10

Ressacas

Na manhã seguinte, acordo na minha morada solitária, na Tradd Street, com uma leve ressaca e um tanto irritado ao perceber que ainda são 5 horas e o sol ainda não despontou. Por estar casado com uma mulher inoportuna e que costuma vaguear sem destino, nunca sei quando haverei de ter notícias de Starla, ou de onde ela vai me telefonar. Tento clarear a mente e deixo o telefone tocar quatro vezes antes de atendê-lo. Ouço, então, a voz de Chad, absolutamente controlada, perguntando-me:

— Leo, desculpe-me por incomodá-lo tão cedo, mas posso falar com a Molly, por favor?

Acendo a luminária que fica sobre a mesa de cabeceira e tento raciocinar, a fim de compreender o que está acontecendo. Conheço Chad há muito tempo, mas nunca o vi tomar uma atitude assim tão inábil. Embora meu cérebro pareça estar envolto num mosquiteiro, respondo-lhe:

— Há algum engano, Chad, meu velho. Eu soube que a Molly tinha se casado com você, não comigo.

— Não queira ser comediante a essa hora da manhã. — Pela primeira vez, a voz de Chad denota raiva. — Eu gostaria de trocar umas palavras com a minha esposa.

Agora minha voz assume um tom severo.

— Chad, você nem imagina o quanto eu gostaria que a Molly estivesse na cama comigo. Eu adoraria acordá-la, carinhosamente, e dizer: "Querida, é o Chad no telefone". Mas, acontece que a Molly é uma mulher decente e uma esposa fabulosa. Sei que você nunca notou isso. Ela meteu na cabeça que você trabalha demais. Ela acha que você deveria ter ficado até o fim da festa que fizemos para comemorar a volta da Sheba. Imagine!

— Trabalho muito para sustentar a minha família, Leo. Sofro pressões das quais a Molly nem desconfia. Deixo que ela se preocupe apenas com os monogramas da prataria, com a disposição dos assentos num jantar formal, com as festas que vamos prestigiar ou não, com a política ferrenha da Liga Feminina. Ela leva uma vida intensa e desempenha um papel social importante, graças às longas horas que eu dedico ao maior e mais importante escritório de advocacia desta cidade. Tudo o que faço é para o bem dela e das crianças.

— Isso tudo é muito bonito, Chad. Mas por que você está telefonando para a minha casa, querendo falar com a sortuda que está casada com um cara tão sensacional?

— Vamos agir como adultos — diz Chad. — Passe o telefone para Molly.

— Por que você não vai à merda? Quantas vezes vou precisar repetir, Chad? Ela não está aqui. Nunca esteve aqui, e nunca estará, para minha infelicidade.

— Tenho inveja de você, Leo. — A voz de Chad se eleva, beirando à perversidade. — Você tem uma esposa que nunca está em casa e escreve uma coluna de fofoca que, a cada seis dias, acaba com a vida de alguém.

— Ora! Você já está a meio caminho da felicidade, amigão. Parece que a sua mulher também não está em casa. Sua irmã vai oferecer um piquenique em homenagem à Sheba, domingo à noite. Nos vemos lá.

— Não posso prometer nada. Estou atolado de trabalho.

— Eu iria. É conselho de amigo, Chad, de um cara que gosta de você, embora... porra! Às vezes você dificulta muito as coisas.

— Eu não tinha percebido que era tão cedo. Entrei em pânico quando vi que Molly não estava aqui.

— Quer falar com Sheba? — pergunto. — Passamos a noite toda fazendo sexo animal.

Chad solta uma gargalhada.

— Ela está desacordada na nossa casa de hóspedes. Já procurei Molly lá. Mil perdões, Leo.

— Gosto de acordar cedo no sábado. Para poder me deleitar com as vidas que arruinei na semana anterior.

Chad desliga o telefone. Durmo um sono breve e agitado. Às 7 horas, ouço o agradável barulho do exemplar do *News and Courier* batendo na porta da minha casa. Agrada-me morar numa casa que ficava na minha rota de entregador de jornal, um tipo de casa que eu jamais sonhara em possuir. Quando piso na rua, os primeiros raios de sol despertam o orvalho prateado e sonolento acumulado nos arbustos de mirto em frente à minha casa. As residências da Tradd Street sempre me parecem um prodigioso, embora estranho, conjunto de peças de xadrez, com o qual não se pode fazer um gambito da rainha, ou uma defesa siciliana, porque o fabricante perfilou torres, bispos, cavalos e reis na rua, mas esqueceu-se de incluir os peões. A arquitetura original faz lembrar os mais finos trabalhos de renda; os jardins ficam escondidos, sempre generosos em aromas.

Leio o jornal no jardim, tomando a primeira xícara de café, hábito de todas as manhãs. Primeiro, leio a minha coluna, encolhendo-me de vergonha quando me deparo com uma oração que parece flácida, ou capenga. O texto aquela manhã me parece um tanto enfadonho, o humor meio forçado. Mas conheço bem os altos e baixos do trabalho do colunista, assim como conheço as marés da enseada de Charleston. E estou de posse de um segredo: meu nome vai correr de boca em boca pela cidade quando o artigo sobre Sheba for publicado na edição de domingo.

Estou lendo as estatísticas dos meus jogadores prediletos da Liga Nacional de Beisebol quando ouço a porta dos fundos se abrir. Olho para trás e me surpreendo ao ver Ike Jefferson entrando pelo jardim. Ele já traz consigo uma xícara de café.

Olho o meu relógio.

— Você está uma hora adiantado, Ike.

— Quero falar com você — diz Ike enquanto se senta. — Você é a única pessoa com quem posso falar.

Constato que Ike está muito preocupado, pois ele começa a ler a minha coluna, em vez de se abrir comigo. Aspiro o aroma dos jardins ensolarados que circundam a minha casa. Em silêncio, sinto a força da fertilidade da terra nos envolvendo; é quase possível ouvir as plantas crescendo. Brotos verdes rompem a terra negra da península. Vou até os fundos do jardim, a parte mais ensolarada do quintal, e colho três tomates perfeitamente maduros, que cultivo numa pequena estufa encostada no muro de tijolos que marca o limite do terreno. Volto para a cozinha, onde lavo e corto fatias dos tomates, que reluzem, perfeitos, com suas peles vermelhas e sementes rosadas. Pego um saleiro e um moedor de pimenta e passo um prato a Ike. Ele esquece as notícias do dia, no instante em que, na primeira mordida, o sabor do tomate lhe explode no céu da boca.

— Porra! Esses tomates estão deliciosos! — exclama Ike, fechando os olhos.

— Chefe de polícia — eu digo — da cidade mais linda do mundo.

Ike sorri.

— Quando nasci, negro nem votava. Você e eu não podíamos comprar um milk-shake juntos na Woolworth da King Street.

— E veja onde você chegou agora. Acho que vou levar todas as minhas multas de trânsito para você. Mas a posição foi uma conquista. Ninguém trabalhou mais do que você. Foi isso que me deixou preocupado ontem à noite. Você deveria ter detido a Sheba. Ela te colocou numa situação difícil.

— É... eu sei. Eu sei, não resta dúvida. E se você fizer o seu trabalho, vai escrever uma coluna relatando que deixei de detê-la.

— Isso não vai acontecer.

— Eu sei, e Sheba também sabe. — Em seguida, ele diz: — Mas eu tenho algo sério para falar com você.

— Deixe-me adivinhar. Tem a ver com Chad.

— Como você sabe?

— Escrevo uma coluna cinco vezes por semana. Acabo ouvindo tudo

— Chad está trepando com uma secretária do escritório. Ela tem um apartamento em Folly Beach.

— É a técnica jurídica de Greenwood? A brasileira?

— É a garota de Ipanema. A amante — diz Ike. — Tem 19 anos. Acaba de concluir o ensino médio. Vem de uma boa família.

— Como você sabe?

— O zelador do condomínio dela frequenta a minha igreja. E como *você* sabe?

— Carta anônima — respondo. — Recebo muitas.

— Quem você acha que enviou essa carta?

— Alguém que não sabe se a garota sortuda nasceu em Greenwood ou no Brasil.

— A de Greenwood foi a do ano passado — diz Ike. — Vocês brancos são estranhos.

— É... precisamos aprender com vocês, negros, a levar vidas decentes e gratificantes.

— Molly não merece isso, Leo.

— Ela deveria estar acostumada. Essa não foi a primeira. Quer mais uma xícara de café? — pergunto, e acrescento — Chefe?

Volto à cozinha e encontro Niles servindo-se de café. Ele já liquidou os tomates. E dirige a mim o olhar azul, avaliativo e incompreensível. Também chegou cedo demais. Sei que veio me oferecer conselhos que não me interessam, ou me dizer algo que não quero ouvir. Franqueza é a qualidade que mais admiro em Niles, mas a necessidade que ele tem de compartilhar verdades que contêm as sementes do desespero já desgastou algumas relações. Fundamentalmente, é um sujeito tranquilo, intuitivo; só tenho medo dele quando fica meio tagarela.

— Desculpe-me — eu digo. — Mas o senhor me parece um caipira. O senhor veio parar aqui em consequência de alguma enchente lá na Trilha dos Apalaches?

— Adoro ouvir você falar, Sapo. — Ele toma um gole de café. — Pode ser conversa fiada, mas é conversa fiada de alta qualidade.

— Ike está no quintal.

— Vi o carro dele. Não gostei da noite de ontem.

— Já estive em encontros melhores — concordo.
— Sheba deu um show e tanto. Sua mãe também.
— Minha mãe detesta mulheres como Sheba.
— Chad telefonou para você hoje de manhã? — pergunta Niles.
— Às 5 da madrugada.
— O que ele queria?
— Saber quem venceu o jogo dos Braves. — Sirvo-me de mais uma xícara de café, e percebo que minha resposta cínica irritou Niles. — Vamos até o jardim. Quero que Ike ouça essa conversa.

Ike ainda está lendo o jornal quando Niles e eu chegamos. Ele ergue os olhos e meneia a cabeça.

— Você veio cedo também, Niles — diz Ike. — Por que essa audiência com Leo?
— Chad nos acordou cedo hoje de manhã. A Fraser atendeu ao telefone. Chad acha que Leo está dormindo com Molly — explica Niles.
— O Sapo e Molly saíram dançando no escurinho — diz Ike. — Você e Molly transaram ontem à noite, amigão?
— É claro que não.

Niles bebe o café devagar.

— Ele está casado com a minha irmã, Ike. Starla telefonou para mim esta semana, Leo.
— Agradeço a informação — eu digo.
— Foi por isso que vim aqui — me informa Niles. — Não imaginei que Ike chegaria antes de mim.
— Eu posso ir embora — retruca Ike. — Pelo mesmo caminho em que cheguei.
— Não, pode ficar — consente Niles.
— Vocês querem comer alguma coisa? — pergunto.
— Quero — responde Niles. — Preciso organizar minhas ideias. Estou mais lento do que vocês.
— Você é um branco caipira e burro — diz Ike, desviando o olhar de volta ao jornal. — E sempre foi.

Enquanto comemos, falamos sobre esportes, uma espécie de um assunto ameno que os homens utilizam para expressar sentimentos de amizade sem incorrer na invasão que costuma caracterizar incursões mais profundas. De todos os meus amigos, Niles é o que tem o maior número de sinais de "Pare" e "Atenção", na estrada de acesso ao coração. Uma infância sofrida fez do silêncio o primeiro instinto e o primeiro refúgio. Mas, quando resolve falar, ele sempre tem algo importante a dizer. É como um saco de aniagem que, uma vez cheio demais, estoura e espalha todo o conteúdo pelo chão.

— Obrigado pelo excelente café da manhã, Leo — diz Ike, reclinando-se na cadeira. — Agora, por que você não desembucha, Niles, e acabamos logo com isso?

— Acho que Sheba Poe é só encrenca.

— Espere um minuto; vou correr para apanhar meu caderno de anotações — eu digo. — Não posso deixar de registrar um furo desses.

— Aonde você quer chegar? — Ike pergunta a Niles.

— Chad está lá em casa, infernizando a Fraser — diz Niles. — Ele afirma que vai botar Sheba para fora da casa de hóspedes assim que ela acordar. Ele enlouqueceu quando soube da cocaína.

— Diga Sheba que ela pode ficar aqui em casa comigo — ofereço. — Tenho um bom quarto de hóspedes no terceiro andar.

— Ela também pode ficar conosco. Betty e as crianças adorariam — completa Ike.

— Fraser já disse a Chad que Sheba pode ficar na nossa casa até o fim da vida, se for preciso — diz Niles.

— Então, quem se incomoda com o que Chad pensa? — indaga Ike.

— O cara adora falar. Sempre faz barulho. Muito latido, nada de mordida.

— Leo, Chad acaba de descobrir que você telefona para Molly todos os dias, para conversar — Niles me diz.

— Pequena correção — eu digo. — Às vezes, telefono para Molly, mas, frequentemente, ela é que telefona para mim. E isso não é segredo nenhum. Nos falamos todos os dias, desde quando tínhamos 20 e poucos anos. A propósito, Niles, eu falo com Fraser e Betty toda hora também.

— Ele está sempre sondando nossas meninas para ver se consegue algum furo — comenta Ike.

— Aquelas duas sabem de tudo o que acontece em Charleston — eu digo.

— Mas Chad não quer que você fique telefonando para a mulher dele. — O constrangimento de Niles é evidente.

— Nesse caso, Chad pode dizer isso cara a cara — eu digo. — Um conselho, Niles: você não precisa ser garoto de recados do Chad.

— Fiz isso porque achei que talvez você fosse encher Chad de porrada se ele dissesse isso na tua cara. Ele estava bastante estressado.

— E Starla? — Mudo de assunto, passando a abordar uma questão ainda mais dolorida.

Niles sacode a cabeça.

— Você precisa se livrar da minha irmã, Leo — pede ele. — Precisa chutar Starla para longe da sua vida. Me dói muito dizer isso. Mas, a cada ano que passa, o casamento com a minha irmã arranca um pedaço seu. Você merece coisa melhor.

— Já me resignei — falo, impaciente.

— Você merece uma vida normal. Você quer ter filhos. Todos nós percebemos isso. Nada vai ser normal enquanto você não se livrar da maluca da minha irmã. A situação está ficando pior, e não melhor, Leo.

— O que ela disse? — pergunto. — Onde ela está?

— Ela não disse. Ligou só para dar notícia, como sempre faz. Queria saber das novidades. Queria saber como você está.

— O que você disse a ela?

— Que você estava trepando com todas as divorciadas da cidade. Mas ela riu.

— Riu? Por que ela riu? — pergunta Ike.

— Porque conhece Leo. O menino católico fez votos. Ainda deposita dinheiro na conta dela todos os meses. Eu disse a ela para te deixar em paz, Leo. Sabe o que ela teve coragem de me dizer?

— Não — respondo. — Mas estou curioso.

— Que te deixaria em paz quando você deixasse de amá-la.

Ike assobia.

— Sua irmã é uma mulher esperta — diz.

— Mas é uma péssima esposa para o Sapo — afirma Niles. — Ela é pirada e você é um idiota. Divorcie-se dela, Sapo. Seus amigos vão lhe apresentar às melhores mulheres do mundo. Estamos todos fartos dessa situação, e não sabemos o que fazer. Adianta implorarmos? Conte para ele, Ike.

— Acabo de descobrir que a minha caçula, Verneatha, não sabe que você é casado, Leo — diz Ike. — Sabe de uma coisa? Niles está certo. E você sabe que não é fácil para ele dizer essas coisas.

— Aposto que podemos contar com o voto da sua mãe — acrescenta Niles.

— Grande novidade! — diz Ike. — A Dra. King odeia qualquer pessoa de quem Leo gosta. Inclusive nós.

— A minha mãe não odeia vocês. — Mas percebo que Ike acaba de dizer uma verdade que guardou dentro de si durante muito tempo. — Pelo menos, nem sempre.

— Ela gosta de nós quando está dormindo. Ou inconsciente. Ou quando nós estamos dormindo ou inconscientes. Mas detesta Starla, e nunca fez segredo disso — comenta Ike.

— É... ela odeia a sua irmã, Niles; odeia a minha esposa — admito.

— Starla não é esposa. Nunca foi. Algumas coisas aconteceram com ela quando era criança. Com nós dois. Coisas que não deveriam acontecer com ninguém. Mas que, para nós, começaram a parecer normais. Nosso pão de cada dia, Sapo. Crescemos achando que o mundo era o pior lugar possível para uma criança. Daí, esbarramos no mundo do Sapo. Você nos acolheu. E também era um menino... um menino feioso. Mas abriu o coração para nós. Fez o mesmo com Ike. Fez muito. Não precisava se casar com a minha irmã perturbada. Ninguém pode salvá-la... só ela mesma pode se salvar.

No silêncio que se segue, ficamos os três sentados em torno da mesa enquanto sirvo o resto do café. Evitamos trocar olhares, e eu contemplo dois beija-flores disputando o bebedouro pendurado num bordo japonês.

— Ike? — pergunto, finalmente.

— Concordo com tudo que Niles disse. Se estivesse aqui, Betty me apoiaria — diz ele. Ele estica a mão e aperta o meu ombro, com a ternura que um sujeito grandalhão é capaz de demonstrar num toque delicado.

— Eu era muito feio?

— Tão feio quanto a fome — responde Ike.

— Aqueles óculos que você usava — explica Niles. — Eles pareciam dois fundos de garrafa.

— Seu cabelo era todo espetado na nuca — diz Ike.

— Aquilo era cabelo? — indaga Niles.

Ike olha o relógio.

— Senhores, só temos 15 minutos. Acho melhor irmos.

— É a minha vez de jogar de armador — afirma Niles.

— É a *minha* vez, caipira — rebate Ike. — Você jogou de armador semana passada.

— Por que eu nunca jogo de armador? — pergunto.

— Porque você é o Sapo — diz Niles.

— Sapos nunca jogam de armador — acrescenta Ike. — Assim é a vida.

Todos os sábados, às 10 horas Niles e eu nos reunimos no campo de treinamento da Citadel para um aguerrida pelada de futebol americano. Qualquer pessoa que aparecer pode jogar, mas o número de praticantes varia a cada semana. Geralmente, conseguimos contar com um grupo de cadetes ou um punhado de técnicos-assistentes das diversas equipes que treinam os atletas do Bulldogs durante o ano letivo. Mas hoje, somos apenas os três, e temos que improvisar.

Hoje de manhã, todos somos armadores, até o Sapo.

CAPÍTULO 11

Evangeline

Procuro visitar Evangeline Poe ao menos uma vez por semana, no intuito de fazer uma avaliação, ainda que amadora, do estado de saúde dela e da relativa ordem ou anarquia em que a casa dela se encontra. Quando bato à porta, naquela tarde de sábado, dou-me conta de que não a visitava havia quase um mês. Sempre que estou diante daquela porta, visualizo a presença espectral do caminhão de mudanças Atlas que trouxe os gêmeos para o centro da nossa história, alterando o rumo de todas as vidas tocadas por eles. Do outro lado da rua, vejo a casa construída por meu pai, a casa onde cresci... um jovem instável, malogrado, confuso. Admiro as duas frondosas magnólias que simbolizavam o amor recíproco de meus pais, até o infarto fatal sofrido por meu pai. Sei que minha mãe vai descobrir que visitei sua inimiga, a vizinha do outro lado da rua, e vai me criticar. Desde o dia em que a conheceu, minha mãe considera Evangeline Poe uma criatura inferior, e nada que ela tenha testemunhado durante esses anos todos foi capaz de elevar a vizinha em seu conceito.

Ao entreabrir a porta, a Sra. Poe contempla a luz forte do dia através de uma série de quatro fechos pega-ladrão que seriam o orgulho de qualquer apartamento em Greenwich Village.

— Sou eu, docinho — eu a cumprimento. — O favorito.

— Eu poderia te processar por negligência. — Ela destranca a porta em câmera lenta. — Pensei que você tinha morrido.

— A senhora lê a minha coluna — eu a faço lembrar. — E discorda de quase tudo o que digo.

— Eles nunca publicam as cartas que envio ao editor. — Ela abre a porta, e beijo-lhe a face, a caminho da cozinha.

— Comprei alguns mantimentos para a senhora no Burbage.

— Você precisa me ajudar a encontrar meus óculos de leitura, Leo — diz ela, entrando na cozinha atrás de mim.

— Estão na sua cabeça, minha querida. — Percebo a surpresa no momento em que ela apalpa os fartos cachos grisalhos.

— Estou ficando tão esquecida ultimamente — diz a Sra. Poe. — Perdi as chaves do carro outra vez.

— Faz dois anos que a senhora não dirige. Sua carteira de motorista ficou retida, lembra?

— Aqueles filhos da mãe! Lembrei... agora. Telefonei para aquele negro que vocês adoram, mas ele não ajudou em nada.

— A senhora arranhou ou bateu em mais de vinte carros estacionados na King Street, avançou alguns sinais vermelhos e destruiu a porta da frente de uma loja de antiguidades, George C. Birlant & Cia., se não me falha a memória. E não se saiu muito bem no teste do bafômetro. — Guardo um pouco de sopa caseira comprada no Burbage. — Deixe-me pôr esses pratos na lavadora de louças antes que Sheba chegue. — Começo a recolher copos e pratos espalhados aleatoriamente pelos cômodos do andar térreo. — A Srta. Simmons veio esta semana?

— Ela me deixou na mão há algumas semanas — responde ela. — Já desisti da raça negra. Estou procurando uma sérvia para cozinhar e limpar a casa para mim. Li que as sérvias estão em alta, trabalham nas melhores residências da alta sociedade nova-iorquina.

— Alta sociedade? Acho que nunca conheci alguém nascido na Sérvia.

— Prefiro as sérvias porque são brancas. Descobri que, quanto mais envelheço, mais meus instintos me aproximam dos caucasianos... não sei se você me entende.

— A senhora foi grosseira com a Srta. Simmons? — pergunto.

— Isso é o que ela diz. Se você dá mais crédito à opinião dela do que à minha...

— Ela afirma que a senhora usou linguagem racista.

— Eu não disse nada que ela já não tivesse ouvido antes — rosna a Sra. Poe. — Escute aqui, fui muito educada. Ela se irritou quando eu a chamei de "negra", que, como você sabe, é um termo respeitoso. Quando ela reagiu, perdi a cabeça. Reconheço.

— Vou ver se descubro alguma empregada sérvia.

— Ouvi falar bem das mexicanas também. O problema é que estou velha demais para aprender outro idioma.

— A senhora se importa se eu passar o aspirador de pó na sala de visitas?

— Sinta-se à vontade. Estive com Sheba ontem. Ela te contou que tivemos uma briga?

— Sei que a senhora esteve com ela — eu digo, mas a Sra. Poe não me escuta, por causa do barulho do aspirador.

— Meus dois filhos sempre me fizeram sentir vontade de ir para bem longe deles.

— É mesmo? Para onde? — eu grito, superando o ruído.

— Para o bar. Depois que falo com Sheba, tenho vontade de me embebedar. Depois que falo com Trevor, *preciso* me embebedar.

Ela vai até o bar, sempre bem-estocado, e se serve de uma dose de algo que verte de uma garrafa de vidro polido, Waterford. Arrasto o aspirador de pó até o closet do corredor, pego um pano e retiro camadas de poeira depositadas sobre as mesas laterais e os armários. Então ouço Sheba entrar pela porta dos fundos. Depois das estripulias da noite anterior, eu imaginava que ela fosse parecer exaurida, mas ela surge lépida e elegante. Para agradar à mãe, Sheba está vestida como a filha de uma dama da velha guarda de Charleston. Convidou a mãe para jantar no Iate Clube, cortesia da anfitriã, Molly.

— A senhora está com excelente aspecto, mamãe — diz Sheba. Percebo que, na presença da mãe, ela suaviza a intensidade da persona dramática. Foi-se a estrela da noite de ontem, exibindo-se diante dos ex-colegas de escola. Ela e Trevor sempre se esforçam ao máximo para agradar à mãe, pessoa extremamente crítica, e jamais logram qualquer êxito, até onde eu sei. Evangeline é uma daquelas mães bizarras que param de cuidar dos filhos exatamente quando estes atingem a idade em que assumem a tarefa ingrata de cuidar das mães. Bebendo vodca pura, Evangeline examina a filha famosa e diz:

— Você aparece nua em pelo no seu último filme. Não pude mostrar a cara em Charleston durante um mês. — E acrescenta, com perversidade: — Seus peitos estão começando a despencar.

— Para mim, estão ótimos, Sheba — eu digo.

Sheba faz uma reverência.

— Sempre dependi da bondade do meu melhor amigo.

— Detesto essa baboseira do Tennessee Williams — diz Evangeline. — Falando de bichas, quando foi que o Trevor sumiu da face da Terra?

— Falei com ele, mais ou menos, há seis meses, mamãe — afirma Sheba, e percebo um tom de insinceridade que me diz que ela está mentindo. — O Trevor finalmente deu sorte e conseguiu deslanchar a carreira de músico. Um figurão encomendou um concerto para a Sinfônica de Omaha. Um amigo emprestou uma casa para ele em Mendocino, na Califórnia, e ele jurou que só voltaria para a cidade quando compusesse uma obra da qual se orgulhasse. Ele me contou que as condições de trabalho eram austeras. Um piano Steinway, uma lareira de pedra e uma melodia que o persegue desde a infância. É a oportunidade pela qual ele esperou muito, mamãe.

— Constatei que ele já era pervertido com um ano. As mães têm um sexto sentido acerca dessas coisas. Rezei para que nada acontecesse, mas pau que nasce torto... — No meio da frase, Evangeline se perde num daqueles raciocínios que sempre caracterizaram o desprezo cruel que ela sentia pelas carreiras dos filhos, mas vejo um pânico inusitado invadir-lhe o olhar. Pergunto-me se anos de abuso da vodca não estarão, finalmente, acabando com ela. Evangeline bebe mais um gole e tenta disfarçar a perda da fúria demoníaca do seu ataque verbal.

— Leo, eu estava dizendo algo de uma importância vital. Você se lembra do assunto?

— A senhora estava falando de peitos — diz Sheba.

— Entendo que você quisesse mostrar os peitos quando tinha 20 anos... quando eles eram perfeitos — diz a mãe de Sheba. — Mas, agora que eles estão despencando como tendas de circo...

Com mais um gole, Evangeline acaba a primeira dose de vodca do dia, um trago sem gelo, tônica, casca de limão, vermute ou qualquer outro tipo de acompanhamento, um trago da pura aguardente que é a razão de viver da Sra. Poe. Leio a fisionomia de Sheba e sou capaz de transcrever o horror que ela sente ao constatar algo que todos sabemos há mais de um ano: a bebida está matando Evangeline Poe. Apesar da maquiagem pesada, uma palidez amarelada se instalou na pele que, no passado, era o traço mais marcante da Sra. Poe. É o fígado, queixando-se da quantidade de álcool no fluxo sanguíneo. Na última vez que eu falara com Sheba, eu a advertira acerca de uma premonição bastante lúgubre: alguma coisa — e eu não sabia se era a bebida, a depressão ou o desespero causado por uma vida infeliz — tinha começado a gerar o caos nos tecidos delicados que controlam as conexões cerebrais daquela senhora.

— E tem mais! Não admito ser tratada como se fosse... — Novamente ela estanca no meio da frase. Levantando-se, ela caminha, demonstrando grande força de vontade, mas pouca firmeza, e serve-se de mais uma dose. — Leo? Seja um cavalheiro e ajude uma dama a voltar ao divã.

— Você pode cancelar a nossa reserva no Iate Clube, Leo? — Sheba me pede, falando baixo.

— Molly não chegou a fazer a reserva — lhe explico. — Nós todos costumamos visitar a sua mãe. Sabemos como ela está.

— Você deveria ter me telefonado antes — diz Sheba. — No primeiro sinal do problema.

— Telefonei assim que soube que o seu último filme tinha sido concluído. E o primeiro sinal do problema aconteceu no dia em que vocês se mudaram para esta casa. Você tem o número do telefone do Trevor, em Mendocino?

— Ah! Trevor. Sim, o concerto. Amanhã à noite vamos nos encontrar na casa de Fraser e Niles. Você vai levar sua mãe à igreja de manhã?

— Claro. Ela ainda é minha mãe. E ainda sou o filho medroso.

— É só para saber, querido Leo. Há sempre a probabilidade de se fazer o inesperado e crescer com isso. — Enquanto me acompanha até a porta, ela diz: — Não gostei disso que acabo de falar.

— Tudo bem, Sheba. Cuide da Evangeline. Ela está prestes a se tornar um problemão para todo mundo, principalmente para ela mesma.

O estudo da figura do advogado da Broad Street, entre todos os habitantes opalescentes de Charleston, por mim desenvolvido pela vida afora, tem me propiciado o mais intenso prazer. Afeiçoei-me ao grupo como um todo quando ainda era entregador de jornal, ocasião em que costumava observar-lhes o caminhar lânguido no trajeto de suas residências até os escritórios, uma tribo que se vestia de anarruga, ganhava a vida passando a conversa em juízes, e que se mostrava sempre cordata quando uma proposta de acordo surgia do outro lado da mesa. Algum radical do grupo talvez usasse gravata-borboleta, ou chapéu-panamá, ou defendesse casamentos entre indivíduos de religiões diferentes (entre anglicanos e unitaristas), mas, de modo geral, eles convergem para a mesma faculdade de direito, casam-se com o mesmo tipo de mulher, geram filhos idênticos, criam a mesma raça canina, frequentam a mesma igreja, dirigem a mesma marca de carro, são sócios dos mesmos clubes e, no golfe, costumam pontuar por volta de noventa (todos roubam no jogo). Além disso, todos são assinantes do *News and Courier*.

Uma vez por ano, em minha coluna dominical, escrevo uma paródia do típico advogado da Broad Street. Meus editores já se preparam para uma explosão de cartas indignadas, criticando-me pela brincadeira e pela ingenuidade, ao contribuir para a disseminação do estereótipo. Algumas dessas reações são brilhantes, e publico as melhores, as mais impagáveis, no fim de semana seguinte. Admiro essa tribo, mas com certa reserva. Tal reserva decorre da profunda amizade e do conhecimento que tenho de Chad Rutledge e da escuridão que ele traz dentro de si, como um prenúncio de mau tempo.

São 17h45, quando bato à suntuosa porta principal do escritório Darcy, Rutledge e Sinkler, localizado num dos mais belos edifícios da King Street. Um segurança vem até a porta e diz que a firma está fechada, e que só voltará a abrir na segunda-feira. Ofereço-lhe meu cartão e uma nota de 5 dólares, e peço-lhe que telefone para a sala de Chad. O segurança faz a ligação enquanto me vigia atentamente, e então me aponta um pequeno elevador, no qual entro e subo até o último andar. Chego a um ambiente repleto de livros sobre direito, luminárias Tiffany e confortáveis poltronas de couro que conferem ao recinto um leve ar litúrgico. Dirijo-me à sala de Chad e bato à porta. Ele está cercado por cinco livros sobre jurisprudência e escreve, absolutamente concentrado, num bloco de papel. A reputação de profissional sério é merecida, e costumo ouvir outros advogados falarem com admiração da meticulosidade com que Chad se prepara para todo e qualquer caso por ele defendido. Ao concluir o registro de um pensamento, ele ergue o olhar e me examina.

— Peço desculpas pelo telefonema hoje de manhã, Leo — diz Chad. — Estava preocupado com Molly. No fim das contas, ela tinha ido até a casa da avó, em Sullivan's Island.

— Ora! Amigo não é para essas coisas? — pergunto. — Gosto de ser acordado pelos meus às 5 da manhã. Sobretudo quando me acusam de adultério com suas esposas.

— Fiquei preocupado. Entrei em pânico.

— Você não deveria ter ido embora da festa.

— Já estava farto daquela festa. Tinha um trabalho pendente. Ainda tenho.

— Você passou o dia todo aqui, trabalhando?

— Sou um cara ambicioso, Leo. Um cara bem-sucedido. Cheguei aonde cheguei porque trabalhei mais do que todos os meus colegas de profissão. Nunca sou surpreendido no tribunal. Mas estou surpreso com a sua presença aqui no meu escritório. A que devo a honra?

Chad reclina a cadeira giratória, põe as mãos na nuca e me avalia através de seus olhos verdes. A intenção dele é ser informal e afável, mas seu gesto me remete a uma naja em meio às folhas, pronta para dar o bote.

— Estou ocupado com um caso muito importante, por isso, diga logo o que você quer e volte para a Broad Street o quanto antes. Cobro aos meus clientes por cada 15 minutos de trabalho, e concedo a você 15 minutos preciosos.

— Mas, e a nossa amizade, Chad? Você não parece estar interessado em *mim*. No que *eu* estou pensando ou sentindo, nem nas minhas ideias ou conceitos, na minha opinião sobre os rumos que o mundo está tomando.

— O que você quer, Leo? Nós vamos nos encontrar no piquenique amanhã. Você não pode esperar?

— Há rumores na cidade de que você está novamente tendo casos, Chad — comento. — Nossa, que bela gravura de caça. É bem raro encontrar uma dessas em um escritório de advocacia em Charleston.

— Lamento decepcioná-lo — diz Chad —, mas o boato é falso. Agora, seja bonzinho e caia fora. Vai rezar um terço, ou fazer alguma novena. Seja lá o que vocês católicos fazem.

— Eu ando por aí, Chad. Faz parte do meu trabalho. Tenho ouvido isso de mais de uma fonte. E o boato já corre há algum tempo.

— Por que você veio aqui hoje?

— Foi um pedido do Ike.

— Meu policial favorito. — Um leve tremor na sobrancelha direita de Chad é o único sinal visível de tensão. Ele parece estar entediado com as minhas alegações. — Niles tocou nesse assunto há uma semana. Ele trabalha como técnico esportivo, eu acho. Ele e a irmã não cresceram num orfanato para negros? Você conhece a irmã dele, eu acho. Você não se casou com a cadelinha?

— Ora! Chad! — exclamo. — Você está tentando me provocar, seu pilantra!

— O que eu faço ou deixo de fazer não é da sua conta — diz ele, num tom conclusivo. — Nem da conta de ninguém.

— Acho que a sua esposa está ficando um tanto impaciente. Pelo menos, foi o que ela me disse quando estávamos transando ontem à noite.

Chad dá uma gargalhada. Sempre admirei a frieza dele quando está sob pressão.

— Obrigado, Leo. Posso cuidar dos meus próprios assuntos e, com toda certeza, posso cuidar da minha própria esposa. Agora, caia fora, seu colunista fofoqueiro. Deixe-me terminar isso aqui. Vejo você na casa da minha irmã amanhã. E talvez eu chame Ike e Niles num canto para dizer a eles que não se metam na minha vida.

— Chad, Chad, Chad. Muita gente está sabendo. Você tem sido meio descuidado em relação aos locais dos encontros. O seu Porsche azul-bebê já foi visto estacionado em frente ao condomínio dela, em Folly Beach.

— Hora de comprar um carro novo. Emprestei meu carro para uma jovem colega aqui da firma cujo carro pifou. Costumo vir trabalhar a pé.

— É melhor você levar isso a sério — advirto.

— Esse tipo de boato me persegue desde o ensino médio. Cá entre nós, Leo, sou um cara boa-pinta. Tenho um ótimo emprego, dinheiro a dar com pau e pertenço a uma das famílias mais antigas de Charleston, pelo lado paterno e pelo lado materno. Faço parte do jet set de Charleston desde o dia que nasci. Sempre serei alvo de fofoca.

O estilo e a voz de Chad são capazes de intimidar, e ele tem o dom de saber escolher as melhores armas sempre que surge um momento crítico. Chad me surpreende ao retirar da escrivaninha um exemplar da Bíblia, todo trabalhado e publicado no século XVIII, com o qual ele acena, uma relíquia e um adereço de palco no melodrama que estamos encenando.

— Palavra de honra, Leo — diz ele. — Eis a Bíblia. Neste tribunal fuleiro, no qual você se intitula juiz, eu, Chadworth Rutledge Décimo, juro, solenemente, ser fiel à minha esposa e aos votos que declarei no verão de 1974, na Igreja Episcopal de São Miguel. Acho que Leo King, um católico extremamente chato, esteve presente e testemunhou a solene ocasião.

— A noiva estava linda, e o noivo, elegante.

Chad olha para mim atentamente e diz, com total objetividade:

— Você não me engana, cara. Pode vestir paramentos litúrgicos e ir à missa todos os dias num ano bissexto, mas eu sei que, de vez em quando, você vai para a cama com qualquer mulher. Ouço tantas coisas a seu respeito quanto você ouve sobre mim, amigo. Mas sou um pouco mais discreto e tolerante do que você, pois sei que você está casado com uma louca de carteirinha que passa a vida fugindo.

— Sinto-me sozinho, Chad. Acabo dormindo com algumas amigas. Mulheres solteiras, divorciadas, viúvas, até algumas que ainda estão casadas. Mas, conforme você afirma com tanta eloquência, nenhuma delas é a minha mulher.

— Seu grande hipócrita, filho da mãe! — A voz dele soa tão triunfante que só falta dar uma volta olímpica num estádio lotado.

— Não tenho nada de hipócrita — falo. — Acabo de admitir que durmo com mulheres com as quais não estou casado. Você jurou sobre a Bíblia que é fiel a Molly desde o dia em que se amarrou. Eu, o hipócrita? Desculpe, amigo, mas conheço oito mulheres com as quais você teve casos. Estou tentando te ajudar, Chad. Você está prestes a ser engolido por uma avalanche. Vamos tentar mudar isso enquanto há tempo.

— Vamos falar da avalanche que já aconteceu — diz Chad. — A droga da tua esposa. Divorcie-se dessa maluca. Posso preparar a documentação agora mesmo. Não vou cobrar nenhum centavo. Faço tudo por amizade.

De nosso grupo de amigos, acho que Chad Rutledge e eu somos os que melhor nos compreendemos, em cada parte de nossos corações melancólicos e de nossas almas infelizes e dilaceradas. Nossa afeição mútua é inferior àquela que sentimos por outros amigos, mas respeitamos nossos talentos e defeitos; ambos reconhecemos os pontos comuns da nossa fraternidade tensa e imperfeita. Nada tememos em relação ao outro, mas ambos sabemos que somos temerários.

Sempre honrei o respeito que Chad acredita merecer de nascença. Chad tem em mãos todas as cartas relativas à oportunidade, estirpe e família, mas nunca subestima a força cumulativa de quem emerge das camadas inferiores; acredita que haveremos de atingi-lo, se a ocasião assim o permitir. É arrogante e carece de talento para disfarçar sua opinião sobre o próprio mérito. Contudo, se eu tiver algum problema sério, busco, imediatamente, uma audiência com Chad Rutledge. Em questões femininas, não se pode confiar nele, mas, se eu atrair a ruína à minha porta, ele surge dentre uma casta de guerreiros, defendendo antigas crenças.

— Eu gostaria de te ajudar — eu digo. — Tenho feito o possível para acabar com os boatos que chegam aos meus ouvidos. Essa sua falta de cuidado me surpreende.

— Meter o bedelho onde não é chamado... farejar o traseiro das pessoas... esse é o seu trabalho, não é, Leo? — pergunta Chad. — O boato infame se transforma na coluna da semana.

— Nunca escrevi coisas indiscretas sobre você. E você sabe que nunca vou escrever.

— Você não demonstrou o mesmo tipo de comedimento com meu amigo, Banks Prioleau.

— Banks processou o amante da esposa, exigindo uma indenização de 5 milhões de dólares, por "alienação de afeto". Quando a coisa vai a público, todos podem criticar, e Banks aprendeu isso do modo mais difícil.

— Você foi responsável pela cassação da licença de advogado dele — diz Chad, e percebo que estou sendo interrogado.

— *Ele* foi o responsável pela cassação, Chad. Ele contratou um detetive para grampear os telefones da esposa, do amante, da ex-esposa do amante, dos próprios pais e do cachorro da família. Além disso, ele mantinha uma amante no hotel Fort Sumter e roubou o espólio de Gertrude Wraggsworth, que padecia de Alzheimer. A Receita Federal veio atrás dele e encontrou uma conta bancária nas Bermudas, além de descobrir que ele devia alguns milhares de dólares em impostos sonegados. Banks meteu os pés pelas mãos, Chad, e fez tudo sozinho. Não precisou da minha ajuda, nem da ajuda de mais ninguém.

— Como você se sentiu quando Banks se matou?

— Maravilhosamente bem, seu filho da puta! Senti-me super mal. Ele era um homem de bem que se enrolou com questões infames do dilema humano. No fim das contas, ele achou que havia desonrado a si e à família. Dar um tiro na cabeça foi o único jeito que ele viu para consertar tudo. Agiu mal, é claro.

— Os filhos dele não conseguem se conformar. Acho que jamais conseguirão — lamenta Chad. — Acho que você ajudou a carregar a arma que o matou. Fracasso é uma coisa. Execração pública é outra.

— É sobre isso que vim aqui... para te advertir. Você está prestes a se tornar alvo da execração pública... o pior dos pesadelos... e sei que você vai se incomodar muito se isso acontecer. Eu não teria vindo aqui se Ike não me pedisse. E, como você mesmo disse, Niles está furioso com tudo isso.

— O negro caipira — Chad sacode a cabeça. — O autêntico.

— Niles não gosta desse apelido. E esse apelido não arranca risadas da Betty, do Ike, nem da Fraser. E Ike vai te encher de porrada se você chamá-lo dessa forma.

— Até você é capaz de perceber a ironia nisso tudo. Um órfão, vindo das montanhas Blue Ridge, chega em Charleston e se casa com a minha irmã, com sua cara de cavalo, cheia de espinhas, e um físico de zagueiro do time de futebol da Clemson. No espaço de uma geração, Niles saiu de um puxadinho e entrou no casarão. Tenho até vontade de ficar de pé e cantar "Deus Abençoe a América".

— Niles e Fraser são duas das melhores pessoas em nossas vidas. Você sabe disso tanto quanto eu. Temos sorte de contar com eles.

— Meu Deus! Você é igualzinho a sua mãe! Você herdou a piedade engomada que ela trouxe do convento. Só que, com a sua mãe, a coisa é autêntica. Com você, é tudo falso, e tenho até vontade de vomitar, aqui mesmo, no meu escritório discreto e elegante. Posso te dizer uma coisa, sobre você, sobre mim e sobre esta cidade... posso, Leo, agora mesmo? Quer saber a verdade?

— Sinta-se à vontade. — Experimento uma sensação de receio, mas também de curiosidade, sobre o que Chad é capaz de dizer.

— Neste momento, sinto como se você fosse meu carcereiro e meu confessor. Sou o seu macaquinho, e você me faz dançar para arrancar o aplauso das pessoas de bem. Passei a detestar as pessoas de bem, Leo. Posso te confessar isso porque te acho um merda... igual a mim. Passei a detestar ser bonzinho, ir à igreja, todo arrumadinho, domingo após domingo, jantar no clube duas noites por semana, vestir smoking para toda porcaria de evento beneficente nesta cidade. Mas, é por uma boa causa, você diz. Claro que é por uma boa causa. Quem daria dinheiro para apoiar uma causa que não fosse boa? Então, visto meu smoking e assino um cheque em prol da fundação de amparo a doentes renais. Ou aos cardíacos. Ou aos diabéticos. Ou aos que sofrem de esclerose múltipla. Ou de câncer no umbigo... tudo uma maravilha, tudo muito positivo. É tudo rotina, Leo... Vivo a mesma rotina. Todos os dias. Respiro a rotina. Eu me empanturro de rotina... a família, tudo gira em torno da família. A razão e o objetivo de tudo... a comunidade. Preciso dar algo em troca. Se eu ouvir isso mais uma vez, de algum babaca orgulhoso aqui nesta cidade, vou sair por aí gritando. É preciso dar algo em troca. "Charleston tem sido muito boa com você, Chad, meu velho, é hora de dar algo em troca". Leo, odeio isto aqui; esta cidade me agarrou pelo pescoço, e jamais conseguirei escapar. Conheço essa prisão. Conheço muito bem. Então, agora... agora... acordo todos os dias e penso que preciso fazer algo por mim. Quero fazer algo por Chad Rutledge, que está agonizando porque não é nada mais do que Chad Rutledge. Estou morrendo por ser aquilo que nasci para ser.

Tento assimilar tudo isso que Chad acaba de me dizer. Seria fácil odiá-lo, a não ser pelo fato de ele me surpreender com essas revelações que parecem constituir um autoflagelo e assinalam uma vida interior torturada, de um homem sofrido, dotado de uma profundidade tão estranha quanto autêntica. O que ele diz me comove e me faz sentir intenso pesar por Molly.

— O recado está dado, Chad. Não pedi para realizar a tarefa, e nem queria realizá-la. Não tenho nada a ver com isso. Faça o que quiser com o recado. Se resolver continuar com esse tal caso, seja discreto. Diga a sua namorada para não discutir a relação de vocês com a secretária do Tommy Atkinson. — Tiro do bolso uma caderneta e a abro, numa página previamente marcada. — O nome dela é Christine Aimar, e ela tem saído por aí, falando. Não faz o seu gênero cantar secretárias.

— Ela não é secretária. — Um brilho metálico, de desprezo, cruza o olhar de Chad. — É técnica jurídica. O que mais você sabe, Leo?

— Muita coisa. Levantei a ficha dela. Parece ser uma boa moça, de boa família. Mas escolheu uma péssima confidente, a Srta. Aimar. O boato é que você vai deixar a megera da sua esposa no final do ano que vem. Daí, vocês vão se casar em Las Vegas e passar a lua de mel no Havaí. Chad, fico excitado só de pensar em você dançando hula-hula. Mas, Las Vegas? *Las Vegas?* Chadworth Rutledge se casando numa daquelas capelas baratas, cobertas de veludo vermelho?

— Você está enchendo o meu saco, Leo — diz Chad, e noto mais uma vez o tom de irritação em suas palavras.

— Que pena... Agora, tudo isso já é público e notório. Você é quem decide como essa história vai acabar.

— Já sei como ela vai acabar. Sempre tive mais imaginação do que todos vocês juntos. Não vou mais à casa da minha irmã amanhã, Leo. Vou telefonar na última hora, só para deixar a Molly ainda mais irritada. Só para incomodar Fraser e Niles. O caso no qual estou trabalhando é o maior da história do nosso escritório, um processo que envolve direito marítimo em três continentes, e a maioria das grandes cidades portuárias do mundo.

— Aposto que sei onde encontrar um Porsche azul quando toda essa confusão acabar.

Ouvimos uma leve batida à porta; percebo que a visita pega Chad de surpresa, embora ele tente corajosamente disfarçar sua contrariedade.

— Pode entrar.

Uma bela jovem de origem latina entra na sala, dirige-se, com passos ligeiros, à mesa de Chad, e diz:

— Sr. Rutledge, já fiz as cópias dos três depoimentos que o senhor pediu. E já revisei as traduções feitas pelos advogados de Nápoles e de Lisboa. Até o momento, não constatei nenhuma discrepância.

— Sônia Bianca — diz Chad. — Quero apresentá-la ao meu velho amigo, Leo King. Leo e eu fomos colegas no ensino médio.

Levanto-me no momento em que ela entra na sala e, de relance, percebo a beleza exótica, impressionante, da jovem. Cumprimentamo-nos, e ela aperta a minha mão com firmeza e sem constrangimento. Minha intuição é que ela sabe que era o assunto principal da nossa conversa, antes daquela entrada tão funcional.

— Sr. King — ela sorri. — É um prazer conhecê-lo. Leio a sua coluna todas as manhãs.

— Qual é a sua nacionalidade, Srta. Bianca? — pergunto.

— Nasci perto do Rio de Janeiro — responde ela. — Mas meu pai trabalhava no corpo diplomático; por isso, cresci numa dezena de países.

— Sônia é fluente em cinco idiomas — anuncia Chad.

— O senhor ainda vai precisar de mim hoje, Sr. Rutledge? — pergunta ela. — Vou jantar fora hoje à noite.

— Quem é o sortudo? — pergunta Chad.

— É só um amigo. Espero vê-lo novamente, Sr. King — diz Sônia.

— Por favor, me chame de Leo.

— Boa noite, Sr. Rutledge — diz ela. — Boa noite, Leo.

Ela deixa a sala, e ouvimos os saltos dos sapatos estalando no piso de madeira do prédio setecentista. Chad e eu ficamos novamente a sós; volto a me sentar, e retomamos a nossa conversa espinhosa.

— Quando foi a última vez que você transou com uma mulher e ela gritou de prazer? — pergunta Chad. — Quando foi a última vez que uma mulher teve tantos orgasmos que você perdeu a conta?

Olho para meu relógio.

— Há algumas horas. Esqueci o nome da mulher, mas ela bem que sabia se divertir.

— Muito engraçado.

— Então, se eu disser a Molly para começar a gritar, acordar as crianças e os cachorros da vizinhança, e ter tantos orgasmos que você vai perder a conta, o casamento de vocês talvez possa se salvar?

— Ninguém precisa fingir nada... não mais. Quero ser verdadeiro comigo mesmo — diz ele. — Já lhe ocorreu, Leo, que você está adorando tudo isso, porque, na verdade, sempre teve uma quedinha pela Molly?

Afasto-me da mesa dele, e nos fitamos intensamente. Nossas fisionomias permanecem inexpressivas, como jogadores de *gin rummy* que contam as cartas e sabem exatamente o que o adversário tem nas mãos. O olhar de Chad se mostra fixo e duro.

— Deve ser difícil ser um homem feio — diz ele, olhando-me de cima a baixo, da maneira mais acintosa possível. — Não que você não tenha melhorado muito nesse departamento ao longo dos anos. Henry Berlin ensinou você a se vestir com um mínimo de elegância. E, graças a Deus, inventaram lentes de contato capazes de corrigir a sua visão de morcego. Alguém cuida do seu cabelo, embora ele ainda seja crespo como os pelos de um terrier. Mas, nascer feio numa cidade que valoriza a beleza... tanto no homem quanto na mulher... é uma verdadeira tragédia. Desde o dia em que te conheci, nunca ouvi uma mulher dizer que quisesse ir para a cama com você. É claro que nunca imaginei... ninguém imaginou... que você se tornaria uma celebridade em Charleston. Lembra-se da pesquisa publicada no jornal ano passado? Você foi a quinta pessoa mais conhecida em Charleston. Esta cidade já não a mesma.

— *Vive la différence* — eu digo. — Quer que eu chame a Sônia de volta para traduzir essa expressão?

— Mas não estou sendo justo com você, Leo. Estou sendo parcial. Sei muito bem que as mulheres que estarão no jantar amanhã à noite te adoram. São essas mulheres que mais te amam... a minha querida esposa, a minha irmã feiosa, dragãozinho, e a negra mais linda que já portou arma nas fileiras policiais. Você tem sido muito gentil com elas, Leo, devo admitir. E isso já ocorre a tantos anos que começo a achar que seja algo sincero. Você é gentil com os maridos delas, e sempre se lembra dos aniversários dos filhos; leva ossos para os cachorros e chocolates para as empregadas. Você tem um jeito de fazer seus amigos se sentirem especiais. É um dom. Um dom que invejo, Leo.

— E você? Como eu faço você se sentir, Chad?

— Especial. Eu me incluo nessa categoria ilustre. Não tem muita gente que gosta de mim. Isso tem me causado certo sofrimento; aprendi a lidar com a questão porque não tenho escolha.

— Você já pensou em ser mais gentil com as pessoas? Mais amigável?

— Não, deixo isso para as criaturas superiores deste mundo, como você. Os capachos. Os puxa-sacos. Isso não faz parte do meu perfil. Mas, acontece que sou mais bem-sucedido do que a maioria dos meus contemporâneos. A maioria dos homens que me odeia e me subestima acaba tendo medo de mim. Isso me traz grande satisfação. Respiro o medo deles, Leo. Para mim, é puro oxigênio. Mas você parece feliz com o meu sucesso. Isso me deixa confuso. Sempre quis te ver cair. Esperei pelo momento em que você desapareceria, chegaria ao ponto final do seu módico talento. Mas, devo admitir, você contribuiu para a minha carreira. Você me elogia na sua coluna. As pessoas sempre me perguntam sobre a nossa amizade. Como ela começou, como ela se manteve... o que elas realmente querem saber é como é possível um cara legal como Leo King gostar de um babaca como Chad Rutledge.

— Pergunta honrada e razoável — eu digo. — Uma pergunta que faço a mim mesmo cada vez mais. E qual é a sua resposta?

— Silêncio — retruca ele. — Respondo com puro silêncio.

— Quero te dar um conselho. Telefone para Molly e faça uma surpresa para ela. Convide-a para jantar hoje. E vá ao churrasco na casa da sua irmã amanhã.

— Vou ver o que posso fazer.
— Mais um conselho — completo. — Se você for, tente sorrir um pouco.

Na manhã de domingo, acompanho minha mãe na subida dos degraus da Catedral de São João Batista, em meio a uma luminosidade que faz a igreja, construída de arenito vermelho, parecer estar sangrando em vários tons de dourado. Ao entrar no vestíbulo, vemos que o interior da catedral cintila com a beleza exuberante de uma igreja europeia. Em meio aos fiéis caminhamos diante dos olhos opacos e das fisionomias mudas dos santos posicionados nos altares laterais, exibindo expressões de êxtase religioso.

Quando minha mãe e eu nos sentamos, ouço um burburinho de censura, vindo da assembleia atrás de mim. Viro-me e quase dou uma gargalhada ao ver Sheba Poe, de óculos escuros e vestida no traje mais largo e discreto do seu guarda-roupa. A impudente rainha das grandes entradas tenta desfilar pela catedral sem ser notada, tenta escorregar por um corredor lateral, até o confessionário.

Com um timing perfeito e uma teatralidade que se equipara à de Sheba, monsenhor Max abre uma porta raramente utilizada, na parte posterior da catedral, e surge, magnífico, trajando paramentos dominicais em tons de ouro e marfim. Ele se move como uma ave-do-paraíso sob as grandes velas do altar, e chega ao confessionário exatamente no instante em que Sheba desaparece detrás da cortina bordô. Um sonoro suspiro de incredulidade explode entre os paroquianos. Devido à fama de Sheba, promovida pelos tabloides sensacionalistas, os fiéis da Catedral de São João estão perdoados da reação que tiveram, diante da visão eletrizante de uma das maiores pecadoras da nossa era entrando num confessionário com a humildade de um eremita agostiniano.

— Se for sincera, ela vai ficar lá dentro uma semana — diz minha mãe, com um volume de voz suficiente para gerar à nossa volta um riso abafado. Com um movimento do meu cotovelo, faço com que ela se cale. — No dia de hoje, eu poderia encarar o Senhor, no trono do Juízo

Final, e dizer-lhe que esta serva humilde fez o melhor que pôde. O que você vai dizer no dia do Julgamento Final, Leo?

— Que minha mãe era um saco — sussurro.

— Como você se atreve a profanar este santuário sagrado?

— O bom Deus me entende. Ele foi de carne e osso, como eu. Mas Ele escolheu a Virgem Maria para criá-Lo. Eu tive a senhora.

Minha mãe percebe uma comoção, à esquerda, e diz:

— Deus do céu! Ela está saindo ao cabo de apenas cinco minutos. A quem ela pensa que engana?

— Isso é assunto dela, de Deus e do padre confessor.

— Meu Deus! — Minha mãe suspira. — Ela está vindo em nossa direção. Vou sair daqui se ela quiser sentar ao nosso lado; estou falando sério, filho.

Um véu negro, simples, cobre os cabelos de Sheba, e ela parece uma beata enquanto um paroquiano a conduz até o nosso banco. Abro espaço para ela, apesar da resistência aguerrida de minha mãe, cujo corpo se enrijece. Com o ombro, consigo abrir espaço para Sheba, que pisca o olho para mim, cúmplice, enquanto se ajoelha para rezar a vasta penitência.

Em sua fúria incontrolável, minha mãe se levanta, tão evidente quanto uma baleia jubarte que emerge ao lado de um transatlântico, e exige que eu a deixe sentar em outro local, humilhando Sheba diante de um elevado percentual de católicos de Charleston. Eu a agarro pelo pulso e murmuro:

— Sente-se e comece a rezar, mãe. Devemos nos regozijar. Sheba volta à fé. Olhe para ela... ajoelhada ao pé da cruz, contemplando Jesus crucificado.

— Péssima atuação — rosna minha mãe, enquanto volta a sentar-se. — A carreira dela está naufragando rapidamente. Ela já passou por duas cirurgias plásticas.

— Três — diz Sheba, sem abrir os olhos.

No momento em que o monsenhor segue os coroinhas até o centro do altar, a assembleia toda se põe de pé. Apuro os ouvidos, com admiração, enquanto ele reluz em meio às orações introdutórias da missa. Desde o tempo em que o assistia como coroinha, eu era fã ardoroso da exuberância que o monsenhor emprestava à liturgia. Há muita coisa errada com a igreja católica, mas devo admitir que a minha gente sabe encenar um espetáculo. Embora, com o passar dos anos, a minha fé tenha ficado um tanto morna, ainda sei apreciar a imortalidade dos rituais, e serei sempre prisioneiro da divina sublimidade da Eucaristia.

Faço uma prece que me consterna e assusta, porque ela surge de algum ponto tenebroso dentro de mim e contém uma energia espontânea e inusitada. A oração surge e nada posso fazer, além de ouvir-lhe a mensagem premente: "Deixai-me ajudar meus amigos, Senhor. Mas preciso de algo, algo que podeis me conceder: deixai esses mesmos amigos me ajudarem. Dai-me humildade para poder deixá-los me ajudar. Deixai-os me salvar das minhas próprias trevas, do meu horror e da minha tristeza. Trago isso dentro de mim há tempo demais. Peço a Vossa ajuda... toda a ajuda que podeis me conceder. Preciso de algo em que me agarrar, em que me ancorar, algo que me salve. Peço-vos um sinal. Qualquer sinal, mas um sinal claro. Peço-vos um sinal."

Quando volto a abrir os olhos, sou tomado de grande pavor, visto que a oração pareceu mais um colapso nervoso do que uma conversa com Deus. Por conseguinte, tento controlar a respiração enquanto espero o momento de ir à Comunhão. Para minha surpresa, Sheba se levanta, antes mesmo do chamado, e, diante do paroquiano encarregado de acolher os fiéis naquela missa, beija-me a face e sussurra:

— Até mais tarde, bonitão.

Com total noção de timing, ela pega no braço do tal paroquiano, que a conduz à extremidade direita do local designado à Comunhão, enquanto monsenhor Max desce ao encontro dos dois. Sheba se ajoelha, e ele deposita a hóstia em sua língua. Ela recebe a hóstia, reza, faz o sinal da cruz, e é levada pelo mesmo paroquiano, por uma porta lateral, enquanto toda a assembleia assiste ao espetáculo. Em seguida, os acolhedores, todos engomados, convidam as primeiras fileiras a partilharem a Comunhão, ao mesmo tempo que surge uma revoada de ministros da Eucaristia, com cálices transbordando de hóstias num tom branco-marfim.

Minha mãe encosta os lábios no meu ouvido e sussurra:

— Nosso monsenhor é egocêntrico. Isso foi vexatório e desnecessário.

— Grande teatro — sussurro, em resposta.

— Isto aqui é um templo para se louvar a Deus, e nãos os peitos de plástico de Sheba Poe — diz minha mãe. Caminhamos até o altar e recebemos a hóstia das mãos do padre que casou meus pais e me batizou. Depois, seguimos a assembleia, que sai pela Broad Street. Minha mãe não consegue esquecer o assunto "Sheba".

— Aquela garota é a prostituta da Babilônia. Ela deve ter nascido em Sodoma ou Gomorra.

— Mas ela é uma gracinha, não é?

Não consigo deixar de provocá-la, que sempre se inflama quando instigada.

— Acho outro tipo de beleza mais atraente. Estou falando de beleza espiritual, como santa Teresa, santa Rosa de Lima ou são Francisco de Assis.

— Eu não — eu digo. — Prefiro peitos de plástico.

Ela me dá um soco no braço, e ambos caímos na gargalhada, em plena escadaria da catedral. Embora seja bom ver minha mãe rir, tenho certeza de que a motivação do riso é condenável.

CAPÍTULO 12

Niles e Fraser

Em 1974, o casamento do caipira Niles Whitehead com a debutante charlestoniana Fraser Rutledge, de estirpe e dignidade incontestáveis, sacudiu a sociedade de Charleston com a força de um terremoto que extrapolou a inflexível escala Richter da cidade. As ondas de impacto que reverberaram pelas salas de visitas da minha refinada cidade demonstraram que os tumultuados anos 1960 tinham conseguido abalar as muralhas de Charleston: se um órfão miserável, nascido em total anonimato, foi capaz de conquistar o coração de uma jovem cujos antepassados incluíam um signatário da Declaração da Independência e cujos avós, de ambos os lados, haviam presidido a St. Cecilia Society, os ditames da ordem e da civilidade tinham sofrido um golpe direto. Embora nada nos antecedentes de Fraser sugerisse qualquer tipo de rebeldia, ela reconheceu a natureza incomparável do caráter de Niles no dia em que os dois se conheceram. Sendo uma das melhores jogadoras de basquete de todo o estado, Fraser sabia muito bem defender uma posição, custasse o que custasse. A decência e a grandeza do espírito da jovem embeveceram Niles, que nunca havia ido a um baile quando o apresentei a Fraser, no verão que antecedeu o nosso último ano no ensino médio.

Worth e Hess Rutledge arquitetaram uma campanha infrutífera para separar o casal, mas a inépcia e a crueldade dos esquemas tão somente fortaleceram a determinação da filha e o ardor de Niles. Até as melhores famílias de Charleston descobriram que, quando dois jovens se apaixonam, e o amor se mostra forte e resistente, todas as regras sociais e leis heráldicas ficam de lado. A Niles e Fraser bastavam as leis da sua extraordinária paixão. Fraser tomou Niles pela mão e, juntos, cruzaram a linha divisória conhecida como "o sul da Broad Street". Com a noiva nos braços, ele cruzou a soleira da porta da casa em estilo Thomaston-Verdier, presente dos pais da noiva ao casal. No fundo do coração, pai e mãe esperavam que o casamento durasse pouco e não gerasse filhos. Vários anos seriam necessários até que a mãe de Fraser, Hess, admitisse que o caso de amor da filha e Niles não podia ser jogado no lixo para ser recolhido de manhã cedo.

Partindo de minha casa, na Tradd Street, caminho no sentido oeste até a Church Street, e o calor de Charleston me agride com um golpe que mescla umidade e clima subtropical. As casas ao longo da Church Street são como pedras preciosas engastadas na calçada; as abelhas trabalham em tempo integral nas floreiras que transbordam lantanas; o aroma de jasmim e lírio-do-vale me pega desprevenido, e a rica fragrância da flor de laranjeira faz com que eu me sinta feliz por estar vivo.

Chego cedo à casa do casal, a fim de ajudar no preparo do jantar e tentar descobrir se Fraser ouviu os boatos que circulam sobre seu irmão. Encontro-a limpando camarão na cozinha espaçosa, voltada para um jardim perfeitamente planejado e cuidado.

— Ei, Fraser! Você fica uma gata de lilás. Posso transar com você antes que os outros cheguem? — pergunto, beijando-lhe o rosto.

— É só conversa fiada. — Fraser sorri. — É só isso que você faz. Nunca entra em ação.

— Vai ter que ser uma rapidinha.

— Então, será uma rapidinha.

— Ouvi isso, mulher — diz Niles, chegando da sala de TV, de onde consigo escutar a transmissão de uma partida de beisebol. Ele me levanta do chão com seu abraço forte, roda comigo no ar e me devolve, gentilmente, à terra. É assim que Niles saúda os amigos, e o gesto é realizado com homens e mulheres.

— Ei, garotão! — eu o cumprimento. — Pescou algum peixe ontem à noite?

— Fisgamos uma quantidade de cantarilho que vai dar para todo mundo comer. E as crianças pegaram algumas dúzias de caranguejos.

— Qual será o meu papel? — pergunto à anfitriã.

— Se você fizesse a sopa de caranguejo, seria ótimo.

— Deixe-me então limpar os caranguejos.

— Já fiz isso, e também já limpei os peixes — diz Niles.

— Mandamos as crianças para a piscina dos avós, Leo — diz Fraser. — Você falou com Chad? Ike disse que você ia falar.

Olho para Niles, ignorando o quanto Fraser sabe.

— A coisa correu a cidade toda, amigão — diz ele. — Foi Fraser que me contou. Não fiquei surpreso ao constatar que você e Ike já sabiam.

— Acho que Chad e Molly vêm hoje aqui — eu digo. — Eles telefonaram?

— Eles não ligaram para dizer que não vinham — afirma Fraser. — Chad deve ter ouvido o seu conselho.

— Não foi isso que eu disse — eu observo. — Ele ficou muito contrariado com o fato de eu saber de tanta coisa.

— Estamos fartos de tudo isso — desabafa Fraser. — Acho que Molly vai cair fora, se souber. Não acho que ela vai aguentar dessa vez.

— Estou pensando em cortar o pinto dele e usar como isca para peixe grande — brinca Niles.

Fraser, ainda limpando camarão, diz:

— Não te contei, Niles, mas na semana passada, fui ao escritório do Chad e tive uma conversa com ele.

— Aposto que ele não ficou encantado com a visita fraternal — rosna Niles.

Fraser ri.

— Pensei que ele fosse me atirar pela janela, no meio da Broad Street. Ele negou tudo, é claro. Disse que estava trabalhando pesado, pelo bem da família. A mesma porcaria que ele sempre diz.

— Qual foi a reação do Chad à sua visita, Leo? — pergunta Niles.

— Reagiu como se eu fosse um monte de bosta de cavalo que alguém tivesse despejado na sala dele. Mas, convenhamos, ninguém gostaria de ter uma conversa daquelas.

Quando os convidados começam a chegar, por volta das 17 horas, tudo o que temos a fazer é grelhar os filés e servir o jantar. Ike e Betty trazem uma salada tão grande que poderia alimentar o time de futebol americano da Citadel, e Ike carrega a travessa, fingindo cambalear devido ao peso. Sheba chega como quem dança, usando um short apertado e uma blusa amarela, com os três botões de cima abertos, um cinto cor de jade e sapatilhas de balé. Incapaz de entrar numa sala sem um toque espetacular, ela faz piruetas pela cozinha, improvisando uma coreografia de balé. Quando faz uma reverência diante do pequeno público, nós fazemos a nossa parte e aplaudimos a performance.

Juntos, caminhamos até o varandão do segundo andar. Uma brisa deliciosa, inesperada, surge da enseada, no momento em que vislumbramos um navio de cruzeiro avançando pelo canal, subindo com a maré alta. Niles e eu servimos gim-tônica a todos, e brindamos, todos cientes de que cada brinde expressa um tributo à volta de Sheba ao nosso meio. Sentindo os efeitos da nossa atenção, Sheba se anima e nos revela intrigas do mundo excêntrico e insano de que ela faz parte em Hollywood. Conta-nos que ator tem o maior pênis no mundo do cinema, e que astro machão possui o menor de todos. Embora fascinados, nenhum de nós tem coragem de perguntar como ela pode garantir a acuidade das medidas.

O som de uma buzina ecoa lá fora, dois conhecidos toques suaves. Levantamo-nos e vemos Chad e Molly elegantemente vestidos, saindo do Porsche azul com a capota baixada. Ambos usam chapéus estilosos e óculos de sol que seguem a última moda; dirigindo-se ao portão de ferro batido que dá acesso ao jardim, eles surgem bem-arrumados, penteados, reluzentes. O refinamento dos dois os abrilhantava assim como melhorava a aparência e a adequação daquele casamento. Eles pareciam compor um par de candelabros.

Quàndo aparece no topo da escadaria, Molly exibe um porte nobre, porém contido. Sendo discreta, de fala mansa, sua gargalhada estrepitosa e contagiante é sempre uma surpresa. Molly possui uma vasta cabeleira, cujo tom se aproxima ao dos pelos de um *setter* irlandês. Chad surge ao lado dela e, a meu ver, os dois se parecem mais irmãos do que marido e mulher. Mas esse tipo de percepção é comum nos corredores rarefeitos e consanguíneos de Charleston.

— Chad! — exclama Sheba. — Onde você estava? Você está se escondendo do seu único e verdadeiro amor.

— Atualmente, a porcaria do direito é o meu único e verdadeiro amor, Sheba — diz Chad, no momento em que Sheba corre a abraçá-lo. — Pode perguntar à Molly.

— Amém — consente Molly.

Abrindo uma bolsa avantajada, Sheba retira uma boina de diretor e um par de óculos escuros, e envolve o pescoço com um cachecol espalhafatoso.

— O show já começou — diz ela, num tom de voz peremptório. — Todos para o gramado. Apertem o passo, figurantes. Como somos obrigados a pagar os honorários indicados pelo sindicato, vocês vão ter que correr para os seus lugares.

— Ora! Sheba! Por que a gente apenas não enche a cara? — suspira Ike.

— Calem o príncipe senegalês — rosna Sheba.

Resmungando, descemos até um pequeno gramado, do tamanho de um campo para prática de tacadas de golpe de curto alcance. Sheba bate palmas, como quem vai dar um comando, e nos ordena a formar uma fila, mulheres na frente e homens na retaguarda:

— Agora, com brio e entusiasmo, e grande *savoir-faire*, vamos encenar o magnífico "Grito de amor dos Renegades" — diz ela.

Choramingamos em coro, mas Sheba interrompe as queixas, erguendo uma batuta imaginária, e determina que as mulheres marchem até o lado oposto do gramado. Ela as separa com intervalos de cerca de 1 metro, e as dispõe nas poses provocantes que nós conhecemos tão bem, e que nos remetem ao momento que antecedia o início das nossas partidas de futebol americano, quando o locutor, escondido dentro de uma cabine, anunciava a equipe titular. Com um toque, Sheba ajeita uma mecha de cabelo por cima do olho direito de cada mulher, e em seguida as posiciona para a rotina mais sensual praticada pelas animadoras de torcida: o grito de amor que as garotas dos Renegades dirigiam aos garotos do time, todos alunos do Peninsula High. Sheba havia criado a coreografia e o grito de guerra, uma de suas contribuições à nossa vida acadêmica, quando ela surgiu do nada no nosso último ano do ensino médio. O estádio lotado sempre se calava solenemente quando aquelas belas garotas chamavam os jogadores para o campo. Sheba inicia a performance, projetando o quadril para a frente e apontando o dedo diretamente na minha direção. Sacode a cabeça, lançando para trás a mecha de cabelo, e solta o grito apaixonado:

— Aposto no Leo para a nossa glória. Chamo aqui Leo, pela nossa vitória!

Ouvindo a minha deixa, dou uma corrida até Sheba. Na época da escola, ela me dava um beijo no rosto, e eu corria até a minha posição, voltado para a nossa torcida. Mas, evidentemente, nessa noite, Sheba me surpreende com um beijo na boca, enfiando a língua quase nas minhas amígdalas. Ela me pega tão desprevenido, que engasgo, provocando gargalhadas nos amigos ali reunidos. Mostro-lhes o dedo, enquanto cambaleio de volta ao meu lugar.

Então, Betty dá um passo à frente, repetindo a sacudida de cabeça. Ninguém pode ser mais sensual do que Betty Jefferson apontando para o seu marido e gritando:

— Aposto no Ike, para a nossa glória. Ele ajuda Leo, pela nossa vitória!

Ike corre até a esposa, eles dão um belo beijo, e Ike caminha até o meu lado. Depois que tocamos as nossas testas, ele se volta para a multidão que desapareceu das nossas vidas há 19 anos. Damos os braços, e Fraser se apresenta, um tanto insegura. Embora seja uma atleta superior a todos nós, rapazes, é novata como animadora de torcida.

— Aposto no Niles, para a nossa glória. Se ele não for valente, não teremos vitória!

Niles corre e beija a esposa, um beijo tão demorado que começamos a assobiar e gritar. Então Niles corre até nós; ele e eu tocamos as nossas testas, depois, ele e Ike tocam as testas e nós três damos os braços.

Molly entoa seu grito:

— Mas aposto no Chad, para a nossa glória. Ele levará os Renegades à vitória! Com ele, o campeonato entra para a história!

Ao ouvir a voz de Molly, sinto-me comovido com os eventos que me trazem tantas lembranças. Algumas delas eu abraço com uma ternura que me surpreende; outras me levam a um ardor no espírito, ao limiar da agonia. Na época da escola, o grito de guerra das líderes de torcida parecia interminável e sem propósito, e eu ficava nervoso e aflito para que o jogo começasse logo. Agora, nesse momento, minha vontade era que esse ritual durasse para sempre, para que eu pudesse ficar de braços dados com esses sujeitos essenciais à minha vida e contemplar para todo o sempre os movimentos sensuais daquelas belas mulheres. Aquelas vozes femininas parecem me chamar, no desespero dos meus dias atuais... a nostalgia é quase insuportável.

Vejo Chad correr até Molly, assim que ela conclui o grito. É fácil recordar que Chad era puro estilo na época, assim como é puro estilo agora; ele parece cruzar o jardim em câmera lenta, absolutamente à vontade em cada centímetro da sua ossatura de aristocrata. Aproximando-se de Molly, ele faz um biquinho com os lábios, exagerado, ao mesmo tempo em que pisca o olho para os companheiros, em cumplicidade. A atmosfera é positiva e alegre.

Todos nos surpreendemos quando Molly Rutledge cerra o punho e arrebenta o nariz do marido com um soco impressionante em termos de ferocidade e eficácia. Gotas de sangue voam pelo ar, respingando no rosto e na blusa de Molly. Perplexo, o grupo se perfila, imóvel, um sufocante quadro vivo. Ninguém abre a boca, até que Sheba diz:

— É... acho que nossa brincadeira chegou ao fim.

Em seguida, Molly explode com uma fúria retida há muito tempo.

— Seu grande filho da puta! Como você se atreve a me humilhar na frente dos meus melhores amigos, da minha família, da cidade onde crescemos! Você tem um caso abertamente com uma garota de 19 anos, e ainda a convida para nossas festas, paga o aluguel dela, reserva um quarto no Mills-Hyatt, para ser usado quando você quiser uma trepada rapidinha. Eu achava que tinha me casado com o homem mais nobre que a sociedade de Charleston já produziu, e descubro que me casei com o pior dos merdas.

— Isso é um mal-entendido — diz Chad, dirigindo-se a nós, não a Molly. — Eu posso explicar.

— Todos eles já sabem — grita Molly. — Você foi tão indiscreto que aposto que até as gaivotas estão comentando o caso. A cidade inteira já sabe. Quatro advogados do teu escritório já me telefonaram... e três das esposas também. Mas os meus melhores amigos... essas pessoas... maravilhosas... não me disseram nada. Mas há um mês eu desconfiava que eles soubessem que algo terrível estava acontecendo na minha vida. Amigos de verdade teriam me dito alguma coisa. Todos vocês deviam isso a mim... pelo menos.

Molly dá meia-volta e deixa o jardim, correndo. Vira à direita, na direção de East Bay, e desaparece de vista.

— Ela está imaginando coisas — justifica Chad. — É algum problema mental. Vou levá-la para fazer uns exames na semana que vem.

— Primeiro, diga a verdade, Chad — diz Betty. — Depois, pare de comer a tal garota do escritório.

— A Molly está sofrendo um colapso nervoso — insiste Chad, mas é difícil levá-lo a sério, com aquele nariz sangrando. — Garanto que, na semana que vem, ela vai telefonar para vocês para pedir desculpas. Faz muito tempo que ela tem esses sintomas. Vou precisar da ajuda de todos vocês.

— Chad, por que você não vai atrás da Molly e tem uma conversa séria com ela? — sugere Fraser, e se dirige até o isopor, onde encharca um guardanapo com água gelada. Com todo o cuidado, ela começa a lavar o sangue escorrido pelo nariz e pela garganta do irmão. Ele arranca o guardanapo da mao da irmã e o pressiona contra o nariz. Sabemos muito bem que Chad tem um gênio inflamável e perigoso quando incitado.

Fraser diz, com a voz mais meiga e fraternal possível:

— Vai para casa, Chad. Você ainda pode salvar a situação. Ainda há tempo. A Molly não reagiria com essa fúria se não te amasse tanto.

— Cale a boca, Fraser. Pelo menos, uma vez na vida, cale essa boca — diz ele, rangendo os dentes como um lince acuado em cima de uma árvore. — Você sempre fica do lado da Molly.

— Estou apenas tentando ajudar — diz ela. — Gosto de você tanto quanto ela.

— Então, demonstre. Comece por acreditar em mim. Aceite a minha palavra — grita ele, e comete um erro tático, ao acrescentar: — Pernas de girafa!

Se Ike e eu não tivéssemos pulado em Niles ao mesmo tempo, acho que Chad teria sofrido danos físicos mais graves. Embora Ike e eu sejamos mais pesados que ele, Niles é mais alto, mais ágil e mais temível quando provocado. Consigo deter o ataque dele contra o cunhado agarrando-o pelo cinto, enquanto Ike o imobiliza por trás.

— Se eu puser as mãos em você — diz Niles a Chad — vou arrancar esse nariz com uma dentada. Juro que arranco esse nariz da tua cara com uma dentada.

Fraser corre e se coloca entre o irmão e o marido, protegendo Chad do ataque.

— Quer que eu pegue as algemas para Niles? — pergunta Betty a Ike, num tom de voz profissional e responsável.

— Não, querida — responde ele. — Niles vai se acalmar. Em vez disso, pegue meu cassetete na caminhonete e quebre os dois joelhos de Chad.

— Com prazer. — Betty caminha, sem pressa, até o carro.

— Chad — diz Ike —, você não parece propenso a receber conselhos hoje, mas eu quero te dar um.

— O momento não é propício, seu guarda — retruca Chad. A palavra *guarda* jamais fora pronunciada com tanto desprezo.

— Eis o conselho: corra, seu filho da puta. Corra muito. Acho que Leo e eu não vamos conseguir segurar o Niles por muito tempo.

Fazendo jus às palavras de Ike, Niles se solta de mim. Ike cai de joelhos, enquanto Niles se espreme para escapar da imobilização. Em seguida, ele dispara pelo jardim, mas Ike e eu o derrubamos por trás, com uma obstrução típica de futebol americano. Nós três rolamos no chão, mas Ike e eu precisamos de dez longos segundos para acalmar nosso intrépido amigo. Àquela altura, Chad já tinha digerido o conselho de Ike, e sai correndo em direção ao Porsche, com o guardanapo ensanguentado ainda pressionado ao nariz. O carro ruge, adquirindo vida, e ele parte, cantando pneu, numa saída dramática. Nossa expectativa é que Chad dobre à esquerda, na Church Street, seguindo no encalço de Molly, mas ele engata a segunda, vira à direita na Meeting Street, e voa pela Tradd, numa velocidade muito acima da permitida em Charleston.

— Depois de tudo isso, ele ainda vai ver a namorada — fala Betty.

— Vou dizer uma coisa — comenta Sheba. Ela era uma mulher capaz de descobrir grande alegria em meio ao caos incontrolável. — Vocês, sulistas, sabem dar uma festa.

CAPÍTULO 13

Sheba pede um favor

A princípio, a conversa após o jantar segue sem rumo, perambulando de tópico em tópico enquanto Sheba toca piano, as canções de musicais que ela e o irmão nos trouxeram quando surgiram em nossas vidas. Então, tem início a dança; sirvo-me de uma taça de conhaque e me encosto ao piano de cauda. É difícil acreditar que, comparado ao virtuosismo do irmão, o talento de Sheba ao piano é amador. Mas a voz dela é adorável.

Terminada a dança, sentamo-nos em sofás e poltronas confortáveis e imponentes, diante de prateleiras de livros que, do chão ao teto, forram três das quatro paredes da biblioteca. Prestativo, Niles traz taças com vinho do Porto e conhaque, e a luz das velas lança sobre o recinto uma rica palidez, enquanto a noite avança. De mãos dadas, e com uma naturalidade que me causa inveja, os casais sentam-se nos sofás. Sheba e eu nos sentamos frente à frente. Ela está prestes a me dizer algo, mas percebo que reprime as palavras.

— Eu devo carregar comigo algum veneno — diz Sheba, finalmente, e a sala se aquieta. — Sempre foi assim. Acontece sempre que entro em qualquer recinto. Jamais consigo deixar a minha infelicidade para trás. Ela me segue, me persegue... estava esperando por mim aqui, hoje à noite.

— Bobagem — eu digo. — Molly e Chad são perfeitamente capazes de estragar a vida deles. Nós todos fomos jogados nisso de modo inesperado. Nada do que aconteceu altera o fato de que todos sentimos sua falta, querida.

— Vocês não perderam nada — fala ela. — Nos últimos dez anos, não tem valido muito a pena me conhecer. Hora de confessar a verdade. Não estou sendo demagoga. — Ela ri, mas o riso é demasiado estridente, e tem uma natureza melancólica que logo o transformará em algo taciturno. Então, ela começa a chorar baixinho. Num único gesto, as mulheres presentes acercam-se dela, para confortá-la. Nós, homens, ficamos paralisados, desarmados pela força evidenciada por algumas lágrimas vertidas por uma mulher a quem queremos bem desde quando éramos adolescentes. Sheba se recompõe um pouco, no momento em que Betty a entrega um lenço retirado da avantajada bolsa da atriz. — Desculpem-me. Mil desculpas.

— Você não precisa nos pedir desculpa — diz Fraser. — Amigos como nós são para essas coisas. Pelo menos, é esse o tipo de amizade que achamos que temos.

— Estou com medo de pedir uma coisa a vocês — confessa Sheba. — E voltei só para lhes pedir isso.

— Peça — diz Niles.

— Seja o que for — reforça Ike.

— Quando foi a última vez que vocês tiveram notícias de Trevor? — pergunta ela. E volta a chorar, mas desta vez derrama-se em prantos, e um bom tempo decorre até ela conseguir se controlar.

Trocamos olhares, enquanto Sheba leva as mãos ao rosto. Niles é o primeiro a falar.

— Ele telefonou para cá, a cobrar, há cerca de um ano.

— Você aceitou a chamada? — pergunta Sheba.

— Claro que aceitei — assente Niles. — Era Trevor. Mas estava tão bêbado que eu não entendi o que dizia; daí, passei o telefone para Fraser.

— Era conversa de bêbado — lembra Fraser. — Vocês sabem: "Amo vocês", dito de várias maneiras, todas incompreensíveis. "Estou com saudade de vocês", dito de outras tantas maneiras, igualmente incompreensíveis. Atitude típica de Trevor. Se ele não tivesse nascido gay, teria se casado comigo ou com Molly. Se tivesse nascido mulher, teria se casado com Leo. Era conversa de bêbado, sem dúvida, mas era típica do Trevor. Telefonei para o apartamento dele na Union Street no dia seguinte, mas o telefone estava desligado. Mandei uma carta, mas ela voltou... endereço desconhecido... Concluí que ele tinha se mudado.

— Ele foi despejado por não pagar o aluguel — diz Sheba.

— Por que ele não telefonou para nós? — pergunta Betty.

— A questão é a seguinte — diz Sheba. — Por que ele não telefonou para a irmã famosa?

— Você pode responder a essa pergunta? — indago. — Nós não podemos.

— Faz algum tempo que Trevor está com raiva de mim — diz ela. — Vocês se lembram do meu primeiro show em Las Vegas? Precisei implorar para ele tocar piano naquele show. Ele só foi porque queria ver vocês. Ele me riscou da lista de pessoas queridas há muito tempo.

— Mas por que, Sheba? — questiona Fraser. — Vocês eram tão próximos. Nunca vi irmãos tão próximos quanto vocês. Talvez só Niles e Starla, em algum momento. Chad sempre agia como se eu tivesse sido criada no mesmo laboratório que Frankenstein. Mas você e Trevor eram dedicados um ao outro.

— Trevor tinha raiva de mim, por diversos motivos. Para começar, por causa do meu sucesso; depois, pelo meu comportamento autodestrutivo. Ele dizia que não suportava mais ver que eu estava me matando aos poucos. E não fui nada boa para ele. Nem para ninguém, inclusive para vocês. Se há uma coisa que eu sei fazer muito bem é meter os pés pelas mãos. Trevor me irritava, na época em que eu estava dominada pela cocaína. Eu disse algumas coisas que não deveria ter dito. Um dos meus maridos bateu nele, e quase o matou.

— Blair Upton? — adivinha Betty.

— É... ele mesmo. Eu sabia que ele seria o ator mais famoso que poderia me esperar no altar, e não aceitei a ideia de desistir dele por causa do meu irmão bichinha.

— Trevor telefonou para mim há um ano; parecia assustado — falo. — Ele me disse que, se eu fosse gay, ele nunca precisaria de outro namorado. Eu satisfaria as necessidades mais ardentes dele. Desde aquela época, não tive mais notícias.

— Para onde você mandou o cheque? — pergunta Sheba.

— Foi uma ordem de pagamento. Para uma caixa postal na Polk Street.

— Contratei um detetive — diz ela. — Ouvi uns boatos terríveis: Trevor está morrendo de Aids.

— Você telefonou para os amigos dele? — pergunto. — Eles podem nos ajudar a encontrá-lo.

Agora é a própria Sheba que busca algo na bolsa espaçosa. Batom e potes de cosméticos rolam da bolsa, bem como um saco de papel, cheio de maconha.

— Orégano — diz ela aos policiais. — Virei fã de comida italiana. — Ike fecha os olhos; Betty se espanta e pede a Niles mais uma dose.

Finalmente, Sheba retira uma foto de um compartimento lateral da bolsa e a entrega a mim. Num instantâneo batido em 1980, vejo-me na sala de jantar do apartamento de Trevor, com o braço por cima dos ombros dele e do amante, à época, Tom Ball. Outros 12 homossexuais fazem caretas diante da câmera, e lembro-me daquela noite tremendamente animada como uma das melhores da minha vida. Eu tinha chegado à cidade com uma quantidade de camarão, peixe, caranguejo, tomate e milho suficiente para alimentar não apenas todos os fiéis que assistiram ao Sermão da Montanha como também aqueles que passavam pelo local, e Trevor e eu preparamos um banquete típico da Carolina do Sul para os melhores amigos dele em São Francisco. Naquela noite, Trevor estava mais encantador do que nunca, e a conversa foi brilhante, hilária e desvairada. Depois do jantar, ele tocou piano horas a fio. Todos os homens presentes tinham boa voz, exceto eu, e alguns tinham as vozes mais belas daquela parte do mundo.

— Vou começar a telefonar para aqueles caras amanhã — eu me ofereço. — Aposto que eles nem sabem do problema de Trevor.

— Já tentei contatar todos eles — diz Sheba.

— Alguém teve notícias dele? — pergunta Ike.

— Pior que isso, Ike; todos estão mortos. Todos eles.

— Onde você acha que Trevor está, Sheba? — indaga Niles, aproximando-se e sentando no braço da poltrona ocupada por ela.

— Acho que, como se fosse um gato doente, ele se escondeu na mata para morrer. Não me ocorre outra possibilidade. Um produtor que eu conheço vai me emprestar uma casa em Pacific Heights. Estou aqui para lhes fazer um pedido ao qual não tenho direito. Eu ficaria muito grata se um ou dois de vocês me ajudassem a encontrá-lo.

— Tenho umas férias vencidas — eu digo. — Mas só posso ir depois do fim de semana de 4 de julho.

— Tínhamos planejado levar as crianças à Disney — diz Ike, dirigindo-se a Betty.

— Seus pais adorariam levá-las. Eles até gostam da Disney — sugere ela.

— Nós podemos ir, não podemos, querido? — pergunta Fraser. — Podemos fazer isso por Trevor.

— Para mim, o momento não poderia ser mais oportuno — diz Niles. Ele é coordenador esportivo do Porter-Gaud High School, e o ano letivo acaba de encerrar. — Vou comprar as passagens amanhã mesmo.

— Vamos encontrar Trevor e trazê-lo para casa. Vamos trazê-lo para Charleston — afirmo.

— Vamos estar com ele quando chegar a hora — completa Fraser. — Podemos ajudá-lo a morrer.

— Eu disponho de um avião — diz Sheba. — Um Learjet. Outra gentileza do produtor.

— O que você está dando em troca a esse produtor? — pergunta Betty

— O suficiente para dispor de uma casa em Pacific Heights — responde Sheba. — O suficiente para ter um Learjet à nossa espera no aeroporto de Charleston.

— No primeiro fim de semana depois de 4 de julho — eu digo. — A data é boa para todo mundo?

— É. — Todos concordam. No momento em que nossas palavras flutuam pelo ar como a fumaça das eleições papais, Sheba irrompe em lágrimas novamente. Fraser a abraça de um lado, Niles, do outro; o corpo de Sheba oscila enquanto ela chora.

— Por que você está chorando, menina? — pergunta Ike.

— Porque eu sabia que vocês diriam sim — diz ela. — Eu sabia disso. E tenho metido os pés pelas mãos, com todos vocês.

Caminho até a Battery, em vez de ir diretamente para casa. Sempre que quero refletir acerca de uma questão, preciso de um rio para me ajudar a aliviar a carga. A volta de Sheba deflagrou algo dentro de mim, e preciso superar os obstáculos, os impasses e os becos sem saída que construí como defesas contra a tremenda solidão que aceitei como meio de vida. Tomando o sentido sul ao longo da mureta da Battery, dou-me conta da lua crescente, cintilando nas treliças da maré agitada. Na condição de charlestoniano, conheço bem o movimento das marés e, a qualquer momento, posso até especular a altura da marca da maré nas muretas de proteção da enseada. O forte calor do dia rendeu-se a uma brisa amena vinda do Atlântico. O ar nos oferece aromas de madressilva, açafrão e sal. Raciocino agora com mais clareza, e tento compreender o significado dos eventos daquela noite. Além disso, faço um inventário honesto da minha vida, e o resultado não me agrada.

Desde o começo, meu casamento com Starla Whitehead foi uma piada e uma fraude. Quando embarquei naquela união afoita e mal planejada, eu já tinha pleno conhecimento da natureza frágil e volátil de Starla. Mas não soube avaliar a extensão da insanidade e a força dos demônios internos que a deixavam insone à noite e desesperada e exausta de dia. Quando sou honesto comigo mesmo — e posso ser honesto diante do rio Cooper indo para o mar à esquerda, e a serenidade senhorial das mansões ao longo da East Bay Street, à direita —, meus pensamentos surgem verdadeiros e ardentes. Houve um tempo em que eu achava que tinha desposado Starla por amor, mas agora vejo a questão por uma lente mais objetiva, e entendo que o amor chegou para mim numa forma difusa e aleatória: eu tinha dificuldades de compreender aquele conceito porque jamais aprendera a arte de amar a mim mesmo. Durante a maior parte da minha vida, meu jeito de amar tem sido mais uma forma de ser canhestro. Minha atração por mulheres sempre depende do potencial de danos que sou capaz de antever, de quantas cicatrizes consigo expor, a partir do momento em que começo a vasculhar as ruínas. Confundi a instabilidade de Starla com o traço mais fascinante de sua personalidade. Traduzi-lhe a insanidade por uma espécie de genialidade. Embora ouvisse meus amigos e amigas se lamentando por terem descoberto tarde demais que haviam se casado com cópias de suas mães ou seus pais, apavorei-me ao constatar que tinha me casado com a minha infância, com aquele período em que me encontrara numa camisa de força, nos anos subsequentes ao suicídio de meu irmão. Esse era o meu maior medo em relação a Starla: de ter me casado com meu irmão Steve, porque jamais consegui perdoar o meu terrível fracasso de não propiciar a meus pais um fac-símile razoável do filho que haviam perdido, mesmo sabendo que, mais do que qualquer outra coisa, era isso que eles esperavam de mim. Quando fiquei ciente da grande lassidão do espírito de Starla e da fragilidade de sua sanidade, meu maior temor foi que ela acabasse com a própria vida e me despachasse para a região infernal que eu passara a habitar depois do sepultamento de Steve. Mas, o rio está ao meu lado e a água salobra sempre alimentou a minha alma como um soro da verdade. Posso dizer a mim mesmo, com total anuência e apoio do rio, que adoraria viver com uma mulher que me amasse, que compartilhasse da minha casa e da minha cama, que olhasse para mim como Fraser olha para Niles, que apreciasse a minha companhia e a nossa casa, conforme ocorre com Ike e Betty de forma tão espontânea. Ah, sim, eu adoraria ter um filho... um menino, uma menina... um filho, ou cinco filhos; quero ser pai e tirar fotos dos meus filhos e exibi-las no escritório, conforme o fazem os outros pais que trabalham no jornal. Desvio o olhar para o forte Sumter, Mount Pleasant e a James Island. O ar chega até mim como perfume de rosas cultivadas em estufas, a enseada se mostra livre de tráfego e as estrelas estão pálidas como mariposas.

    A caminhada me ajudou a compreender as coisas, e sigo para casa sem pensar. Exulto diante do encanto da minha cidade assombrada por palmeiras. Embora, no decorrer dos anos, eu tenha escrito cartas de amor a Charleston centenas de vezes em minha coluna, não creio ter chegado nem perto dos indômitos mistérios da cidade. Seguindo para o norte ao longo da mureta da Battery, percebo que as palavras são sempre deficientes; elas tropeçam e grudam no meu palato quando preciso que elas brilhem, que se precipitem de minha boca qual um feroz enxame de vespas caçadoras. No trajeto de volta para casa, não permito que qualquer sensação me escape nessa noite impressionante, que fez surgir animadoras de torcida, gritos de guerra, altercações, sangue, uma busca, a reunião da nossa própria aristocracia dos eleitos, dos escolhidos. A noite foi intensa e gratificante, e sinto-me tomado por algo que não há como ser descrito, a não ser como alegria.

A Tradd Street é uma via em estilo europeu, e não norte-americano. Com suas fachadas de estuque, as casas empurram as calçadas. Não fossem os postes de luz, a escuridão conferiria à noite um aspecto sinistro e claustrofóbico. A luz externa da minha casa, situada na parte sul da Tradd Street, está acesa, mas não me lembro de tê-la acendido quando saí. Esse tipo de desatenção não me é comum. Abro a porta de acesso à varanda do térreo e vejo uma luz acesa na sala de visitas, uma luz que nunca acendo. Ouço música vindo do meu escritório, no segundo andar.

— Ooooi! — exclamo. — Espero que você seja um ladrão bonzinho, e não à la Charles Manson.

Ouço o riso de Molly, límpido, inconfundível, e sinto-me aliviado ao perceber que ela ainda consegue rir. Vou até o andar superior e a encontro sentada numa das poltronas de couro que ficam voltadas para os telhados da cidade. Considero-me um homem de sorte por ter uma visão livre das torres das igrejas de São Miguel e São Felipe.

— Posso trocar de roupa e vestir algo mais confortável? — pergunto. Vejo os belos pés de Molly apoiados numa banqueta.

— Claro. Sinta-se em casa. — Ela sorri.

— Se eu me vestir da forma como vim ao mundo, seria falta de tato?

— Sim, seria; mas talvez tornasse a noite mais interessante — diz ela, e novamente ouço a boa risada da Molly, e não aquele riso triste capaz de partir o coração.

— Você se serviu de vinho, espero.

— Esvaziei a garrafa que estava aberta, e já estou na segunda.

— Por que bebemos tanto em Charleston? — Sirvo-me de uma dose de Hennessy.

— Porque somos seres humanos — responde ela. — Iguais a todo mundo. E, quanto mais velhos, mais humanos nos tornamos. Quanto mais humanos, mais doloroso tudo se torna. Aquela cena foi feia, não?

— Foi memorável.

— O que aconteceu depois que fui embora? Morro de medo da resposta. Mas preciso saber.

— Chad teve uma hemorragia e faleceu nos braços da irmã. Fraser parecia a Virgem Maria, segurando Chad como na *Pietà*. Antes de expirar, ele olhou para mim e disse: "Leo, tens um pinto muito pequeno. E sobre esse pinto edificarei a minha igreja." Ike e Betty estão patrulhando as ruas, em busca da assassina. Cães farejadores percorrem a região ao sul da Broad Street.

— Por que ainda te faço uma pergunta séria?

Sento-me na poltrona ao lado dela. Ficamos olhando através da janela *palladiana*, contemplando os telhados que correm em série, até que a torre da Igreja de São Miguel lhes interrompe a marcha.

— O soco foi dos bons. De início achamos que você tinha quebrado o nariz dele. Como você pode imaginar, ele não lidou muito bem com a humilhação. Negou que tivesse um caso. Disse que você estava desequilibrada. Mas a boa notícia é que, na semana que vem, ele vai te levar para fazer uns exames, e você logo vai fazer um tratamento de choque e ser recolhida a uma cela acolchoada.

— Ele disse isso?

— Não, mas essas foram as implicações.

— Ele foi para o hospital?

— Não sei. Mas foi a algum lugar. Com muita pressa.

— Ele foi ver aquela cadela brasileira, não foi?

— Ele não deixou o endereço para onde quer que a correspondência seja enviada.

— Há quanto tempo você sabe? — pergunta Molly, ainda sem olhar para mim.

— Essa pergunta é injusta. Sou colunista. Ouço todos os boatos, verdadeiros ou não. Os rumores de que o prefeito Riley compareceu a uma reunião na prefeitura trajando um vestido. Que o diretor da NAACP fez uma cirurgia para mudar de sexo. Que seu pai transformou a casa num puteiro. Ouço tudo.

— A Sarah Ellen Jenkins te viu entrando no escritório de Chad ontem — diz ela, olhando-me com uma indignação suficiente para me alertar sobre a necessidade de mudar de tática. — Vocês discutiram o caso dele?

— Falei sobre os boatos que estava ouvindo.

— Por que você não veio falar comigo? A nossa amizade é bem mais forte. Diga que isso não é verdade.

— Isso é uma santa verdade.

— Você jamais gostou do Chad.

— Isso não é verdade — me defendo. — Levei tempo para me acostumar com ele.

— Se acostumar com o quê?

— Com a babaquice dele. É um traço genético marcante, evidente em todos os homens da família dele. Chad negou o caso, a propósito.

— Você conheceu a tal garota brasileira? — pergunta Molly.

Assinto, hesitante, com um meneio de cabeça.

— Ela é bonita?

— Ela tem um belo bigode, que encobre bem o lábio leporino. A dentadura está meio frouxa. O hálito era como um saco de camarão deixado no calor durante um mês.

— Bem bonita, não é?

— Me deu vontade de ter nascido no Brasil.

Ela me dá um tapa nas mãos, e ambos caímos na risada. Voltamos a olhar a torre branca, e ouvimos os sinos da Igreja de São Miguel dobrarem à meia-noite. Ainda sentada, ela se move para a esquerda e encosta o pé descalço nos meus tornozelos. O toque da pele de Molly causa um tremor que percorre todo o meu corpo.

— Você se lembra da nossa dança, sexta-feira à noite?

— Não — minto.

— Você se lembra que nos beijamos, quando nos livramos do restante do grupo?

— Não — repito.

— Sheba viu. Ela acha que sabemos beijar muito bem.

— Eu estava bêbado. Não me lembro de nada.

— Então, deixe eu te contar, Leo. Você me beijou pra valer. Como se eu fosse a única mulher no mundo de quem você gostasse. Você me beijou como se quisesse a minha boca na sua para sempre. Você foi o segundo homem que eu beijei na vida. E gostei muito. Agora é a sua vez de falar.

— Que bom que você gostou. — Levanto-me para me servir de mais uma dose de conhaque. — Foi um dos grandes momentos da minha vida. Sonhei em te beijar desde o dia em que nos conhecemos. Nunca pensei que isso aconteceria. Mas nós dois somos casados. O meu casamento é só de fachada, mas o seu é sério, e sei que você ainda ama Chad. E sei de uma coisa que, provavelmente, você nem pode imaginar neste momento: ele ainda te ama, e sempre vai te amar. Ele é homem, Molly. E tem um pau, o que nos faz agir como malucos.

Com graça e agilidade surpreendentes, Molly se levanta da poltrona e senta-se no meu colo. Ela deposita a taça de vinho sobre a mesa, põe os braços em volta da minha nuca e aproxima o rosto do meu. O olhar dela parece objetivo, lívido e decidido. A cena me provoca uma sensação, ao mesmo tempo, de perigo e prazer, como se uma prece que enviei a Deus na época da escola só agora tivesse chegado ao seu destino.

— Você acha que a Starla ainda vai voltar, Leo? — diz ela. — Um ano é muito tempo. Ela costumava fugir por um ou dois meses. A situação se tornou mais séria, e sei que isso está te incomodando.

— Ela telefona para mim toda semana, Molly. Não, isso já não é verdade. Foi verdade no início. Agora ela me telefona uma vez por mês... às vezes, um mês sim, um mês não. Chora muito. Tem sentimento de culpa. Me pede para esperar por ela. Eu digo: "Você é minha esposa. Estarei sempre à sua espera." Mas, por alguma razão, isso a deixa irritada. Como se essa fosse a última resposta que ela quisesse ouvir. Muitas vezes, ela começa a gritar. Me fala sobre os homens com quem tem ido para a cama. Me diz os nomes deles. As profissões. Os nomes das esposas. Depois, ela se controla. Volta a si. Volta a ser a verdadeira Starla. Chora de novo. Sente-se culpada. E assim a coisa vai, noite adentro. E sempre acaba do mesmo jeito. Ela desaparece.

— Leo. — Molly beija-me o nariz. — Que homem querido, bobinho. Não, deixe-me rever isso. Deixe-me ser um pouco mais objetiva: que homem idiota, idiota, *idiota*.

— Eu sabia no que estava me metendo — digo, mas logo me corrijo. — Ou fui tão bobo que achei que soubesse.

— Preciso que você me responda uma pergunta. Quero uma resposta séria.

— Pode falar.

— Você está apaixonado por mim?

Constrangido, contorço-me na poltrona e tento me levantar, mas ela me segura pelos ombros e fixa os olhos em mim, com uma expressão que não admite contrariedade.

— Acho que respondi essa pergunta na noite de sexta-feira. Por que você insiste? Por que agora? Por que nesta noite? Me faça essa pergunta no dia mais feliz do seu casamento com Chad. Me faça essa pergunta no dia em que você achar que tem um casamento perfeito, com o melhor sujeito desta cidade. Mas não está certo perguntar isso agora. Veja só... você acaba de quebrar o nariz do cara, sujou de sangue o Porsche dele e provocou o cancelamento da viagem dele ao Brasil para passar o Carnaval.

Ela bate com a mão no meu ombro, e dá um grito. Com aquele mesmo punho, ela arrebentou o nariz de Chad, e agora parece que vai chorar de dor.

— Deixe-me ver essa mão. — Estico o braço e acendo a luz. A mão está inchada e roxa. Delicadamente, apalpo a região, no intuito de ver se há alguma fratura, mas não consigo constatar se houve algum estrago mais sério. Notei que Chad teve sorte, pois Molly utilizara o punho direito; o anel de casamento, com um diamante de dois quilates, que ela usa na mão esquerda teria vazado a vista dele.

— Você vai precisar tirar uma radiografia amanhã.

— Você está mesmo apaixonado por mim? — Ela insiste. — Responda a droga da pergunta que eu fiz. Todo mundo sempre mexeu comigo a esse respeito. Especialmente a Fraser, e até Chad. Ora! A própria Starla mexia comigo, nos primeiros anos do casamento, quando vocês ainda viviam juntos.

— Eu te amo desde o dia que te conheci, conforme falei naquela noite.

— Por quê? Que coisa idiota! Que coisa esdrúxula. Você não me conhecia, nem sabia nada sobre mim.

— Eu conhecia o seu estilo. A maneira como você se portava. A cortesia e a atenção com que você tratava tudo à sua volta. Adorei o jeito como você defendeu Fraser no dia em que te conheci. Eu sabia que você estava à altura de Chad. De qualquer um. Senti a sua força. E ainda havia a sua beleza, a sua extraordinária beleza. Respondi à pergunta, Molly? Sua chata! Você não vai me socar de novo?

— Se eu te socar de novo, vou usar a outra mão.

— Por que você está sentada no meu colo?

— Puxa, Leo! — diz ela, rindo. Esticando o braço, ela apaga a luz e nos olhamos na penumbra do luar. — Vamos pensar juntos e ver se compreendemos o motivo. Vamos examinar os fatos. Brigo com meu marido infiel, na frente dos meus melhores amigos. Tiro sangue do nariz dele e corro para casa, a fim de esperá-lo. Sou uma tonta. Achava que ele viesse pedir desculpas por ter me submetido àquele inferno. Mas, não, o tempo passa e percebo que ele foi buscar consolo nos braços da piña colada dele. Bebe-se piña colada no Brasil?

— Nunca estive lá.

— Daí, percebo que não vai haver reconciliação, nada daquela coisa melosa. Dou uma caminhada para clarear as ideias, e venho diretamente à sua casa. Como qualquer pessoa do nosso grupo, sei que você guarda uma chave extra na calha; abri a porta e entrei. Peguei uma garrafa de vinho, me enfiei na sua cama e dormi durante duas horas. Senti-me segura. Relaxada. Levantei-me, tomei uma ducha, lavei o cabelo e me pus à vontade. Usei os cosméticos, a maquiagem e o perfume que encontrei na penteadeira da Starla. Daí, liguei a TV, para assistir ao jogo dos Braves, e esperei você chegar em casa.

— Quem ganhou o jogo?

— Cale a boca. A pergunta ainda está no ar. Por que estou sentada no seu colo?

— Você fala primeiro — sugiro.

— Sexta-feira à noite, depois que nos surpreendeu naquele beijo, a Sheba voltou para a casa de hóspedes. Apareceu para o almoço. Tivemos uma conversa de mulher para mulher. Imagine que o Chad tinha ido até a casa de hóspedes para passar uma cantada nela. Sheba disse a ele que a cantada era uma das maiores lisonjas da vida dela. Mas ela achava que seria falta de classe transar com ele sendo hóspede do casal.

Ele concordou e, contrariado, seguiu para o escritório. Grande processo, você sabe. Um grande, *imenso* processo.

— Sutilmente rejeitado por Sheba. Chad, sempre cavalheiro.

— Todos sabemos o que Chad é. Sempre soubemos. Ele é o único de nós que nunca fingiu ser bonzinho. Sempre admirei isso nele. A visão que Chad tem da humanidade é sombria. Ele acabou me convencendo. Agora a Molly dele mudou. Portanto, seu burro, filho da mãe, é por isso que a Molly está agora sentada no seu colo.

— Bom argumento forense — falo. — Péssima ideia.

— Você não percebeu, Leo, que ultimamente tenho te olhado do mesmo jeito que você sempre olhou para mim? — Ela me beija levemente, nos lábios, em cada lado da face e na ponta do nariz.

— Não quero que a raiva que você sente por Chad se misture com os seus sentimentos em relação a mim... de maneira alguma.

— Você não sabe nada sobre as mulheres.

— Sei algumas coisas negativas. E sei até algumas coisas positivas.

— Não sabe, não. Você é uma nulidade, um zero à esquerda, e não sabe nada sobre sensualidade feminina. Nem sobre o que deixa as mulheres excitadas, o que as deixa impassíveis, ou aceleradas, ou no piloto automático... não sabe nada sobre o que estou querendo dizer.

— Chad tem feito você sofrer muito. Posso fazer uma sugestão? — pergunto.

— Ah! Um convite para ir até o seu quarto, finalmente.

— Não. Eis o que eu quero que você saiba: se Chad te deixar, se Starla me deixar, conforme já ameaçou fazer mil vezes, prefiro me casar com você a me casar com qualquer outra pessoa no mundo. Jamais estarei à sua altura, e sei disso melhor do que ninguém. E se aquele beijo, naquela noite, foi o começo de algo, quero que esse sentimento perdure pelo resto das nossas vidas. Juntos.

— O que vamos fazer nesse ínterim?

— Vou fazer um café para você — eu digo. — Vamos descer à cozinha. Porque tenho algo importante para te falar, algo que vai mudar a vida de todos nós. Acho que a questão ou vai comprovar o conceito de Chad acerca da humanidade... das trevas, do desespero inerentes à humanidade... ou então vai demonstrar que há motivo para termos esperança, e que podemos superar a nossa própria natureza.

Molly beija-me pela última vez, mas esse beijo é fraternal, o selo de uma amizade, uma porta que se abre ao futuro.

— Dê-me uma dica. O que vai fazer com que todos nós nos voltemos em direção à luz? Onde começa essa trilha da bondade?

— Em São Francisco — eu digo. — Os Renegades saem em campo novamente. Vamos encontrar Trevor Poe. Ele está morrendo de Aids. Vamos trazê-lo de volta para casa, Molly. Não vamos deixá-lo morrer sozinho.

TERCEIRA PARTE

CAPÍTULO 14

Pacific Heights

O Oeste é, ao mesmo tempo, uma grande sede e uma curiosidade seca, inóspita. Na Califórnia, o ar enlouquecido e ofegante dos desertos está sempre por perto. O céu de São Francisco costuma ser de um azul tão deslumbrante que faz jus à descrição hiperbólica de "cerúleo", ou à comparação com o lápis-lazúli. As nuvens nascem no mar e são geradas nas estranhas profundezas da misteriosa baía. A neblina avança sobre a terra, como uma criatura de um bilhão de células, venenosa e amebiana, como uma mandrágora natimorta. As neblinas do Sul me acalmam quando tingem os pântanos com seus dedos lambuzados de leite. A neblina de São Francisco é um caçador prateado, um predador, e isso sempre me desconcerta. Lá, quando as buzinas de alerta, no meio do nevoeiro, me despertam, elas parecem o lamento longínquo de uma cidade em eterna agonia sexual.

Sendo charlestoniano, sei que não devo ajoelhar-me em admiração por um lugar cheio de colinas e dotado de um ardor tão impressionante, tão delicado. Mas São Francisco me seduziu já na primeira visita que fiz ao apartamento de Trevor Poe, na Union Street. Com uma profusão de rosas, eucaliptos e palmeiras, a cidade parece voluptuosa e decadente, um local que esbanja alegria e chafurda na carniça do vício humano. A cidade transpira sucesso, euforia, excesso; as paisagens são todas espetaculares e causam estupefação. São Francisco é uma cidade que exige pernas em forma, uma cidade onde penhascos são erroneamente chamados de colinas, cobertas por uma bela rede de casas vistosas que, qual favos de mel, agarram-se às ruas íngremes com a ferocidade de abalones. É possível, pela manhã, avistar uma baleia nadando nas águas entre Presidio e Sausalito; na hora do almoço, comprar uma enguia viva em Chinatown; no meio da tarde, visitar o Jardim Shakespeare, no Golden Gate Park, pegar uma onda no Pacífico, ao longo da Great Highway, inspirar as inesquecíveis flatulências dos leões-marinhos no Píer 39, e à noite, prestigiar o festival de filmes de gays e lésbicas no teatro Castro, pedir a Lawrence Ferlinghetti que autografe um livro de sua autoria na livraria City Lights, e tomar um drinque no Top of the Mark. Trevor Poe nos deu de presente essa cidade incrível quando nos abandonou às nossas vidas menos glamorosas em Charleston.

O apartamento dele na Union Street era, para todos nós, um segundo lar, o país das maravilhas onde podíamos gozar nossas férias. Ele abria as portas para nós e se mostrava um guia turístico incansável, sempre apaixonado pela cidade adotiva. Portanto, é como se estivéssemos chegando em casa, quando o jato aterrissa em Oakland e uma limusine nos transporta até a mansão na Vallejo Street, propriedade do tal produtor, um sujeito chamado Saul Marks, mansão emprestada a Sheba para auxiliá-la na busca pelo irmão gêmeo. A casa tem estilo italiano, com vista para a baía, para a Golden Gate Bridge, Sausalito e para a cidade gloriosa que se veste de linho branco. O lacônico motorista irlandês nos diz que se chama Murray.

— O que você precisou fazer para que esse produtor te emprestasse esta casa? — pergunta Betty a Sheba, assobiando, enquanto Murray nos ajuda a levar as malas até o requintado vestíbulo.

— Precisei brincar com o pintinho dele — responde Sheba. Ela oferece a Murray uma gorjeta generosa e nos mostra nossos respectivos quartos. Desculpa-se por me designar um quarto sem janelas, nas entranhas da casa, e diz:

— Pedi comida chinesa para nós. Venha nos encontrar na sala de jantar, depois que desfizer a mala.

Quando volto ao andar de cima, encontro meu animado grupo de amigos diante de uma grande janela, contemplando o pôr do sol num Pacífico sem nuvens, uma imensidão azul. O sol toma conta das águas com um dourado borbulhante, depois uma explosão vermelha, e sai de cena, rosado, à esquerda.

— Os crepúsculos me fazem crer em Deus — diz Betty.

— Eles me dizem que um dia vou morrer — acrescenta Molly.

— Por que mesmo nós trouxemos a Molly? — diz Fraser, sorrindo para sua melhor amiga e cunhada.

— Para nos divertir — sugiro.

— Foi-se mais um dia que jamais veremos novamente — diz Molly.

— Nosso fim está um dia mais próximo.

— Para mim, é só uma coisa bonita para caralho — diz Ike, servindo-se de uma bebida no bar. — Sempre achei que gente branca pensa demais.

Regalando-nos com uma comida chinesa entregue em domicílio superior a qualquer similar que eu tinha experimentado no Sul, suspiramos de prazer, degustando pratos por nós desconhecidos até Trevor nos atrair a São Francisco, no início dos anos 1970. Niles me lembra que certa vez escandalizei a minúscula comunidade chinesa de Charleston, ao afirmar que todos os indivíduos de ascendência chinesa esqueciam os segredos da culinária no momento em que cruzavam a fronteira da Carolina do Sul; isso aconteceu depois da minha primeira visita de duas semanas ao apartamento de Trevor, na ocasião da minha lua de mel com Starla.

— Estou um pouco cansada — diz Fraser. — A bebida está boa, o vinho está ótimo. Mas estamos aqui por uma razão, e já estou com saudades dos meus filhos. Quero alguma tarefa, Sheba. Diga-me o que devo fazer amanhã.

Sheba nos entrega cópias de uma longa lista de nomes. A eficiência dela é autêntica e comovente. Com uma paciência inusitada, Sheba aguardou o momento certo para mergulhar na realidade da busca. Abrindo uma linda pasta de pele de corça, ela retira dossiês contendo pistas, possibilidades e rumores acerca das últimas aparições de Trevor e nos entrega.

— Betty e Ike, eu gostaria que vocês se apresentassem à polícia; expliquem o que estão fazendo aqui e peçam qualquer apoio possível. O Leo vai se encontrar com um colega, o colunista Herb Caen. A lista contém os nomes de todos os homens que foram amigos ou namorados de Trevor nos últimos 15 anos. Além de músicos que tocaram com ele e de senhoras da sociedade que o contrataram para tocar piano em festas e jantares. Eu gostaria que Molly e Fraser, que pertencem à Liga Feminina, examinassem qualquer indício decorrente dessa lista. Quero mostrar uma coisa para vocês. Uma foto da última vez que visitei Trevor aqui.

— Você se hospedou com Trevor? — pergunta Ike, estudando a fotografia.

— Sou uma estrela de cinema, querido — retruca Sheba. — Não me hospedo em apartamentos. Fico numa cobertura, no último andar do Fairmont.

— Você é mesmo um bobo, Ike — diz Molly, brincando. — Como você pode pensar que uma estrela de cinema haveria de acomodar o traseiro num simples apartamento?

Sheba ignora Molly.

— Lembrem-se, Trevor e eu não éramos tão próximos há anos. Ele teve mais contato com vocês. Nós lembrávamos um ao outro de uma infância terrível, que ambos queríamos muito esquecer. Coloquei a lista das tarefas de cada um sobre seus travesseiros. Vocês têm no dossiê os mapas e os guias necessários. Alguns de vocês vão sair por aí batendo perna nos primeiros dias. Vocês, rapazes. Uma das piores coisas em relação à morte de Aids é que, no final, a pessoa ainda fica sem um centavo e acaba num hotel pulguento, no fundo do poço.

Fraser retomou a seriedade do assunto:

— Quem foi a última pessoa que viu Trevor?

— O médico que está tratando dele, numa clínica para aidéticos, na Castro Street — responde Sheba. — Ele me disse que Trevor perdeu 20 quilos nos últimos dois anos.

— Jesus! — exclama Betty. — Ele já era tão franzino!

— Depois, ele desapareceu da face da Terra — prossegue Sheba. — A última vez que o viu, esse médico o tratou de um Sarcoma de Kaposi.

— Ah! Isso não! — diz Molly. — Isso não é nada bom. Causa aquelas feridas e escamas no rosto.

— Alguma notícia de Ben Steinberg? Georgie Stickney? Ou Tillman Carson? — pergunta Betty. — Eles andavam sempre com Trevor, quando Ike e eu estivemos aqui há alguns anos.

— Todos mortos — diz Sheba. — Todos jovens, e todos mortos.

Molly se levanta da poltrona e vai até um dos janelões que apreendem a grandiosidade cintilante da cidade à noite. A silhueta parece desanimada, os ombros caídos, como se ela fosse uma das impotentes testemunhas da Paixão de Cristo retratadas em tantas telas renascentistas. Nosso grupo a cerca, em tácita solidariedade. A cidade reluz abaixo de nós como um prodigioso enxame de vaga-lumes. Meu olhar capta a Golden Gate Bridge, que parece uma joia entre duas caixas de música. Um afinado trio de arquitetura, arte e desesperança emerge em perfeita unidade, enquanto pairamos em torno da nossa amiga sofrida.

Sheba olha para cada um de nós e diz:

— Por que não vamos todos para nossas caminhas?

— Eu não queria tocar nesse assunto, Sheba. Eu queria esperar um momento mais propício, mas esse momento nunca vai chegar: onde está aquele estrupício do seu pai? — indaga Ike.

Vejo a fisionomia de Sheba se contorcer com um ódio súbito, mas ela logo se recompõe.

— Não gosto de falar naquele filho da mãe. Você sabe disso, Ike.

— Mas você sabe por que preciso perguntar, e sabe por que a pergunta é importante — rebate ele.

— Ao longo dos anos, todos nós ficamos sabendo de coisas a respeito do seu pai, e nenhum de nós gostou do que descobriu — eu digo.

— Se responder a essa pergunta te magoa demais, Sheba — fala Molly, — então, não responda.

— Não, não, Molly — diz Niles. — Temos que saber, pelo menos, onde ele está.

— Vocês têm razão — concorda Sheba. — Eis a história: depois que me formei no ensino médio, ele me seguiu até Los Angeles. Sem que eu soubesse. Ele é brilhante, esperto como ele só. Logo comecei a trabalhar como atriz. Ele me encontrou morando num apartamento em Westwood. E me estuprou.

— Não precisa contar mais — diz Fraser.

— Não, os rapazes estão certos. Vocês precisam saber. Ele me manteve presa; fez um monte de coisa... nada diferente do que fazia quando eu era menina. Na infância, aprendi a me desligar. E fiz então a mesma coisa. Depois, ele me soltou, foi para São Francisco e fez o mesmo com Trevor. No filme seguinte, contratei um guarda-costas. Meu pai quase matou o pobre homem. Que nome de suspeito eu informaria à polícia? Que descrição eu daria? Ele já usou uma centena de nomes. Já foi ruivo, grisalho, careca. Já teve barba, bigode, cavanhaque. Já teve olhos castanhos, azuis, verdes. Turbante. Solidéu. Boina. Boné de beisebol.

— Agora... onde ele está agora? — insiste Ike. — Ao longo dos anos, ele já seguiu a todos nós.

— Está morto, graças a Deus. Finalmente, ele cometeu um erro. Há cinco anos, rodei um filme em Nova York. Àquela altura, eu tinha guarda-costas suficientes para enfrentar o FBI. Eu estava hospedada num arranha-céu de luxo. Meu pai entrou, disfarçado de entregador. Ao ser interceptado e questionado pelo porteiro, ele matou o homem, apunhalando-o no coração. Soaram o alarme. Ele foi dominado. O assassinato foi gravado pelas câmeras de segurança. Jack Cross confessou o homicídio e recebeu uma sentença de prisão perpétua, sem direito à liberdade condicional, na penitenciária de Sing Sing. Ficou maluco. Foi transferido para um manicômio penitenciário, onde acabou se atirando do telhado. Fim da história. Até hoje ninguém sabe que Jack Cross era meu pai.

— Como você sabe? — pergunta Betty. — Precisamos ter absoluta certeza disso.

— Jack Cross me escreveu da cadeia — diz Sheba. — Quase todos os dias.

— Esse era o nome verdadeiro do seu pai? — pergunta Molly.

— Não — responde Sheba. — Quando Trevor e eu nascemos, o nome dele era Houston Poe.

— Mas você tem certeza de que ele está morto? — questiona Niles.

— Tenho as cinzas dele numa urna na minha casa, em Santa Mônica — diz Sheba. — Eu deveria ter dito algo a vocês antes. É que finjo que ele nunca existiu.

— Vamos para a cama — diz Betty, e nos abraçamos, trocando votos de boa noite.

— Você se importa se eu verificar os fatos dessa história? — pergunta Ike, enquanto abraça Sheba.

— De jeito nenhum, Ike — diz ela. — Mas estou com as cinzas dele.

— Você está com as cinzas de alguém — diz Ike. — Você pode até estar com as cinzas de Jack Cross. Mas isso não quer dizer que sejam as cinzas do seu pai.

Ao entrar no meu quarto claustrofóbico e sem janelas, no subsolo, tenho a satisfação de constatar que o local é bem-iluminado, tem uma cama confortável e uma parede repleta de bons livros. Sheba digitou minhas instruções numa elegante folha de papel personalizado, e procedo à leitura enquanto me dispo:

1) Encontrar Herb Caen, às 9h, para café da manhã no restaurante Perry's, localizado à Union Street. (Sheba também estará presente.) É muito importante que ele nos ajude.

2) Ir ao antigo endereço de Trevor, 1.038 Union Street, e conhecer a nova inquilina, uma advogada que se chama Anna Cole, e indagar se ela sabe algo sobre Trevor, ou sobre o motivo do desaparecimento. Flerte com ela, Sapo. Use o charme que você nega possuir. Tome nota de tudo o que ela disser, mesmo daquilo que não parecer importante.

3) Encontrar o grupo, às 13h, no Washington Square Bar e Grill, para almoço e troca de informações.

Sua estrela de cinema favorita,
Sheba Poe

Apago a luz e me enfio na cama, em meio a uma escuridão que parece ser mais do que tenebrosa, levando uma vida que parece igualmente obscura.

* * *

Quando se mudou para São Francisco, Trevor costumava caçoar de nós, pobres mortais, fadados à nossa vidinha monótona na Carolina do Sul. Ele sempre foi um interlocutor de raro talento e, nos primeiros anos em que residiu na cidade, tinha por hábito me telefonar e conversar durante horas. Eu me maravilhava com seu domínio da linguagem e seu olhar arguto em relação aos detalhes importantes. O primeiro trabalho foi como pianista, num bar chamado Curtain Call, na região dos teatros. Nenhum de nós se surpreendeu com o fato de ele ter causado sensação já na noite de estreia. O grande colunista, Herb Caen, ratificou o sucesso de Trevor, visitando o Curtain Call no primeiro aniversário da contratação. Caen escreveu: "Um jovem mago sulista acaricia as teclas, e se torna lendário por suas tiradas espirituosas e respostas instantâneas." Ter aparecido na coluna de Herb Caen foi um divisor de águas na carreira do jovem músico. Trevor costumava me enviar as colunas de Caen, para que eu pudesse aprender como um escritor bem-sucedido definia a sua cidade com perspicácia, sofisticação e exuberância.

Na manhã seguinte, ao entrar no Perry's, vejo que Herb Caen já se instalou na melhor mesa da casa. Está cercado por um bando de bajuladores bem-comportados e ingênuos, dois extasiados proprietários do recinto e turistas que o fotografam. A aura de Caen provoca uma comoção que vai um pouco além da idolatria e fica um pouco aquém da iluminação budista. Meu trabalho naquela manhã já estava definido. Antes de sair de Charleston, eu havia contatado Caen, solicitando-lhe ajuda. Mas agora precisava convencê-lo a escrever uma coluna sobre o desaparecimento de Trevor Poe e sobre a equipe de busca, integrada por seus ex-colegas de ensino médio, recém-chegados da Carolina do Sul.

Quando me vê, ele me chama para sua mesa.

— Desculpe-me por não ter falado sobre o seu amigo na coluna de domingo, Leo. Não daria uma grande história, querido. Temos milhares de caras morrendo de Aids na cidade. Já vi seis aidéticos neste restaurante desde que cheguei aqui hoje.

— Como você os identifica? — pergunto.

— Em poucos dias, é possível se tornar perito. Basta pensar num soldado russo que acaba de chegar aos portões de Auschwitz. Aquele olhar faminto, assustado. Esse olhar é uma sentença de morte nesta cidade.

— Mas você se lembra de Trevor Poe. Você escreveu sobre ele.

— É um cara legal. Muito engraçado. Excelente pianista. Mas preciso de uma história. Sem furo, não tem história. Um músico gay que tem Aids? Grande coisa!

— Sete ex-colegas de escola de Trevor chegaram ontem de Charleston, para procurá-lo. Um deles acaba de ser nomeado o primeiro chefe de polícia negro da história de Charleston.

— História boa. Talvez, se eu fosse o autor daquela história em quadrinhos Mary Worth.

Herb me diverte e me faz rir, conforme fora o caso em minhas visitas anteriores. Mas ele vai mais longe:

— Você foi o melhor guia turístico que tive na vida, quando visitei Charleston — diz ele. — Mas já te paguei por aquela visita. Essa história talvez funcione em Charleston; mas é notícia velha na Bagdá à beira da Baía.

— Você tem razão. Deixe-me te oferecer mais um Bloody Mary, Herb. Pela nossa velha amizade.

— Tem algo que você não está me contando — diz Herb. — O que você está escondendo de mim?

— Talvez não seja nada. Um figurão como você. Cidade grande. Grandes nomes por toda parte. Você não precisa de nada de um sujeito como eu. Já estou mesmo de saída.

Herb me segura pelo braço.

— Antes de você ir embora, preciso saber do furo que você ia me passar.

— Vai ter que sair na sua coluna, Herb — eu digo. — Vai ter que merecer uma atenção especial da sua parte. Caso contrário, eu volto para o Sul com a história.

— Depois de tudo o que fiz por você — resmunga Herb. — Ora! Você não pode ter nada que me interesse! O melhor furo da sua vida não valeria a última linha da minha coluna. Jogamos em ligas diferentes, Leo, e você é esperto o bastante para saber disso.

— Você é uma orquestra sinfônica, Herb. Sou uma ocarina. Disso eu sei. Mas eu nunca deixaria uma história sair porta afora, como você está prestes a fazer. Preciso de você, amigo. Você é o melhor da profissão, em todo o país, mas agora tenho que ir, Herb. Aproveite bem o café da manhã.

— Pode contar com uma linha amanhã. Qual é o furo, Leo? E que seja dos bons.

— Preciso de meia coluna.

— Você está desperdiçando o seu tempo. E o meu — diz Herb, com desprezo.

— Até mais, Herb. Eis o número do telefone onde posso ser encontrado. — Entrego-lhe um pedaço de papel.

— Você está tentando me manipular. Você está mesmo tentando me manipular, seu principiante — diz Herb, mas com um toque de admiração. — Tudo bem, Leo: meia coluna. Mas que seja um grande furo. Se não for, você não terá *bubkes. Comprende?*

— Falo vários idiomas, inclusive iídiche e italiano.

— Desembuche.

— Trevor Poe é irmão de Sheba Poe, a atriz de Hollywood. Ela organizou a busca. Foi a Charleston pedir ajuda.

— Seu filho da puta!

— Fui pupilo de um grande mestre. Ele me ensinou a sempre ter algumas cartas na manga. Mostre a cartola. Nunca o coelho.

— Como posso saber se você está dizendo a verdade? — pergunta Herb.

— De duas maneiras. Em primeiro lugar, você tem a minha palavra de honra.

— Isso não basta, molequinho do Sul. Com quem você pensa que está lidando, com um membro dos Filhos da Confederação?

— Vou ignorar o seu desprezo pelas minhas raízes.

— Papo-furado vende revista medíocre. Não bons jornais.

Retiro o talo de aipo que enfeita o Bloody Mary de Herb e dou uma mordida na ponta coberta de folhas. Depois desse sinal, uma mulher vestida discretamente, com uma jaqueta de couro preta e calças de seda, retira os óculos escuros. Em seguida, ela se levanta de uma mesa ao fundo do bar e desata um cachecol Armani. Abre, então, o zíper da jaqueta e revela uma blusa fina, prateada, tão transparente quanto uma embalagem plástica para sanduíches. Ao sacudir a cabeça, uma cascata de cachos dourados cai sobre seus ombros. As passadas com que atravessa o recinto, entretanto, são objetivas, e carecem da sensualidade natural conferida a todos os papéis por ela representados. O restaurante inteiro fica hipnotizado diante da metamorfose daquela mulher até então anônima. As palavras "Sheba Poe" correm de mesa em mesa, enquanto ela avança, com os olhos verdes fixados no olhar admirado de Herb Caen.

— A coluna é sua amanhã, Leo — diz Herb, enquanto me levanto para ir embora. — Tudo feito com classe e brio, querido.

— Herb, quero apresentá-lo à lendária Sheba Poe. Sheba, eis o igualmente lendário Herb Caen.

— Agora pode deixar comigo, Leo — diz Sheba. — Nos vemos no almoço. — Com um timing perfeito, ela acrescenta: — Querido. — Mas, para Herb, ela diz: — Perdi meu irmão, Sr. Caen. Preciso da sua ajuda.

Chamo um táxi que me leva ao antigo apartamento de Trevor, no número 1.038 da Union Street, em Russian Hill. Mais da metade dos seus amigos de Charleston visitaram Trevor e se hospedaram no belo quarto de hóspedes, com vista para a agitação e o tráfego continuo da Union Street. Trevor explorava o seu grande talento para fazer amizades, oferecendo hospedagem a qualquer pessoa que demonstrasse a mínima relação com o seu grupo de admiradores charlestonianos. Retribuíamos a gentileza pagando-lhe jantares dispendiosos nos restaurantes da moda, que surgiam com uma frequência impressionante numa cidade que vivia à noite. De início, Trevor nos forçava a visitar Castro, no intuito de nos apresentar à comunidade gay. Sentia imenso orgulho em servir de embaixador do Sul no submundo gay. O Sul lhe propiciava um toque de classe e um certo colorido. Ao longo dos anos, ele me apresentou a tantos gays sulistas, egressos tanto do litoral da Virgínia quanto das montanhas do Arkansas, que me parecia ser possível pendurar os diversos sotaques para secar ao sol, separados apenas por idiossincrasias geográficas e todos os tipos de sílabas ininteligíveis. Embora, na condição de seus colegas do ensino médio, soubéssemos que Trevor tinha residido em Charleston somente um ano antes de partir para Castro e para os prazeres indizíveis que ali o aguardavam, tínhamos que admitir que ele adquirira um dos sotaques charlestonianos mais autênticos que conhecíamos. Seu esplêndido dom para a imitação lhe prestara um grande serviço.

Lembro-me de que, num verão, no jardim, ele disse a um animado grupo de gays oriundos de Chicago:

— Os gays do Sul são sempre os membros mais fascinantes da nossa tribo. São os mais conversadores, os chefs mais criativos e, quando bebem, sabem se conter até demais, diria eu. E, na cama, são tão safados que beiram à criminalidade. Nenhuma festa nesta cidade vale a pena se não incluir na lista de convidados pelo menos um gay originário de algum ponto da velha Confederação. Já fui severamente criticado por ativistas gays com mau hálito e dentes careados, por preservar meus laços com amigos héteros charlestonianos. Mas eles me trazem notícias daquele mundo enfadonho e assexuado, onde até a posição "papai e mamãe" é considerada uma aberração. Eles me fazem lembrar que a vida é um rico bufê, e não uma caixa de bolachas cream-cracker. E, além do mais, aqueles caras são meus amigos de infância. Metaforicamente falando, é claro. Mas nós nunca abandonamos ou desonramos os queridos meninos e meninas que brincaram conosco no parquinho. Até vocês, burgueses de Chicago, com suas almas congeladas pelos ventos do lago Michigan, são capazes de compreender a força de uma amizade que remonta ao parquinho. Ou será que vocês, no Meio-Oeste, costumam fazer amizades em tempestades de neve?

Ao concluir, Trevor piscou o olho para mim, expressando intensa afeição, e pisquei para ele, aprisionado na minha heterossexualidade incolor, carente de imaginação. No entanto, eu era capaz de me divertir com tudo o que Trevor dissesse, pensasse ou inventasse. Ele sempre fazia com que seus amigos e eu pensássemos que nossas vidas eram mais intensas, mais saborosas, pelo simples fato de estarmos na presença romântica e erotizada de Trevor Poe. Diante dele, Fraser achava que estava assistindo a uma peça na Broadway, e Molly achava que estava *atuando* numa peça da Broadway. Trevor suscitava o lado protetor de Niles, o lado maternal de Betty, a natureza competitiva de Chad e a minha porção melodramática. Só mesmo Ike olhava meio de lado para a histrionice de Trevor, e o sotaque exagerado o irritava.

— Deixe esse sotaque, Trevor. Você nem é de Charleston. Nem é do Sul. Na melhor das hipóteses, você fala como um negrinho de quinta categoria — disse ele a Trevor certa vez.

— Meu sotaque soa como o tilintar de um candelabro do século XVIII — respondeu Trevor. — Damas das famílias Ravenel, Middleton e Prioleau já me disseram isso.

No momento em que o táxi me deixa em frente ao número 1.038 da Union Street, não faço ideia de se um dia voltarei a ver Trevor Poe, ou a entrar naquele lugar tão charmoso e, durante anos, tão importante para mim. Carros passam em velocidade; outros seguem com solavancos, conduzidos por motoristas inseguros que não param de colocar o pé no freio, surpreendidos pelo grau de declive da Union, descendo até North Beach. Vou até a porta e toco a campainha, sem qualquer expectativa, mas com o meu sorriso sulista a postos, caso eu venha a constatar que me engano. Sheba enviou cartas à inquilina, mas não obteve resposta; tampouco a locatária respondeu às diversas mensagens deixadas pela secretária de Sheba. O nome dela é Anna Cole, uma jovem advogada originária da cidade de Duluth, em Minnesota.

— Anna Cole! — grito na direção de uma das simpáticas janelas salientes da sala de visita. — Sou amigo de Trevor Poe, da Carolina do Sul, e preciso falar com a senhorita. Pode fazer o favor de abrir a porta?

Uma jovem nervosa, mas de aparência vistosa, entreabre a porta com uma agressividade desnecessária e me examina através da abertura propiciada pelo fecho pega-ladrão.

— O que você quer, porra? — pergunta Anna Cole. — Por que você está me seguindo?

— Senhorita — eu digo —, nunca a vi na minha vida. Não estou seguindo ninguém. Meu amigo, Trevor Poe, morava aqui, e eu e um grupo de amigos estamos procurando por ele.

Ela olha através de mim, com uma expressão de desconfiança.

— Achei que você fosse o tarado que está me seguindo a semana inteira. Que merda é essa de "senhorita"?

— Sou do Sul — explico. — Isso nos é ensinado desde o nascimento. Desculpe-me se a ofendi.

— Sempre achei o Sul o local mais estranho deste país.

— Concordo inteiramente. Mas nunca estive em Minnesota. Volto a provocar-lhe paranoia.

— Como você sabe que sou de Minnesota?

— Levantamos alguns dados sobre a jovem de Minnesota que expulsou de casa o nosso amigo.

— Escute aqui, George Wallace, ou seja qual for o seu nome, estou num momento difícil. Me envolvi com o cara errado. Dei parte à polícia, mas eles só podem agir depois que o cara me estuprar, me estripar e atirar meu corpo na baía. E não sou responsável pelo despejo do seu amigo deste apartamento. Ele não pagava a droga do aluguel. Isso é minha culpa?

— Você tem razão, Garrison Keillor. A culpa não é sua.

— Você está me reduzindo a um estereótipo, e não estou gostando nada disso.

— Nós, os George Wallaces, costumamos reduzir a estereótipos pescadores de Duluth que fazem o mesmo com a gente.

— Eu não deveria ter dito aquilo. Peço desculpas. Agora, por favor, vai embora.

— Preciso encontrar o meu amigo — insisto. — Eu só queria lhe fazer algumas perguntas, Anna Cole.

— Jesus! — O pavor dela é sincero. — Lá está ele. Naquele Honda feioso lá embaixo na rua. Ele agora se abaixou. Você não vai conseguir vê-lo.

Ela mostra uma pistola, até então escondida detrás do corpo. E manuseia a arma sem perícia, como uma menina... ou menino... que manuseia uma cobra venenosa pela primeira vez.

— A senhorita sabe usar essa arma?

— Aponto para as bolas do cara e puxo o gatilho. Daí... foram-se as bolas. Isso é difícil?

— Você me empresta a arma, Anna? — pergunto, com a máxima polidez. — Sei usar uma arma. Mas, se conseguir afugentar o seu amigo, vou querer que você me responda algumas perguntas sobre o Trevor.

Ela me olha, de cima em baixo, como se me visse pela primeira vez.

— Por que eu haveria de confiar em você?

— Você confia mais nesse tal cara?

— Você poderia me roubar. Você poderia me estuprar. Você poderia me matar, e a polícia diria: "Que mulher imbecil. Ela entregou a arma a ele."

— Sim, senhorita, existe essa possibilidade. Mas acho que posso livrá-la desse cara. Tenho muita imaginação.

— E como isso vai me ajudar?

— Agora vamos descobrir se você tem imaginação. Vamos descobrir também se você sabe avaliar caráter.

— Não gosto da tua cara. — Ela me dirige um olhar severo.

— Nem eu. Jamais gostei.

— Vou ficar olhando da janela — diz ela.

Com um nervosismo compreensível, ela me passa a pequena pistola de calibre 22, desarmada, conforme percebo ao enfiá-la no bolso do paletó. Volto a bater à porta e, ao voltar a abri-la, sempre com o fecho pega-ladrão, Anna Cole se mostra nitidamente irritada.

— Você comprou balas para esta pistola? — pergunto.

— Sou contra violência, derramamento de sangue e até contra a pena de morte — diz ela, com uma determinação espiritual que me desconcerta.

— E se o tarado me matar? Você não espera que ele seja fritado numa cadeira elétrica? Ou sufocado numa câmara de gás?

— Espero que ele receba uma sentença de prisão perpétua sem direito à condicional — responde ela.

— Então você acha que seria melhor ele passar o resto da vida confeccionando sinais de "Pare" e placas de veículos? Acha que ele deveria fazer cursos de extensão universitária por correspondência, ou se matricular numa oficina de poesia ministrada por algum doidão na Telegraph Avenue?

— Acho que a vida humana é sagrada.

— Garrison Keillor.

277

— Não se atreva a me chamar assim — rosna ela.

— Minha esposa está morrendo de câncer. Você promete cuidar dos nossos 12 filhos, se eles ficarem órfãos em consequência do tiroteio na Union Street?

— Não vai haver tiroteio. Você não tem balas.

— O tarado talvez tenha. Você promete sustentar meus filhos órfãos, se eles precisarem de ajuda?

— Vocês, lá no Sul, nunca ouviram falar em controle de natalidade? — pergunta Anna Cole e, então, cede: — Tudo bem... prometo fazer o que puder.

— Agora, Anna Cole, pode ir para a janela. O show vai começar. A continuação de *A última noite* já vai ao ar.

Atravesso a Union Street e desço a ladeira, passando pelo Honda sem olhar. Mas, assim que passo pelo carro, dou meia-volta e anoto o número da placa, a cor, marrom, o modelo, Accord, e o ano 1986. Enquanto tomo nota desses dados, vejo a cabeça do homem ressurgir. No momento em que me aproximo do carro pelo lado do motorista, ele volta a desaparecer, estirando-se no chão, ao longo do banco da frente. Quando bato na janela, a fim de chamá-lo, ele permanece imóvel.

Bato com mais força.

— Senhor, abra a janela. Quero falar com o senhor.

— Vai se foder, seu guarda — guincha ele, deitado no chão. — Eu não fiz nada. É permitido estacionar aqui.

— O senhor está assustando uma jovem que mora do outro lado da rua — falo. — Abra a janela, senhor.

— Gostei do "vai se foder". É... gostei ainda mais agora, da segunda vez — diz ele.

Com o cabo da pistola, abro um buraco na janela. Acabo de arrebentar a janela com o pé direito, um pontapé vindo de cima para baixo. A janela se estilhaça exatamente como eu pretendia. Já fui cadete da Citadel, e sei desempenhar o papel do cara violento.

— Chega! Agora você vai morrer — diz ele, sacudindo cacos de vidro das roupas e do corpo. Com um movimento brusco, ele se ergue, e eu contemplo traços absolutamente comuns, enquanto ele ajeita os óculos escuros. Se tiver que descrevê-lo diante de um tribunal, eu diria que o rosto é modesto, usual e funcional, exatamente como um Honda Accord. Encosto a pistola na testa dele, mas mantenho o humor e aceno para os transeuntes, para que saibam que tenho a situação sob controle. Retiro os óculos dele e os enfio no meu bolso. As sobrancelhas são espessas e se arrastam por cima dos olhos como uma grande lagarta. Os olhos são castanhos, de um tom semelhante ao do carro, e ele usa uma peruca preta, das mais baratas.

— Passe a carteira, senhor — eu exijo. Quando ele me entrega a carteira, eu digo: — Agradeço a sua extrema disposição em colaborar, Sr. John Summey. Ah! Esta deve ser a bela Sra. Summey. E os três belos filhos do casal. E, veja só! O senhor tem cadastro no American Express desde 1973. E o seu Visa ainda está válido. Mas, devo alertá-lo, Sr. Summey, o seu cartão Discover expirou. Vou ficar com a sua carteira por um ou dois meses. Nesse ínterim, vamos ver se o senhor para de seguir a bela jovem que mora do outro lado da rua. Ela vê a sua cara feia por toda parte. Mas agora que estou de posse da sua carteira de motorista, e sei que o senhor reside em Vendola Drive, nº 25.710, em San Rafael, talvez o senhor veja a minha cara feia com frequência.

— Sou amigo do prefeito — diz ele. — Você vai ser exonerado, seu babaca. Ainda hoje você vai procurar emprego no jornal.

— Está ouvindo esse barulho? São meus dentes, batendo de medo. Engano seu, amigo. Não sou cana. Sou o marido daquela mulher, e acabo de ser libertado de San Quentin. O senhor está com a chave do carro, Sr. Summey?

— Sim, senhor — diz ele.

— Tem algum problema, se eu deixar o senhor ir embora? Prometi à minha esposa que o mataria. Mas, o senhor sabe como são as mulheres... muito emotivas. Vou dizer a ela que o senhor tem três filhos, vou mexer com os sentimentos dela. O senhor entende?

— Sim, senhor. — Em seguida, ele apalpa a chave, trêmulo, e tem dificuldade para inseri-la na ignição.

— Dentro de um mês, devolvo a sua carteira, pelo correio — eu digo.

— Eu ficaria grato.

— Agora, Summey, o que acontecerá em seguida precisa impressionar a minha esposa. Vou precisar da sua ajuda. Você tem vinte segundos para sair daqui. Passado esse tempo, vou disparar contra a sua cabeça. Dois segundos já se passaram.

Exceto no autódromo de Darlington, nunca vi um carro arrancar com tamanha velocidade.

Volto, tranquilamente, para a porta do número 1.038 da Union Street, toco a campainha mais uma vez e ouço novamente a voz tensa de Anna Cole do outro lado:

— Você é mais maluco do que ele — diz ela. Percebo a silhueta da jovem detrás das cortinas de renda que pertenciam a Trevor Poe.

— Foi mais difícil me livrar dele do que eu pensava.

— Por que você quebrou a janela do carro?

— Ele se recusava a falar; achei que, quebrando a janela, conseguiria atrair a atenção dele.

— Vai embora, agora... se não, eu chamo a polícia. Não resta dúvida de que você é louco. Não quero falar com você, e não sei o que aconteceu com o seu amigo. Se soubesse, eu diria. Vai embora.

— Tudo bem. Obrigado pela ajuda.

Dou-lhe as costas e desço o pequeno lance de degraus de volta à Union Street; então, ouço a porta abrir.

— Você pode me devolver a pistola do meu pai? — pede Anna.

— Não. Você é contra derramamento de sangue e violência, lembra? Retendo a pistola, contribuo para que a senhorita leve uma vida calma, plena. Vou ficar com a arma, com o número da placa do tarado e com a carteira dele, cheia de detalhes sobre a vida degenerada que ele leva.

Encaramo-nos diante do impasse, mas ela raciocina rapidamente.

—Aceita uma xícara de chá de ervas?

— Não — eu digo. — Tem café?

— Não gosto de café.

— Não gosto de chá de ervas. Escute, preciso ir. Aqui está a pistola do seu pai. Compre munição. Se este cara não é um pervertido sexual foi por falta de oportunidade. Eis a carteira do tal sujeito. Mande uma cópia da carteira de motorista para a polícia.

— Aceita um copo de suco?

— Sim — eu respondo. — Eu adoraria.

Fico chocado ao entrar na sala de visitas: tudo está praticamente como na época em que Trevor morava ali. Há fotos da família dela, de Minnesota, sobre o piano de Trevor, onde antes havia fotos dos amigos e das celebridades que cruzavam o caminho dele. Quando comento que ela está de posse de todo o mobiliário e todas as obras de arte que pertenciam a meu amigo, percebo um tom de alarme em sua voz:

— Não roubei nada. Aluguei o apartamento mobiliado, e fiquei radiante ao constatar o gosto impecável do antigo inquilino.

— Por que ele deixaria tudo isso para trás? Ele era apegado a cada peça de mobília, a cada livro, à prataria.

— Não faço ideia. Acho que ele foi despejado há cinco meses. Faz três meses que moro aqui. Ele não pagava um centavo de aluguel havia mais de um ano. O proprietário, o Sr. Chao, ficou muito triste por ter que despejá-lo, mas não teve escolha. Trevor nunca disse ao Sr. Chao que estava com Aids. Não disse nem que estava doente. O Sr. Chao chorou quando me contou isso, e insistiu para que eu mantivesse a decoração do apartamento exatamente como na época em que o Trevor morava aqui. Tudo isso ainda pertence ao seu amigo. Eu apenas cuido das coisas. — Então, ela pergunta: — Você tem nome?

— Leo King. Fui colega do Trevor no ensino médio.

— Ele estava em péssimo estado quando foi embora daqui. Os vizinhos sempre falam nele. Me odeiam, pois pensam que roubei o apartamento dele.

— Onde estão os álbuns de fotografia de Trevor? — pergunto. — Eu gostaria de levá-los comigo, para que meus amigos e eu possamos estudá-los.

Ela abre uma gaveta e retira os álbuns; então, curiosamente, pergunta:

— Você é casado, Leo?

— Sou.

— Você não está usando aliança — observa ela.

— Minha mulher está querendo o divórcio. Na última vez que veio a Charleston, ela roubou a minha aliança enquanto eu tomava banho. Desde aquele dia, não a vi mais, e não vi mais a aliança.

— Filhos?

— Eu sempre quis filhos. Starla não.
— Starla? — diz Anna. — Que nome estranho.
— Acho que é do dialeto cherokee.
— Qual é o significado? — pergunta ela. — Tenho interesse por tudo que se relaciona aos índios norte-americanos.
— Um intérprete rigoroso traduziria: "Nas margens do Gitche Gumee".*
— Mais uma piadinha sobre Minnesota.
— A última, prometo.
— Graças a Deus. Nenhuma delas teve graça. Diga-me tudo o que você sabe sobre Minnesota.
— Os vikings. Os gêmeos. A capital é St. Paul. Minneapolis e St. Paul se odeiam. O shopping da América. Dez mil lagos. Paul Bunyan. Babe, o boi azul. Clínica Mayo. O cintilante lago Superior. Lampreias. Castor. Marrecos. Ausência de cobras venenosas. Tenda de Nokomis. Gansos canadenses. Um milhão de suecos. Muitos noruegueses. F. Scott Fitzgerald. Lago Itasca. Lago Wobegon. E, lamento dizê-lo, pois sei que isso te irrita... Garrison Keillor.
— Nada mal, Leo. Impressionante.
— Ótimo. Agora, diga-me tudo o que você sabe sobre a Carolina do Sul.
— Não foram vocês que começaram a Guerra Civil? — pergunta ela, com hesitação.
— Muito bem. Já ouviu falar do forte Sumter?
— O Research Triangle. Duke University. Tar Heels.
— Isso é na Carolina do Norte — eu a corrijo.
— Para mim, é tudo a mesma coisa. Nunca dei a menor bola para o Sul.
— Estranho. Minnesota é assunto sempre presente nas salas de visitas do Sul. Escute, posso levar comigo esses álbuns de fotografias?
— Claro. E o restante das coisas?
— Que coisas?

---

* Nome indígena dado ao lago Superior, um dos Grandes Lagos, em Minnesota. (N. do E.).

— Mais de trinta caixas. Embalei tudo e coloquei num depósito, lá na garagem. As roupas dele. Objetos de uso pessoal. E coisas impublicáveis.

— Vamos mandar alguém pegar as caixas. O que são essas coisas impublicáveis?

— Tem coisa ali... — balbucia ela.

— O quê?

— Tem coisa ali que é a pior espécie de pornografia que eu já vi na vida. Pouco me importa se o cara é gay. Afinal, moro em São Francisco. Mas algumas daquelas coisas podem levar uma pessoa diretamente para uma penitenciária federal.

— O Trevor gostava de pornografia. Ele dizia que aquilo era parte de sua "coleção de filmes estrangeiros". Vamos recolher a pornografia também.

— Assisti a alguns filmes. Não tentem cruzar a fronteira do estado transportando aquilo.

— A gente vai fazer uma tentativa. Por que você assistiu aos filmes pornográficos do Trevor?

— Curiosidade — admite ela. — Achei que me deixariam excitada. Surtiu um efeito contrário.

— Também não fiquei excitado. O Trevor costumava me mostrar aquelas coisas quando eu vinha visitá-lo. Dizia que queria me atrair para o lado negro.

De súbito, uma ideia passou pela mente de Anna, cujo rosto expressivo deixa transparecer todo e qualquer pensamento.

— Sabe a foto que Trevor pendurou no banheiro? Aquilo é Charleston?

— É, sim. Você se importa se eu der uma olhada nela, enquanto você me serve o prometido copo de suco? — Sigo pelo longo corredor, dobro à direita e entro no pequeno banheiro, onde contemplo a foto ampliada de uma fileira de mansões situadas ao longo da South Battery Street. As casas reluzem em ricos tons coloridos, numa tarde ensolarada. A foto sempre provocava o riso de visitantes chegados da Carolina do Sul, porque Trevor costumava gritar, detrás da porta fechada: "Penso em Charleston, sempre que meu corpo se espreme numa excreção!"

Pego a fotografia e volto à sala de visitas, onde, bebericando o suco temperado com Tabasco e limão, conto essa história a Anna Cole.

— Posso levar a foto, Anna? Vai ser um grande incentivo para os amigos que vou encontrar no almoço.

— Sim, claro — diz ela, com relutância. — Mas vou sentir falta dela. Em qual dessas casa Trevor cresceu?

Eu ia falar a verdade, mas acho que, muitas vezes, as pessoas precisam da mitologia criada por elas próprias.

— Ele cresceu nesta aqui. Na esquina da Meeting Street com a South Battery.

— Eu sabia que ele teve uma vida privilegiada.

— E você estava certa. A propósito, Anna, posso tomar algumas notas a respeito do cara que vem te seguindo? Estou viajando na companhia de um casal de policiais, e pretendo pedir a eles para levantar a ficha desse cara.

Copio os dados encontrados na carteira do sujeito, agradeço a ajuda e deixo com ela o nosso endereço.

— Se você se lembrar de algo que possa nos ajudar a localizar Trevor, poderá nos encontrar aqui neste endereço. Desculpe se te assustei quando quebrei a janela do carro do cara; até eu fiquei surpreso com a minha reação.

— Achei que você fosse completamente pirado — diz ela. — Sabe o que é o mais estranho, Leo?

— É mesmo?

— Recebi duas cartas de alguém se fazendo passar por Sheba Poe. E também telefonemas... mas pude notar que era alguém imitando voz de mulher. Não é incrível?

— Guarde essas cartas. Algum dia valerão uma fortuna. — Levanto-me e recolho os álbuns de fotografias. — Obrigado pela ajuda. Eis o endereço e o número do telefone do local onde estamos hospedados. Mantenha contato conosco, menina.

Enquanto caminho até a Washington Square, penso no meu encontro com Anna Cole, e na reação que ela teve diante do fato de eu ser do Sul. Só descobri que o sulista é uma raça estranha quando comecei a viajar pelo país. Somente então, ao deparar-me com um nativo de

Vermont, do Oregon ou de Nebraska, constatei que o sulista representa a deformação da psique nacional, uma verruga, um furúnculo que requer extensa explicação ou cirurgia plástica. Eu ficava irritado quando encontrava indivíduos cuja hostilidade em relação ao Sul me parecia fundada em ignorância. Certa vez, na minha coluna, publiquei uma lista de motivos pelos quais as pessoas pretensamente odiavam o Sul, e convidei meus leitores a acrescentar outras expressões de desdém que um sulista estaria propenso a encontrar pela frente. Minha lista se mostrou bastante simples:

1. Algumas pessoas odeiam os sotaques do Sul.

2. Alguns imbecis pensam que todos os sulistas são idiotas por causa desses sotaques.

3. Alguns idiotas ainda me culpam pela Guerra Civil, embora lembro que só matei três Yankees em Antietam.

4. Muitos negros que encontrei fora do Sul me culpam, pessoalmente, pelas leis Jim Crow, pela segregação, pela necessidade do movimento em defesa dos direitos civis, pela morte de Martin Luther King, pela existência da Ku Klux Klan, pelos linchamentos e pelo flagelo da escravidão.

5. Cinéfilos odeiam o Sul porque assistiram a filmes como *O nascimento de uma nação, ...E o vento levou, No calor da noite, O sol é para todos* e *Sem destino*.

6. Um sujeito de Ohio odeia o Sul porque certa vez comeu mingau no aeroporto de Atlanta. Ele admitiu ter acrescentado leite e açúcar, e achou que o resultado fora o pior mingau de milho que ele experimentara na vida.

7. Muitas mulheres que se casaram com homens do Sul, e depois se divorciaram, odeiam o Sul, assim como homens que se casaram com mulheres do Sul e, posteriormente, se divorciaram. Todos os homens e mulheres que se casaram com sulistas e se divorciaram deles mais tarde odeiam suas sogras sulistas; por conseguinte, odeiam todo o Sul.

8. Todos os liberais que residem em outras regiões do país odeiam o Sul porque o consideram conservador. Recusam-se a crer que no Sul possa haver liberais autênticos.

9. Todas as mulheres que não são do Sul odeiam as sulistas porque estas se consideram mais belas do que as compatriotas oriundas de estados menos favorecidos.

10. Todos os norte-americanos que não são do Sul odeiam o Sul porque sabem que os sulistas estão pouco se lixando para o que o restante do país pensa a seu respeito.

A coluna repercutiu tanto na comunidade que recebi mais de mil cartas, contra e a favor; portanto, a reação de Anna Cole diante do Sul tinha precedentes.

Desde que chegou à cidade, Trevor Poe se tornou o membro mais excêntrico da diversificada tribo que frequentava o Washington Square Bar e Restaurante. A esquisitice discreta e a decoração eclética do local sempre compunham, para mim, um fiel instantâneo da alma de São Francisco. Devido à presença constante de Trevor, seja como cliente, seja como pianista, o local é, para nós, um segundo lar. Em demonstração de boas-vindas à vizinhança, Trevor tinha sido agraciado com uma mesa à janela e, em vários sentidos, ele jamais abriu mão daquele lugar de honra, de onde assistia ao grande carnaval da cidade, desfilando com o surrealismo insano, típico de North Beach.

Quando Leslie Asche, segundo Trevor, "a melhor garçonete do mundo", veio pegar o pedido, ele, olhando pela janela, apontou para a Torre Coit, posicionada eroticamente no topo de Telegraph Hill, e perguntou-lhe:

— Querida, você acha que a Torre Coit é um exercício de simbolismo fálico, ou uma representação literal de um pênis ereto?

— Sou apenas a garçonete, querido — responde Leslie. — Minha função é trazer o que você quiser comer e beber. Você vai ter que contratar um guia turístico.

— A coisa de que mais gosto na vida é a resposta inteligente e imprevisível de uma mulher de língua afiada. O seu bartender poderia me preparar um Bloody Mary inesquecível?

— Mike, temos aqui um ingênuo. Ele quer saber se você sabe preparar um Bloody Mary.

— Um Bloody o quê? — perguntou Mike McCourt, segundo Trevor, o melhor bartender do mundo. — Vou precisar do meu manual de bartender.

Aquilo marcou o início da longa relação entre Trevor e o Washbag, local que se tornou um quartel-general, refúgio, esconderijo, o lar que ele nunca teve.

Hoje, sou o primeiro a chegar. Leslie me dá um forte abraço, e depois me beija a face, como uma irmã. Mike McCourt me manda um beijo, e me prepara um Bloody Mary. Todos ali estão cientes do súbito desaparecimento de Trevor, e todos se preocupam com seu estado de saúde e seu paradeiro. Fico bastante comovido quando Leslie leva o meu Bloody Mary até a mesa de Trevor, e faz um sinal, para que eu me sente lá.

— Nós vamos manter vocês informados, se tivermos qualquer notícia de Trevor. Se o safadinho estava passando por dificuldades, poderia ter se mudado lá para casa.

— Você sabe que os gatos costumam ir para a mata, para morrerem sozinhos — comento.

— Todo mundo que costuma vir aqui está à procura de Trevor. Temos olhos por toda esta cidade.

— Então, nós vamos encontrá-lo — eu digo.

Logo, a turma de Charleston começa a chegar, e a cena com Leslie e Mike se repete. Nosso grupo costumava recepcioná-los quando ambos visitavam Charleston, em companhia de Trevor, no início dos anos 1980, antes que a epidemia de Aids injetasse o seu veneno silencioso no fluxo sanguíneo de uma inocente população gay. Agora, os jornais da região da Baía de São Francisco estão repletos de obituários escritos pelos parceiros dos sobreviventes, muitos dos quais já contaminados pelo vírus. Choro quando leio esses obituários, e sempre vejo o rosto de Trevor Poe estampado na severidade daqueles textos. Trata-se de uma literatura inusitada e terrível, que expressa a dor da perda e o luto desesperado pela morte de jovens.

Pedimos um almoço leve e passamos a trocar informações acerca do trabalho desenvolvido naquela manhã. Sheba entra no restaurante, com o que chamo de seu impenetrável "disfarce do cotidiano", e ninguém a reconhece. Surpreende-me o fato de ela não cumprimentar Mike ou Leslie, e digo isso a ela.

— Não os conheço — diz ela. — Nunca estive aqui.

— Como foi o encontro com Herb Caen depois que fui embora? — pergunto. — Parecia o começo de algo pecaminoso.

— Coluna de página inteira. Amanhã de manhã. Herb vai relatar a história de uma atriz famosa, cujos ex-colegas do ensino médio vieram de Charleston com o objetivo de procurar o irmão dela, que está morrendo de Aids. Ele adorou os detalhes de que Ike e Betty são negros, Fraser e Molly são socialites, Niles é órfão e Leo é um colega colunista.

Nós aplaudimos, mas Niles se mostra visivelmente aborrecido.

— Por que você teve que dizer a ele que sou órfão? Por que não disse que sou diretor de esportes da Porter-Gaud, ou que sou professor de História?

— Dá uma coluna melhor — explico. — Um órfão procurando um amigo de infância que está morrendo de Aids? Nós jornalistas adoramos coisas assim.

Sheba expressa desagrado com esse debate.

— Leo é hermafrodita, Molly é lésbica e prostituta, e eu tenho um caso com o presidente Bush... Quero apenas encontrar o meu irmão, está bem? Não era minha intenção ferir a sua suscetibilidade, Niles. Você sabe o que achamos de você.

— Não faço a menor ideia do que você acha de mim, Sheba — diz Niles.

— O mesmo que todos os demais acham: você é o melhor do nosso grupo. O melhor, Niles. Você tem um caráter que resultou de um batismo de fogo na infância. Sua irmã ficou maluca pelo mesmo motivo. Trevor e eu somos casos limítrofes porque não nos saímos muito bem no nosso batismo de fogo. Mas, com você e com Betty, o fogo serviu para fortalecer. O fogo fez surgir o brio de vocês.

Durante alguns momentos comemos e bebemos em silêncio. Então, Ike pigarreia e diz:

— Eis o que Betty e eu descobrimos: o chefe de polícia nos colocou em contato com um policial que trabalha em Castro há anos.

— Mas Trevor morava em Russian Hill — diz Fraser.

— Não se preocupe — diz Betty. — Nosso menino é muito conhecido em Castro. Esse policial é uma pessoa fascinante. Foi logo nos dizendo que é gay. Ele tem um dossiê sobre o Trevor. Na verdade, ele disse que os dois chegaram a flertar, e que ele pensou que a relação teria algum futuro. Trevor disse a ele que tinha atração por caras de uniforme.

— Aposto que é por isso que ele sempre gostou de Ike — comento.

— Cale a boca, Sapo — diz Ike. — Trevor foi detido duas ou três vezes por embriaguez. Foi pego uma vez dirigindo alcoolizado. Pagou uma multa. Foi obrigado a fazer um curso. Depois, foi pego quatro ou cinco vezes com maconha, mas, nesta cidade, isso é o mesmo que ser pego com salsa.

— A coisa mais séria no dossiê do Trevor é que ele foi flagrado uma vez com cocaína, e com intenção de distribuir a droga. — Betty lê a anotação que tinha feito na caderneta. — Mais uma vez, teve que pagar uma multa, mas disse ao juiz que era inocente. Eu cito: "Meritíssimo, minha intenção é usar cada grama dessa droga para o meu próprio consumo". O juiz riu quando ouviu isso.

— Esse é o nosso Trevor. — Niles sorri.

— Telefonamos para o policial que deteve Trevor por dirigir embriagado — diz Ike. — Os canas são engraçados. Ele teria reagido mal por receber um telefonema de estranhos, sem mais nem menos. Mas expliquei quem somos e o que estamos fazendo. Ele disse que o Trevor foi o bêbado mais bem-educado, mais cortês e mais cômico que ele prendeu na carreira. Nosso amigo disse a ele: "São sujeitos como o senhor que estragam o prazer de dirigir bêbado. O senhor não se envergonha?"

— Jesus! — Fraser leva as mãos ao rosto. — Se vocês me dissessem, quando eu tinha 15 anos, que um dia eu haveria de sair à procura de um homossexual doente, viciado em drogas e que transou com uma centena de homens, eu assinaria um declaração jurando que vocês eram malucos.

— Você nasceu com uma baixela de prata enfiada no rabo, Fraser — diz Sheba, e sua fúria repentina nos silencia, deixando-nos todos extremamente constrangidos.

— Mas você nasceu linda, Sheba — diz Fraser, abalada. — Eu trocaria de lugar com você a qualquer momento.

— Você acha que isso me faz feliz? Você acha que isso me fez feliz algum dia na minha vida? Algum de vocês pensa em mim e diz: "Meu Deus! Como eu gostaria de ser Sheba Poe!"

— Deixe Fraser em paz, Sheba — pede Molly, com certa autoridade na voz. — E vamos ouvir o que o Leo descobriu no apartamento do Trevor.

Passo ao grupo os quatro álbuns de fotografias e recordações, itens que se tornaram absolutamente preciosos. Vejo dezenas de homens, que conheci no decorrer dos anos, sorrindo e se divertindo em sua inefável beleza.

— Jesus! — diz Betty, enquanto ela e Ike viram as páginas. — Será que existe gay feio? Esses são os homens mais lindos que eu vi na vida.

— Fale-nos sobre essa tal de Anna Cole. — Molly me lembra. — Você descobriu alguma coisa com ela?

Apresento uma versão sucinta do meu encontro com Anna Cole e com o tarado que a importunava. Sinto-me um tanto encabulado e inseguro com o meu rompante de machismo. Meu relato do embate com o tarado de sobrancelhas espessas é inexpressivo, quase abafado. Não menciono a pistola, mas leio em voz alta os números da placa do carro, do registro no programa de Seguro Social e da carteira de motorista de John Summey. Eu achava que a façanha haveria de merecer o aplauso dos meus amigos, mas a contundente reação deles me pega desprevenido.

— Você se fez passar por um policial, seu imbecil, filho da mãe! — grita Ike.

— Você quebrou a janela do sujeito com um pontapé. — Molly não consegue disfarçar o sentimento de repulsa.

— Você ficou maluco, Sapo? — pergunta Niles.

— Vai ser uma sorte se esse John Summey não for direto à polícia — diz Sheba.

— Como você sabe que o cara estava seguindo a garota, Leo? — acrescenta Fraser.

— Porque ela me disse — eu explico. — Ele estava deitado no chão da porcaria do carro. Por que alguém faria uma coisa dessas?

Betty entra na conversa.

— Deitado no chão do carro? Que eu saiba, isso não é ilegal em nenhum estado. Você arrebentou a janela dele. Isso é destruição de propriedade alheia.

— Você é jornalista, Leo — diz Molly. — E o *News and Courier* vai te demitir se essa história sair no noticiário local.

— Vão para o diabo, todos vocês. Nenhum de vocês estava lá. Fiz o melhor que pude — eu me defendo.

— Você estava a fim de uma transa, Leo? — pergunta Betty. — Essa Anna Cole é bonita?

— Que diferença isso faz? Espantei o safado. A moça ficou contente... tão contente que me deixou entrar no apartamento e me deu estes álbuns. Ela me disse que tem trinta caixas contendo pertences do Trevor guardadas na garagem, e prometeu nos ajudar no que estiver ao seu alcance. Acho que me saí muito bem, para dizer a verdade!

— Você tem razão, Betty — diz Molly, enojada. — Leo estava dando em cima da moça; ele queria mesmo uma transa.

— Qual é o problema de vocês, mulheres? Será que tudo no mundo gira em torno de sexo?

— Sim — diz Betty. E as demais consentem.

— Estamos navegando em mares estranhos aqui, Sapo — diz Niles. — Estamos todos um tanto confusos. Precisamos tomar decisões eficazes, inteligentes. Você errou feio, amigo. Mas veja se aprende com o erro. Todos podemos aprender como *não* proceder, só de ouvir a merda que você fez.

— Na próxima segunda-feira, com o apoio de um grupo chamado Operação Mão Aberta, vamos começar a entregar refeições para aidéticos indigentes — continua Fraser, desviando o olhar de mim. — A mulher responsável pelo grupo disse a Molly e a mim que, provavelmente, o Trevor está vivendo de auxílio-desemprego e morando no quarto de algum hotel asqueroso. Tudo leva a crer que seja no Tenderloin. Vamos entregar almoços nas piores espeluncas desta cidade. Ela nos disse que vamos precisar da companhia de vocês, rapazes, pois é bastante perigoso. Muitas vezes os aidéticos gays usam nomes falsos para se esquivar de gente como nós, que os procuram. Então, vamos levar refeições a esses rapazes, e depois pretendemos interrogá-los. Vamos tentar conseguir endereços, números de telefone, tudo o que for possível. E, mais cedo ou mais tarde, vamos encontrar Trevor.

CAPÍTULO 15

O Tenderloin

O domingo desaba sobre nós, não como um dia de descanso, mas de uma melancolia sonolenta ou, na melhor das hipóteses, de divertimento forçado. Desde a minha infância, o dia do Senhor sempre foi carregado de ansiedade; o pânico das tardes de domingo sempre deixa suas impressões no meu estômago. Vou à missa cedo, e volto para uma cena doméstica, uma reunião em torno da mesa do café da manhã. Abrimos a edição dominical do *Examiner and Chronicle*, localizamos a coluna de Herb Caen e lemos a crônica: "A Rainha de Sabá", em alusão ao significado do nome Sheba. Caen mantém a palavra e, do começo ao fim, a coluna elogia os esforços heroicos do mito sexual Sheba Poe para encontrar o irmão gêmeo, Trevor, desaparecido no sofrido submundo da Aids.

Sheba abre um imenso pacote de cartazes, recém-chegado de Los Angeles, que estampam uma foto de Trevor vendendo saúde, e que me deixa profundamente comovido.

— Contratei um grupo de escoteiros para espalhar estes cartazes pela cidade — diz Sheba. — A foto está linda. Ele está a minha cara, vocês não acham?

Lá fora, o motorista da limusine faz soar a buzina.

— Murray vai nos levar até a Powell Street — eu digo.

— Por que a gente não fica por aqui, bebendo em volta da piscina? — pergunta Sheba. — Detesto quando o Sapo inventa passeios.

— Vai ser interessante — eu prometo.

— O que tem lá na Powell Street? — pergunta Fraser.

— Uma surpresa — respondo. — E prometo que vocês vão gostar.

Na Powell Street, Murray arregala os olhos ao ouvir que pretendo forçar meus amigos a fazer um passeio de bondinho até o Fisherman's Wharf. Parece até que vai haver um motim quando meus companheiros, resmungando, saem da limusine e se juntam a uma pequena multidão de turistas que, com suas máquinas fotográficas, aguardam a chegada do próximo bonde. No empurra-empurra do embarque, quase não consigo subir, e me agarro como posso à grade de proteção. Os passageiros se mostram animados, enquanto o bondinho sobe a colina. Quando chegamos ao topo do morro, vislumbro a baía revolta e pulsante, com a sua bela mostra de veleiros e lanchas. Mas sinto-me inseguro ao constatar que não tenho espaço para trocar de mão, nem para apoiar o pé direito, pendurado para fora do degrau sobre o qual me equilibro. E, quando passamos por Chinatown, com seus aromas de sopa *wonton*, molho de soja e rolinho primavera, e começamos nosso mergulho em direção à baía, tenho medo de que a minha brilhante ideia do passeio de bondinho represente um perigo mortal.

No meio do trecho mais íngreme, com os cabos do bondinho zumbindo como se tivessem vida, ouço uma voz de mulher, gritando, enfurecida. Pior que tudo: reconheço a voz:

— Tire essa mão porca da minha bolsa, seu fedorento, filho da puta!

A multidão, o condutor, o trocador e eu ficamos paralisados. Ela grita, novamente:

— Você é surdo, seu desclassificado, filho da mãe! Eu disse para você tirar essa mão porca da minha bolsa, e largue a porcaria da minha carteira! Pare de fingir que não sabe com quem estou falando, seu palhaço! Vou ser mais clara: tire essa mão *preta* de dentro da minha bolsa. Entendeu, agora, seu babaca?

A voz de Sheba Poe é absolutamente inconfundível na indústria cinematográfica: abafada, ardente, icônica e, naquele momento de crise, descontrolada. Quando o bondinho chega à próxima esquina, quase todos os passageiros pulam fora, correndo em várias direções, uma fuga caótica decorrente do drama deflagrado por Sheba. Os passageiros que permanecem a bordo se conhecem desde o ensino médio, a não ser pelo maior negro que vi na vida: de cabelos em pé, olhos arregalados, 2 metros de altura, 140 quilos.

— Mocinha — diz ele a Sheba, com a voz relativamente sob controle, considerando-se as circunstâncias —, você vai se machucar se não calar a boca e baixar a voz. Não consigo tirar a mão da sua bolsa, pois você a fechou, com toda força, no meu pulso.

— Largue a porcaria da minha carteira, e eu abro a bolsa, seu negro fedorento, filho da puta!

— Se eu fosse você, deixaria de lado as referências a cheiro e cor — sugere Molly, com um leve sotaque charlestoniano.

— Ah! — diz o homenzarrão, enchendo-se de coragem. — Parece que encontrei umas branquelas longe de casa. Suas branquelas, vocês vão se dar mal quando eu puxar a faca que está no meu bolso. Quero ver se a Cachinhos Dourados aqui vai ficar mais educadinha.

— Você vai ter que se preocupar com coisa pior do que essas branquelas, grandão —diz Betty, tranquilamente, sacando um 38 e encostando a arma na cabeça do sujeito. — Você vai ter que se preocupar com a polícia.

Sem precisar de qualquer assistência, ela assume uma postura profissional, e passa um par de algemas a Ike, num gesto tão sutil quanto um passe de bola feito pelas costas. Ike algema o sujeito, o retira do bondinho e segue por um beco, enquanto nós seguimos. O trocador e o condutor emergem da frente do bondinho, bem como seis ou sete passageiros, misteriosamente materializados. Logo, o bondinho retoma a viagem interrompida, na direção do Fisherman's Wharf, e nós sete encaramos a fúria de um homem de olhar homicida.

— Eu não sabia que vocês eram canas — declara ele, correndo os olhos esbugalhados por nós, mas dirigindo-se apenas a Ike e Betty.

— Fazemos parte de um programa de intercâmbio — diz Betty. Percebo que ela e Ike não fazem ideia do que fazer com o prisioneiro algemado sob custódia ilícita. Pelos olhares dos dois, constato: o que eles fizeram foi tão ilegal quanto o furto da carteira de Sheba.

— Vocês ouviram essa mulher me chamar de crioulo — grita o homem. — Foi um incidente de racismo, sem dúvida. Sou vítima de ódio racial.

— Cale a boca, moço — ordena Betty. — Deixe a gente pensar um pouco.

Sheba tem o dom de piorar situações difíceis.

— Você tem toda razão, seu fracassado: você é vítima de ódio racial. Sempre odiei filhos da mãe como você. Olha só o seu tamanhão! Por que você não arruma um emprego serrando sequoias no parque nacional, ou coisa que o valha?

Por motivos que nos são desconhecidos, Sheba enuncia essas palavras com perfeito sotaque charlestoniano, fato que tão somente exacerba a tensão racial. Percebo também que ela está usando o "disfarce do cotidiano": óculos, lenço e roupas largas, que tornam sua fama e beleza invisíveis a olho nu.

— Vocês são policiais, e ouviram o que essas brancas disseram — diz o homem. — Elas são branquelas azedas. Vai ver que são da Ku Klux Klan. Eu sei do que estou falando; cresci na Carolina. Sei reconhecer qualquer racista filho da mãe.

— Em qual Carolina? — pergunta Ike. — Do Sul? Onde?

Àquela altura, todos já estamos calmos o suficiente para detectar cadências familiares na voz do estranho.

— Vocês nunca ouviram falar do lugar onde cresci — diz o homem.

— Pode me testar — responde Ike.

— Gaffney.

— Gaffney? — vários de nós exclamam.

De repente, quando ele olha para mim, dou-me conta de que já vi aqueles olhos antes.

— Nós conhecemos esse cara. — Eu digo, assombrado. Dirijo-me a Niles e Ike: — Sem o cabelo oleoso e a barba. Vinte anos mais novo e com 25 quilos a menos. Só músculo. Na semifinal do campeonato estadual, em Columbia.

— Filho da puta! Você tem razão — diz Ike, incrédulo.

Niles, evidentemente, ainda não percebe, e murmura:

— O quê?

— Pense, Niles, pense bem — continua Ike. — Nós deveríamos ter derrotado Gaffney. Por que não derrotamos? Nosso time era melhor, e nós éramos os favoritos. Preste atenção nesses olhos.

— Vocês conhecem a Carolina do Sul? — pergunta o homem, esperançoso.

— Macklin Tijuana Jones! — exclama Niles, finalmente, perplexo diante do reconhecimento.

— Só nos faltavam cinco jardas — lembro às mulheres, que nos encaram como se estivéssemos ensandecidos. — Perdíamos por seis pontos. Faltavam 58 segundos para o jogo acabar. Aqueles olhos. Nós empurramos o nosso jogador mais forte três vezes, e foi esse o cara que nos deteve nas três tentativas. Na última jogada, Ike, Niles e eu tínhamos a mesma função. Derrubar esse cara. Queríamos abrir espaço para o Verme cruzar a linha de fundo. Depois do último tempo técnico, Macklin Tijuana Jones nos empurrou... os três... para trás, e ainda derrubou o Verme. E aquela era a última jogada da partida.

— Meu pai até hoje acha que você foi um dos cinco melhores jogadores de futebol americano do estado — diz Ike. — Retire as algemas, Betty. Temos nas mãos um conterrâneo.

— Só se ele prometer se comportar — resmunga ela.

— Vocês jogavam pelo time do Peninsula? — pergunta Macklin. — Eu destruí o time de vocês.

— Destruiu mesmo — eu concordo. — E depois você jogou pelo time da Geórgia.

— Você se profissionalizou — diz Niles. — Mas sofreu uma contusão... nos joelhos, certo?

— Nos dois joelhos, o que acabou comigo. Os Saints me venderam para a equipe de Oakland. Foi por isso que vim parar aqui. Minha carreira já estava no fim.

— Cara, você se acabou em pouco tempo — constata Ike.

— Tive azar — diz Macklin. — Qualquer um pode ter azar.

— O que está acontecendo aqui? Estamos exercitando nosso talento para bater papo? Atirem logo nos joelhos dele, e vamos almoçar — diz Sheba.

— Pelo jeito roubei a garota errada.

Alguns de nós damos risadas.

— Você nem imagina, amigo — diz Niles.

— Onde você está morando agora, Macklin? — pergunta Betty, sem baixar a guarda.

— No Tenderloin — responde ele. — No carro abandonado de um amigo. Está estacionado no pátio de um edifício dele. O cara era fã dos Raiders. Me deu uma força.

— Você é viciado em crack? — pergunta Ike.

— É o que dizem.

— Você foi um atleta estupendo — Ike balança a cabeça; em seguida, examina Macklin durante algum tempo. — Você conhece bem o Tenderloin?

— Eu *sou* o Tenderloin. — Macklin se gaba. — Lá é o meu quartel-general.

— Quer um trabalho? — pergunta Ike.

— Você pirou de vez, Ike? — fala Sheba em voz alta.

— Não, mas acabo de ter uma ideia brilhante — diz Ike. — Macklin Tijuana Jones vai nos ajudar a encontrar Trevor Poe.

— É a ideia mais maluca que já ouvi na vida — comenta Sheba.

— Essa não, Ike! — contesta Niles, em tom de protesto.

— A coisa já está bastante difícil — diz Molly. — Não vamos dificultá-la ainda mais.

— O que um irmão e uma irmã de cor, da Carolina do Sul, estão fazendo na companhia dessa cambada de brancos filhos da puta? — rosna Macklin.

— Isso mesmo, Macklin: entorna o caldo, logo quando a coisa começa a melhorar para o seu lado — falo.

— Não entendi bem o "Tijuana" — interrompe Fraser falando pela primeira vez: — É sobrenome?

— Jesus! — eu exclamo. — Se Charleston fosse uma cobra, você não seria capaz de matá-la com um pedaço de pau.

— O pai da minha mãe era mexicano — responde Macklin, calmamente, como se aquela fosse a pergunta mais natural do mundo. — A família do meu pai tem o sobrenome Jones.

Diante disso, Ike solta uma gargalhada.

— Retire as algemas, Betty. Esse cara é um Jones da Carolina do Sul.

— Ele ainda não prometeu ser um bom soldado — diz Betty. — Ele tem que me dar um sinal.

— Eu ainda quero apagar aquela cadela — afirma ele, olhando diretamente para Sheba.

— Ele deve gostar de algemas, Ike — supõe Betty.

— Se você ameaçar a minha amiga mais uma vez, Macklin, eu quebro um dos seus joelhos com o cabo da minha pistola — ameaça Ike. — Como sou um homem justo, deixo você escolher o joelho.

— Eu não vou fazer nada — diz Macklin. — Estou só falando. É sempre conversa fiada.

— Então, cale a boca e escute. Em Charleston, Betty e eu conhecemos as ruas. Todas as ruas. Conhecemos gente que pode nos informar sobre qualquer coisa: os boatos, os traficantes, carregamentos de drogas que chegam de navio. Mas não temos merda nenhuma aqui em São Francisco. Até agora. Mas agora temos o Sr. Macklin Tijuana Jones. Vocês percebem do que estou falando? — diz Ike, dirigindo-se a cada um de nós.

— De uma coisa eu sei — afirma Macklin, em meio ao silêncio que segue a explanação de Ike. — Nenhum de vocês vai ver o meu traseiro negro novamente. Foi ótimo ter conhecido esse clubinho inter-racial, mas já estou de saída, se vocês, gente muito boa, me deixarem.

— Se essa é a sua decisão final, nós também vamos — diz Ike a ele.

— E estas algemas? — pergunta Macklin.

— São suas — diz Betty. — Pode ficar com elas. Faça bom proveito.

Começamos, então, a nos afastar de Macklin.

— Vocês não podem me deixar aqui algemado. Somos conterrâneos! — grita ele.

Nossa gargalhada o enfurece, e ele nos xinga, com criatividade e vigor, o que nos diverte, em vez de assustar. O simples absurdo do encontro já nos faz rir.

Então, Ike dá meia-volta e agarra Macklin pela garganta.

— Precisamos da sua ajuda, Macklin. Podemos contar contigo, ou não? Decida logo. E que a decisão seja inteligente.

Macklin percebe a situação e se acalma.

— Em que posso ser útil a esse distinto grupo de senhores e senhoras?

Betty o vira de costas e remove as algemas.

— Sheba, passe para cá a sua carteira.

Com relutância, Sheba entrega a carteira a Ike. Ele não tira os olhos de Macklin Jones, enquanto pega 300 dólares e os apresenta a Macklin, com um pequeno gesto floreado.

— E você pode ganhar mais. Estamos aqui procurando um sujeito chamado Trevor Poe. Ele tocava piano na cidade, para muita gente importante. Eis o cartaz, Macklin. Ele está com Aids. Se você achar o nosso amigo, nós te damos 5 mil dólares, na hora. Esse cartaz contém todas as informações de que você precisa para nos encontrar enquanto estivermos por aqui. Se você quer recomeçar a sua vidinha de merda, nós podemos ajudar. Obrigado por ter roubado a gente hoje, Macklin. Acho que Deus nos aproximou.

— Acho que foi Satanás — resmunga ele.

— Também acho — diz Sheba, retirando os óculos escuros e arregalando os olhos.

Macklin olha para Sheba. Ambos têm a mesma capacidade de expressar ódio por meio de um olhar.

— Já vi essa piranha antes — afirma ele, afinal, desviando o olhar, de Sheba, para nós. — Ela fez uma propaganda da Nike, ou qualquer coisa assim.

— Qualquer coisa assim — diz Sheba, e corremos para pegar o bondinho que desce a Powell Street.

Toda cidade tem o seu Tenderloin. É aquela região na qual a atmosfera se altera enquanto se abre caminho através de uma invisível epiderme de miséria, um local esquálido, infeliz, onde a cidade fracassa e não consegue se reerguer. Embora seja o coração da cidade, o Tenderloin mais parece uma fruta podre, esquecida ao sol, atraindo moscas e vespas.

Ainda que, no passado, tenha sido belo, e que grande parte da arquitetura local esteja preservada, o Tenderloin se desgastou em decorrência das intrigas próprias da devassidão. Em São Francisco, reconhecemos uma vizinhança perigosa pelo fato de as casas não terem uma bela vista. No Tenderloin, a paisagem é sempre desprezível e desalentadora; todos os becos fedem a urina, lixo espalhado e vinho barato. Na segunda-feira, entregamos refeições em sete hotéis, mais de uma centena de almoços. Quando entramos no hotel Cortes, nossa intenção é permanecer juntos e agir com máxima rapidez. Sheba tranquiliza o recepcionista, enquanto percorremos um hotel que faz jus à palavra *pulgueiro*. O cheiro é de mofo cultivado em queijos caros, de uma variedade nefasta, empestada, em meio à umidade, canais de ventilação e cantos jamais tocados por desinfetantes.

Levando cinco marmitas, subo correndo por uma escada que parece prestes a ruir sob o meu peso. Molly vem logo atrás de mim, e Niles e Fraser a seguem de perto. Bato à primeira porta e ouço um leve ruído, movimentos que parecem excessivamente cautelosos. Uma voz fraca, finalmente, enuncia:

— Mão Aberta?

Eu digo:

— Hora do almoço.

O homem ri enquanto abre a porta. E, assim, tenho meu primeiro contato com um esqueleto humano tão destruído pela Aids que, segundo me parece, não verá o próximo nascer do sol.

— Você é Jeff McNaughton? — Coloco a marmita sobre uma escrivaninha descascada. De tão magro, ele parece translúcido, e posso ver o sangue correndo pelas veias de sua fronte. A pele faz lembrar casca de cebola.

— Pedi caviar de beluga e *blini*. E uma garrafa de vodca Finlandia gelada. Espero não ter havido algum engano — diz ele.

— Não vou mentir para você, Jeff. Na última hora, alguém colocou caviar sevruga. Um absurdo. Mas sou apenas o entregador. Meu nome é Leo King. Você vai me ver aqui nas próximas semanas.

O sujeito tem um acesso de tosse.

— Não vou durar nem uma semana, Leo. Estou com pneumocistose. É uma recaída.

— Quer contatar alguém? — pergunto. — Seus pais? A família?

— Já tentei todos os contatos — diz ele. — Ninguém respondeu.

— Estou procurando um amigo. — Mostro-lhe o cartaz. — O nome dele é Trevor Poe. Você o conhece?

— O pianista. — Jeff examina a foto. — Eu costumava ouvi-lo tocar em bares no Castro, mas nunca fomos apresentados.

— Se você souber onde ele está, você me telefona? — peço. — O número está aí, embaixo da foto.

— Não há telefones aqui no Cortes — diz Jeff. Ajudo-o a chegar à escrivaninha, e abro a marmita para ele. — Não saio mais deste quarto, Leo. E o seu nome é o único na minha agenda, querido. Obrigado pelo almoço.

Na porta seguinte, bato com mais força, e minhas batidas são atendidas por um homem mais velho, que se mostra em condições físicas bem melhores do que o companheiro mais jovem. Rex Langford é o homem mais velho e Barry Palumbo, o mais jovem. Os olhos de Barry estão abertos, mas não esboçam a menor saudação; se não fosse pela respiração ofegante, ele pareceria um manequim.

— Você chegou cedo. Novidade — diz Rex.

— Primeiro dia. No passo que estou avançando, alguns desses caras vão receber o almoço por volta de meia-noite.

— Novo por aqui, hein? — pergunta ele. — Alguém no grupo Mão Aberta deve te detestar. Ninguém fica muito tempo entregando marmita no Cortes.

— Meu nome é Leo. Vocês estão precisando de alguma coisa?

— Pelo sotaque, parece que você é meu primo.

— De onde você é?

— De Ozark, no Alabama. Não fica longe de Enterprise, que se gaba de ter a escultura de um besouro bicudo na rua principal.

— Você está de gozação, não é?

— Infelizmente, falo uma verdade bíblica. O Louvre tem a Vênus de Milo, mas Enterprise, no Alabama, tem o Besouro Bicudo. Cada um representa algo essencial sobre as almas dos respectivos locais.

— Deve ser estranho, crescer em Ozark, no Alabama — comento.

— Crescer é estranho, seja lá onde for. Esse é o meu único achado empírico. Pode levá-lo, é de graça.

— Gostei. Aceito o presente.

— De onde você é, branquelo? Detecto algo que me faz lembrar o sotaque de Mobile?

— Charleston, na Carolina do Sul. Ambos os sotaques têm influência huguenote. — Entrego-lhe um cartaz. — Estou procurando um amigo. O nome dele é Trevor Poe. Você já cruzou o caminho dele?

— Ele frequentava saunas? — pergunta Rex.

— Trevor vivia nas saunas.

— Então, nossas vidas devem ter se esbarrado — diz Rex. — Se é que você me entende.

— Se você receber a visita de algum amigo, pode perguntar a ele sobre Trevor Poe?

— A maioria dos meus amigos já morreu. Exceto o Barry. Cumprimente o Leo, Barry. Ele trouxe o nosso almoço; não é uma gentileza?

— Oi, Leo. — A voz soa sub-humana.

— Barry está cego — Rex diz. — Dou comida na boca dele. Depois, ele vomita. Dou mais comida. E ele vomita novamente.

— Não consigo evitar, Rex — murmura Barry.

— É bom você fazer isso por ele, Rex — falo.

— Não tem nada de bom. É só o que eu posso fazer — diz ele, dando de ombros. — Ele vai embora; depois vou eu. E não vai ter ninguém para cuidar de mim.

— Você tem dinheiro, Rex? — pergunto.

— Claro que não. Barry e eu recebemos auxílio-desemprego, mas o dinheiro se evapora. Remédios, o aluguel desta cobertura de luxo, etc.

— Será que esse cara que trouxe o almoço poderia telefonar para minha irmã, Lonnie? — exclama Barry, deitado.

— Será uma satisfação telefonar para a Lonnie — eu digo.

— Nós éramos tão amigos. Nenhuma irmã amou um irmão como Lonnie me amava.

— Vou telefonar para ela hoje à noite, Barry.

— O marido dela me odeia; desligue se ele atender. Eu adoraria que ela me fizesse uma última visita. Dê o número do telefone dela para ele, Rex.

Rex escreve algo e me entrega um pedaço de papel, no momento em que saio do quarto. Enquanto caminho pelo corredor, para fazer a próxima entrega, abro o papelote: "Não se dê ao trabalho", está escrito, em garranchos quase ilegíveis. "Ela diz que ele está morrendo pela vontade de Deus; diz que é a morte de um pervertido. Agradeço a gentileza."

Ao final de cada dia, voltamos ao nosso elegante local de hospedagem, na Vallejo Street, exaustos e desanimados. Seguimos centenas de pistas que nos chegam, resultantes da coluna publicada por Herb Caen. Recebemos três cartas de indivíduos que se dizem Trevor Poe, bem como cinco mensagens pedindo resgate, enviadas por pessoas que afirmam tê-lo como refém. Falo com malucos, excêntricos, cinco detetives particulares, dezenas de ex-amantes de Trevor, com o massagista, o barbeiro e o quitandeiro que o atendiam, além de três médiuns que prometem descobrir onde ele está.

No final da primeira semana, na noite de sábado, nos reunimos para uma conversa séria. Atuamos com eficiência, mas concordamos que não estamos mais perto de encontrar Trevor do que estávamos quando deixamos nossos empregos e casas em Charleston. Decidimos não desistir ainda, e seguir trabalhando por mais uma semana. Vamos dormir exauridos, e rezamos por novidades.

No dia seguinte, surpreendo-me com o que encontro no quarto 487, no final de mais um corredor escuro, no hotel Devonshire. Percebo que nenhum desses hotéis suscita qualquer esperança, e o Devonshire é pior do que a maioria deles. Noto algo errado assim que bato à porta do quarto 487.

Sou recebido por um silêncio que me assusta, sem qualquer ruído ou movimento de passos arrastados, incertos, de pés calçando chinelos. Tento abrir a porta; a maçaneta fica pendurada na minha mão, mas a porta se abre, apoiada em dobradiças enferrujadas. Dentro do quarto, um jovem está dormindo, os cachos dourados e os lábios carnudos emprestam-lhe o aspecto de uma estatueta cuja pose denota uma imobilidade antinatural. Ele não deve ter mais do que vinte anos, mas a beleza é anulada pelo cheiro de excremento que exala do pijama de seda e dos lençóis baratos que o cobrem. Coloco a marmita sobre uma cômoda e toco-lhe a fronte. A pele fria me diz que ele está morto há horas. A expressão de paz estampada em seu rosto é a misericórdia que a morte é capaz de conceder a alguém que sofre dores insuportáveis. As roupas estão penduradas e em ordem, dentro de um armário imundo, sujo por ratos, e encontro sua carteira no bolso traseiro do melhor terno. A carteira de motorista exibe uma foto sorridente, com um ar meio tímido, meio travesso. O nome é Aaron Satterfield, e ele residia num condomínio na Sacramento Street.

Dentro da carteira, encontro diversas fotografias interessantes. Há uma série de fotos de Aaron e quatro amigos vestidos de caubói numa festa de Halloween, no Castro. O mesmo grupo faz caretas para a câmera, numa daquelas horrendas cabines, tão comuns em estações rodoviárias deprimentes. No verso da foto, Aaron escreveu as seguintes palavras: "Todos mortos, exceto eu."

Na primeira gaveta da mesa de cabeceira, encontro duas cartas, uma do pai, a outra da mãe. Por estar presente no leito de morte do filho, enquanto eles se fazem ausentes, sinto-me no direito de ler as cartas. Algo em mim anseia por saber por que aquele belo jovem morreu sozinho. A família Satterfield, da cidade de Stuart, em Nebraska, deveria estar velando o corpo daquele jovem louro, que acaba de definhar, não eu. Enquanto penso nisso, pergunto a mim mesmo há quanto tempo as lágrimas rolam pelo meu rosto, e se são lágrimas de piedade, raiva, ou uma combinação desses dois sentimentos.

A carta do pai não poderia ser mais concisa e objetiva: "Veado. Se você está morrendo do mal que você diz, afirmo que é vontade de Deus. Não me surpreende que você seja vil e impuro aos olhos de Deus. Isso está escrito na Bíblia e prometido pela Bíblia. A você eu não envio um centavo ganho com o meu trabalho na fazenda. Que Deus tenha piedade da sua alma. Eu não tenho nenhuma. Seu pai, Olin Satterfield."

Ao acabar de ler a carta do pai, fico ali sentado, trêmulo e choroso, e peço a Deus que jamais permita que eu pense como o povo de Deus, se para tal preciso ser como Olin Satterfield. A despeito do que diz a Bíblia, Senhor, não quero pensar assim. Abro a carta da mãe e leio: "Querido Aaron, esses 100 dólares são as minhas últimas economias, guardadas desde o dia em que me casei com seu pai. Não sei o que ele faria se descobrisse que faz tempo que envio dinheiro para você. Gostaria de estar ao seu lado agora, zelando por você, limpando a sua casa, cuidando da sua alimentação, abraçando você e contando as histórias que você gostava de ouvir quando era criança. Aqui envio meu beijo, com todo o meu amor, e todo o sofrimento que sinto por você. Pela força da oração, creio que Jesus vai curá-lo. Ele morreu na cruz por gente como você e eu, e sobretudo por gente como seu pai. Seu pai ama você tanto quanto eu, mas o radicalismo não o deixa sentir tal amor. À noite, ele acorda chorando, e o choro nada tem a ver com o trigo ou as vacas. Amo você tanto quanto Jesus o ama, Mamãe."

A morte daquele jovem me faz perceber que não aguento mais percorrer aqueles hotéis naquela cidade sitiada. Se quisesse passar a vida realizando milagres entre mortos e moribundos, teria seguido a carreira médica, mas nasci para escrever colunas frívolas e engraçadas sobre o que acontece em Charleston. O contato com jovens que definham em consequência de um vírus implacável à solta em sua corrente sanguínea começa a me abater. Quero ir embora de São Francisco, o quanto antes. Naquele momento, pouco me importa encontrarmos Trevor Poe ou não. Quero dormir na minha cama, trabalhar na minha horta e andar por ruas onde conheço cada casa. Acima de tudo, quero sumir da presença desse rapaz de Nebraska, mas fico sentado ao lado dele, na cama dele, contemplando-lhe o rosto belo e inanimado. De súbito, volto a sentir o cheiro das fezes, e reajo com uma prontidão que me surpreende.

Removo os lençóis, as calças do pijama e lavo o corpo, com uma toalha que encontro dentro da pia. Junto a toalha, os lençóis e as calças do pijama, abro a janela e atiro a trouxa fétida no beco lá embaixo. Raspo-lhe a barba e faço uso da loção pós-barba Paco Rabanne que descubro entre seus itens de uso pessoal, aspergindo-o com a colônia adocicada desde as faces até as pernas. Com cuidado, penteio-lhe os cabelos, seguindo o estilo retratado na foto que achei em sua carteira. Cubro-o com um cobertor que ele havia chutado da cama, e sinto certa satisfação ao concluir o trabalho. A meu ver, Aaron Satterfield está pronto para qualquer coisa: um batismo, um ritual religioso ou um encontro com o divino. Assim que termino, evidentemente, caio em prantos... e nesse momento Molly Rutledge me localiza.

— Procuramos você por toda parte — começa ela, e então percebe a situação. Ela avança e toca o rosto de Aaron com extrema ternura, e diz: — Meu Deus! Que rapaz lindo.

Entrego-lhe as duas cartas, e ela as lê, sem emoção ou comentário.

— Parece que ele morreu no meio de um belo sonho, Leo — diz ela, depois.

— É... tive o mesmo pensamento sentimentaloide logo que o vi.

— O que eu quero dizer é que, felizmente, o sofrimento acabou. — Molly prefere não reagir ao meu tom amargo. Meu choro me deixa constrangido, e lamento não ter parado de chorar antes que ela entrasse no quarto.

— Vamos ter que chamar a polícia — diz ela. — Vão levá-lo para o necrotério. Podemos dar a notícia aos pais dele hoje à noite.

— Por que eles não estavam aqui? — pergunto. — Ou por que não o levaram para casa?

— Uma vergonha. Uma vergonha, a reação do pai dele. E a mãe tinha medo do pai. Aposto que o pai atormentou esse pobre rapaz desde o dia em que ele nasceu. Vamos, Leo; vamos juntos fazer as entregas do último andar. Estão esperando por nós. Se todos fôssemos tão lentos como você, esses rapazes do Tenderloin morreriam de fome. — Molly pega a minha lista e acrescenta: — Só mais três quartos e acabamos as entregas de hoje.

Com a mão macia e bem-tratada, ela toca, mais uma vez, o rosto de Aaron.

— No que fomos nos meter, Leo? Essa experiência aqui vai nos afetar para sempre; vai nos marcar de um jeito que sequer suspeitamos.

— A entrega no andar de baixo desta espelunca foi difícil?

— Foi horrível. Jamais vamos nos deparar com uma boa morte causada pela Aids. Parece que todos, sem exceção, estão pregados na cama.

— Não vamos encontrar Trevor, não é? — eu digo. — Estamos apenas encenando um show para nos sentirmos melhor. Para acariciar o ego da Sheba.

Molly enxuga as lágrimas do meu rosto com um lenço.

— Lembre-se de quem somos, Leo. Nós somos pessoas que terminam o que começam. Vamos encontrar Trevor e vamos levá-lo para casa conosco. Talvez o percamos, mas, quando ele morrer, vai estar cercado de pessoas que o amam. Não vamos deixar que ele morra como Aaron Satterfield. Entendeu?

— Sim, entendi.

E Molly lambe as últimas lágrimas que rolam pelo meu rosto.

Tento retomar o controle da situação naquele momento terrível.

— Por que você fez isso?

— Porque eu quis. O gosto estava bom. Parecia ostra. Ou a pérola de uma ostra. Salgado como o mar da Sullivan's Island. Gostei de você ter lavado esse rapaz — diz ela.

— Como você sabe que eu o lavei?

— Ike e a Betty estavam perto do beco quando você jogou a trouxa pela janela; foi então que Betty correu para me dizer que você precisava de ajuda. Ike pegou a trouxa e jogou num depósito de lixo. Ele disse que o cheiro era insuportável.

— Por que Betty não veio ao meu encontro?

— Ela achou que eu podia lidar melhor com a situação. Além disso, ela estava ocupada, chamando a polícia. Uma ambulância já está a caminho. Vamos acabar as entregas e sair logo daqui.

— Boa ideia. Desculpe-me por ter demorado tanto.

— Está desculpado, Sapo. — Molly sorriu. — Só desta vez.

Naquela noite, usando o telefone que fica num pequeno escritório ao lado da cozinha, disco "auxílio à lista", na cidade de Stuart, em Nebraska, e solicito o número do aparelho de Olin Satterfield. Exercitando a compaixão telepática que a tornou célebre junto aos amigos, Molly Rutledge entra no escritório, logo atrás de mim, trazendo dois copos com doses de Jack Daniel's e gelo.

O telefone toca duas vezes, e o pai atende.

— Sr. Satterfield. Aqui é Leo King, de São Francisco. Estou telefonando com uma notícia sobre o seu filho.

— Deve haver algum engano — diz ele. — Eu não tenho filho.

— Aaron Satterfield não é seu filho?

— Você não entende inglês? Acabei de dizer que não tenho filho.

— O senhor tem uma esposa chamada Clea Satterfield? — pergunto, lendo o nome que consta na segunda carta que tenho em mãos.

— Talvez sim; talvez não — responde ele.

Com dificuldade, controlo os nervos, e digo:

— Se Clea Satterfield tem um filho, senhor, eu gostaria de falar com ela.

— Clea Satterfield é minha esposa. — A voz do homem é glacial. — E posso garantir que nenhum de nós tem um filho.

Um bate-boca tão curto quanto grosso irrompe nas planícies de Nebraska, estado onde nunca pus os pés, uma discussão abafada, mas aguerrida. Então, ouço a voz de uma mulher nitidamente nervosa, uma criatura amarrada à corda que a prende ao pequeno terreno que é a sua vida.

— Aqui fala Clea Satterfield — diz ela. — Sou a mãe de Aaron.

— Lamento ter que lhe dar uma notícia terrível, minha senhora — falo. — Aaron faleceu hoje, num hotel, em São Francisco.

Eu teria prosseguido, mas ouço um grito de pura dor e, durante vários segundos, a voz da mulher soa visceral, remota, desumana.

— Deve ser um engano — ela diz, soluçando intensamente. — Aaron sempre foi um menino saudável.

— Aaron morreu de Aids, Sra. Satterfield. Talvez ele tivesse vergonha de contar a verdade.

— O senhor quer dizer câncer — ela me corrige. — Aaron morreu de câncer, é isso?

— Consta que foi Aids. Não sou médico, mas o diagnóstico foi esse.

— O câncer é um assassino — diz ela. — Não há uma família sequer na nossa comunidade que não tenha sido vítima do câncer. É um flagelo. Aaron disse alguma coisa, antes de falecer? Não peguei o nome do senhor.

— Leo King — respondo. — Sim, ele pediu para dizer aos pais que os amava muito. A ambos. Ao pai e à mãe.

— Um menino muito meigo. Sempre pensava nos outros. Onde ele está agora? Quero dizer, os restos mortais?

— No necrotério municipal. Tenho aqui o nome de uma funerária para qual a senhora pode telefonar; eles preparam o corpo para ser transportado até aí, para o funeral.

Passo à Sra. Satterfield o nome e o número do telefone de uma funerária especializada na preparação de corpos de vítimas de Aids.

— Meu filho não era lindo? — pergunta ela.
— Um dos homens mais belos que já vi — respondo.
— Nem mesmo o câncer foi capaz de alterar isso.
Ouço algo estranho, ao fundo, e pergunto:
— O que é isso?
— É meu marido, Olin. O pai de Aaron. Ele está chorando; preciso desligar. Tem certeza que o Aaron disse que amava a mim e ao pai, Sr. King?
— Foram essas as últimas palavras dele — eu minto. — Adeus, Sra. Satterfield. Sou católico, e vou mandar rezar uma missa em memória do seu filho.
— Somos protestantes. Por favor, nada de missas para nós. — Deixe que nós fazemos as preces. Deixe que nós cuidamos do enterro. Vamos fazer tudo à moda antiga, do jeito certo. O senhor não compreenderia.
— Sra. Satterfield. — Novamente, meu sangue esquenta. — A senhora e seu marido é que deveriam estar aqui quando Aaron morreu. Não eu. Essa é a moda antiga. Esse é o jeito certo.
Ela bate o telefone, e eu levo as mãos ao rosto.
— Eu não tinha o direito de dizer isso à pobre mulher — digo à Molly.
— Claro que tinha! — diz ela. — Ela teve sorte de não ter sido eu quem fez a chamada. Eu diria exatamente o que penso dela e do marido execrável que ela tem.
— Ele ficou bastante arrasado.
— É fácil ficar arrasado em Nebraska. A coisa seria mais difícil no quarto 487 do hotel Devonshire. Vamos dar de comer às tropas.

Pouco depois da meia-noite, a porta do meu quarto se abre. Estico o braço para acender a luminária ao lado da cama. Molly Rutledge entra, exibindo sua beleza, algo capaz de causar danos a qualquer homem, ou mudar-lhe a vida para sempre. Molly traz duas taças, e sinto o cheiro de Grand Marnier no momento em que ela as coloca sobre a mesa. Retirando o penhoar, ela revela uma camisola sedosa, transparente, que me faz louvar a Deus pelas formas femininas. Não me agrada o fato de Molly estar nos colocando numa situação tão constrangedora, mas não vou dizer que detesto isso. Contudo, não quero pôr em risco a nossa amizade, com toda a sua riqueza, força e plenitude, apenas porque um marido desavisado aprecia brasileiras de pernas torneadas que têm a metade da idade dele.

A beleza de Molly é clássica, imperturbável, natural, e sei que meu rosto não tem a menor condição de sequer ficar ao lado do dela. Em Charleston, Molly é uma das beldades da sua geração, e eu não passo de um soldadinho de infantaria que conhece o seu lugar na hierarquia social.

Molly olha para mim, e toma um gole de Grand Marnier.

— Então?

— Tenho mil razões para não fazer isso, Molly.

— Só isso?

— Sua cunhada está lá em cima, dormindo com o meu cunhado. Parece mau gosto, transar no subsolo, em tais circunstâncias.

— Parece natural, para mim — diz ela. — O que uma garota legal precisa fazer para transar aqui?

— Nós dois somos casados. Sou padrinho da sua filha. Fui padrinho do seu casamento.

— Diga-me que não me ama... e vou embora.

— Não estou apaixonado por você, Molly. Sempre tive uma queda por Trevor Poe.

— Eu sabia que você se sairia com umas das suas piadinhas infames. Eu já esperava. Agora vou me deitar ao seu lado.

— Tenho medo — confesso.

— Por quê? Estou em dia com a vacina antirrábica.

— Tenho medo de que o mundo nunca mais seja o mesmo.

— Não quero que o mundo seja o mesmo.

Ela vem até a cama e apaga a luz.

Nessa noite, redescubro por que todas as grandes religiões condenam o doce e fascinante delito da luxúria. Quando penetro o corpo de Molly, quando as células da minha carne se acendem, em êxtase, em contato com a verdade flamejante da carne dela, sinto a criação de um novo mundo, enquanto nos movemos juntos, respiramos juntos, gememos juntos. Minha língua se transforma na língua de Molly, nossos lábios queimam, nossos peitos trocam batimentos cardíacos. No momento em que gozo, numa explosão de fogo e fluido, ela geme em seguida. De mim jorram palavras pensadas havia vinte anos, mas que eu jamais acreditara um dia sussurrar no ouvido dessa mulher; e ela as aceita, pronunciando outras tantas palavras secretas. Com um gemido, tombo de cima dela; e ela me beija mais uma vez. No escuro, ela recolhe seus trajes vaporosos e, em sua nudez, se vai. O que começou em pecado acaba em sacramento e, deitado agora sozinho, constato que ela está certa: meu mundo jamais será o mesmo.

CAPÍTULO 16

O caso Patel

Quando, na terça-feira, concluímos o trabalho do projeto Mão Aberta, uma viatura policial está à nossa espera, estacionada em frente à casa da Vallejo Street. Ike e Betty se dirigem até o carro, apresentam seus distintivos e conversam com um detetive. Em vez da novidade pela qual esperávamos, temos uma surpresa: a polícia quer me interrogar sobre um assassinato do qual sou o principal suspeito. Nesse momento vejo Anna Cole caminhando na minha direção.

O detetive encarregado do homicídio se chama Thomas Stearns McGraw, cujos pais eram apaixonados por poesia. O pai dele ensina literatura norte-americana em Berkeley e o avô materno é primo distante do autor de *Terra desolada*. Como a experiência de ser suspeito de assassinato é algo novo para mim, esse fascinante detalhe autobiográfico me escapa no primeiro encontro; somente mais tarde fico sabendo, pois Tom McGraw é prosador de talento, homem dotado de natureza curiosa.

Apresento Anna Cole a todos e explico-lhes de quem se trata. Anna está visivelmente abalada pelos acontecimentos recentes, e suas mãos não param de tremer. Ela se volta para mim, com súbita fúria, e diz:

— Eu sabia que não deveria ter aberto a porta para você.

— Vamos entrar para discutir essa questão, detetive McGraw — diz Ike.

A chegada imprevista de Tom McGraw interrompe o ritmo de trabalho que nos mantém focados em nossa busca. Todos querem estar presentes quando o detetive me interroga. Mas Ike assume o controle da situação e despacha os companheiros para a sala de jantar, instando-os a levar em conta as centenas de pistas que precisam ser examinadas.

Sheba me beija o rosto.

— Se Leo King cometeu assassinato, detetive, eu pulo da ponte Golden Gate e deixo o senhor filmar meu suicídio. O senhor terá direitos exclusivos, em âmbito mundial, sobre as imagens da minha morte.

— Como a senhora pode brincar com algo tão horrível? — pergunta Anna Cole, caindo em prantos.

— Porque nenhum de nós sabe qual é o problema — respondo. — Nunca matei ninguém; de modo que, por enquanto, estou bastante tranquilo.

— Não seria bom chamarmos um advogado para Leo? — pergunta Sheba a Ike.

— Ele não precisa de advogado — responde ele. — Leo nunca cometeu sequer uma infração de trânsito.

Anna Cole está totalmente descontrolada, e somos obrigados a esperar que o ataque histérico diminua para iniciar o interrogatório.

— A senhorita aceita um copo de água? — pergunta Ike, gentilmente. — Tudo isso acabaria mais rápido se a senhorita se controlasse.

Anna diz, em meio às lágrimas:

— Tudo o que fiz foi mandar para a polícia uma cópia da foto do homem que estava me seguindo, conforme você sugeriu, Leo.

— Ele era de San Rafael, certo? — pergunto. — Esqueci o nome dele.

O detetive McGraw me ajuda.

— O nome dele era John Summey. Ele residia em Vendola Drive, nº 25.710, em San Rafael. Trabalhava como fisioterapeuta num centro para idosos aqui na cidade.

— E tinha o mau hábito de seguir jovens de Minnesota — acrescento.

— Foi isso que a Srta. Cole disse — afirma o detetive. — Mas, surgiu um problema.

— Que problema? — indaga Ike.

— John Summey apareceu morto, no porta-malas do carro, num estacionamento municipal, anteontem, com a nuca afundada por um instrumento pesado. O corpo estava em princípio de decomposição... em outras palavras, o mau cheiro levou alguém a fazer a queixa. Levamos um dia inteiro para concluir a triagem da placa. Interrogamos a Sra. Summey, absolutamente consternada; na semana passada, ela registrou o desaparecimento do marido. Então, eis que surge a queixa registrada por Anna Cole. Nós a visitamos, e ela nos informou o nome do senhor, Leo King, como a última pessoa que viu o Sr. Summey com vida.

— Tudo isso foi só porque abri a porta para você! — grita Anna. — Nunca abri a porta para um estranho na vida. Então, você segue o cara... e acaba com ele?

— Um momento! — diz Ike. — Não vamos nos precipitar.

— A Srta. Cole diz que o senhor ameaçou o homem com uma arma — diz para mim o detetive McGraw. — Com uma pistola calibre 22, pertencente à própria Srta. Cole. O senhor pediu a arma, antes de sair para confrontar Summey.

— Anna parecia estar com medo do cara — eu explico. — Ela estava com uma pistola na mão, quando toquei a campainha. Falou que estava sendo seguida por um homem. Pedi a arma emprestada, caso precisasse simular um ataque... e foi isso que eu fiz.

— A Srta. Cole declaro que o senhor quebrou a janela do carro dele com um pontapé — diz o detetive. — Isso foi comprovado quando examinamos o carro. O senhor pode explicar por quê?

— Ele se recusava a abrir a janela, e eu queria atrair a atenção dele. Eu também queria descobrir quem ele era.

— Então, o senhor o ameaçou com uma arma.

— Sim, eu o ameacei com uma arma.

— Leo, seu branquelo imbecil, imbecil. — Ike suspira.

— Depois, o senhor roubou a carteira e os óculos escuros da vítima?

— Confisquei a carteira dele, na expectativa de que ele deixasse a Srta. Cole em paz — afirmo.

— O senhor teve êxito — diz o detetive McGraw. — E, na última vez que ele foi visto, o senhor apontava uma arma para o rosto dele.

— Sim, é verdade, mas o Sr. Summey foi visto por mim e pela Srta. Cole, subindo a Union Street, em alta velocidade, absolutamente vivo.

— Na realidade, achamos que àquela hora o Sr. Summey já estava morto, Sr. King — diz o detetive. — De acordo com a cronologia dos fatos, consta que o Sr. Summey já estivesse morto e enfiado dentro do porta-malas. O senhor pode descrever o homem que dirigia o carro?

— Sujeito de cor branca, com pouco mais de 1,80m de altura. Cabelo preto — respondo.

— O cabelo parecia tingido?

— Não sei. Não sou cabeleireiro. Era uma peruca. Daquelas bem baratas.

— Não seja engraçadinho, Sapo — diz Ike, rispidamente. — O detetive merece respostas sérias.

— Desculpe-me, detetive McGraw — eu digo. — Não vi bem a cara do sujeito.

— Que idade o senhor acha que ele tinha?

— Parecia um homem mais velho, querendo se passar por um cara mais jovem. Tinha olhos castanhos. Sobrancelhas espessas. Era um sujeito troncudo. Mas parecia meio abatido.

— O Sr. Summey nasceu em Nova Déli, na Índia. Tinha visto de estudante, quando se casou com Isabel Summey. Mudou de nome, por meio de um processo legal, de Patel para Summey, a fim de parecer mais americano. Tinha 1,73m e pesava 63 quilos.

— Não foi esse o cara que eu vi — afirmo enfaticamente.

— A carteira de motorista foi adulterada. Achamos que a foto é do assassino. — Ele me entrega uma cópia do documento, e examino a fotografia que olhei apenas de relance durante o incidente na Union Street.

— Não posso afirmar que seja esse o cara. Olhei rapidamente para ele e o despachei.

O detetive McGraw me entrega outra foto, de um indiano franzino.

— Esta é uma foto recente do Sr. John Summey, que se chamava Anjit Patel.

— Não era o cara ao volante daquele carro — afirmo. — De jeito nenhum.

316

— Quando foi que a senhorita notou que estava sendo seguida, Srta. Cole? — pergunta o detetive.

— Há dois dias. Ele me seguiu até o trabalho, na quinta-feira. Notei a presença dele enquanto eu esperava o ônibus. Depois, fiquei assustada ao vê-lo quando desci do ônibus, perto do meu escritório, próximo do centro financeiro. Quando voltei para casa, ele estava esperando por mim. Na sexta-feira, foi a mesma coisa. Ele foi embora à noite, mas, quando acordei de manhã, lá estava ele. No carro estacionado, esperando. Na sexta-feira, telefonei para a polícia. Então, no dia seguinte, Leo tocou a minha campainha.

— Mas ele nunca se aproximou, nem a ameaçou? — pergunta o detetive. — Seria correto supor que ele jamais abordou a senhorita? Não seria possível que ele estivesse seguindo outra pessoa da vizinhança?

— Ele olhava para mim. Ele estava atrás de mim — responde Anna, convicta e trêmula.

— Quando saí para anotar o número da placa e tentei confrontá-lo, ele se deitou no chão do carro. Ou ele tinha deixado cair amendoim, ou estava se escondendo de alguém — digo ao detetive.

— O senhor tem licença para portar aquela pistola, Sr. King? — pergunta o homem.

— Peguei a pistola emprestada à Srta. Cole — eu digo.

— Foi presente do meu pai — completa Anna. — Ele não me deu o porte. Nem tenho munição.

— Algum de vocês seria capaz de fazer a identificação desse sujeito na polícia? — indaga o detetive.

— Não — Anna e eu respondemos ao mesmo tempo.

— Se voltarem a ver esse homem, vocês podem me informar, imediatamente? — Ele nos entrega cartões, e deixa um também com Ike. Antes de ir embora, o detetive McGraw me pergunta: — O senhor ainda está de posse dos óculos?

— Acho que sim. Posso verificar. Deixei-os dentro da gaveta, na minha mesa de cabeceira.

— Vou até lá com o senhor. É possível que os óculos tenham as digitais do sujeito — diz McGraw.

Nas catacumbas do meu quarto, acendo a luz e fico boquiaberto, pois o cômodo está completamente revirado. Tento me mexer para avaliar o estrago, mas o detetive McGraw me detém, pressionando o meu ombro. Ele me empurra para fora do quarto, e entra, procedendo com cautela. Pega uma caderneta e faz diversas anotações; em seguida, pergunta:

— Foi naquela mesa que o senhor deixou os óculos?

A mesa está despedaçada, a gaveta, sobre a cama, está dilacerada por uma faca, de cima abaixo. Numa mansão cheia de Picassos, Monets e Mirós, repleta de prataria, candelabros e antiguidades que atingiriam valores incalculáveis até no mercado negro, é surpreendente que o cômodo mais modesto tenha sido vandalizado.

— O cara veio em busca dos óculos — diz o detetive. — Como ele sabia que o senhor está hospedado nesta casa?

— Não faço a menor ideia. Sei lá! Talvez pela coluna de Herb Caen.

— Vou lacrar esta porta. Vou pedir à perícia para vir aqui amanhã. Não estou gostando nada disso. Vou dar uma olhada no banheiro. Alguém mais usa o banheiro?

— Não, senhor.

— Meu nome é Tom. Não precisa me chamar de "senhor".

Segurando um lenço, ele empurra a porta do banheiro, já entreaberta. Vejo o conteúdo do meu estojo de barbear espalhado por toda parte.

— Você pode entrar aqui um instante, Leo? — pergunta o detetive McGraw. — Por favor, não toque em nada. Mas explique isso para mim, se puder.

Irrito-me ao ver o conteúdo de todos os meus frascos de remédios espalhados pelo piso. O intruso esvaziou na pia o tubo de creme de barbear, quebrou meu frasco de loção pós-barba e espremeu todo o tubo de pasta de dentes. O armário espelhado está aberto e os artigos sofisticados deixados pelo produtor para os hóspedes foram jogados no chão. Contudo, a natureza alarmante da visita só me deixa pasmo quando McGraw fecha a porta espelhada e contemplo o cartaz que notifica São Francisco acerca do desaparecimento de Trevor Poe. É isso que congela minhas células, com todo o pavor da lembrança e da história, com a mitologia secreta que constitui o substrato grotesco que ocupa o cerne dessa busca, que acaba de se tornar letal.

— Podemos solicitar proteção policial para esta casa? — pergunto.
— A partir de hoje à noite?
— Se houver um bom motivo — diz o detetive McGraw.
— Podemos chamar Sheba, Ike e Niles aqui? — pergunto. — Nenhuma das outras mulheres, por favor.

Ike e Niles chegam primeiro. Ouço Sheba se queixando enquanto Tom McGraw a conduz pelo braço.

— O que houve, Sapo? — pergunta Niles.
— Quem fez isso no seu quarto? — acrescenta Ike.

Sheba se mostra extremamente aborrecida assim que entra. A violação do quarto a deixa chocada, mas ela quase cai de joelhos ao ver o cartaz esvoaçante com a foto do irmão grudado no espelho do banheiro.

Com um esmalte vermelho berrante, alguém desenhou a imagem de um rosto risonho. Do olho esquerdo, por uma face sem traços, escorre uma lágrima.

— Jesus! — exclama Ike.
— Que merda! — Niles suspira. — O que significa isso?
— Sheba, seu pai está vivo — digo. — Era ele o cara dentro do carro.

No dia seguinte, Ike assume o comando do nosso combalido pelotão, agora acuado e receoso. Ao raiar do dia, vemos uma viatura da polícia de São Francisco patrulhando a frente da casa como uma guarda pretoriana. O invasor entrou pela cerca dos fundos do terreno, conforme comprovado pelo corpo inerte de um Rottweiler envenenado. A polícia não encontrou impressões digitais, nem fios de cabelo, tampouco sinais de arrombamento. Descobre apenas a pegada de um tênis de corrida, marca New Balance, tamanho 42, na varanda de baixo. Durante duas horas, Sheba é interrogada, revelando detalhes de uma história familiar tumultuada que compõe a totalidade das peças do quebra-cabeça que tentamos montar havia anos. Cada um de nós tinha conhecimento de alguns fatos; ninguém conhecia todos.

Sirvo uma xícara de café preto para Sheba quando ela vem ao nosso encontro, na mesa do café da manhã. A tensão aumenta, num dia sem sol e com nevoeiro. Faz frio na cidade, que naquele momento não parece acreditar na existência do verão ou ter qualquer ligação com ele. Um silêncio polêmico nos domina. Parece um ato de compaixão quando Ike assume a liderança e nos apresenta um plano.

— A noite de ontem mudou tudo, Sheba — diz ele. — Você sabe disso melhor do que ninguém.

— Eu não colocaria nenhum de vocês em perigo — declara ela. — Só espero que vocês acreditem nisso.

Molly é a pessoa mais visivelmente abalada do nosso grupo. Ela não fez qualquer menção à noite que passamos juntos, nem tentou falar comigo a sós, nem sequer tocou a minha mão. É difícil entender o frio distanciamento que ela mantém, mesmo porque Molly não é uma mulher fria. É amável, dedicada, afetuosa e leal; aos poucos, nesses últimos dias na Califórnia, dou-me conta de que ela é também uma espécie de "mulher de compartimentos". Ela tem uma gaveta para a família, outra para os amigos, outra para a manutenção da casa e outra para Leo, criado fiel e amante abnegado. Acho que o silêncio decorre do fato de ela ainda não saber como dispor da gaveta de Chad: Jogar tudo fora? Rearrumar? A incerteza parece tê-la paralisado, e o surgimento do Sr. Poe contribuiu tão somente para aumentar o caos. Fica óbvio que o entusiasmo dela pela viagem decresceu consideravelmente e, com um tom de voz severo, ela diz a Sheba:

— Vir até aqui encontrar o Trevor foi uma brincadeira. Um prazer. Tivemos uma chance de provarmos algumas coisas uns para os outros, de vivermos juntos uma aventura. Você não disse que haveria mortes no processo.

— Achei que meu pai estivesse morto — diz Sheba.

— Nós temos que pensar nos nossos filhos, Sheba — afirma Fraser, falando com total objetividade.

— Então, todos vocês podem dar o fora daqui, pois vou encontrar a porcaria do meu irmão sozinha — grita Sheba, e a voz parece advir de uma tristeza escondida em algum lugar obscuro no interior do seu ser.

— Quero sugerir um plano de ação — anuncia Ike. — Acho que o risco é mínimo. A Betty e eu bolamos o plano ontem à noite.

— Não é perfeito, mas é um plano — acrescenta Betty.

— Vamos esperar até domingo. Isso quer dizer que vamos ficar aqui pouco mais de duas semanas. Nós já nos esfalfamos. Colocamos anúncios nos jornais, espalhamos cartazes pela cidade, conseguimos arrancar uma coluna de Herb Caen. A Sheba já foi entrevistada por todas as estações de rádio e televisão de São Francisco. Todos os jornais gays estamparam o motivo da nossa presença aqui. Nós nos empenhamos ao máximo.

— Eu estava de acordo com a Fraser... pronta para pegar um avião ainda hoje de manhã — diz Betty. — Mas o plano do Ike parece bom. Ele sempre mantém a cabeça no lugar.

— Ele não é mãe — afirma Molly. — Nem Sheba. E Leo não é pai. Prefiro tomar uma overdose de heroína a deixar Chad e aquela piranha brasileira criarem meus filhos.

— Não se esqueça que Chad é meu irmão — lembra Fraser. — Ele ama os filhos tanto quanto você.

— Não precisamos de uma briga agora — diz Niles, tentando aliviar a situação. — Já temos problemas suficientes.

— Vi você saindo do subsolo à noite — diz Fraser a Molly. — Eu estava usando o banheiro do corredor, para não acordar Niles. Suponho que você e Leo estavam debatendo a necessidade da reforma econômica no Sri Lanka?

— Fui esquentar uma xícara de leite no micro-ondas. — A mentira de Molly carece de convicção. — Não conseguia dormir.

— Para mim, você estava cheirando a sexo.

Todos na sala se espantam. Eu nunca tinha ouvido Fraser usar esse tipo de linguagem. Pela expressão em seu rosto, percebo que até ela mesma está espantada.

— Então, a família Rutledge é solidária — diz Molly. — O coitadinho do Chad pode fazer o que quiser, que Molly e as crianças vão ficar de bico calado, sorrindo enquanto a casa vem a baixo.

— Peça desculpas a Molly — Niles pede a Fraser, com os olhos azuis cintilando.

— Não tenho por que me desculpar. Só cego não vê o que ela e Leo estão aprontando. E não vim até aqui para transformar meus filhos em órfãos.

— O que você tem contra órfãos? — pergunta Niles à esposa.

Agora a sala parece girar, prestes a fugir ao controle, um planeta molecular livre de suas próprias leis minimalistas de gravidade.

— Nada, querido. — Fraser começa a recuperar o autocontrole. — Apenas não é o destino que eu desejaria aos nossos filhos, por mais edificante que isso possa parecer a você.

— Eu nunca achei isso — contesta Niles. — Foi a coisa mais terrível do mundo. Todos os dias, eu acordava com medo. Eu ia à escola com medo, e minha irmã também. Isso estragou a vida dela. O amor que você sente por mim salvou a minha vida, Fraser. A minha irmã sofreu tanto que o amor do Leo não chegou nem perto de tocar o coração dela. E Leo estragou a vida dele, ao amar uma pessoa doente que não podia ser curada. No entanto, por mais medo que eu tivesse, e por mais medo que Starla tivesse, acho que nenhum de nós sentia tanto medo quanto Sheba e Trevor. Meu pai era ausente, e isso era ruim. Mas eles tinham um pai que os aterrorizava e perseguia anos a fio. Desconheço os detalhes da história, Sheba. Mas, sei que é feia, muito feia.

Ike se levanta, com a voz tão comedida quanto resoluta.

— Eis o plano que Betty e eu achamos viável. Nós prometemos ao pessoal do projeto Mão Aberta distribuir marmita naqueles hotéis até domingo. Mas, vamos mudar de rotina. A Betty e eu não vamos fazer entregas. Vamos fazer papel de policiais. Nós vamos atuar todos juntos, num hotel de cada vez. A polícia de São Francisco vai vigiar esta casa dia e noite. Vamos concluir esse trabalho, e vamos fazer a coisa certa. Sapo, você prepara o jantar hoje à noite?

— Com prazer.

— Vamos passar a comer em casa, com as persianas e cortinas fechadas. Nada de piscina, nada de hidromassagem.

— E a minha lua de mel com o Leo? — pergunta Molly.

— Cale a boca, Molly — ordena Ike.

— Fiquei assustada — explica Fraser. — Falei demais.

— Pela primeira vez na vida, você disse algo cruel, Fraser — diz Niles, encarando a esposa, que se recusa a olhar nos olhos do marido. — Deus do céu! Se eu não te conhecesse, diria que você parecia até uma órfã... a escória do mundo ocidental.

— Isso não é justo, Niles — censura Molly, surpreendendo a todos na sala, principalmente Fraser. — Ela acaba de dizer que estava assustada. Todos temos um bom motivo para estarmos assustados.

Sheba, abraçando os joelhos, sentada numa poltrona no canto da sala, inesperadamente, dá razão a Molly.

— Meu pai é perfeitamente capaz de nos matar — diz ela. — Eu causei tudo isso; vou reparar todos esses danos. Juro.

— Primeiro, temos um trabalho a fazer — afirma Betty. — Precisamos entregar marmitas a esses pobres coitados. Eles estão à nossa espera.

— Não tenho vontade de mover um músculo sequer — afirma Sheba. — Tenho vontade de ficar na cama, enchendo a cara e assistindo aos meus velhos filmes. Talvez isso me ajude a esquecer que meu pai, que eu achava que estava morto, é um assassino psicopata que sabe onde moro.

— Faça uma comida das boas, Leo, o que você souber fazer de mais sofisticado — diz Ike. — Mas precisamos esclarecer toda essa situação entre nós. Sheba, prepare-se, menina. Nesta noite, todos nós que estamos nesta sala vamos ter que saber a droga da história inteira, de A a Z. Vocês surgiram nas nossas vidas como uma batida policial, há vinte anos. Nenhum de nós sabe de onde vocês vieram, nem por que se mudaram para a casa em frente à do Leo. Não sabemos nada sobre a mãe de vocês, a não ser o fato de que ela veio ao mundo a fim de criar caso. Precisamos saber de tudo. Você não pode esconder nada de nós, porque esse tal sujeito já nos assustou antes. Para nós, seu pai é Conde Drácula, Ciclope, Frankenstein e Charles Mason; no entanto, acho que nenhum de nós saberia reconhecê-lo, se ele entrasse nesta sala. Não sei o nome dele... eu nem sei o nome do seu pai!

Sheba nos surpreende ao dizer:

— Já disse a vocês: nem eu sei, Ike. Nem Trevor.

— Nesta noite, Sheba Poe — continua Ike —, você vai ter que esclarecer tudo. Vai nos contar tudo. Não me incomodo de morrer por você. Não me incomodo mesmo. Mas quero saber o porquê.

À noite, Sheba se coloca no centro do palco, no quarto magnífico por ela ocupado, que abrange toda a extensão do último andar. O cômodo tem uma ampla antessala, com poltronas confortáveis e cheias de almofadas, um ambiente exuberante, confortável. As mulheres parecem pequeninas em seus lugares, exceto Fraser, com sua presença imponente ao lado de Niles. Molly e eu nos sentamos a quase 10 metros um do outro, fingindo não habitarmos o mesmo mundo.

— Trevor e eu não sabemos nem quando nem onde nascemos. — Sheba inicia.

— Vocês têm certidões de nascimento? — pergunta Ike.

— Várias. Numa delas o meu nome é Carolyn Abbot, e meu irmão é Charles Larson Abbot. A data do nascimento é sempre a mesma. Mas, nascemos em Saint Louis na primeira certidão e em San Antonio na segunda.

— E o pai de vocês?

— Ele trocava de nome e de emprego toda vez que nos mudávamos.

— Mas, por quê? — pergunta Molly.

— Não faço ideia. Quando se muda uma vez por ano, quando se vai de cidade em cidade, quando todo mundo que se encontra é estranho, tudo fica bastante confuso. Quando moramos em Cheyenne, no Wyoming, nosso pai era conhecido como Dr. Bob Marchese. Ele falava com sotaque italiano e passou o ano inteiro trabalhando como veterinário especializado em gado de corte. Em Pittsburgh, ele se chamava Pierre La Davide e vendia Jaguars. Em Stockton, na Califórnia, ele vendia seguro. Não sei nem se meu nome verdadeiro é Sheba Poe. Trevor disse um dia que tinha encontrado quatro ou cinco certidões de nascimento falsas e três passaportes do nosso pai, com três sobrenomes diferentes, nenhum dos quais era Poe.

— Vocês não faziam perguntas à sua mãe? — indaga Fraser.

— Não muitas. Se para nós era estranho, para ela era um pesadelo. Quando atingimos uma idade que nos permitia entender melhor a situação, percebemos que ela morria de medo dele. É claro que, àquela altura, já sabíamos que ela tinha muitos motivos para ter medo.

— Ele batia nela? — pergunta Ike.

— Não de modo a deixar marcas, mas inventava milhares de meios para torturá-la. Às vezes, ele a torturava não dando dinheiro nem para a comida. Sempre morávamos no campo, bastante isolados. Sem rádio, sem televisão, sem vizinhos, sem carro. Nosso pai era o único elo que tínhamos com o mundo exterior.

— Pare, pare com isso, agora! — exclama Fraser. — Isso não faz o menor sentido. Isso que você está descrevendo não é uma vida americana normal. Ninguém cresce desse jeito. Onde estavam os avós, as tias e os tios de vocês? O que eles diziam quando vinham visitar?

— Avós? Tias? Tios? Se eu os tenho, querida Fraser, eles nunca apareceram. Você acha que não fantasiei sobre isso um milhão de vezes? Você acha que não alimentei a esperança de que alguém visse um dos meus filmes e dissesse: "Então, foi isso o que aconteceu com Sheba?" Mas e se essas pessoas míticas jamais ouviram falar no casal de gêmeos chamados Sheba e Trevor? E se eles acham que somos Mary e Bill Roberts, de Buffalo, em Nova York? E se a nossa mãe se apaixonou pelo nosso pai e disse adeus à família? São milhões de hipóteses, Fraser, e é trágico que você só consiga pensar em uma.

— Não tem nada de trágico — diz Fraser. — Tenho o privilégio de saber exatamente quem é a minha família e o local onde ela reside há trezentos anos. A estabilidade foi a dádiva mais valiosa da minha infância. Estou propiciando essa mesma dádiva aos meus filhos.

— Você desconhece a origem da metade da família dos seus filhos — Niles lembra à esposa. — Eles são metade meus. Entre os antepassados deles há caipiras, contrabandistas de bebida alcoólica e meninas interioranas que jamais passaram do terceiro ano do ensino fundamental. Nossos filhos têm tantos mistérios na família quanto Sheba e Trevor. Minha mãe esfaqueou uma pessoa, e minha avó também esfaqueou alguém. E ambas estiveram presas. Isso é uma das poucas coisas que eu sei com certeza.

— Essa história triste nada tem a ver com os nossos filhos — insiste Fraser.

— Tem tudo a ver com os nossos filhos — rebate Nile — É a história central da vida deles; só que eles ainda não sabem disso.

— Eu os protegi de tudo o que se relacionasse à sua história — diz Fraser.

— A minha história vai encontrá-los — afirma Niles. — Porque é assim que a história funciona.

— Funcionou assim no caso de Starla — admite Fraser. — Mas eu te protegi desse passado.

— Não existe proteção contra o passado — declaro.

Ike ergue a mão para pôr um fim ao debate.

— O assunto é Sheba. É Trevor. É o pai deles. É o passado dela que estamos tentando desvendar agora. Podemos conversar sobre essa outra baboseira quando voltarmos a Charleston.

— E o rosto sorridente? — pergunta Molly a Sheba. — Não compreendo por que isso é o sinal da presença do seu pai, da perversidade dele.

— Quando era menina, eu adorava rostos sorridentes. — Sheba dá de ombros. — Não tínhamos dinheiro; então, eu costumava cortar rostos sorridentes que aparecessem em jornais e revistas. Eu os espalhei por toda parte... em xícaras, pratos de papel, fitas e balões. Meu pai não gostava da ideia de hobbies, exceto no caso do piano. Foi ele que ensinou a Trevor e a mim a tocar. Mas ele tinha que ser o centro do nosso mundo. Um dia, quando voltei da escola, ele tinha pintado uma lágrima vermelha em cada um dos meus rostos sorridentes. Ele usou o esmalte de unha da minha mãe. Àquela altura, a situação já estava às claras. E minha mãe já havia feito planos para fugir.

— O quê já estava às claras? — indaga Molly.

— Ele já havia começado comigo e com Trevor. Principalmente com Trevor. Sempre achei que ele gostava mais de meninos do que de meninas, mas ele gostava de ambos.

— Chega! — exclama Fraser. — Sequer posso fingir que quero ouvir o resto dessa história. E acho que falo em nome do grupo.

O silêncio tanto pode ser medido no espaço de tempo em que se toma uma dose de licor quanto no que se enche uma garrafa de 1 litro. E o silêncio subsequente perdura ao ponto de fazer com que Fraser se sinta isolada e na defensiva. Os olhos dela brilham como os de uma leoa que fareja hienas se aproximando do filhote. A confissão de Sheba perturba a todos, mas deixa o célebre autocontrole de Fraser profundamente abalado. Na complexa colagem configurada por nossa amizade ao longo dos anos, Fraser ocupa o ponto alto da normalidade. Sempre podemos confiar em sua atuação como cidadã consciente e pessoa íntegra, a despeito das turbulências registradas na atmosfera que nos cercava. É doloroso testemunhar o mundo de Fraser virar areia movediça.

— Niles, você vem comigo? — pergunta ela. — Para mim chega. A minha imaginação é capaz de fornecer os detalhes.

— Quero ver o fim — diz Niles, sem rispidez. — Todos nós precisamos preencher esse vazio em nossas vidas, principalmente a Sheba.

— Sheba, de nada adianta você nos expor todos os detalhes sórdidos do abuso que você e o Trevor sofreram nas mãos do pai de vocês — protesta Fraser. — Já entendemos. Estamos tentando levar vidas decentes. Não vivemos num mundo em que crianças são abusadas sexualmente pelos adultos dos quais dependem. Isso é estranho e repulsivo, e não vejo como isso pode nos ajudar a encontrar Trevor.

— Num orfanato, tudo pode acontecer com uma criança, Fraser — afirma Niles. — Fui penetrado por dois homens, antes dos 10 anos, e sobrevivi. Starla e eu sobrevivemos. Isso é a única coisa que importa.

— Sua irmã não sobreviveu, Niles. Sua irmã naufragou, e nunca sabemos em que praia os escombros vão emergir — retruca Fraser.

— Niles e eu sabemos o que um orfanato pode fazer com o espírito de uma criança, Fraser — diz Betty. — Nós conseguimos construir vidas úteis, mas ainda temos muito a caminhar.

— Boa noite a todos — diz Fraser.

Ouvimos as passadas, enquanto ela desce a escada com a graça atlética que é a sua marca registrada. Uma porta bate no andar inferior.

— Tudo bem, Sheba? — pergunta Ike.

— Não — responde ela. — Isso está nos fazendo odiar uns aos outros. Portanto, prefiro parar por aqui. É lamentável que meu pai tenha feito o que fez comigo e com o Trevor, mas é um fato da minha vida. Eu nem sabia que era errado. Meu pai dizia que meninas e meninos deviam fazer sexo com o pai. Era o modo de pagar pelo seu sustento. Como poderíamos saber que não era assim? Agora sei que é nojento. Mas eu não sabia quando tinha 5 ou 6 anos.

— Sheba, a mesma coisa aconteceu comigo. — Betty escorrega do sofá, ajoelha-se ao lado de Sheba, que está bastante agitada, e segura-lhe a mão. — O namorado da minha mãe abusou de mim até uma assistente social entrar em cena e me tirar de casa. Cheguei a Charleston no mesmo ano que você e Trevor, e fui para o mesmo orfanato que Niles e Starla. Nós mesmos nos ajudamos a nos salvar, aos pouquinhos. Eu me sentia tão perdida dentro de mim a ponto de achar que nunca mais me encontraria. Vamos pôr um ponto final nisso, querida. Se tiver seu pai na minha mira, eu despacho ele para o outro mundo. E Ike, Niles e o Sapo vão fazer a mesma coisa.

— Tenho o mesmo sentimento, mas acho que não seria capaz de matá-lo — interrompe Molly. — Acho que não tenho condições de matar alguém.

— Não se preocupe, Molly. Eu também não conseguiria matá-lo. Pelo motivo mais idiota do mundo, e vocês vão me odiar por admiti-lo — diz Sheba..

— Pode nos dizer o que quiser — diz Ike. — Somos incapazes de te odiar.

— Porque o desgraçado é meu pai. E vejam como ele me ferrou: eu ainda o amo, por causa disso, e só por causa disso. Ele é meu pai e pai de Trevor. Eu adoraria vê-lo desaparecer, mas não quero que ele morra.

Enquanto ela chora, eu a observo, e penso que Sheba criou para si tantas máscaras que já não é capaz de identificar o próprio rosto, no museu por ela montado para se esconder. Como atriz, ela construiu uma carreira a partir de identidades roubadas. Naquele momento, vejo-me acreditando cegamente nela, mas sem saber ao certo se falou a verdade. É difícil confiar em uma mulher cuja história possui uma série de desfechos, mas nenhum ponto de origem.

— O que mais precisamos saber? — pergunta Ike, em nome do grupo. — Vamos proceder o mais rapidamente possível, Sheba. Isso tem sido terrível para você, para todos nós.

— Conhecendo seu pai, como você acreditou que ele estivesse, de fato, morto, Sheba? Mesmo estando supostamente de posse das cinzas dele? — pergunta Betty.

Sheba sacode os ombros:

— Foi o que me disseram, em Nova York. Encontraram a carteira de identidade dele. E me entregaram as cinzas.

— Quando foi que isso aconteceu? — É a vez de Ike indagar.

— Há alguns meses.

— E como ele sabe que você está aqui? — pergunta Niles.

— Herb Caen deu a ele o endereço da Sheba — diz Molly. — O pai de Sheba estava rondando o apartamento onde Trevor morava. Ora! Leo também escreveu um monte de colunas sobre o apartamento do Trevor.

— Por hoje já basta, Sheba — diz Ike.

— E vai ter mais?

— Por que essa obsessão por você e pelo Trevor? — questiona Molly.

— Um jogo simples. Que tem a ver com controle absoluto. E que não admitia revolta. Meu pai se referia a ele mesmo como "senhor". E nos chamava de escravos. Dizia que esse era o jogo mais simples, mais antigo e mais honrado que existia no mundo. Um dia ele disse: "Eis a minha promessa: esse jogo nunca vai acabar." Quando me estuprou, em Los Angeles, ele me confessou que só teve filhos porque queria foder pelo resto da vida. "Ter gêmeos foi uma surpresa", ele me disse. "Prazer em dobro, divertimento em dobro."

CAPÍTULO 17

Novo frequentador do Washbag

Na sexta-feira, iniciamos o difícil processo de dizer adeus aos moribundos para os quais levamos marmita há quase duas semanas. As despedidas são penosas e comoventes para todos. Embora o pessoal do Mão Aberta tivesse nos alertado sobre o perigo de nos apegarmos demais, a natureza e a gravidade da missão mudaram tudo em nós. Passamos boa parte do dia chorando. Até o momento, já nos deparamos com quatro mortos em hotéis por nós servidos no Tenderloin. O fato de não termos localizado Trevor nos pesa bastante, e a sensação de fracasso iminente provoca desânimo na maioria de nós e irritação em Sheba. Nenhum de nós jamais se deparou com coragem tão indômita, sagacidade tão intensa e tamanha paixão pela vida, desde o momento em que nossas existências cruzaram o caminho desses homens destruídos pela doença.

Minha alma está cansada quando entramos no Washbag. A garçonete Leslie nos recebe com um abraço: corre entre os frequentadores o boato de que Trevor ainda não foi localizado.

— Desperdicei o tempo de todo mundo vindo até aqui — diz Sheba. — Coloquei em risco a vida de todos. E ainda não achamos merda nenhuma.

Ela interrompe a própria fala e cai em prantos. Agora não existe atuação, apenas desespero, e Sheba começa a choramingar, como uma criatura noturna, pequena e frágil. Antes de qualquer reação nossa, Leslie surge correndo, ofegante, na direção da nossa mesa, vindo do salão da frente.

— Algo malcheiroso e homicida vem por aí — diz Leslie.

— Como assim? — pergunta Ike, levantando-se.

— Um negão imenso. Evidentemente, sem-teto. Diz que quer falar com vocês.

Sheba se recompõe um pouco, e é a primeira a estabelecer a ligação.

— Aquele cara nojento, do bondinho! O que tentou roubar a minha carteira.

— Prepare o maior filé que você tiver, com todos os acompanhamentos — digo a Leslie. — Leve até aquele primeiro banco da praça.

Niles e Ike já estão na rua, falando com o único defensor da equipe dos Oakland Raiders que mora no banco traseiro de um carro sucateado.

— Talvez ele tenha alguma notícia — digo às mulheres que me seguem, no momento em que chego à reunião tensa que transcorre na Powell Street. — Pedi um prato para o nosso parceiro — eu aviso a Ike e Niles.

— Eles ameaçaram chamar a polícia, quando tentei entrar — reclama Macklin Tijuana Jones, sinceramente indignado.

— Seu perfil não condiz com o da clientela deles — diz Ike, no tom de voz mais ameno possível.

— Vocês prometeram 5 mil a quem encontrasse a bichinha de vocês. — Macklin sentou-se num banco do parque e foi cercado por nós. — Cadê o meu dinheiro?

— Onde está o nosso amigo? O dinheiro só vai para a sua mão quando nós apertarmos a mão de Trevor Poe — diz Ike.

— Achei ele. Eu disse que acharia. Cumpri a minha parte. Agora quero o meu dinheiro. — Ele pega o cartaz que espalhamos por toda São Francisco e o examina como se fosse o mapa de um tesouro infinitamente valioso. — É ele mesmo. Eu o vi com estes dois olhos. Vi ontem.

Leslie surge no parque, trazendo uma bandeja cheia de comida e seis latas de cerveja. Com certa solenidade, ela repousa a bandeja sobre as pernas de Macklin e diz:

— O filé está entre mal passado e ao ponto. Está bem assim, querido?

— É assim mesmo que eu gosto, madame — responde ele. — Meus parabéns ao cozinheiro; pode acrescentar trinta por cento à minha conta, como gorjeta.

Observamos Macklin começar a comer, com uma delicadeza e um proveito surpreendentes. Então, lembro-me de que ele foi um astro da NFL e que sabia como se comportar nos melhores restaurantes da cidade.

— Senhoras e senhores, essa refeição está deliciosa.

— Você viu Trevor Poe? — pergunta Ike, com impaciência.

— Com estes dois olhos — responde Macklin, entre uma mordida e outra.

— Pode nos levar até ele?

— O menino de vocês está encrencado, seu guarda. Sim, posso levar vocês até ele. Mas tirar ele de lá vai ser o diabo.

— Onde ele está? — diz Sheba em voz alta.

— Bunny pegou ele.

— Quem é Bunny?

— Nem queira saber — diz Macklin, concentrando-se na comida. Aponta-nos o garfo. — Escutem bem. Encontrem-me às 8 horas, na esquina da Turk Street com a Polk.

— Você vai nos levar até esse tal Bunny? — pergunta Ike.

— Claro que não! Bunny me mata se souber que estou entregando ele à polícia.

— Você está com medo de alguém? Isso não faz muito o seu gênero.

— Bunny jogou pelos Raiders alguns anos antes de mim — diz Macklin, e volta a comer. — Bunny Buncombe, número 89. Um camarada branco que jogava pela Florida State University. Naquela época ele pesava quase 140 quilos, mas agora pesa uns 180. É desequilibrado. Malucão. Não é maluco bonzinho, é maluco cruel. Ele mataria a própria mãe e venderia o absorvente usado dela por uma pastilha contra a tosse.

— Que bela imagem — diz Fraser.

— Veja bem o que você diz perto da minha mulher — rosna Niles.

— Nós viemos a São Francisco para umas férias e umas boas risadas — eu digo. — E acabamos reencontrando nosso amigo Macklin. O pai de Sheba aparece, para mais um episódio da dança "pai e filha". Agora descobrimos que Trevor ficou amigo de um maluco de 180 quilos chamado Bunny.

— Por que Trevor haveria de se envolver com um cara como esse? — pergunta Betty, atônita. — Ele sempre detestou esse tipo de homem.

— A senhora não está entendendo, madame. O amigo de vocês, Trevor, é prisioneiro de guerra. Igual aos outros veadinhos presos na casa de Bunny. Ele não pode sair. É proibido.

— Ele é adulto — diz Fraser. — Ele pode sair, se quiser.

— Ei, dama da sociedade! Já vi muita gente se afundar no Tenderloin. Ora! *Eu mesmo* já me afundei no Tenderloin. Mas Bunny construiu ali o seu próprio inferno. Talvez seja pior que o inferno. Só depois da morte, vou poder descobrir, não é? Em todo caso — Macklin termina a refeição e coloca o guardanapo na bandeja —, encontro vocês, gente boa, às 8h, e vamos ver o que é possível. Tem a lanchonete do Sr. Joe, no lado leste da Polk, perto da Golden Gate. Encontrem-me lá.

— Como podemos saber se você vai estar lá? — pergunta Ike.

— Tenho cinco mil razões. Venham preparados para porrada. Bunny acabará com todos vocês, se tentarem atrapalhar a vida dele. Por falar nisso, a bicha de vocês não vai nada bem. E aposto que um de vocês vai morrer na mão de Bunny.

Na pior região do Tenderloin, encontramos Macklin Tijuana Jones para um café da manhã no estabelecimento de um vietnamita idoso que se identifica como "Joe Blow". Macklin dorme no quintal de Joe Blow, dentro de um Mazda totalmente enferrujado e apoiado sobre quatro blocos de cimento.

— Façam seus pedidos — diz Ike, e nós o obedecemos. — Outro filé, Macklin?

— Um filé é uma bela maneira de começar um dia.

— Onde está Trevor Poe, Macklin? — pergunta Ike. — Você disse que sabia.

— Sou um cara morto se Bunny descobrir que dei com a língua nos dentes — adverte Macklin, correndo os olhos pelo recinto, com toda atenção.

— Ninguém precisa saber que você está envolvido nisso — afirma Betty.

— Vocês trouxeram os 5 mil?

— Nós temos o dinheiro — responde Sheba. — Onde está o meu irmão?

— O veadinho é seu irmão? Pois não vai ser por muito tempo. Está sendo comido pela merda da Aids. Vocês já foram ao Castro? É o local preferido dos veadinhos. Quando fico completamente duro, vou até o Casto e assalto um deles.

— Que vida estimulante — diz Sheba.

— Cadela racista — murmura Macklin.

— Negro filho da puta dos quintos dos infernos! — xinga Sheba. — Eu não te daria 5 mil dólares, nem que você me entregasse meu irmão pintado de ouro.

— Leve Sheba daqui — ordeno a Molly. — Onde está Trevor, Macklin? E por que você acha que o cara que você viu é ele?

— Eu falei para vocês que Bunny é maluco, não falei? Mas ele é esperto também. O filho da mãe é formado em administração pela Florida State University. O filho da puta tem até pós. Mas logo se contundiu na liga profissional. Usou a gratificação para comprar uma velha pensão no Tenderloin. Ele faz de tudo um pouco. Eu compro minhas drogas de um viciado sustentado por ele. Ninguém engana Bunny. Os caras que o enganam precisam desenvolver guelras sem demora.

Ike anota tudo o que Macklin diz.

— Por quê?

— É difícil respirar no fundo da Baía de São Francisco — explica Macklin.

— Vamos falar de Trevor — diz Niles, um tanto agitado.

— Bunny foi esperto e percebeu que podia ganhar dinheiro com a Aids. Assim que os veadinhos começaram a cair doentes, ele criou um plano para arrancar o dinheiro deles.

— Os que nós encontramos estavam pobres — eu digo. — Era como se fossem sem-teto.

— Mas eles recebem cheques do Seguro Social. — Ike volta-se para Macklin. — Assim como você, suponho?

— É.. mas o meu evapora num minuto. Por isso eu penso que as drogas devem ser legalizadas — diz Macklin.

— Jesus! Ele agora é reformista. — Niles suspira.

Macklin o ignora.

— Bunny sabia que nem piolho ia aceitar morar na pensão dele. Mas, e se ele encontrasse um bando de veadinhos com Aids, nas últimas, sem família, sem amigos, sem nada, exceto o cheque mensal? Ele recruta vinte veadinhos e vinte cheques. Arruma um cômodo para eles, comida suficiente para manter os caras vivos, e impede qualquer contato com o mundo exterior. Não é preciso ser formado em administração para saber que, no fim das contas, o esquema dá lucro.

— Pacientes de Aids acabam morrendo — eu digo. — Eis o furo nessa teoria.

— É... morrem mesmo. Mas ele sai e recruta mais um veadinho. E consegue mais um cheque. Bunny tem um parceiro no Seguro Social, e o sujeito é encarregado do Tenderloin. Ele envia os cheques para a casa de Bunny, na Turk Street. E Bunny dá ao cara um percentual de cada cheque. Eu disse que ele é esperto.

— Como você sabe que Trevor está morando lá? — pergunta Niles.

— Depois que vocês me ofereceram dinheiro para encontrar Trevor Poe, fui até a casa de Bunny para comprar droga e dar uma olhada por lá. Bunny já sabia que tinha gente procurando pelo Trevor. Ele me levou até Trevor, se gabando de ele estar lá. E disse: "Diga oi para o Macklin, pianista." Ele chama Trevor assim porque tem um piano velho no quarto dele que a bichinha, às vezes, toca. "Oi, Macklin, você é uma graça", o pianista disse. "Homens como você me fazem agradecer a Deus ter nascido gay." Tive vontade de vomitar.

— É o Trevor — afirmo.

— É o nosso garoto — concorda Niles.

— A porcaria daquele artigo do Herb Caen — diz Ike, sacudindo a cabeça.

— É. Bunny lê a coluna do Herb Caen todas as manhãs. E está de olho em vocês.

— Precisamos fazer uma reunião, só nós, Macklin — Ike diz, retirando da carteira uma nota de 100 dólares.

— Cadê os meus 5 mil? — exige Macklin.

— Só quando pusermos a mão no Trevor. Isso aqui é um adiantamento. Tem mais alguma coisa que possa nos ajudar?

— Sim: tem uma porta quebrada, que dá acesso ao telhado da casa do Bunny. Já fumei maconha lá com o zelador, uma ou duas vezes. Como é que eu vou saber que vocês não vão se mandar da cidade, depois que resgatarem o veadinho de vocês?

— Por que não somos como você, seu nojento — diz Niles.

— Acho que vou dizer ao Bunny que falei com vocês. Quem sabe, ele não me faz uma oferta melhor? Eu tenho que ver o meu lado primeiro. Essa é a minha filosofia no mundo dos negócios.

— Bunny te mata na hora — afirma Ike.

Macklin avalia a pertinência do comentário por um momento.

— A bichinha de vocês mora no terceiro andar. A porta dele é azul.

— Pode ir beber uma garrafa de Thunderbird — diz Niles. — A gente entra em contato com você depois.

Macklin se despede de nós e de Joe Blow, e se apressa para voltar à sua vida triste e caótica.

— Eu gostaria de dar uma força para esse cara — diz Ike.

— Mete uma bala na nuca dele — aconselha Niles. — Você estaria fazendo um favor ao mundo inteiro.

A casa de Bunny é uma dilapidada construção vitoriana, quase ao lado do hotel Delmonico. Tínhamos passado por ali dezenas de vezes, distribuindo marmitas para o projeto Mão Aberta. A esqualidez do Tenderloin se torna mais marcante devido à presença dessas casas, outrora tão belas. A porta da rua parece a entrada de uma cadeia de cidade do interior; todas as janelas estão cobertas com ripas de madeira. Não há sinal de vida. A edificação, de cinco andares, valeria milhões em Presidio Heights, mas eu não pagaria 1 dólar por ela, no melancólico Tenderloin.

Niles e eu, disfarçados de sem-teto, usando sapatos velhos, toucas de meia e casacos escabrosos comprados num brechó, fingimos que estamos dormindo, um de cada lado da casa. Molly e Sheba, bem-vestidas e simulando eficiência, sobem os degraus da frente e tocam a campainha. Durante algum tempo, nada acontece. Elas voltam a tocar a campainha. O som é profundo, intenso, e reverbera por toda a casa.

A figura gigantesca de Bunny surge à porta. Fingindo que durmo, mantenho a vista pregada na porta, o mundo um tanto bizarro quando visto através de olhos apertados. Bunny tem um aspecto terrível, insano.

— Que merda vocês querem? — pergunta ele. A voz é surpreendentemente fina para um corpo tão imenso.

Sheba está se passando por uma mulher simples, tímida, e deixa Molly assumir o papel principal.

— Olá, senhor — diz ela. — Nós somos voluntárias da Associação Assistencial da Catedral de Santa Maria, e estamos fazendo o censo da paróquia. O bispo quer que a Igreja Católica faça o possível para atender às necessidades dos paroquianos. Nós gostaríamos de saber se podemos entrar e fazer algumas perguntas. Prometemos não tomar muito do seu tempo.

— Vão se foder — diz Bunny.

— O senhor é católico? — pergunta Sheba.

— Sim, sou. Sou o puto do papa, em pessoa.

A segunda fase do nosso plano improvisado surge agora, rua abaixo, na forma de uma viatura policial. Conduzido supostamente por uma dupla de policiais de São Francisco, o carro para em fila dupla, em frente a uma lanchonete. Ike e Betty descem da viatura e olham para as duas mulheres que interrogam o ex-jogador dos Oakland Raiders. Cada milímetro da aparência dos dois exprime a palavra *polícia* com uma concisão animadora.

— Será que devemos chamar a polícia para falar com o senhor, Sr. Buncombe? — indaga Molly.

— Como é que vocês sabem a porcaria do meu nome? — Bunny olha para Ike e Betty.

— A rua inteira tem orgulho de ter como vizinho um ex-atacante dos Raiders — responde ela.

— Quem informou o meu nome para vocês? Eu mato!

Molly ignora a ameaça.

— Os vizinhos dizem que o senhor tem vários hóspedes. O senhor poderia nos dizer quantos são, Sr. Buncombe?

— Quem disse isso a vocês? — A paranoia de Bunny aumenta a uma velocidade de perder o fôlego.

— Só precisamos de um número, para nossos registros — insiste Molly, enquanto anota cada palavra que ele pronuncia.

Deitado na rua, avalio o físico do homem e concluo que ele tem condições de acabar com Niles, Ike e eu com facilidade, e sem suar muito. Bunny exala terror e maldade, o que parece muito natural nele. Tenho medo de que as duas estejam correndo risco de morte.

— O senhor conhece o grupo Mão Aberta? — Sheba utiliza uma voz desprovida de emoção e teatralidade. — O grupo acha que o senhor está cuidando de alguns gays. Todos são muito gratos, e gostariam de saber se o senhor não precisa de ajuda com a alimentação dos hóspedes.

— Odeio veados, e moro aqui sozinho — diz Bunny. — Agora, vocês duas, sejam boazinhas e sigam o caminho de vocês. Prestem bastante atenção: essa conversa nunca aconteceu, e vocês nunca me viram. O que aqueles dois chocolates estão olhando?

Ele protege os olhos contra o sol com uma das mãos, do tamanho de um prato raso, e fixa a atenção no outro lado da rua. Ike e Betty olham para ele. Não consigo discernir se a intrepidez demonstrada por eles é uma dissimulação que se aprende na polícia ou algo natural, inerente à personalidade dos dois.

— Digam ao pessoal do Mão Aberta que eu espero que todos os veados do mundo morram de Aids. Diga ao merda do bispo de vocês que espero que *ele* morra de Aids.

— O senhor já foi um católico praticante, Sr. Buncombe? — pergunta Molly.

Então, de algum lugar nos fundos da casa, surge a prova que nos faltava para sabermos que Trevor estava vivo, embora doente. Ouvimos o som de um piano, e não é a beleza, nem a destreza impecável da arte musical de Trevor que nos diz que chegamos ao lugar certo. Ele nos dá um sinal de que está ciente da nossa presença, tocando uma canção que ele mesmo transformou numa peça central das nossas vidas. Nas profundezas daquela casa vitoriana, aviltada e decadente, o piano secreto executa uma velha canção: "Lili Marlene". Vejo Niles sentar-se, reconhecendo a melodia, e percebo as alterações sutis nas fisionomias de Ike e Betty, firmes como sentinelas, do outro lado da rua.

— Ora! Bunny! — exclama Sheba. — Você deve ter uma pianola. Se você mora sozinho...

— Para com a porra desse piano! — grita Bunny para dentro de casa, dirigindo a voz ao andar superior. — Como vocês sabem que sou conhecido como Bunny?

— Todo mundo na rua chama o senhor dessa forma.

— Obrigada por nos atender, Sr. Buncombe — acrescenta Molly. — O bispo e as voluntárias ficam-lhe muito gratos.

As duas mulheres descem os degraus, atravessam a rua e entram na lanchonete, passando por Ike e Betty, que se encaminham para um confronto direto com Bunny. Niles e eu, mancando, entramos no hotel Delmonico. Niles deposita uma nota de 50 dólares sobre o balcão, diante do sujeito que está na recepção.

— Nós vamos voltar para a Carolina do Sul amanhã — eu digo. — Queríamos nos despedir de alguns dos rapazes, mais uma vez.

— Por 50 dólares vocês podem se despedir de toda a cidade, pouco me importo — diz ele, beijando a nota com um afeto exagerado.

Niles e eu subimos correndo o primeiro lance de escadas. Niles sobe de dois em dois degraus, senão de três em três. Quando chegamos ao último andar, a porta de acesso ao telhado está trancada, mas essa mesma porta se quebra em três pedaços, no momento em que Niles a golpeia com o ombro. Ele enfia a mão na bolsa e se arma com um facão do tamanho do chifre de um rinoceronte, e me entrega uma chave de roda. Corremos pelo telhado e chegamos exatamente ao ponto que fica do outro lado da rua da lanchonete. Sheba sai do estabelecimento e, com o polegar, faz um sinal positivo; então, ouvimos Bunny gritando com Ike e Betty. Ike também grita, e a coisa não está nada boa para o lado de Bunny.

— Vou descer e pegar Trevor — afirma Niles. — Vou subir a escada com ele e sair pelo telhado; depois, vou levá-lo até o Delmonico e descemos até a rua. Se Bunny subir a escada, você tem que me dar cobertura, até eu conseguir tirar Trevor de lá. Está ouvindo, Sapo? Você tem que deter Bunny. Se for preciso usar a chave de roda, não hesite. Bata na cara dele. Ele pode pesar 180 quilos, mas o maxilar dele quebra como o de qualquer outra pessoa. Você viu como Trevor é esperto? "Lili Marlene"!

— Era como se ele tivesse escrito o nome no ar — concordo, ainda comovido pelo som da canção.

Todos os adolescentes têm uma lista de canções totêmicas, marcantes, que lhes definem o momento em que chegam à maioridade, mas esse caso era um pouco diferente: a canção da Segunda Guerra Mundial, celebrizada por Marlene Dietrich, tornou-se o hino do nosso grupo desde a chegada dos gêmeos Poe. Formando uma dupla, em seu primeiro mês na nossa escola, Trevor e Sheba participaram de um show de talentos, e a interpretação vitoriosa dos dois de uma canção para nós desconhecida, "Lili Marlene", foi, durante semanas, comentário geral na cidade.

No telhado, uma portinha frágil dá acesso à casa de Bunny. Niles pega a chave de roda, destrói a tranca da porta com um só golpe, e arromba a porta com um pontapé. Mas o barulho é grande, e os gritos de Bunny, xingando Ike, param por um instante. Ouço Ike gritar ainda mais alto, para encobrir a nossa entrada ilícita:

— Vou ter que chamar um monte de canas, Bunny. Vai ter tiras por todos os cantos da sua casa, seu gordo.

— Depressa — diz Niles. — Precisamos chegar ao terceiro andar antes de Bunny.

Niles desce as escadas numa velocidade que mal posso acompanhar, mas minhas glândulas suprarrenais estão a mil, de forma que o terror da situação começa a me afetar. A ilegalidade dos nossos atos me vem à mente quando vejo Niles, com o ombro, investir contra uma porta azul, no terceiro andar. Quando o ombro não consegue alcançar o resultado esperado, ele arromba a porta com um pontapé, arrebentando as dobradiças, e corre para dentro do quarto. Ele toma nos braços uma figura esquelética, como se esta fosse uma criança, e ouço quando ele diz:

— Eu te disse que chupar pau ia acabar te metendo em encrenca, Trevor Poe.

— Meu herói. — É a resposta que escuto. Embora a figura não pareça ser a de Trevor Poe, eu reconheceria aquela voz em qualquer lugar do mundo. Então, ouço passadas pesadas subindo as escadas.

— Segure ele aí, Sapo — diz Niles, ao passar correndo por mim.

Assumo o meu posto no patamar da escada. Quando Bunny se aproxima do terceiro andar, invoco o Deus do Antigo Testamento, o Deus que concedeu a Davi forças para matar Golias, o gigante filisteu. Rezo para ter a força concedida a Sansão, cego, quando este derrubou o templo sobre Dalila e seus cúmplices.

Quando ergue os olhos e me vê, Bunny diz:

— Você está morto, seu filho da puta! Quem é você, seu merda?

O ex-jogador dos Raiders avança na minha direção, passo a passo, com cautela: empunho a chave de roda como se soubesse o que estou fazendo. Minha resposta me surpreende.

— Sou Horácio, na Ponte, seu gordo, filho da puta! — eu grito. — E você, meu amigo, não vai passar daqui.

— Você é maluco, seu filho da mãe! — diz Bunny, sempre avançando. — Quem é você?

— Horácio, na Ponte! — volto a gritar. Fazia anos que eu não pensava nesse fragmento perdido da minha infância. Quando eu era menino, meu pai costumava ler poesia para os filhos antes que fôssemos para a cama. Steve encantou-se pelo poema "Horácio, na Ponte", de Thomas Babington Macaulay, e nós dois decoramos alguns versos. Uma estrofe me vem à memória, no momento em que encaro esse homem imenso subindo as escadas. Recito a estrofe, aos berros, e ele se detém, no meio da escada. Pareço insano, cuspindo poesia naquela casa repleta de moribundos. Pelo canto do olho, vejo diversos desses indivíduos saindo dos quartos, cambaleando, a fim de testemunhar o drama que ali se encenava. Recito, qual um maníaco:

"Bradou, pois, o bravo Horácio,
O Capitão da porteira:
"A cada homem na Terra
A morte chega certeira.
Que morte melhor terei,
Se, lutando em desvantagem,
Defendo as cinzas do pai
E os templos, com coragem".

Quisera ter memorizado outras estrofes, mas isso faz pouca diferença, pois nesse momento Bunny desfere o ataque. Mas ele comete um erro, ao tentar me agarrar pelos pés com seus braços maciços, pois o gesto lhe expõe o rosto; então, dobro o pulso e golpeio-lhe a face direita com uma pancada mortal. A chave de roda rasga-lhe o rosto com uma agressividade que nos surpreende aos dois. Ele tropeça, para trás, interrompendo a queda ao se agarrar à balaustrada, que cede em consequência do peso. Ele cai no vão da escada, com o lado direito do rosto encharcado de sangue.

Isso é tudo que Horácio vê, porque Horácio deixa o local em disparada. Fico assombrado com a rapidez da minha corrida, ao saber que um assassino de 180 quilos me persegue. Ouço sirenes de viaturas policiais chegando ao Tenderloin, oriundas de diversos pontos da cidade. Voando pelas escadas do Delmonico, sinto-me alado, ágil e incapturável. Murray está à minha espera, e pulo através de uma porta aberta por Molly. Assim que a porta fecha, o motorista acelera, e nós partimos do Dolmenico, qual uma bala, seguindo para um hospital, na California Street, já avisado por Sheba acerca da iminente chegada de Trevor. Niles carrega nosso amigo nos braços, envolto num cobertor. Soluçando, Sheba segura a mão do irmão. Eu o abraço e beijo-lhe a face, exaurido, impossibilitado de falar.

— Você recitou poesia para o Bunny? — pergunta Niles.

— Cale a boca, Niles — retruco, trêmulo dos pés à cabeça.

— Você sempre foi estranho, Sapo — diz Niles. — Mas recitar poesia para um psicopata...

— Não permito que você critique Leopold Bloom King, o único de nós cujo nome foi inspirado no de um personagem de um romance ilegível — afirma Trevor, com a voz fraca.

— Cale a boca, Trevor — digo, rispidamente, recuperando a voz. — Acabo de atacar um psicopata com uma chave de roda. Sou um colunista respeitado, de um jornal decente, e acabo de atacar um psicopata com uma barra de ferro. Posso acabar na cadeia, sendo fodido por caras bombados.

— Para mim, parece o céu — diz Trevor.

Sheba ri:

— Certas coisas nunca mudam.

— Senti falta do seu humor depravado, Trevor — eu digo. — As coisas aqui têm sido terríveis.

— Amanhã já estaremos em Charleston, Trevor — afirma Molly. — Nós vamos cuidar de você. Vamos levar você para casa.

Na nossa última noite na cidade de São Francisco, reunimo-nos no salão Redwood do hotel Clift, a fim de realizar os rituais que marcarão as nossas horas derradeiras na condição de californianos. Durante mais de duas semanas, nossas almas têm vivido e sofrido na cidade mais dourada do mais mítico e mais irracional de todos os estados, aquele que protege o continente contra as marés do Oceano Pacífico. Por exigência de Trevor, o salão Redwood é sempre a última parada, um último rito de passagem, sempre que um de seus hóspedes deixa São Francisco para retornar à vida taciturna e rotineira em alguma cidade entediante.

Sou o primeiro do grupo a chegar, usando meu melhor traje, em atendimento às rígidas regras de protocolo instituídas por Trevor Poe para despedidas da grandiosa cidade. Nesta noite, vamos nos reunir nesse local como se nada houvesse mudado. Mas, ao contrário do que sempre ocorria quando visitávamos Trevor, essa viagem não foi de lazer. Dessa vez, viemos ver se ainda éramos capazes de amar com a simplicidade que uniu os nossos destinos de adolescentes, viemos nos testar em relação à inocência daqueles jovens que um dia se encontraram, presos pelo tempo, numa mesma cela acolchoada em Charleston. Quando deixarmos São Francisco amanhã, não deixaremos para trás a cidade que Trevor conhece, tampouco olharemos para trás a caminho do aeroporto. A cidade que Trevor conhecia, dourada e risonha, tornou-se a cidade das vozes e dos olhos aterrorizados de homens queridos que aguardam um pelotão de fuzilamento sem rifles nem hora marcada. Amanhã, deixaremos para trás aqueles olhos desesperados, que nos afetaram para sempre.

Alguém beija suavemente meus lábios e senta-se ao meu lado. Pelo discreto aroma de Chanel Nº 5, sei que se trata de Molly antes mesmo de abrir os olhos.

— Tenho notícias. Trevor está bem, se levarmos em conta tudo o que ele passou.

— Ótimo — eu digo, e concentro-me no meu drinque.

Molly e eu ainda não conversamos sobre aquela noite deliciosa em que ela veio à minha cama; a busca desesperada por Trevor nos assoberbou. No entanto, embora já o tenhamos encontrado, persiste entre nós uma hesitação, mais da parte dela do que da minha. Ainda não tocamos no assunto, e não sei se a hesitação decorre de arrependimento, ou de ela ter concluído que ainda ama Chad, ou do fato de Fraser ter revelado o nosso segredo publicamente. Não sei e não pergunto; tenho muito receio da resposta.

Nesta noite, basta-nos saber que achamos Trevor, e sentamo-nos como estranhos num bar, bebericando, enquanto os demais, à exceção de Niles, surgem barulhentos atrás de nós, entrando pelas portas gigantescas e nos circundando. Sheba começa a chorar, beijando-nos e abraçando-nos com vigor. Ike me agarra e me conduz pela pista de dança. Betty, corada com a agitação, relata a Fraser os eventos do dia. Um pianista executa "Try to Remember", enquanto Ike baila comigo pela pista de dança encerada.

— As pessoas vão começar a falar de nós, Ike — comento.

— Que falem. — Ele sorri. — Esta é a única cidade do mundo em que você e eu parecemos um casal normal. Relaxe e aproveite.

— Onde está Bunny?

— Cadeia, querido. Vai ser o domicílio dele pelo resto da vida. Prenderam também o assistente social, o comparsa, que assim que foi algemado abriu o bico e deu o serviço todo.

— Como foi que Bunny achou Trevor?

— Perambulando na rua. Segundo o próprio Trevor, talvez Bunny tenha salvado a vida dele.

— Ike, não quero te magoar. Mas podemos parar de dançar?

Ike solta uma gargalhada.

— Eu estava começando a gostar de pressionar os seus peitos nos meus.

Ambos rimos e voltamos à mesa, onde entramos na conversa animada das mulheres de nossas vidas. Betty tem a palavra e conta, com todos os detalhes, como foi o interrogatório de Bunny Buncombe.

— Agora, a parte mais engraçada, Sapo. Bunny insistiu para que a polícia de São Francisco conduzisse uma busca pela cidade para te encontrar, o maníaco que o atacou na privacidade do lar. Ele sempre se referia a você como "o maníaco". Disse que você era imenso, que estava descontrolado, e gritava obscenidades. Ele acha que você o golpeou com um soco-inglês.

Ike ri.

— Ele repetia, a toda hora: "na privacidade do meu lar". Betty e eu quase morríamos de rir quando ele dizia isso. Quando o nosso amigo detetive pediu uma descrição, ele disse que você tinha, no mínimo, 2 metros de altura, pesava 130 quilos, era ágil e branco. E, juro por Deus, Leo; não estou inventando: ele disse que você tinha olhos esbugalhados e parecia um sapo-cururu.

Nossa mesa explode em gargalhadas, inclusive eu, por pura sensação de alívio. Todos nos sentimos aliviados, considerando tudo o que passamos na cidade.

— Trevor está melhor do que merece — diz Sheba. — Os médicos trataram do corpo todo dele, dos pés à cabeça. Ele vai morrer de Aids, mas não agora. Vocês se lembram do David Biederman? Um baixinho bonitinho que cursava o primeiro ano quando éramos formandos? Era apaixonado por mim, claro, como qualquer outro ser humano.

Assobiamos e vaiamos, mas ela prossegue:

— O Dr. Biederman vai mandar uma ambulância ao aeroporto, quando aterrissarmos em Charleston amanhã. Ele vai se encarregar pessoalmente do caso de Trevor. Acabo de falar com ele pelo telefone.

— Então, acabou — constata Molly, expressando emoções densas, complexas. — Acabou mesmo.

Ike ergue a mão e diz, com uma voz branda:

— Temos ainda o probleminha do pai da Sheba e do Trevor. A polícia acha que ele fugiu da cidade.

— Graças a Deus — diz Fraser.

— Esse é o lado bom — comenta Betty, dirigindo-se a Fraser. — Mas tem o lado preocupante: a polícia acredita, e Ike e eu concordamos, que ele esteja a caminho de Charleston. E que ele vai estar esperando por Sheba e Trevor, pois sabe que os dois vão voltar para a casa da mãe.

— Todos vocês podem ficar lá em casa — falo. — Não me falta espaço. Compro um Doberman, uma cobra-real, um lança-chamas e contrato nove guerreiros ninjas para vigiar o perímetro da casa.

— Meus homens já estão patrulhando a casa da Sra. Poe — diz Ike. — Podemos montar um plano, assim que voltarmos. Agora vamos dormir. Amanhã vai ser um dia longo.

— A propósito, levamos Macklin hoje para um centro de reabilitação de usuários de drogas — Betty nos informa. — Ike prometeu a ele um emprego em Charleston se ele entrar na linha. Telefonei para uma tia dele, que mora num conjunto habitacional popular perto da ponte do rio Cooper. Ele vai poder se hospedar lá.

— Vocês podem me dizer onde está o meu marido? — pergunta Fraser, com calma. — Essa pergunta é cabível, em meio a tanta comemoração?

Sheba se levanta, caminha até Fraser, senta-se ao lado dela e a abraça.

— Ele se recusa a sair do lado do Trevor. Quando deixei o hospital, agora à noite, Niles tinha colocado um colchão ao lado da cama. Os dois estavam dormindo. Foi a coisa mais linda que já vi na vida: Trevor com a mão esticada, e Niles segurando a mão dele. Os dois dormiam profundamente, de mãos dadas.

— Esse é o meu doce menino — diz Fraser.

— Falei com a Anna Cole hoje, e providenciei o transporte dos pertences do Trevor. Ela disse uma coisa muito bonita: que nunca tinha visto um grupo de amigos tão dedicados. Queria saber como foi que isso aconteceu — diz Sheba.

Sinto um grande desconforto. Acabo o meu drinque e ergo o olhar, surpreso ao ver meus cinco amigos, no elegante salão Redwood, apontando o dedo para mim. Rejeitando o gesto, sacudo a cabeça, em furiosa negação, mas eles continuam apontando. Nada posso fazer para detê-los, e meus pensamentos atingem as correntes de ar que pairam acima de São Francisco e me levam, cambaleante, vinte anos atrás, ao abafado e alegre verão que ainda hoje chamamos de Verão do Bloomsday.

QUARTA PARTE

CAPÍTULO 18

Os Renegades

O primeiro dia de aula sempre parecia uma pequena morte, uma queda demorada e tenebrosa num vácuo sem palavras. Sendo um cara de aparência simplória, eu sempre receava o julgamento mordaz de colegas que nunca tinham visto alguém com um rosto tão estranho, tão esquisito como o meu. Embora os óculos pretos, com armação de tartaruga, me conferissem o aspecto de uma espécie desconhecida de anfíbio, os mesmos óculos funcionavam como esconderijo, a máscara que me garantia uma sensação de distanciamento, senão de anonimato. Mas eu agora era um formando, e o Peninsula High começava a parecer a extensão da minha casa. Embora, devido à timidez instintiva e à fama de traficante de drogas, eu contasse com poucos amigos, o território me era familiar, e eu achava que sabia muito bem como evitar encrencas.

Eu estava redondamente enganado.

A caminho da escola, naquela primeira manhã, minha mãe me designou para uma tarefa ingrata: patrulhar a "travessa", uma passagem coberta entre dois edifícios, uma terra de ninguém, reduto de maus elementos, caipiras e vagabundos de ambos os sexos, que ali se julgavam livres do olhar e da intrusão dos professores. Aquilo era território de leões para um cara como eu, o local temido onde Wilson "Verme" Ledbetter comandava a alcateia de caipiras antropófagos que o idolatravam. Eu havia atribuído o codinome "Verme" à genealogia de Ledbetter, motivo pelo qual Verme bateu muito em mim quando eu era calouro. Na era que precedeu a dessegregação, toda escola de alunos brancos produzia alguma variação do tema "Verme Ledbetter". No Peninsula High, Verme era o *Tyrannosaurus Rex* do clássico caipira sulista. Ele batia em mim com frequência, e o fazia com prazer. No ano anterior tinha quebrado o meu nariz. Minha mãe apavorou Verme e os pais dele, informando-lhes que o expulsaria da escola se ele sequer olhasse enviesado para qualquer outro aluno. Verme era também racista, inigualável em seu ódio à gente negra.

Naquele dia, Verme estava a postos, cercado pelos cretinos de sempre. Mas não foi isso que me assustou quando entrei na travessa. Todos os novos alunos negros também estavam agrupados na outra extremidade da passagem, uma reunião inesperada e histórica naquele primeiro dia de aula. Músculo por músculo, o grupo parecia equivalente à "milícia mascadora de chiclete" comandada por Verme, e os dois bandos se olhavam, languidamente, medindo forças. O ar estava carregado no momento em que passei pelo meio deles. A sensação, supostamente, seria a de primeiro dia de aula, mas senti-me como um lavrador francês armado com uma lança em frente à Bastilha. Eu estava à beira do pânico quando avistei Ike com um grupo de novatos. Após um contato visual, acenei, sinalizando para que mantivesse suas fileiras sob controle; ele assentiu, com um meneio de cabeça. Então, virei-me e encarei o sujeito que, ao longo de todo o meu ensino médio, tinha sido minha nêmese e meu pesadelo.

— Ei, Verme! — cumprimentei, com pretensa familiaridade. — Cara! Senti a sua falta durante o verão. A sua amizade é muito importante para mim.

— Nunca fomos amigos na vida, e nunca vamos ser — disse Verme.

— E nunca mais me chame de Verme.

— Todo mundo te chama de Verme — declarei. — As pessoas fazem isso pelas suas costas. Por que você não entra para o time de futebol?

— Não vou ser dirigido por um técnico crioulo. — O tom de voz de Verme era comedido, para que as fileiras de alunos negros atrás de nós não o escutassem.

— É... foi isso que você falou quando eu te telefonei. Mas o time precisa de você, Verme. Você foi zagueiro da seleção regional no ano passado. Podemos te levar à seleção estadual neste ano.

— Você não entendeu, Sapo? Não vou ser dirigido por crioulo.

— Hoje é a última chance. O professor Jefferson vai deixar você entrar no time, se você aparecer lá hoje.

— Diga a ele para vir chupar o meu pau branco. — O grupo atrás dele irrompeu em aclamações, e ele sorriu.

— Vou te dizer por que você não quer entrar para o time de futebol, Verme.

— Sou todo ouvidos, Sapo.

— Você fala muito, mas amarela tanto quanto merda de galinha enlatada. — Pensei que seria morto nos segundos subsequentes. Esperei o ataque de Verme, e fiquei surpreso quando ele não avançou na minha garganta. Em vez disso, ele mudou de tática, e olhou por cima do meu ombro, contemplando o mar de rostos negros, imóveis, impassíveis, com Ike Jefferson à frente dos companheiros.

— Estou sentindo cheiro de peixe — gritou Verme. Os brancos, prontamente, gritaram a resposta:

— Que tipo de peixe? Peixe-branco?

— Não! *Peixe-macaco*.

Afastei-me imediatamente e desci pela travessa até Ike, que, de cara feia, estava prestes a comandar metade da equipe de futebol num ataque precipitado contra o grupo inconveniente.

— Deixe isso comigo — prometi, gritando para que todos os estudantes negros me ouvissem. Ike não pareceu estar muito convencido, e berrei, dirigindo-me aos demais: — Colegas! Meu nome é Sapo, o menino branco de bom coração. Abram alas; vou dar porrada no traseiro branco do Verme.

Eu disse aquilo para quebrar a tensão, mas a coisa tinha ido longe demais; a fisionomia de Ike se mostrava imóvel.

— Anda logo, Leo. Nós não vamos tolerar essa merda

— Sem problema, Ike — eu disse, e minha tentativa de debelar a briga foi complicada pelo surgimento de mais um grupo de novatos, marchando pela travessa com a cadência e as passadas de recrutas ineptos. Todos nos voltamos e, para o meu pavor, vi o Sr. Lafayette trazendo um contingente de 12 órfãos que trajavam aqueles repulsivos macacões alaranjados, estampando o horrendo logotipo do orfanato São Judas. Pareciam uma dúzia de abóboras empilhadas num corredor de supermercado na época do Halloween. Verme e sua gangue os vaiaram abertamente.

Corri até o Sr. Lafayette, ruborizado e aborrecido diante daquela nova complicação naqueles primeiros dez minutos, já tão complicados, do meu último ano do ensino médio.

— Descansar! — disse o Sr. Lafayette ao pelotão, mas não permitiu que saíssem de linha.

— Minha mãe disse à irmã Politrapo que não obrigasse os internos a usar esses uniformes horríveis — avisei ao Sr. Lafayette, enquanto surpreendia Starla, com os óculos escuros que Sheba lhe dera na noite da minha festa de 4 de julho, dirigindo-me um sorriso falso.

— Politrapo é minha chefe, Leo — disse o Sr. Lafayette. — Eu faço o que ela manda, só isso.

— Ei! Órfãos! — gritou Verme. — Belos trapos. E vejo que tem até crioulo no orfanato.

Eu estava farto daquele nojento de fala arrastada; virei-me para confrontá-lo, avançando com uma atitude pretensamente intimidadora. Ele se preparou para desferir um soco que me faria atravessar a parede de tijolos. Foi naquele momento que a escola inteira, brancos e negros, teve uma grande surpresa: dentre o grupo de alunos brancos, um nanico, que mais parecia um periquito, frágil como um elfo, avançou na direção do Verme. Com um salto lépido, ele esbofeteou o assustado Verme Ledbetter, um tapa de mão aberta que ecoou de um lado ao outro da travessa. Perplexo, interrompi minha marcha acanhada, aguardando que Verme matasse ou, simplesmente, devorasse o pobre do Trevor, como se fosse uma bala.

— Quem é você, seu merda? — rugiu Verme.

— Como você se atreve a gozar da cara desses meninos, seu grosseirão, imbecil! — disse Trevor. Ocorreu-me que eu devia treiná-lo na arte indelicada de xingar um caipira branco.

Verme recuperou o autocontrole e o controle da turma que o aplaudia, ao dizer:

— Ei, veadinho! Quer chupar o meu pau branco antes que eu arranque a sua cabeça?

O segundo bofetão na cara de Verme foi desferido por uma furiosa Sheba Poe, que avançara pelo meio da pequena multidão com o propósito de defender o gêmeo. O tapa não deve ter doído muito, mas a humilhação de levar bofetada de uma garota, publicamente, tornou Verme muito perigoso.

— Quer que chupem seu pau? — perguntou Sheba, em voz alta. — Eu chupo o seu pau branco, seu babaca fodido. Mas só se eu achar que o tamanho vale a pena. Mostre o pau. Vai, seu babaca, porco gordo, imundo.

Em 1969, nos pátios das escolas do Sul, fossem estas de negros ou brancos, aquele tipo de linguagem era extraordinariamente raro, senão inédito. Constatei que Trevor e Sheba eram muitas coisas, mas não, absolutamente, sulistas. Nem mesmo Verme, na privacidade do vestiário ou dos chuveiros, quando exibia toda a sua profanação, descia ao nível da vulgaridade de Sheba. Observando a expressão de Verme, percebi que a conversa sobre a dimensão da sua genitália era particularmente embaraçosa. Embora tivesse coração de marginal, Verme ficou sem palavras diante dos dois gêmeos irracionais. Sheba e Trevor atacaram novamente, intrépidos como gladiadores. Verme atingiu Trevor com o punho, golpe que o derrubou no chão. Mas Sheba arranhou-lhe a cara com as unhas. Verme deu-lhe um tapão no rosto, e a boca já sangrava quando ela caiu no chão. Ao bater em Sheba, Verme atraiu a ira implacável dos órfãos.

Eu estava ciente de que chegara a hora de demonstrar a coragem que eu achava que não tinha, e que jamais haveria de ter. Do fundo da minha covardia, voltei-me para Verme e preparei-me para levar uma surra. As mães não fazem a menor ideia do mundo assustador em que seus filhos crescem, um mundo povoado por malucos, caras cruéis e fanáticos...

pelas incontáveis legiões de Vermes Ledbetters. Erguendo os punhos, Verme sorriu, contemplando o meu trêmulo avanço.

Mas o dia não era dele. Ele não esperava o ataque da fúria laranja quando Starla e Betty pularam em suas costas. O orfanato São Judas entrou oficialmente na briga e o ataque levou Verme ao chão. Ambas unhavam-lhe o rosto, e Starla tentava arrancar-lhe os olhos. No chão, contorcendo-se e dando pontapés, Verme conseguiu se livrar das duas. Ajudei-as a se levantar e as empurrei na direção de um assustado Sr. Lafayette, que tentava conter Niles. A participação de Betty na investida havia tornado a questão novamente racial, e virei-me ao perceber que a turma de alunos negros estava prestes a atacar. Mais uma vez, ergui a mão e apontei para Ike, que avançara vários passos, de punhos cerrados, com mãos maciças que haveriam de quebrar os queixos de alguns brancos desbocados.

— Pare por aí, Ike. Por favor. Deixe que eu lido com isso — pedi.

— Você não está se saindo muito bem, Strom.

Porém, antes que qualquer um de nós conseguisse se mexer, Niles Whitehead soltou-se das mãos do Sr. Lafayette. Ele se pôs diante de Verme, agarrando-o pelo colarinho.

— Tire a mão de cima de mim, órfão! — disse Verme, em tom de desprezo. — Você não sabe com quem está se metendo.

— Engano seu, amigo. — Era o autocontrole total que tornava Niles tão perigoso. — Sei muito bem quem você é. Você é que não sabe quem *eu* sou.

— Vou saber melhor depois que te meter porrada, babaca — ameaçou Verme.

— Se você encostar a mão na minha irmã novamente, eu te degolo, seu brocha — disse Niles. Na voz dele não havia um grama de medo. — E, se você me bater, vou descobrir onde você mora, e vou degolar sua mãe e seu pai, enquanto eles dormem. Daí, você vai pensar duas vezes antes de me chamar de órfão.

— Deixe que eu resolvo isso, Niles — falei. — Volte para a fila.

— Eu posso meter a porrada nele, na frente dos amiguinhos. — Niles tinha a frieza de quem informa a mudança de cor num semáforo.

— Você agiu bem, amigo. Mas, volte para a fila, por favor. Precisamos iniciar o ano letivo — eu disse. — Verme, leva a sua gangue de débeis mentais para a frente da escola.

Fiquei surpreso ao ver Chad Rutledge e Molly Huger assistindo àquele drama, sentados no capô do carro de Chad, no estacionamento.

Ávido por salvar o que pudesse naquela manhã, para ele tão adversa, Verme desferiu uma direita que teria me nocauteado, se me atingisse. Mas aquele verão havia me propiciado algumas coisas. Eu crescera quase 8 centímetros e tinha feito musculação na Citadel, além de ter subido correndo com Ike as arquibancadas do estádio e pedalado minha bicicleta, na minha rota matinal de distribuição do *News and Courier*. Meu pai brindara a minha masculinidade, novinha em folha, na Battery, no ponto exato em que o Ashley e o Cooper se encontram, com a natureza violenta da comunhão dos rios. O gesto produzira em mim uma transfiguração, como se eu tivesse sido convidado para ingressar numa ordem secreta de cavaleiros. Eu já não era aquele menino espancado por Verme no ano anterior. Eu sabia disso, mas Verme Ledbetter não. O soco foi potente, do tipo que havia me levado ao chão nos três anos anteriores. Mas repetição nem sempre era a melhor tática. Dei um passo atrás, bloqueei o golpe com a mão esquerda, e dei-lhe um soco na cara que pareceu guiado pelo próprio Senhor. O nariz de Verme explodiu em sangue, e ele desmoronou sobre si mesmo, sob os aplausos dos alunos negros.

Àquela altura, alguns professores já haviam aparecido, e levantei a mão, na tentativa de conter a barulheira.

— Senhoras e senhores — eu disse, dirigindo-me aos alunos —, bem-vindos ao Peninsula High.

Quando pronunciei essas palavras, a campainha tocou, um som misericordioso. E, enquanto algumas coisas acabaram naquele dia, muitas começaram. Muitas mesmo.

Ser filho da diretora nem sempre funcionava a meu favor no Peninsula High. Meu desejo de anonimato era frustrado sempre que algum aluno descobria que eu era filho da régia e severa diretora. Naquele dia, a escola inteira já estava em polvorosa, quando, durante a primeira aula, de francês, minha mãe convocou pelo alto-falante determinados alunos a comparecer à sua sala. Não foi surpresa que o primeiro nome fosse o de Wilson Ledbetter. Logo depois, o alto-falante voltou a estalar, e ela chamou por Trevor e Sheba Poe. Cinco minutos mais tarde, ela solicitou a presença de Betty Roberts, Starla Whitehead e Niles Whitehead. Então, chamou por Ike Jefferson. Finalmente, com seu tom de voz mais gélido, chamou por mim.

No cenário funéreo do gabinete da diretora, apresentei-me à secretária da minha mãe, Julia Trammell, e vi os protagonistas do episódio ocorrido na travessa enfileirados, aguardando o interrogatório.

— Oi, Sra. Trammell. Como foi o seu verão?

— Curto demais, querido — respondeu Julia. — Mas tenho que admitir que esta espelunca tem estado animada, desde que cheguei aqui hoje de manhã.

— Por favor, informe à Sua Majestade que o príncipe já chegou — eu lhe pedi.

— Poxa! É o maluco da cidade. — Verme pressionava o nariz com um lenço ensanguentado. — Ninguém fala como o Sapo.

— O que você está segurando, Verme? O que restou do seu nariz? — perguntei.

— Sua mãe acaba de me suspender da escola — disse ele. — Pelo resto do ano.

O professor Jefferson irrompe na sala, com os olhos escuros fumegando. Aproximando-se do filho, ele o contempla de cima a baixo. Mantendo a cabeça inclinada, Ike não encara o olhar do pai, pleno de fúria e desprezo.

— Você é chamado ao gabinete da diretora na primeira hora do primeiro dia de aula, filho — rugiu o técnico. — Você se lembra das nossas conversas, durante o verão, sobre disciplina e autocontrole?

— Ele não fez nada, professor Jefferson — disse Sheba.

— Teria havido um conflito racial, se não fosse o seu filho — acrescentou Trevor.

— Leo? — O técnico virou-se para mim.

— Ike salvou a situação, professor Jefferson. Ele foi heroico.

— Ike impediu que os alunos negros atacassem os sebosos, professor Jefferson — disse Niles.

Minha mãe saiu do gabinete:

— Ouvi dizer que Ike foi o chefe do bando de alunos negros.

— Não. Ele foi um verdadeiro *líder*, mãe — eu disse. — Teria corrido sangue naquela travessa, se não fosse o Ike.

— Chame-me de Dra. King na escola — pediu minha mãe, irritando-me profundamente. — Entre na minha sala para receber o seu castigo.

— Dra. King — eu disse. — Peço que a senhora me interrogue sobre a briga aqui mesmo, na frente destes alunos.

— Já os puni. Agora é a sua vez.

— Os gêmeos não merecem castigo. E a rapaziada do orfanato também não merece castigo. Eles agiram muito bem, mãe. De fato, agiram muito bem... e o Ike idem.

— Chame-me de Dra. King — minha mãe me lembrou.

— Os únicos que merecem castigo são o Verme e eu — continuei. — Os outros merecem medalhas. Eles impediram um conflito racial.

— Ouvi dizer que Sheba e Trevor atacaram Wilson Ledbetter fisicamente.

— Atacaram, sim, e com razão — eu disse.

— Eles utilizaram linguagem impublicável, vulgar.

— Utilizaram, sim, e surtiu bastante efeito.

— As duas alunas do orfanato tentaram arrancar os olhos de Wilson. Veja como o rosto dele está arranhado.

— Hoje não foi o dia do Verme, mãe... quero dizer, Dra. King. Mas acho que o próprio Verme vai reconhecer que provocou a situação.

— É verdade, Dra. King. — Verme reconheceu, surpreendendo-me. — Foi assim como o Sapo falou.

— E a senhora não deve suspender o Verme pelo resto do ano — eu disse.

— Quando foi que o conselho da escola o nomeou diretor? — retrucou ela.

— Eu vi o que aconteceu, mãe. Mas o Verme não merece ser expulso apenas por ser Verme.

— O seu raciocínio não me é claro.

— Falo de algo que a senhora me ensinou a vida inteira: que um homem, ou uma mulher, é resultado da infância que teve. Todos os padrões e todas as facetas do caráter são formados no lar, pelos pais. A senhora me disse, diversas vezes, que o homem que eu me tornar será o reflexo dos meus pais. Se isso vale no meu caso, vale no caso do Verme, e vale no caso do Ike. Mas, e no caso da Sheba e do Trevor, que não têm um pai para guiá-los? E Betty, Starla e Niles, em que caso eles se encaixam?

— Aonde você quer chegar?

— O Verme foi criado para agir exatamente como agiu hoje. Ele aprendeu com os pais a odiar os negros. Ele não foi criado por Martin Luther King, nem pelo arcebispo de Canterbury. Ele pensa igual a noventa por cento dos brancos no Sul, e a senhora sabe disso. A senhora pode abominar a mentalidade do Verme, mas não pode culpá-lo. Eu conheço bem a região dos trailers onde o Verme mora. É um local deprimente.

— Quer dizer que você acha que nada deve acontecer com Verme, ou com qualquer outra pessoa nesta sala? Tenho relatos de testemunhas de que você estava no meio da confusão e que trocou socos com Wilson lá na travessa.

— Eu estava tentando manter um pouco de ordem — me defendi.

— E fracassou?

— Não, Dra. King, não fracassei. Tive êxito. A senhora e o corpo docente é que fracassaram. Nenhum de vocês se fez presente para debelar uma situação explosiva.

— Eu havia convocado uma reunião para falar sobre o ano letivo.

— Nós precisávamos da presença maciça de professores. Se aquilo tivesse eclodido, acho que teria gente seriamente machucada.

— Pretendo dar um plantão por lá amanhã de manhã — disse o técnico.

— Vou dizer a todos os professores que fiquem por ali — afirmou minha mãe. — Anote isso.

— Já está feito — disse Julia Trammell.

— E o Verme? — pergunto.
— Nada pode ser feito em relação a Wilson. Já tomei a minha decisão.
— Então, volte atrás — eu disse. — Eu faria o seguinte, mãe...
— Dra. King — corrigiu ela.
— Dra. King. Acho que todo mundo nesta sala aprendeu muita coisa hoje, inclusive o Verme. Estou certo, Verme?
— Concordo com você, Sapo — murmurou ele.
— Deixe o Verme voltar à escola, sob uma condição.
— Que seja uma boa condição — disse minha mãe.
— Ele tem que entrar para o time de futebol comandado pelo professor Jefferson, e tem que trazer com ele todos os alunos brancos que se recusam a jogar porque o técnico é negro.

Atento ao olhar curioso do professor Jefferson, observei-o aproximar-se e examinar a musculatura do grande zagueiro que jogara pelo Peninsula High no ano passado.

— Você é o Ledbetter? — perguntou o técnico.
— Sou — respondeu Verme, sem erguer o olhar.
— Acrescente um "sim, senhor" — rosnou o técnico.
— Sim, senhor.
— Estudei as gravações dos jogos do ano passado. Contava com você para ser o garanhão da minha zaga.
— Bem que eu queria, senhor — disse Verme. — É que os meus pais...
— A senhora está vendo, Dra. King — argumentei.
— Você jogaria sob o meu comando, filho? — perguntou o técnico ao Verme. — Diga a verdade agora.
— Acho que sim.
— Isso não basta. Você jogaria sob o meu comando?
— Sim, senhor. Se a Dra. King me der uma chance, eu jogo sob o comando do senhor.
— Filho — perguntou o técnico a Ike —, você jogaria com o Ledbetter e outros rapazes brancos como ele?
— Se joguei com o Sapo durante todo o verão, acho que poderia jogar com qualquer branco — disse Ike, visivelmente constrangido.

Uma gargalhada geral amenizou a forte tensão da sala.

— Dra. King, posso me casar com o seu filho? — indagou Sheba.

Minha mãe, desprovida de senso de humor, foi pega de surpresa por Sheba.

— Até o presente, Leo nunca saiu com uma jovem — respondeu ela.

— Não dê ouvidos a ela, Sheba — eu disse. — Aceito o seu pedido.

— Não haverá castigo pelo que ocorreu hoje de manhã, então — anunciou minha mãe. — Mas não vou admitir que este grupinho cause o menor problema, pelo resto do ano, ou o senhor vai se ver comigo. Entendeu?

— Só mais uma coisa — acrescentei. — Esses macacões alaranjados precisam ser abolidos, Dra. King. Por favor. E será que a Politrapo pode ser convencida a não mandar os órfãos à escola escoltados pelo coitado do Sr. Lafayette?

— Você vai ter que conseguir roupas para eles, então — disse minha mãe. — Já tive essa conversa com a irmã Polycarp, mas ela insiste que não tem recursos para comprar roupas.

— Então, eu arrumo roupas para eles. Sheba, você pode emprestar roupas a Starla e a Betty para amanhã?

— Com toda certeza.

— Ike, Verme: vocês têm alguma roupa que o Niles possa usar? Tenho uma calça cáqui e algumas camisas.

— Meninas, vocês vão parecer que saíram das páginas da *Vogue*, logo, logo — disse Sheba.

— Vou dar um jeito nos cabelos de vocês hoje à noite — completou Trevor.

— Jesus! — exclamou Verme.

— Cale a boca, Verme — eu disse. — Você vai ter que esquecer que é Verme Ledbetter. Finja que é uma pessoa excepcional, extraordinária. Delire, e finja que é o homem mais nobre, mais sensacional que você já viu na vida. Finja que você é Leo King.

— Ah, que nojo! — exclamou Ike.

Em fila, saímos do gabinete da diretora e entramos na história do nosso tempo. Mais tarde, naquele mesmo dia, Verme Ledbetter e sete jovens brancos que anteriormente resistiam à integração ingressaram na equipe de futebol.

***

No mundo do futebol americano praticado no ensino médio na Carolina do Sul, nada amedrontava mais um jovem, enquanto ele afivelava as ombreiras, do que a ciência de estar prestes a enfrentar a temível e mítica equipe Green Wave, do Summerville High. O lendário John McKissick era o técnico, e os times por ele treinados eram famosos pela ferocidade em campo. No ano anterior, eles tinham nos dado uma surra: 56 x 0. Nunca me senti tão humilhado como no final daquele jogo.

Mas, a partir da experiência como treinador do Brooks High, o professor Jefferson trouxera consigo um esquema defensivo bastante inteligente, e um sofisticado esquema ofensivo. O manual de estratégias do nosso técnico parecia uma subárea de Cálculo Avançado, e precisei estudar com afinco, todas as noites, para assimilá-lo. Nossos treinos eram disciplinados, intensos, extenuantes. O sol de Charleston tinha sido um astro cruel no calor exótico de agosto. Foi preciso grande força de vontade para sobreviver à primeira semana de dois treinos por dia e, muitas vezes, eu desabava na cama imediatamente após o jantar. Ao final de cada treino, alguém desistia de continuar participando, e nosso time estava reduzido a 23 jogadores quando Verme e os sete retardatários apareceram para treinar.

Cheguei a pensar que o professor Jefferson não exigiria muito dos oito alunos brancos, mas estava redondamente enganado. Ele os seguia de perto, os xingava e quase os torturava. Dez minutos após o início do primeiro treino do qual o grupo participou, nosso técnico já os havia aterrorizado o bastante para garantir, por parte deles, uma submissão de carneirinhos. O assistente técnico encarregado da defesa, Wade Williford, era um jovem branco a quem eu assistira jogar na zaga da equipe da Citadel. Ele me surpreendeu ao me escalar como apoiador, ao lado de Ike Jefferson, que, desde que começamos a nossa pré-temporada, no verão, parecia merecedor de ser convocado para a seleção nacional. Eu nunca havia jogado na defesa, mas descobri que gostava mais de defender do que de atacar. Com a volta do Verme e os demais, passei a achar que teríamos uma razoável equipe de futebol. Carecíamos de um armador, e isso era como uma igreja católica sem sacrário.

No final de uma tarde, o professor Jefferson teve uma inspiração. Chamou Niles:

— Ei! Caipira! Já jogou como armador?

— Não, senhor, só como receptor, correndo e recebendo a bola.

— Faça um lançamento para mim, filho — ordenou o técnico.

— Onde o senhor quer que eu lance, professor Jefferson? — perguntou Niles, posicionando-se, ao lado do time, na linha de 50 jardas.

— Pouco me importa — disse o técnico. — Só quero ver a que distância você consegue lançar. Eu te vi trocando passes com o Sapo ontem, e você sabe lançar. Você consegue lançar até a linha de fundo?

— Não sei, professor Jefferson. Nunca precisei fazer lançamentos longos.

— Lance a droga da bola, rapaz.

Até vê-las envolver a bola de futebol, eu jamais havia percebido o tamanho das mãos de Niles. Eram mãos grandes, magníficas. Ele ajeitou a bola detrás da orelha e a arremessou pela linha de fundo, entre as traves.

— Deus do céu! Filho, você pode fazer isso com alguma pontaria? — gritou o técnico, enquanto o time murmurava de admiração.

— Não sei, professor Jefferson.

— Pelo jeito, temos um armador — disse Williford.

E tínhamos mesmo. Tendo jogado como armador pela equipe da South Caroline State University, o professor Jefferson passou horas a fio com Niles, treinando diversos tipos de lançamentos e jogadas. A cada dia, Niles amadurecia na posição e se tornava mais competente na armação de jogadas e na condução do time. Cada vez que tocava na bola, ele demonstrava mais habilidade, infundindo grandes esperanças nos companheiros em relação à temporada que logo se iniciaria.

No vestiário, embaixo do estádio, ouvíamos o barulho do público que chegava para assistir à partida. Tínhamos sido informados de que os ingressos para jogo contra o Summerville High estavam esgotados. A ignomínia e a amplitude da nossa destruição pela Green Wave no ano anterior ainda doíam na alma dos jogadores, sobretudo no caso de Verme Ledbetter, que naquela partida inteira só conseguira avançar 20 jardas contra a incrível zaga oponente, sendo aquele o pior desempenho de Verme na temporada. No entanto, a maior parte dos jogadores daquela zaga tinha se formado, e pouco sabíamos acerca dos novatos. O professor Jefferson veio ao vestiário, a fim de fazer a preleção habitual, e eu estava ansioso para ver se ele dispunha de talentos naturais para praticar essa arte.

Nosso técnico entrou no vestiário com um orgulho contagiante. Durante alguns instantes, enquanto o burburinho da multidão nas arquibancadas se transformava num barulho ensurdecedor, ele se manteve calado. Então, começou a falar.

— Quero falar sobre integração. Só desta vez. Depois de hoje, ninguém neste time vai mais tocar no assunto. Nunca comandei jogadores brancos, e nunca joguei contra uma equipe comandada por um treinador branco. Esta noite vou fazer as duas coisas ao mesmo tempo. Sempre quis dirigir um time que jogasse contra uma equipe comandada por John McKissick, para ver se sou mesmo bom. Com vocês, meus jovens... acredito, com toda convicção, que poderemos dar uma surra na Green Wave, e mandá-los de volta para Summerville com os rabinhos entre as pernas. Acho que o nosso time tem qualidade suficiente para fazer isso.

Meus companheiros bradaram a sua concordância. O professor Jefferson prosseguiu:

— Quando os jogadores brancos não quiseram voltar para a equipe porque sou negro, fiquei muito magoado. Isso me afetou muito... e atingiu meu coração e minha alma. Por isso fui tão exigente com o Verme e seus companheiros quando eles voltaram para o time. Tentei esfolar vocês, meus rapazes, no sol de Charleston. Tentei domar vocês. Mas não consegui, apesar de me empenhar muito. Agora sobra em minhas mãos um time. É um time com caráter e força mental. Olhem ao redor de vocês. Olhem os seus companheiros de equipe. Se vocês enxergarem rostos negros e brancos, saiam da porra do meu time. Não tem branco. Não tem negro. Não mais. Esse tempo passou. Caminhamos pelo mundo como um time e, neste ano, vamos nos divertir dando algumas surras. Estudei gravações de jogos do McKissick, e ele não sabe o que vou fazer. Ele nem imagina que vamos acabar com o time dele este ano. Amanhã de manhã, na hora do café, a população de todo o estado vai ouvir falar do Peninsula High. Acreditamos neste time de corpo e alma. Repitam comigo.

— Acreditamos neste time de corpo e alma! — gritou nosso time, em uníssono.

— Vamos dar *uma surra* no Summerville High! — disse ele. — Repitam.

— Vamos dar *uma surra* no Summerville High! — gritamos.

— Então, vamos lá!

Irrompemos de dentro do vestiário, Ike e eu abrindo caminho para nossos aguerridos companheiros de equipe, sob os refletores ofuscantes do estádio e o aplauso estrondoso das arquibancadas lotadas. Dez animadoras de torcida corriam à nossa frente, revoando como um bando de perdizes assustadas: cinco garotas brancas e cinco garotas negras, conforme determinado por minha mãe. A grande surpresa da multidão foi a presença de um menino franzino à frente das animadoras, Trevor Poe, o primeiro animador de torcida na história do meu estado. Não foi surpresa quando Sheba Poe assumiu a posição de líder das animadoras, seguida por Molly Huger e Betty Roberts.

Corremos juntos pelo campo até o banco de reservas destinado à equipe da casa, e Ike me surpreendeu, agarrando a minha mão esquerda com a direita dele, e acenando com a outra mão para a torcida. Levantei a mão livre e também acenei para os torcedores. Para minha surpresa, o gesto levou o público à loucura. O toque da mão de Ike me fez bem. Ali teve início uma tradição que perdura no Peninsula High até hoje: assim que saem do vestiário, os capitães da equipe de futebol dão as mãos e acenam para a torcida.

Virei-me e olhei para o outro lado do campo, na direção da temível Green Wave, do Summerville High. Eles contavam com 66 jogadores uniformizados, enquanto nós, os pobres Renegades, somávamos apenas 31. Homem a homem, a linha de defesa deles era uns 10 quilos mais pesada que a nossa. A linha de ataque era a mesma que conquistara o vice-campeonato estadual no ano anterior. O armador, John McGrath, estava sendo recrutado por todas as grandes equipes universitárias do país, e inclinava-se a se decidir pela University of Alabama, ou pela University of Southern California, que, àquela época, possuíam as equipes mais fortes.

Ike e eu nos dirigimos ao centro do campo. Cumprimentamos o capitão da equipe adversária, o próprio John McGrath, que se portou com a nobreza que os grandes atletas têm desde o nascimento. O árbitro lançou a moeda ao ar, e Summerville ganhou o cara ou coroa. Dissemos ao juiz que queríamos defender o gol que ficava ao sul. Ike e eu, então, afivelamos os capacetes e voltamos correndo para o lado dos nossos companheiros de equipe.

O professor Jefferson nos reuniu numa roda.

— Summerville acha que não temos a menor chance. Jogo limpo, rapazes, mas jogo duro. Quando o Chad der o pontapé inicial, que a Green Wave constate que o jogo não vai ser moleza.

Chad Rutledge, mais do que qualquer outro jogador, surpreendeu-me durante a pré-temporada brutal que cumprimos em agosto. Antipatizei com ele desde o dia em que o conheci, no Iate Clube. Ao longo dos anos, eu tinha encontrado mil caras exatamente como Chad: um sujeitinho metido a besta, com um sobrenome pomposo que só lhe aumentava a pretensão. Mas Chad havia se mostrado forte, versátil e muito rápido. Ele era bom com a bola em movimento, marcava gols com bola parada, e era também hábil com as mãos, como nosso receptor titular. No primeiro dia do treinamento, nosso técnico o escalou na defesa livre, onde Chad demonstrou bom faro para a bola e se revelou, a meu ver, o nosso melhor bloqueador. Embora fosse necessário algum tempo, Chad me provou que subestimar jovens privilegiados oriundos do mundo mimado do sul da Broad Street era um erro crasso.

No momento em que nos alinhamos, à espera do sinal de Chad, avisando que daria o pontapé inicial, gritei para Ike, que estava ao meu lado:

— Aposto que chego no campo deles antes de você e faço o primeiro bloqueio, Ike.

— Vai sonhando, Sapo. Você vai estar 50 jardas atrás de mim, e vão chamar uma ambulância para retirar do campo um pobre coitado.

— Ou vai ou racha! — gritei.

Chad se aproximou da bola e deu o pontapé inicial. Um defensor adversário a agarrou na linha de 15 jardas do seu próprio campo. Como um borrão de luz e cor, disparei campo abaixo. Um defensor tentou me agarrar pelos pés, mas mergulhou baixo demais e pulei por cima dele. Senti uma intensa ilusão de agilidade, no momento em que fixei os olhos num atacante, que avançava correndo, envergando o número 20. Ele subia pela linha lateral esquerda, quando percebeu que a linha que o protegia começava a ceder. Mudando de direção, partiu numa trajetória que o trazia a um confronto direto comigo, sem ter por onde fugir. Choquei-me com ele a toda velocidade, enfiando meu ombro em seu tórax, empurrando-o 5 jardas, antes de derrubá-lo no chão. Só percebi que o cara tinha deixado a bola cair, e que Ike a pegara, quando ouvi a explosão de alegria vinda do nosso lado do campo e vi Ike erguendo a bola antes de entregá-la ao árbitro. Eu tinha machucado o cara naquele bloqueio. Ele ficou estirado no campo, e eu lhe perguntava se estava bem. Logo, um fisioterapeuta e alguns técnicos cercaram e ajudaram o número 20 a se levantar.

— Não tive intenção de te machucar — eu disse.

— Foi um bloqueio limpo, filho — um homem me disse, a primeira e última vez na minha vida que o grande técnico, John McKissick, dirigiu-se a mim.

Chad marcou o ponto extra com um chute de bola parada, enquanto Niles segurava a bola para ele. No momento em que nos alinhávamos para o segundo pontapé de saída, olhei para o cronômetro: já tínhamos marcado pontos em apenas vinte segundos de partida.

Quando Chad chutou, a bola novamente em jogo, Ike e eu bloqueamos, na linha de 25 jardas, o jogador responsável pela recepção do pontapé inicial. Então, a equipe da Summerville se alinhou e começou a nos mostrar por que tinham um dos times de futebol mais temidos do estado. John McGrath fez a equipe avançar com habilidade, lançando passes bonitos e certeiros na direção dos atacantes e laterais. Sempre que McGrath recuava a bola para o zagueirão, pelo meio, Ike e eu logo fechávamos as brechas; em duas ocasiões, derrubamos o cara, que perdeu a posse de bola. Contudo, a Summerville nos empurrou de volta até a nossa linha de 30 jardas.

— Eles sabem que vai ter jogo agora! Eles agora sabem disso, porra! — gritava o professor Jefferson.

Ike se destacou numa jogada genial, neutralizando o armador no meio de um terceiro *down*. A bola espirrou. O armador recuou, visualizando a brecha deixada por Ike no bloqueio do passe, depois que este avançou contra a linha de defesa. Ninguém o interceptou e, a toda velocidade, Ike deu um voo espetacular sobre McGrath, que nem chegou a vê-lo. McGrath deixou a bola cair, e Niles mergulhou sobre ela.

Embora nosso time fosse muito inferior à equipe adversária, tudo funcionou a nosso favor naquela noite, e nosso técnico havia criado um esquema tático inteligente e estratégico para suplantarmos o talento superior da Green Wave. Quando Niles comandou a nossa primeira jogada ofensiva do ano, considerei um equívoco iniciar a temporada com um lance arriscado. Entreguei a bola a Niles, que a manteve consigo e disparou pela lateral do campo adversário. O zagueiro esquerdo e eu deixamos as nossas posições, a fim de liderar o bloqueio de proteção a Verme. Interceptei um defensor da Summerville que tentava alcançar Niles, mas nosso bloqueio começava a ruir. Niles estava prestes a ser alcançado, quando, subitamente, parou. Olhou para a outra lateral do campo, onde avistou Ike, desmarcado, pedindo a bola. Ike fingira bloquear um adversário, mas deixou-o passar, e escapuliu, despercebido, pela nossa lateral. Estava sozinho no momento em que Niles arremessou-lhe a bola.

Depois que Chad, com um chute, marcou o ponto extra, o placar assinalava 14 x 0 a nosso favor.

Foi uma noite de júbilo e emoção, de um tipo pouco frequente na breve vida humana. Sou capaz de lembrar tudo o que aconteceu naquela noite, cada jogada criada pelos dois times, cada interceptação que fiz ou deixei de fazer, cada bloqueio em que estive envolvido. Lembro de sentir um êxtase total, arrebatador, que só o esporte ou o amor podem proporcionar. Apaixonei-me pela coragem do meu time, que lutava contra a força de uma equipe infinitamente superior. Tendo treinado com tamanho empenho durante todo o verão, Ike e eu conseguimos frustrar as investidas da equipe de Summerville naquela noite. Saltávamos, dando tapinhas no capacete um do outro, socando a ombreira um do outro, confiando um no outro e, no final da partida, sentindo grande afeto um pelo outro. A ligação que se formou entre os companheiros de time era tal que, a meu ver, haveria de perdurar o resto da vida. Trocávamos gritos de incentivo e, com a coragem de leões, lutamos contra o time de Summerville a noite inteira.

O placar ficou empatado, 14 x 14, faltando um minuto para o jogo acabar. Disparei e atingi McGrath no momento em que ele se preparava para realizar um passe; Ike roubou a bola na linha de 28 jardas, no campo adversário. Nossa torcida enlouqueceu. Olhei na direção do local onde minha mãe, meu pai e monsenhor Max estavam sentados e vi que eles pulavam e se abraçavam. Minha mãe, apaixonada por James Joyce, rodopiava como uma animadora de torcida... por causa de uma partida de futebol!

No momento em que nos reunimos para combinar o lance, Niles se manteve frio e sério. Antes de definir a jogada, ele gritou para nós, superando a algazarra do público:

— Rapaziada, quero ganhar a porra desse jogo. Não vou fazer merda; juro a vocês. Mas nenhum de vocês pode fazer merda. Vocês têm que jurar!

— Juramos! — gritou o time.

— Eles estão conseguindo parar o Verme hoje — disse Niles. — Agora, quero que essa droga de linha abra algumas brechas para ele.

Joguei o zagueiro central de costas no chão e interceptei o defensor esquerdo, permitindo que Verme avançasse, a duras penas, 15 jardas e garantindo o primeiro *down* na linha de 13 jardas. Na jogada seguinte, Verme avançou 10 jardas. Faltando vinte segundos, Niles instruiu Verme a tentar escapar do bloqueio.

Passei a bola. Bloqueei o jogador à minha esquerda e já procurava um defensor a quem pudesse derrubar quando fui atingido por trás; vi-me, então, estirado de costas no chão, depois da linha de fundo. O mundo desacelerou, o tempo pareceu morto e o movimento das estrelas e da lua estancou, mas enxerguei algo flutuando no ar noturno, vindo em minha direção. Estiquei os braços para agarrar a coisa, para tocá-la. E agarrei algo, antes de perceber que se tratava da bola de futebol, que Verme acabava de deixar escapar, e que voara pelos ares e caíra exatamente em meus braços. Segurei a bola na linha de fundo, e então senti o peso da Green Wave inteira em cima de mim, tentando roubar-me a bola.

Quando o árbitro confirmou que o Peninsula High havia marcado um *touchdown*, a arquibancada quase veio abaixo. Restavam apenas cinco segundos. Alinhamo-nos para o ponto extra, e passei a bola para Niles, mas ele não pôs a bola no chão para ser chutada por Chad; em vez disso, correu pela nossa zaga durante os cinco segundos que faltavam para o final da partida.

A torcida correu em nossa direção como uma grande onda, cercando-nos, batendo nas nossas costas, quase nos machucando, de tão extasiada e surpresa que estava. Em seguida, os fãs correram até as balizas. Trago na memória uma cena daquela noite perfeita que há de me encher os olhos d'água pelo resto da vida: perplexo, vi minha mãe, meu pai e monsenhor Max unirem-se a uma torcida que, descontrolada, levou ao chão as balizas. Urrei, às gargalhadas, ao ver uma exuberante Betty Roberts dar um beijo no rosto de Verme Ledbetter. E ri ainda mais, quando vi Verme limpar o beijo com a manga da camisa suada.

Eu me virei e assisti ao momento em que o professor Anthony Jefferson apertou a mão do outro técnico, John Mckissick. Ambos eram exemplos do espírito esportivo e senti orgulho de ter participado daquele jogo. A história mudava tudo a minha volta.

Vi as balizas oscilarem, vi meu pai ser levantado ao ar, para comandar a torcida desenfreada, vi minha mãe tirar os sapatos e atirá-los na direção da multidão, naquela noite perdida no tempo. A intenção dela era garantir mais firmeza aos pés, quando se juntou aos torcedores que, afinal, conseguiram derrubar as balizas renitentes.

Em Charleston, naquele mês de setembro, uma onda de calor transformou a cidade em uma estufa. O sol parecia fervente, cruzando a península com lentidão. Devido à nossa proximidade ao Atlântico, a umidade me parecia mortal e inescapável, enquanto, letárgico, eu seguia de uma sala de aula para outra. Fiquei imensamente satisfeito ao constatar que estava matriculado nas mesmas disciplinas que os gêmeos, os órfãos, Ike Jefferson, Chad Rutledge e Molly Huger. E, sim, detectei o dedo de minha mãe no esquema, e percebi que ela havia me recrutado como cão de guarda de um grupo que ela ainda considerava inflamável. Evidentemente, Sheba Poe, com sua beleza incandescente, voluptuosa, era inimiga mortífera da sensibilidade intelectual de minha mãe, e Trevor parecia uma criatura importada de algum planeta desconhecido. Starla sempre levava consigo suas feridas e mágoas, como se seu olhar estrábico exibisse um boletim meteorológico de seu estado de espírito. Niles desempenhava o papel de anjo da guarda da irmã, mas, na opinião de minha mãe, parecia perdido, um jovem que se tornara introvertido sob o peso de um excesso de responsabilidades atribuídas muito cedo.

— Aquele menino nunca teve infância — anunciou minha mãe certa vez, durante o jantar.

— Niles é um ótimo rapaz — disse meu pai, simplesmente.

— É uma pena que a irmã seja perturbada.

— Ela é uma garota legal — protestei. — Por que a senhora não tem um pouco mais de boa vontade com ela?

— Não gosto do jeito que ela me olha.

— Isso é porque um dos olhos dela é desviado para a esquerda. Ela não tem culpa disso.

— Estou falando de atitude, não de estrabismo, ou seja qual for o mal que a aflige.

— O Dr. Colwell concordou em operar o olho dela — anunciei. — Aposto que a operação vai produzir uma grande mudança em Starla. Aquele olho a deixa insegura.

— Como ela vai pagar pela operação? — perguntou minha mãe.

— Ele não vai cobrar.

— Você falou com o Dr. Colwell sobre Starla? — perguntou meu pai.

— Sim, senhor. Conversei com ele no verão, numa noite em que passei na casa dele para receber o dinheiro da assinatura do jornal. Ele já examinou Starla, e vai fazer a operação quando tiver uma vaga na agenda.

— Então, o seu menino já acertou tudo, Lindsay — disse meu pai com orgulho.

— A personalidade daquela menina está totalmente definida — afirmou minha mãe. — Ela é perturbada. Corrigir o olhar não vai mudar nada. Podem escrever o que estou dizendo.

* * *

No final de outubro, nosso time de futebol ainda estava invicto. Mas o professor Jefferson nos deixava plenamente cientes de que tal situação dependia mais de sorte que de competência. Ele insistia que ainda poderíamos aprimorar a nossa forma, e exigia que demonstrássemos mais raça do que qualquer equipe contra a qual jogássemos naquela temporada. Eu me sentia quase morto depois dos treinos.

O destino tem os seus caprichos, os seus desafios, as suas coincidências, conforme pude verificar certa noite, ao chegar em casa, depois de um daqueles treinos exaustivos. Logo que entrei, meu pai disse:

— Seu jantar está na geladeira, filho. E a bela Molly Huger telefonou.

— Molly? — perguntei. — O que ela queria?

— Não sei. Não era comigo que ela queria falar.

Peguei o telefone no meu quarto, mas senti um medo que me deixava tonto. Eu nunca havia telefonado para uma garota. Minha perturbação não decorria de falta de coragem, mas de falta de hombridade. Minhas mãos tremiam e suavam. Percebi o motivo real daquele ataque de pânico: eu nunca telefonara para uma garota porque nunca tinha saído com uma. E até eu mesmo considerava esse fato algo estranho e ilógico na vida de um rapaz de 18 anos.

Molly e eu tínhamos travado uma amizade serena, já no primeiro mês de aula, e sentávamos juntos, na sala de aula, em três disciplinas. Por conseguinte, reuni um pouco de coragem e disquei. A mãe dela atendeu, logo no primeiro chamado. Quando pronunciei o meu nome, a voz da senhora se tornou gelada e débil.

— Molly não está, Leo. Boa noite — disse a Sra. Huger, e desligou o telefone.

Eu ainda estava me levantando da cadeira quando o telefone tocou. Atendi, pronunciando as palavras que meus pais haviam me ensinado.

— Residência da família King. Aqui é o Leo quem fala.

Ouvi o riso de Molly do outro lado da linha.

— Você sempre atende ao telefone assim?

— Não, às vezes, eu digo: "Aqui quem fala é o Leo King, e não me encha o saco, seja lá quem for." Claro que sempre atendo assim. Você conhece a minha mãe. Esta casa tem 10 mil regras.

Na sequência, eclodiu um bate-boca entre Molly e sua mãe. Como Molly havia coberto o fone com a mão, eu não conseguia entender as palavras, mas a discussão era absolutamente enfurecida. Por fim, Molly disse:

— Mamãe, acho que mereço um pingo de privacidade. Muito obrigada. Leo, você ainda está aí?

— Estou, sim — eu disse. — Alguma coisa errada?

— Sim, muita coisa errada. Chad e eu brigamos, e ele rompeu comigo hoje. Na verdade, isso aconteceu faz poucos minutos.

— Que idiota. Ele está maluco?

— Por que você diz isso?

— Porque você é você. Você é tudo no mundo.

— Estava torcendo para você dizer algo assim. Essa foi uma das razões que me fizeram telefonar para você.

— Qual foi a outra?

— Para perguntar se você pode me levar ao baile depois do jogo, sexta-feira à noite.

Enrubesci de um modo tão intenso e repentino que achei que meu rosto ficaria vermelho pelo resto da vida. Procurei palavras, mas a mudez havia petrificado a minha língua. Rezei para que uma tempestade de raios derrubasse as linhas telefônicas da cidade. Numa mudez vexatória, esperei pela intervenção de Molly.

— Leo? Você está me ouvindo?

— Estou — respondi, grato pelo fato de minha voz ter voltado.

— Então, o que você me diz? — perguntou ela. — Você vai me levar ao baile, ou não?

— Molly, você é namorada do Chad. Eu sei o quanto ele te admira. Eu sei o quanto ele se orgulha de você.

— Foi por isso que ele convidou a Bettina Trask para ir ao baile com ele? Foi por isso que ele convidou aquela peituda assanhada para ir ao baile da escola com ele?

— Bettina Trask? — Quase engasguei, perplexo com a notícia. — Será que Chad quer morrer? Ela é namorada do Verme Ledbetter. Isso é o mesmo que cometer suicídio.

— Faço votos para que o Verme arrebente a cara dele.

— Podemos acertar os detalhes do enterro do Chad, se você quiser. Já sei como essa história vai acabar.

— Não quero ficar falando do Chad. Você me leva ao baile, ou não?

— Molly, nunca saí com uma garota. Eu não saberia o que fazer, o que dizer, ou como agir — eu disse, cada palavra saindo da minha boca com a lentidão com que se arranca um dente.

— Eu te ensino tudo isso — disse ela.

— Então, eu é que devo te convidar para o baile, não é?

— Esse é o procedimento normal.

— Molly Huger, você quer ir comigo ao baile, sexta-feira à noite, depois do jogo?

— Eu adoraria, Leo. Nem sei como te agradecer pelo convite.

— Posso te fazer uma pergunta de caráter pessoal?

— Pode, claro.

— Você já saiu com algum outro cara, além do Chad?

— Nunca. — Ela caiu em prantos e desligou o telefone.

Num devaneio que mesclava pavor e êxtase, fui até a cozinha, onde comecei a esquentar o prato que meu pai deixara para mim. Quando me sentei para comer, meu pai sentou-se ao meu lado, conforme costumava fazer todas as noites, para conversarmos sobre os eventos do dia.

— O chef se saiu bem hoje, filho?

— Ele pode trabalhar na minha cozinha quando quiser — respondi.

— O filé está delicioso. A abobrinha e os aspargos não poderiam estar melhores. O purê de batatas, perfeito.

— O equilíbrio é tudo. O que a Molly queria com o meu menino?

— A coisa mais estranha do mundo. Ela quer que eu vá ao baile com ela, depois do jogo.

— *Estranha* não é a palavra certa — disse meu pai. — Que tal *fabulosa* ou *esplendorosa* ou *prodigiosa*? Não é nada mau quando uma das garotas mais bonitas e queridas do mundo quer ir ao baile com você.

— Molly é bonita demais para um cara como eu. O Chad rompeu com ela hoje, e ela está magoada. Ele convidou Bettina Trask para ir ao baile.

— Ah! Nós sabemos o que o rapaz quer. Bettina tem uma reputação e tanto.

— Fiquei conhecendo a Bettina melhor este ano. A família dela é pobre, e o pai é um zero à esquerda. Na verdade, ouvi dizer que ele está preso. Mas a Bettina é inteligente e, acho, ambiciosa.

— Verme Ledbetter não vai satisfazer as ambições de ninguém.

— Mas sair com Chad Rutledge eleva o *status* social dela na mesma hora — completei.

Meu pai riu.

— Aposto que a mãe do Chad, presunçosa como é, vai ficar maluca quando receber essa notícia.

— A mãe da Molly não gostou nada do fato de eu ter telefonado. Ela não conseguiu nem fingir ser gentil.

— O sul da Broad Street é uma conspiração de plaquetas, filho: sangue e estirpe são tudo o que importa por lá. Não, isso não é verdade: é preciso ter um caminhão de dinheiro perto do banco de sangue.

— Não é de se estranhar que a mãe da Molly esteja aborrecida. Nós não temos dinheiro. Deus do céu! Somos católicos! Nossa família não é grande coisa. Nada de aristocracia. Nada de clubes. De Chad Rutledge a Leo King. Molly está em queda livre.

— Aposto que essa foi a primeira atitude autêntica tomada pela Molly na vida — disse meu pai. — Em certo sentido, é uma declaração de independência.

— O que vou fazer se Molly quiser dançar?

— Você vai dançar com ela. Dançar com garotas bonitas torna a vida divertida.

— Não sei dançar; não sei mesmo. Sheba tentou me ensinar na minha festa, nesse verão... mas foi a única vez.

Meu pai deu um tapinha na própria testa.

— Que droga! Nós costumávamos dançar pela casa toda, você em pé sobre os meus pés, e Steve sobre os pés da sua mãe. É isso, Leo... foi por isso! Nós paramos de dançar depois que o Steve morreu. Deixamos a casa morrer também. A música morreu. Perdemos você de vista, completamente. Quase te perdemos. Meu Deus! Você nunca saiu com uma garota! Onde estávamos com as nossas cabeças?

— Nenhum de nós soube lidar com essa coisa do Steve — eu disse.

— Amanhã à noite, quando você voltar do treino de futebol, calce seus sapatos, filho. Esta espelunca vai tremer!

E meu pai fez valer a sua palavra. No dia seguinte, após o treino, eu dava uma carona ao Niles até o orfanato, quando ele me surpreendeu, dizendo:

— Seu pai convidou Starla, Betty e eu para jantar na casa de vocês. Ele disse algo sobre aula de dança.

— Santo Deus! Meu pai se empolga demais.

— Você tem sorte de ter um pai como ele — disse Niles. — Quem me dera que ele fosse meu pai.

— Você sabe quem é o seu pai, Niles?

— Sei. Sem comentários.

— Sem comentários — assenti.

Ouvi música tocando em alto volume, quando encostei o carro diante da nossa garagem, e percebi que o carro de minha mãe não estava lá. Meu pai estava no quintal, grelhando cheeseburgers e assando espigas de milho, e Betty segurava grandes tigelas de madeira, servia maionese de batata e salada de repolho aos presentes. Sheba e Trevor estavam jogando lixo numa lata de alumínio, quando Niles e eu entramos no quintal.

— Depressa, seus molengas. Temos que ensinar vocês alguns passinhos. A festa é lá dentro — disse Sheba.

Trevor puxou Starla e Betty para dentro de casa. Meu pai baixou a tampa da churrasqueira, tirou o avental e o chapéu de mestre-cuca, e correu lá para dentro, a fim de desempenhar o papel de DJ. Ele sorria com uma satisfação incontida.

— Onde está minha mãe? — perguntei.

— Ela não quis participar — respondeu ele. — Ficou uma fera porque resolvi fazer isso no meio da semana. Foi para a biblioteca.

Dentro de casa, Sheba e Trevor ensinavam vários dos passos básicos de rock and roll. Os gêmeos dançavam com a naturalidade de árvores movidas pelo vento. Quando dançavam juntos, a harmonia e a complexidade da dança se tornavam absolutamente claras para nós, voyeurs observando aqueles dois corpos que evoluíam com uma graciosidade divina.

377

No entanto, não estávamos ali para observar, mas para aprender a dançar. Trevor levou os rapazes para um lado da sala e começou a nos ensinar passos bastante simples.

— Não tenham medo de errar. É errando que a gente aprende. É errando que a gente melhora. Relaxem. Não pensem. Dancem... só isso. Deixem o corpo à vontade. Dançar é deixar o corpo se amar.

Durante três horas, ensaiamos passos e pulamos pela sala, numa comédia repleta de erros e falta de jeito. Mas, devido à paciência e à boa vontade dos gêmeos, acabamos por encenar uma razoável imitação do espírito da dança. Comecei a relaxar e a me divertir, e naquela noite livrei-me para sempre do fato de não saber dançar.

Então, Sheba e Trevor nos ensinaram a valsar, com o máximo da delicadeza exigido por uma dança lenta em que o cavaleiro segura a mão da dama e põe a outra mão na cintura da parceira, aproximando-a dele.

— Na verdade, dançar abraçados é tudo o que os adolescentes querem — disse Sheba. — A gente fica abraçadinho com a pessoa de que gostamos. Os rostos coladinhos. A gente respira no ouvido do outro. Pode dizer o que está sentindo só pelo toque. Pode também agarrar a pessoa. Pode trocar segredos sem dizer uma única palavra. Quando o noivo e a noiva se casam, o casamento sempre começa com uma dança de rosto colado. Existe um motivo para isso. Leo, vamos mostrar a eles esse tal motivo.

Sheba ergueu a mão na minha direção, e eu a toquei como se fosse uma banana de dinamite. Meu pai pôs um disco chamado "Love Is Blue", uma faixa instrumental tão bela quanto uma rua de Charleston. Passando o braço pela cintura de Sheba, puxei-a para perto de mim e começamos a bailar... não a pensar, mas a bailar, e Sheba fez com que parecesse que eu sabia dançar. Eu queria que a canção tocasse para sempre. Mas o disco parou, o tempo parou, e Sheba e eu nos separamos. Ela fez uma reverência, eu também. Naquele momento, senti-me vigoroso e atraente, o antissapo.

O telefone tocou, e fui atendê-lo.

— É o Leo King que está falando? — perguntou uma voz de mulher.

— É, sim — eu respondi.

— Aqui fala Jane Parker, assistente do Dr. Colwell. Tivemos um cancelamento, e o Dr. Colwell vai poder operar Starla Whitehead, às 8h, nesta sexta-feira, no Centro Médico. Ela pode comparecer?

— Starla Whitehead vai estar lá — eu disse; depois, voltei até os dançarinos e anunciei: — Starla, o Dr. Colwell vai consertar o seu olho!

Todos na sala aplaudiram. Starla aproximou-se de Niles, e os dois irmãos choraram juntos, baixinho, com grande ternura. A carga de tristeza dos dois sempre parecia insuportável, até mesmo na noite em que aprenderam a dançar.

CAPÍTULO 19

Peregrinos

De vez que reconto aqui um passado de extrema importância para aqueles de nós que sobreviveram a ele, busco uma exatidão talvez inatingível. Mas cores, odores e música sempre abrem as janelas floridas, os becos sem saída e os alçapões do passado de um jeito que me deixa atônito. A minha rota de entregador de jornal existe hoje, na minha memória, com uma série de cheiros e sons de latidos, com a imagem de cidadãos que acordam cedo, de gente correndo ao longo da Battery, com a lembrança das conversas travadas com Eugene Haverford sobre as notícias de cidade, com os devaneios entre uma pedalada e outra e os pensamentos sobre a vida gratificante que eu haveria de ter. Minhas recordações parecem sempre vivas, de maneira que sempre me sinto à vontade, ao entrar pela porta da frente do meu passado, confiante na forma e na certeza de tudo que trago comigo desde aqueles dias.

No dia da operação de Starla, entreguei os jornais com o máximo de eficiência e rapidez. Depois, deixei de assistir à missa com meus pais e de tomar o café da manhã no Cleo's, e fui diretamente ao orfanato, onde Starla e Niles me aguardavam. O Sr. Lafayette abriu o portão com uma chave do tamanho de um canivete e abraçou Starla, desejando-lhe boa sorte. Percebi que, pela primeira vez, Starla não estava usando os óculos escuros presenteados por Sheba. Ela e Niles sentaram-se no banco da frente do carro, e notei que as mãos de Starla tremiam, enquanto o irmão tentava dissipar-lhe o medo.

— A Starla está apavorada — disse Niles, falando por ela, conforme costumava fazer em momentos de tensão.

— Qualquer um ficaria — falei. — É natural.

— Ela quer que eu fique na sala de cirurgia, ao lado dela.

— O Dr. Colwell disse que, em se tratando de cirurgia, o regulamento é rígido. Eles não vão deixar.

Starla esforçou-se para dizer, com uma voz débil e trêmula:

— Acho que não vou conseguir sem o Niles. A ideia de alguém cortar o meu globo ocular é demais para mim. Não quero mais ir.

Tentei tranquilizá-la.

— O Dr. Colwell diz que, depois da operação, você vai ter olhos lindos. Você quer usar óculos escuros pelo resto da vida? Você usa óculos até quando dorme?

— Uso — disse ela, surpreendendo-me com uma franqueza serena. — Só tiro os óculos no banho. Todas as vezes que vejo a Sheba tenho vontade de abraçá-la, em agradecimento por esses óculos. Você não sabe o que é ser um monstrengo.

— Você não vai precisar deles depois de hoje... prometo — eu disse.

— Starla, escute o que estou dizendo: o Dr. Colwell pode dar um jeito nisso.

— Você não ouviu o que ela disse, cara? — perguntou Niles. — Ela não quer fazer a operação. Nós não vamos para o hospital.

— Ouvi, sim, amigo — eu disse, enfiando o pé no freio. — Estou levando a Starla ao melhor cirurgião oftalmologista de Charleston. Ele vai operar de graça. Eu sei o que a sua irmã está sentindo. Meu apelido é Sapo porque minhas lentes são tão grossas que fazem meus olhos ficarem saltados. Eu sei disso. Na minha casa tem espelho. Se existisse uma operação para consertar os meus olhos, eu botava a sua irmã para fora do carro e pediria ao Dr. Colwell que me operasse no lugar dela. Se você não está gostando disso, Niles, caia fora. Deixe-nos em paz. Em poucas horas isso tudo vai ter acabado. Fim.

Niles olhou para a irmã, que disse:

— Ele tem razão.

— Só estou concordando porque você me pediu — disse Niles a Starla. — E é claro que ele tem razão. Ele é o puto do Sapo.

— Minha mãe sem coração disse que você e eu podemos esperar do lado de fora da sala de cirurgia, durante a operação — eu disse a Niles, aliviado.

— É muita gentileza dela — afirmou Starla.

— Ela nunca vai admitir, mas está torcendo bastante por vocês dois. Ela acha que Deus deu a vocês um tratamento injusto. Pronto, chegamos. Podem descer; vou estacionar o carro. Podem subir até o centro cirúrgico. Estão esperando por você, Starla.

— O Dr. Colwell já fez esse tipo de operação antes? — perguntou ela, demonstrando nervosismo. — Eu quis perguntar isso a ele durante a consulta, mas ele foi tão gentil que não tive coragem.

— Bem... ele já fez muitas cirurgias, mas nunca operou o olho de ninguém. Isto é, até hoje. A especialidade dele é remover calos da sola do pé.

— Seu grande filho da mãe — rosnou Niles. — Isso lá é hora de fazer piada? Vou te encher de porrada quando chegarmos à sala de espera.

— É piada? Graças a Deus que ele está brincando — disse Starla. — Eu bem que precisava de uma piadinha. Preciso rir. — Em seguida, respirou fundo e murmurou: — Vou conseguir.

— Então, vamos lá — eu disse. — Ouvi dizer que não existem garotas mais corajosas do que as que vêm das montanhas.

— Não folgue comigo, Sapo — Starla deu um soquinho no meu ombro e desceu do carro. — Mas, prometa que, se a operação não der certo, você não vai me chamar de ciclope.

— Prometo.

Uma hora se passou na sala de espera, e Niles começou a andar, de um lado para o outro, como uma pantera enjaulada, os músculos tensos e os olhos vermelhos. Uma porta se abriu e Fraser Rutledge fez uma entrada inesperada, dirigindo-se diretamente a Niles e dando-lhe um abraço fraternal. O hospital ficava a um quarteirão ao sul da Ashley Hall, uma escola particular frequentada por Fraser; ela havia conseguido permissão para visitar uma amiga internada. Fraser sussurrou algumas palavras a Niles e, embora eu não pudesse ouvir o que ela dizia, percebi que os ombros dele se descontraíram no momento em que ela conseguiu fazê-lo sentar. Então, Fraser aproximou-se de mim, abraçou-me e disse:

— Nas últimas noites, Leo, você foi o assunto da nossa mesa de jantar.

— Mas, por quê? — indaguei.

— Chad confessou que rompeu com Molly. A notícia caiu na nossa casa como uma bomba. A mãe da Molly telefonou para a minha mãe e disse que Chad tinha convidado aquela vadia da Bettina Trask para o baile.

— Bettina não é má pessoa — eu disse. — Ela veio de baixo, mas é muito inteligente e muito esforçada. Na turma de literatura da minha mãe, ela tira as melhores notas. Pergunte ao Niles.

— Bettina ficou minha amiga e da Starla — confirmou ele. — Mesmo depois que nós brigamos com o namorado dela, no primeiro dia de aula.

— Bem... ouvi dizer que ela dá mais do que chuchu na serra — disse Fraser. — E, Sapo, ouvi dizer que você pega a rebarba do Chad.

— Os seus pais sabem que você e eu estamos namorando, Fraser? — perguntou Niles.

— Ainda não — admitiu ela, com nervosismo. — E esse não é o momento propício.

— O órfão e Bettina Trask — disse Niles. — É vergonha demais para seu pai e sua mãe numa mesma semana.

— Não venha agora começar de novo com autopiedade, Niles Whitehead — pediu Fraser. — Prometo não dar uma de menina rica para cima de você, desde que você não comece com essa coisa de órfão, combinado?

Naquele instante, o Dr. Gauldin Colwell entrou na sala de espera, com trajes de cirurgião e a serenidade naval que parecia constituir o seu ponto forte. Era um homem bem-apessoado, aristocrático, e parecia ter nascido para usar o estetoscópio. A simples presença do Dr. Colwell já me acalmava, e notei que a postura tensa de Niles havia se anuviado.

Reunindo-nos em torno do médico ele disse, com um tom de voz igualmente calmo e confiante:

— Considero a operação bem-sucedida, mas só saberemos com certeza dentro de 48 horas. Tudo pareceu correr bem. Vou passar por aqui todos os dias pela manhã para acompanhar a evolução do caso. Vamos mantê-la permanentemente sedada. Não permito que meus pacientes tenham dor. Antes de vocês irem embora, vai ser preciso aprender a usar o colírio.

— Isso é comigo, doutor — disse Niles. — Sou irmão dela.

— Assim ouvi dizer — disse o Dr. Colwell, voltando-se para Niles. — Agradeça a Leo King. Foi ele que me pediu para fazer essa operação.

— Já agradeci, doutor. Serei grato a ele pelo resto da vida.

— O senhor merece alguma coisa, Dr. Colwell — eu disse.

— O que, Leo? — perguntou o médico.

— Jornal de graça pelo resto da vida.

— Isso não é necessário. Mas é muita bondade sua.

A jovem assistente do Dr. Colwell, Jane Parker, bela como uma flor, surgiu na sala de espera e perguntou:

— Quem precisa aprender a usar o colírio?

— Ensine a todos eles — disse o Dr. Colwell. Em seguida, deu alguns passos, retirando-se, mas parou no meio do caminho. — Sr. Whitehead, a sua irmã vai ter algo novo na vida, acho eu.

— O que, doutor? — perguntou Niles.

— Admiradores — disse ele. — Muitos admiradores.

— Não entendi.

Jane Parker riu:

— Sua irmã é uma garota bonita. Uma garota querida. Essa operação vai mudar a vida dela.

No vestiário, naquela noite, pairava uma onda de discórdia, enquanto os jogadores afivelavam as ombreiras e as proteções dos quadris. Algo invisível havia sugado o espírito da nossa equipe, e parecíamos apáticos, enquanto o público, entusiasmado com a nossa temporada invicta, entrava no estádio Stoney Field. O time de Hanahan parecia avançar em marcha fúnebre, niilista, num compasso que prenunciava o fim desmoralizante da nossa temporada de sucesso. A paixão inflamada pela competição que nos levara ao nono lugar entre as principais escolas do estado estava de licença médica, ou resolvera tirar folga naquela noite de sexta-feira. Antes de acabar de vestir o uniforme, eu já sentia a nossa primeira derrota da temporada entrando para as estatísticas. Felizmente, não fui o único a perceber a situação.

Ike olhou em volta:

— Tem alguma coisa errada, Sapo?

— O time parece morto. A gente está precisando de soro na veia.

— Ei! Renegades! — gritou Ike, levantando-se, já uniformizado e pronto para entrar em campo. Em seguida, percorreu o vestiário, batendo nas ombreiras e dando tapinhas no traseiro dos companheiros de time, na tentativa de inflamar um vestiário carente de oxigênio. — Quero ver um pouco de garra nos olhos de vocês! — exclamou ele. — Vocês estão com cara de espantalho. Um bando de frangotes. Já esqueceram quem são? Nós somos os Renegades! Nós derrotamos a Green Wave, da Summerville; o Beaufort Tidal Wave e o Saint Andrews Rocks. E hoje vamos jogar contra o time de Hanahan, que também está invicto. Cadê o espírito de luta de vocês? Digam-me onde ele se escondeu, que vou convocar uma equipe de busca para encontrá-lo.

Uma voz respondeu, rebelde e implacável:

— Senta e cala a boca, parceiro. Não adianta. — A voz era de Verme Ledbetter, sentado diante do armário e ainda sem o uniforme.

Aquela provocação a um dos capitães era como um câncer que atacaria a unidade do time; por conseguinte, aproximei-me de Verme e esmurrei-lhe as ombreiras. Ele deu um salto, os punhos cerrados, pronto para brigar com Ike e comigo, ao mesmo tempo.

Niles interveio, puxando-me pela camisa.

— Vamos fazer uma reunião do time, antes que os técnicos cheguem — disse ele a Ike.

O capitão da equipe expediu o comando:

— Todo mundo! Vistam já o uniforme! Daqui a um minuto... todos na sala de reunião.

A ordem provocou alguns resmungos entre os jogadores, brancos e negros, mas foi ao menos um sinal audível de que o time já não estava com morte cerebral. Em menos de sessenta segundos, a equipe inteira estava a postos, diante de Ike e de mim, nós dois de costas para o quadro-negro, ocupando o posto que era a fortaleza pessoal do professor Jefferson.

— Vamos acabar logo com isso — começou Ike —, seja lá o que for. Não estou reconhecendo esse time.

— Companheiros — eu disse —, o que está acontecendo com os Renegades? Nós já passamos por tanta coisa juntos!

O silêncio era total, inquebrantável. Eu estava prestes a dizer algo banal, recorrendo ao limitado vocabulário do esporte, quando Niles se pronunciou:

— O Verme está puto porque o Chad vai sair com a namorada dele hoje à noite.

Ike assobiou.

— Chad, você quer passar por um panaca completo? Até onde eu sei, Bettina e Verme estão namorando há séculos.

— Acho que Bettina só quer provar um pouco de carne branca vinda do outro lado da cidade — respondeu Chad, nervoso e inseguro.

Conhecendo Chad, eu sabia que a resposta dele era um misto de bravata e de piada de mau gosto. Enquanto pensava numa réplica mais espirituosa, vi o ataque desferido por Verme, qual um rinoceronte, pulando por cima de três companheiros de equipe para atingir Chad, que estava sentado perto de uma parede de concreto. Em meio a socos e xingamentos dos mais criativos, conseguimos apartar os dois combatentes. O sucesso de nossa intervenção foi uma sorte para Chad; cheguei a pensar que Verme, na fúria daquele ataque frontal, com seus dentes tortos e amarelados, teria seccionado a carótida de Chad. Ike e eu mal conseguíamos segurar Verme pelo uniforme, mas o levamos de volta ao local onde ele estava sentado, para grande alívio de Chad. Quando Ike e eu recuperamos o controle do ambiente, uma agitação havia substituído o vazio espiritual que contagiara meus companheiros de time.

No momento em que Ike começou a falar, o professor Jefferson e seu assistente entraram, vindos da sala do técnico. Corri pelo corredor de concreto, a fim de interceptá-los.

— Nós precisamos de alguns minutos, professor. Precisamos esclarecer algumas coisas. Problemas no time, mas, pode deixar, nós mesmos lidamos com a questão.

Embora surpreso, o professor reagiu de maneira positiva:

— Quatro minutos.

Ele e o assistente voltaram para a sala pequena e abafada. Corri de volta para a frente do quadro-negro.

— Verme — disse Ike —, não podemos prejudicar o time por causa da nossa vida afetiva. Todos nós treinamos muito. Todos vocês sabem o que sinto pela Betty, mas, se os meus sentimentos por ela atrapalharem o desempenho do time, eu rompo o namoro... ao menos durante a temporada. Todos vocês têm namoradas. Somos jogadores de futebol, e as garotas gostam da gente. De todos nós, menos do Sapo.

Até Verme Ledbetter riu, acompanhando o restante da equipe. Caí na risada, admirando a brilhante estratégia de Ike.

A voz de Chad soou enfurecida, acima das gargalhadas:

— Porra! Convidei Bettina para ir ao baile porque... o Sapo convidou Molly! Bettina tem telefonado para mim há várias semanas.

— Chad, não me diga que você foi desbancado por um anfíbio de merda! — provocou Ike, com puro sarcasmo.

Novamente, o time explodiu numa gargalhada, sob o comando de Verme.

— As mulheres não se controlam comigo — eu disse. — Tenho esse problema desde garotinho. Vocês me chamam de Sapo, mas a mulherada me chama de Bode.

— Deixe de falar merda! Aposto que você nunca beijou uma garota — disse Chad, com desdém.

— Mas isso vai mudar hoje à noite, depois que ele sair com a Molly — brincou Niles, com um sorriso irônico, conquistando o riso de todos, exceto de Chad, até que Ike erguesse a mão e pedisse silêncio.

— Agora chega. Já temos aqui energia suficiente para dar uma surra no time de Hanahan. Verme, use essa raiva da Bettina e do Chad para fazer hoje o seu melhor jogo do ano. A nossa ofensiva vai abrir brechas tão grandes que vai dar para arrastar uma mula morta pelo meio delas. Temos que arranjar um jeito de manter a fúria e a agressividade contra os nossos adversários. Essa coisa chamada time é, para mim, uma palavra sagrada. Vou encher de porrada qualquer um que trouxer veneno de volta a este vestiário. Está me ouvindo, Verme? Está me ouvindo, Chad? Agora, vamos canalizar toda essa raiva... todinha... e dar um sacode no Hanahan High.

Um grito de guerra ecoou no momento em que o professor Jefferson e seu assistente surgiram no fundo da sala, pressentindo um time absolutamente decidido a vencer. Ike havia disseminado entre nós uma atitude que constitui o sonho dos grandes técnicos.

Foi a partida contra Hanahan que propiciou ao nosso time a força ilimitada que nos levaria às semifinais do campeonato estadual, em Columbia. Naquela noite, perfilado com meu time no campo, senti no ar os primeiros matizes frios do outono. Quando demos o pontapé inicial, apostei uma corrida com Ike e ambos driblamos dois interceptadores adversários. Juntos, atacamos o jogador que carregava a bola e o jogamos para fora do campo, ainda na marca das 25 jardas, e ele foi cair em meio aos seus companheiros de equipe. Ike e eu nos levantamos, gritando, e fomos atropelados por nossos companheiros extasiados. O espírito do mal que havia invadido o vestiário fora punido naquela primeira jogada, e não mais retornaria naquela temporada. Uma tenacidade feroz seria a nossa marca registrada.

Verme Ledbetter concluiu mais de trinta ataques, muitas vezes avançando pelo meio do campo, onde, naquela noite, alcancei meus melhores índices de bloqueio na temporada. A linha de frente avançou como um bando de leões, disparando com agressividade e pontaria. Derrubei, de costas no chão, quatro atacantes do time adversário, enquanto assistia Verme lançando-se contra os defensores, com a cabeça baixa e as pernas tão rápidas quanto as pás de uma batedeira. Quando Niles fingiu lançar a bola a Verme, que escapava de um bloqueio, a manobra abriu o campo para Chad e Ike; e ambos marcaram *touchdowns*, recebendo de Niles passes longos e perfeitos, como se nosso armador estivesse arremessando pães no ar noturno.

Naquela noite, Verme quebrou o recorde da nossa escola, marcando cinco *touchdowns* e avançando, no total, mais de 200 jardas. Dos 12 passes feitos por Niles, dez foram bem-sucedidos. Nossa defesa jogou bem e correu como se o campo estivesse pegando fogo. O Hanahan só conseguiu marcar nos minutos finais da partida, quando nosso time reserva sofreu um gol inócuo. Quando soou o apito final, nós havíamos batido a quinta melhor equipe do estado pelo incrível placar de 56 x 3. Nossa torcida invadiu o gramado, mas, naquela noite, as traves não foram derrubadas. Algo absolutamente milagroso tinha ocorrido: nossos torcedores, até então bastante sofridos, começavam a se acostumar com a vitória.

Vagar pelo meio daquela multidão vociferante foi, para mim, entrar no país das maravilhas. Fazia tanto tempo que eu ansiava por uma vida normal, que tal objetivo já parecia inalcançável. Mas, finalmente, chegara o momento: eu deixava o campo, cumprimentando meus adversários do Hanahan High, recebendo os parabéns de torcedores e companheiros de equipe, sendo abraçado por garotas que eu nem conhecia e por animadoras de torcida cujos uniformes estavam tão suados quanto o meu; sim, aquela era agora a minha nova normalidade: nada de estar algemado à cama de um hospital para doentes mentais, paralisado sob o efeito de medicamentos. Agradava-me participar de um time que dispunha de um plano de jogo e de um meio de salvar um jovem que sabia do quanto precisava daquela equipe. Segui até o vestiário, crente que estava saboreando o êxtase do momento, mas percebi estar apenas adiando o inevitável. O verdadeiro motivo da minha hesitação em integrar-me ao júbilo dos meus parceiros de time era o receio de levar Molly Huger ao baile depois do jogo.

Quando entrei na penumbra do ginásio, uma lembrança terrível atingiu-me como um meteorito certeiro: eu jamais comparecera a um baile na escola, e não fazia a menor ideia de como deveria me conduzir. Eu sequer sabia que expressão deveria exibir: um sorriso confiante, uma indiferença natural, uma extroversão atrevida. Senti-me simplesmente indefeso ao perceber que minha fisionomia se congelava num ar desorientado e inseguro.

Vi que Molly se aproximava, do outro lado do ginásio. Ela havia trocado o uniforme de animadora de torcida e trajava uma saia simples, uma blusa, e calçava as meias brancas que o técnico do time de basquete exigia até dos dançarinos mais hábeis. Molly correu ao meu encontro e me surpreendeu, abraçando-me e beijando-me alegremente o rosto.

— Que jogo incrível, Leo. Esse time tem chances de ir longe.

— Para mim, já foi longe — respondi.

A canção que estava tocando chegou ao fim. O DJ, naquela noite e ao longo de todo o ano letivo, era o imperturbável Trevor Poe. Ouvi-o dizer:

— Um dos nossos astros, Leo King, acaba de entrar no salão. Quero convidá-lo, ao lado de sua linda acompanhante, Molly Huger, a abrir a próxima dança. Quero convidar também o outro capitão do time, Ike Jefferson, e a bela Betty Roberts a acompanhá-los, dançando a primeira canção romântica da noite. Dançar de rosto colado! A ideia, por si só, já não faz as pernas tremerem? Agora, uma merecida salva de palmas para os nossos capitães! Isso... muito bem! No ano passado, o Peninsula High ficou em último lugar na liga, e hoje estamos invictos, aos olhos dos homens e de Deus. Esta é a Dança dos Capitães. A pista é só deles, até eu sinalizar com este pandeiro. Agora deixem o DJ mostrar o que ele é capaz de fazer.

Trevor baixou a agulha, e a canção "Wonderland by Night", de Bert Kaempfert, inundou o ginásio, com notas tão sensuais e românticas que pareciam estar salpicadas de mel. Ter Molly nos braços foi um dos momentos decisivos da minha vida. O rosto dela colou-se ao meu, e sua mão puxou-me para perto. O hálito era mentolado e fresco, quando ela sussurrou:

— Adoro esta música.

Queria que ela murmurasse no meu ouvido eternamente.

Enquanto dançávamos, as pessoas nos observavam, num silêncio ofegante. Troquei um olhar com Ike, que piscou para mim. Sentindo-me, pela primeira vez na vida, minimamente sexy, pisquei para ele, com a confiança triunfal de um célebre playboy ou de um parisiense paquerando na margem esquerda do Sena... e não de um perdedor que pela primeira vez saía com uma garota. Molly exalava o aroma do jasmim que, no verão, subia pelas treliças do jardim de minha mãe. Em seus cabelos, eu sentia cheiro de sol e bálsamo, e seus seios pareciam macios e complacentes... mas também intocáveis.

Trevor fez soar o pandeiro, e a escola inteira nos seguiu. "Wonderland by Night" seria a minha canção favorita pelo resto da vida, por causa dos olhos cintilantes de Molly Huger, dos seus lábios torneados, do seu lindo rosto, do seu belo corpo... porque senti minha alma deixar o meu corpo sitiado pelo sofrimento e se entregar, durante os noventa segundos que transcorreram entre o começo e o fim da canção. Estava inebriado de amor por Molly quando vi Niles e Fraser na porta do salão, fazendo-nos um sinal. Pegando Molly pela mão, conduzi-a pelo meio da pista, onde os presentes, agora frenéticos, dançavam ao som de "Sgt. Pepper's Lonely Hearts Club Band", dos Beatles.

Embora o gesto não devesse me surpreender, Fraser e Molly se abraçaram e começaram a chorar baixinho. Pediram licença e correram até o banheiro feminino, localizado do outro lado do ginásio, deixando Niles e eu sozinhos.

— Acabamos de visitar Starla no hospital — disse ele. — Ela ainda está bem grogue, mas fizemos o relato completo do jogo. Ela riu quando soube que Chad ia ao baile com a Bettina, e que Molly se vingou te convidando.

— Por que ela riu?

— Starla sempre se diverte com situações esdrúxulas. Ela adora ver as coisas se complicarem, tudo fervendo, pegando fogo.

— Por que Chad e Bettina não estão no baile? — perguntei.

— Fraser tem certeza de que ele levou a Bettina para a casa de praia, na Sullivan's Island, para transar com ela.

— Ike soube lidar bem com aquele momento difícil hoje à noite.

— O cara é um líder nato.

— Por que Fraser e Molly começaram a chorar quando se encontraram?

— Faz tempo que elas são muito amigas. Fraser começou a chorar assim que te viu dançando com a Molly. Ela pensa que Chad e Molly são eternos namorados.

— Acho que Molly gosta muito de mim — eu disse. — Tenho certeza.

Niles fitou-me durante alguns instantes, e eu o observei, enquanto ele tentava alinhar as palavras na mente, palavras sinceras, mas que não magoassem um espírito já bastante sofrido.

— Sapo — disse ele —, nós não somos do gabarito dessas duas garotas. Somos brinquedinhos para elas. Não somos os caras que elas vão procurar quando resolverem levar a vida a sério. Chad convenceu a Fraser de que ela é a garota mais feia do mundo. Ela precisa de mim porque acho que ela é a garota mais legal que conheci na minha vida, e ela é um doce. Sempre fico com garotas que se acham feias, e elas sempre se sentem gratas pela minha atenção. Então, Starla se mete em alguma grande encrenca e me diz que temos que fugir de mais um orfanato.

— Por que você sempre vai com ela? — perguntei.

— Ela não sobrevive sem mim.

— Por que você não a convence a desistir das fugas?

— Você já reparou na capacidade da minha irmã de ser uma boa ouvinte?

— Não, acho que não.

— Não mesmo, porque ela é péssima ouvinte.

— Por que você tolera essa situação?

— Ela é tudo o que eu tenho — respondeu Niles. — Talvez seja tudo o que sempre terei.

— Não... — eu disse. — Você é o nosso astro, o nosso grande armador. Bons armadores conseguem tudo o que querem.

— Este ano está bom demais. Estou me cagando de medo.

— Então, aproveite o momento.

— Não posso. Eis a máxima da minha vida e da vida da minha irmã: não temos o direito de nos divertir. — Niles animou-se. — Veja lá, Sapo: duas belas garotas nos procurando. Não há nada melhor do que isso, não é?

— Isso é o máximo para mim.

Molly pegou-me pela mão e nos conduziu de volta à pista de dança, onde dançamos todos os ritmos, lentos, moderados e rápidos, naquela noite mágica. Dançar com Molly Huger tornou-se o padrão segundo o qual avaliei todos os momentos mágicos da minha vida. Ela era uma dançarina vibrante, dotada de uma graça natural, revestida de sensualidade. Naquela noite, ao ouvir Trevor, com um comentário breve, espirituoso e, por vezes, picante, anunciar canção após canção, descobri que adorava dançar, e senti meu desempenho melhorando à medida que a noite avançava. A essência da dança residia no relaxamento, o ingrediente que deixava o sangue fluir com o ritmo da música e com os movimentos da garota cuja mão eu segurava: dois fluxos sanguíneos, dois corpos unidos até que o relaxamento assumisse o comando e os transportasse a um enlevo absolutamente inusitado.

Surgiu uma comoção na porta do ginásio. Sheba Poe acabava de fazer uma daquelas entradas cinematográficas que se tornariam a sua marca registrada, e o irmão registrava o brilho do momento. De boina e óculos escuros, Trevor marcava o ritmo com um pandeiro, enquanto Sheba dançava até o centro da pista. Naturalmente, não bastava a Sheba ter por acompanhante o aluno mais inteligente da escola, nem o capitão da equipe de basquete. Não, Sheba Poe chegou ao baile acompanhada pelo comandante do regimento da Academia Militar Citadel.

— No centro da pista, senhoras e senhores, temos a estrela ainda não descoberta pelos palcos e pelas telas... a sereia sedutora das noites proibidas, a gata inesquecível conhecida de todos vocês, a adorável Sheba Poe. Quem a acompanha é o temido comandante do regimento da Citadel, o cadete-coronel Franklin Lymington, natural da cidade de Ninety Six, na Carolina do Sul. Vocês conhecem Ninety Six? Fica ao lado de Ninety Seven, e logo abaixo de One Hundred, na Carolina do Sul.

O público vaiou Trevor, de brincadeira, mostrando-se admirado com o fato de ele residir há tão pouco tempo na Carolina do Sul e já fazer piada com uma das cidades de nome mais estranho no estado. Em seguida, Trevor tocou "Rock Around the Clock", de Bill Haley and the Comets. Ele arrastou Sheba para o palco, e juntos realizaram a dança mais sexy, mais orgástica que eu tinha visto na vida. A performance dos gêmeos levou à loucura os alunos negros, libertando-os das inibições trazidas por eles àquela escola antes exclusiva a brancos. O coitado do comandante, nascido em Ninety Six, ficou parado, olhando o seu par evoluindo numa dança sinuosa, felina, um misto de balé Zulu e ataque de nervos.

Ao tocar o disco seguinte, Trevor disse:

— Tem gente que não está dançando neste ginásio. Timidez é algo proibido. Coragem. Todo mundo vai dançar a próxima música. Portanto, preparem-se. Sheba e eu vamos mostrar a vocês. É só vocês nos imitarem.

A canção "The Stroll" explodiu nos alto-falantes, e Trevor pulou, do palco para a pista, com um salto gracioso, com a leveza de uma pena. Lembrei-me do meu irmão, Steve, tentando me ensinar os passos do *stroll* quando éramos meninos, e de como nós dois nos exibíamos diante dos nossos pais, que aplaudiam nossos movimentos exagerados. Molly segurou a minha mão, e pusemos em prática a nossa versão do *stroll*, atravessando o centro do ginásio. Improvisamos trejeitos e saltos absolutamente novos para nossos corpos, e os presentes começaram a aplaudir o desempenho da nossa dupla mal ensaiada. Diante de nós, vi quando Sheba e Trevor se separaram e percorreram a linha de frente da multidão, incentivando os alunos mais tímidos e recatados a entrar na dança.

Ser adolescente fracassado não é crime, mas é uma situação difícil, um padecimento secreto. É um espelho no qual a distorção e a mistificação propiciam reflexões amargas que, por vezes, amadurecem e levam ao autoconhecimento. O tempo é o único aliado daquele adolescente humilhado que, no futuro, talvez constate que o menino de ouro da turma de formandos é o beberrão calvo e inchado que aparece na festa de vinte anos de formatura, e que a menina mais bonita da turma morreu num centro de reabilitação de drogados antes de completar 30 anos, depois que se casou com um adúltero que a espancava. O príncipe da Acne saiu-se muito bem na universidade e atualmente dirige o departamento de neurologia de um hospital, e a garota mais feia se torna atraente, casa-se com o maior executivo financeiro de um grande banco e comparece à festa na condição de presidente da Liga Feminina. Mas, visto que o adolescente não dispõe de uma bola de cristal que preveja o futuro, esse inenarrável rito de passagem mais parece uma marcha forçada. Quando uma jovem vê os primeiros pingos de sangue menstrual, como ela pode saber que aquilo é o fluxo sagrado da vida, o frêmito de sua florescente fertilidade, a resposta contundente que o mundo oferece à putrefação e à morte? E o que há de pensar um jovem, ao examinar, com surpresa, o próprio sêmen na mão, exceto que seu corpo se tornou um vulcão capaz de produzir lava na fornalha dos quadris? É crime imperdoável o fato de os adolescentes não poderem se perdoar por serem criaturas ridículas justamente no momento mais difícil de suas vidas.

No final da dança, Molly, nas pontas dos pés, sussurrou-me ao ouvido:

— Estou morta de fome. Vamos comer um sanduíche de pernil assado no Piggy Park.

— Ótima ideia — eu disse.

— Você não acha que o Piggy Park tem o melhor sanduíche de pernil assado da cidade?

— Não conheço sanduíche melhor — eu menti. Jamais tendo saído com uma garota, eu nunca me aproximara daquele lendário reduto da felicidade dos adolescentes de Charleston. O Piggy Park era também um local perigoso, sobrecarregado de hormônios, declarado como território exclusivo por alunos de diversas escolas rivais. O chefão indiscutível do Piggy Park era Verme Ledbetter, sempre cercado de seus aduladores sebosos, cheios de músculos e com quocientes de inteligência limítrofes. Mas eu levaria Molly Huger ao Muro de Berlim se ela me pedisse com aquela vozinha meiga.

Niles e Fraser se aproximaram de nós no momento exato em que Trevor chegou, saltitante, manuseando o pandeiro com a habilidade com que um jogador faz rolar os dados. Antes que pudéssemos silenciar o barulho do instrumento, Ike e Betty juntaram-se a nós.

— Você vai até o Piggy Park, Sapo? — perguntou Ike.

— Molly acaba de me mandar para lá.

— Nunca vi gente de cor lá — disse Molly, com um ar preocupado.

Ike riu.

— Eu preferia ir a uma festa da Ku Klux Klan. Mas o Verme convidou a mim e todos os caras de cor do time. Disse que não vai haver problema.

— Trevor, por que você não vai no carro do Ike, com Betty? — sugeriu Fraser. — Sheba vai com o comandante do regimento? Por falar nisso, o cara é um ótimo partido.

— Amanhã mesmo ela vai descartá-lo — disse Trevor. — Ela já está achando o cara meio jeca, e ele dança como um alienígena.

— Por que você não me segue no seu carro? — perguntei a Ike. — Podemos estacionar um do lado do outro e ficar juntos lá.

— Boa ideia — disse Ike. Mas percebi um certo desconforto por parte dele, farto que estava de vivenciar o infinito processo de dessegregação racial nos restaurantes. — Mas, se acontecer alguma coisa com Betty...

Betty fez troça:

— Cuide de você, Ike Jefferson. Ponha uma garrafa de Coca-Cola na minha mão, e enfrento os três branquelos mais valentes do Piggy Park.

— Você fala com coragem, garota — disse Ike, sorrindo pela primeira vez.

— Eu falo a verdade, querido.

— Acho a tensão sexual algo extremamente excitante — disse Trevor, sacudindo o pandeiro enquanto ríamos, dirigindo-nos ao estacionamento.

No Piggy Park, situado à Rutledge Avenue, quase ao lado de Hampton Park, estacionei meu carro do lado oposto ao drive-in, deixando espaço para Ike encostar ao meu lado. Molly demonstrou ser frequentadora assídua do lugar, pedindo, imediatamente, uma Coca e um sanduíche de pernil de porco assado. De repente, ocorreu-me que Niles morava num orfanato, e que não tinha um centavo no bolso.

— Vamos pedir quatro sanduíches — eu disse. — Niles e Fraser são meus convidados.

— Você é um cara legal, Sapo — disse Niles, e pude ouvir o tom de alívio em sua voz.

Verme Ledbetter veio nos cumprimentar, acompanhado do séquito inculto. Fiquei tenso quando ele se aproximou. Sempre havia indícios de violência no olhar de Verme. Mas, naquela noite, ele adentrou o nosso círculo como um companheiro de equipe. Quando Niles e eu saímos do carro, ele nos abraçou calorosamente e disse que a vitória sobre o Hanahan tinha sido, para ele, o melhor dia da vida. Em seguida, olhou para Ike e disse:

— Saia da porra desse carro, Jefferson.

Ike saiu, e Verme o abraçou diante dos brancos de Charleston. Naquele gesto singular, algo se rompeu para sempre no misterioso Sul dos Estados Unidos.

— Puta merda! Você jogou demais hoje, Ike! — exclamou Verme. — O Niles e o Sapo também. Puta merda! Vocês jogaram demais!

— Mas meu pai deu a bola do jogo a você — disse Ike. — Ele não tinha feito isso em nenhum outro jogo neste ano.

— A maior honra da minha vida. — Verme estava comovido e vulnerável como eu jamais vira aquele antropófago branquelo. — Pode dizer isso ao seu pai, ouviu?

— Vou dizer.

Verme voltou ao seu território, e nossos sanduíches chegaram. Habilidosa, a garçonete depositou-os no suporte apoiado nas janelas, e o aroma de carne de porco defumada invadiu o carro como um hino à fome. Devorei meu sanduíche, quebrando um recorde de rapidez, e Niles fez o mesmo no banco traseiro. Tínhamos acabado de jogar uma partida de futebol de 48 minutos e havíamos dançado durante horas, e uma fome primitiva, quase desesperada, pegou-nos de surpresa.

— Eu poderia comer o porco inteiro, até os olhos e as bolas.

Fraser pareceu chocada.

— Nunca ouvi ninguém falar algo tão grosseiro. Você não acha, Molly?

— É... essa foi das piores — concordou Molly, rindo.

Mas, subitamente, ela parou de rir, assumindo uma expressão de medo e frieza. Seguindo o olhar de Molly, virei-me e me deparei com o clássico Chrysler LeBaron, de Chad Rutledge, entrando no Piggy Park lentamente, completando duas voltas no drive-in, a fim de ser notado por todos os presentes. Duas vezes, ele passou diante de nós e buzinou, na tentativa de atrair a atenção de Molly. Mas não conseguiu fazer com que ela desviasse o olhar do sanduíche. Ao lado dele, Bettina Trask seguia triunfante, com o sorriso de uma Cleópatra barata iluminando-lhe o rosto.

— Filho da mãe — ouvi Fraser dizer, atrás de nós.

— Deus do céu! Ele está zombando da cara do Verme. — Niles suspirou.

Chad estacionou perto dos bancos de piquenique, onde Verme e a tropa de vadios bebiam cerveja e conversavam com as namoradas, todas com cigarro na mão. Embora me sentisse um voyeur espreitando um desastre, meus olhos permaneciam pregados na cena que estava prestes a acontecer. Não ouvi Ike descer do carro e se aproximar da minha janela.

— Vamos deixar rolar, companheiros — disse ele. — Isso aí é o mesmo que cutucar uma cobra. O que quer que aconteça, Chad está merecendo.

— Por que ele está fazendo isso? — perguntei.

— Porque ele sabe o lugar dele nesta cidade — respondeu Molly. — Ele é intocável, e quer provar isso ao Verme. E a vocês, Leo e Ike. E a você, Niles.

— Estou curioso. O que Chad acha de nós, sinceramente? — perguntou Niles.

— Na verdade, ele gosta muito de vocês — disse Molly. — Sente-se grato pelo jeito como vocês o aceitaram no time.

— Sinceramente? — insistiu Niles. — O que ele acha... lá no fundo?

Fraser fechou os olhos e disse, calmamente:

— Ele acha vocês todos inferiores a ele. Muito inferiores.

— É bom saber que a gente é querido — disse Ike, e manteve os olhos cravados na cena próxima à entrada do drive-in.

Quando aconteceu, foi tudo muito rápido e surpreendentemente impactante. Verme pulou de cima da mesa de piquenique, correu até o carro de Chad, abriu a porta da frente e o arrastou pelos cabelos. O grito de Chad foi abafado pela zombaria e pelo aplauso dos amigos de Verme, atentos à urgência do ataque. Depois de esbofetear Chad duas vezes, Verme o desafiou a uma briga limpa e cerrou os punhos, adotando a postura de um pugilista experiente.

Se Chad tivesse simplesmente brigado com Verme, homem contra homem, talvez o desfecho da noite fosse mais honrado. Mas, em vez de erguer os punhos, Chad disse, num tom de voz que parecia audível por toda a península:

— Verme, meu pai me ensinou a nunca me rebaixar e brigar com a ralé.

— Ah... é? — disse Verme. — A minha teoria é diferente. Acho que você está todo cagado, dos pés à cabeça. Uma bichinha do sul da Broad Street com medo de se defender.

Verme deu um passo à frente e, com a mão aberta, desferiu uma série de tapas na cara de Chad... tapa, tapa, tapa... até que Chad gritou:

— Eu poderia te encher de porrada, Verme, mas meus pais me ensinaram a manter a linha, e nunca permitir que um caipira me rebaixasse ao seu nível.

— Defenda-se, sua bicha. Quero me divertir um pouco. Isso nem é briga. Como é que a gente briga com um sujeito que não tem sangue? — disse Verme, dirigindo-se aos outros, e surpreendeu a todos rasgando a camisa cara e bem cortada de Chad, deixando-o exposto como uma lesma num jardim ao sol. É difícil levar a sério um sujeito seminu, no meio de um estacionamento, quando todos os presentes usam camisas. Até aquele momento, eu jamais havia notado tal fato.

Avaliando o local e as opções, Verme contemplou o Piggy Park e baixou os olhos, vislumbrando a camisa que acabara de arrancar do corpo de Chad. Num momento de rara criatividade, ele assoou o nariz na camisa de marca, atirou-a no chão e pisoteou-a. Depois deu a volta no carro de Chad, abriu a porta do carona e ofereceu a mão a Bettina Trask. Para minha surpresa, Bettina aceitou a mão do namorado e deixou-se levar pelo braço, numa pomposa marcha triunfal, entrando no restaurante localizado ao lado da churrasqueira externa.

Numa das cenas mais humilhantes que presenciei na vida, vi Chad, tremendo de impotência e ódio, assistir ao desfecho do incidente. Ele sacudiu o punho para o céu e gritou, na direção da porta aberta:

— Ei! Verme! Seu caipira filho da puta! Vou fazer musculação durante um ano, e vou voltar aqui para te encher de porrada. Daqui a um ano. Juro! E sou homem de palavra. Descendo de um dos signatários da Declaração da Independência e, por isso, você sabe que sou um homem honrado. Daqui a um ano, vou voltar aqui para te encher de porrada, aqui mesmo no Piggy Park.

Verme saiu do restaurante pela última vez, sacudindo a cabeça em sinal de piedade. Deu mais um bofetão na cara de Chad, que caiu de joelhos.

— Cale a boca, Chad. Agora estou comendo um sanduíche com a minha namorada.

As gargalhadas eram insuportáveis. De dentro do meu carro, vimos Chad entrar no carro dele, engatar marcha à ré, e vir em nossa direção, em vez de sair no sentido da Rutledge Avenue. Parando diante do meu carro, ele sacudiu o punho na minha direção, e enfiou a mão na buzina, ensandecido, descontrolado. Ouvi um ruído à minha direita, e vi Molly descer do carro, bater a porta e caminhar serenamente até o carro de Chad. Ele abriu a porta com um gesto brusco e fez sinal para ela entrar; Molly ocupou, então, o assento para o qual tinha nascido.

Embora me debatesse na cama, exausto, quase a noite toda, dormi um sono pesado durante a hora que precedeu o toque do meu alarme, às 4h30, quando despertei para o mundo estrelado dos entregadores de jornal. Pedalei a Schwinn lentamente pelo lago Colonial, com cada músculo do corpo queimando de fadiga e cada célula à beira de um colapso por causa da humilhação causada pelo abandono que Molly me impusera, diante de todos os meus amigos. Enquanto pedalava, ocorreu-me a ideia de que eu acabara de me submeter ao "primeiro encontro" mais fracassado da história. Preso no redemoinho de uma obsessão impossível de ser superada, tentei relembrar cada detalhe relevante do meu comportamento com Molly, desde o instante em que ela me beijou no rosto até aquela saída calculada, decidida, do banco da frente do meu carro para o banco bem mais familiar do carro de Chad. O que mais me magoou foi a frieza anormal da despedida. Foi uma saída letárgica e sem palavras, sem um adeus, um beijo, ou qualquer tentativa de uma explicação. Eu queria que ela tivesse descartado a nossa noite com um pouco mais de finesse, permitindo que eu a levasse até em casa, aturando o meu jeito canhestro no momento da despedida, diante da porta, e só então telefonasse para Chad, visando à terna reconciliação. O fato de ela ter me abandonado diante de todos, o time inteiro testemunhando o meu constrangimento, já era um baita pesadelo, mas fazer o que ela fez, enquanto Niles e a irmã de Chad estavam sentados no banco traseiro do meu carro, implicava toques de maldade ou desconsideração que, a meu ver, eu não merecia.

No banco de trás, Niles e Fraser ficaram paralisados, em absoluto silêncio.

— Sabe, pensei que fôssemos dois casais; agora parece que sou o motorista de vocês — eu disse finalmente.

Mas, ouvimos uma batidinha na janela, e Trevor pulou dentro do carro, a fim de ocupar o assento deixado vago por Molly.

— Eu vi tudo. Foi puro teatro elisabetano, com um pouco de molho de pernil de porco. Moramos numa cidade provinciana e preconceituosa em relação a rapazes cultos e efeminados como eu. Deem-me um minuto, que eu explico. Desde que cheguei às cercanias de Charleston, já fui tachado de bicha, veado, chupador de pau, gay, libélula, sodomita, tarado e de uma variedade de outros xingamentos imperdoáveis. É claro que, no meu caso, esses xingamentos se aplicam perfeitamente. Posso mandar embora todos os seus pensamentos negativos sobre Molly, Leo.

— Como é que você chegou a essa idade, Trevor, sem que ninguém te matasse? — disse Niles, sentado no banco traseiro, com um tom reflexivo e cândido.

— Tenho os meus truques. — Trevor falou, com tamanha franqueza que comecei a rir.

— Trevor, nem sei o que os gays fazem — eu disse.

— E não quero saber — completou Niles.

— Idem — disse Fraser, tapando os ouvidos com as mãos.

— Tem a ver com gancho de açougue, navalha, lança-chamas e vibrador feito de pênis de búfalo.

— O que é um vibrador? — perguntou Niles.

— Pobre caipirinha. — Trevor suspirou.

— Também não sei — admiti.

— Olha, Leo, depois do que acaba de acontecer com você, vou te oferecer uma lição introdutória, gratuita e, como cortesia especial, vou dispensar pagamento.

— Obrigado, Trevor — eu disse. — Só de entrar no carro, você já me salvou de uma situação vexatória. Nunca vou me esquecer.

— Você preparou cookies para mim — disse Trevor. — No meu primeiro dia em Charleston, eu já estava comendo biscoitos assados pelo cara mais solitário do mundo. Molly não deveria ter te tratado daquele jeito. Foi um vexame.

— Leo não espera que uma garota como a Molly saia com um cara como ele — disse Fraser.

— Por que não? — perguntou Niles.

— Ah, não precisa ficar na defensiva, Niles — retrucou ela. — As diferenças são enormes e, como um nativo de Charleston, Leo sabe disso. A sociedade daqui vive nas sombras, mas ainda é a força mais importante nesta cidade.

— Você tem certeza disso? — questionou Niles.

— Você está caindo numa armadilha, querida. — Trevor advertiu Fraser.

— A gente sempre pode confiar na palavra do descendente de um dos signatários da Declaração da Independência — zombou Niles, exibindo o sangue-frio digno de um réptil. — Aprendi isso com um grande homem hoje. Um sujeito capaz de usar a língua, mas não os punhos.

— Chad foi educado para ser um cavalheiro — defendeu Fraser.

— Corta, querida, corta. A cena está fugindo do controle — aconselhou Trevor.

— Eu descendo de gente que nunca ouviu falar na Declaração da Independência, que não conseguiria ler uma palavra da Declaração — disse Niles. — Os meus parentes não leriam um livro nem sob a mira de um revólver. Mas sabem muito bem ler as pessoas... e sempre acertam.

— Você vai acabar falando demais, Niles — avisou Trevor. — Vamos mudar de assunto e falar sobre o preço da manga na Argentina, ou sobre a expectativa de vida do mosquito.

— Você estava se gabando da capacidade que os seus parentes têm de ler as pessoas — Fraser lembrou a Niles.

— O seu irmão não é nem a metade dos homens que são o Sapo, o Trevor, ou o Ike — continuou Niles. — E esse é o grande choque desta noite para você, Fraser. E para mim. Ele teve todas as oportunidades do mundo, e mesmo assim não vale merda nenhuma. Você pode levar a

Fraser em casa, Sapo? Eu vou no outro carro, com os negros, gente da minha laia.

Niles saiu do carro, embora Fraser, bastante nervosa, tentasse segurá-lo pelo braço. Então, ouvi quando ele perguntou a Ike:

— Você e Betty me dão uma carona de volta ao orfanato?

— Não quis ofendê-lo — murmurou Fraser, chorosa, enquanto via Niles entrar no banco traseiro. — Meti os pés pelas mãos.

— Por que você não diz isso a ele? — sugeriu Trevor. — Querida, a língua é o órgão mais poderoso e destrutivo do corpo humano.

Mas Ike já havia dado partida no carro e tomado a direção da Rutledge Avenue. Segui-os de perto e deixei Fraser em casa. Trevor, com toda a sua histrionice, levou-a até a porta, e voltou para o carro com passinhos lépidos.

Estacionei a bicicleta ao lado do caminhão do *News and Courier*, retirei a primeira pilha de jornais e cortei as fitas com meu alicate. Comecei a dobrar os jornais rapidamente, prendendo cada um com um elástico resistente. O corpanzil do Sr. Haverford desenhou uma sombra atrás de mim, e eu lhe disse bom dia, sem erguer os olhos.

— O senhor costuma sair com mulheres, Sr. Haverford? — perguntei.

— Livrei-me desse hábito há alguns anos.

— Por quê?

— Apliquei a regra da média. Saí com um monte de mulheres quando era jovem. Cem por cento eram imbecis ou perversas. As imbecis eu tolerava, mas as perversas me causavam grande sofrimento.

— Não consigo imaginar o senhor sofrendo por amor.

— Fui casado — disse ele. — Não te contei?

— Não, senhor — respondi, surpreso. — Com quem o senhor se casou?

— Com a Sra. Haverford, seu filho da mãe! — disse ele, com um sorrisinho forçado. — Tivemos até um filho, um menino. Ele hoje teria 20 e tantos anos. Minha mulher se apaixonou por um soldador que trabalhava para a Marinha. Eles se mudaram para San Diego. Nunca mais ouvi falar nela, nem no menino.

— O senhor não teve mais notícias do seu filho?

— Nem sei se ele está vivo — disse o Sr. Haverford. — Ele ignorou todas as minhas tentativas de contato. Que tipo de filho não haveria de querer conhecer o próprio pai?

— Um babaca, Sr. Haverford. Uma pessoa que não sente orgulho de ser filho do senhor não vale merda nenhuma.

— Achei que você acabou com aquele defensor do Hanahan, ontem à noite. Foi o seu melhor bloqueio da temporada.

— O senhor assistiu ao jogo?

— Tenho ingressos para a temporada inteira.

— Na semana que vem, jogamos contra o Wando High.

— Vocês vão acabar com eles. Gostei desse técnico de cor que vocês arranjaram. Foram apenas duas jogadas anuladas até agora. O cara sabe comandar. E o filho dele, o Ike, é um leão.

— E um grande cara, também.

— Abre o olho com a humanidade. É só sangue ruim.

— Eugene Haverford, o filósofo — eu disse.

— Eugene Haverford, o realista. Quando você quiser falar sobre a tal garota, conte comigo.

— Garota? Que garota?

— A destruidora de corações — respondeu ele, baixinho. — Foi ontem à noite, não foi, menino? Vai com calma. Estou por aqui todas as manhãs. Meio bêbado, mas sempre disposto a conversar, com toda a minha bagagem e o pingo de vida que me resta. Agora, vai espalhar as notícias do mundo por Charleston.

CAPÍTULO 20

Pigmalião

No domingo seguinte, ainda com o ego machucado, e perturbado pelo abandono de Molly, visitei Harrington Canon. O tom da tez do Sr. Canon havia me desagradado na visita anterior, ocasião em que constatei que ele estivera acamado a semana inteira. Eu tinha reparado que a apatia dele era mais visível nos cantos de seus olhos cansados. Na ocasião, ele me dissera apenas o seguinte:
— Esqueci de tomar a vacina contra a gripe, Leo.
— Quero chamar um médico — eu lhe instara, alarmado.
— Vá embora da minha casa, seu intrometido — respondera ele.

Na manhã de domingo, ao me aproximar da casa do Sr. Canon, na Tradd Street, senti a degradação do lugar, daquela civilização. Assim que abri o portão, fui cercado por uma dúzia de gatos da vizinhança, que durante muito tempo haviam se tornado um hobby e alvo da mais intensa dedicação do Sr. Canon. Os gatos me cercaram, miando e chorando, impacientes. A vida de Harrington era sistemática e quase metronômica de tão ordenada; seus relógios eram ajustados com uma precisão implacável. Pude sentir a proximidade de algum tipo de colapso, mas precisei alimentar o bando de gatos nervosos antes de subir para ver como estava o Sr. Canon. O fedor de excremento quase me fez perder os sentidos, ainda no meio da escada circular, mas reuni forças e bati à porta do quarto.

— Deixe-me em paz, Leo — disse ele, com uma voz fraca. — Não preciso da sua ajuda.

— Não acredito, Sr. Canon. Deixe-me entrar, só para limpar um pouco o quarto.

— É uma questão de foro íntimo. Fere o meu orgulho próprio deixar você me ver do jeito que estou.

— Orgulho é bom. Bem que estou precisando de um pouco de orgulho próprio. Mas é difícil ter orgulho próprio quando se tem merda escorrendo pela perna.

— Não consegui me levantar. Não consegui mesmo. Acho que estraguei a minha cama.

Quando abri a porta, Harrington Canon começou a chorar. Agi com eficiência e rapidez, retirando-o da cama e levando-o até o banheiro, onde lhe arranquei o pijama. Depois que o despi, abri a água do chuveiro e entrei com ele no boxe, embora estivesse vestido. Ensaboei-o da cabeça aos pés, e o enxaguei até que a pele brilhasse, vermelha como a de um bebê.

— Exijo que você pare com isso. Isso não é da sua conta — disse ele.

— É da minha conta, sim senhor. Por favor, não há ninguém aqui, a não ser eu.

Depois de secá-lo com uma toalha limpa, espalhei talco por seu corpo, e o ajudei a escovar os dentes e fazer a barba. Deixei-o sentado no vaso sanitário, apoiado entre a pia e a banheira de pés, e me dirigi aos escombros do quarto, a fim de encontrar um pijama e um par de pantufas forradas de pele. Embora fossem necessárias manobras de contorcionismo, finalmente, consegui enfiar o Sr. Canon em suas roupas limpas. Somente naquele momento pude perceber uma relativa diminuição do medo abismal que ele sentia.

— Agora o senhor precisa me ajudar a fazer uma coisa.

— Não recebo ordens de gente intrometida — disse ele, começando a recuperar a velha belicosidade.

— Vou precisar de algumas horas para arrumar este quarto. Vou levá-lo para o quarto de hóspedes, enquanto preparo o quarto do senhor.

— É uma boa ideia. Estou exausto. Você pode pegar os meus comprimidos?

— Sim, senhor, e vou preparar um café da manhã. E depois vou telefonar para o Dr. Shermeta.

O quarto do Sr. Canon parecia a tenda de um hospital militar após uma terrível batalha, e foi uma satisfação constatar que os lençóis da cama de solteiro, no quarto de hóspedes, estavam limpos. Trouxe os comprimidos e o ajudei a beber vários copos de água, pois o corpo dele estava praticamente desidratado.

De volta ao quarto, fiz uma trouxa com o pijama, os lençóis, os cobertores e as fronhas, desci ao piso inferior e enfiei aquilo tudo em duas pias com sabão em pó e desinfetante. Depois disso, voltei e ataquei o quarto com vassouras, esponjas, toalhas e detergente perfumado de limão. Durante uma hora, removi vestígios de fezes, vômito e sangue de todos os cantos.

Quando precisei de um descanso, desci até a cozinha e preparei um bule de café. Fritei bacon, cozinhei ovos, assei broas e levei um copo de suco de laranja para o Sr. Canon. Telefonei para o Dr. Shermeta. A presença de sangue tinha me assustado. A esposa do médico me informou que ele havia saído para atender a um chamado de emergência no hospital universitário, mas prometeu que ele me telefonaria assim que ela o localizasse.

Estava desorientado. Telefonei para minha casa, e foi um alívio ouvir a voz de meu pai.

— Pai, estou precisando de você aqui na casa do Sr. Canon. Estou meio perdido. Preciso de você. Pai, você está me ouvindo? Parece que ele está morrendo.

— Já vou, filho — disse ele. — Agora mesmo. Você e o Sr. Canon, aguentem firme; nós vamos resolver essa situação.

— A cama dele estava cheia de sangue. Isso não é bom, é?

— Vou chamar uma ambulância — disse meu pai.

— O Sr. Canon talvez fique furioso.

— Ele está fraco demais para ficar furioso.

Servi ao Sr. Canon o café da manhã, alimentando-o com o máximo de colheradas que ele era capaz de aceitar. Ele pegou no sono, no quarto de hóspedes, antes que a ambulância chegasse; e enquanto os paramédicos levavam a maca ao andar superior, eu alimentava mais uma dúzia de gatos. Meu pai entrou pela porta da frente no momento em que o Sr. Canon era carregado até a ambulância, onde havia se formado uma pequena multidão.

Ao longo das duas horas seguintes, meu pai e eu limpamos a casa do Sr. Canon de cima em baixo. Quando fomos trancar a porta da rua, meu pai disse:

— Esses gatos vão ficar sob a sua responsabilidade até que o Sr. Canon se recupere o suficiente para voltar a cuidar deles. Agora vamos para casa, ajudar a sua mãe.

Depois que Starla operou o olho, meus pais tinham se encarregado de sua convalescência, hospedando os dois irmãos. Quando chegamos em casa, havia tantos carros estranhos estacionados ao longo das calçadas que a rua parecia ser mais uma avenida do que a via secundária que, de fato, era; algo na expressão "órfã convalescente" tinha tocado os corações da Associação de Pais e Mestres.

Nossa casa ficou cheia de gente o dia inteiro, pessoas conhecidas que traziam braçadas de flores e tantas balas e bombons que Starla poderia abrir uma loja de doces. O olhar de minha mãe era de desespero e exaustão quando meu pai e eu chegamos.

— Vocês dois... podem assumir o comando — disse ela. — Não aguento isso aqui nem mais um minuto.

— Pode ir para o nosso quarto — disse meu pai. — Faça uso do tapa-ouvido. Tire uma soneca. Deixe que o Leo e eu vamos lidar com a multidão.

Subi correndo a escada para ver como Starla estava passando, mas constatei que Trevor e Sheba Poe tinham transformado o quarto da "convalescente" num salão de beleza improvisado. Todas as animadoras de torcida do Peninsula High, exceto Molly, estavam estiradas no carpete, com bolas de algodão enfiadas entre os dedos dos pés, enquanto Trevor atuava como pedicuro, pintando unhas com uma cor por ele denominada "vermelho-bombeiro". Ele já havia pintado as unhas das mãos das meninas e, com o auxílio de Sheba, os cabelos de todas as jovens, brancas ou negras, já tinham sido cortados, lavados, secados e penteados. Sheba estava agora maquiando as amigas, transformando-as em criaturas belíssimas, que em nada se pareciam com as colegas que eu via diariamente na escola.

— Saia já daqui, Leo — disse Sheba. — Estamos no Palácio da Beleza Perfeita, onde Trevor e eu transformamos em deusas as animadoras de torcida dos Renegades.

— Eu queria saber como vai a Starla.

— Vou ficar por último — disse a convalescente. — Mas eu preferia encarar um pelotão de fuzilamento. Nunca estive num salão de beleza.

— Você nem imagina como nós vamos te deixar linda — afirmou Trevor.

— Deus vai pensar que fez descer à Terra mais um anjo — completou Sheba. — Agora, pode ir, Leo. Caia fora.

— Leve-me com você, por favor — implorou Starla.

Encontrei Ike e Niles no quintal. Meu pai tinha assumido novamente a função de DJ, e ouvi o som dos Rolling Stones saindo pelas janelas, espantando as moscas.

— Preciso perguntar uma coisa a vocês — eu disse. Sentei-me ao lado dos dois e olhei para o norte, na direção da Citadel. A maré subia rapidamente, comandada pela lua.

— Pode perguntar — incentivou Ike.

— Onde é que o Trevor aprendeu a cortar e pentear cabelo de mulher, fazer mãos e pés, e maquiar como se fosse um profissional?

— Aposto que ele nunca lançou uma bola de futebol, nem interceptou uma tacada de beisebol — disse Niles. — E aposto que ele está se lixando para isso.

— Nunca vi um cara igual a ele — admitiu Ike. — Três quartos dele parecem ser de uma menina.

— E o que seria a quarta parte? — perguntou Niles.

— Menina, também — disse Ike.

— Mas, ele é um cara muito legal — disse Niles. — Ele me faz rir. Participa de tudo na escola. Ele e a irmã deixaram uma tremenda marca na escola... e em nós, também.

— Minha mãe disse que o QI deles é excepcional. — Virei-me na direção de casa. — Meu pai precisa arrumar um jeito de mandar algumas dessas meninas embora.

— Já notei — disse Ike — que os alunos adoram ir à casa do diretor ou da diretora da escola. É como se quisessem ver uma parte oculta, ou proibida, da vida deles. Era sempre assim quando meu pai convidava o time de futebol para um churrasco. Os caras ficavam malucos quando descobriam que ele tinha uma vida fora do gramado e longe do Departamento de Esportes.

— Minha mãe nunca deixou nenhum aluno entrar lá em casa, até Sheba e Trevor surgirem na cena — eu disse. — No caso deles, ela não teve opção. Eles invadiram a casa pela porta da frente. Mas não penetraram no coração dela.

— Por que você diz isso? — indagou Niles.

— Minha mãe não gosta dos gêmeos, e não sei por quê. Ela sempre gostou de jovens com talento artístico, e até admite que os dois são os artistas mais talentosos que já conheceu. Acho que ela acredita que os dois atraem problemas, para si e para qualquer pessoa que circule com eles.

— Eles não têm pai? — perguntou Ike.

— Não que eu saiba — menti.

— Você tem pai, Niles? — Ike demonstrou certo desconforto.

— Nasci de uma virgem. Já ouviu falar?

— Já, conheço um caso — disse Ike.

— Sou o segundo.

— Parece que o Niles não quer falar na família dele, Ike.

— Sacou bem, Sapo. Belo toque.

— Eu só queria saber como você e a Starla acabaram nessa situação. — A voz de Ike tinha um tom impaciente.

— Você já perguntou à Betty como ela foi parar num orfanato? — perguntou Niles.

— Ela chora toda vez que eu pergunto. Por isso, não toco mais no assunto.

— Vão por mim. Não queiram saber da minha história. Nenhum de vocês.

— Por que não? — perguntei. — Nós somos seus amigos.

— Se vocês são meus amigos, prestem atenção: não quero contar a minha história. É uma porcaria de história, cheia de azar e gente ruim. Gosto demais de vocês, e não quero incomodá-los com isso.

— Como é que nós vamos te conhecer direito, se não soubermos de onde você vem, ou quem é a sua família?

Niles me agarrou pela nuca e aproximou o meu rosto do dele.

— Você não percebe, Sapo? Nós *não sabemos* quem é a nossa família. Por que você acha que estamos nessa situação? Porque não sabemos nada, droga nenhuma. Eu tinha 5 anos quando fui para a porcaria de um orfanato. A Starla tinha 4. Algum dia eu conto a vocês dois como foram aqueles primeiros anos. Um dia eu conto o que aconteceu com minha mãe e meu pai. Mas posso adiantar o seguinte: minha mãe tinha 13 anos quando eu nasci. Vocês podem imaginar o que é ter uma mãe apenas 13 anos mais velha do que a gente? A Starla e eu passamos a vida toda procurando por ela. É por isso que a Starla vive fugindo. Ela acha que a nossa mãe deve estar viva, mas que não sabe como nos localizar.

— Ela deveria pesquisar registros e documentos — disse Ike.

— Ike. — Niles sacudiu a cabeça. — Pobre Ike. Você não compreende: a nossa mãe é analfabeta. Ela não tem como preencher qualquer formulário de documento.

— Que coisa horrível, Niles — eu disse. — Desculpe a nossa indiscrição.

— Um dia eu conto tudo a vocês. Mas vou querer a Starla do meu lado.

— Por quê? — indagou Ike.

— Porque este é o último ano dessa coisa — disse Niles. — No ano que vem, para mim, não tem mais orfanato, pois vou ter passado da idade limite. Nós já passamos por todos os lugares que nos ocorreram, e agora não temos mais para aonde ir. Passamos tantos anos buscando o passado que não nos preocupamos com o futuro. Agora que o futuro está na nossa cara, é assustador, amigos. Mais assustador do que qualquer outra coisa que já enfrentamos.

— Vocês precisam ter um plano — eu disse.

— Plano? A vida dá muitas voltas, e a Starla e eu não paramos de girar. Esse é sempre o nosso plano.

— O Sapo e eu vamos tentar entrar para a Citadel no ano que vem — disse Ike. — Você pode tentar com a gente.

— É preciso dinheiro... o que eu não tenho.

— Red Parker gosta do seu futebol — insistiu Ike. — Ouvi quando ele disse isso ao meu pai.

— Sempre há recursos para bolsas de estudo — eu disse. — Aposto que o monsenhor vai saber onde buscar fundos.

— Então, isso é um plano... — disse Niles pensativo, contemplando a maré enchente.

Meu pai esticou a cabeça pela porta dos fundos e nos chamou, com um tom de voz animado. Nossa casa costumava ter a atmosfera de uma propriedade abandonada, mas a grande quantidade de flores arrumadas em vasos ou enfiadas em vidros de geleia tornava o local perfumado como a estufa de um florista. Atendendo ao comando, sentamo-nos de frente para a escada. Até minha mãe se fez presente, atraída pela alegria incontida de meu pai.

No topo da escada, surgiu uma movimentação... sussurros... e então Trevor, com seus passinhos de elfo, deslizou escada abaixo, sentando-se ao piano. Foi seguido por Betty, conduzida por Ike a uma poltrona. Em seguida, desceu Sheba, como um cisne. Ela olhou para o topo das escadas e fez um sinal com a mão para o irmão. Trevor começou a tocar a "Marcha Triunfal", da *Aída*, em tons sensuais e comedidos.

Ficamos ali, olhando para cima, e Starla Whitehead timidamente adentrou o mundo de luz e ansiedade que nos cercava. Ao cruzar o ponto de interseção entre a sombra íngreme causada pela escada e a luz do lustre da sala de jantar, Starla se deteve, por um instante, para que o foco do seu olho recém-operado pudesse se ajustar.

Todos os presentes constataram a transformação que os gêmeos tinham realizado em Starla, que mal conseguia disfarçar o desconforto por estar no centro das atenções. Lentamente, ela desceu a escada, exibindo uma graça canhestra, enquanto Trevor alterava o andamento da marcha, de acordo com a hesitação da jovem. O tapa-olho fora removido, e também os até então sempre presentes óculos escuros. Os cabelos negros e brilhantes exibiam agora um corte sensual, muito atraente. Ela parecia uma atriz francesa pela qual eu havia me apaixonado, cujo rosto eu sempre procurava nas revistas sobre cinema quando meu pai me levava para cortar o cabelo, mas de cujo nome eu não me lembrava no momento em que aquela jovem "inventada" descia a escada. Subitamente, o nome surgiu na ponta da minha língua, como um prêmio: Leslie Caron. Eu me perguntava quantos milhões de amantes secretos Leslie Caron não teria colecionado, à medida que os projetores levavam o seu rosto de menina travessa ao escurinho dos cinemas do mundo inteiro.

Mas foram os olhos de Starla Whitehead que atraíram e cativaram a minha atenção. Seu olhar estava agora focado, direto, perfeito. Ela precisaria se acostumar a vagar pelo mundo na condição de beldade, e eu não cabia mais em mim de tanto orgulho. Sheba puxou a salva de palmas, e nós a seguimos, inclusive minha mãe. Os olhos escuros de Starla cintilavam, e seu semblante firme, moreno, parecia capaz de expressar paixão e ódio com a mesma intensidade. A união entre a obsessão perene dos gêmeos por melodrama e a minha necessidade de corrigir um mundo falho e perigoso havia transformado uma jovem esquecida numa beldade sensacional.

— Vocês já viram uma garota tão linda na vida? — perguntou Sheba. — É um colírio para olhos cheios de tesão. Ah! Desculpem-me, Dra. King, Sr. King! Eu me excedi.

Minha mãe dirigiu-lhe um olhar gélido, delegando a meu pai a função de remediador.

— Vocês todos têm que ficar para o jantar. O Leo e eu vamos improvisar algum rango.

— Rango? — minha mãe perguntou com desdém.

— Comida — disse meu pai. — Em filmes de caubói, eles dizem "rango".

— Tenho ojeriza a filmes de faroeste — comentou ela, e voltou ao seu quarto.

O luar refletia na água enquanto jantávamos ao lado do pequeno braço do manguezal adjacente ao nosso terreno. A lua produzia no rio Ashley um efeito sedoso, cintilante, vagueando pelas marés como algo vivo, com uma história a contar. O jantar foi alegre, um dos mais alegres de que tenho lembrança. Quando, naquela noite, meu pai deu graças pela comida, rezou pelos soldados que estavam no Vietnã e pelo restabelecimento de Harrington Canon. Agradeceu a Deus pelo sucesso da operação de Starla e pelo sucesso do time de futebol. A prece foi extensa, e ele também deu graças por ter a mim como filho e Lindsay Weaver como esposa.

— Ah, sim! Finalmente, Senhor, antes que eu me esqueça, obrigado por este rango de que estamos prestes a desfrutar.

Quando ele terminou, ouvimos o trem subindo pela margem do rio Ashley, cruzando o campus da Citadel.

— Cresci ouvindo o barulho desse trem — disse Ike.

— Trens sempre me enchem de esperança — acrescentou Sheba. — Especialmente esse trem.

— Por que esse trem? — perguntou Betty.

— Porque esse é o trem que vai me levar para uma nova vida. Esse é o trem que, qualquer dia desses, vai me levar para o Oeste. Para Hollywood.

— Mas esse trem segue diretamente para o Norte, doçura — informou-lhe meu pai.

— Não, não. O senhor está enganado, Sr. King — disse Sheba, fechando os olhos. — Ele vai para o Pacífico. Vai para o Oeste.

— Jamais farei de você uma cientista. — Meu pai sorriu.

— Não se preocupe — disse Sheba. — Já sou atriz.

CAPÍTULO 21

O breviário de Wilderness

Era quase meia-noite quando percorri os corredores frios e crepusculares do hospital universitário, buscando o quarto 1004, onde, segundo o funcionário do plantão noturno, Harrington Canon estava internado. A sola dos meus tênis fazia ruídos que lembravam grunhidos de roedores no momento em que me aproximei da recepção, anunciando a minha presença como se tivesse uma matraca nervosa empoleirada no meu ombro. Sentindo-me já bastante desconcertado, fiquei absolutamente constrangido ao constatar a curiosidade das enfermeiras de plantão diante da minha chegada estrepitosa.

— Pois não, meu jovem? — perguntou uma enfermeira, com um crachá que a identificava pelo nome de Verga.

— Eu gostaria de visitar o Sr. Canon. Ele quase não tem família, e quero que ele saiba que tem gente que se preocupa com ele.

— Seu nome é Leo King? — disse ela, passando os olhos por uma listagem.

— Sim, senhora.

— Seu nome é o único que consta da lista de visitantes dele.

— Os parentes dele estão todos em casas de repouso. Estão doentes, e não têm condições de visitá-lo.

— Entendo. E qual é a sua relação com o Sr. Canon?

— Eu ajudo na loja de antiguidades dele, na King Street. A senhora já esteve lá?

— Sou enfermeira, não sou milionária. — Algumas das enfermeiras anônimas que examinavam fichas riram, por solidariedade.

— O Sr. Canon vai ficar bom? — perguntei. — Não é nada grave, é?

— O Dr. Ray vai examiná-lo amanhã. Depois do exame, vamos poder saber melhor como ele está.

— Qual é a especialidade do Dr. Ray?

— Oncologia.

Mal pude acreditar que alguma palavra de cinco sílabas deixara de ser incluída no incansável vocabulário de cinco palavras por dia, e aquela possuía uma sonoridade áspera, ameaçadora.

— Não sei o que isso significa, minha senhora.

— Câncer — disse ela e, finalmente, deparei-me com essa palavra horrenda. — Ele está naquele quarto ali. Nós o medicamos, mas ele tem estado agitado a noite inteira.

Quando espiei pela porta do quarto, precisei de alguns instantes até que meus olhos se habituassem à penumbra opressiva.

— Quem está aí, me espiando como se fosse um gambá?

— Achei que o senhor estivesse dormindo, Sr. Canon. Achei que tinham sedado o senhor.

— Estou preocupado demais, e não consigo dormir.

— O senhor está preocupado com o quê?

— Coisinhas sem importância: incontinência, demência, paralisia, dores insuportáveis e, no fim das contas, a própria morte.

— Não se preocupe. Tudo isso tem a sua hora.

— Você é exatamente a pessoa que eu não preciso ver. Por que você demorou tanto para vir até aqui?

— Voltei lá na casa do senhor, para dar comida aos gatos.

— Eles vão ficar gordos como porcos se você encher a pança deles duas vezes por dia.

— Eu não sabia. Nunca tive animal de estimação. Minha mãe é alérgica a pelo de animal.

— Uma vez por dia já basta.

— Pode deixar comigo — prometi.
— Vou ter que contratar uma faxineira. Acho que a cama ficou em petição de miséria. Foi uma vergonha os rapazes da ambulância terem me encontrado naquela situação.
— Aqueles caras já viram de tudo. Foi isso que meu pai me disse quando estávamos limpando a casa do senhor.
— Vocês limparam a minha casa?
— Está novinha em folha. Não foi possível salvar os lençóis, mas salvamos todo o restante. Tiramos o pó, esfregamos, limpamos tudo. Formamos uma boa dupla. Até trouxemos flores do jardim.
— Obrigado, seu pilantra. Por favor, agradeça ao seu pai por mim. Vocês não tinham a menor obrigação de fazer isso.
— Meu pai disse que nós éramos as únicas pessoas que podiam fazer algo. O senhor estava inconsciente e lutando para se manter vivo.
— Não me lembro de absolutamente nada — admitiu ele.
A enfermeira Verga esticou a cabeça pela fresta da porta.
— Esse rapaz o está incomodando, Sr. Canon? Podemos mandá-lo embora.
— A senhora e a sua incompetente equipe de enfermeiras, que mais parecem animadoras de torcidas, é que estão me incomodando — resmungou o Sr. Canon. — Esse rapaz acaba de alimentar os meus gatos e limpar a minha casa. Por que não estou dormindo? A senhora tem me dado placebos, em vez de remédios de verdade?
— Está na hora da injeção que vai sedá-lo a noite inteira — disse ela. — Posso despachar esse rapaz.
— Ainda preciso dele por alguns minutos. Leo, preciso que você telefone para o meu advogado, Cleveland Winters, amanhã. Tenho que tomar algumas decisões importantes, e elas têm que ser tomadas logo.
— Um médico vai examinar o senhor de manhã — eu disse. — Ele vai cuidar muito bem do senhor. Logo, logo o senhor vai voltar para casa.
— É assim que a coisa funciona em livros e filmes. Mas algo de errado aconteceu comigo hoje de manhã. Algo quebrou lá dentro de mim, e seja o que for, vai acabar comigo. Pode parar de me olhar com essa cara dissimulada. Vou preparar uma lista de coisas para você fazer. Clien-

tes a visitar. Vagabundos que me devem, e outros antiquários que têm mercadorias minhas em consignação. Vou doar todos os meus livros à Biblioteca Municipal de Charleston. Preciso falar com o curador do Gibbes Museum of Art. Você vai ter que telefonar para o pároco da Igreja de São Miguel, e pedir que ele venha me dar a extrema-unção. Quero que você me traga o breviário que está na primeira gaveta do meu criado-mudo. Meu tetravô, do lado Canon, tinha aquele exemplar consigo quando tombou na Batalha de Wilderness.

— Não — eu disse, arrasado. — Isso eu não faço. Eu me recuso. Amanhã o Dr. Ray vai resolver toda essa questão. O senhor vai ver. Amanhã à noite a gente vai rir de tudo isso. E vou brincar com o senhor sobre o conteúdo dessa nossa conversa pelos próximos trinta anos.

— Leo, Leo, ninguém mais sabe sobre o que vou lhe contar. Não tenho intimidade suficiente com mais ninguém a ponto de tocar nesse assunto. Escolhi uma vida reclusa porque achei que melhor me conviria. Fui uma amarga decepção para meu pai e minha mãe. Um filho único jamais supera um problema desses. É uma ferida que se mantém infeccionada ao longo dos anos; não há cura... nem mesmo o tempo é capaz de remediá-la. Escondi isso de todo mundo em Charleston, inclusive do meu caro pároco e do meu advogado: fui diagnosticado com leucemia há dois anos. Não saio vivo deste hospital.

— Não diga isso. Se entregar é a pior coisa que o senhor pode fazer!

— Por que estou aqui lhe dando ouvidos, seu joão-ninguém? Você não sabe nem o que é um resfriado.

— Mas sei muito bem o que é se entregar.

— É, às vezes esqueço os seus embates com a loucura. Tive que ponderar muito antes de aceitar um lunático na minha loja. Mas os meus valores charlestonianos superaram o meu medo do hospício.

— Existem santos como o senhor caminhando entre os humanos.

— É hora de você ir para casa — disse ele. Percebi que o Sr. Canon estava ficando cansado.

— Vou passar a noite aqui com o senhor. Vou dormir nesta poltrona.

— É ridículo! Não admito!

— Meus pais acham que o senhor não deve ficar sozinho. Pelo menos, não nesta primeira noite.

— Passei a vida inteira sozinho. Vamos fazer um trato: você dorme hoje na sua cama, mas, no caminho da escola, me traz o jornal amanhã de manhã.

— O senhor tem certeza de que não quer que eu fique?

— O que mais você quer? — explodiu o Sr. Canon. — Que eu envie um sinal de fumaça? O seu lugar é em casa, com a sua família, e preciso ficar sozinho com meus pensamentos.

— O senhor pode me telefonar no meio da noite, se precisar de mim. Eu moro a dez minutos daqui.

— Eu ronco.

— E daí?

— É uma coisa tão sem classe... roncar. Funileiros roncam, vendedores de carros usados roncam, soldadores roncam, sindicalistas roncam. Aristocratas de Charleston não deveriam roncar. É imperdoável que um homem da minha envergadura ronque.

— As enfermeiras estavam falando nisso quando pedi para visitar o senhor.

— O que aquelas lavadeiras, aquelas pilantras, disseram? — inquiriu ele.

— Disseram que o senhor faz mais barulho do que um vulcão. Mais barulho do que chuva em telhado de zinco.

— Vou exigir a demissão delas — afirmou ele, ofendido por sua vida particular ter sido alvo de comentários indiscretos e abjetos. — Aquelas matracas vão se arrepender de ter ouvido falar em Harrington Canon.

Após uma leve batida à porta, a enfermeira Verga entrou no quarto, trazendo consigo um copinho de papel cheio de comprimidos e uma seringa mal-encarada. Eu sabia que o Sr. Canon não era muito fã de injeções, e não me surpreendi quando ele berrou:

— Deus do céu! Essa injeção pode sedar uma baleia-azul!

— Provavelmente — disse ela. — E, com certeza, vai apagar o senhor.

— Você sabe a quem contatar, menino?

— O advogado, o pároco, alguém na Biblioteca Municipal de Charleston, um representante do Gibbes. Dar comida aos seus gatos.

— Uma vez por dia. Não duas. Troque a areia também.

— Trazer o breviário que o tetravô do senhor levava com ele na Batalha de Wilderness.

— Nada mais me ocorre, por ora. Estou exaurido.

A medicação agiu rapidamente e, em questão de segundos, Harrington Canon dormia, segurando a minha mão. Apesar da insistência dele para que eu fizesse o contrário, dormi na poltrona ao lado do leito do hospital. Evidentemente, ele roncou a noite toda, um ruído suave, cômico, engrolado. Em dado momento, despertou e pediu um copo de água gelada; dei-lhe de beber, apoiando-lhe a nuca. Às 4h30 da manhã, conforme o meu pedido, a enfermeira Verga me acordou, para que eu pudesse realizar a entrega dos jornais. Beijei a fronte do Sr. Canon, desejando-lhe bom dia e despedindo-me. Tinha sido um privilégio conhecê-lo, e eu bem sabia disso. Eu precisava tomar uma série de providências para ele naquela manhã.

Na sexta-feira seguinte, no final da minha aula de francês, idioma que eu falava com muita dificuldade e escrevia quase como um imbecil, recebi um recado vindo da sala da diretora. Fui até o sisudo feudo de minha mãe, localizado no hall de entrada. E pus-me a imaginar o que eu teria feito para incitar-lhe a ira, mas não consegui me lembrar de nada.

Minha mãe estava escrevendo, e redigia o documento com a mesma seriedade de quem registra as palavras finais da *Magna Carta*. Era um gesto de intimidação típico de uma freira. Quando finalmente falou, ela não interrompeu a redação.

— Harrington Canon faleceu hoje de manhã, Leo, pouco depois que você saiu de lá. Parece que foi um infarto. Portanto, foi rápido, e ele morreu em paz. O advogado dele, Cleveland Winters, telefonou e disse que você será o primeiro da fila a carregar o caixão. O Sr. Canon deixou em testamento o desejo de que você escolhesse os outros cinco indivíduos que transportarão o féretro.

Apoiei a cabeça sobre a escrivaninha de minha mãe e comecei a chorar, baixinho.

Minha mãe fungou, expressando descontentamento.

— Não leve a situação assim tão a sério, Leo. Você sabia que ele morreria. Todos nós morreremos um dia.

Ignorando-a, continuei a chorar.

— Na minha opinião, ele era um homem por demais pretensioso e desagradável.

— Ele foi bom para mim, mãe. Numa época em que pouca gente me tratava bem.

— Você fez a sua própria cama, meu caro.

— Conforme a senhora já me lembrou milhões de vezes.

— Tente manter a compostura na dor. O Sr. Canon era conhecido pela sovinice. Você trabalhou para ele durante anos, sem receber um centavo. Ele apreciava o trabalho escravo.

— Por que a senhora fica tão decepcionada quando alguém gosta de mim? Por que isso deixa a senhora tão zangada?

— Você está dizendo bobagem, filho.

— Não acho, não, Lindsay. — Ouvi a voz de meu pai, que entrava na sala pela porta atrás de mim. — Então, não há nada que o nosso querido filho possa fazer que seja do seu agrado?

— Talvez os meus padrões sejam mais rígidos do que os seus, Jasper. As minhas expectativas em relação ao Leo são elevadas, e não me envergonho disso.

— Talvez sejam tão elevadas que se tornam inatingíveis.

— Ele não tem sido um filho perfeito. Até você há de convir.

— Eu nunca quis um filho perfeito. Um filho humano já me basta.

— Harrington Canon era um rabugento e explorava o Leo. Não vejo por que a morte dele deva ser tão lamentada.

— O Sr. Canon era muito bom comigo, mãe! — exclamei. — Só quem convivia com ele um pouco conseguiria compreendê-lo.

— Acho que o interesse dele em você resultava de alguma tara.

— A senhora acha, então, que o Sr. Canon queria me comer? — perguntei, jamais na vida tendo expressado tamanha incredulidade.

— Não use esse tipo de linguagem no gabinete da diretora — retrucou ela.

— Foi isso que a diretora insinuou.

— Foi isso mesmo — concordou meu pai.

— Sempre detestei velhos degenerados — disse minha mãe.

— O Sr. Canon era um cavalheiro — afirmou meu pai. — E não temos motivos para crer que ele fosse um degenerado.

— O senhor acaba de ser indicado para carregar o féretro — eu disse.

— Com muita honra, filho.

Naquela mesma tarde, depois de um exaustivo treino de futebol, desci a Broad Street de bicicleta, em meio a uma escuridão cortante que levava consigo as primeiras marcas de um inverno frio, que não haveria de tardar. O vento me acariciava o rosto e o ar era tão revigorante quanto salgado. Acorrentei a bicicleta a um parquímetro e entrei no escritório de advocacia de Ravenel, Jones, Winters e Day. O escritório já estava fechado, mas Cleveland Winters tinha me enviado uma mensagem, dizendo que estaria trabalhando até tarde e que precisava falar comigo.

O escritório ficava no terceiro andar de uma mansão construída antes da Guerra Civil, e a sala exalava aquele aroma agradável de couro, típico dos escritórios de advocacia mais tradicionais. O Dr. Winters era um exemplo perfeito do aristocrata charlestoniano, com uma mexa de cabelos brancos e um porte sereno e régio, digno de um príncipe daquele reino à beira-mar.

— Olá, Leo — disse ele, sorrindo, no momento em que entrei na sala. — Espere um instante enquanto acabo de ler este documento, e já vou atendê-lo.

Quando finalmente ele ergueu o olhar e depôs a caneta Waternam, eu disse:

— Aposto que o senhor comprou esta escrivaninha na loja do Sr. Canon.

— O Harrington dizia que roubei esta escrivaninha dele há mais de quarenta anos — disse o Dr. Winters. — Mas, na verdade, meus pais a compraram para mim quando me formei na faculdade de direito. Acho que pagaram ao Harrington 100 dólares.

— Então, roubaram mesmo — comentei. — Garanto que, no mercado atual, ela vale 4 ou 5 mil dólares.

— Quer dizer que o Harrington ensinou umas coisinhas a você sobre antiguidades?

— Ele me dizia que tinha me ensinado tudo o que sabia. Mas isso não é verdade, de jeito nenhum. O Sr. Canon era uma enciclopédia ambulante, em se tratando de antiguidades. Aprendi a gostar dele.

— O sentimento era recíproco. Sabe por que o chamei aqui esta noite, Leo?

— Achei que o senhor quisesse conversar comigo sobre quem vai carregar o caixão.

— Não, eu o chamei ao meu escritório por uma razão bem diferente. Sou o único executor do testamento de Harrington. Ele quer que uma firma de Columbia realize o leilão do estoque de mercadorias da loja. Quer também que você faça o inventário geral da loja e o compare ao inventário preparado pela firma leiloeira.

— Não há o menor problema, senhor.

— Ele tem algumas primas distantes que residem em casas de repouso. Sobretudo no interior. Ele fez provisões generosas a essas senhoras, provisões que haverão de lhes bastar até a morte.

— Mal posso esperar para dizer isso à minha mãe. Ela sempre dizia que o Sr. Canon era pão-duro.

— Ela não vai mais dizer isso depois de hoje — declarou o Dr. Winters, com um sorriso.

— Ninguém consegue calar a boca da minha mãe.

— Prometo que *eu* consigo — disse o advogado, com uma risada discreta.

Surpreso, olhei para ele, sua boa aparência ressaltada pelo ar de certeza.

— O Harrington deixou para você a loja na King Street, Leo. Deixou também a casa, na Tradd Street, com todo o mobiliário.

— Meu bom Deus!

— Ele sabia que você não tem condições de manter a loja e a casa; portanto, deixou para você 250 mil dólares em ações e mais 250 mil dólares em espécie, a título de incentivo financeiro, a ser utilizado quando você concluir a faculdade. Que universidade você pretende cursar?

— A Citadel.

— Isso também está coberto pelo testamento — disse o Dr. Winters.

— Jesus Cristo! — suspirei. — Por quê? Trabalhei na loja dele por determinação da justiça.

— Para ele, você era o filho que ele nunca teve.

— Mas não fui nada para ele. Nada mesmo.

— Foi o suficiente para se tornar um jovem bastante rico — disse o advogado, entregando-me um charuto retirado de um belo estojo. — É cubano.

— Esses charutos não são ilegais?

— São, sim — assentiu ele, acendendo um. — Por isso são ainda mais saborosos.

Ele esticou o braço acima da escrivaninha, pegou novamente o charuto e cortou a ponta, com um elegante instrumento parecido com uma guilhotina. Em seguida, com um isqueiro perolado, acendeu o charuto, instando-me a aspirar com força. A penumbra de fumaça azulada fez a minha cabeça rodar. Momentos depois, eu vomitava no banheiro do Dr. Winters. Quando voltei, parecia que meus pulmões e meus olhos tinham acabado de ser alvos de um incêndio.

— É preciso algum tempo até a pessoa se acostumar com esses charutos — garantiu o Dr. Winters.

— Não é de se estranhar que sejam ilegais.

— Trata-se de um gosto adquirido. Tanto quanto no caso de conhaques ou martínis. Em breve você já vai receber algum dinheiro, Leo. Eu me encarrego de pagar os impostos estaduais. A transferência do patrimônio para o seu nome pode levar de três a seis meses. Sempre existe a possibilidade de algum primo distante se sentir prejudicado e tentar anular o testamento.

Inclinando-me por cima da escrivaninha, apertei a mão de Cleveland Winters.

— Está contratado, Dr. Winters. Se Harrington Canon confiava no senhor, então eu também confio. Lamento pelo charuto.

— Cuba continuará no mesmo lugar, quietinha.

Desde aquela noite, todas as vezes em que estive no Canadá ou na Europa, trouxe uma caixa de charutos cubanos para abastecer o estojo do meu advogado em Charleston. O transporte provocava em mim emoções dignas de um contrabandista sempre que eu passava pela alfândega, para intenso deleite do Dr. Winters. Quando ele faleceu, em 1982, herdei o estojo e a escrivaninha onde assinei os documentos que alteraram o curso da minha vida. Levei a escrivaninha para a minha sala, no *News and Courier* e, desde aquela época, sentado diante dela, escrevo minhas colunas, sempre me lembrando de Cleveland Winters e dedicando uma prece de agradecimento a Harrington Canon.

Parei a bicicleta em frente à casa do Sr. Canon, na Tradd Street, e tentei imaginar-me na condição de proprietário. Ao olhar para trás, acho que consigo compreender o que aquele jovem tentava decifrar, enquanto contemplava a mansão que agora lhe pertencia. Embora ele não fosse capaz de articular ou organizar, numa sequência racional, os pensamentos decorrentes daquela noite inusitada, creio que buscasse a revelação de algum mistério no acaso do destino. Ao observar a situação de todas as formas possíveis, constatou que aquela residência majestosa não lhe pertenceria se ele não tivesse se recusado a revelar à polícia o nome do indivíduo que lhe passara a cocaína naquela primeira semana do primeiro ano do ensino médio. O que um jovem poderia fazer para não se deixar levar por conclusões indignas? Como é possível uma situação daquelas ajudá-lo a construir uma filosofia que lhe permitisse levar uma vida proveitosa e realizada? O que fazer quando se descobre que o destino pode levar diretamente à conquista de uma das residências mais belas da Tradd Street? Não parecia ser obra de Deus, mas talvez representasse a ação de um Deus dotado de senso de humor, um Deus que apreciava uma estripulia, tanto quanto uma oração. Assim, Leo King se pôs diante da casa que caiu em sua vida subitamente, como se fosse um meteorito. Não lhe ocorria qualquer explicação plausível, qualquer razão. Para um jovem feioso, que passara grande parte da infância em manicômios e que encontrou o irmão morto dentro da banheira, ter um rumo na vida e ver a sorte mudar tão bruscamente parecia ser algo demais.

CAPÍTULO 22

Número 55

Depois do treino para a partida semifinal entre nós e Gaffney High, tomamos banho, vestimo-nos e caminhamos até a casa do professor Jefferson para participar do banquete de ostras ao bafo prometido por ele, no início do ano, caso chegássemos às semifinais. A festa estava a cargo dos proprietários do restaurante Bowens Island; eu cresci ouvindo de meus pais que o Bowens Island faz as melhores ostras ao bafo da região. O quintal ficou repleto de convidados: nossa equipe de futebol e, ainda, namoradas, pais e mães dos atletas. Acenei para Starla Whitehead, que estava acompanhada por Dave Bridges, um defensor sempre escalado no time titular.

Desde a cirurgia, Starla vinha atraindo a atenção de diversos rapazes, inclusive a minha. Eu tinha telefonado, convidando-a para ir à festa, mas descobri que era o quarto integrante da equipe a formular o convite. Ela parecia perplexa e um tanto encabulada diante de tamanho assédio.

— O que você acha que eles querem comigo? — perguntou ela, com total sinceridade.

Eu não queria dar uma resposta franca a uma pergunta dessa natureza, mas tampouco queria mentir.

— Pergunte à Sheba — eu disse, e minhas palavras provocaram em Starla um riso inesperado, um som adorável, raramente ouvido antes da operação.

Dei uma volta na mesa de ostras, usando uma luva grossa na mão esquerda, e abrindo as conchas com uma faca cega. Niles e Ike logo se puseram ao meu lado. Betty veio ao encontro de Ike, o que me fez indagar por que Fraser não estava ao lado do namorado:

— Onde está Fraser?

— Ela disse que não podia vir — disse Niles.

Dirigi-me até uma mesa onde Molly estava sentada, cercada de um grupo de animadoras de torcida. Desde que reatara com Chad, no mês anterior, Molly me evitava propositadamente, mesmo na sala de aula, onde nossas carteiras ficavam lado a lado. Aos poucos, passei a aceitar o fato de que ela fazia parte de uma vida que estava fora do meu alcance, mas, mesmo na minha decepção, não conseguia odiá-la. Apesar de tudo o que havia feito comigo, Molly era por demais vulnerável e decente, e isso me impedia de sentir qualquer raiva mais intensa. Meu tom de voz foi mais paciente do que acusador quando perguntei:

— Onde estão Chad e Fraser? Estão doentes?

Pela primeira vez, desde aquela noite no Piggy Park, ela me olhou nos olhos, e deu de ombros:

— Não sei, Leo. Acho que o pai deles não deixou que viessem.

— Você acha... ou você tem certeza? — inquiri.

Com uma expressão de culpa, ela disse:

— Tenho certeza.

— Por quê? — Eu sabia a resposta, antes mesmo de formular a pergunta.

— O Sr. Rutledge se opôs, assim que soube que a festa seria na casa de uma família de cor — respondeu ela, dando de ombros novamente.

— E a sua família?

— Eu disse a eles que hoje haveria um treino extra das animadoras de torcida — disse Molly, olhando dentro dos meus olhos. O olhar parecia pedir a volta da nossa velha amizade.

Abalado, dei meia-volta subitamente e fui até a cozinha, onde a Sra. Jefferson preparava grandes tigelas de salada de repolho e feijão assado. Pedi permissão para usar o telefone.

— Querido, tem um telefone no quarto dos fundos, onde você pode falar com um pouco de privacidade — disse ela.

Disquei o número de Chad. Conforme eu esperava, o pai dele atendeu.

— Posso falar com Chad, Sr. Rutledge? — perguntei, minha raiva dando uma guinada na direção da cortesia.

— Posso saber o teor desse telefonema? — perguntou o Sr. Rutledge. Percebi que ainda não havia superado a indignação visceral que experimentara em relação a ele desde aquele primeiro encontro, no Iate Clube.

— É algo pessoal.

— Como em todos os telefonemas. Mas estou filtrando as chamadas para Chad e Fraser hoje. É minha prerrogativa, enquanto pai. Um dia, quando tiver filhos, você vai compreender.

— Com toda certeza. Mas, o senhor poderia dar um recado meu ao Chad?

— Eu digo a ele que você telefonou, Leo — disse o Sr. Rutledge.

— Não, eu gostaria que o senhor desse um recado.

— Pode dizer; tenho aqui papel e lápis.

— Diga que ele não vai jogar a semifinal sábado que vem. Ele pode entregar o uniforme amanhã. O senhor quer que eu repita o recado?

— Não, seu idiota. Entendi cada palavra. Você sabe que basta eu dar alguns telefonemas, nesta mesma noite, e sua mamãe, seu papai e o técnico crioulo vão estar no olho da rua.

— Pode dar esses tais telefonemas. Mas o seu filho não vai jogar contra o Gaffney.

— Você não tem tanto poder assim, Sapo. — O Sr. Rutledge pronunciou o meu apelido com sarcasmo.

— Sou um dos capitães do time. Se o outro capitão concordar que a presença de Chad prejudica a moral da equipe, nós falamos com o técnico, e Chad vai ser barrado do time.

— Meu filho não se socializa com negros.

— Então, também não joga futebol com eles.

— Não vai ser bom para você me ter como inimigo nesta cidade, Leo.

— Nós somos inimigos desde o dia em que nos conhecemos — eu disse, e desliguei o telefone.

De volta à festa, tive dúvidas sobre o bom senso e a impulsividade do que eu acabara de fazer, e chamei o professor Jefferson, Ike e Niles para lhes relatar o ocorrido. Tentei reconstruir minha conversa com Worth Rutledge, e me preparei para enfrentar a ira do professor, sempre capaz de intimidar por ser tão feroz quanto repentina. Mas nada disso aconteceu. Ike e Niles pareciam preocupados, mas não ofendidos.

Então, o professor Jefferson me surpreendeu, olhando para o relógio e dizendo:

— Aposto que o Chad vai estar aqui em menos de cinco minutos. Conheço filhos e conheço pais. Todos os filhos e todos os pais querem jogar as semifinais. Vocês sabem o que é mais engraçado nisso tudo? Sabem quem está se divertindo, mais do que ninguém, nesta festa?

Olhamos à nossa volta, e ouvi a risada de Ike, e depois a de Niles. E ambos disseram, ao mesmo tempo:

— Verme Ledbetter!

Em menos de dez minutos, Chad estacionou o carro na rua do professor Jefferson. Acompanhado de Fraser, entrou correndo pelo portão dos fundos. Chad dirigiu-se ao professor Jefferson e disparou um olhar de carrasco na minha direção.

— Desculpe o atraso, professor. Tive um probleminha com meu carro.

— Pode acontecer com qualquer pessoa, Chad — disse ele. — Você e sua irmã, sirvam-se de ostras. — Em seguida, piscou o olho para nós três. — Rapazes, vocês acabam de presenciar a atuação de um bom técnico. De um ótimo técnico. Vamos precisar do Chad no jogo contra o Gaffney

E acabamos precisando mesmo. O zagueiro central do Gaffney, cuja atuação tínhamos estudado em vídeos a semana inteira, parecia cinco vezes maior ao vivo. O sujeito tinha um olhar ensandecido, possesso, e exibia músculos em partes do corpo onde era inimaginável que eles pudessem se desenvolver. Ele marcou quatro *touchdowns* no primeiro tempo, e o Gaffney vencia de 28 x 0 quando fomos para o vestiário no intervalo da partida. Rabiscando o quadro-negro, o professor Jefferson fez os ajustes necessários, criando cinco jogadas que visavam neutralizar a agressividade do zagueiro adversário. O número dele era 55, e aquele olhar satânico, onisciente, permaneceria em meus pesadelos por meses a fio. O sujeito passava por cima de mim como se eu fosse um bebê brincando no quintal da casa dele. Quando eu tentava interceptá-lo, evento raro naquela noite, parecia que tinha esbarrado contra um barranco. No segundo tempo, marcamos três vezes, sempre por meio de jogadas aéreas, e Verme conseguiu levar a termo dois *touchdowns*, mas perdemos o jogo: 42 x 35. Aquela foi, sem sombra de dúvida, a pior partida da minha carreira.

Tentei esquecer o nome do número 55 e me condicionei a não pensar nele, mesmo depois que ele se tornou um dos astros do time da University of Georgia e se profissionalizou. Mas não deixei de reconhecer aquele olhar inflamado quando o reencontrei, vinte anos mais tarde, num beco em São Francisco. Naquele momento, vi Macklin Tijuana Jones pela segunda vez.

No primeiro sábado do meu último janeiro no ensino médio, fui de carro até o orfanato São Judas e estacionei sobre o cascalho, ao lado da caminhonete Chevrolet da irmã Polycarp. Assinei o livro de visitas e marquei o horário da minha chegada; em seguida, subi a escada correndo, de dois em dois degraus, até a sala de recreação. Ike e Betty estavam jogando sinuca quando entrei. Starla lia *O gato na cartola*, para uma menininha que eu nunca tinha visto.

— Pegue um taco — disse Ike, sorrindo para mim. — Vou te ensinar como usá-lo.

Eu detestava jogar sinuca, porque era um jogo cheio de virilidade, tenso e carregado de uma aura de bravata e perigo. Além disso, eu jogava pessimamente. Mas Ike parecia estar praticando uma arte, desde o momento em que aplicava giz azul à ponta do taco e se preparava para a tacada. No entanto, foi Betty quem "limpou" a mesa, enquanto ele, na condição de especialista, admirava-lhe a destreza.

— Onde é mesmo que a Sheba e o Trevor vão se apresentar hoje à noite? — inquiriu Betty.

— No Big John's — disse Ike. — Em East Bay.

— Vocês vão? — perguntei.

— Parece que você tem uma certa dificuldade com esse conceito; então, ouça bem, Sapo. Eu sou negro. Bom de ritmo, cheio de estilo, bonitão, cheio de manha. Ou seja, sou completo... e isso se aplica à Betty também. Mas nós temos um grande problema. Nós temos uma ideia fixa. Vivemos no Sul, onde a nossa gente tem tido alguns probleminhas com a sua gente. A sua gente gosta de pendurar a nossa em árvores. Por isso, a minha gente não costuma se aproximar muito da sua. Entendeu? O Big John's é bar de branco. Não vamos ouvir a Sheba e o Trevor tocar merda nenhuma.

— Conheço o Big John. Ele jogou futebol profissional. Grande sujeito. Já estive no bar dele, e é frequentado por gente de cor. Meu pai e eu estávamos lá uma noite, quando chegaram três companheiros de time dele... todos negros. Os gêmeos vão ficar magoados se não formos. Você e o Niles vão? — perguntei a Starla.

— O Niles vai levar a Fraser — disse ela.

— Então, posso levar você? — convidei-a, tentando parecer indiferente.

— Esse cara é sutil — disse Ike —, não é?

— Você está me convidando para sair? — indagou Starla, olhando-me com ar de surpresa. Na outra ocasião em que a convidei, ela pensara que o convite tinha sido formulado apenas por amizade.

— Não, não... eu trabalho em um táxi.

— Diga logo que você a está convidando para sair, Sapo — ordenou Betty, com um suspiro.

— Estou te convidando para sair.

Ultimamente, eu pensava muito em Starla, desde que Molly voltara à alta sociedade. Muito mesmo.

— Um convite — disse ela. — Parece tão natural, não? Ora! Sim, Sapo, eu adoraria, obrigada. Sabia que eles vão nos liberar logo depois da colação de grau? A irmã Polycarp acaba de nos dar a grande notícia. No instante em que recebermos nossos diplomas, o Niles e eu estaremos na rua. Ela fica enchendo a nossa paciência, perguntado a nossa idade... mas não sabemos. Não fazemos a menor ideia. Vai ver que tenho 40 anos! Ninguém até hoje encontrou as nossas certidões de nascimento. A única coisa que eu sei é que o Niles está do meu lado desde que me entendo por gente. Sempre esteve.

— Onde ele está agora? — perguntei.

— Ele tem andado o tempo inteiro com o Chad, desde que voltamos da viagem de formatura — acrescentou Ike, de pé, ao lado da mesa de sinuca.

Betty riu com desdém.

— Não gosto nada disso. Não confio no Chad. Ele tem aquele rancor típico de branco. Até quando ele sorri, percebo um toque de maldade.

— Vocês não querem sair comigo e a Starla? — perguntei.

— Claro — concordou Ike. — Eu te pego às 19h. Você tem certeza de que podemos ir ao Big John's?

— Vou pedir ao meu pai para telefonar para o John — eu disse. — Só para termos certeza.

— Meus pais vão ficar furiosos se tiverem que me identificar no necrotério — brincou Ike.

— Os meus, não — Betty e Starla, falaram ao mesmo tempo, e o comentário fez os demais órfãos gargalharem.

Soou uma campainha. Juntamo-nos à procissão de órfãos e descemos uma escada escura que dava acesso a um jardim espaçoso e abandonado, embora ainda fosse imponente e, decerto, outrora impecável. O calçamento de tijolos era harmônico e belo, e meticulosamente confeccionado. O jardim do orfanato São Judas causava muita dor de cabeça à minha mãe, pois ela sabia o custo e a trabalho envolvidos na restauração de um jardim daquela magnitude. Aquele espaço era agora utilizado como local onde os internos se exercitavam, caminhando diariamente pelo calçamento de tijolos, sob a guarda de uma das freiras mais jovens, que se posicionava junto à janela da biblioteca. A qualquer sinal de carnalidade, ou mesmo se visse alguém de mãos dadas, ela soprava com vigor um apito, cujo som cortante interrompia imediatamente quaisquer hormônios capazes de perturbar a paz do jardim.

Ike e Betty caminhavam a cerca de 3 metros atrás de nós, sempre sob o olhar de águia da freirinha. De início, Starla e eu caminhamos em silêncio naquele jardim esquecido, adormecido. Devido à paixão de minha mãe pelas flores, eu sabia que passeávamos por um mundo cego de raízes, bulbos e sementes que explodiriam na primavera. A terra dormia sob os nossos pés, aguardando, com infinita paciência, o fortalecimento de raízes e caules que emergiriam à luz em abril. Agora avançávamos por trilhas onde nada era verde, e a cidade reconhecia a necessidade de reverenciar aquela seca. Em silêncio, caminhávamos por uma nação de samambaias e caules.

— Preciso te falar uma coisa sobre o Niles — disse Starla, no momento em que dobramos numa trilha de dividia o jardim.

— O que é?

— Tem alguma coisa errada. — Ela estava visivelmente preocupada. — Ele está andando muito com o Chad. Betty está certa: é muito estranho.

— Ele está apaixonado pela Fraser — argumentei. — Não há nenhum mistério nisso.

— Tem alguma outra coisa — disse Starla, sacudindo a cabeça. — O Niles sempre me conta tudo. Mas agora está com uns segredinhos. Coisa que ele não quer me contar.

— Você não pode afirmar isso.

— Posso sim; sei disso tão bem como sei escrever meu nome naquela parede. — Starla apontou para a lateral da capela do orfanato, construída com tijolos vermelhos.

— O Niles sabe se cuidar. Você sabe disso melhor do que ninguém.

— Ele deixa o orfanato todo fim de semana. Ele e Fraser saem juntos com Chad e Molly. Você sabe que Chad e Molly reataram, não?

— Claro. Ficam tão colados na escola que seria impossível enfiar um papel entre os dois.

— Sempre desconfio quando casais demonstram tamanho afeto em público. É como se estivessem escondendo algo. Alguma coisa que esconde a verdade.

— Não tenho como saber. Molly e eu... nós nunca chegamos a tal estágio. Nunca chegamos a estágio algum.

Ela fez um sinal com a cabeça, os olhos castanhos indecifráveis. Antes que eu pudesse perguntar o que ela estava pensando, Starla me surpreendeu. Ela virou-se para mim, levantando o meu queixo e beijando-me na boca. E não foi um beijo fraternal. Foi um beijo que me abalou da cabeça aos pés.

Ela se afastou de mim e perguntou:

— Faz tempo que você quer me beijar, não é, Leo? Gostou?

Impossibilitado de falar, perplexo, assenti com um meneio de cabeça. Ela riu, as mãos apoiadas nos meus ombros.

— Então, por que não nos apaixonamos? Como Niles e Fraser? Ike e Betty? Aposto que podemos ser felizes também. Olhe só para eles.

Virei-me e contemplei Ike e Betty num abraço apaixonado, selando um beijo ardente e perfeito.

O centro do jardim era ocupado por um carvalho mais do que centenário. Pensei que a árvore os ocultasse da sentinela posicionada na biblioteca, mas o apito soou com toda a sua estridência. Relutantemente, Ike e Betty se separaram e retomaram a caminhada, sem sequer darem as mãos, mas sorrindo para o mundo inteiro. Starla tinha razão: eles eram felizes.

Starla e eu nos juntamos aos dois, e nós quatro trocamos sorrisos de cumplicidade.

O bar do Big John era tão pequeno que caberia num vagão de trem, e estava repleto de cadetes da Citadel quando chegamos. Sem dúvida, parecia que o local era destinado somente a brancos, e Ike me lançou um olhar, como se eu o tivesse convidado para o próprio linchamento. Então, dois cadetes de cor entraram; por coincidência, eram Charles Foster e Joseph Shine, os dois primeiros negros a serem integrados à Citadel. Ambos ficaram radiantes ao saber que Ike acabava de ser contemplado com uma bolsa de estudos para jogar futebol pela Academia. Sentamo-nos do lado de fora, na mesma mesa que os dois cadetes negros, enquanto lá dentro o Big John fervilhava, com bandos de cadetes bebendo cerveja e um elevado percentual de recrutas. Do outro lado do pequeno pátio, avistei Chad, Molly, Niles e Fraser.

Estavam numa mesa com dois casais que eu desconhecia, mas que exibiam aqueles bronzeados eloquentes, que significavam Iate Clube e regatas, bem como bastante conhecimento dos coqueirais da Martinica, adquirido durante os recessos e as festas de fim de ano. O recinto estava suficientemente apinhado para atrair a atenção do corpo de bombeiros, que mantinha um representante próximo à entrada, impedindo o ingresso dos retardatários. Conforme Ike previra, a notícia sobre a beleza de Sheba havia se espalhado qual um vírus pelo Corpo de Cadetes.

Trevor entrou por uma porta, ao fundo, perto da cozinha, e dirigiu-se a um piano. Sentou-se e começou a tocar o hino da Citadel, o que levou a totalidade dos cadetes a se perfilar e recolocar os quepes na cabeça. Sheba atravessou a porta e cantou o hino, com uma interpretação sussurrada e sensual, sem precedentes na história da canção. O bar ficou tomado por uma estranha mescla de espanto e desejo. Quando Sheba chegou ao último verso do hino, e os cadetes tiraram e acenaram com os quepes, Trevor mudou a atmosfera da noite, atacando as teclas do piano com a interpretação mais alucinada de "Dixie" que eu já ouvira na vida. Mal era possível discernir a voz de Sheba acima da algazarra. Mas ela acalmou o ambiente com uma emocionante interpretação de "We Shall Overcome". Pleno conhecimento de música contemporânea era um dos legados da minha geração, e logo percebemos que ela nos guiava por uma trilogia americana que culminaria com "The Battle Hymn of the Republic", fazendo com que um número respeitável de cadetes originários do Norte dos Estados Unidos se pusesse de pé.

Enquanto Sheba encantava a plateia, Starla virou-se para mim, pôs os braços em volta do meu pescoço e me beijou. Embora aquilo fosse fabuloso, fiquei acanhado por trocar um beijo em público. Meu rosto estava corado quando me afastei de Starla, e passei os olhos pela multidão, a fim de ver se alguém havia testemunhado a cena. Até onde pude perceber, a única testemunha havia sido Molly, que bateu palmas em câmera lenta, com ar de zombaria, no momento em que trocamos um olhar.

— Tudo bem, Leo — disse Starla. — Muita gente se beija em público. Eu já vi.

— Gente como nós?

— Gente como nós, sim. A propósito, você vai ao baile para os alunos dos dois últimos anos da escola?

— Não fui no ano passado.

— Mas vai neste ano.

Sheba começou a interpretar a "Ballad of the Green Berets", levando os cadetes novamente à loucura, e Big John ergueu a imensa mão direita, no intuito de restaurar um pouco de ordem à espelunca. A interpretação foi descaradamente apelativa, mas, para Sheba e Trevor, tal procedimento era mais do que natural.

— Ainda não tinha pensado no baile — eu disse. — Ele só acontece em meados de maio.

— Ike já convidou Betty.

— Ah! Então, você quer ir comigo? — perguntei.

— Não, não posso.

— Por que, então, toda essa sondagem? Por que você não pode ir comigo?

— Não tenho condições de comprar um vestido de baile.

Uma ideia me atingiu com a potência de um raio, e deixei escapar:

— Eu faço um vestido para você.

— O quê?

— Minha mãe me criou para ser um pretenso feminista... seja lá o que isso significa. Fiz um vestido para ela há alguns anos, para o Dia das Mães. E a Sheba costura muito bem. Ela pode me ajudar.

— E os sapatos? Sua mãe te ensinou a ser sapateiro?

— A Sheba tem um armário cheio de sapatos. Não se preocupe; nós cuidamos dos detalhes.

Starla virou-se e tocou o ombro de Betty.

— Leo acaba de me convidar para o baile!

Betty e Starla se abraçaram, e Betty deu-me um soco no ombro, com um punho do qual podia se gabar em termos de potência. Meu ombro ficou dolorido por 24 horas, afetando a minha pontaria durante a entrega de jornais na manhã seguinte. Ike me parabenizou, e perguntou se gostaríamos de ir ao baile acompanhados por Betty e por ele. Por mero acaso, deparei-me com a vida normal de um adolescente, e tudo me pareceu bastante natural. Os anos de Sapo ficavam para trás. Eu me despedia do menino que durante anos fora torturado pela exatidão do apelido. Nunca imaginara que uma garota bonita como Starla pudesse gostar tanto de mim quanto parecia ser o caso. Trocamos novos beijos e, no momento em que me afastei, pude sentir uma sensação de serenidade e entrega. Fitando os olhos melancólicos de Starla Whitehead, apaixonei-me naquela mesma noite e, inadvertidamente, dei início ao longo e agonizante processo que arruinou a minha vida.

No inverno, meu pai começava a acender a lareira com raspas de madeira tão transparentes quanto casca de camarão e, expondo a lenha com os veios voltados para as chamas, alimentava o fogo, levando-o à glória dos estalidos. De olhos fechados, eu inalava o aroma, pensando que madeira queimada era o perfume mais misterioso da Terra. Na sua oficina de carpintaria, meu pai confeccionara três pranchas que se encaixavam perfeitamente entre os braços de nossas poltronas de couro. Eu fazia os trabalhos acadêmicos sobre a minha prancha e, diante da lareira, minha mãe punha em dia a correspondência, enquanto meu pai lia seus periódicos científicos e fazia extensas anotações. O fogo produzia um barulho impressionante, e meu pai o mantinha vivo até a hora de irmos para a cama.

Numa noite de inverno, já bem tarde, o telefone tocou. Meu pai atendeu, falando em voz baixa. Depois que desligou, ele me disse:

— Era a Sheba. Dê um pulo do outro lado da rua e veja o que há com o Trevor. Alguma coisa o deixou bastante abalado.

Peguei o casaco no armário que ficava ao lado da porta da sala, e saí pela fria noite de Charleston. O odor de fumaça que emanava da nossa chaminé era mais intenso do que o dos rios e dos manguezais, e conferia à atmosfera da nossa vizinhança uma fragrância mística, como a de um jardim à noite. Ao me aproximar, pude ouvir os soluços de Trevor, sentado no degrau mais alto da varanda. Sheba o abraçava com vigor. Subi a escada e sentei-me ao lado do amigo que soluçava. Segurei-lhe a mão e, enquanto ele pressionava meus dedos, perguntei à Sheba:

— Briga de namorado?

— Pior do que isso. Chore, querido. Chore o quanto for necessário.

Quando ela correu para dentro de casa, com o propósito de buscar um copo de água para o irmão, passei o braço sobre os ombros dele. A água ajudou, mas foram necessários vários minutos até que ele conseguisse falar. Todo o seu corpo tremia. Finalmente, ele disse:

— Há um mês, o Niles e eu fomos indicados para ingressar numa associação acadêmica. Caras de escolas públicas e particulares, de todas as áreas de Charleston, tentam entrar para essa associação. É uma grande honra.

— Você nunca me falou nada — disse Sheba.

— Tínhamos feito voto de sigilo. A associação remonta a 1820.

— É a Assembleia de Middleton — adivinhei.

— Como você sabe? — Trevor ficou surpreso.

— Minha mãe sempre desconfiou da presença dessa associação nas escolas da cidade, inclusive no Peninsula High, mas nunca conseguiu obter provas.

— Chad Rutledge nos indicou, e hoje foi a cerimônia de iniciação. Eu estava todo empolgado. Niles se sentiu tão sortudo que mal podia acreditar. Tanto ele quanto eu estávamos abismados com o fato de merecermos tal honraria, depois das vidas de merda que tivemos.

— Por que a coisa saiu mal? — perguntou Sheba.

Trevor prosseguiu.

— Eles nos levaram a um lugar na Meeting Street, um salão dos Confederados. Havia lá cerca de cem caras da nossa idade. Todos vestiam smoking e usavam máscaras pretas. Parecia um bando de coadjuvantes num filme do Lone Ranger. Ficaram calados, enquanto os iniciandos eram conduzidos até um sujeito cheio de espinhas, sentado diante de uma mesa. Éramos oito iniciandos. Os seis primeiros foram aceitos, sem problema. A assembleia votou favoravelmente, apontando o polegar para cima. A estirpe dos candidatos era impecável. A besteirada típica de Charleston: Prioleaus, Ravenels, Gaillards, Warleys. Os seis primeiros tinham parentes em toda parte, e a porra foi tranquila. Então, a coisa mudou, e começou a palhaçada.

— Onde estava Chad? — perguntei, com um tom de voz frio.

— Acho que ele estava lá no meio — disse Trevor. — Não cheguei a vê-lo. Talvez ele nem estivesse presente.

— Ah! Estava, sim — falei. — Continue, Trevor.

— Então, chega a minha vez. Pela minha cabeça passava a ideia de estar sendo iniciado numa das páginas mais antigas da história de Charleston, e eu experimentava uma sensação de fraternidade que me era totalmente desconhecida. Ai, o cara sentado à mesa disse: "O Sr. Trevor Poe é o primeiro homossexual assumido a receber uma indicação. A mãe dele é alcoólatra, a irmã é prostituta, e não conseguimos localizar laços familiares. Qual é o voto da assembleia no caso de Trevor Poe, o veadinho assumido?" Um "não" retumbante ecoou entre os presentes, e todos os polegares apontaram para baixo. E depois foi a vez do pobre do Niles.

— Pelo menos, a parte da irmã estava certa — disse Sheba, trêmula, mal contendo o ódio.

— Isso não é verdade, Sheba — protestei. — Não diga uma coisa dessas.

— O cara cheio de espinhas... Meu Deus! O bicho era feio!... Leu um papel, com uma voz horrenda, monótona: "Niles Whitehead passou a vida pulando de orfanato em orfanato, à procura da mãe, Bright Whitehead, e da avó, Ola Whitehead. Mas, em nossa pesquisa, localizamos os obituários de ambas, publicados no *Chimney Rock Times*. O Sr. Whitehead, evidentemente, ignora o nome do próprio pai. Nasceu num barracão, nas Montanhas Blue Ridge. No Peninsula High, foi apelidado de 'caipira'. Qual é o voto da assembleia no caso de Niles Whitehead, o caipira?" Novamente, a algazarra de "nãos" e os polegares para baixo. Niles e eu fomos escoltados por quatro caras até a saída do salão, na Meeting Street, e ali depositados, como se fôssemos sacos de lixo. Ficamos tão chocados que não conseguimos abrir a boca.

— Onde está Niles agora? — perguntei.

— Desmoronei, e comecei a caminhar de volta para casa, mas, quando olhei em volta, Niles tinha sumido. Acho que o meu choro o perturbou tanto quanto a própria cerimônia.

— Não — eu disse. — Eles disseram a Niles algo que ele não sabia. Starla e Niles viviam acreditando que a avó e a mãe ainda estivessem vivas. Vocês sabiam que, quando Niles nasceu, a mãe dele tinha 13 anos? E a avó tinha 27 anos quando ele veio ao mundo. Aqueles filhos da mãe destruíram algo dentro do Niles quando afirmaram que elas estavam mortas.

— Vou cantar o Chad Rutledge para ele me foder — disse Sheba. — Aí, eu corto o pau dele com uma tesoura de jardim.

Meu pai apareceu no pórtico da nossa casa e gritou, abaixo das majestosas colunas formadas pelos nossos dois pés de magnólia:

— Tudo bem, pessoal?

— Tudo mal — eu gritei. — O senhor pode vir até aqui?

Meu pai atravessou a rua correndo. Com rara concisão, relatei os eventos daquela noite. À medida que as rugas na fronte dele se aprofundavam, pude perceber a raiva que ele sentia.

— Vamos lá para casa; sentem-se diante da lareira. Preciso dar alguns telefonemas — disse ele.

Sentei-me em frente ao fogo, ao lado dos gêmeos, exaustos, e fiquei comovido ao vê-los de mãos dadas, contemplando as chamas. Quando veio cutucar o fogo, meu pai trouxe consigo uma dose de conhaque, para acalmar os nervos dos dois irmãos.

— Foi uma noite ruim, Trevor — disse meu pai. — Mas vai ser uma noite pior para Chad Rutledge. Eu te prometo: o Chad não vai ter problema de prisão de ventre nas próximas semanas. A diretora e eu vamos deixá-lo todo cagado.

Sheba tomou um gole de conhaque e disse, olhando para o fogo:

— Nunca me senti segura na minha vida, mas nesta casa é diferente.

Ouvindo um ruído, fui até a porta da rua. Olhando pela cortina, vi o rosto grave de Fraser Rutledge através do vidro. Quando abri a porta, ela correu diretamente para Trevor, que se levantou para cumprimentá-la. Trevor parecia um brinquedinho quando Fraser o levantou do chão para abraçá-lo. Ele parecia um invertebrado frágil e inofensivo.

— Acabei de dar umas boas bofetadas no meu irmão — declarou Fraser. — Quando ouvi o que aqueles caras tinham feito com você e com Niles, fiquei maluca. Eu disse que tinha vergonha de ter o sangue dos Rutledge, e cuspi na cara de Chad.

— Então, Chad tem a ver com tudo isso? — perguntei.

— Ouvi Chad e meu pai dando tantas gargalhadas que desci as escadas para ver o que estava acontecendo. Chad estava contando a ele o que tinha acontecido hoje à noite na Assembleia de Middleton. Alguma coisa dentro de mim morreu quando ouvi o relato, Trevor. Sheba e Leo, vocês têm que acreditar em mim. Chad disse que fez o que fez em defesa do nome da nossa família. Nenhuma Rutledge se casaria com um caipira.

— Por que envolveram o Trevor? — perguntei.

— O Trevor entrou no esquema como uma espécie de sobremesa. Além disso, a presença dele ajudou a enganar o Niles. Ele não desconfiou de nada, porque ele e Trevor participariam da cerimônia juntos.

Ela arremessou uma máscara na minha direção, e eu a agarrei, por reflexo.

— Eis uma lembrancinha da grande noite do Chad. Ele humilhou o único namorado que a irmã feiosa teve na vida.

— Você não é feia, minha boneca — disse Sheba, abraçando Fraser ternamente. — Risque essa palavra do seu dicionário. Ei! Leo, você não fica de pau duro quando pensa na Fraser?

— Todas as noites.

— A Fraser excita a décima parte do meu um por cento hétero — disse Trevor.

No momento em que voltávamos a ouvir o riso de Fraser, ouvimos também outra batida à porta. Dirigindo-me à entrada da casa, eu disse, por cima do ombro:

— Avise-me quando você quiser entrar para alguma outra associação, Trevor. Isso aqui está começando a parecer uma festa.

Sob o efeito da iluminação externa, a figura de Starla produzia uma sombra vultosa que atravessava o jardim. Dei-lhe um abraço, conduzi-a até a lareira, aproximando-se de Trevor, ela beijou-lhe a face. No momento em que meu pai voltou à sala, Starla anunciou:

— Niles me telefonou de um posto de caminhoneiros que fica alguns quilômetros antes de Columbia. Ele me pediu que dissesse a vocês todos "obrigado" e "adeus".

— Ele disse para onde ia? — perguntou meu pai.

— Não — disse Starla. — Mas nem era preciso. Sei para onde ele vai: para a Carolina do Norte. Está indo para casa, a casa onde nós dois nascemos.

— Você sabe onde fica essa tal casa? — perguntou ele.

— Fica a cerca de 30 quilômetros de um morro. Eu era um pingo de gente quando vieram nos buscar.

— Seria Chimney Rock? — perguntou meu pai.

— Isso mesmo — disse Starla. — Como o senhor sabe?

— Leo, viagenzinha à montanha amanhã. Você vai buscar Niles.

— Eu vou *a pé* até Chimney Rock, se você não me levar — disse Fraser.

— E eu estou sempre com o pé na estrada — disse Starla.

— Nós também queremos ir — afirmaram Trevor e Sheba.

Meu pai sacudiu a cabeça.

— Gente demais. Vamos limitar a viagem a Starla e Fraser. Leve o Buick da sua mãe, Leo. Vou telefonar para o seu substituto, Bernie, e pedir a ele para entregar os jornais. Tem certeza de que consegue encontrá-lo, Starla?

— Tenho sim.

— Vou telefonar para a Polycarp — disse ele. — Você e Fraser podem se alojar no quarto de hóspedes; vou telefonar para os seus pais, Fraser, e dizer a eles que você está bem. Agora, chega de festa. Todo mundo para a cama. Vamos trazer aquele rapaz de volta para casa.

— Ele está indo para a casa dele, Sr. King — disse Starla.

Meu pai, sempre apaixonado por Charleston, apenas sorriu.

— Charleston agora está no sangue de Niles. Faz tempo que ele está em casa; só que ele ainda não sabe disso.

Às 6 horas, tirei o carro de minha mãe da garagem lentamente e cruzei as ruas escuras da cidade que ainda despertava. Somente quando subi a rampa de acesso à rodovia I-26 pisei fundo no acelerador, seguindo para o oeste, cruzando o coração da Carolina do Sul. Starla viajava ao meu lado, no banco da frente, e dormia no momento em que passamos por Summerville. O sol começou a nascer, emergindo do mar, atrás de nós. No assento traseiro, Fraser cochilava com a cabeça apoiada sobre um dos travesseiros que meu pai nos fornecera, além de um isopor contendo sanduíches, ovos cozidos, presunto assado envolto em papel laminado e um saco de biscoitos de chocolate. Ele me entregara também duas notas de 100 dólares novinhas antes de sairmos de casa e minha espingarda, com uma caixa de cartuchos.

— No caso de alguma emergência — disse meu pai. — Coloquei no carro a sua vara e os acessórios de pesca.

— Estaremos de volta no domingo — garanti. — Com ou sem o Niles. Se nós não o encontrarmos, não sei se a Starla vai querer voltar.

— Não vai, não.

Antes de chegarmos a Columbia, encostei o carro num posto de gasolina e anunciei uma parada. Minhas companheiras de viagem saíram e esticaram as pernas na luz fria da manhã. Examinei um mapa que incluía as duas Carolinas e o comparei com o mapa no qual meu pai havia assinalado, em amarelo, o caminho que deveríamos seguir, num emaranhado de estradas vicinais que nos levariam às montanhas da Carolina do Norte. Ele tinha feito um círculo em torno de um local borrado de azul, lago Lure, que parecia servir de entrada para Chimney Rock. Meu pai me advertira de que, depois que chegássemos em Chimney Rock, precisaríamos trabalhar como detetives. Seria necessário fazer perguntas a moradores locais, famosos por suas respostas ambíguas e pela total desconfiança diante de estranhos. Constatando um olhar de preocupação estampado no meu rosto, meu pai lembrou-me de que Starla estaria em sua região natal, entre conterrâneos.

Passando por Spartanburg, adentramos a região misteriosa que, a meu ver, melhor representa o Sul dos Estados Unidos, com suas paradas de caminhoneiros tementes a Deus e suas igrejinhas caiadas que adoram um Cristo mais severo do que o meu. Adentramos o reino dos manipuladores de serpentes, comedores de argila e fabricantes ilegais de bebida alcoólica, onde o solo é fibroso, pedregoso e implacável. Passamos pelo lago Lure pouco antes do meio-dia, e a tensão dentro do carro aumentava à medida que revíamos nossos planos, traçados sem conhecimento da área e dos habitantes resmungões e taciturnos que com certeza encontraríamos.

— Como é a gente que vive nas montanhas? — perguntei a Starla.

— Igual a todo mundo. Bem mais gentil do que a gente de Charleston.

— Essa, não! — disse Fraser. — Charleston é famosa pela civilidade.

— Você acha que Trevor e Niles gostaram da civilidade de Charleston ontem à noite?

— É uma tradição — defendeu Fraser, olhando para a frente. — Dois rapazes são sempre rejeitados. Isso consta até do regimento da Assembleia de Middleton. Chad disse que teria sido a cerimônia mais chata do mundo, não fosse a rejeição dos desqualificados.

— Foi muita consideração da parte do Chad propiciar essa experiência a Trevor e a Niles — disse Starla. — Chad é bonitinho demais para ser tão babaca. Gosto quando Deus marca os babacas. Vocês entendem... quando Deus os faz feios como o pecado, e estampa a babaquice deles bem na cara. Achei que Verme fosse assim, mas... gosto mais dele do que de Chad.

— É o charme da ralé branca — disse Fraser.

— Niles e eu estamos abaixo da ralé branca, Fraser — retrucou Starla. — Para nós, ralé branca é um degrau acima.

— Você talvez esteja, mas não Niles. Ele tem orgulho próprio, ao menos.

Ouvi um pequeno ruído, como se fosse um grilo se mexendo dentro de um balde de iscas. Olhei de relance e vi um brilho metálico na mão de Starta. Ela mostrava um canivete à Fraser.

— Deus do céu! Starla! — Suspirei.

— Passei a manhã inteira pensando em te degolar, pelo que o seu irmão fez a Niles. Então, pode parar com as preleções sobre orgulho próprio, sua cadela de Charleston. É melhor pensar duas vezes, antes de se meter com uma caipira.

Saí da rodovia, meti o pé no freio, parei o carro no acostamento da faixa destinada a tráfego em alta velocidade e gritei:

— O objetivo desta viagem é levar Niles de volta para Charleston. Não quero ouvir nenhuma palavra a mais sobre essa rixa de merda entre a debutante e a caipira, ou vocês duas podem descer já! Agora, me entregue já a droga desse canivete, Starla.

Ela dobrou e me entregou o canivete. Enfiei-o no bolso e reconduzi o carro à rodovia. Quando passamos por uma ponte, arremessei o canivete num riacho.

— Lá está a Chimney Rock — eu disse, apontando uma imponente formação rochosa que parecia tão excêntrica quanto deslocada, como se um Criador imbecil a tivesse produzido depois de se cansar de fazer estrelas. O vilarejo de Chimney Rock era o local certo para se comprar um tacape cherokee, um cocar, um chicote de couro cru ou vidros de mel colhido de colmeias nas montanhas. Não fosse o turismo, Chimney Rock seria apenas uma estradinha solitária ao lado do pedregoso rio Broad. Por ser inverno, várias lojinhas estavam fechadas, mas muitas se mantinham abertas, na tentativa de atrair viajantes esporádicos, como nós, que subiam a serra a caminho de Asheville. Havia lojas de ambos os lados da rua, e todas pareciam vender duplicatas das mesmas mercadorias. Deixei Starla e Fraser em frente a uma dessas lojinhas, e as duas saíram como cães farejadores, de porta em porta, solicitando informações sobre a família Whitehead.

Do outro lado do vilarejo, estacionei o carro e entrei numa barbearia. Enquanto o barbeiro aparava meu cabelo, perguntei-lhe acerca dos Whitehead. Embora o nome não lhe soasse estranho, ele não se lembrava de ter conhecido pessoalmente alguém da família; sem dúvida, as histórias eram famosas: viviam nas montanhas, gente briguenta e obstinada, que sempre se encrencava com a polícia. Ele achava que a família tinha um lado cherokee, e nada nas fisionomias de Niles ou Starla poderia refutar tal hipótese. Mas ele tinha quase certeza de que eles haviam desaparecido da região, provavelmente se deslocando para Charlotte, em busca de trabalho. Segundo ele, embora muitos residentes das montanhas fossem pobres, era difícil encontrar gente mais miserável e baixa do que os Whitehead.

Assim que saí ao encontro da minha equipe de busca, avistei Starla e Fraser atravessando a rua, às pressas, vindo em minha direção.

— A senhora que trabalha naquela loja de souvenir deu um telefonema, e um primo meu, de terceiro grau, já está vindo ao nosso encontro — disse Starla, ofegante.

Pouco depois, na picape que se aproximou de nós, vimos a nossa grande chance de chegar a Niles. O sujeito usava um estranho chapéu de feltro e um macacão, e nos olhou de cima a baixo, antes de falar. Então, dirigiu-se exclusivamente à Starla.

— *Você* é a Whitehead — disse ele; em seguida, olhou para Fraser e para mim, com ar de reprovação: — Quem são estes dois? — perguntou à Starla.

— Estão comigo. Estamos juntos. O senhor sabe onde a minha família morava?

— Lá para trás. — Ele apontou para trás, com o polegar. — Lá no alto da montanha. Não dá para chegar até lá agora.

— Por que não? — perguntou Starla. — Quero ver o local onde passei meus primeiros anos com meu irmão.

— A estrada é de terra batida. Muito escarpada. É de dar medo. Só estive lá uma vez. Há alguns anos aconteceu por lá uma avalanche. Ninguém mais viu aquelas casas.

— Como é que se chega lá? — insistiu Starla.

— É pela rodovia de Asheville. Esta mesma que vocês estão. Sempre subindo. O rio Broad sempre à esquerda. Quando um córrego com trutas se juntar ao Broad, procurem uma estradinha que sobe pelo morro. O ângulo é bastante inclinado. Dirijam com cuidado. Logo vocês vão ver o resultado da avalanche. Dali em diante, vão ter que subir a pé, mais ou menos 1 quilometro, até as casas. O caminho era conhecido como estrada Whitehead.

— Obrigada, primo — disse Starla.

— Tudo pela família — disse ele, tocando a borda do chapéu, numa saudação cortês; em seguida, deu partida na picape e se foi.

Sempre admirei pessoas capazes de prestar informações exatas, e tais pessoas formam um grupo pouco numeroso. O primo de terceiro grau de Starla nos forneceu indicações tão precisas que era como se tivesse desenhado um mapa. Logo que deixamos os limites do município de Chimney Rock, iniciamos uma subida íngreme, e em breve patinávamos em curvas fechadas, avançando pelo meio de uma floresta tropical, enquanto o sol começava a se pôr. Eu dirigia na maior velocidade possível, na esperança de chegar às casas da família Whitehead antes que escurecesse, o Buick gemia morro acima, até que Starla deu um grito ao avistar o tal córrego das trutas desaguando no rio Broad. Tínhamos entrado numa região cheia de loureiros e cascatas com véus de uma espuma leitosa, que despencavam de rochedos grandes como casarões.

Dobrei numa estradinha que parecia jamais ter sido concluída. Engatei uma segunda, e serpenteamos em meio à incerteza. Subimos mais e passamos pelo córrego das' trutas; avançamos 30 metros, 300 metros, a estrada cada vez mais perigosa. Então, voltamos a descer, reaproximando-nos do córrego, o carro tão próximo da margem que não pude evitar o riso, ao ver pelo espelho retrovisor que Fraser estava de olhos fechados.

— Minha amizade por Niles não justifica tudo isso — eu disse.

Surpreendido, freei com violência, diante das pedras deixadas pela avalanche, e manobrei o carro, novamente à beira do córrego. A avalanche tinha aberto uma brecha tão grande que parecia que a montanha inteira se movera para a esquerda.

Deixei o carro engatado.

— Vamos até a beira do córrego e, de lá, podemos caminhar até essas tais casas. Elas devem ficar perto daqui. Fraser, pegue os artigos de pesca. Eu levo a comida.

No crepúsculo, avistei uma velha trilha que descia até o córrego, e por ela segui, carregando o isopor no ombro. Quando alcancei a beira da água, segui o córrego até a nascente. No momento em que escurecia, ouvi Starla pronunciar palavras gloriosas:

— Estou sentindo cheiro de fogueira.

Apressamos o passo, na direção do sol poente, e avistamos as silhuetas de quatro casebres construídos sobre palafitas acima do córrego. Aproximamo-nos das ruínas daquelas casas abandonadas, seguindo o cheiro de fumaça das Blue Ridge, até chegarmos à última casa. Abri a porta e entramos numa casa cheia de mofo e semiabandonada. Um homem, sozinho, estava sentado diante do fogo.

— Niles? — disse Starla.

— Por que você demorou tanto? — perguntou ele.

Foi a voz mais tristonha que ouvi na vida.

Em frente a uma lareira de pedra, sentamo-nos diante de um fogo alto, comendo sanduíches e ouvindo o barulho impaciente do córrego, mais abaixo de onde estávamos. Niles comeu três sanduíches seguidos, sem pronunciar uma palavra. Percebi que ele não tinha comido nada desde que foi descartado na cerimônia de iniciação. Fraser posicionou-se ao lado dele, mas parecia temerosa de tocá-lo. O fogo, o frio e a umidade da casa condenada provocavam em nós um mau presságio, enquanto esperávamos que Niles rompesse aquele silêncio assustador. Ele se levantou do chão e atirou ao fogo algumas toras de lenha recolhidas na floresta que circundava a casa. O fogo aumentou, estalando e produzindo mais luz, à medida que a lenha se rendia à força devoradora das chamas. O silêncio começou a nos dividir, isolando-nos cada vez mais uns dos outros.

Finalmente, Fraser violou os tratados que nos mantinham calados e insociáveis:

— Então, foi aqui que você e Starla cresceram?

— Nasci aqui, mas crescemos naquela primeira casa... vocês passaram por ela — disse Niles. — Está sem piso.

Fraser olhou ao redor; a penumbra era tão intensa que o fogo mal conseguia lançar luz sobre ela:

— É legal. Gostei muito.

Starla e eu caímos na gargalhada. E um leve sorriso passou pela fisionomia taciturna de Niles.

Não tinha sido aquele o efeito esperado por Fraser e, em seu nervosismo, ela tirava e recolocava um anel de safira, de um dos dedos da mão direita.

— Eu quis dizer... eu não me exprimi bem. É que... esse lugar é tão exótico. Esse terreno à beira de um córrego...

E, novamente, Starla e eu explodimos em gargalhadas, acima do córrego das trutas, enquanto o fogo desenhava sombras grotescas na parede, e a noite mergulhava em crescente desconforto e incoerência Mas eu estava ficando irritado com Niles. Desde sempre, achei que o "homem caladão" era a forma humana mais superestimada.

— Onde está a banda de música para a nossa recepção? — perguntei, mais para quebrar o silêncio do que por qualquer outro motivo.

— Por que vocês vieram? — disse Niles, afinal.

— Porque ouvimos dizer que esta é a melhor época para visitar as montanhas — respondi. — Pode acontecer de nevar. A hospedagem é um luxo. Serviço de quarto. Colchões macios. Banho quente. Sauna. Bate-papos com velhos amigos.

— Nós queremos levar você de volta, Niles — disse Fraser. — Sem você, ficamos incompletos.

— A sua família pode me ter de volta, porque eu te amo.

Percebendo a deixa, Fraser abraçou Niles e acariciou-lhe os cabelos com uma delicadeza que me comoveu. Uma lufada de vento entrou pelos vidros quebrados, empurrando-nos mais para perto do fogo. Acrescentei lenha à lareira.

— Não vou deixar que encostem o dedo em você, Niles; eu juro — disse Fraser. — Dei boas bofetadas na cara de Chad quando ele chegou em casa com aquela historinha. Meus pais ficaram aborrecidos quando viram o meu desespero. A sociedade de Charleston é muito cruel, mas ninguém lá em casa enxerga isso. Há vinte anos, a Assembleia de Middleton quase foi extinta. A cerimônia era entediante, e o número de associados estava diminuindo. Num determinado ano, apenas nove candidatos se apresentaram para a cerimônia de iniciação. Então, alguém teve a ideia de que dois rapazes fossem indicados exclusivamente como piada. Meus pais não gostam do fato de estarmos namorando, Niles. Você sempre soube disso. Indo embora de Charleston, você está fazendo exatamente o que eles querem.

— Isso é tudo muito lindo e tocante — disse Starla —, mas preciso fazer xixi.

— Use a casinha, do outro lado da estrada, em frente à segunda casa — disse Niles. — Lá dentro tem jornal.

— Quero fazer xixi; não quero ler.

— Faz tempo que você não mora nas montanhas. Venha. Eu mostro o caminho.

Quando Niles e Starla regressaram, Fraser e eu relatamos tudo o que tinha ocorrido desde o momento seguinte à humilhação que ele e Trevor tinham sofrido. Niles riu quando falamos sobre o primo que apareceu de picape. Uma lembrança trouxe outras e, em breve, Niles foi inundado de recordações. Em pouco tempo, ouvíamos apenas a voz dele naquela casa dilapidada. Acho que a nossa chegada deu-lhe uma sacudida, tocando-o em algum ponto há anos adormecido, e ele decidiu se abrir, sob a intensa proteção que o fogo, o frio e a escuridão podem prover quando a alma, como uma borboleta, resolve voar alto, a locais insólitos. Naquela noite, a alma de Niles adquiriu vida, e foi transportada pela luz do fogo. Ele nos contou toda a sua história, uma história que até Starla desconhecia.

Niles havia nascido na casa em que estávamos; sua mãe, cujo nome era Bright, tinha 13 anos, e foi à pé até a casa da mãe dela, ao meio-dia, depois que a bolsa d'água se rompeu. O marido de Bright, sujeito robusto, de ombros largos, trabalhava como zelador num hospício em Asheville, e só vinha em casa de vez em quando. Era primo de Bright em terceiro grau, e pertencia ao ramo dos Whitehead de Asheville. O casal escolheu o nome de Niles em homenagem ao rio bíblico, depois que ouviu o pastor mencionar o tal rio na igreja, embora ele não soubesse o motivo do plural. Quando, um ano depois, nasceu Starla, o nome foi uma homenagem à estrela que pairou acima do estábulo, em Belém.

Quando Niles nasceu, a avó tinha 27 anos, e trabalhava como parteira. Dois tios de Niles moravam nas casas do meio; ambos eram homens sérios e dedicados ao trabalho. Os filhos do avô de Niles, cujo sobrenome era Pickerill, destilavam o melhor álcool ilegal de toda aquela região da Carolina do Norte, e já tinham sido presos. A mãe de Niles era uma mulher meiga, que chorou quando Starla nasceu, pois tinha agora um casal perfeito de bonecos com que brincar, visto que na infância jamais possuíra uma boneca. Niles e Starla afirmavam que a mãe os adorava e os mimava, e diziam o mesmo em relação à avó. Ninguém na família sabia ler ou escrever, mas costumavam passar as noites contando histórias acerca de caçadas, enrascadas e rixas entre famílias. Tio Fordham tocava banjo, e a família cantava antigos hinos religiosos, além de cantigas folclóricas passadas de geração em geração, que falavam das agruras da vida.

Niles tinha poucas recordações do pai, e nenhuma delas era boa. Nas raras visitas ao córrego, ele tinha por hábito chegar bêbado. A propósito, Niles informou que o nome oficial era Córrego Whitehead, e garantiu que pescaria algumas trutas para o nosso café da manhã.

— Se ainda estivermos vivos — disse Fraser, enquanto nos juntávamos, num círculo. Alimentei o fogo com mais lenha.

O pai costumava bater na mãe, e os parentes precisavam intervir para defendê-la. Niles lembrava-se de bate-bocas ferrenhos, à beira do córrego. Geralmente, o pai passava o fim de semana lá, e depois pegava carona de volta a Asheville. As visitas se tornaram cada vez menos frequentes, fato que ele e Starla não lamentavam. A mãe, Bright, se sustentava com a criação de abelhas, e o mel colhido por ela era vendido até em Raleigh. Duas vacas forneciam leite, manteiga e queijo, e porcos forneciam carne. A avó era uma cozinheira excepcional. Aos domingos, eles atrelavam uma mula a uma carroça e percorriam 3 quilômetros até Chimney Rock, a fim de participarem do culto. A cerimônia era seguida por um almoço no pátio externo, sendo esse o único acontecimento social da vida da família.

— Na infância, a gente não sabe se é feliz ou não — disse Niles. — Starla e eu não passávamos de dois moleques, mas sabíamos que éramos amados e bem-alimentados. Nossa mãe tinha convicção de que seríamos as primeiras crianças da família a receber educação. Foi um golpe duro perdê-la, e a amargura da perda nos persegue há mais anos do que posso contar. Quando a gente se apaixona pela vida que leva, algum poder demoníaco sempre resolve nos roubá-la.

O pai voltou da cidade. Niles não sabia o primeiro nome dele, pois Starla e ele o chamavam de papai, e a mãe o chamava de querido e outros nomes assim. Ele trouxe consigo a papelada relativa a um divórcio, redigida por um advogado, para ser assinada pela esposa. Pediu a Bright que marcasse um *X* num documento, para que ele pudesse se casar com outra mulher. Ela enlouqueceu, correu até a casa da mãe, pegou no guarda-roupa a espingarda do pai e já voltava para casa, quando viu o marido correndo a toda velocidade, sendo perseguido e mordido pela matilha de cães que denunciava a aproximação de qualquer estranho estrada acima. Com receio de atingir os cães, ela descarregou a espingarda dentro do córrego, só para assustar o filho da mãe e fazê-lo pensar duas vezes antes de voltar a importuná-la. Contudo, Bright sofreu mais do que ela própria admitia, e Niles bem sabia disso, embora ela jamais dissesse uma única palavra contra o pai dele. Difamação infringia o código dos Whitehead.

Meses depois, o pai deles faleceu, em Asheville. O pastor recebeu uma chamada telefônica e foi de carro até as casas da família Whitehead, a fim de dar a má notícia. A mãe deles gritou de dor, e o reverendo Grubb se ofereceu para transportar a família ao funeral, oferta que foi gratamente aceita.

— Vestimos nossas roupas de domingo e fomos esperar o pastor na rodovia que dava acesso a Asheville — disse Niles.

A avó foi a única pessoa adulta que se dispôs a acompanhar a filha, uma vez que os homens tinham chegado à conclusão de que o marido valia menos do que o cachorro sarnento da família. A caminho de Asheville, Starla e Niles enjoaram por causa das curvas.

A igreja era demasiado refinada para o gosto simples da mãe. Bright nunca tinha visto um templo presbiteriano. Embora hesitassem, ela e a mãe rabiscaram algo trêmulo no livro de condolências, e foram ver o corpo.

Era difícil para Niles prosseguir com a história. Antes de continuar, ele mexeu no fogo.

A mãe dele começou a gemer e chorar à moda antiga, o que, definitivamente, não combinava com o estilo presbiteriano praticado em Asheville. As pessoas olhavam para a mãe e a avó de Niles como se elas fossem extraterrestres. Uma mulher aproximou-se no momento em que Bright começou a beijar o rosto do marido morto. Com um tom de voz áspero, ela interpelou a mãe de Niles, perguntando-lhe o que estava fazendo. Bright virou-se para a mulher e gritou, de modo que todos os que estavam dentro da igreja pudessem ouvir:

— Estou chorando a morte do meu marido, pai dos meus dois filhos. Tudo bem, mocinha da cidade?

Niles percebeu que o arroubo de Bright implicava algum perigo quando viu o olhar de pavor estampado no rosto do reverendo Grubb, no momento em que este trocava algumas palavras com um empregado da igreja. Antes que o reverendo pudesse voltar para o lado da mãe de Niles, outra mulher aproximou-se dela e disse:

— Eu me casei com este homem, nesta mesma igreja, há 18 anos. Ali estão os meus três filhos, na primeira fila. Peço a vocês que saiam desta casa de oração. Vocês não são bem-vindos aqui.

— O reverendo Clyde Grubb me casou com este defunto, aos olhos de Deus e na presença da minha família, há seis anos, quando eu estava grávida do meu filho, Niles — respondeu Bright. — E esta é a filha dele, Starla. Por isso, não venha a senhora me dizer que não sou bem-vinda aqui. Sou a esposa legítima dele.

Então, a Sra. Asheville Whitehead cometeu um erro grave, ao dizer ao empregado da igreja:

— Ponha essa mulher para fora daqui. Faça o mínimo de barulho possível.

Embora Asheville se situe na serra, a cidade perdeu há muito tempo qualquer noção acerca da psicologia das mulheres da montanha. No topo das montanhas, o orgulho cresce com a mesma densidade dos loureiros, fato que a Sra. Dondoca de Asheville constatou da pior maneira possível quando a mãe de Niles, ensandecida, sacou um facão e atacou a rival, atingindo-a nas costas. O golpe causou um ferimento horrível, mas não fatal. Em seguida, Niles, impotente, viu dois empregados agarrarem sua mãe por trás. Imediatamente, um dos dois tombou, sob um golpe desferido pelo facão da avó. Instalou-se um pandemônio no interior daquela distinta igreja.

— Nunca mais vimos a nossa mãe. E também nunca mais vimos a nossa avó. Naquela noite teve início a nossa perambulação por orfanatos. A Starla e eu sempre achamos que elas nos encontrariam. Ouvimos dizer que as duas foram presas. Mas sabíamos que, quando saíssem da cadeia, não sossegariam enquanto não nos achassem. Esse sonho nos deu coragem durante todos esses anos. Esse sonho, e nada mais.

— Ainda tenho esse sonho — admitiu Starla. — Preciso que elas me abracem de novo.

— Amanhã eu te mostro as covas das duas — disse Niles. — Ficam no terreno da família, morro acima.

O grito que ecoou pela casa nasceu na montanha. Expressava a tristeza daquele lugar com uma eloquência impressionante, e saiu de dentro de Starla como se uma tempestade lhe flagelasse o coração. Todos tentamos consolá-la, mas certas feridas nunca cicatrizam, e certas dores nascem com uma capacidade inumana de resistência. Fraser abraçou Niles a noite toda, e dele não se separou.

Na manhã seguinte, antes de irmos embora, visitamos os túmulos e rezamos sobre os restos mortais de duas mulheres que, na minha mente, tinham assumido tamanha magnitude que eu me sentia como se me aproximasse do mausoléu de deusas.

Depois disso, Niles e Starla nos deixaram tomar as providências cabíveis. Levei-os a um restaurante, no lago Lure, e disse-lhes que pedissem o que quisessem. Do restaurante, telefonei para meus pais, dando-lhes a boa nova: voltávamos para Charleston com Niles. Minha mãe me garantiu que ele estava isento de qualquer problema, fosse em relação ao orfanato, à escola ou à polícia. A fuga dele não teria a menor repercussão. Ela havia suspendido Chad Rutledge da escola por uma semana e, numa discussão ocorrida em seu gabinete, quase chegara às vias de fato com os pais de Chad. Ambos me disseram para dirigir com cuidado, e me parabenizaram. Senti-me inebriado e mimado por todo aquele amor. Sem dúvida, meus pais eram melhores do que os dos meus companheiros de viagem.

Mais tarde, Niles me revelou algo que havia deixado de fora da história. Ao sair da penitenciária, e depois de procurar em vão pelos filhos, a mãe dele se enforcou numa árvore próxima à casa onde tínhamos passado a noite anterior. Depois do enterro, a avó visitou a cova da filha e meteu uma bala na própria cabeça. Niles achava que Starla era demasiado frágil para assimilar um relato tão horrendo. Concordei, e nunca revelei a ela essa parte da história, nem mesmo depois que nos casamos e demos início à nossa desastrosa vida conjugal.

Considerando o que sucedeu à Starla, ainda hoje me apavora e me espanta o fato de eu jamais lhe ter revelado as circunstâncias da morte da mãe.

CAPÍTULO 23

Névoa e neblina

Certa noite, pouco depois que regressamos das montanhas, soou a campainha da porta. Meu pai estava ajudando Ike Jefferson e Betty Roberts em trabalhos acadêmicos, respectivamente, sobre trigonometria e física, e levantou-se para atender à porta. Ao piano, Trevor tocava Schubert, pois, segundo ele, aquela era uma "noite típica de Schubert", uma daquelas frases características de Trevor que haveríamos de repetir pelo resto de nossas vidas. Trabalhando lado a lado, em duas máquinas de costura, Sheba e eu nos debruçávamos sobre os vestidos de baile que confeccionávamos para Betty e Starla; estas, de vez em quando, interrompiam o dever de casa para que Sheba lhes conferisse as medidas com uma fita métrica. Os vestidos estavam ficando lindos; na definição confiante de Sheba, elas "arrasariam". Niles estudava em silêncio na escrivaninha do meu quarto. A música era dorida, invocando todos os tons imagináveis de melancolia.

Meu pai abriu a porta. Chad Rutledge surgiu à luz, ladeado pela irmã e a namorada. Sheba e eu estávamos concentrados e não erguemos os olhos, mas nos distraímos quando a música parou, de maneira súbita e forçada. Chad, Molly e Fraser entraram na sala no momento em que minha mãe surgiu, vindo do quarto dela, nos fundos da casa. Um silêncio constrangedor nos envolveu. Niles, percebendo a atmosfera carregada, desceu e ficou paralisado ao ver Chad.

— Pedi a Chad e às meninas que aparecessem aqui — disse minha mãe. — Todos pararam de falar com o Chad desde que vocês voltaram das montanhas. Na escola, ele está isolado, e os colegas o evitam. Ele fez uma besteira, algo quase indesculpável. Mas não há crime que não possa ser perdoado. É isso que a literatura nos ensina, assim como a arte e a religião. Chad?

Chad deu um passo à frente, visivelmente abalado diante dos nossos olhares hostis. Começou a dizer algo, parou, pigarreou, e recomeçou a falar, e toda a arrogância dos Rutledge parecia purgada daquela voz trêmula.

— Devo a todos aqui um pedido de desculpas. Não mereço o perdão de vocês. Eu queria dizer isso cara a cara, e queria que vocês ouvissem isso diretamente de mim. Niles e Trevor podem cuspir na minha cara, como Fraser fez, porque eu mereço. Não consigo explicar o que fiz nem para mim mesmo. Niles, você não telefonou para a minha irmã desde que voltou. Nós a ouvimos chorando no quarto todas as noites. Meus pais estão ficando malucos. Ela não tem nada a ver com a Assembleia de Middleton. Eu peço desculpas. Não sei mais o que dizer.

Dei as costas a Chad e segui trabalhando na bainha do vestido de Starla. Sheba agiu de maneira idêntica, e Trevor retomou a peça de Schubert. Niles voltou para o meu quarto, e Chad ficou ali, no meio da sala, atônito.

— Um minuto! — disse minha mãe. — Niles, volte aqui! Trevor, pare de tocar. Leo e Sheba, olhem para mim. Vocês podem não aceitar as desculpas do Chad, mas digam isso a ele, francamente. Não vou tolerar falta de cortesia. A questão aqui, na verdade, não é o Chad, mas o caráter de vocês.

— Niles, por que você não me telefonou? — disse Fraser, com a voz embargada, no momento em que Niles voltou ao nosso meio. — Fui até as montanhas, procurando por você, e pensei que tudo estava bem entre nós dois.

Niles fitava o chão, de punhos cerrados.

— Como posso telefonar para a sua casa? E se a sua mãe atender... ou o seu pai? Ou até o seu irmão? O que vou dizer a essa gente? "Oi, aqui é Niles, o órfão da vizinhança. Posso falar com a sua filha, Fraser, que mora numa mansão e cuja família odeia tudo o que sou e o que um dia poderei ser?"

— Não é isso o que *eu* penso — disse Fraser. — Não me importa o que eles pensam.

— Você diz isso agora — retrucou Niles. — Mas vamos olhar para o futuro. E se nós acabarmos nos casando? Você pode imaginar a reação dos seus pais e dos seus amigos esnobes quando virem uma Rutledge de Charleston se casando com um mestiço caipira?

— O Sr. e a Sra. Rutledge estão bastante constrangidos — disse Molly. — Eles lamentam muito o ocorrido.

— Se Trevor te perdoar, eu perdoo, Chad — disse Sheba. — Tenho pensado no que você fez a meu irmão e a Niles. O que me dá raiva é o fato de você ter perseguido dois dos rapazes mais queridos e vulneráveis do mundo. Você acha que a vida do Trevor tem sido fácil? Sempre a bichinha, o sensível, a libélula efeminada. Ele tem sido vítima de brutamontes como você a vida inteira. E eles estão em toda parte, em cada cidade e cada escola, à espera do meu irmão. Para bater nele. Ou para arrancar a roupa e o dinheiro dele.

— Gostei quando arrancaram minha roupa — disse Trevor, piscando o olho para todos os presentes, aliviando um pouco a tensão.

— Então, aparece Chad Rutledge — prosseguiu Sheba. — Bonito, vaidoso, aristocrático, nascido com uma colher de prata enfiada no rabo. Chad... que nada sabe a respeito de sofrimento. A pior coisa que já aconteceu com você foi ter chegado em terceiro lugar na porra de uma regata.

— Olha o linguajar, Sheba! -- interrompeu minha mãe.

— Desculpe, Dra. King. Então, você pega o meu irmão querido, sofrido, zomba dele, e ainda o apresenta como um veadinho diante de uma centena de charlestonianos babacas, com suas máscaras de Lone Ranger. Você enganou o pobre do meu irmão, dizendo que ele seria iniciado numa associação tradicional da cidade porque o talento dele impressionava a todos. Sabe, Chad, Trevor e eu também temos um pai. Ele é uma tremenda peça: louco, estuprador, até assassino... é isso que nós achamos. Só a família King sabe do nosso pai. E quer saber o que descobrimos? Que essa família defende a gente. Aquele cara ali, que você chama de Sapo... sim, aquele, o Leo. Logo depois que nos mudamos para cá, meu pai veio até Charleston para nos fazer mal. Mais uma vez, ele tinha nos localizado. Faz tempo que fugimos dele. Mas ele nos achou, e corremos para pedir ajuda à família King. Quer saber? O Sr. King carregou uma espingarda, entregou outra ao Leo, e os dois saíram pela noite perseguindo aquele filho da mãe.

— Sheba — disse Chad. — As circunstâncias do seu nascimento não são minha culpa. O sofrimento de Niles e de Starla não é minha culpa. O fato de Fraser e eu sermos da família Rutledge não é minha culpa. Tudo o que posso fazer é pedir desculpas por algo terrível que fiz. Não tenho como voltar atrás. Mas posso implorar o perdão de vocês.

— Se a Dra. King e o Sr. King pedirem a mim e a Trevor para te perdoar, a gente perdoa. Nós devemos isso a eles... e muito mais. Mas o cara que você chama de Sapo tem que concordar primeiro — disse Sheba.

— Concordo, plenamente. — Ike se manifestou.

— Apoio essa moção — concordou Betty, com relutância.

— Não fiz nada contra o Sapo — disse Chad, irritado e voltando ao seu velho jeito de ser.

Starla, então, rompeu o próprio silêncio:

— O que você fez, Chad, prejudicou a escola inteira. Prejudicou cada um de nós.

— Não foi essa a minha intenção. Não pensei direito. Foi um erro cometido por alguém que nunca aprendeu a pensar nos outros. Fui o centro do universo dos meus pais. Eu até fazia a minha única irmã se sentir feia. Nunca vou me perdoar por isso.

— Alguém aí tem um saco plástico, para eu vomitar? — perguntei.

— Falar é fácil, Chad — disse Ike. — Fazer é que é difícil. Como você explica o fato de que Betty e eu nem sabemos onde você mora?

— Nossos pais não nos deixam convidar vocês à nossa casa — disse Fraser, falando pelo irmão. — Eles não acreditam em integração racial, e jamais acreditarão. Mas Chad e eu já não pensamos como eles.

— Vocês costumavam pensar como eles? — perguntou Betty.

— Sim — respondeu Chad. — Fomos criados assim.

— Também fui criado assim — disse meu pai. — As pessoas mudam. Esse é um dos lados positivos do amadurecimento.

— Pai, eu tenho que perdoar o Chad hoje? — questionei. — Ou posso continuar detestando esse cara por mais um ou dois meses?

— Eis uma coisa que você não sabe a respeito do tempo, filho. O tempo avança de um jeito engraçado, e é difícil apreendê-lo. Às vezes, ele nos oferece uma centena de oportunidades para fazermos a coisa certa. Outras, ele nos dá apenas uma chance. Você tem uma chance agora. Eu não deixaria que ela escapasse.

Sob o olhar firme de meus pais, abracei Chad. Foi naquele momento delicado, confuso, que percebi a profundidade do sofrimento de Chad, e o fato de que o ostracismo por ele experimentado, diante do silêncio frio da escola inteira, o deixara arrasado. Até então, eu nunca tinha visto Chad Rutledge padecer de um momento verdadeiramente humano.

Em seguida, ele se virou para Niles, Trevor e Starla, e esticou as mãos, com as palmas para cima. Era como uma bandeira branca, e sua voz soou com um gemido estridente, uma súplica de rendição:

— Fico procurando um motivo, Niles e Trevor, uma razão que explique por que fiz aquilo com vocês. O único motivo que me ocorre é o da pura crueldade. E também o de vocês estarem tão distantes da sociedade em que me criei, que pensei que não haveria qualquer retaliação. Foi a coisa mais perversa que fiz na vida. E tem algo ainda pior: curti cada minuto daquilo tudo. Ou melhor, até ficar sabendo que Niles tinha fugido.

Ike e Betty abraçaram Chad, acolhendo-o de volta à nossa gangue magoada e fragmentada. Sheba atravessou a sala, saltitando, e beijou Chad nas duas faces, com a candura de uma freira europeia.

— Seja um cara mais legal, Chad. Se você fosse legal, seria quase perfeito.

— Vou tentar, Sheba. Vocês precisam me ensinar o caminho.

Niles demorou um pouco a se chegar a Chad, mantendo um olhar cortante, implacável. Aproximando-se, Niles olhou fundo nos olhos de

Chad, como se estivesse decifrando um código capaz de revelar os verdadeiros pensamentos do outro. Finalmente, Niles disse:

— Vou deixar essa passar, Chad, mas isso não tem nada a ver com você. Eu amo a sua irmã. Desde o dia em que a conheci. E tem outra razão. Por causa da minha fuga, acabei encontrando a minha mãe. Encontrei a minha avó também. Starla e eu procuramos por elas desde quando éramos crianças. Na Assembleia de Middleton, quando aquele babaca mencionou o *Chimney Rock Times*, foi a primeira pista que tive sobre um possível paradeiro. De modo que, agora, minha irmã e eu podemos parar com a nossa busca. Quem passa a vida na condição de órfão não acredita em final feliz.

— Niles — disse Fraser — acho que você e eu podemos ter um final feliz.

— Vamos ver — respondeu ele. — No nosso mundo, dá azar acreditar em final feliz. E Chad, vou te poupar: Starla não vai te perdoar, e vai te odiar até morrer; portanto, nem se dê ao trabalho de pedir perdão a ela. Ela é assim mesmo.

— Tudo bem — disse Chad.

Niles, então, abraçou Fraser, que soluçou no ombro do namorado.

— Isso mesmo, irmão — admitiu Starla.

A atenção da sala dirigiu-se a Trevor, que, durante a performance de Chad, ficara de costas para os presentes, as mãos apoiadas sobre as teclas do piano, como se estivesse prestes a tocar uma peça em si bemol menor. O olhar de Trevor jamais se afastara das teclas, mas ele tinha ouvido cada palavra que ricocheteara pela sala. Ele se levantou com um esplendor teatral, pronto para surgir nos refletores. Aproximou-se de Chad com um andar leve e majestoso; quando caminhava, Trevor sempre parecia pisar em nuvens. No rosto, estampava um ar jocoso, como o do valete de espadas em alguns baralhos.

— Me desculpe, Trevor — disse Chad. — Não sei mais o que dizer.

— Tudo bem, querido. Vamos nos beijar e fazer as pazes.

Trevor desferiu um ataque-surpresa contra Chad, beijando-lhe na boca, enfiando-lhe a língua pela goela. Chad recuou até colidir contra a porta da rua; em seguida, agarrou um cinzeiro e começou a cuspir nele, como se acabasse de ser picado por uma cobra. Nós simplesmente nos dobramos de rir.

— Sei muito bem reconhecer uma bicha enrustida — disse Trevor. Em seguida, voltou ao piano e começou a tocar "One Last Kiss", do musical *Bye Bye Birdie*.

Então, meus pais abriram a porta dos fundos para um convidado misterioso. Monsenhor Max entrou na sala, com o barrete inclinado sobre a cabeça num ângulo ousado. Retirando o barrete, ele o arremessou na minha direção, como um frisbee, enquanto meu pai lhe servia um martíni seco.

— Os King me pediu para realizar um exorcismo, e não há o que eu possa recusar a essa família. Que o pilantra se apresente! Quem é o pobre pecador que precisa se livrar do demônio?

Chad deu um passo à frente.

— Senhor, acho que está procurando por mim.

— Vamos nos apressar, filho. Resuma a questão para mim. Quero saber o que você fez. E meu título é monsenhor! — exclamou Max, com estilo e altivez.

— Monsenhor — disse Chad —, acho que agi como um babaca.

— Olha o linguajar — advertiu minha mãe.

— Está perdoado — disse o monsenhor. — Sua alma está limpa. Ser babaca faz parte da condição humana. Quer dizer que você é de carne e osso, tanto quanto todos nós. Agora vai, e não peque mais.

Monsenhor Max abençoou a sala, com o sinal da cruz, e a noite chegou ao fim, numa atmosfera de reparação e júbilo renovado.

Abril daquele ano é um borrão na minha memória, e maio está coberto de neblina. Mas tenho algumas fotos da época que podem me guiar. No baile para os alunos dos dois últimos anos da escola, estou sentado a uma mesa redonda, de mãos dadas com Starla, ela radiante em seu novo vestido. Sheba e Trevor foram juntos ao baile, e a câmera parece se deter na beleza exuberante dos gêmeos, recusando-se a abranger as outras pessoas à mesa. Niles não está sorrindo, sempre digno, mesmo com Fraser sentada em seu colo, ela trajando um vestido de grife que ela e a mãe compraram numa butique de Nova York. Até examinar essa fotografia, eu nunca havia percebido que Fraser possui os ombros mais belos e a pele mais perfeita que vi na vida. Ike e Betty trocam um olhar profundo, em vez de posarem para a câmera, e o mesmo ocorre com Molly e Chad. Contemplando a foto num porta-retratos, vinte anos mais tarde, fiquei impressionado com o aspecto saudável do grupo, com a jovialidade notável dos nossos semblantes. Parecemos imortais. Igualmente impressionante foi a constatação de que todos os casais presentes na foto, evidentemente à exceção dos gêmeos, viriam a contrair matrimônio.

Será que Starla e eu já havíamos trocado as palavras apaixonadas que nos levariam ao altar da capela Summerall, onde o monsenhor Max nos uniria em santo matrimônio no dia da minha formatura na Citadel? Ike e Betty casaram-se na mesma capela horas depois, e trocamos de papel, atuando como convidados e protagonistas das sucessivas cerimônias. Sheba e Trevor vieram de avião, da Califórnia, para assistir às bodas, e Sheba foi dama de honra de Starla. Niles e Fraser casaram-se na Igreja de São Miguel no sábado seguinte, e Chad e Molly uniram-se no outro fim de semana. Aquele foi um verão de festas longas e animadas.

Mas quero voltar ao borrão de abril de 1970, e à neblina de maio. Peguei outra foto e sorri ao relembrar meu pai registrando o momento. Embora quase nos matássemos para compor a cena, meu pai insistira em nos dirigir, e a foto se transformara numa preciosidade para todos nós. Usávamos nossas becas depois de um ensaio, e meu pai nos pediu para subirmos nos pés das magnólias que montavam guarda em frente ao nosso pórtico. As árvores estavam viçosas, com suas flores brancas como a neve, flores que perfumavam o ar de Charleston havia uma centena de anos. Subimos nas árvores com bastante dificuldade e resmungando muito, as moças na magnólia à esquerda, os rapazes na que ficava à direita. Meu pai insistiu para que só posássemos depois de colher uma flor da magnólia e prendê-la entre os dentes. Foram necessários mais de 15 minutos de reclamações e poses, mas, na foto, parecemos novas versões de espíritos da floresta, de olhos arregalados e cintilantes, pendurados precariamente, correndo risco de morte, tudo para que Jasper King pudesse tirar a sua foto ridícula. Mas a foto se transformou numa relíquia daquele ano sublime e mágico. Estranhos riam sonoramente ao contemplá-la, e nós aprendemos a apreciar o humor criativo da cena, além do fato de que meu pai tinha concebido a ideia e perseverado para levá-la a termo.

Joseph Riley Jr., político entusiasmado e promissor, incumbiu-se de um momento raro, proferindo um memorável discurso de formatura, que eletrizou os formandos e nos fez querer sair correndo dali para mudar o mundo. Molly convidou a turma inteira, brancos e negros, ricos e pobres, para a casa de praia da avó, na Sullivan's Island; Molly deixou bem claro que pouco se importava com aquela mistura, e os pais dela tampouco se incomodavam. Convidou também todos os professores, mais uma vez, brancos e negros. Ouvi minha mãe dizer aos pais de Molly que o gesto da filha deles era o ato de liderança mais marcante por ela testemunhado em toda a sua carreira de educadora. A observação comoveu o casal Huger, e Molly fez uma reverência diante de minha mãe, mas percebi uma nuvem escura se formando nos olhos verdes de Chad. Contudo, não trago comigo muito daquela noite. Lembro-me de que nadei e que a água estava morna, e lembro-me da correnteza na maré alta e da rebentação. A água estava bem salgada e limpa. A boca de Starla colada à minha era uma delícia, e a festa durou a noite toda. Precisei voltar para casa quando o sol surgiu, e me atrasei para a entrega dos jornais.

Quando cheguei, Eugene Haverford me repreendeu. Mas logo se acalmou e me ofereceu um presente de formatura, embrulhado num velho exemplar do *News and Courier*. O embrulho continha uma máquina de escrever elétrica, da marca Olivetti, e deve ter custado uma fortuna.

— Sei que você quer ser jornalista, e quero te ver trabalhando para este jornal — disse Eugene Haverford. — E quero entregar, por toda esta cidade, a porcaria que você escrever.

Ainda hoje uso essa máquina quando escrevo minhas colunas.

Ao meio-dia, um grupo numeroso de formandos se reuniu na estação ferroviária para a despedida de Sheba e Trevor, que partiam para o onírico estado da Califórnia. Sheba queria o sul da Califórnia como troféu; Trevor se satisfaria tomando posse da região Norte. A mãe dos dois, Evangeline, compareceu à estação, e acho que meus pais também estavam lá. Recordo-me da algazarra produzida pelos presentes no momento em que os gêmeos nos mandavam beijos e o trem partia rumo a Atlanta, mas a cena agora me escapa, perde clareza, fica desbotada.

Na minha memória, vejo-me novamente arremessando jornais à luz das estrelas, e vejo jardins florescendo em segredo. Pedalo a bicicleta no escuro, as ruas voltam a me parecer ternas e espirituais, e o sol nasce acima da cidade rosada e cheia de colunas enquanto desço a Church Street, passo por East Bay e dobro à direita na Meeting Street. Eu era capaz de percorrer aquele itinerário de olhos fechados, ou mesmo dormindo, e em nada me agradava ter que abandoná-lo.

Depois que arremessei meu último jornal, desci a Broad Street, a fim de encontrar meus pais na missa matinal. Atrasei-me alguns minutos, mas percebi que o monsenhor Max já contava com uma equipe completa de coroinhas; portanto, sentei-me no primeiro banco, ao lado de minha mãe. Foi então que constatei a ausência de meu pai.

— Onde está meu pai? — perguntei-lhe, sussurrando.

— Não se sentiu bem hoje de manhã.

Somente após a leitura do Evangelho, uma inexplicável e eletrizante sensação de medo se apoderou de mim. Dei um pulo do banco e corri pela nave da catedral. Saltei sobre a bicicleta e pedalei como um alucinado até a minha casa. Mais tarde, os vizinhos me disseram que eu gritava desde o momento em que destranquei a porta da rua. Corri até o quarto do casal e encontrei meu pai deitado de bruços no chão. Quando o virei, ele já estava rígido, mas tentei reanimá-lo por meio de respiração boca a boca e massagem no peito. Quando eu respirava por ele, apertando-lhe as narinas, era como se estivesse soprando dentro de um saco de papel rasgado. O ar por mim introduzido não retornava dos pulmões; em vez disso, ficava por lá, nas trevas e no silêncio da morte. Em seguida, vi-me nos braços de uma vizinha. Evangeline Poe chamou a ambulância, e sentei-me no chão, pensando no que seria de mim pelo resto da vida.

Quando monsenhor Max terminou de rezar o terço no velório, sexta-feira à noite, aproximei-me do caixão aberto. Beijei as duas faces de meu pai e, em silêncio, agradeci por tudo o que ele fez por mim, por ter me amado em momentos em que nem eu mesmo achava que merecia. Retirei o anel de formatura da Citadel da mão direita dele e guardei-o no bolso do paletó.

Minha mãe percebeu o gesto:

— Por que você não usa o anel? — perguntou ela.

— Por que ainda não fiz por merecer. Depois que me formar, hei de usá-lo pelo resto da vida.

Vejo agora o anel do meu pai no momento em que escrevo estas palavras, na minha Olivetti.

Metade da cidade compareceu ao funeral. Metade dos médicos e enfermeiras da cidade tinha estudado ciências com meu pai no ensino médio. Monsenhor Max saiu-se muito bem, e iniciou o tributo final, dizendo:

— Jasper King foi o homem mais nobre que conheci na Terra. Aposto que Jasper King será o homem mais nobre que hei de encontrar no céu.

Grande foi a multidão quando ele foi sepultado no cemitério de Santa Maria, num túmulo adjacente ao do filho, Steve. Pensei que minha mãe fosse desmaiar quando viu o nome de Steve na lápide, e foi então que percebi que ela jamais visitara o túmulo do filho mais velho. Eu havia estado ali dezenas de vezes, e cada visita me partiu o coração.

QUINTA PARTE

CAPÍTULO 24

A volta para casa

Assim que o Learjet começa a taxiar pela pista do aeroporto de Charleston, Ike avista uma ambulância à nossa espera. O piloto estaciona o jato a 10 metros do veículo, e dois plantonistas deixam a ambulância, às pressas. Tão logo os degraus são baixados, Niles carrega Trevor para fora do avião, e o coloca na maca. Trevor dormiu durante toda a viagem que cruzou o país de um lado ao outro. O Dr. David Biederman caminha pela pista, a fim de cumprimentar o nosso grupo desgrenhado e exausto. Parecemos um pelotão perdido, depois de passar muito tempo no campo de batalha.

Trocamos um aperto de mão.

— Olá, David. Não o vejo desde o dia em que lhe entreguei o bloco de recibos, quando você me substituiu como entregador de jornal. Agora, você é um profissional de sucesso.

— Meu Deus! — exclama o médico. — Esse avião chegou lotado com os deuses e deusas do meu ano de calouro no ensino médio. Sheba Poe, eu era apaixonado por você.

— É claro que sim, David — diz Sheba. — Você pode fazer alguma coisa pelo meu irmão?

— A Aids é um quebra-cabeça, mas sim, vou poder ajudá-lo. Farei o possível para mantê-lo vivo.

— Se você mantiver o Trevor vivo, transo com você uma vez por ano.

— Sou casado, Sheba. Dois filhos.

— Será que o casamento fez você pirar? Não estou dizendo que vamos passar os próximos cinquenta anos juntos... é só uma trepadinha amigável.

— Deixe o David em paz — diz Betty. — Ei! Doutor, é um prazer revê-lo. Você se lembra do meu marido, Ike?

— O novo chefe de polícia. — David aperta a mão de Ike.

— O chefão — acrescenta Ike. — Obrigado por vir nos esperar na pista.

— Quer que eu acompanhe o Trevor, na ambulância, doutor? — pergunta Niles.

— Não, essa é a minha função. Quero examiná-lo antes mesmo de chegarmos ao hospital. Parece que ele não tem tomado nenhuma medicação.

— Nenhuma — diz Molly.

— Ele não estava sendo bem-cuidado — completa Fraser.

— É um milagre que esteja vivo — conclui o Dr. Biederman.

— Parece até que ficamos dez anos em São Francisco — afirma Sheba. — E agora, visto que, obviamente, Deus me odeia, tenho que cuidar da minha mãe, aquela cadela. Alguém tem aí um pouco de cianeto?

— É para você ou para sua mãe? — pergunta Betty.

— Ainda não resolvi.

Uma limusine encosta ao lado da aeronave, e os pilotos começam a retirar a bagagem.

— Agora, vamos descansar — diz Ike. — Mas precisamos fazer uma reunião no domingo.

— Vamos para a casa de praia da minha avó — sugere Molly.

Depois que todos os companheiros são deixados em suas respectivas casas, sigo com Sheba até a casa da mãe dela. E atravesso a rua, para visitar a minha mãe. O filho responsável telefonou para ela diariamente, relatando as atividades realizadas em São Francisco, e ela fez um trabalho excelente, mantendo-me informado sobre a rotina da cidade, da alta sociedade ao submundo. Depois da aposentadoria, minha mãe descobriu que tinha talento e gosto por fofoca, sobretudo as mais cabeludas. Escrevi várias colunas a partir de coisas que ela ouviu no clube de jardinagem; ela vibrava com o fato de ser a fonte secreta de alguns dos meus textos mais controversos. Em vez de igualar seu trabalho de espiã ao de uma fofoqueira que fornecia subsídios ao filho destruidor de reputações, ela considerava a sua missão joyceana: perscrutar o solo de Charleston, assim como James Joyce fazia ao vasculhar as ruas e a costa de Dublin.

A editora da University of South Carolina publicaria uma coletânea de ensaios dela sobre Joyce na primavera seguinte. Ela me mostra a carta de aceitação depois que nos abraçamos na entrada, e me conduz a uma poltrona, na sala de visitas. Nada muda nessa casa: o mesmo mobiliário permanece na mesma posição, desde a minha infância. Voltar para casa é como voltar para um sonho mil vezes sonhado.

— Parabéns, mãe. Vou oferecer à senhora uma festa para comemorar a publicação.

— É claro que vai. Já contatei a Biblioteca Municipal de Charleston, para que a festa seja realizada lá.

— É permitido consumir bebida alcoólica e comida? Nunca fui a uma festa lá.

— Essa questão está sendo seriamente negociada. E temos muito tempo para planejar.

— Impressionante. Publicar o segundo livro aos 80 anos!

Ela não se rende ao elogio, e me diz, com desânimo:

— Sirva uma bebida para sua mãe. Estou deprimida.

— Por que a senhora está deprimida? — Levanto-me e vou até o bar. — Vai publicar um livro!

— O monsenhor Max recebeu uma notícia ruim. O câncer que ele tem no pulmão voltou.

— Sinto muito. Pensei que tivessem removido o câncer naquela primeira vez.

— Ele também pensava. Mas ele está reagindo bem. Afinal, ele é um homem de Deus, e sabe qual será a recompensa celeste.

— Será que mentir sobre idade impede a pessoa de ir para o céu? — eu digo, mexendo com ela.

— Não no caso das mulheres. Agora, fale-me da Prostituta da Babilônia, a sifilítica, e do irmão dela.

— Sheba está do outro lado da rua, visitando a mãe. Trevor está em boas mãos, no hospital universitário. Sheba não é sifilítica, e não é a Prostituta da Babilônia.

— Não? Quase me enganei! Evangeline está em frangalhos, Leo. Cada vez pior. Eles precisam internar aquela mulher num asilo.

— É isso que os meus amigos dizem a respeito da senhora.

— Pode convidá-los para a festa da publicação do meu livro, e vou deixá-los abismados, com uma palestra sobre as complexidades das gírias urbanas de Dublin em *Ulisses*.

— Prefiro fuzilá-los a submetê-los à morte por tédio. Seria mais humano.

— É o último ensaio do livro, o esplendor da obra da minha vida.

— O estudo das páginas do pior romance escrito nesse mundo maravilhoso... — digo, brincando com ela, como sempre.

— A sua pontuação em inglês no vestibular foi 499. Medíocre.

— Esses testes infames não têm um prazo de expiração?

— Essa nota vai persegui-lo até o túmulo. Você nunca se saiu bem em testes. Isso tem atrapalhado o seu progresso.

— Como assim, atrapalhado o meu progresso?

— Você poderia ser um romancista em vez de vendedor dos podres dos outros.

Apesar do calor, resolvo caminhar até o lago Colonial, na direção da Broad Street, deixando que a luz filtrada pelas palmeiras me acolha de volta a Charleston. Ao dobrar à esquerda, na Tradd Street, a umidade do fim da tarde faz com que minhas roupas grudem no corpo suado, como uma pele. Charleston tem dias tão quentes que temos a sensação de estar nadando "cachorrinho" numa piscina aquecida. O vento sopra do porto, e volto a sentir o cheiro do Atlântico, o verdadeiro oceano, aquele que na infância entrava pelas minhas narinas. Desço lentamente a rua estreita, íntima, limpa, na qual fixei residência. Voltei às águas da minha terra, às suas profundezas livres de leões-marinhos, aos seus bancos de areia mornos habitados por caranguejos. O Pacífico é mais escuro, mais imponente e mais frio; prefiro a Corrente do Golfo à Corrente do Peru, em qualquer estação do ano. Enquanto caminho, aspiro os odores agradáveis e limpos do porto, que me dão boas-vindas no meu regresso à minha cidade natal.

Ao me aproximar da minha casa, penso nas circunstâncias extraordinárias que me propiciaram trabalhar na sombria loja de antiguidades de Harrington Canon, prestando serviço comunitário. Indignados, alguns parentes distantes do Sr. Canon contestaram o testamento com uma ferocidade que me surpreendeu, mas recebi as escrituras da casa e da loja dois anos após o início do litígio. Imediatamente, aluguei a loja a outro antiquário, que, de bom grado, aceitou a condição de manter o nome "Harrington Canon — Antiguidades".

A generosidade do Sr. Canon me lançou no mundo. Durante o período em que fui cadete da Citadel, aluguei o primeiro e o segundo andar da casa para jovens professores da College of Charleston. Minha mãe foi generosa, dedicando tempo e trabalho para que meu jardim sempre florescesse. Num laguinho de bom tamanho, eu criava carpas japonesas, e as observava enquanto nadavam e emergiam entre as plantas aquáticas, cujas flores brancas combinavam perfeitamente com o balé dourado e vítreo dos peixes.

Molho o jardim e verifico o estado das carpas antes de entrar em casa. Mas a chave que guardo num gancho pendurado numa calha e escondido pelas azaleias não está lá. Tampouco caiu no chão. Meus amigos mais íntimos sabem onde guardo a chave, mas eles acabam de chegar da Califórnia, junto comigo.

Então, a resposta me atinge como um raio, e me preparo para uma longa noite de lamúrias: Starla voltou para casa, pela primeira vez em mais de um ano. Abro a porta que, bem sei, não está trancada e entro numa casa tão refrigerada que é capaz de preservar corpos num necrotério. Grande parte da bebida alcoólica ali disponível estará na corrente sanguínea de Starla. A cozinha parece ter sido "arrumada" com uma granada. Encontro-a na sala da televisão, ouvindo sua estação de rádio predileta, de música country. Acho que ela ainda não começou a beber, o que pode ser, igualmente, bom e mau sinal. Uma grande variedade de mulheres é capaz de surgir em Starla, todas guerreiras, todas sofridas, muitas das quais ainda amam o homem que a encontrou num orfanato, algemada a uma cadeira.

Percebo que ela está novamente sob medicação psiquiátrica, pois a prática sempre faz com que ganhe peso. A história de cada trago está marcada profundamente em seu rosto.

— Olá, meu caro marido — diz ela, com seu sotaque acentuado. — Gostou de encontrar a querida esposa?

— Não há nada melhor do que isso. — Aproximo-me e beijo-lhe o rosto rapidamente.

— Você não me parece muito contente.

— Você tornou as coisas difíceis nas duas últimas vezes que voltou para casa. Quer beber alguma coisa?

— Já bebi vinho branco. Deixe-me esvaziar agora uma garrafa de tinto.

— Já vou servi-la. — Ao abrir a garrafa, eu arrisco: — Você está com ótima aparência, Starla.

— Pareço a morte de ressaca — responde ela, dando meia-volta e examinando a sala.

Minha casa é capaz de suscitar os mais cruéis comentários por parte da minha esposa, sendo alguns exatos, outros absurdos, todos sempre dolorosos. Ela dá um passo em direção à janela e observa o paisagismo sereno do jardim: o pequeno chafariz, o laguinho de carpas, a cortina de hera. Quando se vira para pegar o vinho, seu olhar esbarra com um pequeno ícone, em tom ocre e vermelho, pendurado na parede.

Ela diz, com uma objetividade apática:

— Você é mesmo um carolinha filho da puta, Leo. Sempre esqueço o quanto a sua bondade me irrita. Isso é demais para mim.

— Você está certa — eu respondo. Aprendi a não discutir com ela, e a não esperar que ela me servisse o vinho. Meu distanciamento é uma espécie de armadura, que faz com que ela me encare detidamente com seus olhos castanhos-escuros, ainda belos, tal e qual à época em que éramos jovens.

No entanto, Starla não admite ser ignorada, e com a destreza de um mestre esgrimista, ela prossegue, no mesmo tom de voz seco e coloquial:

— É isso o que mais detesto em você. É isso que me faz ir embora... desde sempre. A minha família adorava a igrejinha, mas sempre preferi o sacana ao Bom Samaritano... Judas a Jesus.

Ela agora me provoca acintosamente, e houve um tempo em que eu respondia com bravura. Mas a história demonstra que esperar a tempestade passar é mais tranquilo do que enfrentá-la. Além do mais, com a idade, ela se tornou menos ácida. No começo do nosso casamento, quando ela ainda mantinha certo grau de equilíbrio, os ataques eram mais sutis e indefensáveis. Aquela redução ao bem e ao mal era um sintoma de debilidade, e fiquei ali, petrificado, imune à mágoa, enquanto ela continuava, com a voz cada vez mais engrolada e ranzinza.

— Desde sempre. Prefiro merda a sorvete. Colapso nervoso ao Rotary Club. Gosto das trevas — diz ela e, de certa forma, sei que está sendo absolutamente sincera. — Confio nas trevas.

Já passamos por várias sessões de psicanálise, e nada disso é novidade para nós. Eu concordo com um meneio de cabeça, mas minha paciência a enfurece, e ela vai mais fundo, ávida por me magoar.

— Estou grávida, Leo — confessa ela bruscamente, com uma frieza calculada, e embora eu tente disfarçar, a notícia estampa no meu rosto um lampejo de reação.

A capacidade que ela tem de perceber o que estou pensando não diminuiu, e a fisionomia dela quase se torna amena enquanto ela me fornece os detalhes.

— Um cara de Milledgeville, eu acho. Não sei o nome dele. Nem conheço o cara. Um médico da clínica me examinou e marcou um aborto, mas... sei lá — diz ela, com um ar subitamente melancólico. — Alguma coisa dentro de mim quer essa criança — continua ela e, no estranho mundo interior da minha esposa, as palavras expressam um otimismo vagamente franco, inteiramente insensato.

Quase caio na armadilha. Quase pronuncio as palavras de apoio, ou de preocupação, ou seja lá o que for que se diz a pessoas como Starla quando fazem uma afirmação absurda. Ela percebe a brecha e, com uma precisão felina, desfere o golpe na forma de uma confidência despretensiosa:

— Convenhamos, Leo... vai ser o meu único filho. Você sabe, abortei dois filhos seus. Dois meninos — acrescenta ela. — Por opção.

Uma paralisia estranha se instala por todo o meu corpo, e as veias do meu rosto reagem como se estivessem em chamas. Em três lares de

Charleston sou conhecido por tio Leo; sou padrinho de uma dúzia de crianças e sempre honrei o título. A palavra *padrinho* me traz grande satisfação porque, no fundo, acredito que jamais terei um filho com a mulher sofrida com quem escolhi me casar. Na minha arrogância, achei que seria capaz de fazer Starla feliz ao propiciar-lhe uma vida livre de maldade e conflito. Nunca pensei que algumas pessoas estabelecem uma relação com uma anarquia obscura, monstruosa, e tão potente que as impede de chegar ao final de um dia sequer sem que a música do caos lhes ressoe nos ouvidos. Starla é uma dessas pessoas. Era uma alma perdida no dia em que a conheci. Hoje sei que as palavras mais perigosas que existem para ela são as que eu, com toda ingenuidade, disse certa vez: "Posso mudar você."

Sentado na sala da televisão, perplexo diante da admissão fria de que ela abortou os nossos filhos, sinto tão somente uma tristeza que parece imortal. Por um instante, minha vontade é afundar a cabeça dela com um dos atiçadores da lareira. Mas o ímpeto é efêmero, pois percebo-lhe o olhar totalmente perdido, seu cartão de visita mais assustador. A expressão é também sintoma de um desequilíbrio incurável, diagnosticado por um psiquiatra em Miami como transtorno de personalidade limítrofe. Quando perguntei o significado do diagnóstico, o médico me disse: "Isso significa que o senhor está fodido. Ela está fodida. Vou entupi-la de remédios; é o máximo que posso fazer. Os limítrofes são perversos, egomaníacos, implacáveis. A missão deles é infernizar a vida de todos os que os cercam. Na minha experiência, eles realizam tal missão muito bem."

Todas as vezes que menciono a palavra *limítrofe* diante de um psiquiatra, constato uma hesitação involuntária. Meu corpo também reage dessa mesma forma.

Conforme costuma ocorrer em nossos encontros, depois que causa estrago suficiente, Starla adota um tom de voz conciliador no qual não se deve confiar.

— Está zangado comigo, Leo? — indaga ela. Como não respondo imediatamente, ela depõe a taça de vinho e diz: — Por favor, Leo! Não fique zangado. Eu não disse aquilo por mal. Detesto te magoar. Estraguei a sua vida, e você tem que me odiar. Eu te imploro que me odeie.

Que bata em mim. Que me mate. Que me livre de tudo isso. Eu sou louca, Leo. Completamente maluca. E não sei o que vou fazer.

Starla atinge agora o seu ponto de ebulição, o ápice, quando se torna a mulher mais perigosa na face da Terra. Ela revira todo o seu interior, na tentativa de ressuscitar o fantasma da jovem pela qual me apaixonei. Mas aquela jovem deixou de existir há muito tempo, assim como já não existe aquele jovem exuberante que se apaixonou por ela e jurou passar o resto da vida ao seu lado.

— Odiar você, Starla? — eu repito. — Não consigo. Consigo fazer muita coisa, mas isso não.

— Sapo, posso fazer você me odiar. Tenho armas que ainda não utilizei. E os casos que eu tive? Foram dezenas. Não, não... Já sei... seus filhos! Aborto número um. Lembro-me das enfermeiras contando pernas e braços para se certificarem de que tinham limpado tudo.

No momento em que o meu sistema nervoso, já em pane, amarga esse golpe capaz de destruir a alma, ouço passos apressados nos degraus da entrada. Em seguida, ouço o pranto de Starla quando ela se lança nos braços vigorosos do irmão. Niles é sempre seu porto seguro, seu derradeiro bastião. Que sorte ter um irmão como ele, eu penso.

E então, surge na sala a lembrança de Steve. Perturba-me o fato de eu não ser capaz de evocar-lhe a mais pálida imagem. A fisionomia dele se apagou da minha memória para sempre, como se ele nunca tivesse existido. Até as fotos de Steve me parecem mortas e amorfas. Minha memória chegou a um ponto terrível, e já não consegue resgatar do vazio o rosto de meu irmão. Enquanto Starla chora e Niles a consola com uma ternura que me falta, fico pensando em que bairro de Charleston meu irmão residiria. Acredito que ele teria se casado com uma garota local, católica praticante, e os dois encheriam a casa de filhos, residindo em James Island, ou talvez em Mount Pleasant. Eu seria um tio de verdade, amado por meus sobrinhos e sobrinhas, e me ofereceria para ser técnico dos times de beisebol e futebol dos quais participassem. Seríamos cúmplices. Os filhos do meu irmão, os filhos de Steve, cuidariam de mim quando eu começasse a morrer. Sim, os filhos de Steve, aquela gangue barulhenta e tagarela que perdeu a chance de nascer quando a vida se tornou tenebrosa para o meu irmão. Penso no meu próprio filho, cujos braços e pernas foram contados por uma enfermeira anônima... "Um, dois, três, quatro: está tudo aqui, doutor"... Penso que poderia brincar de pique-pega com ele, ou levá-lo para pescar no rio Ashley, no local onde meu pai pescava comigo.

Tenho tendência a escolher o caminho que me leva a uma corda bamba acima do abismo, e sou igualmente propenso a tomar as decisões erradas. Escolhi uma mulher absolutamente fragmentada, e ela me levou para uma casa cheia de cinzas e véus. Quando foi que ela desapareceu para sempre? Qual foi o momento em que me virei, na cama de casal, e me deparei com a mortífera viúva negra, segurando uma ampulheta vermelha sobre o abdômen? É aquela ampulheta que marca o meu tempo.

Niles consegue acalmar a irmã. Percebo no olhar dele toda a piedade que sente por mim. Noto que ele tenta pensar num meio de pôr um ponto final nessa noite tão enriquecedora.

Starla se afasta de Niles. Senta-se no meu colo e chora convulsivamente, com o rosto apoiado no meu peito. Seria nobre da minha parte consolá-la, abraçá-la, ou tentar diminuir-lhe o sofrimento. Mas limito-me a deixá-la se nutrir da minha frieza.

— Pobre Leo. Pobre Leo. Você nunca deveria ter se casado comigo! No momento em que você disse "sim", eu sabia que você tinha destruído a sua vida.

— As coisas não saíram conforme o esperado — eu digo finalmente, pois aquela histeria só diminuiria se houvesse algum tipo de interação.

— Deixe-me levá-la para a minha casa — intervém Niles. — Amanhã nós conversamos sobre tudo isso. Todos precisamos descansar.

— Menti sobre os abortos — diz ela, enquanto o irmão a conduz até a porta. — Eu jamais te magoaria de propósito. Eu não quis os abortos, Niles. Morro de medo de ter um filho como eu. Leo, roubei 10 mil dólares do cofre. Pegue o dinheiro de volta. — Ela atira a bolsa na minha direção, mas ela resvala na minha cadeira e cai no chão.

— Guardo esse dinheiro no cofre para você, Starla. Esse dinheiro é seu. Você pode pegá-lo quando quiser, esteja eu em casa ou não. Você sabe onde escondo a chave. Esta é a sua casa, e você pode ficar aqui quando quiser. Pode morar aqui para sempre. Você ainda é a minha esposa.

— Eu quero me divorciar do Sapo! — grita ela para Niles. — Se você me ama, me livre das garras desse católico desgraçado e fanático!

— Nós, católicos, levamos isso a sério, Starla — eu digo, melancólico.

No momento em que Niles a leva embora, xingamentos reverberam pelos jardins e quintais da Tradd Street.

Acordo tarde na manhã seguinte. Já são quase 11h, quando desperto sentindo aroma de café. Niles me aguarda na cozinha, bastante abalado pelo ocorrido na noite anterior.

— Starla foi embora no meio da noite — diz ele. — Eu gostaria que nada disso estivesse acontecendo, Leo. Bom seria se nós nunca tivéssemos nos conhecido. Não temos o direito de estragar a vida de alguém, como fizemos.

— Somos todos inocentes — eu digo enquanto nos abraçamos.

Nenhum de nós sente vergonha por chorar pela vida arruinada, desperdiçada, de Starla. Eu me pergunto quantas vezes ainda vamos chorar por ela.

Sempre demoro semanas para me recuperar desses ataques relâmpagos de Starla. Porém, nessa incursão mais recente, percebo uma verdade nova. Acho que cheguei a um ponto final. Dirigindo meu carro a caminho da Sullivan's Island, tento entender por que estou casado com Starla há mais tempo do que qualquer pessoa considera possível. É certo que minha religião teve o seu papel na minha teimosia de não levar Starla a um processo de divórcio. Sheba e Trevor sempre encararam a minha fé inabalável como problema de adolescente, algo que eu não conseguia superar, como a acne. Acho que me agarro à religião com a mesma inflexibilidade com que me agarro ao caráter sagrado do meu casamento risível. A minha fé valoriza a rigidez obstinada e flagrante da igreja, me fornecendo regras de vida, e exigindo que eu as obedeça 24 horas por dia, sem me conceder qualquer folga por bom comportamento. A força da oração me capacita a sobreviver ao suicídio do meu único irmão. Optei conscientemente por um casamento fatídico, e considero meus votos diante de Starla algo perene, sacramentado, a despeito da minha situação. Mas alguma coisa se rompeu dentro de mim quando Starla expôs os membros ensanguentados de um filho que eu sequer sabia haver concebido. A imagem exerce sobre mim um poder mítico. Olho para a água e tento imaginar como seria a vida sem Starla.

No momento em que entro na propriedade à qual sempre me referi como "casa da avó de Molly", lembro-me de que a avó, Weezie, faleceu há mais de dez anos. Estaciono meu carro atrás do Porsche conversível de Chad e deixo as chaves na ignição, caso alguém precise sair antes de mim.

A limusine de Sheba encosta diretamente atrás de mim, e me apresso em abrir a porta traseira para ela. Sheba estica as pernas para deixar o assento, com a elegância natural de uma rainha em férias, e diz ao motorista que voltará para a cidade de carona.

— Durante quanto tempo você vai ficar com a limusine? — pergunto.

— Enquanto eu chupar o pau do produtor.

— Para sempre parece ser tempo demais — digo. Ela me dá o braço, enquanto a conduzo até os degraus da entrada dos fundos.

— Esse é o meu plano — diz ela. — O plano que me convém. A mulher que contratei para cuidar da minha mãe é fenomenal. É tão paciente que até consegue tolerar o meu mau humor.

— Deus do céu! Ela deve ser uma santa.

Sheba dá um soquinho no meu ombro.

— Cale a boca. Nunca dirigi meu mau humor ao Sapo.

— Você sempre foi o máximo. Visitei Trevor hoje de manhã. Ele me pareceu melhor.

— Está mais forte a cada dia. Falei com David, e ele acha que o Trevor pode ir para casa dentro de uma semana.

— Deixe o Trevor aos meus cuidados, Sheba. Você já tem problemas demais com sua mãe.

— Minha mãe está bem pior do que da última vez que você a viu. Perdeu completamente a memória recente. Às vezes, não consegue discernir entre uma caminhonete Buick e eu. É estranho: eu pensava que vítimas de Alzheimer fossem dóceis e maleáveis. Mas minha mãe ficou tremendamente agressiva. Mordeu meu motorista logo na primeira vez que o viu, e hoje arranhou meu braço. Olhe aqui.

Sheba desabotoa a blusa e me mostra quatro arranhões que vão desde a clavícula até o cotovelo. Mas não é isso o que noto primeiramente; como de hábito, Sheba não usa sutiã. Contemplo aqueles seios magníficos e mundialmente famosos.

— Sheba, estou vendo os seus peitos.

— E daí? Você já os viu antes.

— Já faz algum tempo.

— Eu soube da última de Starla. Pelo jeito, você está precisando se deitar ao lado de um corpinho macio.

— Provavelmente.

— Por que você não me pede em casamento?

— Porque você já namorou Robert Redford, Clint Eastwood e cerca de mil astros do cinema. Não vou comparar o meu pinto com o desses caras.

— Ah! Que nada! — diz Sheba, zombando. — Eles me aguentaram numas noites difíceis, e me conseguiram alguns trabalhos. Agora, peça-me em casamento, Sapo.

— Sheba — começo a falar, ajoelhando-me, numa pose grotesca e exagerada, na varanda da casa da avó de Molly —, você quer se casar comigo?

— Aceito essa proposta tão amável — responde Sheba, para minha surpresa. — E, sim, está na hora de eu ter um filho, e aposto que você e eu podemos ter um filho muito querido.

— O quê? — eu digo, assustado.

Mas, naquele momento, Sheba realiza uma de suas entradas típicas diante do grupo que nos aguarda. Detenho-me em frente à geladeira e abro uma cerveja, e então me dirijo à sala de visita, onde Sheba acaba de anunciar seu noivado:

— Com o Sapo, quem diria! — Ela me beija com um sentimento sincero, fato que me surpreende, e meus amigos riem do meu constrangimento visível, à exceção de Molly, que ergue as sobrancelhas, e de Niles, que não ri. Apesar de incentivar minha separação, Niles sente mágoas profundas em consequência da situação.

— Sheba está brincando, Niles — eu o tranquilizo.

— Espero que não — diz ele. — A cena daquela noite foi um pesadelo.

— Foi mesmo — confirma Fraser. — Você nem imagina a que ponto a coisa chegou depois que o Niles a trouxe para nossa casa.

— Starla está perdida — declara Niles. — Para ela, está tudo acabado.

Molly não se deixa envolver, e diz, num tom de voz ameno:

— Quero todo mundo de maiô e calção de banho. O chefe de polícia nos deu permissão para nadar antes do interrogatório.

— Esqueci de trazer meu calção — eu digo.

— Tenho um calção sobrando lá embaixo, no banheiro do subsolo, Leo — diz Chad com toda calma, sem qualquer sinal de ciúme, sem qualquer indicação de ter percebido que a amizade entre mim e a esposa dele tinha mudado de natureza. — O elástico está um pouco largo, mas dá para usar.

— O último a cair na água tem o menor pinto e as menores tetas de Charleston —provoca Fraser, e sai correndo pela porta da frente. Ela e Niles apostam corrida até a praia. Ambos continuam sendo atletas excepcionais e se mantêm em plena forma. Os filhos do casal são competidores ferozes e passam por cima dos adversários em esportes coletivos.

Visto o calção de banho de Chad, saio correndo do subsolo, atravesso a faixa de areia e sigo mar adentro até alcançar uma profundidade que me permita mergulhar. O calor do dia desaparece num piscar de olhos, enquanto nado por baixo d'água, emerjo à luz do sol e, então, furo uma onda. Contemplo a casa e sinto-me profundamente grato àquele velho chalé, com seus cômodos esparramados e seu mobiliário confortável. Essa casa se tornou, para alguns de nós, uma relíquia e, para outros, um porto seguro, um refúgio. Graças à generosidade de Molly, sempre uso a casa de praia como local de retiro e renovação espiritual. Molly sempre me empresta a casa da Sullivan's Island quando Starla embarca em suas perambulações desesperadas. Na primeira vez que fugiu da casa da Tradd Street, Starla desapareceu durante um mês inteiro. Na segunda vez, desapareceu durante seis meses, na terceira, um ano. Depois disso, parei de contar o tempo. Em todas essas ocasiões, Molly me emprestou a chave da casa, e aceitei. É um lugar que traz alento quando a vida está em frangalhos. Conheço cada centímetro dessa praia, assim como conheço as peculiaridades e os sinais do meu corpo.

Nadando mais para o fundo, aproveito as correntes mornas do Atlântico. Na carícia verde das ondas, meu corpo parece nadar através de um véu de seda brilhante. Vislumbrando o forte Sumter, observo a última balsa partindo para a viagem de volta à cidade. A ilha parece demasiado pequena para ter deflagrado a guerra mais sangrenta da história dos Estados Unidos. Mas tenho idade suficiente para me lembrar de um tempo em que a presença de Ike e Betty nessas areias e nesse mar seria ilegal.

Molly nada ao meu encontro. Ela se apoia nos meus ombros, eu me equilibro nas pontas dos pés e, juntos, enfrentamos as ondas que funcionam de acordo com um relógio próprio, ativado pelas leis do luar. É a primeira vez que estamos sozinhos desde a experiência na minha cama em São Francisco, uma noite que parece ter acontecido há milênios.

— O gato comeu a sua língua? — pergunta ela. — Por que você está sendo tão antissocial?

— Desculpe-me. Não é a minha intenção.

— Por que você não me telefonou para contar o que houve com a Starla?

— Foi uma noite ruim, Molly. A pior. E acho que foi a última.

— E seu noivado com a Sheba? — provoca ela.

— É brincadeira. De que outro modo Sheba poderia roubar a cena, com tantas garotas bonitas ali? Ela é profissional. Sabe como agir.

— Não acho que ela esteja brincando.

Sheba está furando uma onda, acompanhada por Betty, Ike e Chad. A corrente da maré é forte, puxando-nos com rapidez, e já estamos a uma boa distância da casa da avó de Molly. Sheba acena para nós e grita:

— Fique longe do meu noivo, sua piranha!

— Fique longe da minha esposa, seu filho da mãe tarado! — grita Chad.

Ele diz isso com um sorriso, e vejo que não está preocupado. Está para vir o dia em que um homem do naipe de Leo King será capaz de roubar alguma coisa de um homem como Chad Rutledge; é isso que a expressão dele me diz. Busco e obtenho um sinal de confirmação no rosto de Molly, cujo semblante se mostra resignado e até confortado. Sinto na tristeza dela uma certa densidade, mas sinto também resignação diante da vida para a qual ela nasceu. Nós dois perdemos a facilidade de comunicação que vivenciamos logo que chegamos a São Francisco, onde o sol se punha acima de um oceano estranho, distante o suficiente para nos permitir deixar de lado as responsabilidades que nos espreitavam em Charleston, e trocar palavras que jamais poderíamos pronunciar em nossas rotinas ao sul da Broad Street. Estamos agora um tanto acanhados; algo opaco surgiu entre nós. As palavras tiraram férias. Molly nada de volta à praia e entra na casa.

Quando ela nos chama, entramos em silêncio, e ajudamos a pôr os pratos na mesa e a comida num aparador. O almoço é simples, perfeito para um dia de verão. Niles fez salada de repolho, maionese de batata e feijão assado, e Ike trouxe consigo carne de porco e costela já assadas. Molly nos apresenta a louça mais fina que pertenceu à sua avó e os melhores talheres, e exige que os utilizemos, apesar da nossa insistência veemente em favor de pratos de papel e talheres de plástico.

— Não sou muito fã de prato de papel — insiste Molly, com a fisionomia um tanto tensa, mas sempre a anfitriã perfeita. — Vocês podem me matar.

Passamos meia hora ouvindo relatos sobre avós que deixam os netos mimados, que os desencaminham na vida... são os filhos disciplinados e bem-educados dos meus amigos.

— Meu pai levou as crianças para a nossa casa em Edisto Island, e eles passaram uma semana pescando. Naquela semana ninguém escovou os dentes. Ninguém trocou de roupa. Ninguém tomou banho. Enquanto estávamos procurando pelo Trevor, meu pai conseguiu transformar meus filhos em selvagens — diz Fraser.

— Eles se divertiram muito — defende Niles.

— Vamos telefonar para Trevor — sugere Molly.

— Ótima ideia — acrescento. Molly disca o número geral do hospital universitário. Sheba fala primeiro com o irmão, e eu falo por último. Quando Betty me passa o telefone, Trevor me parece exausto.

— Só quero te dar um "oi", Trevor — eu digo. — Vai descansar.

— Se você vier me visitar, prometo falar um monte de sacanagem. Acho que estaria morto agora se vocês não tivessem me encontrado.

— Disso eu já sei. Agora você tem que se preparar para uma série de amanhãs.

Depois que desligo, Ike se levanta. A autoridade inata dele induz a sala a um silêncio reverente, paciente. Embora vestido de bermuda, camisa havaiana e sandálias de borracha, Ike exibe uma postura que lhe confere uma seriedade de caráter. Ele pigarreia, toma um gole da cerveja e examina apontamentos feitos em fichas.

— Betty e eu achamos que ainda temos um problemão. Não sabemos onde está o pai do Trevor e da Sheba. Mas apostamos que ele vai acabar aparecendo em Charleston.

— Vocês têm certeza disso? — pergunta Fraser.

— Não, não temos — responde Betty. — O cara pode ser maluco, mas é um maluco complexo e dos mais obsessivos. Estivemos estudando alguns casos. Não conseguimos encontrar nada semelhante na literatura criminal. Esse cara é singular, e ele vai às últimas consequências para atingir os gêmeos.

— Betty e eu estamos convencidos de que ele vai aparecer aqui. Com base no relato da Sheba, ele começou a "carreira" como um pedófilo comum; essa prática costuma cessar quando os filhos chegam à puberdade. Mas alguma coisa desequilibrou esse cara, e a fama de Sheba, como estrela de cinema, fez com que ele pirasse de vez. Foi uma sorte ele não ter matado um de nós em São Francisco. As autoridades da penitenciária de Sing Sing enviaram a foto, as impressões digitais e o laudo psiquiátrico registrado na ocasião em que ele foi transferido para um manicômio. Eles não gostam de encaminhar prisioneiros para o hospício, pois isso incentiva os internos a simular loucura apenas para sair do presídio. É preciso ser totalmente doido, com uma doença de verdade, para conseguir uma transferência.

— Desisto, Ike — diz Sheba. — Qual foi a doença de verdade do meu pai?

— Eu não ia contar, mas já que você perguntou... ele costumava comer as próprias fezes.

A sala se enche de uivos de nojo. Betty passa cópias da fotografia, e contemplamos o rosto de um homem de meia-idade, razoavelmente bem-apessoado, que parece mais perplexo do que monstruoso. Sheba explica que, quando ela era criança, a fisionomia do pai era capaz de se assemelhar à de uma centena de homens. Não havia papel que ele não desempenhasse com a maestria de um ator nato; o problema era que ele nunca avisava quando a encenação acabava e o mundo real surgia, desprovido de qualquer artifício. Era perito em sotaques, disfarces e personagens. Exigia que Evangeline Poe educasse os gêmeos em casa, e costumava alugar chácaras e fazendas que, muitas vezes, não tinham endereço postal. Era polivalente, e chegava em casa vestido de pastor, veterinário ou técnico de televisão. Para cada papel, criava gestos específicos; tingiu os cabelos tantas vezes que os gêmeos discordavam sobre a cor natural da cabeleira do pai.

A família se mudava todos os anos, às vezes duas vezes por ano. Sempre isolados, os gêmeos cresceram assustados e oprimidos. Finalmente, a mãe alcoólatra contatou um parente. Evangeline descobriu que uma tia de quem jamais ouvira falar lhe deixara dinheiro e uma casa velha em Charleston, na Carolina do Sul. Foram necessários dois anos até ela reunir coragem suficiente para fugir. Pegou o dinheiro herdado da tia e os recursos poupados ao longo dos anos de espera pela oportunidade de escapar. Alugou um pequeno caminhão de mudanças, que os levaria de um lado ao outro do país, onde teriam a chance de recomeçar a vida. Na ocasião, residiam no Oregon e, evidentemente, o pai os localizou, a partir do aluguel do caminhão. Sheba costumava dizer que a mãe sempre cometia esses pequenos erros táticos.

Agora, Evangeline cansou de fugir do pilantra e está disposta a aceitar o que o destino lhe reserva. Sheba Poe voltou para casa, e tem certeza de que o pai vem para o Sul. Além disso, ela está decidida a se casar comigo, ter filhos e levar uma vida tranquila. Está farta de viver o caos e provocar o caos na vida de terceiros.

— Sheba, quer parar com esse papo de casamento? — eu peço. — Você sabe que eu estava brincando.

— Na realidade, eu não estava. Você me pediu em casamento; e eu aceitei. É muito simples.

Fraser está preocupada e nos ignora, dirigindo uma pergunta a Betty e Ike:

— E os nossos filhos? E as nossas famílias? Estarão correndo perigo?

— Achamos que todos os que cercam a Sheba e o Trevor podem ser alvos para esse cara. Ele parece não ter limites.

— Nesse caso, não vamos mais poder ajudá-la, Sheba — diz Fraser. — Fomos a São Francisco de bom grado, mas a situação mudou. Isso já é pedir demais.

— Fale por você — diz Niles. — Vou vigiar a sua casa à noite, Sheba.

— Não seja ridículo, Niles. — Chad faz troça. — Nossos filhos e nossas famílias são o fator mais importante aqui. Valem mais do que qualquer outra coisa.

— Ike teve uma ideia que me agrada — diz Betty.

— Que tal Macklin Tijuana Jones? — sugere Ike.

— Porra nenhuma! — exclama Sheba.

— Ele está numa clínica de reabilitação — afirma Betty.

— Betty e eu falamos com ele hoje — continua Ike. — Na reabilitação, ele tem que fazer um curso. É de guarda-costas.

— Então, nós o contratamos para ser seu guarda-costas, Sheba — conclui Betty. — Ele pode dormir no quarto que fica no subsolo. Um ex-jogador dos Oakland Raiders circulando na sua propriedade não é a pior ideia do mundo.

— Ele nos ajudou. Ele praticamente nos entregou Trevor — relembra Ike, dirigindo-se a Sheba.

— Se você não concordar, cancelo o nosso casamento — eu digo, depois de pensar um pouco.

E a reunião chega ao fim, em meio a risos que, nós bem sabemos, talvez não durem muito tempo.

CAPÍTULO 25

Parada

Na primeira sexta-feira de setembro, partindo dos quatro batalhões, o Corpo de Cadetes da Citadel marcha, com todo garbo, até o local da parada, ao ritmo de tambores e gaitas de fole. Naquela manhã, o capitão Ike Jefferson fora empossado no cargo de chefe de polícia pelo prefeito Joe Riley, numa cerimônia comovente e singela, que me pareceu, ao mesmo tempo, histórica e íntima, enquanto eu via meu amigo prestar o juramento. Agora, o Corpo de Cadetes desfilava, com a eloquência altiva de soldados em marcha, a fim de homenagear o primeiro ex-aluno a se tornar chefe de polícia de Charleston. Em seu uniforme de gala, Ike se perfila, em posição de sentido, ao lado do novo diretor da Citadel, o general Bud Watts. O restante do séquito numeroso e animado que o acompanha se posiciona num setor VIP, isolado por fita vermelha. A multidão é a maior que eu já vi reunida para assistir a uma parada de verão, fato que confirma o afeto e o respeito que Ike inspira em sua cidade natal. Os pais, a esposa e os três filhos dele parecem delirar de tanto orgulho, e o professor Jefferson chora sempre que o nome do filho é mencionado, desde o momento em que a banda marcial inicia a execução da marcha, chamando o Corpo para a parada, até o momento em que o último cadete passa em revista.

— Engula o choro, técnico. — Eu brinco.

— Às vezes, é preciso fincar o pé e ser macho — acrescenta Niles, relembrando as palavras que ele gritava para nós em todos os treinos.

— Deixem-me em paz, parceiros — o professor Jefferson consegue dizer enquanto enxuga os olhos com um lenço encharcado de lágrimas. — Quem diria que uma coisa dessas poderia acontecer?

— Quem diria que o meu técnico linha-dura seria um bebê chorão? — diz Niles, com lágrimas nos olhos, aproximando-se e abraçando o amigo.

É impossível ficar apático num dia daqueles. Parece que a metade dos alunos do Peninsula High School compareceu à cerimônia, e um bando de colegas da turma de 1974, a nossa turma, está presente na arquibancada. Vejo a limusine de Sheba entrar pelo Lesesne Gate. Niles e eu nos encaminhamos até a frente do alojamento Padgett-Thomas. Quando a limusine para, abro uma das portas traseiras, e Niles abre a outra. Sheba está usando um vestido amarelo apertado e um chapéu branco, de abas largas, que mais parece uma peça arquitetônica. Ela quase provoca uma rebelião entre os cadetes que estão de guarda.

— Atrasada, em grande estilo? — pergunto.

— Para mim, está cedo — responde Sheba.

— Aceite o braço deste cadete, e ele a conduzirá ao seu lugar. Eu levo a sua mãe até o lugar reservado para ela. Trevor está esperando por você.

Dirijo-me à lateral da limusine.

— Dona Evangeline? Sou Leo King. A senhora se lembra de mim? Eu morava do outro lado da rua.

— Você nos trouxe cookies. Foi um gesto tão amável! Esse sujeito tentou abusar de mim — diz ela, com um olhar assustado e confuso. — Onde estamos?

— Na Citadel. Onde os cadetes estudam.

— Ah... — diz ela, debilmente — Cadetes.

— Este aqui vai acompanhar a senhora até o seu lugar. — Um jovem do segundo ano aproxima-se de Evangeline. Apoio o braço dela no dele e, no momento em que ele começa a guiá-la até o setor VIP, ela olha para o estranho que a conduz pelo meio da multidão inquieta. Percebo um lampejo de pavor no olhar da Sra. Poe e, antes que eu consiga alcançá-la, ela agarra a mão do rapaz e finca os dentes nela, com força. O cadete não geme, nem emite qualquer som, e continua a conduzi-la ao assento marcado, a despeito da mão que sangra. Ao sentar-se entre Sheba e Trevor, ela se acalma. A parada, com os cadetes trajando uniforme branco, de verão, a música empolgante executada pela banda e o brilho das gaitas de fole, parece tranquilizar o espírito da senhora. Niles retira do bolso um lenço branco e o oferece ao cadete, sugerindo que ele procure a enfermaria.

— Mamãe, a senhora mordeu aquele pobre rapaz. — Ouço Sheba dizer para Evangeline.

— Que rapaz? — gagueja ela, olhando a multidão e esforçando-se para demonstrar civilidade. — Que linda essa... coisa.

— Calma, mamãe — diz Trevor, acariciando-lhe a mão. — Aproveite a parada. Ike não está bonito? Uma delícia. O Corpo de Cadetes... Meu Deus! Ah! Se eu pudesse passar uma noite no alojamento.

— Eu sabia que era um erro trazer você aqui — digo a Trevor.

Ele está combalido demais para se locomover sem a cadeira de rodas, mas vem se fortalecendo a cada dia. O dia em que conseguiu escovar os dentes sem ajuda foi um marco; duas semanas depois, já penteava o cabelo. Ele deu um ataque, e disse que rastejaria qual uma serpente pelas ruas de Charleston se eu não o deixasse assistir à parada da Citadel em homenagem a Ike Jefferson. Sob pressão, cedi, mas logo me arrependi quando foi necessária uma hora para vesti-lo num terno. Por ter perdido tanto peso, ele não pôde usar nenhuma das roupas que Anna Cole enviara do antigo apartamento, em São Francisco. A companhia responsável pela mudança tinha armazenado todos os pertences de Trevor no meu sótão. Ele me obrigara a desembalar a fabulosa coleção de LPs e a instalar um estéreo no quarto de hóspedes que ficava no térreo, onde ele lutava com bravura para recuperar a saúde e ganhar um pouco mais de tempo de vida nesta terra. Todos os discos estavam intactos, e minha casa vibrava com a genialidade emocionante de Brahms, Schubert e Mozart.

— Você continua muito ansioso a respeito de questões sexuais, menininho católico. — Trevor se queixa. — Eu não quis dizer que gostaria de dormir com todo o Corpo de Cadetes. Com a metade já seria bom.

— Eu fico com a outra metade — diz Sheba. Eles trocam um sinal de positivo.
— Ah, esses gêmeos safados... — Niles suspira.
— Safados mesmo — concordo.

Antes que os canhões anunciassem a execução do hino nacional, Niles e eu tentamos advertir os presentes no setor VIP para que se preparassem para os estampidos. Mas Evangeline começa a berrar e a desferir unhadas no vento, como uma gata ferida. Niles e eu precisamos escoltá-la às pressas de volta à limusine, seguidos por Sheba.

— Vou levá-la para casa — diz ela, arrancando o chapéu. — Acho que trazê-la não foi uma ideia das mais inspiradas.
— Leve-a para um abrigo de idosos — sugere Niles.
— Não posso fazer uma coisa dessas — responde ela, abanando-se com o chapéu. — Você, melhor do que ninguém, deve saber disso.
— Sei disso, querida. Esse é um dos motivos do meu amor por você.
— E as minhas pernas? — diz Sheba, piscando o olho e acomodando-se no assento traseiro, ao lado da mãe.
— São o motivo principal.

Niles e eu damos meia-volta, na direção da parada, e colocamos a mão sobre o coração, enquanto a banda executa os compassos finais do hino nacional. Voltamos para nossos lugares, mas logo em seguida, dois distintos cadetes se aproximam e pedem a mim e a Niles que os sigamos até o camarote do general. Surpresos, atendemos à solicitação, e nos vemos ao lado de Ike e do general, em posição de sentido, sem saber o significado daquele momento inesperado. Estando mais próximo de Ike, eu sussurro:

— O que está acontecendo?
— Vai se foder, Sapo — sussurra ele pelo canto da boca. — Esta parada é em minha homenagem. Então, cale essa boca e me deixe curtir o momento.
— Espero que você caia do jipe enquanto passa em revista o Corpo de Cadetes, e quebre os cornos — eu digo.
— Você vai estar no jipe comigo. E o Niles também — diz ele, sem conseguir disfarçar o toque de triunfo na voz.
— Isso é ilegal.

— Não hoje.

Um jipe militar encosta diante de nós, conduzido por um cadete que reluz, em sua elegância asseada, um homem fardado digno de um pôster, e eu já vi muitos pôsteres de cadetes na minha vida. O general Watts marcha diante de mim e se apresenta.

— Sou o general Bud Watts, Sr. King. Classe de 1958.

— Leo King, general — eu respondo, apertando-lhe a mão enluvada. — Classe de 1974.

— Niles Whitehead, general. Classe de 1974. Fomos companheiros de quarto do Ike.

— Eu sei — diz o general Watts. — Foi por isso que o Ike insistiu que os senhores dividissem com ele a honra de passar em revista o Corpo de Cadetes. Sr. King, ocupe o assento ao lado do cadete-sargento Seward. Sr. Whitehead, o senhor ficará à minha esquerda. O chefe de polícia fica à minha direita.

Bom seria se meu pai estivesse vivo para testemunhar aquele momento grandioso. O jipe avança com firmeza pela grama bem-aparada. Contemplo Bond Hall, o prédio onde assisti às aulas de química e física no início do meu curso na Citadel. Dobrando à esquerda, em ângulo reto, o jipe passa pelo pelotão de saudação; depois, vira, novamente à esquerda, e passa diante da Companhia T e da nossa velha Companhia Romeu, que oferece um grito de guerra em homenagem a Ike. Ike, Niles e eu temos permissão para saudar a companhia que nos escoltou à hombridade. Diante de toda a família da Citadel, inspecionamos a totalidade do Corpo de Cadetes, que a meu ver parece excepcionalmente adestrado. O jipe para em frente ao camarote do general, e Niles e eu voltamos aos nossos lugares, não sem antes abraçarmos e agradecermos ao nosso companheiro de quarto por aquele que foi um dos melhores dias da nossa vida.

Em seguida, o Corpo de Cadetes desfila com uma ordem magnífica, impecável; a glória das companhias, a precisão cadenciada e o brilho tremeluzente dos batalhões em marcha... tudo é surreal, disciplinado, perfeitamente coreografado. A parada transcorre sem a menor falha. Somente mais tarde saberíamos que todas as pessoas envolvidas naquele desfile militar corriam risco de morte.

* * *

Na segunda-feira seguinte, redijo uma coluna sobre a cerimônia de posse e a parada em homenagem a Ike. Leio as palavras que escrevi, elogiando-o e, de certa maneira, elas parecem inadequadas. Enfatizo um pouco mais uma frase aqui, amenizo o tom de outra ali, em busca de um equilíbrio que exprima, ao mesmo tempo, dignidade e humor. Releio a coluna, mantendo um olhar crítico, e chego à conclusão de que está pronta.

Levo a coluna até a redação e a entrego a Kitty Mahoney, que foi contratada como minha assistente no mesmo dia em que me tornei colunista diário. Ela possui a perspicácia típica de uma ex-aluna de escola católica, no que diz respeito à gramática, pontuação e ortografia, e revisa meu trabalho, sempre com um olho crítico, à cata de pretensão e exagero. Ela é uma das joias da minha vida, e ambos temos a sorte de ter consciência de tal fato.

— Oi, Kitty — eu digo —, mais uma obra-prima. Não sei como consigo fazer isso todos os dias. Você pode fazer o favor de estraçalhar a minha prosa perfeita, alterar o texto na íntegra e, depois que concluir a carnificina, assinar o meu nome?

— Com prazer, Leo — diz ela. — Sabendo que você escreveu sobre o Ike, já sinto cheiro de sentimentalismo.

— Você é uma mulher dura, Mahoney.

O telefone de Kitty toca e eu fico olhando, enquanto ela ouve uma voz que desconheço; percebo uma expressão de alarme em seus olhos. Ela pede ao sujeito que aguarde na linha.

— Um cara quer falar com você, Leo, mas não quer se identificar.

— Você conhece as regras; se ele não disser quem é, não recebo a chamada.

— Ele diz que o assunto é do seu interesse. Pediu para eu mencionar rostos com sorrisos tristonhos.

— O seu telefone tem gravador? — pergunto, sussurrando. Ela assente, com um sinal de cabeça. — Você ainda sabe taquigrafia?

— É como andar de bicicleta.

— Então, grave essa chamada... e depois a registre, em taquigrafia — eu digo, correndo pela redação até a minha sala. Recupero o controle da respiração, antes de apertar o botão aceso e pegar o fone.

— Olá, Sapo — diz a voz, imediatamente, enunciando uma familiaridade maçante. — Faz tempo que a gente não se vê. A última vez foi em São Francisco. Você apontou uma arma para mim na Union Street.

— Fico todo excitado quando me lembro de que apontei a arma para a sua cabeça, Sr. Poe. Espero ter a chance de fazer isso outra vez.

— O sobrenome não é Poe, amigo. Nunca foi. E não é o nome dos gêmeos também. Nem da mãe deles.

— Vamos almoçar juntos.

O homem ri, o riso de um sujeito normal, tranquilo, dotado de senso de humor, e não o de um louco que habitava os meus pesadelos.

— Vou falar rapidinho, Sapo. Primeiro, vou matar você. Depois Niles. Depois Ike. Os gêmeos vão ser a sobremesa.

— No meu caso, vai ser fácil. No caso de Ike e de Niles, pode ser mais problemático.

— Vai ser tão fácil como atirar em repolho na horta — retruca ele, dando uma risada. — Ontem mesmo tive os três na mira enquanto vocês passeavam de jipe. Pensei em apagar o chefe do regimento, só para avisar que estava de volta à cidade.

— A Citadel fica nervosa com a presença de sujeitos empunhando rifles nas imediações do campus. Você está mentindo.

— A águia que fica no topo do Bond Hall? Ninguém monta guarda lá durante uma parada.

— Tem uma águia em cima do Bond Hall?

— Eu ia meter uma bala no seu cérebro, mas tive uma ideia melhor. Achei que seria mais divertido se você soubesse que está sendo caçado.

— O senhor é conhecido por ser uma pessoa divertida, Sr. Poe. Nós sempre falamos nisso. Quando foi que o senhor descobriu que era pedófilo?

— Meu sobrenome não é Poe — resmunga ele. — E não sou pedófilo. Pouco me importa o que meus filhos digam.

— Pedófilo é o melhor elogio que eles fazem ao senhor. E, só para constar, o senhor preferia foder a Sheba ou o Trevor? Tudo começou quando eles tinham 5 anos. Ao menos, é isso que as minhas anotações registram.

— Esconda melhor a chave da sua casa, Sapo. — O tom de voz já não é jocoso, mas ameaçador e abjeto. — Visitei você ontem à noite, e vi a bichinha do meu filho dormindo no quarto de hóspedes. Verifique a sua louça. Até breve. Bons sonhos, Sapo.

A voz, a ameaça... e o homem secreto desliga. Estou encharcado de suor quando Kitty irrompe porta adentro e diz:

— Registrei tudo. Palavra por palavra. Taquigrafia e fita. Meu Deus! No que você foi se meter, Sapo?

— Mahoney, nunca se esqueça da sua posição inferior neste jornal. Você é uma reles secretária, que tem que me chamar de Sr. King, com um tom de voz reverente. Nesta redação, sou uma figura celestial; nesta grande cidade, sou reverenciado.

— Vai se foder, Sapo. No que você se meteu? O cara parecia o Conde Drácula!

— Passe para cá essa fita — eu digo.

Telefono para o novo chefe de polícia e relato a conversa, antes de passar o aparelho a Kitty, para que ela leia suas anotações. Em seguida, desço a escada correndo e pego o meu carro no estacionamento. Sigo pela Meeting Street em alta velocidade, na esperança de atrair a atenção de algum policial, mas só consigo que turistas assustados me exibam o dedo médio. Quando chego à Tradd Street, duas viaturas já estão lá, e policiais já fazem buscas no local. Molly tinha aberto a porta. Eu me esquecera que era o dia dela no rodízio que organizamos para cuidar de Trevor.

Levo Molly até o jardim e, enquanto, falando à meia voz, dou-lhe a notícia da aparição do Sr. Poe, Ike chega, com passos apressados e ansiosos, e me pede que lhe repasse os detalhes da conversa, palavra por palavra. Em vez disso, faço um sinal, para que os dois me sigam até a sala de televisão, no segundo andar, onde insiro a fita no gravador e pressiono a tecla play. Molly ouve horrorizada, Ike ouve atento, tomando nota de alguns trechos.

O telefone toca, e eu atendo.

— É para você, chefe — eu digo.

Ele pega o aparelho e ouve, com aquela mesma intensidade controlada que eu notei pela primeira vez no campo de futebol. Quando desliga, ele parece pensativo, mas irritado.

— Um dos meus homens encontrou três cartuchos no telhado do Bond Hall. Nada de impressões digitais, é claro, mas eram cartuchos de rifle de franco-atirador. Onde você guarda a louça, Sapo?
— Na sala de jantar.
— Vamos dar uma olhada.
— Estamos em Charleston — diz Molly. — Não estamos num filme que se passa em Nova York. Esse tipo de coisa não acontece aqui.
— Você nem imagina o que acontece por aqui — declara Ike, enquanto descemos a escada.
— Mas essas coisas não acontecem com pessoas como nós — insiste ela.

Na sala de jantar, abro o armário onde guardo a porcelana mais fina que pertencera a Harrington Canon. Começo a manusear as peças leves e delicadas de Rose Canton, que se tornara o meu aparelho de jantar preferido entre os três que o Sr. Canon me legara. Mas Ike me detém, e pede que eu use luvas de látex. Ele também usa luvas, e começo a inspecionar a louça, peça por peça. No momento em que viro o primeiro prato de jantar, deparo-me com a imagem. Molly emite um grito de surpresa quando vê o rosto risonho com a lágrima escorrendo, pois já conhece a história daquela assinatura aterradora.

— Ele tem uma cópia da sua chave, Sapo — diz Ike, com ar sombrio.
— É hora de trocar o segredo. Você sabe a quem deve chamar.

Procuro por "chaveiros", nas Páginas Amarelas, e disco o número da firma Chaveiro e Sistemas de Alarme Ledbetter. Uma voz conhecida atende à chamada, e eu digo:

— Eu gostaria de falar com o proprietário... o branco azedo mais burro, mais cruel e mais desgraçado que já vi na vida.
— É ele que está falando. Tudo bem, Sapo? — pergunta Verme Ledbetter.
— Estou com um problemão. Alguém entrou aqui em casa ontem à noite. Preciso trocar todos os segredos das fechaduras.
— Você tem sistema de alarme? — pergunta Verme.
— Tenho um sistema velho. Você acha que convém mudar?
— Claro que sim. Tenho aqui um que é de última geração. Se alguém peidar nas roseiras do jardim, ele dispara.

— Pode instalar, filho. E depois que instalar aqui, que tal fazer a mesma coisa na casa da mãe de Sheba Poe?

— O serviço é gratuito, se Sheba ficar de biquíni enquanto eu instalo.

— Combinado — eu digo.

— Vou mandar a minha equipe aí na sua casa agora mesmo — promete Verme. — Eles vão acabar hoje, ainda que seja preciso trabalhar a noite toda. Vou ter que cobrar o dobro do valor normal, Sapo.

— Se você não cobrasse seria um insulto. E, Verme... obrigado.

Uma policial entra enquanto estou ao telefone e entrega um bilhete a Ike, que o lê, um tanto perplexo, antes de repetir o conteúdo para nós:

— Um cadete chamado Tom Wilson, que não participou da parada na sexta-feira, assistiu ao desfile do telhado do prédio do quarto batalhão. No meio da parada, ele avistou um homem andando pelo telhado do Bond Hall. Eles trocaram um aceno. O jovem Wilson estranhou o fato de que o homem carregava às costas uma sacola cheia de tacos de golfe.

Ike reflete acerca do conteúdo da mensagem, com o cenho enrugado, denotando preocupação. Ele articula o pensamento, e me diz:

— Sapo, tem uma coisa que está me incomodando. Me incomodando demais. Por que esse cara te diz a verdade?

Molly me surpreende, respondendo:

— Ele está incutindo uma espécie de temor em todos nós. Está aterrorizando as nossas vidas. E faz isso de propósito. Ele quer nos punir, a todos nós, por amarmos os filhos dele.

CAPÍTULO 26

Gênio do mal

Da noite para o dia, a cidade das palmeiras, das magnólias e dos jardins ocultos se transforma no cenário de um pesadelo. As ruelas, com casas alinhadas, que em mim sempre suscitaram alento e prazer, agora me fazem tremer de apreensão. Carvalhos parecem ogros, e barbas-de-velho parecem cordas de enforcados. Henas parecem encobrir ossos de cadáveres. Embora eu sempre amasse Charleston à noite, agora a cidade adquire um aspecto permanentemente sinistro, assim que o sol se põe no oeste. Eu não faria uma caminhada noturna, nem se me prometessem muito dinheiro, e não poria o pé em nenhum dos becos históricos. À minha revelia, Charleston usa uma máscara grotesca, desenhada pelo destino, desde o momento em que um caminhão de mudanças encostou diante da casa em frente à minha, há mais de vinte anos.

Verme e a equipe de chaveiros chegam à minha casa. Verme promete não se afastar do local até eu voltar. Fico surpreso ao constatar a solicitude e a gentileza de Verme com Trevor. Com sinceridade, ele relembra o show de talentos no Peninsula High, quando Trevor tocou piano e Sheba cantou "Lili Marlene", performance que, nas palavras de Verme, "deixou a escola inteira babando". Ike e eu saímos da casa, que ressoava o barulho agradável de operários trabalhando com ferramentas em cada andar. Ike acena para o policial por ele designado para montar guarda diante da minha residência. Quando passamos em frente à casa de Niles e Fraser, Ike abre a janela e fala com o policial responsável por proteger a família Whitehead.

Duas viaturas policiais estão estacionadas em frente à garagem da casa da mãe de Sheba. Nossa amiga corre ao nosso encontro.

— Tive um dia difícil com a noiva do Frankenstein — diz ela. — É muito bom ver vocês dois. A pior parte desse meu trabalho é o tédio.

— Não escancare a porta desse jeito — determina Ike. — Seu pai está na cidade.

Ao entrar na casa, Ike fecha as cortinas das janelas do andar térreo e me instrui a fazer o mesmo nos andares superiores, onde encontro Evangeline Poe, com um olhar vazio e apático, sentada numa poltrona reclinável, ao lado da cama. Ike leva Sheba ao quarto dela e apresenta o resumo dos principais acontecimentos do dia. Quando ele começa a tocar a fita, Evangeline, até então absorta, enlouquece ao ouvir a voz do marido. O uivo é sobrenatural, como o de uma bruxa malvada, e alto o bastante para chamar a atenção dos dois policiais de plantão sentados nas viaturas.

Sheba desliga o gravador imediatamente, e sua mãe retorna ao vácuo de perplexidade que será o seu hábitat natural pelo resto da vida. Quando Sheba a toma pelo braço, a fim de levá-la para a cama, ela tenta morder a filha, avançando nos braços e no rosto de Sheba como se fosse um cão danado. Com uma agilidade surpreendente, Sheba imobiliza a mãe e consegue acalmá-la; em seguida, a conduz até a cama para fazê-la dormir e pede a Ike e a mim que esperemos por ela no andar de baixo.

Quinze minutos mais tarde, ela aparece na sala de visitas, com uma garrafa de Chardonnay, e nos serve uma taça.

— Vou ter que fazer um curso de kung fu, se ela ficar mais violenta.

— Ela não é fácil — concorda Ike.

— No outro dia, ela tentou furar meu olho com um grampo de cabelo. Portanto, nada de grampos agora. Ela escondeu a tesoura embaixo do travesseiro. Todos os dias, em alguns momentos, tenho que imobilizá-la, como um policial faria com um marginal.

— Essa voz na fita é mesmo do seu pai? — pergunta Ike.

— É a voz do Satanás. Mas, infelizmente, para Trevor, minha mãe e eu, é também a voz de meu pai. Quem ouvir com atenção, for ator, e entender desse tipo de coisa... vai constatar que a voz é dele mesmo. É o mal insondável. Não conheço nenhum ator capaz de imitá-la.

Ela começa a chorar quando Ike toca a fita na íntegra e a voz demoníaca do pai dos gêmeos preenche o ar à nossa volta. As ameaças murmuradas assustariam até um gorila da montanha. Fico paralisado, observando o efeito que a voz do pai exerce sobre a filha, e examinando o olhar preocupado de Ike. Mas, tão logo a fita chega ao final, Ike abraça Sheba com uma calma e um profissionalismo revigorantes.

— O que você pode nos dizer, com base nesta fita? — pergunta Ike.

Ela sacode os ombros.

— Que ele está completamente descontrolado. O autocontrole costumava ser o forte dele. Ele era capaz de aterrorizar uma pessoa até não poder mais, e aí recuava. Ele passava de homicida a benfeitor da humanidade numa fração de segundo. Mas se vangloriava por saber manter o controle em qualquer situação. Agora, ele está apontando um rifle contra um bando de jovens numa parada militar. Está perdido. Está acabado. Foi-se. Tchauzinho, papai.

— Você tem fotos do seu pai? — pergunta Ike. — Qualquer documento, certidão de nascimento, ou qualquer coisa que possa nos ajudar a encontrá-lo?

— Nada. Já vasculhei as coisas da minha mãe. Não tem nada. Minha mãe escolheu o meu nome no dia em que fugimos do Oregon. No ano em que finalmente conseguimos cair fora de uma vez por todas, eu era Nancy. Trevor era Bobby. Ou... acho que, naquele ano, ele era Henry. Teve um ano em que o Trevor foi Clarence... ele detestava esse nome. Quando eu tinha uns 6 anos, meu pai me chamava de Beulah — diz ela, franzindo o nariz, ao se recordar, fazendo uma careta que lhe empresta um ar infantil e vulnerável.

— Foi o treinamento perfeito para uma atriz — eu digo.

— Brinco de faz de conta desde o dia em que nasci — comenta ela, com um leve sorriso. — A gente aprende a fingir que é outra pessoa, pulando de galho em galho, quando vive com alguém como o meu pai.

— Sim, mas vocês não podem ficar aqui sozinhas — eu digo. — Faça a sua mala, e a mala da sua mãe também. Vocês podem ficar comigo.

— O meu noivo não é um amor? — pergunta ela, dirigindo-se a Ike. — O que eu fiz para merecer um homem assim?

— Não sou seu noivo. Pare de brincar e comece a falar sério, Sheba. O cara cuja voz aparece nessa fita é pirado. E está armado. Vocês não estão seguras aqui.

— Meu pai pode ser doido, mas é esperto como uma raposa — diz ela, mais uma vez sacudindo os ombros. — Ele não gostou do tempo em que ficou preso, é claro. Enquanto aqueles carros de polícia estiverem lá fora, ele não vai fazer nada. Além disso, não posso levar a minha mãe para a sua casa, Leo. Nem para qualquer outro lugar. Acabei de fazê-la dormir.

— Vamos aguardar um pouco mais — sugere Ike. — Preciso montar um plano. Estou começando a achar que esse camarada é mais esperto do que todos nós.

— É um gênio do mal — afirma Sheba. — Mas é um gênio, sem dúvida. Quando vai chegar o meu querido guarda-costas? Se esse cara não conseguir assustar o meu velho, ninguém mais consegue.

— Betty vai esperar Macklin no aeroporto, segunda-feira — diz Ike. — O diretor da escola de agentes de segurança me disse que Macklin faz parte da elite da turma.

— Mal posso crer que estou feliz com a chegada dele. Limpei o subsolo para ele hoje de manhã.

Antes de sairmos, faço mais uma tentativa, mas Sheba se mantém irredutível, e não aceita a ideia de transferir Evangeline. Ike e eu voltamos de carro até a minha casa, num silêncio estoico e desconfortável. O dia me deixou exausto e apavorado. Em se tratando de bravura, não tenho nenhum talento natural, e não me importo de compartilhar esse fato interessante com quem quer que seja. Quando encostamos o carro, Verme nos aguarda, sentado ao meio-fio, conversando com o policial de plantão. Ele se põe de pé para nos abraçar. Nos diz para cuidarmos bem de Trevor e promete matar qualquer pessoa que toque num fio de cabelo de qualquer amigo dele da época da escola. Diz também que gostaria de ver o nome dele próprio e da firma na minha coluna, e lhe dou minha palavra de honra, garantindo-lhe que isso vai acontecer.

— Amanhã pela manhã eu faço o serviço na casa da Sra. Poe — diz ele, entrando na picape. — Alterei a minha agenda. Só por causa da Sheba.

No dia seguinte, quando estou preparando o café da manhã para Trevor, alguém esmurra a minha porta da frente. Abro-a e me deparo com Ike, profundamente abalado. Já o vi chorar, mas nunca o vi tão perturbado. De início, acho que algo se passou com Betty, ou com algum filho do casal. Quando o pego pelo braço e pergunto se está tudo bem com a família, ele assente com um meneio de cabeça e uma fúria tão enfática que percebo a dificuldade que ele tem para falar. Segurando-lhe o braço, levo-o até o sofá mais próximo. Já sentado, ele inclina a cabeça e chora como uma criança espancada. O som do choro me congela os ossos. Sento-me ao lado de Ike e o abraço, mas não consigo confortá-lo. Levanto-me, abro uma gaveta à procura de uma caixa de lenços de papel, para que ele possa assoar o nariz e enxugar as lágrimas. Ele leva o lenço aos olhos, mas, quanto mais tenta se controlar, mais se desespera. Finalmente, pede desculpas, num tom de voz irreconhecível, e tropeça pelo corredor, na direção do banheiro. Ouço-o lavar o rosto. Logo, ele se controla e a histeria diminui, a cada nova respiração. Quando volta à sala de visitas, é novamente o chefe de polícia de Charleston.

— Você pode dar uma saída de carro, Leo? — pergunta ele. — Só nós dois. Vamos deixar o Trevor aqui.

— Claro — eu respondo, embora receoso.

Ike espera até estarmos na viatura, para então dizer uma única palavra:

— Sheba.

— O que aconteceu com a Sheba? — pergunto, mas Ike se descontrola ao ouvir a pergunta. Ele faz um gesto com a mão, impossibilitado de falar, e me calo enquanto seguimos na direção da Broad Street. Olho para ele no momento em que o carro dobra à direita, pegando a Ashley Street, com o lago Colonial cintilando à luz da manhã. Ele prossegue até a casa da mãe de Sheba, que parece uma concessionária de viaturas policiais usadas. O jardim está isolado por uma fita amarela, que traduz "cena de crime". Penso que algo sucedeu à Evangeline. Ike estaciona em frente à garagem da minha mãe.

— Sua mãe está em casa? — pergunta ele, olhando para a frente.

— Não sei — respondo debilmente. — Deve estar na missa. O que aconteceu na casa dos Poe? Porra, Ike! Se aconteceu alguma coisa com Evangeline ou Sheba, é melhor você me dizer logo.

— Não consigo. Tenho que te mostrar.

Atravessamos a rua. Ike levanta a faixa e faz um sinal, para eu passar. Solenemente, com um aceno de cabeça, ele saúda os companheiros, e vários dos policiais mais jovens o saúdam formalmente, mas fica óbvio que nenhum policial, seja homem ou mulher, presente àquela cena está se divertindo. Quando chegamos à porta aberta, encontramos dois detetives que me olham com desconfiança. Depois que exibo minha carteira de jornalista, a desconfiança se transforma em hostilidade.

— Ele está comigo, Mac — diz Ike.

— A cena é pesada para um civil, chefe.

— A cena é pesada para um policial — acrescenta Ike. — Prepare-se, Sapo. Estou prestes a acabar com a sua vida.

Entrar no quarto de Evangeline Poe é o mesmo que entrar num abatedouro. A visão e o cheiro me atingem ao mesmo tempo, e saio correndo para a porta da rua, prestes a vomitar. Respirando fundo, obrigo-me a voltar ao quarto. Fico em estado de choque quando apreendo o banho de sangue, extraordinariamente grotesco. Sentada na cama tranquilamente, de pijama, Evangeline segura um facão e está coberta de sangue. No chão, praticamente irreconhecível, jaz o cadáver mutilado, horrendo, da belíssima atriz norte-americana Sheba Poe. Ela tem punhaladas pelo corpo inteiro, inclusive no rosto e nos dois olhos. Um dos seios está quase totalmente seccionado.

Meus olhos se afastam de Sheba, pois jamais voltarei a contemplar-lhe o corpo estraçalhado. A visão de Evangeline chega a ser mítica, tamanha é a sua força monstruosa. Ela permanece sentada, ainda segurando o facão. Perplexa, ela corta o ar com o facão ensanguentado, ameaçando qualquer pessoa que se aproxime. O sangue da filha lhe cobre os cabelos, empastando-os em tufos e cachos bizarros. O pijama está encharcado com o sangue de Sheba. O rosto é uma máscara vermelha.

— Achei que ela talvez reconhecesse a sua voz, Leo — diz Ike, falando ternamente.

— Olá, Sra. Poe. — Eu me forço a dizer. — A senhora se lembra de mim? Sou Leo King, e moro do outro lado da rua. As crianças me chamavam de Sapo. Eu trouxe cookies no dia em que vocês se mudaram.

Ela me olha, com um olhar tão vazio quanto um poço seco.

— Óculos? — pergunta ela, afinal.

— Sim, senhora. Sou eu mesmo. Eu usava óculos com aro de tartaruga. Agora já faz anos que uso lentes de contato.

— Sapo — repete ela. — Sapo?

— Sou eu mesmo, Sra. Poe.

— Poe? — pergunta ela.

— É o nome da senhora. Evangeline Poe.

— Não. Não — diz ela. — Mark. Mark.

— Que Mark? É esse o nome verdadeiro do Trevor?

— Cadê Sheba? — pergunta Evangeline. — Ela prometeu não sair de perto de mim. Mark?

— Sheba não está aqui — eu digo, com a voz embargada. — A Sheba não vai voltar.

Os olhos de Evangeline expressam fúria, e ela desfere um rápido golpe com o facão. Dou um passo atrás, embora já esteja a boa distância dela. Uma policial está gravando e anotando cada palavra proferida pela mãe de Sheba.

— Veja se consegue fazer com que ela largue o facão, Leo. Se não, nós vamos precisar imobilizá-la, e eu não queria ter que fazer isso.

— Sra. Poe? — pergunto. — A senhora quer ver seu filho, Trevor? Trevor está na minha casa. Ele quer tocar piano para a senhora.

— Trevor. Trevor — diz ela. Sua fisionomia se ilumina, num lampejo de reconhecimento, mas logo volta a se congelar. — Trevor? — repete ela, sem qualquer sentimento.

— Trevor precisa da faca da senhora emprestada. É surpresa. Ele vai preparar um jantar para a senhora hoje à noite. Está precisando de uma faca.

— Que faca? Eu não tenho faca nenhuma, Mark. Cadê a faca?

— Na mão da senhora. Isso aí é uma aranha, na sua cabeça, Sra. Poe?

— De repente, lembrei-me de uma fobia que a perturbava. Ela se recusava a andar pelo jardim de minha mãe na primavera por causa de um medo incurável de aranhas.

A faca escorrega da mão dela, e Evangeline começa a golpear a própria cabeça violentamente. Uma policial se adianta e a segura pelo braço. Ela morde a mão da mulher com tanta força que o sangue escorre.

— Chega. Acabem logo com isso — diz Ike. Em seguida, ele me retira do quarto, conduzindo-me pelo cotovelo. Quando chegamos lá fora, à luz do sol, eu desabo. Grupos de vizinhos acorrem à cena do crime, curiosos, atentos, boquiabertos, querendo testemunhar o pior. No primeiro momento, odeio a todos, mas logo perdoo aquela demonstração de frieza e curiosidade inocente.

— Meus subordinados acham que a velhinha fez tudo — diz Ike.

— Não. Foi ele — eu digo.

— Talvez, mas caberá a nós provar isso. Não foi encontrada nenhuma gota de sangue no resto da casa. Se foi o pai quem a matou, ele estaria coberto de sangue. Estaria pingando com o sangue da Sheba, e nós encontraríamos sangue pela casa toda, deixado por ele na fuga.

— O cara é esperto — eu digo. — E, pelo que acabo de ver lá dentro, está decidido.

— Quero te pedir um favor, Leo. Você pode escrever uma coluna sobre esse caso? A ameaça pelo telefone que você recebeu na sua sala, o pai perseguindo os gêmeos durante anos, e o plano para o crime perfeito. Sabe, Leo, acho que esse cara conseguiu fazer tudo sem a menor falha. Aposto que o pessoal da perícia não vai encontrar nada que comprove a presença de outra pessoa naquele quarto.

— Mas, por que você quer que eu escreva a coluna?

— Acho que isso vai desentocá-lo. E depois que vi o jeito como ele cortou Sheba, como se fosse um filé de peixe, quero ter a chance de matá-lo cara a cara. Mas não escreva isso.

— Isso, não — eu prometo. — Mas gostei de te ouvir dizer isso.

De pé, no pórtico, cambaleio, mas Ike está de olho em mim e me segura no momento em que me encosto numa das pilastras.

505

— Meu Deus! Ike! — eu digo. — Aquilo foi além do horrendo.

Os vizinhos curiosos terão o imenso prazer de relatar aos amigos e parentes que viram um jornalista e um chefe de polícia abraçados, aos prantos.

Na coluna, descrevo o impacto de encontrar o corpo mutilado de Sheba e a mãe demente, que nos últimos tempos se tornara violenta, sentada na cama, de guarda, com as roupas e o facão encharcados do sangue da filha. Se Evangeline Poe matou Sheba, escrevi, não havia cena do crime, pois não havia crime. Testemunhei uma grande tragédia, apenas isso: o mal de Alzheimer deixara Evangeline Poe incapacitada tanto para um cometer crime quanto para agir de modo racional. Menciono o dia em que Sheba e Trevor se mudaram para a casa do outro lado da rua, em frente à casa em que cresci, e acrescento que lhes dei boas-vindas à vizinhança oferecendo-lhes cookies caseiros. Refiro-me à noite em que os gêmeos e a mãe correram para a nossa casa, petrificados pelo medo, em consequência da presença de um intruso, no mesmo mês em que fui atacado por um sujeito mascarado e assustador no Stoll's Alley, enquanto entregava jornal. Falo sobre o rosto sorridente com a lágrima escorrendo, emblema e cartão de visita do tal indivíduo, e sobre o assédio constante do predador aos dois filhos apavorados. Digo também que, em Nova York, o mesmo sujeito foi finalmente pego ao matar o porteiro de um edifício na Park Avenue, onde Sheba se hospedava. Condenado à prisão perpétua, ele se fingiu de louco, e ainda simulou um suicídio depois de ser transferido para um hospício. Descrevo a viagem do sujeito a São Francisco, o indiano morto no porta-malas do carro e o arrombamento da casa na Vallejo Street. Identifico-o como o "homem inominável", e revelo que nem mesmo os filhos faziam ideia da identidade do pai. Ele criava uma série de pseudônimos, mudava de emprego a cada ano, alugava casas no meio do mato, isolava e estuprava os filhos à vontade, e os brutalizava de todas as maneiras inconcebíveis.

Enquanto era estuprada, Sheba Poe sonhava em ser uma grande atriz, protagonizando papéis trágicos, enunciando falas tão contundentes que o mundo inteiro cairia de joelhos. Quanto a Trevor, ele se imaginava nos palcos das grandes orquestras do mundo, a plateia de pé, ovacionando a delicadeza indescritível por ele conferida às obras dos grandes compositores. Apesar de uma infância cujo fracasso era inimaginável, ambos conseguiram construir vidas de uma beleza excepcional.

Pela primeira vez, admito que Sheba Poe foi a primeira garota que me beijou. Para um adolescente feioso e tímido, foi como beijar uma deusa. E uma deusa, escrevi, era o que Sheba Poe estava destinada a ser, quando partiu para Los Angeles no dia seguinte da formatura no ensino médio. E uma deusa ela se tornou: uma deusa do cinema e da ribalta, cuja obra há de lhe garantir uma página na imortalidade da tela.

O *News and Courier* publica a foto do pai, tirada quando este entrou na penitenciária de Sing Sing para cumprir a sentença. Um artista do jornal produz uma versão macabra do rosto sorridente, convidado especial em todos os meus pesadelos.

Por Sheba Poe ser famosa, minha coluna é publicada em jornais do mundo todo. No dia da publicação, a central telefônica do *News and Courier* é inundada de chamadas. Leitores telefonam com informações, dicas, palpites, relatando coincidências, denúncias a respeito do pai e todo tipo de detalhe. Registramos o nome e o número do telefone de cada informante, sendo a veracidade dos dados cuidadosamente verificada. Blossom Limestone, a recepcionista, fica atordoada diante da invasão de homens e mulheres que surgem, com anotações ou cartas datilografadas destinadas a mim, relatando o impacto que a coluna lhes causara. Um policial do esquadrão antibomba precisa inspecionar todos os envelopes antes que sejam entregues. Depois de examiná-los, Kitty Mahoney os traz até a minha sala, em grandes quantidades.

Ike vem até o jornal ao meu encontro, pois não consegue vencer o congestionamento da central de telefones; ele sobe pela escada dos fundos até a minha sala. A expressão dele é de alarme e impaciência ao examinar a pilha de cartas sobre a minha mesa.

— Parece que surgiu uma pista — diz ele. — Uma idosa que mora no condomínio Sergeant Jasper leu o seu artigo. Ela mora num dos últimos andares. Sofre de insônia. E gosta de olhar os telhados de Charleston. Ela viu um homem de meia-idade correr de um quintal e entrar num carro parado num estacionamento. Ela disse que acha que eram 3 horas da madrugada na noite que a Sheba foi morta.

— Ela deu uma descrição do sujeito?
— Não. Estava escuro demais.
— Do carro?
— Ela não sabe a diferença entre um Ford Pinto e uma Maseratti. Precisamos de algo mais concreto.
— Vamos conseguir.
— Por que você tem tanta certeza?
— Ego — eu digo. — Esse cara vai morder a isca da publicidade.

A carta chega no dia seguinte, e Kitty emite um grito tão alto que os repórteres pulam de suas mesas. Quando ela me entrega a carta, eu a leio duas vezes antes de telefonar para Ike. Olho o visor do meu relógio, que assinala sexta-feira, 8 de setembro. O tempo correu sem deixar pegadas ou qualquer sinal de sua passagem, e perdi a noção dos dias. Ouço a voz de Ike ao telefone.

— Temos uma pista — eu digo.
— O que é?
— Uma carta. Não está manuscrita. As palavras são formadas por recortes de jornais e revistas. No canto superior, à direita, tem a foto de um sapo.
— Uma carta de amor.
— Diz o seguinte: "Uma já foi. Policiais idiotas. Você idiota. Nunca mexi com criança. Meus filhos me amam. Semana que vem tem caçada ao sapo".
— Só isso? Ele assina?
— Ah, sim. É a melhor parte. Dessa vez ele caprichou. O rosto sorridente, a lágrima furtiva.
— Tinta vermelha ou esmalte de unha?
— Nada disso. Acho que foi feito com sangue.

E, com efeito, naquele mesmo dia, testes revelam que o sangue de Sheba Poe serviu de tinta para a última obra de arte do pai.

Numa segunda-feira, 11 de setembro, o sepultamento de Sheba Poe é realizado na Catedral de São João Batista, na Broad Street. Monsenhor Max se mostra pálido e sofrido em consequência da perda, mas não pode prescindir de desempenhar suas nobres funções enquanto sacerdote. A despeito da dor, ele sabe apreciar a atenção de mídia nacional. Ele oferece um jantar na residência episcopal aos diversos produtores, diretores, astros e estrelas de Hollywood que chegam à cidade em seus jatinhos particulares. O *News and Courier* estampa uma série de fotos, exibindo as celebridades que invadem Charleston a fim de homenagear a atriz assassinada. Meryl Streep aparece chorosa, numa entrevista com Bill Sharpe e Debi Chard, no Canal 5. Clint Eastwood reage com hombridade; Paul Newman se mostra abalado; Jane Fonda demonstra forte emoção; Al Pacino se diz indignado, e Francis Ford Coppola é puro afeto.

Residindo nos confins da Carolina do Sul, eu ainda não vivenciara o efeito corrosivo da obsessão por celebridades que se instalou nos Estados Unidos, resultando numa cultura absolutamente mórbida. Mas me deparo com o fenômeno pela primeira vez no enterro de Sheba Poe, quando 5 mil pessoas cercam a catedral e se espremem, querendo entrar. São os fãs, não os amigos de Sheba, gente que veio de longe, como Seattle e Cidade do México, apenas para assinar o livro de condolências; sete desses livros foram preenchidos, e fãs da atriz enfrentam fila, até as 2 horas da madrugada, no intuito de registrar o afeto exagerado, sentimentaloide, pela "atriz predileta". Fora da catedral, o ambiente está tumultuado, e a força policial comandada por Ike tem dificuldade para controlar a multidão inflamável. Trevor escolheu quem vai carregar o esquife: Ike e Betty, Niles e Fraser, Molly e eu; e pediu à minha mãe que lhe empurrasse a cadeira de rodas e que sentasse ao lado dele, no banco da frente, na nave da igreja. Arrasado em consequência da morte da irmã e do papel desempenhado pela mãe na tragédia, ele parece um espectro. No momento em que o féretro é transportado para o interior da catedral, tenho receio de que a multidão nos atropele.

— Queremos tocar no caixão! — grita uma jovem.

— Temos o direito de vê-la! — outra berra, e a multidão avança perigosamente, quase bloqueando a entrada.

— Ah... sim... ótima ideia — eu murmuro, preocupado, dirigindo-me a Molly.

No interior da igreja, o Corpo de Bombeiros limitou a multidão a mil felizardos, mas o recinto está abarrotado enquanto descemos pelo corredor central. Nós seis choramos abertamente no momento em que ocupamos nossos assentos, no primeiro banco. A busca por Trevor, em São Francisco, transformou a nossa amizade na coisa mais profunda e bela que senti na vida. Nosso compromisso comum é agora inabalável, escrito a fogo, e fará parte das nossas identidades pelo resto da vida. Sheba tinha voltado para nós, pedindo-nos que a acompanhássemos em sua busca, e todos respondemos com um enfático "sim". Mas agora, como resultado de forças malévolas deflagradas naquela viagem, estamos prestes a sepultar a mulher que nos fez acompanhá-la ao Oeste. Durante o enterro, todos ruímos e nos agarramos uns aos outros, como se fôssemos cordas salva-vidas.

Monsenhor Max conduz uma cerimônia solene e sublime, presidindo a missa de corpo presente com a atração natural de um ator pelo centro do palco. Sua voz é encantadora, e é visível que ele tem consciência de estar sendo observado por celebridades de Hollywood. Quase posso ouvir minha mãe dizer: "Max poderia ser o primeiro papa norte-americano", e sou obrigado a admitir que ele exibe mesmo um porte majestoso.

A primeira surpresa ocorre quando Verme Ledbetter se levanta e se dirige ao altar, onde o monsenhor o conduz a uma Bíblia imensa, ricamente trabalhada. Verme lê a epístola com um sotaque sulista tão marcado que poderia ter lhe rendido um papel secundário no filme *Amargo pesadelo*. Trevor tinha me contado que Verme se desesperara ao receber a notícia da morte de Sheba. Gemendo, Verme dissera que ele e sua equipe deveriam ter trabalhado a noite toda para instalar o sistema de segurança na casa dela. Ele achava que poderia ter salvado a vida de Sheba. Mas Trevor lhe garantira que nada poderia ter salvado sua irmã.

Depois da epístola, os seis responsáveis pelo transporte do esquife aplaudem Verme, discretamente, e ele retorna ao seu assento, com o rosto coberto de lágrimas. Chad se levanta, em seguida, e lê um trecho do Evangelho de São Lucas. Diante daquele porte nobre e daquela leitura maviosa, fica evidente por que questões como estirpe e aristocracia desempenham um papel tão central na formação da elite da cidade. A voz de Chad é argêntea e polida, e ele lê o Evangelho como se fosse o próprio autor. Ao retornar ao assento, ele faz um movimento com a cabeça após receber os aplausos de nós seis.

Quando chega o momento da comunhão, Molly segura o meu braço e sussurra:

— Posso comungar? Sou anglicana.

Dou-me conta de que sou o único católico praticante entre nós seis. Olho para monsenhor Max, que faz um sinal para que todos nos aproximemos.

— O monsenhor diz que todos são bem-vindos à festa do Senhor — eu digo. Conduzo o grupo ao altar, para a comunhão, embora Ike e Betty hesitem, conforme seria de se esperar de bons protestantes do Sul. Sob a minha orientação, Ike e Betty fazem sua Primeira Comunhão no funeral de Sheba. Bem mereço que minha mãe, uma purista, me dirija um de seus olhares escabrosos.

Do lado de fora da catedral, o monsenhor designou seis padres da diocese para servirem a Eucaristia à multidão exaltada. Com cálices cheios de centenas de hóstias consagradas, os seis sacerdotes mergulham na multidão. Assistida pelos padres, a turba se acalma. Pelo resto da vida, aquelas pessoas poderão afirmar: "Comunguei quando assisti ao enterro de Sheba Poe, em Charleston."

Então, a magia de monsenhor Max alça voos sumamente criativos. Depois que a Eucaristia retorna ao sacrário devidamente trancado, ele ergue a cabeça, fazendo um sinal ao cinegrafista que está na plataforma do coro. Durante o jantar oferecido na noite anterior aos convidados vindos de Hollywood, Max havia conhecido o agente de Sheba, Sidney Taub, que a descobrira aos 18 anos e que se mantivera fiel e honesto durante toda a carreira da atriz. Sempre achei que Sidney fosse apaixonado por Sheba, mas isso não me causava a menor preocupação... eu também era. Sidney pesquisou todas as sequências de imagens glamorosas, os trabalhos de modelo e os grandes lances cinematográficos que pôde encontrar. As imagens destinavam-se a ser mostradas durante o jantar, mas o monsenhor teve uma ideia inspirada, e sugeriu que os slides fossem exibidos antes do enterro.

O primeiro slide, com Sheba Poe em plena força de uma juventude radiante, tira o fôlego da multidão. Como pode uma mulher ser tão bela, eu penso, contemplando aqueles olhos verdes, aqueles cabelos dourados, o rosto perfeitamente ovalado, os lábios carnudos e um corpo criado pelo amor que Deus demonstra às formas femininas. No segundo slide, Sheba posa para a câmera com um ar petulante, sensual, recém-chegada em Hollywood. E no terceiro, aparece como um anjo perdido numa cidade grande. Logo, a cada novo slide, a multidão deixa escapar um suspiro de satisfação. Um aplauso contido ressoa quando ela aparece, pela primeira vez, ao lado de Clint Eastwood. Depois, sucessivamente, ela surge com um rosto ingênuo, alegre, em estilo Madonna, *femme fatale*, garota de programa... e os presentes ficam extasiados, vislumbrando as alterações lentas e inevitáveis à medida que o rosto de Sheba amadurece. Perplexos, observamos a evolução de Sheba Poe, passando de menina à adolescente, à jovem mulher, com uma beleza cada vez mais profunda, a fisionomia mais amadurecida, mais grave. Finalmente, lá está ela, dançando com Al Pacino num restaurante em Hollywood. Mais uma vez, ela aparece deslumbrante, com uma luz interior, sempre dotada de algo misterioso. Trata-se de um look perfeito, que somente um fotógrafo é capaz de descobrir, um rosto e um corpo que o mundo inteiro quer amar... ver, rever e adorar sempre. Depois que o derradeiro slide é exibido e o projetor é desligado, a multidão aguarda o momento em que os seis responsáveis transportarão o esquife até o carro funerário.

Quando nos posicionamos, Molly diz, à parte, dirigindo-se a todos nós:

— Rapazes, vocês não podem nem imaginar como foi duro frequentar a mesma escola que Sheba Poe.

— Molly? Todos os rapazes sabiam como era *duro* ter Sheba Poe perto da gente na escola — responde Niles, com um ar sério.

Foi essa a nossa conversa antes de iniciarmos a caminhada pela nave da igreja, e sei que Sheba teria adorado o comentário.

No carro, a caminho do túmulo, permanecemos em silêncio até que Molly, sempre dada a murmúrios, tenta quebrar o gelo e amenizar a dor com um pouco de conversa fiada. Embora perceba o intento, irrita-me o fato de ela tentar desviar a nossa atenção, falando de uma notícia veiculada no telejornal.

— Vocês viram que um furacão passou pelo Caribe?

— Não tenho tido tempo para assistir ao noticiário — diz Ike, absorto.

— Já deram o nome? — pergunta Niles.

— Há alguns dias — diz Fraser. — Começa com *H*, e é nome de homem. Herbert? Henry? Alguma coisa assim.

— Hugo — esclarece Molly. — O nome é Hugo.

Tanto quanto Sheba, levaremos conosco esse nome pelo resto da vida.

CAPÍTULO 27

Guernica

Manhã de 21 de setembro de 1989. Os cães de Charleston uivam expressando um terror comum, enquanto os gatos da cidade permanecem lânguidos e despreocupados. As casas parecem usar óculos escuros, pois suas janelas estão cobertas por madeira compensada, uma vez que os habitantes protegem seus lares contra uma tempestade que ainda se encontra a 650 quilômetros de distância. O ar na cidade está estranho, com uma luminosidade ameaçadora. Uma bela senhora toca harpa à janela de uma mansão em East Bay. Quando conclui a peça, ela se levanta e faz uma mesura, agradecendo a um grupo de pessoas reunidas para a "festa do furacão". Com seus punhos potentes, Hugo vai acabar com essa festa. Amanhã, a população da Carolina do Sul tomará pleno conhecimento das regras impostas pelo furacão. Elas são injustas e implacáveis.

O grande furacão, Hugo, age segundo a própria vontade, letárgica, devastadora. Durante uma reunião de emergência na redação do *News and Courier*, os jornalistas recebem informações de um meteorologista preocupado, que vem seguindo a tempestade há vários dias. Ele se refere ao Hugo como "monstruoso, ensandecido, imprevisível". A notícia não poderia ser pior, e meteorologistas do mundo inteiro não são capazes de precisar a trajetória do furacão. O avanço depende, segundo ele, de alterações de temperatura, de massas de ar que surgem na trilha da tempestade, da força de atração provocada pela Corrente do Golfo, e de milhares de outros aspectos que fogem aos limites dos dados disponíveis. O furacão tanto pode atingir Savannah ou Wilmington, como pode seguir para o norte, na direção do oceano.

— Onde o senhor acha que vai ser o impacto maior? — pergunta um repórter.

— Acho que vai ser em Charleston — responde ele. — Está vindo diretamente na nossa direção.

Como resido ao sul da Broad Street, minha missão jornalística é cobrir quaisquer danos causados àquela área tão vulnerável da cidade. Molly e Fraser já despacharam os filhos, acompanhados por Chad, para a casa de verão, nas montanhas da Carolina do Norte. Mas as duas amigas resolvem enfrentar a tempestade na casa de Fraser e Niles, na Water Street, perto da esquina com a Church Street. Os pais de Chad e Fraser recusam-se terminantemente a abandonar a cidade à sua própria sorte naquele momento tão precário. Os filhos não conseguem demovê-los. De acordo com os pais, aquelas casas resistiam às tempestades do Atlântico havia séculos, e era uma covardia pedir ao casal que fugisse para a serra. Fraser tem uma discussão acalorada com os pais, o que deixa o casal exasperado e ela em lágrimas. A cidade está com os nervos à flor da pele, sujeita a súbitas mudanças de humor.

Estou redigindo uma coluna acerca da chegada do furacão quando recebo um telefonema de minha mãe, no meio de um de seus típicos acessos. Molly acaba de chegar à casa dela, e insiste para que ela a acompanhe até a casa na Water Street. Minha mãe exige que eu reconheça sua capacidade física e mental, e que ela está perfeitamente habilitada a tomar decisões. Diz que não vai abandonar sua casa e seu jardim por causa de um furacão cujo nome foi inspirado num romancista francês melodramático e supervalorizado. Repetindo conversas que circulam por toda a cidade, tento lembrar-lhe que sua casa se situa na margem de uma lagoa que tem ligação com o mar. Se o Hugo atingir a cidade, o impacto ocorrerá à noite, no auge da maré alta, com ondas de mais de 3 metros, e a casa, o jardim e ela ficarão submersas. Na condição de filho único, exijo que ela acompanhe Molly, e prometo encontrá-la na casa de Niles mais tarde. Aconselhando-a com mais brandura, peço que ela reúna o que possui de mais valioso, além de toda a água e mantimentos que puder levar consigo. Quando pergunta se eu acho que ela é um burro de carga, percebo no seu tom de voz um dos primeiros sinais de um desvario que em breve se instalaria em toda a cidade.

Todas as estradas e avenidas por onde é possível fugir estão congestionadas, com um trânsito enlouquecedor. No começo da tarde, o vento se intensifica, e o rio produz marolas de espuma que se chocam furiosamente. Alertas para pequenas embarcações são anunciados por toda parte, embora sejam totalmente desnecessários. Vou de carro ao encontro dos surfistas que, em Folly Beach, estão pegando as maiores ondas do século. Enquanto aproveito as últimas ostras servidas no Bowens Island antes que os proprietários fechem o estabelecimento e sigam para Columbia, registro as minhas impressões sobre uma cidade acossada, flagelada. O rádio e a televisão reduziram nosso mundo a um só nome, maligno: Hugo. Sigo até o centro da cidade, livre de qualquer trânsito, às 16 horas. Um fato posso relatar, com toda certeza: não tem ninguém chegando à cidade, mas um exército de habitantes a abandona. Não consigo imaginar cenário mais apocalíptico.

Dirigindo na East Bay Street totalmente vazia, percebo que os pássaros pararam de cantar, que as gaivotas comandam a cena e que as carpas douradas estão bem no fundo do laguinho do meu jardim buscando abrigo contra as rajadas de vento quente. Estaciono na velha garagem do Sr. Canon, no beco que fica atrás da Tradd Street; não creio que o carro e a garagem sobrevivam se o furacão passar por ali. Dentro de casa, perambulo, de cômodo em cômodo, à procura de itens que despertem grande enlevo ou nostalgia, mas constato que amo a casa inteira, e tudo o que está contido entre aquelas paredes amigas. A casa representa algo precioso para mim, um lembrete concreto de que a vida pode nos trazer sorte com a mesma facilidade com que traz desgraça ou ruína. Eu não tinha qualquer direito àquela casa; no entanto, ela quis ser minha, e se transformou num brilhante, exuberante refúgio para o espírito. Não posso nem cogitar a hipótese de ela ser danificada. Protejo todas as belas janelas com fita isolante. Tranco as portas encantadoras e, na hora de mais necessidade, eu a abandono, o amor da minha vida, e sigo a pé até a casa dos Whitehead. Faço uma prece, rogando proteção à casa, e peço ao fantasma de Harrington Canon que ali permaneça na minha ausência.

— Não tenho filhos — digo a mim mesmo, enquanto desço pela Church Street, com as palmeiras rangendo e os carvalhos sacudindo, cientes das dores provocadas por velhas tempestades. — A metade da minha vida já foi vivida. Como cheguei até aqui, neste momento?

A luminosidade é sobrenatural, surreal, quase uma antiluz; das próprias pedras, a cidade exala um odor de resignação. Aproximadamente, a quarta parte dos meus vizinhos vai enfrentar o furacão dentro de casa, e em muitas casas por onde passo há uma atmosfera festiva. Numa casa, a música de Vivaldi penetra o vento crescente; em outra, Emmylou Harris canta "Queen of the Silver Dollar". Aparelhos de televisão cintilam em algumas salas, sendo o furacão Hugo o único tema em discussão. Eu nunca tinha visto Charleston acuada, amedrontada... jamais, em toda a minha vida. Talvez a cidade tenha experimentado um sentimento semelhante durante a Guerra Civil, quando esteve sob o bombardeio implacável da marinha da União. Sinto a chegada da tempestade em cada célula, como se meu corpo houvesse se transformado em algum estranho medidor das diabruras do planeta.

Uma janela se estilhaça na varanda de um primeiro andar, e vejo um homem de meia-idade, com o rosto encoberto por um lenço, arrombando uma mansão abandonada. Talvez seja o primeiro saqueador visto na cidade, mas não será o último. Aceno para uma viatura e forneço as devidas informações, mas os dois policiais não parecem interessados na minha denúncia de furto. O rádio do carro tagarela, transmitindo instruções que partem da central. Ouço uma ambulância que cruza a cidade, mas o som da sirene é débil. Numa fração de segundo, penso no paradeiro de Starla, e rezo para que esteja longe. Em seguida, faço com que ela desapareça por completo da minha mente, procedimento que hoje realizo com perfeição.

Abro o portão da casa localizada à Water Street, e em seguida abro a porta da frente, deparando-me com um pandemônio pelo qual sou parcialmente responsável. O vento bate a porta com força atrás de mim. Entro numa sala onde os habitantes da arca se reúnem em volta de um aparelho de TV. As imagens do furacão Hugo obtidas por satélite são de tirar o fôlego. A tempestade parece maior do que o estado da Carolina do Sul.

— Não vai atingir Charleston — anuncia Worth Rutledge aos presentes. Eu tinha esquecido aquele tom de certeza e onisciência em sua voz de homem culto. — Vai se desviar para o norte, quando atingir a Corrente do Golfo.

Recentemente, Worth fraturou o quadril jogando golfe no Charleston Country Club e ainda não domina bem a cadeira de rodas. Sua irritabilidade é inata, mas o acidente a intensificou. Por instinto, mantenho-me distante de Chadworth Rutledge, o Nono, e não me agrada a ideia de passar uma noite que talvez seja memorável no mesmo ambiente que aquele chato de sangue azul. Na cozinha, Molly se ocupa do jantar, enquanto Fraser serve aperitivos aos espectadores que, preocupados, ouvem a equipe do telejornal do Canal 5 transmitir notícias assustadoras. Trabalhando em cobertura externa, em plena ventania, com as cabeleiras voando, diversos repórteres gritam informações acerca da velocidade dos ventos. São 19 horas e nossos olhos fitam o olho assustador do furacão Hugo, enquanto a tempestade, com sua força maligna, seu vórtice prodigioso e seu lúgubre bel-prazer, avança sobre Charleston.

— Escrevam o que estou dizendo — repete Worth. — A Corrente do Golfo vai desviar o Hugo.

— Querido — diz a esposa dele —, será que você poderia ficar caladinho? Só Deus sabe se essa tempestade vai nos atingir ou não.

— Não tenha medo, mamãe — diz Fraser, conduzindo a mãe até uma poltrona e fazendo com que ela se sente, mas a senhora treme de pavor.

— Sempre achei que fosse morrer numa dessas tempestades — admite Hess Rutledge.

— Bobagem. Só mesmo camponeses em barracões e moradores de trailers morrem em furacões. Já morreu mais gente caçando veado neste estado do que em consequência de um furacão.

Worth ergue o copo, pedindo mais uma dose, e eu me aproximo para atendê-lo.

— O que o senhor deseja? — pergunto.

— Desejo que minha filha me prepare uma bebida, e não você, Leo. Não tinha reparado que o fofoqueiro da cidade havia chegado.

— Pode deixar, Leo — fala Fraser, apressando-se na direção do bar localizado num canto da sala.

Molly estica a cabeça, pela porta da cozinha, e diz:

— Worth, comporte-se. Fraser e eu já pedimos a você para ser gentil.

— Eu deveria ter ficado em casa — resmunga ele. — Minha casa foi construída como um castelo, madeira de lei. É resistente como granito. Sobrevive até a ataque nuclear.

— Fica ao lado do porto — eu digo. — O furacão pode provocar ondas mais altas do que a casa do senhor.

— A mansão dos Rutledge-Bennet sobrevive há duzentos anos, sem precisar do conselho de um católico — retruca Worth, arrastando para a discussão a minha mãe, mulher perfeitamente capaz de se defender.

— Worth — diz ela, com uma frieza extraordinária —, sei que Cristo morreu na cruz para salvar as almas de todos os homens, mas não creio que morresse para salvar um filho da mãe como você.

— Lindsay — murmura Hess Rutledge, num tom de dignidade magoada. — Você não precisava dizer uma coisa dessas. Worth fica ríspido quando está preocupado ou assustado.

— Assustado? — zomba ele. — Por quê? Por causa de uma chuvinha? Já disse a vocês, essa droga de furacão vai ser desviado. Quantas vezes vou precisar repetir isso?

— Peça desculpas ao Leo — exige Fraser.

— Desculpe-me, papista — diz ele, rindo, e eu bem sei que ele está apenas fingindo que foi brincadeira; o gesto é insincero, mas aceito as desculpas, no espírito de uma noite fora do comum.

Niles se junta a nós assim que acaba de reforçar as janelas, aplicando grandes Xs com fita isolante.

— Trevor, você não quer tocar um pouco de piano? — pergunta Fraser. — A música mais linda que você conhecer. Os nervos aqui estão à flor da pele.

— A Aids é transmitida pelo ar? — pergunta Worth à esposa, sem se preocupar em baixar o tom de voz.

Enquanto Trevor toca, Molly serve sopa de rabada bovina, pernil de porco, batata e aspargos cozidos, e salada. Formamos uma fila e passamos os pratos uns aos outros, até todos estarmos servidos. Depois que nos sentamos, Fraser me pede para fazer uma prece, e damos as mãos ao redor da mesa de mogno que pertenceu à bisavó da Sra. Rutledge. Trevor interrompe a interpretação de Mozart no meio de um concerto para piano, mas prefere não comer por enquanto. Quatro candelabros iluminam o ar tenso, com uma luz perolada e confortante, e faço uma oração.

— Deus do vento, Deus da tempestade, colocamo-nos em Vossas mãos nesta noite de mistério. Nesta noite de medo. Existe uma razão pela qual reunistes este grupo de pessoas, e haveremos de compreender o mistério quando o dia clarear. Pedimos que sejais magnânimo com esta cidade, com esta casa e com estas pessoas. Por Vos adorar, compreendemos as calamidades que podem se abater sobre o mundo, a natureza dos furacões, a força das palavras e a glória da Última Ceia. Confiamos na Vossa misericórdia, e esperamos que, nesta noite, nossa confiança seja justificada. Lamento o fato de Worth Rutledge não gostar de católicos, e espero que, por esse pecado infame, o tortureis no fogo eterno do inferno. Amém.

— Amém — dizem os demais, e até Worth esboça um sorrisinho.

— Detesto preces exibidas, exageradas — comenta minha mãe sutilmente, enquanto pega a colher.

— É o tipo de prece de que precisamos hoje, Dra. King — diz Molly, enquanto prepara o prato do sogro. — Leo, traz o Trevor até a mesa.

— Não estou com fome, querida — afirma Trevor. — Pode me deixar aqui mesmo, definhando, acariciando as teclas e bailando suavemente.

— A música me conforta — diz a Sra. Rutledge, com um sorriso pálido e dirigindo-se a Trevor. — Sinto-me como se fosse a esposa de Noé. Antes do dilúvio.

— É um furacão — diz o marido. — Chuva e vento. Não é o dilúvio.

— Como vão as crianças? — pergunto a Molly.

— A salvo na serra. O Chad disse que as pousadas estão todas lotadas. Se a coisa piorar muito, talvez seja preciso ir para a sua casa, querido — diz ela a Niles. E, dirigindo-se aos demais: — Os pais do Ike já estão lá; e os filhos também.

— Se eu for para o norte, vou me hospedar no Grove Park Inn — afirma Worth, concentrando-se na refeição. — Hotel de alto luxo em Asheville. Sabem o que é camping para mim hoje em dia? Um hotel da rede Ritz-Carlton.

Minha mãe pigarreia e joga o guardanapo sobre a mesa:

— Não vou passar uma noite de furacão com esse sujeito vulgar.

— Fique quieta, mãe — eu ordeno.

— Sempre haverá Paris, Dra. King — diz Trevor, e começa a tocar "As Time Goes By", do filme *Casablanca*. Ele sabe o quanto minha mãe aprecia a canção.

Trevor logo conclui a música com um floreio e, no silêncio que se segue, Molly murmura:

— Deus do céu! Ouçam esse vento!

— Deveríamos ter ficado em casa — repete Worth Rutledge. — Se morrermos aqui, não morreremos numa casa importante.

— Cale a boca, Worth — responde a esposa levantando-se e dirigindo-se ao quarto de hóspedes, nos fundos da casa. É seguida por Fraser às pressas, e a filha leva dez minutos para conseguir acalmá-la.

Quando Trevor se cansa de tocar piano, eu o carrego para o sofá e digo-lhe que não vou sossegar enquanto ele não tomar um milk-shake, ao menos, antes de dormir. A maior consequência ilógica da Aids é que Trevor continua a perder peso, não importa a quantidade de calorias que eu consiga lhe enfiar pela goela. Ele sempre me acusa de empanturrá-lo, como uma camponesa da Dordonha empanturra um ganso. Por meio de centenas de maneiras escusas, e com base numa vida dedicada à culinária, tento fazer com que ele ingira alimentos com alto teor de gordura, mas a comida não resulta em uma boa nutrição.

Sirvo um milk-shake a Trevor e fico ao lado de minha mãe, incapaz de se afastar da televisão, que segue prestando informações e instruindo sobre o que os moradores devem fazer. O Hugo se assemelha agora à mira de uma espingarda, cujo centro recai, precisamente, sobre a nossa cidade. Visto uma capa de chuva e respondo aos protestos de minha mãe:

— Estou cobrindo o furacão para o jornal, e o sul da Broad Street é a minha área. Preciso dar uma olhada no mar.

— Vou com você — diz Molly.

— De jeito nenhum — protesta Fraser. — Pense nos seus filhos.

— Certo — diz ela, enquanto veste a capa. — Já pensei neles. Vamos, Sapo. Antes que o vento piore.

Precisamos recorrer a toda a nossa força para abrir a porta da frente da casa, e a porta fecha violentamente, empurrada pelo vento. Debi Chard acaba de noticiar rajadas a 130 quilômetros por hora, no momento em que Molly e eu, cegos pelo vento, corremos até a murada da Battery. Uma estranha luminosidade em tom de esmeralda nos intimida enquanto, de mãos dadas, lutamos para nos manter de pé, na corrida rumo ao furacão. Ao subir os degraus de acesso ao quebra-mar, de onde os turistas costumam contemplar o forte Sumter e admirar as mansões de East Bay, agarramo-nos ao corrimão de aço. A chuva arde nos meus olhos e, subitamente, uma onda explode por cima do quebra-mar, quase nos arremessando de volta ao meio da rua.

— Já entendi! — grita Molly, superando o ruído do vento. Conseguimos nos aprumar, e vislumbramos o porto de Charleston enlouquecido e mortífero. A água me assusta. Eu achava que já tinha visto todos os tons de verde, marrom e cinza. Mas, agora, vejo o rio Cooper saltar para fora do canal, num branco desbotado.

De mãos dadas, voltamos até a casa, com o vento às costas, experimentando a sensação de recordistas mundiais de 100 metros rasos. No momento em que encontramos Niles no portão, rimos descontroladamente.

— Pela porta dos fundos! — grita ele. — A da frente não abre mais. Fui trancar o galpão e uma trepadeira voou perto da minha cabeça... quase morri de susto.

— Você arriscou a vida por um galpão de ferramentas? — diz Molly, a ideia lhe provocando risos.

— Pode haver morte mais vexatória? — eu grito, no momento em que contornamos a casa.

— Não, não — diz Molly.

Continuamos a rir ao entrar na casa, sacudindo a água da chuva e descrevendo o estado do porto. Mas o riso logo é interrompido quando ouvimos uma explosão bem próxima, em algum ponto da rua. As chamas de um transformador queimado iluminam o céu durante alguns instantes, e a casa mergulha numa escuridão total.

Tateando pelo caminho, avançamos até a sala de visitas, de onde Trevor grita:

— Aqui dentro está um breu!

— Onde estão as lanternas? — pergunta Molly a Fraser, que procura uma caixa de fósforos no guarda-louça. — Acenda os candelabros — continua Molly — e pegue as lanternas.

Ela fala num tom de voz acima do normal, pois o Hugo já ruge pela cidade, com seus ventos demoníacos, quebrando pinheiros como se fossem palitos, arremessando-os através da escuridão, arrebentando janelas. Um carvalho voa e aterrissa ao lado da casa, e outros transformadores elétricos explodem como bombas, rua acima e rua abaixo. Niles e eu levantamos o canto de uma prancha de proteção da janela, no lado oposto ao do vento, e olhamos a rua, atônitos diante de uma luminosidade turquesa que nos permite vislumbrar carros e iates voando, como se não tivessem peso algum. Um dachshund voa em frente à janela, ganindo. Mais transformadores explodem no quarteirão ao lado, e fios desabam, enrolados como espaguete. Uma placa de PARE atinge o tronco de uma palmeira como um machado. Rajadas gigantescas quase arrancam a casa das suas fundações, mas a construção aguenta firme, como um crustáceo num rochedo.

Quando nos vê à janela, Molly grita:

— Vocês estão malucos? Se a magnólia tombar, vai decepar a cabeça de vocês.

— É verdade — eu digo.

Niles e eu voltamos à sala de visitas. Nossos ouvidos começam a doer e nossas bocas ficam secas, pois a pressão atmosférica despenca. Em pouco tempo, estamos ofegantes, e passamos a beber água gelada e cerveja.

— A casa está aguentando — diz Niles com um otimismo cauteloso, logo aniquilado por minha mãe.

— Cuidado com o otimismo infundado — adverte ela.

— Porra, Lindsay! — retruca Worth. — Você sempre fala como uma professora!

— Isso não é verdade, Worth — responde ela, de maneira incisiva. — Por vezes, sou tomada pela idiotice. Então, falo como um advogado da Broad Street.

Worth não consegue rebater, pois o barulho extraordinário do furacão aumenta, e a casa sacode tanto que a luz dos candelabros chega a tremer.

— Nós não devíamos ter ficado. — Molly se faz ouvir, acima da ventania. — A casa não vai resistir.

— Esta casa tem duzentos anos! — grita Worth. — Nossos ancestrais construíram estas casas para resistirem ao tempo. Elas enfrentam qualquer desastre.

— Seus ancestrais não construíram coisa nenhuma — diz minha mãe. — Foram os escravos deles que construíram.

Worth está se preparando para retrucar quando a voz de minha mãe sobe de tom.

— Água! — grita ela. — Meu Deus! Leo... são as ondas!

Naquele momento, a água começou a entrar na casa, por todas as portas e janelas. De início, o fluxo foi lento e sistemático. Então, o vento arrancou as proteções de madeira compensada sobrepostas às janelas e os vidros começaram a estourar em todo o andar térreo, no momento em que a maré alta e uma onda de 4 metros de altura invadiam a casa com uma força total e irresistível. Antes de poder mexer um músculo sequer, eu já estava com água até os tornozelos.

— Isso é a chuva? — grita Fraser, com um ar de incredulidade.

— É o oceano que nos visita — grita Niles, em resposta. — Sempre quis saber por que o nome dessa rua é Water. Vamos embora!

Peço a minha mãe que se levante e a acompanho até a escada, enquanto Fraser pega os 36 quilos de Trevor e vem ao meu encontro, ao pé da escada; a água sobe rapidamente. Eu grito para ela:

— Será que a melhor jogadora de basquete da história da Ashley Hall consegue carregar meu amigo escada acima?

— É claro que sim! — grita ela. — Você traz os meus pais?

— É claro que sim! Niles? Você se encarrega da Sra. Rutledge?

— Já estou com ela aqui — diz Niles, e tudo é escuridão e alucinação no momento em que ele passa, com ela nos braços. Avanço pela água para resgatar Worth Rutledge, em sua cadeira de rodas.

— Onde o senhor está, Sr. Rutledge? — eu grito.

— Aqui, Leo — responde ele, com uma voz trêmula e desesperada.

Quando, avançando pela água turbulenta e que não para de subir, finalmente o alcanço, ele está imerso até o pescoço e totalmente atordoado. Ele me agarra e, desesperado, afunda a minha cabeça na água negra. Emerjo e, mantendo-nos na superfície, grito em seu ouvido:

— Worth! Vamos boiar até a escada. Não lute comigo! Precisamos manter a cabeça fora d'água.

Ouço Niles abrindo caminho em meio à água atrás de mim, e dois focos de luz, emitidos por duas lanternas, iluminam nossas cabeças enquanto luto para nos manter na superfície. Percebo a presença de ondas, impelidas pelo vento e pela maré, rolando pela sala cheia de antiguidades. Niles me alcança, e é a força dele, não a minha, que nos faz chegar à escada. Worth urra de dor no momento em que o içamos para a escada, quase quebrando, mais uma vez, o quadril fraturado. Na escada, passamos os braços dele por cima dos nossos ombros, e o levamos até o quarto do neto. Ele delira de dor, gemendo alto, quando a Sra. Rutledge entra no quarto, com os cabelos escorridos pelo rosto. Sob a luz de uma lanterna, ela vasculha a bolsa encharcada, e encontra um frasco de analgésico.

— Sra. Rutledge — eu digo, admirado —, no meio desse caos, a senhora conseguiu salvar a sua bolsa?

— Uma dama nunca sai sem um batom — responde ela, elevando a voz. Em seguida, retira alguns comprimidos e diz ao marido: — Mastigue esses comprimidos, Worth. Não temos água.

Ele obedece, prontamente.

O andar superior parece firme, e nós nos secamos e nos limpamos tanto quanto possível. Niles e eu nos sentamos no topo da escada, com lanternas e candelabros, e monitoramos a subida da água, atentos no caso de ser necessária uma evacuação de emergência, para o sótão. Uma debilidade de corpo e alma se abate sobre mim enquanto, ao lado de Niles, observo, com total perplexidade, a água subir, degrau a degrau. Por volta das 3 horas da madrugada, percebemos que a água já não sobe de maneira tão rápida. A inundação permanece estagnada durante meia hora, a dois degraus do andar superior. Então, visivelmente, a água começa a baixar.

Lá fora, a ventania parece mais branda à medida que o Hugo deixa a cidade. As velas estão quase extintas nos candelabros, quando Niles diz:
— Passou.

Ele me surpreende ao pegar a minha mão. Em meio àquelas trevas assustadoras e à beleza da água que baixava, ele, simplesmente, pega a minha mão. Percebo que ele precisa daquele gesto. Sentado ali, vendo a água recuar, penso em Niles, no orfanato, no dia em que o conheci, e suponho que ele precisasse de alguém, qualquer pessoa, que lhe segurasse a mão durante a longa marcha forçada que foi a sua infância. Era o mínimo que eu podia fazer, visto que, muito tempo atrás, ele me ensinara uma lição sobre a grande força interior que, às vezes, é possível ser encontrada em um homem sofrido. E me ensinou também que tais homens podem crescer e se tornar heróis.

Adormecemos no topo da escada e, quando desperto, logo após raiar o dia, constato uma serenidade incrível, uma calmaria insondável. Vou até uma janela e contemplo a cidade surrada: telhados foram inteiramente arrancados, varandas desabaram, árvores estão decapitadas e desenraizadas. Minha cidade parece ter sido bombardeada de um jeito irrecuperável, como se o Hugo tivesse atacado com uma perversidade artística, transformado Charleston numa Guernica.

Niles acorda pouco depois de mim, e juntos descemos as escadas enegrecidas pela lama. A devastação do andar térreo é total, inimaginável. Cada item do mobiliário, cada antiguidade, cada tapete oriental, dois lustres, retratos dos ancestrais da família Rutledge, cada peça de porcelana... tudo está estragado, ou simplesmente desaparecido. Trinta centímetros de lama encobrem todo o piso. Os alimentos que estavam na geladeira e no congelador estão dispersos, embolados na lama, já em estado de putrefação. Ao longo dos dias que se seguem, a cidade fede como uma fossa.

Vou até a janela de onde Niles e eu tínhamos observado a tempestade. Um Volkswagen amarelo, conversível, ano 1968, está no meio do jardim, amassado como uma lata de atum. Ao lado do carro, jaz o corpo inchado de um cão labrador dourado. Há peixes por todo lado. O cheiro de esgoto impregna uma Charleston irreconhecível.

Niles vem ao meu encontro e põe a mão no meu ombro.

— Pode chorar.

Choro, mas isso não alivia a minha tristeza. A cidade das sutilezas mais raras criadas pelo homem está de joelhos, e tudo agora é putrefação e carniça.

— Não vamos poder ficar aqui — diz Niles. — Vamos ver se a sua casa resistiu melhor do que a minha.

Atravessamos o jardim com toda cautela.

— Puta merda! — exclama ele, no momento em que pulamos uma cerca de ferro torcido estendida no solo. — O galpão aguentou mais do que a casa.

De fato, o galpão de ferramentas fechado a cadeado parece estar mais firme do que a casa, embora a marca da água chegue quase ao teto.

— Foi construído pelos antepassados do Worth — eu comento secamente, fazendo Niles gargalhar.

Passamos por cima do que restou da cerca e lentamente subimos a Church Street, pelo lado leste. Tudo está destruído, como se fosse um bombardeio, e chegamos ao ponto máximo atingido pelas ondas, indicado pelo limite da lama. Vemos pássaros mortos por toda parte, um gato morto, uma placa de CEDA A VEZ rasgada ao meio, um letreiro da Exxon, vindo só Deus sabe de onde, um carro todo amassado, um carvalho derrubado, uma varanda inteira no meio de um quintal, jardins arrasados, jardins arrasados, jardins arrasados. Para piorar, o dia nasceu quente e lindo, e o calor do sol implacável da Carolina do Sul intensifica o horrendo odor de putrefação.

Ao dobrar a esquina da Tradd Street, encontramos ainda mais devastação. Aquilo não podia ser o local onde eu tinha vivido toda a minha vida adulta. Avançamos, com extrema cautela, por uma rua cheia de cacos de vidro, e Niles me detém quando chegamos diante da minha casa.

— Parece que está tudo bem — diz ele, hesitante.

— Onde está o portão do meu jardim?

— O vento levou — responde ele, secamente. — Você está com a chave?

Entrego-lhe a chave e ele destranca a porta da frente. Entramos. Tudo parece igual. Minha casa resistiu ao Hugo. Algumas telhas voaram, houve infiltração no sótão, e aqui e ali uma janela quebrou. Mas a casa aguentou a tempestade, melhor do que muitas outras construções da cidade. Choro e, novamente, o choro não me consola.

— Tire as suas roupas, Sapo.

— Por quê?

— Porque estão imundas — diz Niles, pegando toalhas e sabonetes no banheiro e dois pares de tênis de corrida no armário. — Vidro — diz ele, enquanto calça um par e segue para o quintal na direção da fonte, transbordante com água de chuva. Ele se molha e se ensaboa da cabeça aos pés. Faço o mesmo, pois meu cabelo está duro como um ninho de gaivota, mas logo fica sedoso à medida que o sol aquece meu jardim arrasado. Secando-me, vou até o laguinho, onde lamento a morte das carpas, mas também testemunho um pequeno milagre quando três peixes se aproximam da superfície e emitem o sinal dourado da sua milagrosa sobrevida.

— Preciso ir para o trabalho — eu o aviso.

— Claro — diz Niles. — Mas eu não iria assim.

Contemplando a nossa própria nudez, rimos tanto que ficamos zonzos, e o ruído que provocamos parece condizer mais com um manicômio do que com um jardim de Charleston.

Depois que me visto, desço em estado de estupor pela King Street abandonada, destruída, caminhando por cima de cacos de vidro, evitando pisar nos emaranhados de fios rompidos que pareciam cobras venenosas. Sou obrigado a passar por cima de troncos e galhos de árvores tombadas. Um policial me intercepta e diz que corro o risco de ser alvejado se for confundido com um saqueador. Dou a segunda gargalhada da manhã e exibo minha carteira de jornalista, toda encharcada.

— O senhor é Leo King, o colunista — diz ele. — Imagine! Sou o sargento Townsend.

— O senhor pode me fazer um favor?

— Não, não posso. Estou de plantão. Talvez o senhor não saiba. Tivemos um furacão ontem à noite.

Explico que sou amigo pessoal de Ike Jefferson, e que preciso enviar uma mensagem ao chefe de polícia. Digo que Niles precisa de ajuda para transportar algumas pessoas de sua casa até a serra.

— Por que o chefe haveria de se incomodar com isso? — pergunta o sargento Townsend. — Ele está atolado de problemas.

— Os pais e os filhos dele já estão na serra. O Ike não mandou o senhor prender saqueadores, mandou?

— Não. A cadeia está entupida. Ele só disse que é para a gente enfiar a porrada neles.

— O senhor é dos meus! O seu nome vai sair no jornal amanhã, sargento.

Ike envia uma caminhonete à casa de Niles, e todos embarcam, exceto Molly e eu. Niles não gosta da ideia de deixar Molly para trás, e argumenta que não há o que ela possa fazer enquanto a Guarda Nacional não remover os escombros e a energia elétrica não for restabelecida. E ressalta que os danos à residência dos Rutledge e à residência dela própria são tão grandes que ela nada poderá fazer sem a ajuda de operários. Mas Molly está decidida a permanecer, e me surpreende ao afirmar:

— O Leo e eu vamos averiguar o que aconteceu com a casa da minha avó, na praia.

— A Sullivan's Island está interditada. A Guarda Nacional não deixa ninguém passar. As pontes estão instransponíveis.

— Encontrei um barco — diz Molly. — Uma lancha a motor. Está pronta para partir.

— O que eu digo ao Chad? — indaga Fraser. — E aos seus filhos?

— Diga-lhes que estou no Brasil — responde Molly, secamente.

Quando o grupo finalmente parte, Molly e eu caminhamos até o que restou da marina. Paramos diante da casa de minha mãe... a casa está em ruínas, triste; a residência dos Poe quase desabou. Mas Molly está obstinada em sua missão e não perde tempo com lembranças ou sentimentos. Ike conseguiu uma lancha para ela, que está atracada ao que restou da marina. Lanchas e iates estraçalhados estão espalhados pelo Lockwood Boulevard; a elegância de um iate de 1 milhão de dólares se transforma em ironia quando se vê o barco arrebentado e desfigurado no meio de uma rua de Charleston. Mas Molly continua decidida enquanto percorremos uma série de embarcações avariadas até chegarmos a uma pequena lancha que sobreviveu ao Hugo na garagem de um vizinho de Ike. Dou partida no motor, e Molly aponta na direção da Sullivan's Island. Digo que conheço o caminho, e que, se um integrante da Guarda Nacional disparar contra mim, a nossa amizade acabou. Ela não ri e não pronuncia uma única palavra enquanto cruzamos a enseada de Charleston, testemunhando a devastação da cidade ao passarmos pelos casarões da Battery. Sendo o barco pequeno e estando a maré alta, levamos mais de uma hora para chegar ao extremo sul da ilha. Dois barcos camaroneiros estão encalhados no meio do estuário.

Em seguida, passamos diante de casas de praia... ou de construções que um dia haviam sido casas de praia.

— A casa dos Murphy se foi. A casa dos Ravenel se foi. Claire Smythe vai ficar desesperada. Mas os Sander e os Holt deram sorte; as casas deles ainda estão de pé. Coitados dos Saint John, e dos Sinkler — murmura Molly. A litania dos nomes prossegue enquanto seguimos em direção à querida casa da avó. A casa de Weezie. A casa de verão.

— Cadê a casa, Leo? Cadê? Cadê a casa de Weezie? Por que Deus levou a casa de Weezie? Foi-se! Foi-se embora! — Molly irrompe em lágrimas no momento em que manobro a lancha na direção do buraco deixado pela casa de Weezie. Arrasto a lancha até a areia enquanto Molly encara as ruínas de sua infância. Ela cai de joelhos na areia, chorando, gritando, descontrolada, pouco se importando se alguém presencia ou ouve a sua dor. Restaram da casa, pateticamente, uma meia parede, e um piso de cimento onde nós jogávamos pingue-pongue e dançávamos ao som de um jukebox. O jukebox desapareceu e a mesa de pingue-pongue ruiu. Vemos um sofá barato que, milagrosamente, sobreviveu ao dilúvio, mas a água o carregou até as proximidades da parede desabada. Vemos uma luminária, um saco usado para lavar roupas delicadas e um disco de 45 rotações, o único sobrevivente do jukebox desaparecido. Pego o disco e leio o rótulo: Johnny Cash, "Ballad of the Teenage Queen". Meu Deus, eu penso, essa canção contou a história de Sheba, muito antes de ela chegar aqui.

Ouço a voz de um homem:

— Alto!

Erguendo os olhos, vejo dois jovens soldados da Guarda Nacional, com os rifles apontados para nós. Deixo o disco cair no piso de cimento e levanto os braços.

Molly os ataca:

— Saiam da porcaria da minha propriedade! — grita ela. — Vocês não têm o direito de ficar na casa de Weezie. Saiam da casa da minha avó, e nunca mais voltem aqui. A não ser que sejam convidados... o que nunca vai acontecer.

Ela tropeça na areia e cai de joelhos. Um dos soldados grita:

— Temos ordens, senhora. Ninguém pode entrar na ilha. Estamos tentando impedir saques.

— Saques? — grita Molly. — Vocês acham que estou aqui para saquear? Saquear *o quê*? Ei! Ali tem uma bola de pingue-pongue. Eu quero saquear aquela bolinha. Uma lata de cerveja. Será aquilo uma velha placa de carro? Sabe o que eu, realmente, quero, meu jovem?

— Não, senhora — respondem os dois soldados, baixando os rifles.

— Os álbuns de fotografias. Fotos da minha família, aqui, todos os verões. Cinco gerações. Fotos de valor inestimável. Perdidas! Perdidas para sempre!

— Rapazes, deixem que eu cuido dessa senhora — eu disse. — Eu a retiro da ilha. Deem-nos alguns minutos.

— Tudo bem, senhor — diz um dos soldados. Ambos se afastam. Molly, a aristocrata de Charleston, conseguiu intimidar os rapazes do interior. Vi os dois correrem de volta para o jipe.

Mas a cena passa despercebida por Molly, que recomeça a chorar. Deixo que ela chore, pois certas emoções estão além de consolo. Percebo o privilégio de dividir com ela aquele momento tão íntimo. Estamos em território sagrado, um monumento à infância dela. Embora a casa possa ser reconstruída, serão necessários outros cinquenta anos até que o solo se torne, mais uma vez, sagrado. Molly para de chorar quando ambos escutamos uma respiração quase sobrenatural perto de nós. Caminhamos, melancólicos, até o sofá encharcado, de costas para nós, e encontramos um golfinho de 1,80m de comprimento, deitado nas almofadas, como se a mão de Deus o houvesse colocado ali. Milagrosamente, ele ainda está vivo e, sem diminuir o passo, Molly determina que eu encontre algo que nos possibilite levar o animal de volta ao mar.

Encontro um pedaço da mesa de pingue-pongue, cujo tamanho, segundo parece, será suficiente para o transporte. Com extremo cuidado, acomodamos o golfinho sobre a prancha de madeira. Fazemos força, gememos e suamos, empurrando o golfinho até as ondas. Parecemos recrutas carregando um companheiro tombado no campo de batalha. O golfinho é pesado, um peso morto, e Molly e eu ainda estamos enfraquecidos, em consequência do mesmo apuro que quase deu cabo daquele animal. Caio de joelhos, e me levanto exatamente no instante em que Molly desmorona. Mas conseguimos manter o golfinho em cima da prancha de madeira, e o empurramos na direção da maré alta, que a lua está trazendo a Charleston.

O sol está se pondo e, quando chegamos à água, caminhamos até que a superfície alcance a nossa cintura. Segurando o golfinho, retiramos o fragmento de mesa. Seguimos empurrando o animal pela enseada ainda ensolarada, e a pele de Molly fica dourada, na água refrescante, deslumbrante. Durante 15 minutos, exaustos e preocupados com o mamífero, acompanhamos a criatura ferida, aproveitando o fluxo da maré. Espirramos água sobre ela, e a incentivamos a viver; por fim, exigimos que ela sobreviva. Ambos precisamos de um sinal que o Hugo não nos roubou tudo, que um espírito reside nessas terras e nessas águas, um espírito que furacão algum poderá abalar. Finalmente, a respiração do golfinho fica mais forte, e ele começa a se mexer. A pele se torna brilhosa. O animal parece dourado, no último raio de sol. Quando penso que já não aguento mais, quando acredito que vou tombar no oceano e morrer, o golfinho, de repente, esbarra em mim, com um tapa da cauda potente, e se vai para sempre... Molly e eu gritamos, e lágrimas escorrem pelo nosso rosto. Mais uma vez, estamos em frangalhos. Mas tudo bem. A nossa amizade é um elo que nos resgata.

Na manhã de segunda-feira, escrevo sobre a nossa jornada até a Sullivan's Island e relato a terrível descoberta feita por Molly de que a casa da avó havia sido totalmente destruída; mas o relato tem milhares de paralelos naquele momento pavoroso vivido por Charleston. É o golfinho que comove meus leitores. Ao salvar o golfinho, Molly salvou uma parte da alma de Charleston. Descrevo a beleza de Molly Huger Rutledge, e confesso que a amo desde o dia em que a conheci. Embora não fosse a minha intenção, a coluna é uma carta de amor a Molly. No parágrafo final, admito que passei a vê-la de modo diferente quando o golfinho adquiriu vida e nadou para longe de nós. Aquela era uma mulher que eu desconhecia. Aquela Molly Rutledge tinha se transformado, para mim, numa ninfa do mar, uma deusa da tempestade.

CAPÍTULO 28

Sete por cento

Na sexta-feira seguinte à passagem do Hugo, Molly e eu seguimos de carro até as montanhas da Carolina do Norte, a fim de resgatar nossas famílias, refugiadas da tempestade. Molly conseguiu contratar três equipes de trabalho para iniciar reparos aos danos causados à mansão dos Rutledge, à casa dela, na East Bay Street, e à casa de Fraser e Niles, na Water Street, onde cometemos a imprudência de enfrentar a pior tempestade da história de Charleston. Localizei, em Orangeburg, uma equipe para limpar os 30 centímetros de lama negra depositados no interior da casa onde cresci. Sinto-me como se alguém tivesse me enfiado dentro de uma lavadora de roupa que permaneceu ligada durante uma semana inteira. Molly passou os últimos dias de quatro, no chão, limpando a lama e a sujeira que invadiram sua casa; ela e Chad possuíam algumas das antiguidades mais valiosas de Charleston, até que as águas passaram por cima da murada da Battery... Descobri que, no início século XVIII, o local onde hoje existe a Water Street era um córrego que atravessava um estuário de água salobra, local então preferido pelos charlestonianos para a pesca, sobretudo de camarão. Embora a cidade tivesse aterrado o local e acabado com o estuário, o córrego estava com a memória absolutamente intacta e escolheu aquela trilha velha, e hoje desonrada, para invadir a cidade. Podemos aterrar todos os córregos e riachos que quisermos, mas os cursos de água salgada relembram as suas origens.

Molly adormece assim que entramos na rodovia I-26, e só desperta quando subo a estrada íngreme que dá acesso ao complexo de quatro casas onde Starla e Niles nasceram. Durante anos, ouvi dizer que Niles estava restaurando as casas de madeira onde ele havia crescido, mas eu não imaginava a excelência da carpintaria e o nível de detalhes do trabalho. Ele e Fraser haviam transformado barracões inseguros e dilapidados em casas tão belas que condiriam com as dos campos franceses. Sobre colunas resistentes e reforçadas, as quatro casas ainda ficam acima de um belo córrego com trutas, e a água límpida escorrendo pelas pedras se torna o som ambiente, o nosso companheiro de sono naquele fim de semana. A caminho de Chicago, Chad deixara ali os dois filhos, bem como os filhos de Niles e Fraser. As crianças correm ao encontro de Molly. Os filhos dos Jefferson saem de dentro da casa na qual estão hospedados. A criançada toda me ataca e quase me derruba, gritando:

— Tio Leo!

Minha mãe sai da quarta casa, e a visão dela mexe profundamente comigo. Pela primeira vez na vida, ela me parece idosa. Abraçamo-nos e não conseguimos nos separar. Naquele abraço de sangue e laços de família, compartilhamos um raro momento de afinidade, ouvindo o som do córrego abaixo de nós.

— As minhas magnólias? — pergunta ela.

— Firmes e fortes — eu digo.

— A casa?

— O térreo inundado. Perdido. Deixei uma equipe lá, fazendo a limpeza. A senhora pode ficar com Trevor e comigo, até que tudo esteja limpo.

— E a sua casa?

— Alguns arranhões.

— Então, Deus atende a algumas preces.

— A poucas, ultimamente, em Charleston.

Trevor está sentado num pórtico protegido por telas tocando gaita, por incrível que pareça; ele seria capaz de tocar Rachmaninov usando apenas uma faca e uma torneira. A gaita combina bem com essas montanhas agrestes e seus riachos céleres, e parece que ele toca o instrumento desde criança. Quando entro na casa, a canção é "Barbara Allen", e aguardo até que ele termine. Ofereço-lhe uma taça de vinho branco, e me inclino para beijar-lhe a fronte.

— Uma rapidinha antes do jantar? — pergunto.

— Você sempre me provoca — reclama ele. — Mas é só papo, nada de sêmen.

— Desculpe-me por provocar a fera — eu digo, olhando de volta para minha mãe, na soleira da porta.

— Fera? A meu ver, isso foi uma cantada descarada — afirma Trevor.

— Como você aprendeu a tocar gaita? Já ouvi você dizer que a gaita está para o piano, qual uma sardinha está para uma baleia cachalote, cheia de espermacete.

— Ah... espermacete — diz Trevor. — Adoro espermacete.

— Você e minha mãe têm se dado bem?

— Ela é um doce, Leo. Uma bonequinha. O Hugo a transformou. — Em seguida, fez um sinal com a gaita: — Deixe-me explicar este instrumento para você, Leo. O som é controlado pela língua, que cobre esses orifícios. Sou um artista com a língua, se você quer saber.

— Já me arrependi de ter perguntado.

— Mas a resposta não foi engraçada? — diz ele. — Sempre adorei qualquer sacanagem. O menor toque de obscenidade, com uma gota de malícia, sempre foi o meu estilo predileto de humor.

— Estou sentindo cheiro de carvão queimando. Niles deve estar assando alguma coisa. Cadê Chad?

— Está em Chicago, a trabalho. Você acha que ele ia cuidar dos filhos durante uma semana inteira quando ele pode ganhar dinheiro em algum lugar? — Em seguida, diz, bruscamente: — Sonho com Sheba todas as noites, Leo.

— Ainda não consigo falar sobre ela — eu o previno. — Em breve, vou conseguir, mas ainda não. Ainda não tivemos a chance de lamentar a ausência dela devidamente. Mas temos o resto das nossas vidas para fazer isso. Talvez eu escreva um livro sobre ela. Sobre todos nós. Sobre tudo isso.

— Não vai vender um único exemplar, se eu não for o protagonista — diz Trevor. Enquanto rimos, ouvimos a sineta do jantar.

Nossa primeira refeição na serra é uma celebração, quase um sacramento. Niles serve filés para todos e Fraser prepara salada, batata assada e legumes suficientes para um exército. O professor Jefferson atua como bartender e mantém os copos cheios a noite toda. A Sra. Jefferson tenta arrancar de nós qualquer notícia a respeito de Ike e Betty, mas tudo o que sei é que ambos estão trabalhando 24 horas por dia e que têm agido heroicamente, desde a passagem do Hugo. Molly relata suas andanças pela cidade e discorre sobre a violência da destruição. Ela descobriu que uma palmeira sobrevive melhor a um furacão do que um carvalho centenário. Sua teoria é que a palmeira é, naturalmente, mais flexível, podendo se vergar até o solo e ainda assim sobreviver. O carvalho, porém, só se mantém rígido e, portanto, fica suscetível aos perigos do desenraizamento. Ela informa que o campus da Citadel perdeu mais de cinquenta carvalhos, e que não restou uma única flor na cidade. Comento que, segundo o *News and Courier*, apenas 32 pessoas morreram na Carolina do Sul, número que me parece incrivelmente baixo depois do apuro que passamos na Water Street. Modernos sistemas de comunicação possibilitaram a evacuação de residentes de áreas litorâneas, e a maioria dos cidadãos levou a sério as recomendações. Alguns idiotas, como nós, permaneceram em suas casas, e pagaram caro pelo atrevimento.

— Leo, sei que você está se referindo a mim — diz Worth Rutledge.
— Confesso minha culpa. Exigi que minha mulher ficasse e, é claro, Niles, Fraser e Molly tiveram que ficar também, para cuidar de nós. Se alguém tivesse morrido, eu jamais me perdoaria.

— Todos sobrevivemos, Worth — observa minha mãe —, e vivenciamos algo raro: uma aventura.

— Espero que seja a minha última — declara a Sra. Rutledge.

— Tivemos sorte de não participar dessa aventura — diz o professor Jefferson, e a esposa dele ri, concordando. — Foi como aqueles treinos de futebol em agosto. Lembra daqueles dois treinos por dia, Leo?

— Jamais poderei esquecer.

— Quando penso naquela época, nem posso acreditar que submeti vocês a tudo aquilo. Mas também não acredito que me submeti a tudo aquilo.

— O campeonato de futebol daquele ano propiciou muita coisa — minha mãe nos lembra.

— No seu primeiro dia no Peninsula High — eu digo —, o senhor imaginava que um dia passaria uma noite como a de hoje? Como hóspede de Niles Whitehead e da família Rutledge, da Carolina do Sul?

— Aquele time era dos bons — diz ele, ignorando a minha pergunta. — Boa liderança.

— Especialmente o capitão branco — falo. — Aquele moleque era o diabo.

— O meu pai era daquele time? — pergunta o pequeno Ike, dirigindo-se ao avô.

— Seu pai e o tio Niles eram os craques do time — responde o nosso técnico. — E o tio Chad me surpreendeu mais do que qualquer outro atleta que dirigi na vida.

— E o tio Leo? — pergunta um dos meninos.

— Era derrubado a cada jogada — diz o técnico. — Mas muitos oponentes tropeçavam no corpo dele, estirado no chão. — Ele faz uma pausa diante do meu protesto e admite: — Não, filho... a verdade é que o Leo não tinha muito talento, mas foi à luta. Deus do céu! Como ele foi à luta!

— Vamos falar das animadoras de torcida naquele campeonato — sugere Trevor, com um toque da sua velha paixão. — Fomos precursores; fui o primeiro animador de torcida homem que a escola teve, e minhas pernas eram as mais bonitas do grupo, sem dúvida.

— Não me diga! — comenta Molly.

Todos entramos em casa, pois o ar frio da noite toma conta da montanha. Com movimentos fluidos e precisos, Niles acende a lareira usando toras de carvalho, e o calor do fogo nos acaricia a pele. A casa parece um ônibus lotado, com as crianças espalhadas pelo chão, ou sentadas no colo dos adultos. O pequeno Ike senta-se sobre um dos meus joelhos, e o pequeno Niles, sobre o outro. Sei que naquela noite dormirei um sono profundo.

Estou quase cochilando, sob o efeito do fogo, quando a filha de Molly e Chad, Sarah, com seus lindos 14 anos, pede:

— Mamãe, conte a história do golfinho.

— Como você sabe do golfinho? — pergunta Molly.

— Papai telefonou e leu para nós — responde o filho, Worth Junior. — De Chicago! — acrescenta ele, com um espanto infantil.

Molly parece atônita, e eu explico:

— A coluna foi publicada também em outros jornais.

— O Leo se refere a você como uma deusa do mar, querida — diz a Sra. Rutledge, formal e seriamente, e com um toque de afeto que seria impossível antes da tempestade.

— O Leo exagerou... como sempre — diz Molly, embora seus olhos brilhassem de satisfação.

— Eu estava me contendo — afirmo.

As crianças insistem para que ela própria conte a história; então, sentado diante do fogo, ouço a voz clara e pausada de Molly nos transportar de volta à cidade destelhada, arrasada pela tempestade. O relato é objetivo e preciso, mas, quando ela chega à parte do golfinho, a história fica truncada.

Ela se apressa para concluir, e a voz parece entediada, até indiferente. Ela encerra no tom menos enfático possível, dizendo:

— Carregamos o golfinho até a água e deixamos que fosse embora.

Depois que ela termina, surge uma pausa, e então Sarah observa, com a ousadia da juventude:

— A história parecia melhor quando foi contada pelo tio Leo.

— Molly carece de talento para o exagero, ao contrário do meu filho — diz minha mãe em defesa de Molly.

— Ela carece — eu corrijo — é de veracidade. — Pergunto às crianças: — Os amigos chatos e bobos dos pais de vocês contam histórias? Não, claro que não. O único homem nesta sala que conta histórias fabulosas, fantásticas é o velho tio Sapo... o cara mais legal do mundo. Certo?

— Certo! — assentem elas. Mas logo se corrigem: — Fora o meu pai.

Os filhos inteligentes e felizes dos meus amigos têm sido para mim, ao longo dos anos, uma fonte secreta de satisfação. O fato de eu não ter filhos é uma ferida interna e um motivo de constante tensão entre minha mãe e eu; por conseguinte, transformei essa bela tropa de crianças em entusiasmados "substitutos". Criei e, durante anos, lapidei histórias para lhes contar na hora de dormir. Eu queria deslumbrar-lhes a imaginação, e jamais contei uma história na qual eles não desempenhassem os papéis principais: eu os transformava em reis, rainhas, cavaleiros da Távola Redonda, Boinas Verdes, integrantes da Legião Estrangeira. Juntos, espantamos os medos inerentes à hora de dormir, lutando contra feras, gigantes e dragões mal-humorados. As crianças e eu enfrentamos vigaristas, pilantras, assaltantes e valentões que elas costumavam encontrar no pátio da escola, além de qualquer professor ou professora que lhes oferecesse sofrimento, em vez de aprendizado. Embora sempre lutássemos com toda lisura, nossos inimigos sempre morriam. Essa é uma das regras das minhas histórias: o bandido sempre se dá mal, e sua morte é lenta e cruel. Quando chega a hora da criançada dormir, o mal jaz imóvel, estirado no chão. Eu digo: "Fim" e dou-lhes um beijo de boa noite.

— Vou contar para vocês a verdadeira história do golfinho — eu digo. — Essa vai ser a história da hora de dormir.

— Já passei da idade de ouvir historinha na hora de dormir — afirma Sarah.

— Ninguém passa da idade de ouvir uma história na hora de dormir. Essa é importante. Seu pai leu a minha coluna num jornal de Chicago — eu digo, a título de ilustração. — Se a história foi tão longe, é porque é boa.

— Só aceito esse argumento diante de um tribunal — diz Worth.

— Quantos de vocês acham que o tio Leo vai exagerar ao contar a história? — pergunta Fraser.

A sala inteira, repleta de céticos, salafrários e literalistas, levanta a mão, e o riso da criançada reverbera pelo recinto como bolinhas de gude rolando pelo chão.

— Traído pela minha própria mãe, pelos amigos dos meus melhores amigos, pelos filhos dos meus melhores amigos, e pelos meus melhores amigos. Vivo um mau momento. Será que alguma coisa que eu contar vai parecer verdadeira?

— Não! — gritam as crianças, em uníssono.

— Vinte e sete por cento da história é verdadeira — diz a jovem Sarah, sentada ao lado da mãe. — Tem um pouco de verdade. E aí você começa a inventar coisa.

— Dezenove por cento — sugere o pequeno Ike, sentado no chão. — O tio Leo diz que eu mato dragões desde que nasci, mas nunca vi dragão nenhum.

No meio da gritaria da garotada, ele me comove.

— Quando apagavam a luz, e vocês eram pequenos, sozinhos na cama, vocês achavam que tinha alguma coisa dentro do quarto?

— Sim, eu ainda acho — diz Niles Junior.

— Mas, depois que eu contava uma história, o que acontecia com aquelas coisas horríveis que davam medo na hora de dormir?

— Morriam — respondem as crianças.

— Vinte e sete por cento morriam? — pergunto. — Dezenove por cento?

— Cem por cento — dizem as crianças mais velhas.

— Deixem-me contar então a história da Molly e o golfinho. Ouçam com atenção, crianças, pois quero que vocês me digam em que parte inventei coisas. E vocês vão ter que me dizer o que é verdadeiro, o que *não* inventei. Crianças, estou ensinando vocês a contar uma história. É a lição mais importante que vocês podem aprender.

De pé, diante do fogo, pronuncio uma única palavra, *Riverrun*, a primeira palavra do romance *Finnegans Wake*, de James Joyce. Pisco o olho para minha mãe, que recebe a minha piada com uma careta.

Enquanto o rio corre abaixo de nós, mergulho nas profundezas da história.

— Quando a notícia da morte da grande atriz Sheba Poe correu o mundo, a primeira pessoa que chorou foi Deus. Ele tinha trabalhado muito na criação daquela linda mulher e considerava Sheba uma de suas criaturas mais perfeitas. Enquanto Ele chorava, uma das lágrimas caiu no oceano Atlântico, perto da África, e provocou um vento. Era um vento zangado, que perguntou a Deus o que Ele pretendia. Deus disse: "Prepara-te para a guerra, vento. Permaneça forte e terrível. Vou abrir um olho no centro da sua potente majestade. Vai até Charleston. Deixaram a minha Sheba morrer lá. Seu nome será Hugo." Então, Hugo se levantou das águas e se contorceu, formando um estranho funil, e começou a jornada assustadora, até Charleston, a partir de uma única lágrima de Deus. Quando chegou, Hugo arrasou a cidade. Suas armas foram os ventos, as chuvas e as marés de Deus. Esmagou casas, arrancou telhados e inundou ruas. O único local poupado por Hugo foi o túmulo de Sheba Poe, que ficou seco como um breviário. Todas as flores arrancadas dos jardins de Charleston caíram do céu para homenageá-la, enviadas à sepultura dela pela mão de um Deus querido e misericordioso. Esse Deus misericordioso poupou também as vidas de algumas pessoas que enfrentaram a tempestade na Water Street. Ele as deixou viver por razões que só Ele conhece, razões que jamais poderemos compreender. Uma dessas razões era a bela Molly Rutledge, que nasceu como princesa da Cidade Santa e cresceu para se tornar uma rainha. A infância dela foi um bailado e um sonho, e ela adorava passar o verão na casa da avó, na Sullivan's Island. Rainhas costumam ter sentimentos que pessoas comuns desconhecem. Molly tinha medo do que pudesse acontecer com a casa da avó, a casa de Weezie. Ela foi até o estábulo e recrutou um camponês chamado Leo, que cuidava de jumentos e galinhas. Agarrou Leo pela orelha e ordenou que ele encontrasse um barco para levá-la até a ilha. Leo correu e se apoderou de um barco roubado por um capitão de polícia malvado. Enquanto o ar revolto roçava os cabelos dourados da rainha, ela, com lágrimas nos olhos, contemplava a sua cidade sofrida. Então, ela sentiu um cheiro ruim, e disse consigo mesma que o camponês cheirava a jumento. Enquanto isso, Leo achava que a rainha exalava o perfume do jasmim. Ao se aproximarem da ilha, algo se moveu na água. Molly viu que o barco estava cercado de um magnífico cardume de golfinhos, mas eles pareciam preocupados. Molly perguntou aos golfinhos qual era o problema, e uma voz solene informou que o grupo tinha perdido a rainha durante a tempestade. Ela estava encalhada numa praia, mas os golfinhos podiam escutar os gritos de socorro. Molly prometeu solenemente ajudar os animais. Promessa de rainha é lei. O barco seguiu pelas ondas até o local onde um dia existira a casa de Weezie. Molly chorou quando constatou que a tempestade tinha levado a casa. Mas pediu ajuda ao camponês, Leo. Juntos, eles encontraram o golfinho encalhado num sofá branco, nas ruínas de uma casa inundada e desabada. O nome do golfinho era Sheba, e ele parecia triste, perdido, abandonado. Ele já não tinha esperança de ser salvo, e estava resignado a padecer uma morte lenta, no meio da névoa que agora subia das águas. Mas a rainha Molly e um camponês fedendo a jumento o colocaram numa prancha de madeira, e lutaram, com todas as forças, para empurrar a pesada e bela criatura. Eles tropeçavam nas dunas e seus músculos doíam de agonia, mas, finalmente, conseguiram chegar às ondas. O cardume de golfinhos observou o esforço e começou a aplaudir. Eles dançavam pela água, sacudindo as caudas; numa língua intraduzível, uma língua que só os animais e as crianças compreendem, eles incentivavam Molly e Leo, para que aguentassem firmes e salvassem a bela rainha. Uma vez no oceano, a rainha Sheba deu sinal de vida. E então o rei se pôs ao lado dela, e a guarda de honra correu para o seu lado, radiante por encontrá-la viva. Molly retirou a areia que bloqueava as narinas do golfinho. Erguendo a linda cauda, Sheba mergulhou no grande oceano, que era o seu palácio e o seu lar. Então a rainha Molly levou Leo para casa, o deixou na companhia dos jumentos e das galinhas e voltou para seu castelo. Ela concluiu que a perda da casa de Weezie tinha sido compensada pelo salvamento do golfinho Sheba. "A vida é sempre mais importante do que os bens materiais. Sempre!", disse a rainha Molly, na hora em que foi dormir. Boa noite, Hugo. E adeus.

Quando fiz uma mesura, indicando a conclusão da história, Sarah anunciou, com convicção:

— Doze por cento.

— E a parte que fala da deusa da tempestade? — perguntou Fraser.

— É a parte de que mais gosto.

— Essa parte já está escrita — eu digo. — O importante é que uma história muda cada vez que é contada em voz alta. Depois que a gente a fixa no papel, ela não muda mais. No entanto, quanto mais a gente conta a história, mais mudanças ocorrem. Uma história é uma coisa viva; ela se mexe e se transforma. Se eu pedisse a vocês que contassem a história do mesmo jeito que acabei de contar, ninguém conseguiria. Agora, não está na hora de vocês irem para a cama?

— Não! — responde a criançada, em coro.

— Já passa da hora — diz Fraser.

Quando me deito para dormir no sofá, estou agitado e insone. Sirvo-me de uma taça de Grand Marnier e, em silêncio, na ponta dos pés, passo diante do quarto em que minha mãe e Trevor estão dormindo. A noite é de lua cheia, para mim, um consolo luminoso enquanto subo pela encosta da montanha, até encontrar uma plataforma de granito exposto, onde posso me sentar e refletir sobre o restante da minha vida. Estou pensando nas circunstâncias terríveis da morte de Sheba quando uma moeda de um centavo bate na rocha, ao meu lado, e desaparece na floresta morro abaixo.

— Pago um centavo pelos seus pensamentos — diz Molly, sentando-se ao meu lado e enfiando o braço no meu. Ela pega a taça e dá um gole. Seu hálito se torna doce, exalando o aroma de laranjas, conforme ocorreu naquela noite em São Francisco, quando ela veio para a minha cama.

— Sheba — eu digo. — Será que ela queria mesmo se casar comigo, ou estava só brincando?

— Ela achava que a carreira estava acabada, Leo — responde Molly. — Ela não era uma grande fã dos homens de Hollywood. Queria um filho. Queria mudar de vida.

— Sheba mudando de vida? Não acredito nisso, de jeito nenhum.

— Nem eu. Sheba tinha um espírito inquieto. Uma alma rebelde. E teve um fim terrível.

— Você nem imagina quanto...

— Falando de fins — diz Molly, depois de alguns instantes. — Obrigado pela coluna. Acho que não preciso mais me preocupar com a maneira como eu ia te dizer. Você me mostrou que já percebeu.

— A rainha sempre volta ao castelo. Eu sempre soube que você nunca deixaria Chad. E, quer saber de uma coisa? Acho que isso é o certo.

— Por favor, não precisa dar uma de moço nobre comigo, Sapo. Isso eu não aguento. Mas o meu lugar é ao lado de Chad. Meu lugar é ao lado da minha casa e dos meus filhos. Meu lugar é onde eu vim ao mundo para viver.

Tudo o que ela me diz eu já sabia, e tão somente consinto, com um meneio de cabeça. Ficamos ali sentados mais um instante, e então acrescento um ponto final na nossa breve ilusão, previsivelmente, com uma piadinha:

— Se Chad algum dia bater em você, peidar alto ou acordar com mau hálito e cheiro de suor, você pode correr para mim, Molly.

Ela sorri, mas o sorriso é melancólico.

— Se eu for embora, a sua história vai perder a veracidade. E a sua história é verídica. Cem por cento verídica.

Ela me dá um beijo e desce a encosta do morro, coroada pelo luar, agora na condição de deusa das montanhas.

CAPÍTULO 29

Portas trancadas

Volto para uma cidade ferida; o som de serras elétricas ecoa nos becos e nos calçamentos. Caçambas de lixo atarracadas e pintadas de marrom aparecem nas ruas da cidade velha, e operários as abarrotam de móveis estragados pela água. Bibliotecas inteiras pereceram em prateleiras e estantes. Retratos dos fundadores da colônia estão amontoados em pilhas de lixo, encharcados, irreconhecíveis, impossíveis de serem restaurados. A frota de camaroneiros de Shem Creek desapareceu da face da Terra. Carcaças de belos iates surgem encalhadas nas margens verdes do grande manguezal salobro. Um carro de bombeiros vermelho, com as rodas para cima, jaz no estuário, detrás da Sullivan's Island. Corretores de seguro, cujas vidas sempre foram pacatas, são agora os indivíduos mais ocupados, mais tensos da cidade, e passam a noite trabalhando.

Os repórteres do *News and Courier* não perderam o brio e a determinação de sempre. Considero-me um sujeito de sorte por ter vivenciado a época de glória do jornal para o qual trabalho. Todos os dias, corremos atrás da notícia, e sempre veiculamos o resultado final aos nossos leitores, na manhã seguinte. Anteriormente, ler o *News and Courier* era um hábito corriqueiro, por vezes compulsivo, praticado no início de cada dia. Mas, depois do Hugo, a leitura se tornou uma necessidade, um guia a ser seguido nos dias úmidos e preocupantes que se sucederam à tempestade.

Na primeira semana, um cheiro putrescente paira por toda Charleston, causado pela decomposição da vida marinha atirada pelo Hugo sobre a costa; em consequência do violento avanço da maré, as mais diversas variedades de criaturas marinhas foram enfiadas em trepadeiras de heras e madressilva. Molly encontra um cação de 1,5 metro apodrecendo atrás da casa de hóspedes. Algumas tubulações de esgoto se romperam, e o fedor de excremento impregna o ar que respiramos. Caminhando pela cidade, de norte a sul, de leste a oeste, percorrendo todos os bairros à cata de histórias interessantes, percebo que se abate sobre mim uma náusea implacável. Corpos de cães, gatos, guaxinins, gambás, gaivotas e pelicanos inchados e em decomposição intensificam o fedor do miasma que envolve a cidade, como uma névoa, durante uma semana inteira.

Já na manhã de segunda-feira, a Companhia de Energia e Gás da Carolina do Sul, num feito heroico, restabelece o fornecimento de energia à cidade. Visto que a maioria das ligações telefônicas é subterrânea, o serviço volta ao normal em pouquíssimo tempo. Depois que termino a minha coluna, verifico o trabalho das equipes encarregadas de limpar as casas de minha mãe e dos meus amigos. Chego à casa de minha mãe a tempo de ver a cama e o colchão em que meu irmão e eu fomos concebidos serem atirados numa caçamba de lixo. Enlameados, os operários trabalham com rapidez nas mansões da família Rutledge, na East Bay Street. Mas, enquanto subo a Water Street, na direção da casa de Niles e Fraser, sinto o mais fétido dos cheiros. Apresento-me ao chefe da equipe, que está esperando do lado de fora da casa, sentado na picape estacionada. Ele faz um sinal para que eu ocupe o banco do carona. Felizmente, o ar-condicionado está ligado na potência máxima.

— Como está indo o trabalho, Sr. Shepperton? — pergunto.

— Não está rendendo nada. Dispensei meus operários mais cedo.

— Por quê?

— O senhor acha que dá para trabalhar nesse fedor? Dois dos meus funcionários chegaram a vomitar.

— De onde vem esse cheiro?

— Não sabemos ao certo — responde ele, olhando por cima do volante, como se estivesse dirigindo. — Essas casas são tão amontoadas que parecem até sardinhas em lata. Mas achamos que o cheiro vem do galpão de ferramentas, nos fundos do quintal de Niles, e o vizinho deu falta de um collie. O problema é que o galpão está fechado com cadeado... não conseguimos entrar.

— Arrombem a porta. É preciso descobrir a causa do cheiro.

— Só Niles ou a esposa dele podem autorizar isso. Ou então a Sra. Molly, se ela estiver por aí.

— Ela só volta na quarta-feira. Eu posso autorizar?

— Não, senhor; não pode, não. E não tenho como fazer meu trabalho enquanto não tirarmos de lá de dentro esse bicho morto. Talvez seja um guaxinim.

— O cheiro é de uma baleia apodrecendo na praia.

— Peça a Niles para me telefonar, por favor.

Caminhando até a minha casa na Tradd Street, percebo que um novo tipo de civilização surge na Church Street, pois um pequeno exército de construtores dá início a uma longa e profícua temporada de restauração e resgate. O interior de cada casa na rua reverbera com a atividade concentrada de todo tipo de restaurador. Pintores e operários especializados em conserto de telhado olham para mim, posicionados em andaimes, enquanto passo abaixo deles. Sendo uma cidade amável que enfrenta um de seus piores momentos, Charleston se vale de uma cordialidade inata que pauta a sua sensibilidade depois do desastre. As pessoas acenam e se saúdam mutuamente, seja um aprendiz de carpintaria ou algum descendente de um dos signatários da Declaração da Independência. O momento é bastante propício para a retomada de um caso de amor com a cidade, e faço isso com todo prazer, precisamente quando Charleston inicia a sua ressurreição em meio ao bolor e à putrefação. Quando chego em casa, tento falar com Ike Jefferson por telefone, contatando seu gabinete, tarefa nada fácil. Ele só consegue retornar a minha ligação duas horas depois, e, quando o faz, sua voz está inerte e exausta.

— Ei, Sapo. Desculpe a demora em te ligar. Como está a minha família?

— Estive com eles na serra. Essa é a boa notícia. A má notícia é que estão todos mortos.
— Pare com isso, Sapo — retruca ele. — Não posso lidar com essa merda agora.
— Me desculpe. Tenho comigo cartas de cada um deles. Amanhã passo na sua casa e deixo as cartas naquela cadeira de balanço, ao lado da porta da rua.
— Os outros estão bem?
— Não poderiam estar melhor. Como vai a Betty?
— Se matando de trabalhar. Como todo mundo aqui. Estamos passando por um momento difícil, Sapo.
— Concordo. Acabei de chegar da casa de Niles. Tem alguma coisa fedendo demais lá.
— Vou pedir a alguém para passar por lá e verificar.
— Faça o melhor que puder. Posso ajudar em alguma coisa?
— Vá até lá em casa preparar uma comidinha gostosa para Betty e para mim, assim que a gente conseguir uma folga.
— Combinado. Assim será.
— Quero agradecer a vocês por cuidarem da minha família. — Percebo que a exaustão de Ike o torna emotivo. — Gosto muito de você, Sapo.
— Bom seria se eu também gostasse de você — eu digo, e desligo o telefone.

Na tarde do dia seguinte, a porta da minha sala se abre e Ike Jefferson entra, trazendo na profundeza dos seus olhos castanhos uma perturbação indizível. Ele desaba na poltrona destinada às visitas. Durante algum tempo, tenho a impressão de que está cochilando ali mesmo.
— Alguma bebida alcoólica? — pergunta ele, afinal, de olhos fechados. — Preciso de um trago.
Mais tarde, fico sabendo que ele está de plantão desde dois dias antes da passagem do Hugo, e que tem feito as refeições, tomado banho e se barbeado no trabalho.
Retiro da gaveta uma garrafa de Maker's Mark, sirvo uma dose e passo o copo a Ike, esticando o braço por cima da mesa. Ele contempla o

copo com o apreço que um padre beberrão confere ao gole matinal de vinho. Com um gesto rápido, engole a bebida e pede mais uma dose. Encho o copo e o gesto se repete. Quando termina, ele fixa o olhar em mim, com uma concentração tão intensa que parece expressar avidez.

— Mandei uma policial até a casa de Niles... uma policial novata. Jovem demais para saber que a missão era uma bobagem.

— O cheiro vinha do galpão de ferramentas?

— Vinha, sim. Tinha um homem lá dentro.

— Isso é impossível. Como é que alguém entrou lá? Estava fechado com um cadeado.

— Quando a porta foi trancada?

— Sei lá! Niles foi até lá antes de o vento aumentar de intensidade. Por volta das 18 horas, eu acho. Molly e eu tínhamos saído para olhar a tempestade.

— Idiotas.

— Ele estava com medo de saqueadores. Não sabia que tinha gente escondida lá dentro... por que essa tal pessoa não veio até a porta? Meu Deus! Isso é tudo de que Niles não precisa agora — murmuro, e Ike parece concordar.

— Você pode dar uma voltinha comigo? — pergunta ele, levantando-se.

— Espere eu acabar de datilografar essa última frase. — Escrevo a frase às pressas e sigo Ike porta afora.

Seguimos lentamente pela King Street, no sentido sul. Ike me pergunta sobre seus pais e os filhos com uma postura sombria, típica de alguém traumatizado, e encosta a viatura policial no estacionamento do condomínio Sergeant Jasper. Diversas outras viaturas estão estacionadas nas proximidades, e Ike cumprimenta o funcionário de plantão ao nos dirigirmos até o elevador. Chegamos ao último andar, sem que Ike desse a menor pista do propósito daquela visita. Quando as portas do elevador se abrem, ele me acompanha até um apartamento, onde uma equipe da perícia criminal ainda não concluiu o seu trabalho.

— Não toque em nada e não faça nenhuma pergunta. Apenas dê uma olhada e, mais tarde, me diga o que você acha.

Tomo um susto ao constatar a estranha decoração: o recinto é uma espécie de santuário da carreira de Sheba Poe. Uma parede inteira está coberta de fotos publicitárias, tiradas em diferentes fases da carreira da atriz. Há cinzeiros, caixas de fósforos, fronhas e uma colcha estampando imagens de Sheba Poe. Fico surpreso ao ver cúpulas de luminárias com imagens de todos os filmes protagonizados por ela, pois nunca soube que a carreira da minha amiga induzisse tamanho grau de fanatismo. No banheiro, encontro sabonetes pintados com o rosto dela, xampu e antisséptico bucal com o nome dela, e a foto de Sheba numa série de cremes para as mãos. O local é obsessivo, e sumamente bizarro.

Ike me mostra um álbum de fotografias cheio de instantâneos batidos com zoom: Sheba saindo de táxis e limusines, entrando e saindo de ruas e hotéis, de mãos dadas com namorados e amigos, muitos dos quais atores mundialmente famosos. Ike me mostra um outro álbum.

— Prepare-se — diz ele.

O álbum contém fotos de Sheba batidas pela perícia criminal depois que ela foi trucidada; e as fotos foram dispostas com esmero. Evangeline Poe, com a pavorosa expressão de vazio, aparece deitada na cama, empunhando o facão, coberta de sangue, o que me causa um calafrio. Quando chego à última imagem, a mais macabra, estremeço: vejo o rosto risonho, vertendo a lágrima solitária, desenhado de modo impecável. Aproximo o nariz da imagem e sinto o cheiro de esmalte de unha.

Ike me pega pelo cotovelo e me conduz a uma janela de onde se tem uma vista esplêndida do rio Ashley. Avisto a minha casa, a casa de Sheba, o Peninsula High, a central de polícia e a Citadel. Enxergo até o telhado da casa de Ike e Betty. Assim que percebo a importância estratégica daquela vista, Ike emite um ruído, que interpreto como um convite para segui-lo, e deixamos aquela grotesca cena de crime.

Calado, Ike dirige o carro até a sua casa e, lá chegando, sobe ao primeiro andar e toma uma ducha. Vou até a geladeira e pego duas cervejas. Estou sentado na sala de TV quando ele aparece, vestindo o mesmo roupão que usava no tempo em que era cadete e calçando sandálias de borracha azuis, no tom do emblema da Citadel. Senta-se numa espreguiçadeira e abre a cerveja que lhe sirvo. Bebe com avidez e cochila durante alguns instantes. Ao despertar, ele me pergunta o que faço ali, volta a pegar no sono e dorme durante uma hora. Quando acorda novamente, já está escuro, e estou preparando bacon com ovos para servir com canjica e queijo, uma broinha tostada, besuntada de manteiga de amendoim e coberta com uma banana amassada. Comemos em silêncio, como sobreviventes de uma grande fome.

— Vamos tomar um porre — diz ele quando acabamos de comer, e se dirige ao bar. — Você pode dormir no quarto do meu filho.

— Tudo bem.

— Diga-me o que você está pensando — pede ele, mas abro mão de enunciar o óbvio.

— Como foi que você o encontrou?

— Aquele cara que se afogou dentro do galpão de ferramentas. Encontramos uma chave no bolso dele. Estava num chaveiro que dizia "Condomínio Sergeant Jasper".

— Impressões digitais?

— São as mesmas que recebemos de Nova York. O mesmo cara. Mas ainda não sabemos o nome dele. Encontramos seis passaportes, todos com nomes diferentes. Seis cartões de crédito. Três carteiras de motorista, emitidas por três estados diferentes.

— Você acha que devemos levar Trevor lá, e pedir a ele que faça a identificação?

— Não tem o que identificar. A autópsia diz que ele se afogou. Os pulmões estavam cheios de água do mar, uma água fedorenta. O rosto estava irreconhecível... os ratos o encontraram antes de nós. Ele portava duas pistolas, ambas calibre 38. Com munição suficiente para matar metade da cidade. Acho que ele planejava matar todos vocês no auge do furacão. No meio daquela barulheira, ninguém ouviria os estampidos.

Refletindo, tento me lembrar dos eventos do dia em que o Hugo visitou a cidade.

— Fraser! — exclamo. — Ele deve ter seguido Fraser quando ela empurrou o Trevor na cadeira de rodas até a casa dela.

— É essa a minha teoria também — diz Ike. — O cara sabia planejar; era bom estrategista, e era também um oportunista filho da mãe. Tomou conhecimento da minha parada na Citadel pela sua coluna. Sabendo o que você fazia, ele sabia também o que todos nós fazíamos. Encontramos uma sacola com tacos de golfe no armário dele, e um rifle de atirador entre os tacos.

— E a vista... do apartamento dele?

— Perfeita. É como se fosse a toca de um assassino. O vizinho disse que ele era um sujeito educado, que se ausentava durante longos períodos de tempo. Daí as fotos em Los Angeles. O vizinho disse também que ele tinha um belo sotaque sulista.

— Ele não era do Sul — afirmo.

— Como você sabe?

— Porque ele é grotesco demais, até para a droga do Sul.

Ike discorda:

— Você precisava trabalhar como policial um pouco, Leo. Nada é estranho demais para o ser humano. O ser humano é um conceito todo ferrado. A humanidade é melhor definida como inumanidade. — Ike faz uma pausa, e acrescenta: — Outra coisa revelada pela autopsia: ele tinha câncer no estômago. Acho que estava com pressa para resolver a questão. Encontraram no bolso dele um frasco de esmalte de unha e a chave da casa de Niles. — Ao dizer isso, Ike sacode a cabeça. — Não me lembro agora se já te contei tudo. Mas o jornal vai declarar que um homem desconhecido foi encontrado no interior de um galpão de ferramentas, ao sul da Broad Street, afogado. A polícia acredita que ele estava se abrigando da tempestade.

— Qual era o nome dele?

— Bill Metts — diz Ike, e confessa: — Cometi um deslize naquele apartamento. A presença da Sheba por todo o local me deixou abalado, e roubei uma foto lá da cena do crime. Nunca fiz uma coisa dessas antes; é uma quebra de profissionalismo. Mas não pude me conter.

Ele se levanta, retira da jaqueta do uniforme um pequeno porta-retratos de prata e me apresenta a foto, para que eu a inspecione. A fotografia é dos gêmeos, Sheba e Trevor Poe, e retrata a beleza incomparável da dupla, aos 5 ou 6 anos. Ambos parecem angelicais, encantadores; um estranho haveria de pensar que eram as crianças mais felizes do mundo.

— Como seria a minha vida se eles não tivessem se mudado para o outro lado da rua? — pergunto.

— Menos divertida. Menos emocionante. Eles eram como profetas, que trouxeram para nós as boas-novas do resto do mundo.

— Foi uma morte sofrida a daquele grande merda, e ninguém melhor do que ele mereceu aquilo. E aquele apartamento... um parque temático sobre Sheba Poe?

— A obsessão pode ser algo extremamente nocivo.

Quando Betty chega, mais tarde, naquela mesma noite, e nos encontra sentados na sala de TV, meio bêbados, ela diz:

— Estou cansada de ficar salvando o mundo. Estou precisando transar ainda hoje.

— Sinto muito, querida — diz Ike. — Tomei bourbon demais.

— Leo? — pergunta ela. — Sei que posso confiar em você.

— Você sabe que sinto tesão só em ouvir o seu nome.

— Então, como estão as coisas? — pergunta ela. — Aconteceu algo interessante hoje?

Ike e eu rimos durante um bom tempo.

CAPÍTULO 30

Lâmpadas

No dia 1º de março de 1990, seis meses depois da passagem do Hugo, estou na minha sala, pensando na coluna que vou escrever. É um daqueles momentos em que a mente parece uma bacia seca. Todos os pensamentos que consigo trazer à luz parecem capengas e embaçados quando, do vazio do tempo, surge uma coluna por meio de um telefonema que recebo de um xerife de uma zona rural em Minnesota. Ele indaga se sou o marido de Starla King. Quando digo que sim e pergunto se houve algum problema com ela, o policial me diz, com uma voz serena, que o corpo de Starla acaba de ser resgatado de um chalé, na fronteira com o Canadá. Os policiais encontraram no chão, ao lado da cama, uma garrafa de uísque vazia e um frasco, igualmente vazio, de pílulas para dormir. O cadáver foi descoberto pelo proprietário do chalé, assim que este chegou de Saint Paul para providenciar os reparos anuais realizados toda primavera. O corpo estava em péssimo estado, e ficou patente que ela havia arrombado o chalé pouco tempo após o final da temporada de caça, no outono. Starla se achava em fase final de gestação e, evidentemente, o feto também estava morto.

— Sim, sim — eu repito, como se estivesse escutando um boletim meteorológico, e não o relato da notícia da morte da minha mulher.

Experimento uma profunda sensação de vazio, mas consigo resguardar vestígios suficientes de decência humana capazes de produzir em mim um sentimento de culpa por não sentir nada mais. Peço ao xerife que providencie a remoção dos restos mortais de Starla para Charleston, e informo-lhe o número do telefone da funerária de J. Henry Stuhr, na Calhoun Street. Ele diz que lamenta o fato de Starla não ter deixado nenhuma carta que explicasse o suicídio, e lastima a morte inútil do meu filho. Não vejo motivo para explicar que não sou responsável pelo embrião implantado no corpo de minha esposa. Ele diz também que Starla deixou sobre a mesa da cozinha uma pasta contendo colunas de minha autoria publicadas no ano anterior, e que foi com base em tais colunas que ele pôde chegar a mim. Agradeço a atenção dele e digo que passei toda a vida de casado esperando aquele telefonema.

Aturdido, escrevo uma coluna sobre minha mulher, desde o nosso encontro até a chamada telefônica recebida de Minnesota. Digo que, na primeira vez que a vi, Starla estava algemada a uma cadeira no orfanato São Judas. Falo sobre a cirurgia gratuita que o Dr. Colwell realizou para corrigir o estrabismo de Starla e que, após o sucesso da operação, ela conquistou o mundo com a sua beleza. Conto como me apaixonei por ela aos poucos, como meninos tímidos se apaixonam por meninas tímidas, avançando devagar, com passinhos de bebê. Embora eu não o percebesse no momento, sou um daqueles homens que sempre se apaixonam por mulheres cujas histórias pessoais são tristes, e aquele amor parecia uma dádiva real e conquistada com muito esforço. Descrevo a batalha travada por Starla a vida inteira contra a doença que a levou às drogas e ao desespero, e explico que, sendo católico praticante, jamais pude conceder-lhe o divórcio. Sinto-me responsável pela morte dela, tanto quanto todos. Refiro-me ao fato de ela estar grávida quando se suicidou, falo do impacto que a notícia me causou e da minha indiferença e ansiedade em ter que deixar a escrivaninha e atravessar o Ashley a fim de dar a notícia ao irmão dela, Niles Whitehead, de que sua querida e frágil Starla estava morta. Considerando a sinceridade da sua dor, estou certo que Niles haverá de honrar a vida da irmã, enquanto tudo o que tenho a oferecer é uma infame doação de nada. Tento descrever esse nada, mas fico mudo, sem palavras, incapaz de me desincumbir da tarefa. Entrego a coluna para Kitty e saio ao encontro de Niles.

Encontro-o em sua sala, nas belas instalações da escola Porter-Gaud, a qual está voltada para a região pantanosa de Charleston e de onde se tem uma vista mágica da silhueta disciplinada e austera da cidade. Caminhamos na direção do rio, e não consigo encontrar as palavras que haverão de mudar o mundo de Niles para sempre. Falo sobre os Braves de Atlanta e os danos causados pelo Hugo à Citadel, e sobre coisas que nada têm a ver com a morte de sua irmã. Finalmente, Niles me diz que sua atividade na Porter-Gaud é um trabalho, e não um passatempo, e que a escola tem exigido muito empenho da parte dele. Acabo dando-lhe a notícia da morte de Starla. Ele ruge como uma fera ferida e cai no chão, soluçando. Enterra o rosto no solo e chora desconsoladamente.

— Ela nunca teve a menor chance, Leo — diz ele, chorando. — Nenhuma porra de chance. A mágoa dela era profunda demais, ninguém poderia curá-la. Nem você. Nem eu. Nem Deus. Nem ninguém.

O som dos soluços de Niles é tão alto que atrai a atenção de professores e alunos, que correm em nossa direção. Eles o cercam e o abraçam com vigor, acariciando-o e enxugando-lhe as lágrimas, enquanto volto até o meu carro, ainda desconcertado com a recém-adquirida cidadania junto ao país do nada. A caminho de casa, pergunto-me se um dia ainda vou experimentar qualquer outro tipo de sentimento... e mesmo se ainda quero ter algum tipo de sentimento.

O sepultamento de Starla é uma cerimônia tão simples quanto comovente. Monsenhor Max profere um sermão tocante, demonstrando pleno conhecimento não apenas dos encantos, mas também dos demônios insuperáveis que habitavam Starla. Ele fala sobre o suicídio com compaixão e profundo entendimento filosófico acerca de doenças mentais. Explica que Deus tem mais amor pelos filhos que sofrem do que por aqueles cujas vidas são tranquilas e privilegiadas. As palavras me consolam, e sinto-lhes a doçura à medida que elas fluem por mim como se fossem o mel silvestre produzido pelas abelhas nas montanhas onde Starla nasceu. As palavras do monsenhor adquirem um sentido mais grave, enquanto observo seu rosto magro e abatido. Minha mãe sussurra ao meu ouvido que o câncer no pulmão, contra o qual ele vem lutando, não está respondendo à quimioterapia, e que o prognóstico é ruim. Devido à doença, a performance do monsenhor se eleva, deixando de ser apenas brilhante para se tornar heroica. Quando pergunto quanto tempo de vida ele tem, minha mãe chora pela primeira vez desde o início da cerimônia.

No cemitério de Santa Maria, sepultamos Starla num túmulo ao lado de meu pai e meu irmão. A cidade cintila com uma luminosidade perolada, pois o sol irrompe através de blocos de nuvens carregadas de chuva. Na austera parcimônia da sua simetria, o cemitério de Santa Maria é branco qual um feixe de ossos. Tento rezar pela esposa que perdi, mas a prece me escapa. Peço a Deus que me explique o motivo da vida cruel por Ele concedida a Starla Whitehead, mas o meu Deus é implacável, e Ele me responde com o silêncio que lhe é natural em sua condição de majestade. Mas esse terrível silêncio de Deus pode ferir a frágil sensibilidade de um homem sofrido e magoado. Para mim, tal silêncio é insuficiente. Se o único regalo que o meu Deus pode me oferecer é uma travessa vazia, então as preces me escapam. Se adoro um Deus indiferente, Ele pouco se importaria com o fato de ter criado um homem empedernido e inflexível. Meu coração parece secar dentro de mim, e mal posso suportar tal fato. O que um homem pode fazer depois que resolve dobrar seu Deus como um lenço, guardá-lo na gaveta e esquecer onde o deixou? Embora beirando o desespero, ainda não rotulei como tal a minha própria situação, e preciso de tempo para encaixar todas as peças capazes de conferir sentido à vida que estou levando ou me recusando a levar. De pé, diante do caixão, sinto que o Deus da minha infância, que eu adorava com uma devoção instintiva, espontânea, transforma-se em alguém que me deu as costas com uma indiferença absolutamente cega. Nas raízes enegrecidas da minha fé, percebo o que se passa com meu coração magoado e constato a minha própria desolação ao rebaixar Deus a um *d* minúsculo quando beijo o ataúde de Starla, no instante que precede a descida deste à cova.

Lanço dentro do túmulo o primeiro e o segundo punhado de terra. Niles lança o terceiro e o quarto. Minha mãe, os dois seguintes. Depois, Molly, Fraser, Ike, Betty, e depois, Chad e as crianças. Então, Niles e eu concluímos o trabalho. Dou um passo para trás e vislumbro os presentes; tento falar, mas perco as palavras, pois estas ficam grudadas no céu da minha boca. Perco então o equilíbrio e tropeço. Niles e Ike me seguram pelos cotovelos e me levam de volta ao carro funerário.

Aquela primavera emitiu sinais precoces de algo sobrenatural. Minha mãe dedicou longas horas à recuperação do meu jardim depois da passagem do Hugo, e a mágica que ela é capaz de realizar pode ser constatada na textura e na disposição das palmeiras, samambaias, madressilvas e sálvias. Fiel ao rosário, ela dedicou um canto secreto do jardim às rosas, que, não raro, se derramam por cima do laguinho de carpas. Desde que, após o Hugo, ela veio morar comigo e Trevor, minha mãe transformou meu jardim de terra desolada em terra da fantasia num curto espaço de tempo. Seguindo a grande tradição dos jardineiros de Charleston, ela tem a capacidade de hipnotizar meio metro quadrado de lama e convencer as sementes de lantana e não-me-toques a brotarem em busca da luz.

Na minha casa, meus amigos se encarregam de servir mais de duzentas pessoas, e o professor Jefferson é responsável pelas bebidas, como sempre. A noite está fresca, e nossos convidados caminham pelo jardim para sentir aromas que a primavera, em menos de dois meses, há de trazer na ponta dos pés a Charleston. Enquanto caminho em direção ao rio Cooper, pareço um zumbi narcotizado, mas, ao seguir pelo quebra-mar, sinto Charleston começando a pôr em prática os ritos sagrados que curam meu coração atormentado. À direita, passo diante de uma fileira de mansões deslumbrantes, e a arquitetura perfeita me arrasta para o centro da beleza rósea da cidade. Charleston é a urbe dos 10 mil mistérios e das poucas respostas. Desde o dia em que nasci, preocupa-me a possibilidade de que o céu não tenha sequer a metade da beleza de Charleston, a cidade surgida no ponto onde dois rios convergem, em êxtase, a fim de criar uma enseada e uma saída para o mundo.

Minha mãe tinha me seguido. Juntos, contemplamos a confluência dos dois rios e vislumbramos James Island e Sullivan's Island. O céu, perolado de estrelas, lança sobre a água um talho de luar que nos ilumina. A ternura da cidade me envolve, com juras solenes feitas por palmeiras e cursos de água. Os sinos da Igreja de São Miguel dobram por mim, e fico surpreso pelo som delas ser semelhante ao do meu nome. Eles me chamam.

Enquanto desço a Broad Street, sinto que as mãos delicadas da cidade prosseguem tratando as lesões e as agruras da minha mente combalida. Passando diante de outras casas, espiamos as vidas privadas de nossos vizinhos, observando suas atividades noturnas, como se eles fossem anchovas num aquário. Uma família janta fora do horário habitual; uma mulher solitária ouve *Così Fan Tutte*, de Mozart. A maioria das famílias está sentada em grupos melancólicos, assistindo à televisão.

Antes de dobrarmos na Tradd Street, minha mãe me interrompe os passos.

— Tem uma coisa que eu preciso lhe dizer, Leo. E você não vai gostar de ouvir.

— Ora! Acabo de enterrar minha esposa. Hoje é um dia como outro qualquer.

— O momento não é dos mais propícios, reconheço, mas não posso esperar pelo momento perfeito. Vou voltar para o convento. Minha ordem me aceitou de volta.

— *Una problema, piccola* — eu digo, em meu italiano macarrônico. — E eu? A maioria das freiras não tem filhos.

— Você não é problema. Eles têm um programa para ex-freiras que se casaram e perderam os maridos. Faz tempo que o monsenhor Max e eu temos rezado para que isso aconteça.

— Posso visitar a senhora? Irmã, eu gostaria de visitar a minha mãe... ela é freira.

— Você vai se acostumar com a ideia. Desde que tomei a decisão, tenho caminhado nas nuvens.

— Será que ouvi um clichê se infiltrar na nossa conversa? — pergunto, em tom de troça e consternação.

— Mas é assim que me sinto: como se estivesse caminhando nas nuvens. Eu gostaria que você tivesse a honra de me levar de carro até a Carolina do Norte, assim como fez seu pai, anos atrás.

No mês seguinte, levo minha mãe ao hospital e permaneço do lado de fora do quarto do monsenhor, em sinal de respeito à privacidade e dedicação que ambos conferiram àquela amizade extraordinária. Minha mãe fica no quarto dele durante uma hora, e chora discretamente no momento em que a acompanho de volta até o carro. Levo-a até a casa que meu pai construiu; ela entra no domicílio recentemente reformado e admira as melhorias introduzidas pela equipe encarregada dos reparos. Enquanto ela percorre a casa, avisto uma flor de magnólia, solitária, no alto de uma das árvores do jardim, e me aventuro a colhê-la, mas, a cada galho que subo, sinto-me cada vez mais velho. Arranco a flor, a primeira da estação, aspiro a sua doçura e me convenço de que o esforço da subida valeu à pena. Ofereço a flor à minha mãe, e fico radiante quando ela a prende nos cabelos.

Seguimos prazerosamente pelas estradas vicinais da Carolina do Norte; o aroma da magnólia faz o carro cheirar como um frasco de perfume quebrado. Registramos o momento exato em que deixamos a planície e começamos a subir em direção ao planalto, com uma gradação quase imperceptível. Minha mãe identifica cada árvore, arbusto e flor por que passamos, e aplaude quando paro o carro para ajudar um cágado a atravessar a pista, perto de um riacho de águas escuras. Almoçamos em Camden e chegamos ao convento antes das 17 horas.

A madre superiora nos aguarda, e diz:
— Seja bem-vinda de volta, irmã Norberta.
— É aqui que eu quero ficar, irmã Mary Urban — responde ela.

Minha mãe e eu entramos no convento e tentamos amenizar a situação. Mas nada no mundo poderia tornar aquela despedida menos difícil. Não me recordo de quando comecei a amar minha mãe, mas o sentimento já estava instalado. Tampouco faço ideia de quando ela começou a me amar, mas a constatação de que seu amor existia em fontes inesgotáveis agora se apresentava a mim. É um amor que pode me servir como uma espada ou um refúgio; pode ser como um banho quente, um jardim cheio de borboletas ou um rio de lava incandescente. É um amor espinhento e complexo e que, por vezes, me fere nos locais mais delicados. Mas quem disse que o amor e a vida seriam um mar de rosas? Minha mãe e eu lutamos vida afora, gritando, unhando e nos debatendo... rolando na poeira ensanguentada, testando a força bruta da armadura que protegia o nosso amor. É um amor que nos une para sempre.

— Obrigada por me deixar fazer isso, Leo. É bondade sua.
— Minha mãe é dura na queda. Ela sabe o que quer.
— Você vai cuidar do monsenhor?
— Vou ler uma história para ele todas as noites — eu prometo.
— Sei que você está sofrendo agora, Leo, mas não desista da Igreja.
— Estou de licença. Talvez não dure muito tempo.
— Não tenho aptidão para ser mãe — confessa ela. — E peço desculpas por não ter sido boa mãe.
— Foi a melhor que eu já tive — afirmo e, no instante seguinte, ela se atira nos meus braços.
— Tente encontrar uma mulher virtuosa — murmura ela. — Eu adoraria vê-lo como pai.

Viro-me para a irmã Mary Urban e, olhando por cima do ombro de minha mãe, pergunto:

— Freira pode ser avó?
— Essa aí pode — diz a madre superiora, com um sorriso.

Duas freiras descem uma escada, a fim de acompanhar minha mãe para uma vida ao mesmo tempo do passado e do futuro. Despedimo-nos com um beijo, e vejo minha mãe desaparecer detrás daquelas portas de carvalho escuro. Penso em meu pai, que fez aquela mesma viagem há tantos anos. Penso nas convergências e nos riscos que os ciclos representam para a vida humana. Deixar minha mãe na escadaria de um convento configura o fim de um ciclo no destino de dois homens chamados King. Mas tudo parece um novo começo. Minha mãe precisa agora de um refúgio, um local onde se esconder das tempestades. Deixo-a partir. Liberto-a para que ela vagueie pelos oceanos da oração e da simplicidade, nas sombras incensadas de um convento, refletindo sobre os dilemas das trevas.

— Madre superiora? — eu pergunto no momento em que ela me dá as costas para entrar no convento.

— Sim, Leo?
— O convento está precisando de alguma coisa? Um suprimento anual?

— Precisamos de tudo — diz ela. — Deixe-me ver... Lâmpadas. Sim, é disso de que mais precisamos agora.

No dia seguinte, pela porta dos fundos do convento, faço uma entrega de mil lâmpadas, e assim completo mais um ciclo, enquanto sigo navegando pelos quadrantes da minha vida. Agora que estou ciente desses ciclos, fico sempre atento a eles e ao poder estranho que exercem sobre as relações humanas.

CAPÍTULO 31

Estudos de cinema

À medida que recupera as forças, Trevor começa a caminhar pelas ruas de Charleston à noite comigo. De início, vamos somente até a Broad Street e, quando chegamos de volta em casa, Trevor está sem fôlego e exausto. Mas, a cada dia vamos um pouco mais longe. No final do verão, já conseguimos caminhar por toda a Battery no sentido norte, e uma vez alcançamos os portões da Citadel. Com frequência, passamos pela rua onde nos conhecemos; ele verifica a caixa postal da mãe, e vejo se há alguma correspondência para a irmã Norberta. Sinto uma pontada de dor ao avistar a placa com as palavras À VENDA e o número do telefone de uma agente imobiliária, Bitsy Turner, diante da casa de Trevor.

— Tenho absoluta certeza de que se a Bitsy tivesse nascido homem, seria gay — diz ele. — Isso é um fato, e não uma simples especulação. Ela é mesmo uma bonequinha.

— Não diga isso a Bitsy — eu recomendo.

— Acho que ela ficaria honrada — responde Trevor. — Qual é a grande fofoca que rola pela Cidade Santa? Qual é a sujeira mais cabeluda, mais baixa, mais nojenta que você tem para me contar?

— O juiz Lawson foi pego enrabando o poodle dele. É esse o tipo de coisa que eu ouço, mas que não posso publicar na minha coluna.

— Só pode ter sido um poodle miniatura — responde Trevor, exagerando no sotaque sulista. — Já dei uma olhada nas partes íntimas dele.

— Onde foi que você viu as partes íntimas dele? — pergunto, no momento em que dobramos na Calhoun Street, tomando o sentido oeste e passando pelo hospital.

— No vestiário do Iate Clube.

— Eu nem sabia que o Iate Clube tinha vestiário.

— Ah! Já fiz muita coisa em vestiários... muito mais do que só tomar banho.

— Não quero saber.

— Tão certinho, tão reprimido, tão católico — diz Trevor, sacudindo a cabeça em sinal de tristeza.

— Estou bem assim.

— E estou começando a sentir saudades de São Francisco. — A voz de Trevor expressa certa melancolia, uma qualidade onírica que há muito tempo eu não escutava. — Lembro das noites de sábado, quando eu descia a Union Street no momento em que o sol se punha. Eu era jovem, bonito e desejável, o rei de qualquer bar que eu escolhesse. Fiz muitas mágicas naquela cidade. E a tornei mágica para mil homens.

— Como está a situação da Aids?

— Não fale nisso, e deixe que eu desfrute dos sonhos pervertidos de um jovem homossexual em busca de caça.

— O monsenhor Max voltou para o hospital hoje. Ele não vai durar muito. Quer ir comigo visitá-lo?

— Não... eu te vejo em casa.

— Você tem alguma coisa contra o monsenhor?

— Não vou muito com a cara dele — diz Trevor dando de ombros, e segue adiante pela Calhoun Street.

Subo até o quarto do monsenhor Max, na ala destinada aos pacientes de câncer, e cumprimento vários jovens sacerdotes que acabam de visitá-lo. O quarto está na penumbra, um convite à meditação, e suponho que Max esteja dormindo no momento em que deixo sobre a mesa de cabeceira uma pilha de cartas enviadas por minha mãe.

— Acabo de receber a extrema unção — diz Max, com a voz cansada e rouca.

— Então, a alma do senhor está branca como a neve.
— É o que se espera.
— O senhor está exausto. Por favor, dê-me a bênção, que eu já vou embora. Volto para vê-lo amanhã.

Ajoelho-me ao lado da cama e sinto o polegar dele fazendo o sinal da cruz na minha testa; fico surpreso ao perceber que ele me abençoa em latim. Quando beijo-lhe a fronte, ele já está adormecido; portanto, saio do quarto na ponta dos pés.

Quando chego em casa, Trevor me prepara uma bebida. Sentamo-nos um de frente para o outro, tão à vontade como se fôssemos um velho casal. Temos o hábito de nos sentarmos assim à noite e conversarmos sobre vários assuntos: São Francisco, nossos tempos de ensino médio, a volta de minha mãe para o convento. Quando ficamos bêbados, falamos sobre Sheba e Starla, mas, naquela noite, estava cedo demais para isso.

— No outro dia, passei por aquela escola de onde você foi expulso — diz Trevor.
— A Bishop Ireland?
Ele assente, com um meneio de cabeça.
— O aspecto era dos mais católicos. Até o cheiro era católico.
— É uma escola católica. O aspecto e o cheiro têm que ser esses mesmos.
— Quer dizer que você ainda acredita em toda aquela baboseira católica?
— Sim, ainda acredito em toda aquela baboseira católica.
— E você acredita que vai para o céu? Ou algo semelhante? Essa coisa que todos vocês acreditam?
— Algo semelhante.
— Coitado do Sapo... foi vítima de lavagem cerebral. — Depois de longa pausa, ele suspira, profundamente. — Sabe... preciso te falar uma coisa, Sapo. Eu sei que preciso, mas fico sempre adiando.
— Fale.
— Não consigo — diz Trevor, falando baixo. — É terrível.
— Terrível? — eu repito. — É uma palavra forte.
— "Terrível" não chega nem perto...
Num primeiro instante, fico paralisado; então, repito:
— Fale.

Ele toma mais um gole e me conta que, poucos dias antes, depois que começou a recuperar as forças, começou a remexer em seus pertences, inclusive no baú e nas caixas despachadas de São Francisco por Anna Cole, e encontrou um material de pornografia gay que eu lhe havia enviado anos antes. O material tinha sido encontrado num canto na casa dos meus pais, supostamente, ali esquecido por algum inquilino antes de se casar. Sem ter mais o que fazer, Trevor começou a examinar o material.

— Eu adoro... e sempre adorei... pornografia gay. Quando você me enviou o baú, fiquei muito curioso sobre os itens mais antigos da coleção... do tempo das cavernas, quando a qualidade de produção era muito precária. Os filmes estão todos arranhados, envelhecidos, granulados. Aquilo era pioneirismo, numa época extremamente perigosa.

— Que bom que você gostou — digo, secamente. — Por que você está me dizendo isso?

Trevor respira fundo antes de responder.

— É que, desta vez, vasculhei bem o baú, e encontrei uma caixa preta... uma velha caixa de ferramentas, uma caixa reforçada. Eu não tinha conseguido abrir essa tal caixa em São Francisco, e não dei muita bola para ela. Mas, ao selecionar os meus pertences... — ele faz uma pausa e toma outro gole — ... fiquei curioso e arrombei o cadeado com um tiro, usando a sua pistola. A propósito, acho um absurdo ter arma em casa... sou contrário ao porte de armas.

— Comprei aquela pistola por causa do maluco do seu pai. — Eu o faço lembrar.

— Ah! Aquele velho biruta — diz Trevor. — Então, é um absurdo você não ter comprado uma para mim também. — Ele volta a suspirar.

— Pois bem... agora vai: arrombei o cadeado, e dentro da caixa havia uma coleção particular. Coisa doméstica. Você sabe... aqueles filmes que as pessoas rodavam em casa. Corri para assistir aos filmes, e... fiz uma descoberta. Uma descoberta terrível.

— O que você descobriu?

— Acho que vamos precisar recalibrar os nossos drinques — sugere ele. — Você vai precisar, quando assistir a este filme. A coisa é tão terrível que tive que me forçar a assistir, só para ter certeza, antes de te mostrar. Eu tinha que ter certeza da identidade da pessoa. Passei a semana toda pensando em destruir o filme e nunca te contar. Cheguei a rezar por causa deste filme... invoquei até o Deus no qual eu não creio.

— E o que Deus te disse?

— Ora! O gato comeu a língua dele, como sempre, mas, afinal, resolvi que você precisa saber disso.

— Pode passar o filme — eu digo.

Às 3 horas da madrugada, passo pelas enfermeiras e pelos seguranças e entro na serenidade do quarto do monsenhor Max, trazendo comigo minha velha mochila da Citadel. À luz fraca de uma luminária acesa a noite inteira, retiro da mochila um velho projetor cinematográfico, conecto-o a uma tomada e o aciono. O projetor zumbe como um vidro cheio de abelhas; surgem então imagens de um filme caseiro, muito malfeito, projetadas na parede branca e lisa, em frente à cama do monsenhor. Imóvel, a câmera focaliza uma cama dentro de um quarto vazio, desconhecido. Trevor havia me explicado que, em pornografia caseira, a câmera costuma ser posicionada ao lado da cama, apenas registrando a ação. No filme granulado, aparece a figura de um padre, com o braço em volta do pescoço de um menino despido, que se contorce. O menino é lindo, louro; o padre é atraente, viril e forte. O menino tenta gritar, mas o padre o amordaça com a mão. O menino se contorce, mas é dominado e estuprado pelo padre, um estupro brutal, como não poderia deixar de ser.

O padre é Max Sadler, mais jovem e mais forte, e o menino é meu irmão, Steve. Stephen Dedalus King, o irmão que encontrei boiando dentro de uma banheira de sangue no ano em que sofri um colapso nervoso, no ano em que teve início a perambulação da minha alma por hospícios e tratamentos, à procura do menino que eu era antes do dia em que retirei meu irmão de dentro daquela banheira, como se ele fosse os escombros de uma nave naufragada. Sentado ali, lembro-me de que cheguei a culpar meu pai pela morte de Steve, porque tinha ouvido meu irmão gritar, durante um pesadelo: "Não, pai. Não, por favor".* Achei que ele gritava com medo do nosso querido pai, e não daquele monstro que agonizava naquele leito de hospital ao meu lado.

Deixo o filme rodar até o fim, e as imagens agora se reduzem a um branco arranhado e barulhento; então, constato que o monsenhor despertou e assistiu ao filme, ao meu lado.

— Eu deveria ter destruído este filme — diz ele, finalmente.

— Deveria mesmo — concordo, e a minha moderação o comove.

— Todo homem tem os seus demônios — explica ele, com uma voz fria, sincera.

— Deve ter — afirmo.

— Ele era bonito demais e não pude resistir — acrescenta ele, quase num tom queixoso, como se eu houvesse levantado alguma objeção. — Eu não conseguia tirar os olhos dele. Já... você... era feioso.

— Sorte a minha. Como foi a experiência de conduzir a cerimônia do enterro dele?

— Você nem pode imaginar como foi difícil. Mas eu não parei ali, Leo. Nem depois do que aconteceu.

— Eu sei. Passei a madrugada assistindo ao seu trabalho. Como é que isso foi parar na casa do meu pai?

Ele hesita durante alguns instantes. Depois que recupera as forças, ele prossegue, num tom de voz instrutivo, destituído de consciência.

— Um erro bobo. Quando me mudei de volta para paróquia, deixei os meus pertences na casa do seu pai. Percebi que tinha perdido parte da minha coleção. Mas não tinha como perguntar.

— A coleção do senhor parece se limitar a meninos. O senhor alguma vez teve relações com um homem feito?

— Não. Por que eu faria uma coisa dessas? — pergunta ele, como se eu lhe insultasse a inteligência. Olho para ele com toda franqueza, e ele me encara, sem expressar culpa.

---

* O original registra "*No, Father. No, please*", e ocorre aqui um jogo de palavras intraduzível, visto que, em língua inglesa, *father* tanto significa *pai* quanto *padre* (N. do T.)

— Este filme precisa ser destruído — determina o monsenhor Max.

— Confessei meus pecados e já recebi a extrema-unção. Segundo as leis da Igreja, minha alma vai subir ao céu, sem mácula.

— O senhor precisa é rezar para que Deus goste de pedófilos — eu digo com frieza. — Para que ele goste de ver coroinhas estuprados por padres tarados.

— Você não tem como me atingir, Leo. — A voz dele é apática. — O meu lugar na história da diocese da Carolina do Sul é inabalável. Minha reputação junto à comunidade religiosa é impecável. Nada que você fizer poderá denegri-la.

Olho para ele e penso na fisionomia humilhada e agonizante do meu irmão. Ele preferiu morrer a contar aos meus pais que o querido mentor o estuprara. Steve não saberia que linguagem utilizar para fazer semelhante relato; ele sequer sabia da existência daquele mundo.

— Se o Deus ao qual dirijo minhas preces existe, o senhor há de queimar para sempre num mar de fogo. E, por causa deste filme, vou nadar no mesmo mar que o senhor. O senhor é um bom católico, não é?

— E você? — retruca ele.

Inclino-me sobre a cama.

— No pior dia da minha vida, sou mais católico do que o senhor, no melhor dia da sua.

— Em breve estarei ao lado do Pai, no céu — diz Max, presunçoso.

Desligo o projetor e enrolo o fio no braço.

— Se for assim, meu pai vai estar lá. E vai encher o senhor de porrada.

Ele parece destemido.

— Mas a minha reputação continuará intacta. Você não tem como abalá-la.

— Ah... não sei, não — eu digo com raiva e pego o projetor. — Talvez eu consiga jogar um pouquinho de lama na sua reputação.

Acondiciono o projetor dentro do estojo e saio do quarto.

— Leo! — ele chama, agora se dirigindo às minhas costas. — Não saia sem a minha benção! Deixe-me abençoá-lo!

* * *

O monsenhor morre enquanto dorme, mais tarde, naquela manhã. Seu obituário é manchete de primeira página, em ambos os jornais de Charleston. Por todo o estado, editoriais louvam-lhe a vida ilustre, o talento diplomático no trato com líderes de outras religiões, a aura de santidade por ele conferida ao sacerdócio e o papel heroico por ele desempenhado no movimento em defesa dos direitos civis, com destaque para as passeatas de Selma. HOMEM SANTO MORRE NA CIDADE SANTA estampa uma das manchetes. Compareço ao enterro pomposo e comungo durante a missa solene, que conta com a presença do cardeal Bernardin e de três bispos. Após a missa, ouço alguns paroquianos dizerem que gostariam de ver monsenhor Max canonizado como um santo norte-americano.

Logo depois do sepultamento, vou até a minha sala e escrevo uma coluna que descreve a cerimônia detalhadamente. Mas excluo um detalhe: depois do enterro, ao cair da tarde, vou até o cemitério e dou uma cusparada no túmulo. No dia seguinte, inicio o trabalho de preservação do legado do monsenhor. Na minha coluna, estraçalho a sua reputação sólida e construída com tanto zelo.

EPÍLOGO

Prece final

Então.
 Eu tinha uma história para contar, e contei. Depois da publicação da coluna bombástica que, em todos os lares da cidade transforma o nome do monsenhor Max em anátema, a minha vida pessoal entra em processo de desintegração. Quando inicio uma coluna com as palavras "Família é esporte de contato físico", sou tomado por uma tristeza profunda, e meus editores me dispensam, sugerindo que eu vá para casa mais cedo. Entro num período de depressão e melancolia. Faço um balanço da minha vida e descubro que vivi muito, mas aprendi pouco.

Num diário, escrevo a seguinte frase: "A vida real é impossível para quem nasce com talento de ator". Acho que estou escrevendo sobre Sheba e prossigo: "O ator só experimenta a vida real quando imita a vida de outra pessoa", mas me detenho ao perceber que não estou escrevendo sobre ela. Escrevo sobre mim mesmo. Vejo-me num buraco negro, desesperado, e preciso descer às profundezas mais tenebrosas antes de engendrar a minha própria fuga. A cada momento, o filme do estupro do meu irmão passa na minha mente. Valium não consegue apagá-lo, tampouco o uísque pode obscurecer-lhe a perversidade. Nem mesmo a comunhão diária é capaz de rechaçá-lo. Sinto meu corpo ruir.

Em desespero, volto ao consultório da psiquiatra que me salvou do coma que foi a minha infância fracassada. A Dra. Criddle está agora com mais de 60 anos, ainda clinicando. Depois de uma sessão de três horas, ela me informa, com uma gentileza infinita, que sou o paciente mais suicida que aquele consultório já recebeu.

Fico surpreso com a minha própria resposta:

— Tenho pressa de morrer.

Ela acredita em mim e me interna no setor de psiquiatria do hospital universitário da Carolina do Sul. Na patologia mórbida do meu raciocínio, tenho o prazer de constatar que o hospital fica na mesma rua da funerária J. Henry Stuhr. Para mim, trata-se de uma feliz coincidência, e me apresso em mergulhar no meu próprio inconsciente, uma terra de ninguém com selvas impenetráveis, montanhas elevadas e rios que contêm estranhas correntezas de desejo e intriga.

A cavalaria e os psiquiatras do rei se empenham em remontar o quebra-cabeça da minha vida, e contam com uma ajuda inesperada. Num sono profundo, induzido por medicamentos, meu corpo me transporta a um mundo de sonhos que auxiliam a cura da dor que transformou a minha alma em algo perdido e desolado. Meu pai, Jasper King, mergulha na água clorada, na parte funda de uma piscina, e me salva do afogamento, batendo na minha nuca, até eu expelir toda a água engolida, enquanto meu irmão Steve grita, incentivando-me a respirar. Escapo do afogamento, e aspiro um ar que parece me conduzir a uma nova vida. Vejo-me de pé ao lado de meu pai, e estamos preparando cookies para uma família que acaba de se mudar para uma casa que fica do outro lado da rua. Meu pai tenta seguir uma receita que consta do nosso velho exemplar do livro *Charleston Receipts*. Fazemos biscoitos de semente de gergelim e cookies de chocolate, e distribuímos a nossa produção aos moradores da nossa rua e da rua seguinte.

Entre uma casa e outra, meu pai me detém, para me ensinar a dançar.

A porta de uma das casas se abre, e de dentro sai uma bela freira que começa a dançar conosco. Só percebo que se trata de minha mãe quando ela dança com meu pai, que lhe oferece um sorriso capaz de iluminar o mundo inteiro. Em diversas noites consecutivas, meu pai me visita, em sonhos. Estamos pescando na enseada de Charleston, ou caçando salamandras e borboletas no pântano de Congaree. Meu pai volta para me ensinar como viver com os dons exuberantes que ele tinha, em se tratando de amor paterno, de qualquer tipo de amor. Constato, mais uma vez, a sorte que tive de ser filho de um homem como ele. Com ele aprendi tudo o que precisava saber sobre ternura paterna. Ele me revelou o meu próprio interior.

O tempo se torna para mim uma terra perdida, e não me lembro qual foi a noite em que Steve reapareceu nos limites dramáticos e multicoloridos daqueles sonhos. Estamos trocando passes com uma bola de futebol americano, correndo pela vizinhança, fingindo que somos célebres armadores de uma equipe do Rose Bowl, ou do Sugar Bowl, da Citadel, ou até da Bishop Ireland. Lançamos e recebemos passes, correndo pelas ruas de Charleston, inigualáveis, majestosas, ruas cujas casas são feitas de arco-íris e renda. Lembro-me da maravilha que é ter um irmão que nos ama e nos protege, e valoriza tudo o que nos diz respeito. Quando desperto do longo pesadelo da minha vida, é muito bom ter consciência desse fato.

Numa outra noite, recebo a visita de uma sombra, que só se identifica na segunda metade do sonho. Debato-me na cama e, quando a sombra exige que eu fique imóvel, reconheço a voz de Harrington Canon, sentado diante da escrivaninha inglesa, dentro do seu antiquário. Ele resmunga que a loja agora pertence a mim, e que todas as noites durmo na casa dele, na Tradd Street. Pergunta por que não ofereço mais jantares para exibir a porcelana e os talheres que me legou.

— É preciso apreciar a beleza para que ela se perpetue — diz ele. — Isso tanto vale para objetos inanimados quanto para seres vivos, embora eu prefira objetos inanimados.

O Sr. Canon fala com o seu velho jeito afetado, queixando-se das falhas da juventude atual, de sua incrível falta de boas maneiras e civilidade. Ele me diz que somos tão teimosos e indolentes que a morte lhe foi bem-vinda, a libertação de um mundo que ele não mais tolerava.

Percebo que estou rindo do Sr. Canon. Faz tempo que não me vejo rindo.

Com ansiedade, passo a aguardar o ritual noturno, quando a enfermeira de plantão me traz um copinho cheio de comprimidos. Fecho os olhos e começo a observar as pinturas douradas do teto, criando mil formas acima das minhas pálpebras cerradas. Meu sono se transforma num palácio dos prazeres, num circo, com tigres saltando através de aros em chamas, elefantes marchando em formação e fogos de artifício espocando no ar. Descubro que, por meio de um sonho, conseguimos despertar. Eu não sabia disso.

Starla surge de dentro de uma caverna escondida detrás de uma cachoeira. Ela me toma pela mão e me conduz por uma trilha, descendo a encosta de um monte até um vinhedo, onde me oferece uvas moscatéis e, em seguida, introduz a mão numa colmeia, dali retirando um mel puro e perfumado. Quando ensaio pedir perdão pelas minhas falhas enquanto marido e homem, ela toca os meus lábios com os dedos pingando mel. Em seguida, ela me leva até uma piscina natural, ao pé da cachoeira. Acima de nós, tudo é branco como um vestido de noiva; abaixo, tudo é negro qual uma noite sem luar. Abraçamo-nos, despidos e calados, e nos reconciliamos sutilmente, à medida que nos afastamos um do outro, girando na correnteza, experimentando um nível de consolo e paz que nunca sentimos na vida real.

Mas a visitante noturna que acolho com mais entusiasmo é a radiante e maravilhosa Sheba Poe, que, aos 18 anos, encena uma entrada triunfal no meu mundo onírico. Ela surge como uma bola de fogo, com pompa e circunstância, sem o menor sinal de tristeza. Na última vez que a vi, Sheba era um cadáver trucidado e caído ao lado da mãe encharcada de sangue. Agora ela se aproxima e grita:

— Cinco minutos!

Ninguém conhece a arte da performance melhor do que Sheba Poe.

— Eu vim te ensinar a atuar, Leo — diz ela. — Vai ser o papel da sua vida. Vou te ensinar todos os passos. Você vai acertar todas as entradas, e vai decorar o texto com perfeição. Vamos começar *agora*. Nada de desculpas, nada de hesitação, nada de besteira. Eis o seu papel, Leo: você vai encenar um homem feliz. Eu sei... eu sei... é o papel mais difícil do mundo. Tragédia é fácil. Mas você e eu passamos a vida toda encenando tragédias, não é? A gente faz isso com o pé nas costas. Prepare-se. Cale a boca. Ouça-me. Sorria. É isso que você chama de sorriso? Isso é careta. Nada disso. Sorria assim. — Ela mesma me propicia uma demonstração brilhante. — Deixe o sorriso vir de dentro, como um rubor. Deixe o sorriso entrar na sua vida. Entregue-se ao sorriso. Tente mais uma vez. Melhorou, mas ainda não está bom. Deixe o sol brilhar nesse sorriso, Leo! O sorriso vem lá dos dedos dos pés. Apoie os pés no chão com firmeza; deixe o sorriso subir pelas pernas, pela virilha, subindo pela coluna, como um trem. Deixe o sorriso brilhar como fogo-fátuo na boca e nos dentes. Mostre esse sorriso, meu filho! Você agora está no meu palco, e eu te bato se você estiver fingindo. Agora, sim! Isso é sorriso! Agora, vamos acrescentar algumas palavras a esse sorriso. Conte-me uma história, Leo, com sentimento. Quero detalhes. Fale com convicção. Ah... as palavras vão acabar aparecendo. Isso não é um pedido, doçura... é uma ordem. Você quer ficar num manicômio o resto da vida? Acho que não. Já teve oportunidade de conhecer o cara cuja cela fica mais adiante, aqui nesta ala? É o sujeito que decepou e comeu os dedos da mão esquerda. Essa é das boas. Escreva essa história e me entregue o manuscrito para eu ler no fim de semana. Se *eu* posso atuar? Isso lá é pergunta? Não é de se estranhar que você esteja internado! Eu deixo você tomar conta do meu Oscar. O sorriso, Leo! Já se foi. Vamos, assim... Isso mesmo, o meu sorriso, um sorriso de garota bonita. Não, nunca fui feliz. Mas, Leo... como eu sabia atuar!

No dia seguinte, acordo cedo, e estou escrevendo meu diário quando a enfermeira chega, trazendo o café da manhã. Meu sorriso a surpreende, e ela faz um comentário. Estou escrevendo sobre um menino apelidado de Sapo, cuja vida, inesperadamente, se inicia num Bloomsday, no verão de 1969, quando um caminhão de mudança estaciona do outro lado da rua e me deparo com dois órfãos algemados em cadeiras, na mesma época em que fico sabendo que minha mãe tinha sido freira. De acordo com as leis da circularidade e segundo a órbita dos planetas, em suas trajetórias fixas e inexpugnáveis, meu destino começa a despontar, e encontro os personagens que haverão de protagonizar o balé, o arco grandioso e mutável da minha vida.

Na minha última semana no hospital, uma jovem enfermeira me faz uma visita de surpresa, deixando o seu posto no setor de endocrinologia. Além de jovem e simpática, ela possui aquele raro equilíbrio emocional comum às enfermeiras. Na conversa, espanto-me ao constatar que ela veio até a minha ala com o propósito específico de me visitar. Quando pergunto o motivo da visita especial, ela diz que fui colega de sua irmã mais velha, Mary Ellen Driscoll, na época do ensino médio.

— Ela disse que você não se lembraria dela — diz a enfermeira, esticando a mão para um cumprimento. — Meu nome é Catherine.

— Mary Ellen Driscoll costumava usar rabo de cavalo. A família de vocês é católica, e sempre me perguntei por que vocês não frequentavam a Bishop Ireland.

— Cara demais — explica Catherine. — Papai era um vagabundo; mamãe era um anjo. A velha história. A insana peça de teatro irlandês.

— Sei muito bem do que você está falando.

— A sua esposa faleceu, não é, Leo?

— Ela se suicidou.

A bela jovem enrubesce.

— Sinto muito. Eu não sabia. — Em seguida, ela tenta me distrair com palavras igualmente ternas e abruptas: — Então, quando você vai voltar a escrever a sua coluna? Sou sua fã.

— É mesmo? — eu digo, lisonjeado.

— Você sempre me faz rir. — Ela sorri.

— Faz tempo que não faço alguém rir.

— Você passou maus pedaços. Eu também passei. Sou mãe solteira. Tenho um filho lindo, chamado Sam, mas a situação tem sido difícil desde que me divorciei. Ah... se você quiser me telefonar... isto é... Deus do céu! Chega, Catherine! Você deve estar me achando uma idiota.

— Você está me convidando para sair, Catherine? — pergunto, surpreso.

— Não, claro que não. Ora! Sim. Talvez. Você gosta de crianças?

— Adoro crianças. Você costuma convidar todos os malucos que se internam aqui para um encontro?

A risada é sincera e graciosa.

— Está vendo? Eu sabia que você me faria rir. E... não... eu não dou em cima de todos os malucos. Mas eu soube que você deixaria o hospital, e achei que essa seria a única chance de te conhecer. Você é o Sr. Maioral nesta cidade, Leo King.

— E você, Catherine, quem é?

— Sou uma simples enfermeira.

— Oi, simples enfermeira — eu digo.

— Oi, Sr. Maioral — diz ela timidamente, e me entrega um cartão. — Esse é o número do meu telefone.

— Eu vou te procurar, simples enfermeira.

Ela me oferece um sorriso brilhante.

— Você vai gostar de mim, Sr. Maioral.

Ao receber alta do hospital, sigo a pé da Calhoun Street até a King Street. Sinto-me como um passarinho que escapou da gaiola. Quando passo diante da funerária de J. Henry Stuhr, faço um sinal obsceno com o dedo médio e digo:

— Ainda não, amigo.

Continuo a minha caminhada e chego à minha sala no *News and Courier*. Beijo Kitty Mahoney e aceito as brincadeiras ingênuas dos meus colegas, que caem na gargalhada quando Ken Burger me pergunta se gostei do manicômio.

— É melhor do que isso aqui! — eu grito, entrando na minha sala. Retiro o cartaz que fixei à porta antes de entrar em licença: FIQUEI MALUCO. VOLTO LOGO. LEO KING. Escrevo uma coluna para a edição do dia seguinte. O cara está de volta.

Mas ainda falta um ritual antes da cura completa. No dia seguinte, às 5 horas da manhã, vou de bicicleta até o local onde Eugene Haverford costumava ficar, na escuridão, comentando as notícias do dia, enquanto eu dobrava os jornais com precisão e presteza. O Sr. Haverford faleceu há cinco anos, e me coube falar em seu enterro. Agora, eu precisava da ajuda dele, pela última vez.

— Qual é o nosso trabalho, filho? — pergunta ele, na minha memória.

— Levar as notícias do mundo, Sr. Haverford — respondo, em voz alta.

— E nós fazemos a coisa certa. Todos os dias do ano, nós fazemos o que temos que fazer. Agora, pode ir. Os seus assinantes estão esperando. Eles dependem de você.

— Eles podem confiar em mim, Sr. Haverford.

— Foi por isso que eu te contratei.

— Obrigado por ser tão bom comigo, Sr. Haverford.

Ele acende o charuto.

— Cala a boca, menino — diz ele, sorrindo. — Vai fazer o seu trabalho.

Mais uma vez, saio pela escuridão. Pego um jornal imaginário e o arremesso na direção do pórtico da primeira casa situada à Rutledge Avenue. A lua ilumina o lago Colonial, no momento em que a minha mão lança o jornal seguinte, e o seguinte, e o seguinte; guardo a memória exata de cada casa incluída no meu roteiro, tanto tempo atrás. Dobro à esquerda na Tradd Street, lançando jornais, alternadamente, com a mão esquerda e com a direita, admirando os arcos por eles formados em sua trajetória. Grito os nomes dos assinantes, muitos dos quais morreram há muito tempo.

— Ei! Srta. Pickney! Ei! Sr. Trask! Como vão as coisas, Sra. Gimball? Muito bom dia, Sra. Hamill. Olá, general Grimsley!

Sigo em frente, pelas ruas mais belas dos Estados Unidos, pela minha cidade natal. Sei que minha cura depende de Charleston. Não há o que a Cidade Santa não possa curar. Tomo o sentido sul, na Legare Street, e jornais voam das minhas mãos quando passo diante da Sword Gate House. Arremesso um jornal invisível na casa da Sra. Gervais, outro na casa da família Seignious e outro na casa dos Maybanks. Presto meu serviço às grandes famílias da minha cidade etérea enquanto percorro jardins secretos, cheios de madressilvas, adelfas brancas e milhares de azaleias em tom lilás. Os pássaros matinais entoam um concerto enquanto deslizo pelas ruas. A música esquecida de uma cidade que desperta volta para mim no momento em que entro na Meeting Street; ouço cães latindo e meus jornais batendo nas varandas, com um barulho semelhante ao de peixes que, em júbilo, saltam fora da água em lagoas salobras. Ah... o aroma de café fresco, prazer do qual eu tinha me esquecido! Advogados, os que se levantam mais cedo, caminham para seus escritórios na Broad Street, conforme no passado fizeram seus pais e avós. Isso é Charleston. Ouço dobrar os sinos da Igreja de São Miguel. Isso é Charleston; e esta cidade é minha. Sou um homem de sorte por poder cantar hinos de louvor a Charleston pelo resto da vida.

* * *

No Bloomsday, em sua mansão à East Bay Street, Chad e Molly Rutledge oferecem uma festa de despedida a Trevor Poe. Na noite anterior, Ike, Niles, Chad e eu ficamos acordados, assando um leitão no espeto e contando as histórias das nossas vidas. As lembranças nos deixam estupefatos e nos mantêm prisioneiros do tempo. No porto, a maré enchente estará no ponto máximo quando brindarmos Trevor em sua última noite aqui. A maré-cheia traz boa sorte, um bom agouro que cada habitante da região, seja homem ou mulher, sente na pele, a concretização de um ciclo, um somatório, o momento adequado para uma conclusão. Chad faz uma piadinha sobre o fato de estarmos usando nossos anéis da Citadel, e nós mexemos com ele por ter dispensado o anel de Princeton. Um vento mais forte surge entre nós. Nossos laços se tornam mais fortes, testados pelo tempo, pelo rio e pela tempestade. Enquanto estive hospitalizado, Chad me surpreendeu, visitando-me todos os dias.

Depois da festa, reunimo-nos no terraço e contemplamos a chegada da luz do sol na enseada, um dourado profundo, que lembra um cálice de Comunhão. As águas estão serenas, quase imóveis. Uma grande garça-azul sobrevoa toda a extensão da Battery com uma majestade clássica. Ike abraça Betty, Molly se aproxima de Chad, e Niles puxa Fraser para o seu lado.

Trevor pega um voo para São Francisco naquela manhã, mas seu futuro é incerto. O meu também, tanto quanto o futuro das crianças que brincam lá embaixo no jardim. Fomos tocados pela fúria da tempestade e pela ira de um Deus implacável. Mas essa é a nossa condição de seres humanos, que nascemos despidos, sujeitos à ternura e ao pesadelo, na plena fragilidade da morte e da carne. A imensidão da Via Láctea envolve a cidade, e as minhocas, em seu mundo cego, comandam os jardins. Aqui estou, ao lado dos meus melhores amigos, abismado perante a beleza do Sul.

Mais tarde, Trevor dá um grito e aponta na direção do rio Cooper. Um cardume de golfinhos segue um cargueiro. O sol reluz e transforma seus corpos em esculturas de bronze. O golfinho sempre foi um símbolo de renovação e da vida encantada, mágica, da região. No momento em que os golfinhos desfilam diante de nós, aplaudimos com vigor. Eles nadam pelo canal profundo antes de seguirem em direção ao Atlântico e à

Corrente do Golfo. Um deles se separa e se aproxima de nós, chegando tão perto do quebra-mar que podemos ouvir a sua respiração.

A ideia ocorre primeiramente a Trevor. Ele diz em voz alta, e conclui a visita a Charleston com a palavra perfeita para a despedida:

— Sheba!

Porém, quanto mais a palavra permanece no ar, mais rapidamente ela se decompõe, e o grande humor que sempre provê uma base de granito para a nossa amizade começa a tomar corpo. O próprio Trevor rompe a bolha de sentimentalismo por ele recém-criada:

— Alguém trouxe um saco para caso de enjoo? — pergunta ele secamente. — Mal acredito que disse uma coisa tão ridícula. Preciso ir embora do Sul.

— Acho que você disse algo carinhoso — elogia Niles. — Gosto da ideia de que Starla e Sheba se transformaram em algum belo ser marinho.

— Esse é o meu caipira! — diz Fraser, com um sorriso.

Trevor pigarreia.

— Fui levado por um momento de bobeira, nostalgia, e até... Deus me livre... de um sentimentalismo religioso absolutamente grotesco. Prometo nunca mais deixar meu instinto raso e burguês me dominar.

Aproximando-me, abraço Trevor, e Ike se posiciona do outro lado dele. Com o olhar, seguimos os golfinhos, que se afastam de nós, nadando em direção ao Atlântico.

— Não é sentimentalismo, Trevor — eu digo, com o olhar fixo nos golfinhos que partem. — É o impulso da arte. — Após uma pausa, acrescento: — Hoje é 16 de junho de 1990. O que foi que esse grupo aprendeu mais do que qualquer outro?

— Pode falar, Sapo — diz Trevor, com um sorriso.

É simples, eu digo ao meu grupo de amigos. Aprendemos a reconhecer a força do inesperado e da magia nas relações humanas. Todos nós que nesta noite aqui estamos, reunidos para a festa de despedida de Trevor Pol, nos encontramos aleatoriamente no Bloomsday, no verão de 1969. Melhor do que ninguém, reconhecemos as forças imensas, inexplicáveis, do destino e sabemos que um único dia é capaz de mudar o curso de 10 mil vidas. Como uma catapulta, o destino pode arremessar essas 10 mil vidas a outras que jamais lhes perteceriam se não fosse aquele dia imortal. Ao evocar a memória de Sheba, Trevor ensaiou uma veemente tentativa de oração. Tudo bem, pois hoje é Bloomsday, e todos somos testemunhas de que tudo pode acontecer nesse dia, num verão. Sim, é isso: tudo pode acontecer. Sim.

Agradecimentos

Expresso a minha gratidão à maravilhosa romancista Janis Owens, uma das primeiras pessoas que leram este livro, e que atuou, ao mesmo tempo, como crítica perspicaz e grande incentivadora. Muito me afeiçoei ao marido de Janis, Wendell, suas três lindas filhas, Emily, Abigail e Isabel, e a neta, Lily Pickle.

Grande é meu afeto por Bernie Schein, amigo de mais de quarenta anos, que lê todos os meus manuscritos, desde *The Boo*, em 1970. Eu não poderia ter um amigo, ou um leitor, mais valioso.

Quero cumprimentar Nan A. Talese, meu editor e primeiro indivíduo a receber o prêmio Maxwell Perkins por excelência em Editoração. Este é o nosso quinto livro juntos, Nan, e não tenho como retribuir tudo o que devo a você.

Grande é meu carinho por minha agente, Marly Rusoff, e por seu marido, Mihai Radulescu, que enriqueceram o processo da minha escrita com sua fé e lealdade.

Quero aqui lembrar de meu grande amigo, o insubstituível Doug Marlette, com quem eu falava todos os dias e que sempre me fazia rir, trazendo-me consolo num mundo conturbado.

Quero lembrar também de Jane Lefco, cuja perda foi uma das mais traumáticas que sofri na vida. Ela cuidava de todos os aspectos comerciais da minha vida profissional, e era uma mulher rara, fabulosa. Aqui vai o meu carinho para Stan, Leah e Michael Lefco.

Agradeço a Anne Rivers Siddons e seu marido, Heyward, amigos de uma vida inteira, que nos acolheram em Charleston e em Maine. Bem a calhar, eles residem ao sul da Broad Street.

Agradeço a Tim Belk, meu pianista em São Francisco, que tem sido meu mentor e minha inspiração desde que nos conhecemos, em 1967. Devo muito a ele neste livro.

Agradeço ao meu primo, Ed Conroy, que me encheu de orgulho ao se tornar o técnico da equipe principal de basquete da Citadel, dando continuidade à tradição dos Conroy no basquete, que remonta a 1963.

Agradeço à minha querida família, incluindo os contraparentes, numerosa qual um cardume de arenque: expresso aqui o meu amor e a minha gratidão pelas histórias que vocês me contaram ao longo dos anos. E expresso ainda mais amor e gratidão às minhas lindas filhas e aos meus adoráveis netos.

Quero agradecer também à família de Cassandra, sobretudo ao seu pai, Elton King, que ainda reside em uma fazenda no Alabama; agradeço ainda às irmãs e aos sobrinhos de Cassandra, e aos filhos travessos.

E, finalmente, agradeço a uma série de pessoas especiais: Martha, Aaron e Nancy Schein; Dot, Walt e Milbrey Gnann; Melinda e Jackson Marlette; Julia Randel; Michael O'Shea; Ann Torrago; Carolyn Krupp; Chris Pavone; Phyllis Grann; Steve Rubin; Leslie Wells; Jay e Anne Harbeck; Zoe e Alex Sanders; Cliff e Cynthia Graubart; Terry e Tommye Kay; Mike Jones; Beverly Howell; John Jeffers; Jim Landon; Scott e Susan Graber; John e Barbara Warley; Kathy Folds; Andrew e Shea St. John; Sean Scappaleto; Mike Sargent (falecido). Em memória de Kate Bockman.

Este livro foi composto na tipologia Minion Pro,
em corpo 11,5/15,1, e impresso em papel off-white 80g/m²,
no Sistema Cameron da Divisão Gráfica
da Distribuidora Record.